# EL BESO DEL BASILISCO

# EL BESO DEL BASILISCO

LINDSAY STRAUBE

Planeta Internacional

Título original: *Kiss of the Basilisk*



Traducido por: Elián Alexis Michaux
Viñetas de interiores: Melisa Muñiz
Diseño de portada: Antoaneta Georgieva/Sourcebooks
Fotografía de la autora: Cortesía de Lindsay Straube


Bajo el sello editorial PLANETA M.R.
Avenida Presidente Masarik núm. 111,
Piso 2, Polanco V Sección, Miguel Hidalgo
C.P. 11560, Ciudad de México
www.planetadelibros.com.mx

Primera edición impresa en México: julio de 2025
ISBN Volumen: 978-607-39-3111-3
ISBN Obra Completa: 978-607-39-3110-6



Impreso en los talleres de Corporación en Servicios
Integrales de Asesoría Profesional, S.A. de C.V.,
Calle E #6, Parque Industrial
Puebla 2000, C.P. 72225, Puebla, Pue.
Impreso y hecho en México / *Printed in Mexico*

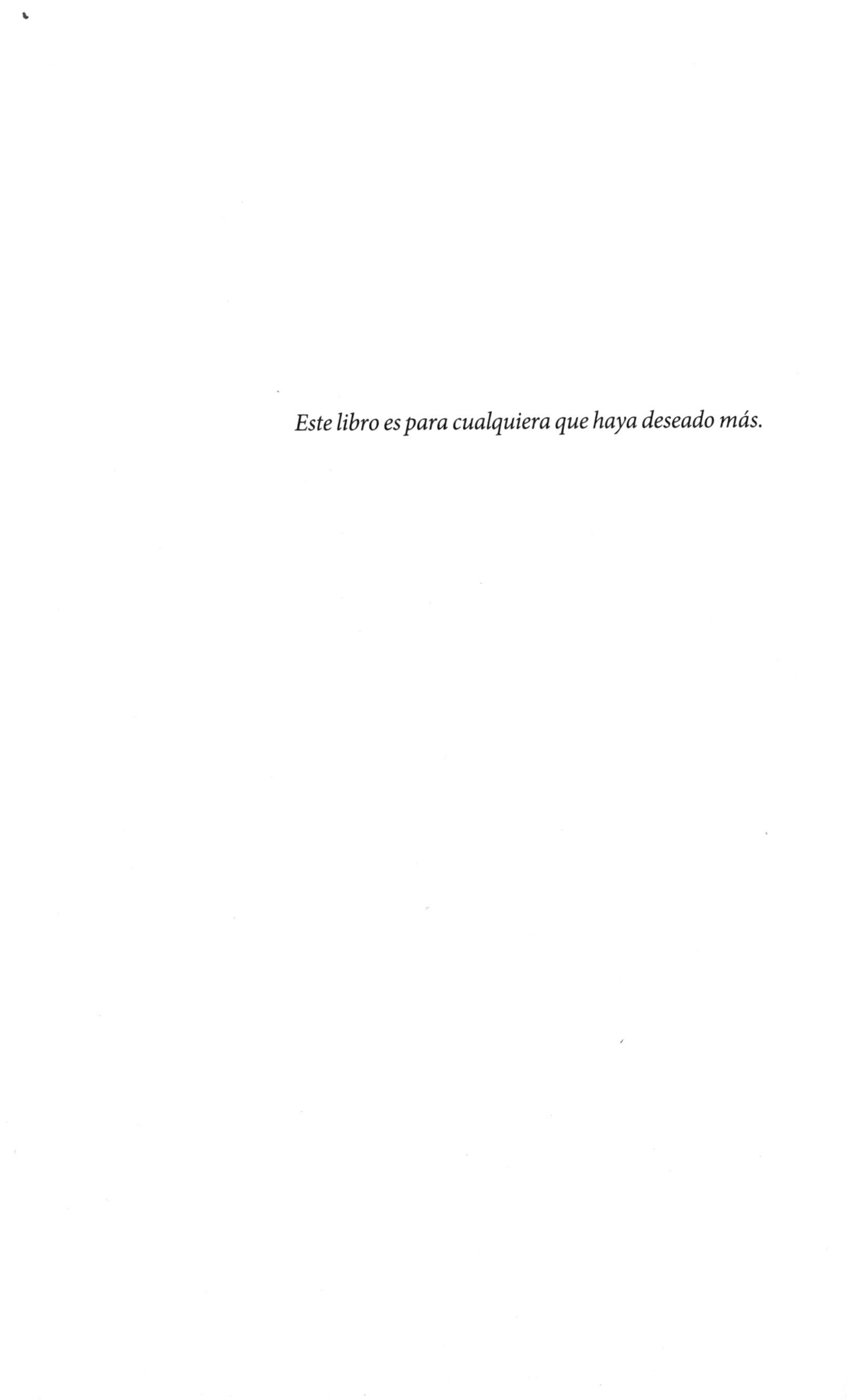

*Este libro es para cualquiera que haya deseado más.*

# SOBRE ESTE LIBRO

Me han dicho que es mejor leer esta historia sin tener absolutamente ningún conocimiento sobre su contenido. Por esa razón, aquí no encontrarás ninguna advertencia. Sin embargo, te daré un consejo sincero: abróchate el cinturón. La serie El beso del basilisco no se parece a nada que hayas leído antes y es posible que no vuelvas a leer nada parecido.

Despídete de la persona que eras antes de leer este libro. Y una vez que lo hayas leído, dáselo a algún amigo para que también pueda leerlo.

# PRIMERA PARTE

# CAPÍTULO 1

—Nunca adivinarán lo que me pasó anoche —susurró Vera.

Tem suspiró. Había ido a la panadería a entregar huevos y a cambio había obtenido chismes. Siempre era lo mismo con Vera.

—¿Qué pasó? —preguntó Tem.

Vera se inclinó sobre el mostrador para que solo Tem pudiera oírla.

—Jonathan me llevó debajo del puente.

Tem quedó boquiabierta. Todo el mundo sabía lo que pasaba cuando un chico llevaba a una chica debajo del puente.

—¿En serio?

—Sí. —Vera esbozó una sonrisa burlona—. Vi su… —miró por encima del hombro y luego volvió a mirar a Tem— pene.

Tem se sonrojó al oír la palabra.

—¿Nunca has visto uno? —Vera rio, echando sus rizos rubios por encima del hombro con altiva satisfacción.

—No —murmuró Tem. Vera sabía muy bien que ella nunca había visto uno, al menos no en persona. Había muchos representados en las estatuas de mármol que flanqueaban los escalones que conducían a la iglesia, pero no eran nada del otro mundo, parecían zanahorias pequeñas—. ¿Cómo era?

Vera se inclinó, frunciendo los labios con aire cómplice.

—Era firme —susurró—. Como un pepino, pero cálido, y me cabía perfectamente en la mano.

—¿Lo sujetaste?

Vera se echó a reír. Tem resistió la tentación de lanzarle un huevo.

—No solo lo sujetas: *juegas* con él, lo acaricias de arriba abajo… —Vera movió la mano para imitar el movimiento que Tem memorizó al instante— … hasta que él termina.

Vera soltó una risita cruel ante la expresión de Tem.

—Ay, Tem —gimió con un insoportable tono condescendiente—. No te preocupes. Mañana por la noche aprenderás, para eso está el basilisco.

Todos sabían para qué estaba el basilisco.

—Aunque claro —continuó Vera—, tener ventaja no está nada mal. Al fin y al cabo, el príncipe va a elegir a la chica más hábil. Tengo la intención de practicar tanto como pueda.

Solamente Tem conocía la dolorosa verdad, y era que no había nadie con quien pudiera practicar. Los chicos de su edad no le hablaban y si lo hacían era solo para preguntar si en la granja de su madre había algún gallo de sobra. Gabriel era su único amigo, y no le interesaban en absoluto las chicas. De todos modos, no importaba. Siempre había sabido que no tendría ninguna oportunidad con el príncipe, independientemente de lo que le enseñara el basilisco. Era mucho más probable que el príncipe eligiera como esposa a una chica con experiencia como Vera.

—Siempre puedes practicar en casa —dijo Vera como si supiera lo que pensaba Tem.

Tem levantó la mirada.

—¿Cómo?

—Tócate tú misma. Si sabes cómo hacerlo, podrás entender mejor cómo tocar a otra persona.

Por primera vez, Tem sintió una pequeña sensación de victoria.

Ya se había tocado muchas veces en la intimidad de su habitación. Lo había hecho desde que tenía memoria y sabía exactamente cómo darse placer. Esos momentos de soledad eran importantes para ella, la hacían sentir sexual y viva. Le encantaba la euforia que llegaba después de un orgasmo y se preguntaba si los hombres tenían una sensación similar cuando terminaban.

—Lo intentaré esta noche —dijo Tem, guardándose el secreto.

Su superioridad se esfumó al instante con las siguientes palabras de Vera.

—Por supuesto, me encantó que Jonathan me devolviera el favor.

Tem quedó boquiabierta.

—¿También te tocó?

Vera sonrió de oreja a oreja, deseosa de actuar para su público.

—No solo me tocó. Me *saboreó*.

Tem frunció el ceño.

—No comprendo.

Vera soltó una carcajada que hirió a Tem en lo más profundo.

—No, ya lo creo que no. Si ni siquiera te han besado.

La vergüenza de Tem era cada vez mayor. Si Vera no se refería a los besos, debía referirse al otro acto más íntimo, ese que Tem solo había imaginado y no esperaba experimentar nunca. El rubor volvió a subir por sus mejillas, combinando a la perfección con su vergüenza.

—¿Cómo fue? —preguntó a su pesar. Odiaba ofrecerle un estrado a Vera, pero necesitaba con desesperación conocer la respuesta.



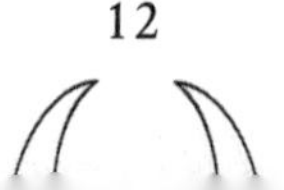

—Ay, Tem —Vera volvió a soltar una risita—, ya lo descubrirás. —Hizo una pausa y su boca se torció cruelmente—. O tal vez no. Después de todo, ¿quién querría a una chica que sabe a mierda de pollo?

El insulto fue demasiado grave para que Tem lo soportara. Dio justo en sus inseguridades, confirmando todas las cosas horribles y oscuras que había pensado sobre sí misma: que no era más que una campesina, que era sucia y poco atractiva, que ningún hombre la miraría nunca de la forma en que ella deseaba que la miraran. Le costaba un enorme esfuerzo mantener esos pensamientos a raya y justo cuando lo conseguía, chicas como Vera los reforzaban.

Ya estaba harta de esa estúpida conversación.

—¿Los quieres o no? —preguntó levantando la caja de huevos que tenía en los brazos.

—Sí —suspiró Vera, claramente decepcionada porque ya no hablaban de ella—. Un momento. —Tomó los huevos y se fue contoneándose.

Tem se tomó un momento para recomponerse. Se sentía ridícula y patética cada vez que dejaba que Vera la humillara. Pero era imposible no sentirse inferior cuando nunca había besado a un chico. Nunca sería como Vera, con sus moños rosas de seda, que hacía ondear provocativamente delante de los chicos en el mercado. Ella siempre sería la chica que sabía a mierda de pollo.

Cuando Vera regresó con el pago de Tem, se burló una última vez.

—Descansa un poco. Lo vas a necesitar.

De camino a casa, Tem no pudo evitar llorar.

Tomó el camino sinuoso a través del bosque para que nadie viera sus lágrimas, mientras caminaba por el borde del muro que rodeaba todo el pueblo. Con cuatro metros de altura y hecho de madera, el muro parecía insulso desde el interior. Pero por fuera, estaba revestido de espejos.

Siglos atrás, cuando los humanos llegaron a esa parte del mundo, no sabían que los basiliscos ya estaban allí. Al principio, los monstruos no suponían un problema; cuando adoptaban forma humana, eran atractivos. Su impacto sexual era innegable y esa había sido la razón principal por la que los aldeanos habían podido convivir con ellos durante tanto tiempo.

Pero cuando adoptaban su verdadera forma, cuando se convertían en serpientes enormes y despiadadas, se volvían una amenaza. La guerra resultante fue sangrienta. Los basiliscos estaban dotados de magia contra la que los aldeanos no podían defenderse, al menos hasta que descubrieron que los basiliscos tenían puntos débiles: el canto de un gallo, el olor de una comadreja. No fue hasta que una serpiente cayó muerta después de mirarse en un charco de agua que los aldeanos se dieron cuenta de que también eran una amenaza para ellos mismos. Ganaron la guerra con escudos de espejo. A cambio del territorio fuera de la muralla, los basiliscos



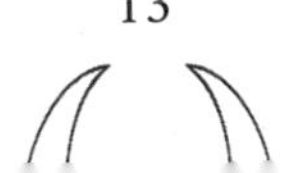

accedieron a utilizar sus seductores talentos para entrenar a la futura esposa del príncipe y asegurarse de que le diera un heredero. Se estableció una tregua provisional y, desde entonces, ambos grupos habían vivido en relativa paz.

La pequeña cabaña que Tem compartía con su madre estaba situada en los límites del bosque, y ella sintió que una ola de calidez la invadía al verla. Siempre había sido su hogar, sin importar lo que le esperara afuera de sus muros.

Su madre levantó la mirada de la mesa de la cocina cuando Tem entró.

—¿Cómo te fue en la panadería, cariño?

—Terrible.

—¿Con los huevos o con Vera?

—Con Vera.

—Te he dicho que ignores a esa chica.

—Es como un mosquito, y los mosquitos son difíciles de ignorar.

La madre de Tem suspiró, limpiándose las manos en el delantal.

—Debes aprender a ignorar el ruido, Tem.

—¿Como lo haces tú?

Era un golpe bajo y Tem lo sabía. Su madre era la única persona más afectada por los chismes del pueblo que Tem. Criar sola a una hija en un pueblo que veneraba la paternidad e idolatraba a los herederos varones no había sido fácil. Y si a eso se le sumaba su ocupación como avicultora, la madre de Tem era una marginada, lo que convertía a Tem en la hija de una.

—Lo siento, madre —dijo Tem en anticipación.

Su madre frunció los labios, reprimiendo claramente su malestar.

—No te preocupes, querida. Sé que estás nerviosa por lo de mañana.

Decir que estaba nerviosa era quedarse corta.

Antes de que pudiera volver a decir algo inapropiado, Tem se retiró a su habitación. Era su santuario en más de un sentido: cada vez que el mundo la abrumaba, sabía que podía terminar el día sola en su cama.

Colgó su capa en el armario antes de acostarse y mirar fijamente el techo. Se sentía infinitamente cansada, como si el peso del mundo entero estuviera sobre sus hombros. Y bien podría ser así. Si no le iba bien al día siguiente, decepcionaría a su madre. Eran humildes granjeras, y la gente como Vera las menospreciaba. No tenían nada. Si Tem conseguía casarse con el príncipe, su reputación cambiaría por completo.

Tem no quería otra cosa que hacer que su madre se sintiera orgullosa, lo que implicaba llegar lo más lejos posible en el proceso de entrenamiento. No tenía ninguna posibilidad de ganar. Pero si al menos lograba pasar la primera ronda de eliminación, tal vez incluso la segunda, si Kora lo permitía, entonces tal vez su madre la perdonaría cuando el príncipe no la eligiera. Había parejas disponibles para las chicas que obtuvieran una alta



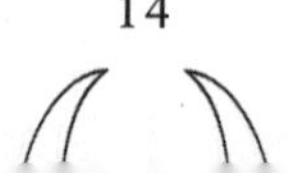

clasificación en el entrenamiento pero que no se casaran con el príncipe. Podría casarse con algún duque o lord. Pero incluso si el príncipe se enamorara de ella, lo cual era imposible, no tendría ninguna oportunidad con él a menos que fuera una de las tres finalistas. Esas tres chicas se acostarían con el príncipe, haciendo gala de todo lo que habían aprendido durante el entrenamiento. Después de eso, el príncipe elegiría a su esposa.

Tem giró sobre su costado con un suspiro. Se quedó mirando las palmas de sus manos, que estaban salpicadas de pecas. Los diminutos puntos de pigmento se extendían desde un extremo de la palma hasta el otro, formando un patrón en su piel que semejaba una constelación.

—Tienes las estrellas en tus manos —decía siempre su madre, mientras frotaba los dedos de Tem entre los suyos—. Igual que tu padre.

Pero cuando Tem preguntó sobre el tema, su madre se quedó callada, y ella supo enseguida que no debía indagar más. Sabía que su padre era un tema delicado. Su madre lo había dejado antes de que ella naciera y eso era lo único que sabía. Tem se había preguntado muchas veces qué pudo haber hecho él para que su madre lo dejara, sobre todo teniendo en cuenta lo difícil que era dirigir la granja sin un hombre que asumiera parte de la carga; sin embargo, no tenía sentido cuestionarla. Y a Tem tampoco le importaba saberlo. Eso no cambiaría la forma en la que los aldeanos cuchicheaban sobre ellas o la manera en la que Vera la miraba, como si fuera un bicho asqueroso que debía aplastar. Las cosas nunca serían justas para ellas. Y Tem lo había aceptado hacía mucho tiempo.

Lo único que importaba era lo que sucedería en las cuevas al día siguiente.

Las palabras de Vera resonaban en su mente: «Descansa un poco. Lo vas a necesitar».

Tem cerró los ojos. Cuando despertó, era hora de cenar.

Su madre estaba en la cocina, atenta a una olla de estofado. Tem sacó una hogaza de pan de la alacena y apenas había empezado a cortarla cuando tocaron la puerta. Ella supo por el sonido (cinco golpes cortos y secos) que era Gabriel.

La cabeza de su madre se asomó de golpe sobre la olla.

—No dejes entrar a ese chico infernal.

Tem puso los ojos en blanco. La última vez que Gabriel había entrado, tiró accidentalmente el tendedero, rompiendo varios de los platos favoritos de su madre. Tem había pasado horas tratando de pegar los trozos de cerámica en vano. Gabriel no podía evitarlo; sus extremidades se movían casi por sí solas, sin ninguna consideración por los objetos inanimados ni por las personas.

—No lo haré —dijo, mientras se ponía la capa. Había olvidado que Gabriel quería beber esa noche y al recordarlo, le pareció lo mejor del mundo.



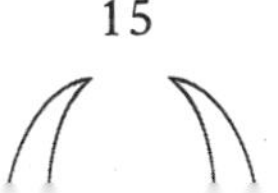

—Y no vuelvas muy tarde —insistió su madre.

—No lo haré.

—Y no...

—No lo haré. —Tem puso las manos sobre los hombros de su madre.

Su madre la miró.

—Mañana es un día importante, Tem. Solo quiero que...

—Cause una buena impresión. Lo sé. Y lo haré.

—Quiero que causes una *excelente* impresión.

—Lo haré.

Su madre no parecía convencida. Tem tampoco estaba muy convencida.

Pum, pum, pum, pum, pum.

Tem volteó hacia la puerta.

—Debo irme. Volveré temprano, lo prometo.

Le dio un beso rápido en la sien a su madre antes de ponerse la capa y abrir la puerta. Allí estaba Gabriel, con sus caóticos dos metros de altura. Llevaba una chamarra larga de piel y el cabello color castaño claro ligeramente despeinado por el viaje.

—¿Piel? —preguntó Tem—. ¿En serio? Dijiste que no te llevarías a nadie a casa esta noche.

—Siempre intento llevarme a alguien a casa. —Gabriel asomó la cabeza por el marco de la puerta para saludar con aire despreocupado a la madre de Tem—. Hola, señora Verus. Luce encantadora esta noche.

La madre de Tem le lanzó una mirada fulminante.

Gabriel no se inmutó.

—¿Qué está cocinando? Huele delicioso —canturreó.

—Volveremos pronto —dijo Tem con prisa, empujando a Gabriel hacia el porche.

Él la abrazó mientras caminaban hacia el jardín.

—Parece que ya no le caigo bien a tu madre.

—Aterrorizaste su vajilla. La mujer guarda rencor.

—Bah. —Gabriel chasqueó los dedos como si eso no le importara—. Dame una semana. Volveré a caerle bien.

Conociendo a Gabriel, eso ocurriría. Apretó el brazo que tenía alrededor de ella.

—¿Puedes oler eso, Tem?

—¿Oler qué?

Hizo un gesto exagerado de oler el aire.

—Ese es el olor de tu virginidad desapareciendo en el viento.

Ella lo empujó tan fuerte como pudo, sin mucho resultado.

—¿Estás segura de que no deberíamos intentar que te acuestes con alguien esta noche? —continuó él sin pestañear—. No estaría de más que practicaras un poco antes de mañana.



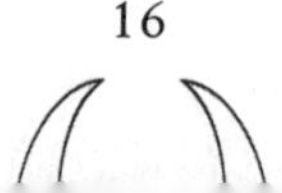

—¿Con quién? —preguntó Tem con amargura.

—Estoy seguro de que podemos encontrar un mesero animado que se deleite con tu compañía.

—El único mesero del Horseman es el viejo Steve. ¿Quieres que me coja al viejo Steve?

—No. Pero estoy seguro de que al viejo Steve no le importaría cogerse a una jovencita guapa como…

Ella le dio un golpe en el brazo.

—¿Por qué no te cojes tú al viejo Steve?

Gabriel jadeó con dramatismo.

—Por favor, Tem. Tengo ciertos estándares.

—Ninguno que yo pueda ver.

—Estamos un poco agresivos esta noche, ¿verdad?

Ella le dio otro golpe y él levantó las manos en señal de rendición.

—Bien, ninguno de los dos se cogerá al viejo Steve. Él se lo pierde. Yo, por otro lado —agarró las solapas de su chamarra de piel, ajustándosela con elegancia sobre los hombros—, tengo la misión de que el joven del establo se fije en mí.

Tem frunció el ceño.

—Por lo que vi anoche, Henry ya se fijó en ti.

—No, Henry no. Peter.

—¿Qué hay de malo con Henry?

—Nada. Lo comisionaron para realizar un viaje. Estará fuera las próximas dos semanas.

—¿Qué viaje?

—Está ayudando a traer gente para las eliminaciones.

Era costumbre que la extensa familia del príncipe se reuniera durante el entrenamiento. Los que tenían un rango lo suficientemente alto se quedaban en el castillo, mientras que el resto se repartía entre las posadas del pueblo. Era una época notoriamente fructífera para la economía de la aldea. Incluso el hostal más humilde experimentaba un impulso gracias al aumento de clientes adinerados.

—¿De verdad no puedes pasar dos semanas sin besar a un caballerizo? —preguntó Tem, a lo que Gabriel respondió riendo.

—Podría. Pero ¿por qué querría hacerlo?

Ella no supo qué responder.

Cuando llegaron al Horseman, Tem moría de ganas de beber algo. El bar estaba más concurrido de lo habitual, lo cual no era una sorpresa. Todo el pueblo estaba a la expectativa, esperando los acontecimientos de las semanas siguientes.

—¿Cervezas? —preguntó Gabriel—. Invitas tú.

—Lo que sea por ti, querido.



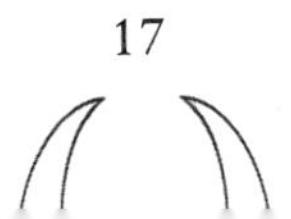

Tem se deslizó hacia su mesa habitual y miró a su alrededor. Allí estaba Vera, recluida en un rincón con Jonathan. Estaba sentada demasiado cerca de él, casi en su regazo, con los pechos juntos. A dos mesas de distancia había un grupo de chicas hablando animadamente. Tem las reconoció; pasarían por el entrenamiento juntas. Se preguntó si estarían tan nerviosas como ella. Dada la forma en que reían, dudaba que fuera así.

Para cuando Gabriel regresó con las cervezas, el estómago de Tem se había convertido en un nudo difícil de deshacer.

—Por Kora —dijo Gabriel, levantando su vaso hacia el de ella. Era el brindis tradicional.

—Por Kora... —Tem se bebió la mitad de su cerveza de un trago.

Gabriel arqueó una ceja.

—¿Tienes sed?

—Muchísima.

Él siguió la mirada de ella hacia Jonathan y Vera, que se estaban besando como si fuera su última noche de vida. Él arqueó una ceja.

—¿No saben que están en público?

—El amor verdadero no espera a nadie —comentó Tem con amargura.

Gabriel resopló.

—Eso no es amor verdadero. Es un embarazo no planeado a punto de ocurrir.

Tem tuvo que reírse de eso. Dudaba que Vera fuera tan estúpida como para no tomar la hierba de la infertilidad teniendo en cuenta cuánto sexo tenía semanalmente. Todas las chicas la tomaban, incluida Tem, aunque no importaría durante el entrenamiento; no era posible quedar embarazada de un basilisco. Al menos eso era lo que todo el mundo decía. Pero en el pueblo habían circulado las mismas historias durante años de que, en casos extremadamente raros, era posible. Y si eso llegara a ocurrir, el bebé sería una abominación de la naturaleza: mitad humano, mitad basilisco, atrapado para siempre entre las dos especies, sin encajar nunca del todo en ninguna de ellas. Pero eso era una tontería. Nadie que Tem conociera había visto nunca a una criatura así y no había razón para creer en los rumores.

—¿Quién crees que ganará? —La voz de Gabriel la sacó de sus cavilaciones.

Tem lo miró.

—¿Ganar qué?

—La mano del príncipe en matrimonio, por supuesto. ¿Quién será la afortunada?

Tem consideró revelador que él no diera por hecho que sería ella. Ni siquiera su mejor amigo confiaba en sus habilidades. Así que solo podía responder con la verdad.



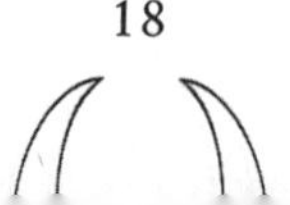

—Vera. Ni siquiera necesita entrenamiento.

—Mmm... —dijo Gabriel pensativo, tomando un sorbo de cerveza—. Es demasiado fácil. A los hombres no les gusta eso.

Tem levantó una ceja en dirección a Jonathan, cuyas manos estaban descaradamente ocupadas con la parte delantera del vestido de Vera.

—Parecería que es así.

—Ese no es un *hombre*, Tem. Es un niño.

Tem apenas podía notar la diferencia.

—¿Tú quién crees que ganará?

Gabriel se encogió de hombros.

—Tú, por supuesto.

Tem parpadeó. Quizá sí creía en ella después de todo.

—Debes estar bromeando.

—No. ¿Por qué no iba a elegirte el príncipe?

—Se me ocurren cien razones.

—Dime una.

Tem pudo haber enlistado todas, pero eligio la más obvia.

—No tengo experiencia.

—Para eso es el basilisco.

Era la conversación de la panadería otra vez.

La piel de Tem se erizó.

—Sé para qué sirve el basilisco. Pero, aunque aprenda todo lo que haya que aprender, nunca tendré ese aspecto. —Sacudió la cabeza hacia Vera, que apenas se distinguía de Jonathan.

Gabriel se burló.

—Si alguna vez te vieras así, no volvería a salir contigo.

Ella lo miró con severidad.

—Sé serio, Gabriel.

—Lo soy, Tem. Eres demasiado dura contigo misma. Eres un buen partido.

—No cuenta cuando lo dices tú.

—¿Cuenta si lo dice el viejo Steve? Porque estoy seguro de que lo haría si le preguntáramos.

Tem resistió la tentación de vaciarle la cerveza en el regazo.

—El príncipe debe pensar que soy un buen partido y te aseguro que no lo hará.

Gabriel le dio dos golpecitos en la nariz.

—Nunca conseguirás un hombre con esa actitud.

—El príncipe no es un hombre —refunfuñó ella, apartando su mano.

El príncipe tenía veinte años, como Tem. Solo las chicas nacidas el mismo año que él podían acceder al entrenamiento. Nunca había visto al príncipe de cerca, aunque si debía creerse la historia de mierda de Vera



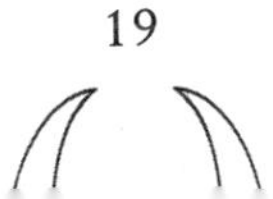

sobre cómo se había encontrado con él en la plaza del pueblo, sus ojos eran verdes. Tem no se creía la historia y, desde luego, no le importaba de qué color fueran sus ojos.

—Podría ser peor, ¿sabes? —dijo Gabriel.

—¿Qué podría ser peor?

—El entrenamiento. Al menos el príncipe tomará su decisión basándose en quién le gusta en la cama. Si se basara en otras habilidades, no tendrías ninguna oportunidad.

Tem frunció el ceño

—¿Qué otras habilidades?

—Oh, no sé. Cocinar, por ejemplo.

—¿Cocinar?

—He probado tu pastel de carne, Tem. —Arrugó la nariz—. Tiene un sabor fuerte.

Por suerte, en ese momento Peter entró por la puerta.

Gabriel se puso de pie de un salto, se ajustó la chamarra y se pasó una mano por el cabello.

—El deber me llama —dijo antes de dirigirse directamente hacia el joven del establo.

Después de eso, a Tem no le quedó más remedio que mirar a Vera y Jonathan poner a prueba los límites de lo que era apropiado hacer en público. Dos cervezas después, Tem estaba lista para irse. Fiel a su palabra, no llegó tarde a casa. Pero la cabaña estaba tranquila cuando lo hizo, su madre ya estaba en su habitación, probablemente dormida previendo el despertar temprano para trabajar en la granja. Tem se lavó la cara en el baño antes de meterse a la cama y mirar una vez más al techo. Por lo regular, se tocaba antes de dormirse, pero la idea de encontrarse con el basilisco al día siguiente era tan intimidante que no podía ni siquiera hacer eso. Daba bruscas vueltas en la cama, incapaz de conciliar el sueño.

Cuando por fin se durmió, soñó con fuego.

El fuego no la quemó. Más bien, la calentó levemente, desde la punta de los dedos de los pies hasta la base del cráneo. El fuego le resultó familiar de alguna manera, como si lo hubiera enviado alguien que conoció hacía mucho tiempo. Las llamas lamieron sus dedos, sus palmas, sus brazos. Una sola bocanada rozó su mejilla. Luego se acabó.

La mañana siguiente llegó como cualquier otra. Tem se dedicó a sus quehaceres, repartiendo huevos y ayudando a su madre en la cocina, como siempre. Pero en lo más profundo de su mente estaba la certeza de que en menos de doce horas se encontraría cara a cara con un basilisco.

Al llegar la noche, descargó su angustia sobre las papas.

—Cuidado, Tem —le dijo su madre—. Te vas a cortar.



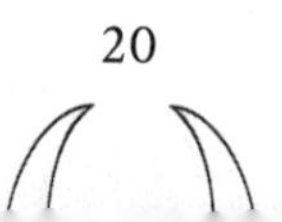

Una cortada sería el menor de sus problemas. Tiró el cuchillo con exasperación.

—No estoy preparada, madre —dijo—. ¿Cómo sabré qué hacer?

Su madre suspiró y se apartó el cabello de la cara.

—Aprenderás qué hacer. El basilisco te enseñará.

—¿Y si resulto inadecuada?

—Todas las chicas son inadecuadas cuando entran a las cuevas.

—No todas las chicas —murmuró Tem, pensando en Vera con Jonathan.

—Confía en mí, querida. Lo harás muy bien.

Tem suspiró. Era inútil, su madre simplemente no lo entendía. Tem tenía absolutamente todo por qué temer. La insuficiencia no era más que la punta de un iceberg de inseguridades. No podía imaginar un escenario más aterrador que el que estaba a punto de experimentar.

Y, sin embargo, el sueño rondaba su mente.

Si lo que le esperaba en las cuevas se parecía en algo de lo que había sucedido en el sueño, sabía que no tenía motivos para temer.

—Ya casi anochece. ¿Por qué no vas a prepararte?

Tem asintió. Cualquier cosa era mejor que pelar papas.

Se retiró a preparar la tina y se dio un baño rápido, tratando de no pensar en cada centímetro de su cuerpo desnudo. Cuando regresó a la cocina, su madre señaló el banco.

—Siéntate.

Tem se sentó.

Su madre le dio golpecitos en las rodillas.

—Súbete la falda, querida.

—¿Por qué?

Su madre levantó dos frascos de vidrio color ámbar.

—Debemos aplicarte aceites en las piernas.

Tem frunció el ceño. No quería entrar a las cuevas con las piernas aceitosas.

—¿Para qué?

—El ylang-ylang es para la valentía. El sándalo para el calor. Te darán valor y captarán la mirada del basilisco.

—Espero que no literalmente —murmuró Tem mientras se subía la falda.

—Por supuesto que no, querida. Sabes a qué me refiero.

Tem suspiró, observando cómo su madre retiraba los tapones de los frascos y aplicaba los aceites en sus muslos. Los frotaba con sus dedos cálidos, dejando la piel brillante y luminosa. La rica y suave fragancia del sándalo era un complemento apropiado para la profundidad floral del ylang-ylang. Tem podía imaginar cómo los aromas seducirían a un hombre.

Pero ¿se trataba realmente de un hombre al que debía seducir?



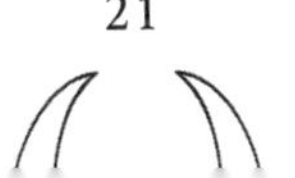

—Madre —dijo Tem vacilante mientras su madre volvía a cerrar los frascos—, ¿cómo será?

Nunca le había preguntado sobre su propio paso por las cuevas. Pero su madre había sido justo como Tem, había nacido en el mismo año que un príncipe y había participado en el mismo entrenamiento. El rey en el poder no había elegido a su madre como esposa, pero Tem a menudo se preguntaba cómo habría sido su vida si lo hubiera hecho.

Su madre suspiró profundamente y, por primera vez esa noche, su ceño se suavizó.

Parecía que estaba recordando algo importante.

—Será... transformador. Darás el primer paso para convertirte en mujer.

—Pensaba que ya lo era.

—Ni de cerca, querida. Apenas has empezado a vivir. No puedes ni imaginar el viaje en el que estás a punto de embarcarte. —Su madre bajó el vestido de Tem y dio un paso atrás para mirarla por completo—. Ahora recuerda, esta es solo la primera de muchas noches. No lo ofendas o puede que no te permita volver.

—¿Cómo podría ofenderlo?

—Si Kora quiere, no lo harás. Pero conociéndote, encontrarás la manera.

Tem suspiró. Su madre no se equivocaba en absoluto.

—Debes recordar ser educada —continuó su madre—, y someterte a él por completo. Tú eres la estudiante y él es el profesor. No es momento para tus tonterías obstinadas. Harás lo que él te diga e intentarás aprender algo.

Tem asintió, aunque su estómago se había convertido en una maraña. No era buena siguiendo instrucciones, nunca lo había sido. ¿Por qué iba a ser buena en esto que era tan importante y fundamental?

—Soy un desastre, madre —susurró, con la mirada fija en el suelo.

—No, querida —respondió su madre con amabilidad, colocando las palmas de sus manos sobre los hombros de Tem—. Ninguna chica es un desastre.

Sus palabras no fueron de consuelo para ella. Ansiaba que su madre fuera más específica; quería oír que ella misma no era un desastre. Sin embargo, eso no era lo que esperaba, y no fue lo que su madre le dijo. No habría detalles específicos; no habría mimos para Tem esa noche ni ninguna otra. Solo estaba la tarea que tenía entre manos y su voluntad de completarla.

—Ya casi es la hora —dijo su madre—. Ven.

Tem asintió, siguiéndola por la puerta principal y por el camino de adoquines hasta la calle. Pudo ver a Vera delante de ella, siguiendo a su propia madre al salir de su casa. Cuando llegaron a donde terminaban los árboles, Tem era la última de la fila de catorce niñas y sus madres.

Caminaban como en trance, sin que nadie hablara, mientras seguían el



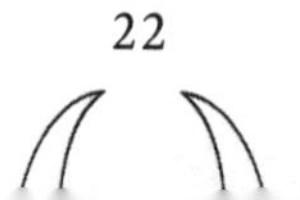

largo camino de tierra hacia el bosque. Era una noche fría, una de las primeras de otoño. Tem trató de calmarse, pero fue en vano. Tenía las piernas grasosas y la cabeza le daba vueltas; sentía como si fuera a vomitar. Estaba pensando seriamente en dar media vuelta y correr a casa cuando, súbitamente, una pared se alzó frente a ellas.

Tem nunca había ido más allá. Sabía que había puertas en varios puntos a lo largo de ella, pero nunca había atravesado ninguna. Ni siquiera estaban cerradas con llave, las cerraduras eran innecesarias, ya que el exterior de espejo era protección suficiente. Pero la idea de encontrarse con un basilisco en su verdadera forma, y correr el riesgo de convertirse en piedra a causa de su mirada mortal, era suficiente razón para permanecer detrás del muro.

Tem rezó en silencio a Kora cuando atravesaron la puerta.

Tan pronto como atravesaron el muro, vio que estaban al pie de la montaña. La fila de chicas se detuvo ante una larga hilera de cuevas, cada una con una entrada que a la luz de la luna parecían bocas abiertas. Pasó un largo momento sin que ocurriera nada. Y entonces, a través de la neblina de la penumbra vespertina, una figura emergió de las sombras.

El corazón de Tem dio un vuelco en su garganta. Estaba demasiado lejos para verlo con claridad, pero lo suficientemente cerca como para saber que tenía forma humana, como era de esperarse. Eso era parte del trato: ninguna de las chicas que competían por la mano del príncipe moriría en las cuevas, eso violaría la tregua. Por supuesto, a Tem le costaba confiar en un acuerdo que se había hecho cientos de años atrás, pero no tenía elección.

Junto a ella, su madre la agarró de la muñeca.

—Sé valiente, hija.

Tem no tuvo que voltear para saber que se había ido. El resto de las madres también se marchaba, besando y abrazando a sus hijas antes de desaparecer por el camino hasta que las chicas se quedaban solas en el frío.

Nadie dijo una palabra.

Tem se dio cuenta de que, a pesar de que le habían hablado del entrenamiento casi todos los días durante la mayor parte de su vida, no tenía ni idea de lo que sucedería después. ¿Cómo sabría con qué basilisco la emparejarían? ¿Sería ella la que elegiría o lo harían ellos?

Antes de que pudiera preguntarle a la chica que estaba a su lado, el basilisco dio un paso adelante.

—Han venido aquí para aprender —dijo mientras su voz resonaba entre las rocas—. Al final del entrenamiento, el príncipe elegirá a una de ustedes como su esposa.

Silencio.

No era exactamente información nueva. Aun así, era inquietante oírlo en ese momento, justo antes de que comenzara.



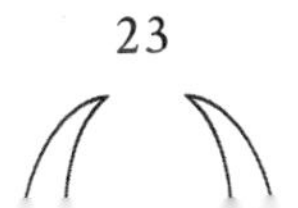

—Nuestro trabajo es prepararlas para ese honor. —Sus ojos las recorrieron y Tem se estremeció cuando se posaron en ella—. Diríjanse a sus cuevas.

Nadie se movió.

¿Cómo iban a saber cuál era su cueva? Esperaron más instrucciones, pero el basilisco no volvió a hablar. Para satisfacción de Tem, incluso Vera parecía nerviosa.

De repente, la chica que tenía delante dejó escapar un grito corto y confuso antes de darse la vuelta y correr hacia la pared. Un momento después, desapareció por la puerta.

Una menos, quedaban trece.

De alguna manera, la desertora le dio fuerzas a Tem. Ella no era una cobarde; no huiría. Había ido allí para que su madre se sintiera orgullosa de ella y, lo que era más importante, para sentirse orgullosa de sí misma. Quizá no le importara el príncipe, pero sí le importaba una vida más allá del gallinero. Y se debía a sí misma encontrarla.

Antes de que pudiera convencerse de lo contrario, Tem dio un paso adelante.

Todas la miraban, pero ella las ignoraba. En lugar de eso, se concentró en las cuevas, mirando cada una de ellas en sucesión. Catorce cuevas. Catorce basiliscos. Era inútil. Cerró los ojos. En el momento en que lo hizo, algo llegó a su mente de forma involuntaria. La sensación era como una luz en la oscuridad, que la llamaba. Se movió para seguirla, caminando hacia la cueva más lejana, percibiendo una sombra de lo que había sentido en el sueño: un calor relajante que la atraía. Sabía, de alguna manera, que se dirigía en la dirección correcta.

No vio si las otras chicas la seguían. En lugar de eso, trepó por las rocas para llegar a la entrada de la cueva antes de deslizarse en la oscuridad total. Sus ojos tardaron un momento en adaptarse, pero una vez que lo hicieron, vio que había una tenue luz a lo lejos. Caminó hacia ella y finalmente se encontró en una habitación iluminada por el fuego. Hacía calor.Frente a ella estaba su basilisco.

# CAPÍTULO 2

El basilisco no era en absoluto como ella se lo había imaginado.

De alguna manera, en su imaginación, nunca había tenido rostro. La versión de Tem del basilisco siempre había sido misteriosa: una criatura sin rasgos definidos, sin nada que la distinguiera, un lienzo en blanco que no podía identificarse como algo remotamente parecido a un ser humano. Sin embargo, el basilisco real era por completo diferente. Lucía como el hombre más atractivo que Tem hubiera visto jamás. Tenía todas las características que ella consideraba hermosas, tanto que se preguntó brevemente si eso sería intencionado. Después de todo, los basiliscos eran conocidos por sus poderes de seducción. ¿Se habría moldeado para lucir así sabiendo que a ella le resultaría atractivo?

Era alto, mucho más que ella, con hombros anchos y orgullosos, y una postura rígida. La luz del fuego que danzaba sobre su rostro acentuaba sus rasgos, que eran una escultura fascinante de ángulos afilados e implacables que lo hacían parecer tallado en piedra. Su cabello oscuro era más largo que lo que se acostumbraba, pero de alguna manera le quedaba bien. Llevaba una camisa delgada de lino y pantalones, y ninguna de las dos prendas hacía absolutamente nada por ocultar el sólido contorno de su cuerpo. Calor. Era todo lo que ella sentía.

Cuando el basilisco dio un paso adelante, la mente de Tem se quedó en blanco por completo.

—¿Cómo te llamas? —preguntó él, con una voz profunda y vibrante.

La voz de Tem parecía haber dejado de funcionar.

—Temperance —logró susurrar—. Pero todos me llaman Tem.

Había una chimenea empotrada en la pared de piedra, cuyas llamas se reflejaban en los ojos dorados de él, ojos que, si hubiera adoptado su verdadera forma, Tem sabía que la matarían.

El basilisco ladeó la cabeza, evaluándola. Su mirada la hizo sentir completamente expuesta.

—Me llamo Caspenon, pero me conocen como Caspen.

—Caspen —repitió ella, sintiendo su nombre como una roca en su garganta.

Hubo un largo silencio durante el cual él la estudió. De repente, Tem temió que la rechazara en ese preciso momento. ¿Sería posible que la expulsaran del entrenamiento antes incluso de que comenzara? Nunca había oído que eso sucediera, pero no le extrañaría que le ocurriera a ella. Antes de que pudiera entrar en pánico de verdad, él volvió a hablar.

—Tienes miedo —dijo.

Tem asintió porque, por supuesto, era verdad. Él se acercó más y su garganta se cerró por completo.

—No tienes por qué tenerme miedo.

—No te tengo miedo.

Caspen inclinó la cabeza hacia el otro lado.

—Entonces, ¿a qué le temes?

—A fracasar —dijo simplemente porque no sabía cómo expresarlo con palabras.

El basilisco frunció el ceño.

—¿En qué?

—En... —empezó, pero no supo cómo terminar.

—En el sexo —terminó él en su lugar.

Tem no estaba acostumbrada a esa palabra; su madre nunca la decía en voz alta y Vera siempre lo llamaba *hacer el amor,* lo cual era objetivamente atroz. Tem nunca la había oído de la boca de un hombre. Cuando le hablaron del entrenamiento en la escuela, eran mujeres quienes impartían las lecciones. Pero esas lecciones eran de hacía años y Tem deseaba haber prestado más atención entonces.

—Supongo —susurró.

—¿Me consideras un maestro incapaz? —preguntó el basilisco.

—No sé nada de ti.

Caspen sonrió un poco al oír esa respuesta. Algo dentro de ella se despejó.

—Los príncipes han elegido a mis alumnas por generaciones. Puedes estar segura de que no permitiré que fracases.

Tem quedó boquiabierta ante la revelación. Si lo que él decía era cierto, significaba que Caspen era el Rey Serpiente: el legendario basilisco cuyo poder era muy superior al del resto. Su reputación era ejemplar en la aldea; la gente hablaba de él como si fuera un dios. Tem tenía al maestro más codiciado.

En lugar de tranquilizarla, esa información le produjo el efecto contrario. En ese momento sintió aún más presión que antes. Si no lograba conquistar al príncipe a pesar de haber sido entrenada por el Rey Serpiente, sería más que humillante. Su madre nunca se lo perdonaría.



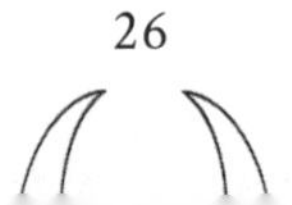

Caspen la seguía mirando.

—No pareces desesperada por estar aquí —dijo de repente.

Su forma de expresarse era extraña. *¿Desesperada?* Tem frunció el ceño.

—¿Debería estarlo?

Caspen se encogió de hombros.

—La mayoría de las chicas lo están. Es un honor que el príncipe te elija. Y un honor aún mayor es ser coronada como reina. ¿No deseas esas cosas?

Tem pensó en la pregunta. Sin duda su madre deseaba esas cosas. Era la cima a la que podía aspirar en la sociedad y la mejor manera de superar su sencilla vida en la granja. Tem sabía cuánto deseaba su madre que ella tuviera éxito, cuánto necesitaba que ella tuviera éxito. Pero la verdad era que ese no era el deseo de Tem. No tenía ninguna posibilidad con el príncipe. Los bravucones del patio de la escuela se lo habían repetido todos los días desde que tenía edad suficiente para comprender su lugar en la jerarquía del pueblo. Entonces, ¿estaba desesperada por estar allí?

Tem descubrió que sí lo estaba.

Quizá no estaba tan desesperada como las otras chicas, quizá no ansiaba la corona como Vera, pero estaba desesperada por estar allí a su manera. No quería nada más que saber a qué se debía tanto alboroto: tocar a un hombre y que él la tocara, desear y ser deseada.

La voz del basilisco se abrió paso entre sus pensamientos.

—Eres libre de irte cuando quieras.

Tem resopló y se arrepintió de inmediato.

Caspen pareció divertido por su reacción.

—¿No me crees?

—No estoy exactamente en posición de irme.

Él ladeó la cabeza.

—No es posible enseñar eficazmente a una estudiante que no quiere aprender.

Tem supuso que eso era cierto.

—¿Alguien ha abandonado el entrenamiento alguna vez? —preguntó.

—Una vez —respondió Caspen. Por alguna razón, parecía que le dolía decirlo. Un segundo después, la incomodidad desapareció—. Pero ella no era mi alumna. —Tem lo consideró. Si era cierto, era inaudito. La formación se presentaba como un honor para cualquier chica nacida en el mismo año que el príncipe. Tem se preguntó por qué esa información en particular se omitía en el plan de estudios de la escuela. Pensó en la chica que había corrido detrás del muro y se preguntó si algún día se arrepentiría.

—Bueno —dijo Tem, frunciendo los labios—. No me iré.

La boca de Caspen se torció una vez más, divertido. Se acercó a ella y cada célula del interior de Tem estalló en llamas.

—Dime, Tem, ¿te han besado alguna vez?



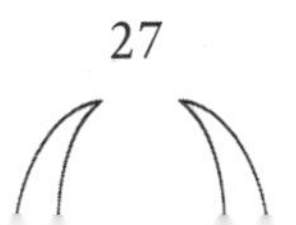

Ella se sonrojó. Nunca había estado ni siquiera cerca de que alguien la besara. De repente se dio cuenta de que pudo haberle pedido a Gabriel que la besara. Era su mejor amigo; seguramente lo habría hecho, sobre todo si sabía que eso le habría calmado los nervios. Pero ya era demasiado tarde para eso. Ahora estaba frente a Caspen, el Rey Serpiente, y él esperaba que ella fuera mucho más de lo que era.

—No —susurró, y la palabra cayó como una piedra en un estanque.

Caspen sonrió ampliamente.

—Eso es bueno —dijo—. Significa que no hay malos hábitos que desaprender.

Tem asintió, aunque no le creía del todo. No podía imaginarse que fuera mejor no tener experiencia alguna. Y, sin embargo, los basiliscos no podían mentir, eran incapaces de hacerlo. Al menos eso decían todas las leyendas. Así que debía estar diciendo la verdad, y si estaba diciendo la verdad, significaba que Tem se encontraba en una mejor situación que Vera. Ese pensamiento la animó enormemente.

—¿Eso es lo que haremos esta noche? —preguntó con repentino valor—. ¿Besarnos?

—No. —Caspen negó con la cabeza—. Esta noche no te tocaré.

—Ah.

Él pareció percibir su sorpresa, porque continuó:

—Antes de tocarnos, necesito verte.

Ella frunció el ceño.

—Me estás viendo en este momento. —Sonrió.

—No toda tu persona.

La anticipación se le enroscó en el estómago. Recordó el sueño, la cálida oscuridad que la rodeaba. Evocó la sensación del aliento contra su piel desnuda. Se preguntó si, de alguna manera, era el aliento de Caspen lo que había sentido, si el sueño presagiaba esto.

Él dio un paso atrás, extendiendo las manos con las palmas hacia arriba.

—Por favor. Cuando estés lista.

El corazón de Tem saltó en su pecho. Recordó que los basiliscos podían oler el miedo, y no quería que Caspen pensara que tenía miedo. Y, sin embargo, dudó. Nunca se había desnudado delante de nadie, y menos de un hombre. Solo se desnudaba en casa, cuando se bañaba o cuando se tocaba. E incluso entonces evitaba mirarse en un espejo. Para ella no había nada natural en eso: no sabía cómo mostrarse a otra persona. Ni siquiera el sueño pudo haberla preparado para eso.

Ante su vacilación, Caspen juntó las manos.

—Todos los viajes comienzan con un paso, Tem.

Ella continuaba inmóvil. La voz de su madre resonaba en su cabeza: «Harás lo que él diga e intentarás aprender algo».



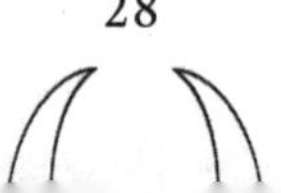

Pero Tem no estaba acostumbrada a seguir órdenes. Iba en contra de todos los instintos de su cuerpo, violaba todo lo que la definía como persona. No podía obedecerlo ciegamente. No estaba hecha para eso, nunca lo había estado.

—Tú primero.

Las cejas de Caspen se levantaron de golpe y luego se juntaron inmediatamente. Ante su reacción, un agudo cuchillo de ansiedad apuñaló el pecho de Tem.

«No lo ofendas, o puede que no te permita volver».

El corazón de Tem descendió hasta sus pies. ¿Y si acababa de ofenderlo? ¿Y si la lastimaba? O peor aún, ¿y si adoptaba su verdadera forma, la miraba directamente a los ojos y la mataba? Se disculparía. Se arrodillaría y suplicaría su perdón. Se desnudaría y dejaría que la mirara todo el tiempo que quisiera.

—Si eso quieres —dijo Caspen antes de que pudiera hacer algo de eso.

Ahora Tem estaba sorprendida. No tenía ni idea de si alguien le había pedido eso antes. Pero no había forma de retractarse, y de todos modos no quería hacerlo.

Caspen se acercó más, deteniéndose a poca distancia. Era mucho más alto que ella, así que Tem tuvo que levantar la cabeza para mirarlo a los ojos.

Él la miró con calma, como si todo aquel proceso no le preocupara. Y ella supuso que no era así. Había visto a docenas de chicas antes que a ella y vería a cientos después. Para él, aquello era solo un deber.

Para Tem, lo era todo. Caspen se quitó la camisa lentamente, sujetando la parte inferior y jalándola por encima de su cabeza con un movimiento demasiado suave. Medio cuerpo suyo seguía vestido, pero Tem apenas podía asimilar lo que ya estaba viendo. Estaba increíblemente en forma, con el torso cubierto de músculos duros. Los pantalones estaban lo suficientemente bajos como para revelar los ángulos agudos de sus abdominales inferiores, que apuntaban hacia abajo como dos flechas. Tem sintió que se sonrojaba por completo al verlo, acompañada con un impulso salvaje de bajarle los pantalones ella misma. Pero Caspen ya estaba desabrochándolos, y antes de que Tem pudiera respirar de nuevo, cayeron al suelo.

El pene de Caspen no se parecía en nada a las estatuas de mármol que conducían a la iglesia.

El suyo era inconcebiblemente largo y recto como una flecha. Ni siquiera estaba duro todavía y Tem ya se preguntaba cómo demonios iba a caber dentro de ella. Nunca se había metido nada tan grande. Ni siquiera estaba segura de que eso fuera posible. Era la extensión perfecta de él, tan formidable y hermoso como él. Tem lo miró con asombro. De pronto comprendió su reputación como el Rey Serpiente. Todo lo que había



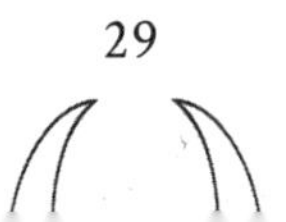

oído sobre Caspen tenía sentido ahora que veía esta parte final de él. La forma en que los aldeanos hablaban de él en voz baja, la forma en que el príncipe siempre elegía a sus chicas... todo se explicaba por lo que había entre sus piernas. ¿Por qué debía someterse a alguien cuando era superior en ese aspecto tan fundamental? ¿Por qué ceder su poder cuando el suyo era mucho mayor?

Tem se sintió abrumada al verlo. Quería sentirlo dentro de ella. Se preguntó si él también deseaba eso. Desechó el pensamiento de inmediato. No era la primera chica que había tenido en su cueva. Y, sin embargo, de alguna manera, sentía que eso era solo para ella.

Caspen la dejó mirar, observando su reacción con un ligero rastro de arrogancia en el rostro.

—Ahora tú —susurró.

Era justo. De alguna manera, sus nervios se habían calmado al verlo desnudo. Ver a Caspen vulnerable hizo que Tem se sintiera valiente, y supo que estaba lista para lo que vendría después. Con manos firmes, desabrochó su vestido y lo dejó caer al suelo, quedando así en ropa interior.

Los ojos de Caspen no se apartaron de los suyos.

—Y también lo demás.

Tem se quitó la ropa interior. El aire cálido de la cueva acariciaba su piel, envolviéndola en una ola que la dejaba sin aliento. Era imposible no pensar en el hecho de que estaba desnuda. Pero antes de que pudiera darle vueltas, Caspen la rodeó en silencio, mirándola de arriba abajo. Ella también lo miró, observando la forma en que caminaba con un control innegable, con pasos suaves contra la aspereza del suelo de la cueva. Vio la forma en que la observaba clínicamente, sin emoción. Tem se dio cuenta de que, aunque eso era muy nuevo para ella, no lo era en absoluto para él. Lo había hecho muchas veces antes. Ella no era más que un número, no estaba mirando nada que no hubiera visto ya.

Finalmente, Caspen se detuvo frente a ella. Estudió sus ojos, sus mejillas, su cabello. Y su mirada se deslizó por su cuello hasta sus clavículas, pasando por sus pechos y aterrizando en su vientre. Extendió su mano, con las puntas de sus dedos a pocos centímetros de su piel, pero no la tocó. En cambio, ella sintió un calor repentino debajo de su ombligo, y la luz del fuego se atenuó.

—¿Qué estás haciendo?

—Estoy comprobando si eres fértil —dijo sin mirarla a los ojos.

—¿Y? ¿Lo soy?

Los ojos de Caspen se alzaron hacia los suyos.

—La paciencia es una virtud, Tem —dijo como una reprimenda.

Tem suspiró.

—Eso me han dicho.



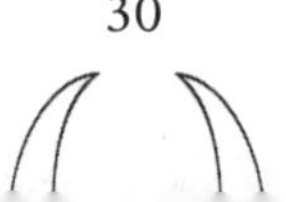

La mirada de él volvió a posarse en su vientre. Tem resistió la tentación de mover el pie mientras esperaba pacientemente a que el examen arrojara un resultado. Debió haber esperado algo así. El sexo y la fertilidad estaban entrelazados con la influencia del basilisco. Se rumoraba que ellos obtenían poder de ello, que su capacidad para seducir a los humanos era intrínseca a su naturaleza. Por eso se les encomendó la tarea de entrenar a la futura esposa del príncipe: solo se podía confiar en ellos para moldear a las niñas y convertirlas en mujeres.

—Eres fértil —dijo Caspen después de lo que pareció una eternidad.

Tem no sabía cómo tomarse el anuncio. Una parte de ella deseaba no serlo, porque eso habría significado que no podía aspirar a estar con el príncipe. Pero si ese hubiera sido el caso de Tem, no habría logrado lo que había ido a conseguir. Nunca la besarían, nunca se acostarían con ella. Y eso no le serviría para nada.

Caspen volvió a hablar.

—Tendrás que ganar peso —anunció—. El príncipe pidió una chica con curvas.

—No puedo —dijo Tem sin pensarlo.

Caspen entrecerró los ojos.

—¿Y por qué no?

Ella bajó la cabeza.

—En casa no tenemos mucha comida. No tengo forma de comer más. —No les faltaban huevos. Sin embargo, otros alimentos escaseaban, y su condición social como avicultoras hacía tiempo que las había dejado al margen de la amabilidad de sus vecinos.

—Entonces comerás mientras estés aquí —dijo Caspen—. Te alimentaré después de nuestras sesiones, a partir de mañana.

Tem asintió sin dejar de mirar al suelo.

—Y no te cortes el cabello —continuó—, al príncipe le gusta largo.

El pelo de Tem llegaba justo por debajo de sus hombros, aunque era más largo cuando estaba mojado, antes de que aparecieran sus rizos.

—Levanta la barbilla —ordenó Caspen.

Ella lo hizo.

—Siéntate. —Señaló la cornisa de roca detrás de ella—. Y separa las piernas. —Ella lo hizo.

En el momento en que sus rodillas se separaron, la mandíbula de Caspen se tensó. Hasta ese instante, su mirada había sido distante, casi insensible. Ahora sus ojos brillaban intensamente, iluminados con una crudeza intensa. De repente, se arrodilló frente a ella, inclinándose hacia adelante y cerrando los ojos. Fiel a su palabra, seguía sin tocarla. Pero respiró profundamente, y ella vio cómo se dilataban sus fosas nasales, acentuando los ángulos agudos de su rostro.



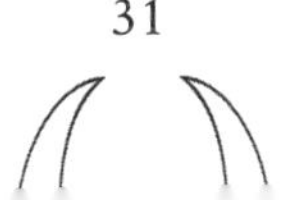

—Ylang-ylang —dijo en voz baja— y sándalo. —Abrió los ojos—. ¿Quién te dijo que hicieras eso?

—Mi madre —respondió Tem, intentando concentrarse en cualquier cosa que no fuera el hecho de que estaba arrodillado entre sus piernas desnudas—. Dijo que me daría valor.

Caspen la miró fijamente durante un largo rato.

—¿Y lo hizo? —susurró.

Tem se encogió de hombros.

—No estoy segura.

Seguía arrodillado, manteniendo el contacto visual, pero ahora su mirada se dirigió a su centro.

—Ábrete —ordenó.

Tem sintió un nudo en el estómago.

—No entiendo —susurró.

—Usa tus dedos —dijo Caspen lentamente—. Y déjame ver dentro de ti.

Estaba a pocos centímetros de distancia. Tem no podía imaginar revelar esa parte de sí misma, pero sabía que quería hacerlo. Entonces usó sus dedos y se abrió, mostrándole lo que nunca había mostrado a nadie. En cuanto lo hizo, las pupilas de Caspen se dilataron ampliamente dentro de sus iris dorados, y su expansión imitaba la de ella. Él la miró durante mucho tiempo, tanto que le resultó difícil mantenerse abierta mientras se humedecía lentamente bajo su mirada. ¿Qué estaba haciendo ahí abajo? ¿Memorizando su anatomía? ¿Determinando cómo educarla? De cualquier manera, era estimulante desnudarse ante él. Quería su aprobación y se preguntaba si él se la daría.

Tem no era la única afectada por el proceso.

Por primera vez, experimentó lo que era influir en un hombre. La excitación de Caspen era innegable: se ponía más duro cuanto más la miraba, y ella sintió una oleada de orgullo por ser la causante de ello, junto con una intensa curiosidad que apenas podía reprimir. Quería tocarlo, sentir el efecto que tenía en su cuerpo. Quería hacer lo que Vera se había jactado de hacer: tomarlo en sus manos y masturbarlo hasta que terminara. La idea la excitó tanto que sus dedos se deslizaron hacia su humedad. El movimiento se sentía bien y, sin pensarlo, lo hizo de nuevo, justo ante la mirada de Caspen.

Pensó que él podría reprenderla, pero no lo hizo. En cambio, oyó un siseo suave y se dio cuenta de que provenía de él. El siseo resonó por toda la cueva, rebotando en las paredes y rodeándolas con su vibración. Tem no estaba segura de si debía asustarse por el sonido.

—¿Me apruebas? —preguntó.

El silbido se detuvo de inmediato. Los ojos de Caspen se clavaron en los suyos.



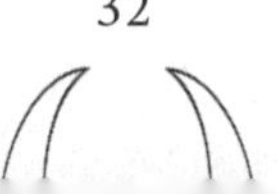

—Mi aprobación es irrelevante —dijo con brusquedad—. Es la aprobación del príncipe la que debes buscar.

Tem se sintió repentinamente cohibida. Sofocó su dolorosa oleada de deseo, reprendiéndose por ser tan insolente. Caspen era un basilisco y ella era una idiota por pensar que podía tener algún efecto sobre él.

Retiró la mano, avergonzada de su presunción.

—No he dicho que te detengas —dijo Caspen.Tem lo miró fijamente. Las pupilas de Caspen se habían agrandado; casi no quedaba nada de sus dorados iris. Era como mirar a las profundidades de la oscuridad misma: solo había una negrura sin fin. Tem sabía, en un nivel instintivo, que estaban entrando en territorio desconocido.

Con cautela, volvió a acercar la mano.

Al principio lo hizo despacio, deslizando dos dedos dentro y fuera con firmeza, observando a Caspen mientras él la miraba a ella. Luego fue más rápido, acariciando las partes a las que pronto tendría acceso, dejándose llevar hacia algo que no podía detener. Le mostró cómo le gustaba hacerlo: lo que hacía cuando estaba sola en su habitación, después de que su madre se hubiera ido a la cama, cuando el mundo estaba oscuro y la cabaña en silencio, cuando cerraba los ojos y fingía que alguien la observaba. Quería que Caspen la viera en realidad, de la manera en que siempre había querido que la vieran: como alguien digna de que un hombre la tocara.

Finalmente, el silbido volvió.

La mirada de Caspen era inquebrantable. El fuego se reflejaba en el brillo de su piel, y Tem juró que vio la sombra de escamas moteadas sobre su pecho.

Ya estaba mojada, pero verlo la mojó aún más. Él estaba completamente firme, con su pene tan erecto como un soldado, con su propia naturaleza definida por lo que tenía entre las piernas. Tem quería que él se rindiera. Que la agarrara, que la penetrara con impaciente necesidad, que colapsara dentro de ella como una estrella moribunda.

Pero sabía que eso no sucedería esa noche. Caspen lo había dicho, y Tem lo respetaba. La estudiante no desobedecería al profesor. Aun así, eso no significaba que no pudieran compartir aquello juntos, que él no pudiera demostrar su compromiso de otra manera, probándose a sí mismo con un acto de reciprocidad. Ella esperaba que Caspen participara en su experiencia. Y para su gran placer, lo hizo.

Sin decir palabra, la mano de Caspen se deslizó entre sus piernas.

Se agarró y empezó a frotar, tensando los hombros con cada largo movimiento, mostrándole lo que ella haría pronto. Tem no podía apartar la mirada de su mano. Se movía con un ritmo incesante, apretando la base, luego suavemente por la parte superior, frotando constantemente



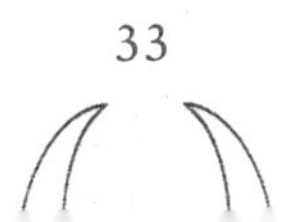

con movimientos largos y firmes, con la respiración entrecortada con cada caricia.

Al principio, Caspen fue despacio, luego cada vez más rápido. Arriba y abajo, tal como había dicho Vera. Cualquier rastro de vacilación desapareció de sus ojos cuando sus instintos básicos tomaron el control, mientras su deseo dominaba cualquier barrera entre ellos. Llevó la cabeza hacia atrás, mostrando su cuello. El silbido era suave y retumbaba a su alrededor, envolviendo a Tem en su insistente frecuencia.

Entonces Caspen se puso de pie, mirándola y acelerando sus movimientos con una devoción urgente.

Tem sabía que no era la primera chica que estaba desnuda en esa cueva. Sabía que no era especial, que no había nada que pudiera ofrecerle a Caspen que no hubiera visto antes. Aun así, sentía como si esa experiencia fuera exclusiva de ellos, como si él nunca hubiera mirado a otra chica de esa manera, como si ella fuera la única para la que hiciera eso. Se preguntaba si sería cierto. Esperaba que de verdad lo fuera.

De repente, él dio un paso adelante y ella se quedó sin aliento.

Por un momento, Tem pensó que podría romperse, que podría rendirse y montarla. En cambio, se inclinó, agarrando con la otra mano la roca junto a su cabeza, con el cuerpo colocado directamente sobre el de ella. Su mano nunca se detuvo, y la de ella tampoco. Era emocionante ver la forma en que se tocaba. Saber que lo hacía por ella era más que excitante. Deseaba poder recorrerlo con sus manos. Quería sentirlo contra sus palmas, comprender quién era en realidad, tocar todo lo que le estaba dejando ver.

Pero él era infranqueable. La única forma de conectar con Caspen esa noche era hacer exactamente lo que estaban haciendo en ese momento. Así que Tem siguió su ritmo, acariciándose al son de la misma canción, demostrándole que sus ritmos eran compatibles, sincronizando su cadencia con la de él.

Se tocó los pechos con la otra mano, apretándolos y acunándolos, asegurándose de que él supiera lo que podía tener si lo deseaba. Caspen estaba tan cerca que Tem podía sentir el jadeo desesperado de su respiración en su cara. Se puso de pie entre las piernas de ella, con sus cuerpos a pocos centímetros de distancia.

Tem se preguntaba si pensaría en ella la próxima vez que hiciera eso. ¿Se la imaginaría como ella seguramente lo imaginaría a él? ¿Desearía que fuera su mano en lugar de la suya la que frotara de arriba abajo, dándole placer, estimulando lo que crecía de forma natural? ¿O se la imaginaría haciendo otras cosas, como arrodillarse frente a él, recibirlo en su boca, complacerlo como ella quería que él la complaciera?

Tem deseaba poder saborearlo. Se preguntaba si él se lo permitiría alguna vez.



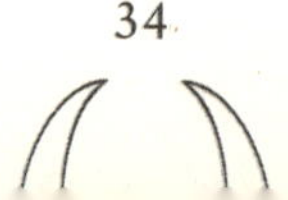

De momento, los ojos de él recorrían su cuerpo, observando cómo se movía, bebiendo de su piel desnuda como si necesitara su carne para sobrevivir. Sus ojos siempre volvían a lo que su mano hacía entre sus piernas. Tem lo miraba fijamente, con la espalda arqueada, exponiendo cada parte de ella. Estaba completamente indefensa, pero se sentía irrefutablemente segura.

—Más profundo —dijo Caspen con voz ronca.

El orgullo la invadió. Él aprobaba. Quería más. Pero Tem también quería más.

En lugar de ir más profundo, Tem retiró la mano, agarrándose las piernas y separándolas por completo, abriéndose solo para él.

—¿No quieres hacerlo tú? —susurró ella.

Él se inclinó aún más, bajando la cara para que estuviera directamente sobre la de ella. Estaba muy cerca de tocarla, con el pecho a un centímetro de distancia.

Tem podía oler el humo en su piel.

—Lo harás *tú* —dijo él, gruñendo.

A su orden, un escalofrío recorrió el cuerpo de Tem. Él era quien estaba al mando, no debió haberlo cuestionado. Y, sin embargo, Tem sabía que ella también tenía cierto poder allí. Quería que ella llegara más profundo, él mismo lo había dicho. Tem le daría con gusto lo que él quería, siempre y cuando fuera reconocido.

—Párate derecho —dijo Tem. Quería que él lo viera.

Las cejas de Caspen se fruncieron en señal de sorpresa. Tem se preguntó si alguna vez le habían dado una orden. Pensó por un momento que podría reprenderla. Luego él se enderezó, y Tem supo que lo tenía. Así que ella fue más profundo, usando ambas manos, empujándose al límite, dejando de intentar retrasar lo inevitable, estimulándose de la forma en que deseaba que él lo hiciera. Caspen se quedó mirando las manos entre las piernas de Tem, viendo cómo se movían sus dedos hacia dentro y hacia fuera, con la misma regularidad que las mareas, observando cómo frotaba su zona más sensible con pequeños círculos perfectos.

Vio lo mojada que estaba. Y sabía que todo era por él.

Tem estaba a punto de terminar. Pero intentó desesperadamente alargarlo, yendo despacio, deseando que lo experimentaran juntos. Quería que Caspen terminara al mismo tiempo, compartir eso con él para que estuvieran unidos más allá de las limitaciones de estudiante y profesor. Quería saber que él respiraba por ella como ella lo hacía por él.

Caspen también estaba cerca.

Lo notaba por la forma en que cambiaba de ritmo a intervalos alternos, disminuyendo la velocidad cada vez que la miraba durante demasiado tiempo. Cada vez que lo hacía, cerraba los ojos, y cuando los abría, era



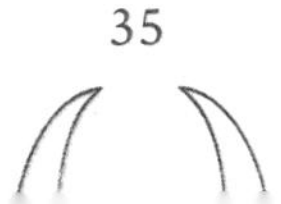

como si la viera por primera vez mientras su mano continuaba como si nunca se hubiera detenido. Su respiración era entrecortada y su pulso latía erráticamente en su garganta. Se acercaban juntos al límite, avanzando hacia su inminente conclusión.

Tem no pudo aguantar más.

—¿Juntos? —consiguió decir.

—No. —Caspen negó con la cabeza y su voz fue apenas un soplo—. Tú primero.

Tem estaba tan cerca que no pudo protestar. Si eso era lo que él quería, ella se lo daría con mucho gusto. Así que lo miró, sintiendo crecer lo inevitable, incapaz de resistir la ola que estaba a punto de llegar a la cresta. Rendirse ante Caspen era lo más fácil del mundo, mostrarse en su momento más vulnerable, derribar sus muros solo por él. Imaginó cómo se sentiría él, cómo sabría, cómo sería si él apartara sus manos y la poseyera. Tan solo pensarlo fue suficiente para llevarla hasta allí.

Finalmente, Tem terminó.

Un segundo después, Caspen también lo hizo, eyaculando en su mano con un gemido estremecedor. Respiraba con dificultad, al igual que ella. Inclinó la cabeza mientras su nuca brillaba a la luz del fuego. Sus hombros resplandecían por el sudor y sus tendones palpitaban bajo su piel mientras jadeaba suavemente en el fragor de la acción.

Tem no podía recuperar el aliento. Sintió una innegable descarga de poder al saber que lo había hecho venirse sin ponerle una mano encima. No se atrevía a imaginar lo que pasaría cuando pudiera tocarlo.

Caspen levantó la cabeza para mirarla.

Tem deseó poder besarlo. En lugar de eso, sostuvo su mirada, tratando de leer su mente. ¿Qué pensaría de ella? ¿Estaba complacido? ¿Eso solidificaba su vínculo, o ella no era más que una niña estúpida para él, igual que las docenas de otras chicas que habían ido a su cueva? Seguramente él no pensaba lo mismo que ella: que nunca había sentido una conexión así con nadie, que tenían algo especial, algo significativo.

Tem quería hablar, pero de alguna manera parecía incorrecto poner en palabras algo tan inconmensurable. Ahora que sabía lo que Caspen podía hacer frente a ella, necesitaba saber lo que podía hacerle dentro. Moriría si nunca tenía la oportunidad de estar plenamente con él.

Caspen se enderezó, haciendo girar sus hombros.

Tem imitó la acción, mirando con asombro la sustancia que tenía él en la palma de su mano. Su brillo captaba la luz parpadeante del fuego, y ella se encontró poniéndose de pie, intentando alcanzarla sin pensarlo.

Caspen retiró la mano con brusquedad.

—Oh. Lo s-iento… —tartamudeó, inmediatamente avergonzada—. Es que nunca… había visto eso antes.

Él ladeó la cabeza, mirándola con expresión pensativa.

—Es similar al tuyo. —Le volvió a acercar su mano lentamente—. Puedes mirar si quieres.

Ella asintió agradecida, inclinándose hacia adelante.

Su semen era algo entre líquido y sólido, espeso y brillante, un puñado de perlas licuadas.

—Es hermoso —susurró ella.

—Entonces es como tú.

Las palabras fueron un suspiro. Ella apenas las oyó. Pero él las había dicho, y Tem sabía que nunca olvidaría la primera vez que un hombre la había llamado hermosa.

Se le hizo un nudo en la garganta. ¿Era posible que Caspen no fuera tan ambivalente como ella pensaba? ¿Era posible que la deseara como ella lo deseaba a él? En el cálido resplandor de lo que acababan de compartir, todo parecía posible. Tem se preguntó si él habría hecho lo mismo con Vera. ¿Ella había establecido un vínculo con su basilisco de manera similar? ¿O simplemente se había desnudado y se había quedado allí, como Tem estaba destinada a hacer en un principio?

Se miraron fijamente durante una eternidad, mientras la verdad del momento quedaba registrada en ambos. Entonces, Caspen puso sus manos en forma de cuenco, sosteniendo el puñado de perlas en las manos. Por alguna razón, Tem supo que debía permanecer en silencio mientras él cerraba los ojos, frunciendo el ceño e inclinando la cabeza. Sintió una repentina ráfaga de aire y el fuego se apagó por completo, extinguiéndose en un solo silbido. Un momento después, volvió a encenderse. A la luz, Tem vio que Caspen tenía un objeto en las manos. Se lo ofreció.

—Tómalo —dijo.

Ella miró sus palmas, que acunaban algo parecido a una garra. Era un objeto liso y curvo, grueso en un extremo y afilado hasta el tamaño de un dedo en el otro. Lo tomó en sus manos, sintiendo su dureza. Podría haber estado hecho de piedra.

—¿Qué es? —preguntó, levantándolo hacia la luz. Era cálido al tacto y más pesado de lo que parecía. Estudió su curva, fascinada por su suavidad.

—No tiene nombre —dijo Caspen—. Al menos no en tu idioma.

—¿Cuál es su propósito?

—Nos conectará mientras estemos separados.

—¿Cómo?

Caspen se acercó.

—Lo guardarás dentro de ti.

—¿Dentro de mí?

—Sí. —Sus ojos recorrieron su cuerpo, deteniéndose entre sus piernas. Tem comprendió y se sonrojó de nuevo.



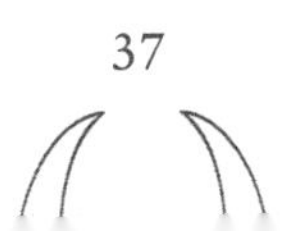

—Debería ajustarse perfectamente.

Tem lo miró y se sorprendió al ver su entusiasmo.

—No le digas a nadie que lo tienes. Y no se lo muestres a nadie. Es para ti y solo para ti.

Caspen la miró con una intensidad que ella no entendía. Y solo pudo asentir; su mirada era demasiado fuerte. Ella miró la garra.

—¿Cómo se sentirá?

—Cálida —aseguró él—. Tiene la temperatura exacta de mi forma humana.

Tem asintió.

—Te hará sentir bien —continuó—. Me aseguraré de ello.

—¿Cómo?

—Como dije, nos conectará. Puedo hacer que... palpite.

—¿Que palpite?

Él sonrió y ella se derritió.

—Cuando palpite, sabrás que estoy pensando en ti.

Tem miró fijamente aquella cosa extraordinaria. Le dio la vuelta entre sus manos, sintiendo su peso, notando la forma en que brillaba, como si estuviera hecho de luz de estrellas. No podía creer que estuviera hecho de la propia esencia de Caspen. Nunca había visto magia como esa.

—Pruébalo. —La voz de Caspen la sacó de sus pensamientos.

Ella lo miró.

—¿Ahora mismo?

—Sí.

Esa mañana, Tem no se habría imaginado haciendo algo así. No obstante, después de lo que había pasado en la última hora, sintió una valentía a la que no estaba acostumbrada y supo que era capaz de seguir sus órdenes. Así que volvió a sentarse en la cornisa, abriendo de nuevo las piernas frente a Caspen.

Lo miró, esperando instrucciones.

—Mete el extremo más grande dentro de ti.

Tem hizo lo que se le dijo. Introdujo lentamente el extremo más grueso de la garra, manteniendo la mano firme mientras lo hacía. Nunca había metido nada tan grande dentro de ella; era duro y suave, diferente a la sensación de sus dedos cuando se tocaba y descubrió que, a pesar de estar mojada, le costaba introducirlo.

—Hazlo despacio. No tiene por qué hacerte daño —le dijo Caspen cuando ella hizo una mueca de dolor.

Tem asintió, respiró hondo y lo deslizó hacia arriba cuanto pudo. Era una sensación curiosa que le gustaba. Aun así, era imposible imaginar el pene de Caspen dentro de ella cuando esto ya le quedaba justo.

Se detuvo mientras la punta cónica aún era visible, curvada contra su



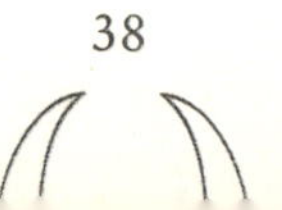

parte más sensible. Presionó su dedo contra ella cautelosamente, experimentando la forma en que la acunaba.

—¿Te gusta? —preguntó Caspen en voz baja.

Ella lo miró y, con gran sorpresa, vio que él estaba duro de nuevo. No del todo, como antes, pero estaba parcialmente erecto, y Tem sabía que ella lo había provocado.

—Sí —susurró.

Se miraron fijamente durante un largo rato, mientras Tem permanecía sentada y Caspen de pie. Parecía un momento significativo, y Tem sabía que no debía interrumpirlo. Se preguntó si él volvería a tocarse pero no lo hizo. Parecía disfrutar simplemente con mirarla, y ella disfrutaba dejándolo mirar.

—Hemos terminado por esta noche. Puedes vestirte —murmuró Caspen; el fuego ardía débilmente.

—Tú también —respondió Tem, sintiéndose valiente una vez más.

Los labios de Caspen formaron una sonrisa torcida.

—Agradezco tu permiso.

—Te lo doy con mucho gusto.

La sonrisa de Caspen se ensanchó. Tem notó que la observaba incluso mientras ella se volvía a vestir, y sus ojos recorrían su cuerpo hasta el último segundo posible. Ella también lo observó, viendo cómo se le tensaban los músculos de los hombros mientras se ponía la camisa, observando las venas marcadas en sus brazos mientras se abrochaba los pantalones. Tem percibió una energía contenida en el cuerpo de él, y no podía esperar a sentirla.

Cuando ambos estuvieron vestidos, Caspen hizo un gesto elegante.

—Te acompañaré a la salida.

Tem asintió y lo siguió hacia la entrada de la cueva. Podía sentir la garra dentro de ella, y estaba segura de que nunca se acostumbraría a esa sensación. Le costaba caminar con normalidad.

Emerger al aire frío de la tarde después del cálido abrazo de la cueva fue como una sacudida, y Tem empezó a temblar cuando salieron. La hierba bajo sus pies estaba mojada; había llovido mientras estuvieron dentro. Al comienzo del camino, Caspen la miró. Su rostro estaba atento y sus ojos brillaban en la oscuridad.

—Volverás mañana por la noche. No llegues tarde. —Sin decir nada más, se dio la vuelta para irse.

—¡Espera! —gritó muy a su pesar.

Él se detuvo, dándole la espalda.

—¿Pensarás en mí? —susurró Tem.

Caspen no se giró. Ella se quedó mirando sus hombros anchos y fuertes en la oscuridad. Su silencio fue absoluto; Tem no podía oír nada más



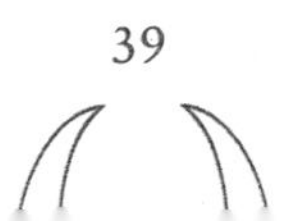

que los susurros del bosque que los rodeaba, mezclados con los latidos de su propio corazón. Él se quedó allí de pie durante tanto tiempo que ella se preguntó si la había oído.

—Te dije que lo haría —respondió finalmente.

—Lo sé. Es que... —Tem hizo una pausa, cruzó los brazos y respiró hondo antes de terminar—: quería volver a oírlo.

Caspen no se giró.

En cambio, Tem sintió una dolorosa palpitación entre sus piernas que la atravesó con tanta brusquedad que jadeó, doblándose por la sorpresa, y abrumada por la intensidad. Tuvo que gritar; la sensación era demasiado fuerte. Nunca había sentido algo tan bueno; eclipsaba todas las sensaciones que se había dado a sí misma. Provocó que todo su interior se desplegara en una espiral de pétalos, como si se hubiera fundido con la luna y las estrellas.

Tem apenas lograba mantener el equilibrio mientras la palpitación se intensificaba, obligándola a arrodillarse. Se acurrucó sobre sí misma, con los puños apretando el pasto. No podía respirar, tampoco pensar. No sentía otra cosa que el placer más profundo de su vida. En ese instante, Tem supo, sin la menor sombra de duda, que estaba viva.

Luego todo terminó.

Para cuando levantó la vista, Caspen se había ido.

# CAPÍTULO

# 3

A la mañana siguiente durante el desayuno su madre le preparó huevos, como de costumbre. Tem cortó una manzana y puso el tarro de miel en la mesa, como hacía todas las mañanas. Todo estaba como siempre, todo estaba exactamente igual, excepto ella.

Tem había cambiado para siempre tras su estancia en la cueva. Había pasado toda la noche en la cama, completamente despierta, reviviendo todo lo que sucedió. Recordaba lo que vio cuando Caspen se bajó los pantalones. Recordaba lo que sintió al tocarse, al ver cómo Caspen se endurecía al verla, al venirse delante de él.

Tem intentó comer, pero no pudo. En el momento en que levantó la cuchara, la garra pulsó y ella jadeó.

«Cuando palpite, sabrás que estoy pensando en ti».

El pensamiento era como la hierba húmeda de una mañana de primavera. No podía imaginar nada mejor que saber que Caspen pensaba en ella. Deseaba con desesperación otra pulsación, quería que él volviera a pensar en ella, que lo hiciera continuamente hasta que se reunieran esa noche.

Pero no llegó otra palpitación.

El corazón le dio un vuelco. ¿Era eso todo lo que significaba para él? ¿Un único latido? ¿Y si fue un accidente y él no hubiera pensado en ella en absoluto? La vergüenza enrojeció sus mejillas y regresó la atención a su plato.

El desayuno transcurrió en silencio. Tem sabía que su madre se moría por preguntarle sobre lo que había pasado en las cuevas, pero cada vez que abría la boca, le lanzaba una mirada que dejaba claro que no quería hablar. No podía contarle lo que había sucedido. Tendría que inventarse una historia que no implicara que había cruzado todos los límites que se suponía que tenía el entrenamiento.

Mientras tanto, era domingo, lo que significaba que todo el pueblo iba a la iglesia.

Conforme Tem subía los escalones de la iglesia, miró las estatuas de piedra de los dioses, aquellos cuya anatomía era tan asombrosamente inferior a la de Caspen. Si esos eran los dioses, ¿entonces qué era él?

Llegaron tarde y la iglesia ya estaba llena. Tem siguió a su madre hasta la última fila, deslizándose en la banca tras ella. Cuando se sentó en la banca de madera, la garra se apretó contra ella con insistencia. De inmediato sintió calor entre las piernas y deseó estar sola. Tuvo que acomodarse con delicadeza, con las piernas tensas sobre la banca dura y las manos apretando sus rodillas.

—¿Pasa algo, querida? —preguntó su madre.

Tem negó con la cabeza, pues no tenía palabras para describir la experiencia.

—Nada, madre.

Miró alrededor de la iglesia, tratando de localizar a Gabriel para distraerse. Estaba sentado al final de su fila, con el brazo alrededor de un chico que definitivamente no era Peter. No pudo evitar sonreír.

Comenzó la ceremonia. Rezaron a Kora, diosa de la fertilidad. Fue la benevolencia de Kora la que influyó en el entrenamiento, la que bendijo a las jóvenes con fertilidad, la que aseguró que el príncipe tuviera un heredero varón. En nombre de Kora, Tem iba a ofrecer su cuerpo como opción para el príncipe. Kora era la madre de todas, y se decía que visitaba a las nuevas madres la noche antes de dar a luz para bendecirlas con un parto seguro. Tem no estaba segura de creer eso. Había muchas mujeres que morían al dar a luz. La propia reina, por ejemplo. Todo el mundo sabía que el príncipe había crecido sin madre. ¿Kora habría olvidado visitarla?

Fue a la mitad de la ceremonia cuando llegó una nueva pulsación.

Antes de que Tem tuviera tiempo de recuperar el aliento, llegó rápidamente una segunda. Pero eso no podía estar pasando en ese momento. Ni en ese instante, junto a su madre, en la iglesia. Estaba sentada, inmóvil y era imposible. Tem se agarró a la banca con ambas manos, apretó los ojos y trató de controlar la respiración.

Llegó otra pulsación y Tem dejó escapar un pequeño gemido.

«No hagas ruido».

Tem se congeló. La voz era de Caspen, y había surgido de su mente. Pero ¿cómo era posible? Antes de que pudiera preguntárselo, sintió otra pulsación, esta vez tan fuerte que tuvo que agarrarse a la banca de enfrente para no gritar. Su madre la miró con el ceño fruncido.

—Cólicos —murmuró Tem.

Su madre asintió.

Solo se le ocurrió eso para explicar la forma en que se inclinaba hacia delante, tratando de encontrar con desesperación una manera de sentarse que no acentuara las vibraciones, que llegaban cada vez con más frecuencia. No parecía haber ningún patrón en ellas. Variaban en intensidad y duración, a veces rápidas y agudas, a veces lentas y persistentes, y cada una la hacía perder el aliento más que la anterior. Eran tan caóticas que Tem casi se preguntaba si eran accidentales. No podía creer que el basilisco estuviera pensando en ella en absoluto y mucho menos que lo hiciera durante tanto tiempo. Tem buscó algo, cualquier cosa, para distraerse.

Sus ojos se posaron en Vera.

Estaba al final de una banca, apoyada en Jonathan. Parecía que su hombro se movía y su brazo subía y bajaba a un ritmo constante. Cada vez que aceleraba, la cabeza de Jonathan giraba hacia atrás, y cada vez que lo hacía, el hombro de Vera dejaba de moverse. Luego, un momento después, reanudaba su movimiento con renovado vigor.

De repente, Tem se dio cuenta de lo que estaba viendo.

Miró a su alrededor, desconcertada. Seguro que alguien lo vería, seguro que alguien se daría cuenta. Pero Vera y Jonathan estaban al final de una banca casi vacía, en un ángulo que ocultaba el regazo de Jonathan. Nadie que los mirara sabría que ella le estaba dando placer. Tem solo lo sabía porque conocía a Vera y también porque estaba tan dolorosamente excitada por las pulsaciones que sentía como si de repente hubiera adquirido una habilidad inhumana para detectar la actividad sexual a una milla de distancia.

Ya fuera por fascinación enfermiza o por celos latentes, Tem no podía apartar la mirada. Las vibraciones parecían sentir su excitación, sincronizándose de alguna manera con el movimiento del brazo de Vera. Ahora tenían un propósito; no tenía ninguna duda de que Caspen estaba pensando en ella, y debía saber que ella también pensaba en él. Las pulsaciones aumentaban, aumentaban, y aumentaban. Ni siquiera pudo participar cuando los asistentes de la iglesia empezaron a cantar un himno. Todo lo que pudo hacer fue mirar el brazo de Vera subiendo y bajando, imaginando que era su brazo el que lo hacía, y que era el pene de Caspen en lugar del de Jonathan.

Tem apretó la mandíbula cuando llegó la vibración final.

Pero fue imposible no gritar. El himno había llegado a un *crescendo,* y también ella, y justo cuando la nota final terminó, vio cómo la cabeza de Vera se hundía bajo el banco, permaneciendo en el regazo de Jonathan por un breve momento antes de levantarse de nuevo. Se lamió los labios triunfalmente.

Las pulsaciones persistieron, provocando un gemido residual en Tem, que no se molestó en tratar de silenciar. Estaba tan mojada que solo podía esperar que no se le hubiera empapado el vestido.

—Alguien te busca. —La voz de su madre la sacó de su trance.



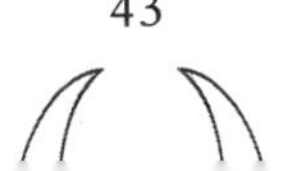

—¿Qué?

—Dije que alguien te busca. —Su madre señaló el final de su banca, donde Gabriel la saludaba con la mano.

—Ah, claro.

El himno había terminado. La gente empezaba a irse.

Tem se puso de pie con el resto de la multitud y se dirigió hacia el pasillo, donde Gabriel la esperaba.

—¿Y bien? —preguntó cuando Tem lo alcanzó, entrelazando su brazo al de ella—. ¿Eres una mujer nueva?

Tem no tenía idea de cómo responder. Podía sentir cómo la humedad le resbalaba por las piernas y sintió una repentina afinidad con Jonathan.

—Sí —dijo con sinceridad.

—Encantador. —Gabriel le apretó el brazo—. Cuéntamelo todo.

—No mientras estemos en la iglesia.

Era una protesta sin sentido. Nada de lo que había sucedido en la última hora había sido apropiado para la iglesia.

—Oh, vamos, Tem. Kora estaría orgullosa. Ella querría que me dieras todos los detalles jugosos.

De alguna manera, ella le creyó. De todas las deidades, seguramente la diosa de la fertilidad no se opondría a nada relacionado con el sexo. De todos modos, su madre estaba a pocos metros de distancia, y no estaba dispuesta a hablar de eso cerca de ella.

—Tengo que entregar un par de gallos. ¿Nos vemos en la plaza dentro de una hora?

—No puedo esperar. —Gabriel se despidió por el momento antes de desaparecer entre la multitud.

Tem trató de actuar con la mayor normalidad posible mientras seguía a su madre a casa, pero entre la garra que llevaba dentro y la humedad de sus piernas, empezaba a sentirse como un pecado andante. En cuanto entraron, corrió al baño y se bañó de inmediato con agua fría. Mientras se lavaba el cuerpo con jabón, no pudo evitar preguntarse qué estaría haciendo Caspen en ese momento. ¿Habría llegado al clímax, como ella? ¿Seguiría pensando en ella? ¿La garra solo pulsaría cuando sus pensamientos eran sexuales, o lo haría si solo pensaba en ella? ¿Qué harían los basiliscos en su tiempo libre? Tem trató de imaginar a Caspen en su versión de iglesia, sentado en una banca. ¿Adoraban los basiliscos a Kora, como los humanos? ¿O tendrían sus propios dioses?

Tem se secó y se vistió rápidamente, dirigiéndose al gallinero para recoger a los gallos.

Desde que se descubrió que el canto de un gallo podía matar a un basilisco, a cada hogar de la aldea se le concedió uno para tenerlo como protección contra las serpientes, en caso de que atravesaran el muro de espejos. A pesar de sus propiedades salvavidas, los gallos no eran regalos bienvenidos. Para la mayoría de la gente era preferible una comadreja muerta, sobre todo porque no hacían ruido. Nadie quería despertarse con el incesante canto de un gallo al amanecer y para muchas familias acababan siendo la cena. Cada vez que eso ocurría, a Tem le tocaba reemplazarlos.

Para cuando logró acorralar a los gallos y agarrar dos docenas de huevos para la panadería, había pasado casi una hora, y tuvo que apresurarse para ver a Gabriel en la plaza.

Él estaba esperando bajo la torre del reloj, apoyado con despreocupación contra los ladrillos. Se enderezó cuando la vio.

—Por fin. Pensé que te habías olvidado de mí.

—Nunca —dijo Tem cuando Gabriel le quitó la cesta de los brazos—. Eres inolvidable.

—Claro que lo soy. Ahora cuéntame los detalles.

Tem le contó todo lo que había pasado en las cuevas, incluso cómo se había tocado delante de Caspen, y él había hecho lo mismo. Solo omitió lo de la garra. Caspen le había dicho que no se lo contara a nadie y ella no tenía ningún deseo de desobedecerlo. Además, se sentía bien tener un secreto, aunque fuera pequeño. Su vida había sido tan aburrida durante tanto tiempo, que la perspectiva de ocultarle algo a Gabriel le resultaba extrañamente emocionante. Él había tenido muchas noches de las que ella no sabía nada; ahora Tem tenía una propia.

—Caspen suena delicioso.

—Es un basilisco, Gabriel. Es aterrador.

—Aterradoramente delicioso.

Si no hubiera estado cargando su cesta, lo habría empujado.

—Es el Rey Serpiente. Siempre eligen a sus chicas. No entiendes la presión a la que estoy sometida.

—Tem, es bueno que estés con el Rey Serpiente. Imagínate si te hubiera tocado un basilisco sin talento alguno.

—No me importaría.

—Sí te importaría. Te conozco. Te quejarías de estar con un basilisco viejo y aburrido en lugar de uno que sabe lo que hace. Admítelo. Es mejor así.

Tem hizo un gesto de molestia. Gabriel tenía razón y ambos lo sabían. A pesar de las ambiciones de su madre para con ella, Tem participaba en el entrenamiento por razones egoístas, entre las que se incluía ser lo más buena posible en el sexo solo para demostrarse a sí misma que podía hacerlo. Le gustara o no, Caspen era su mejor opción para lograr dicho objetivo.

Al pensar en sexo, la garra pulsó.

Tem se quedó paralizada. Estaban en medio del camino, a plena luz del día. No había dónde esconderse si Caspen decidía enviarle algo más.

Gabriel se detuvo y la miró.

—¿Qué te pasa?

—Nada —aseguró—. Cólicos.

—Ah. —Gabriel asintió con complicidad—. Problemas de mujeres.

—Algo así.

Permaneció inmóvil un momento más, pero, para su alivio, no volvió a sentir otra vibración.

La entrega del gallo transcurrió sin incidentes, y Tem agradeció que Gabriel estuviera allí. Él le caía bien a la gente del pueblo, y a ella la toleraban. Gabriel siempre la había protegido lo mejor que podía, pero era un año mayor que ella y no siempre había estado presente cuando iban a la escuela. No había podido evitar que los bravucones del patio de la escuela corearan «chica mierda de gallina», pero siempre había estado allí para enjugarle las lágrimas camino a casa.

Cuando llegaron a la panadería, deseó que él pudiera hacer también esa entrega. Pero sabía que el turno de Gabriel estaba a punto de comenzar, y él la besó en la mejilla con un ademán elegante antes de subir la colina hacia el castillo. Gabriel trabajaba como lavaplatos en las cocinas del castillo, un trabajo que le daba acceso ilimitado a los jóvenes del establo, que era justo lo que le gustaba.

Con un profundo suspiro, Tem se dirigió hacia la panadería.

—Y bien —dijo Vera con voz chillona—, ¿cómo te fue?

Una vez más, Vera se inclinaba con complicidad sobre el mostrador. Solo que esta vez todo era diferente. Esta vez, Tem ya no era la chica que nunca había visto a un hombre desnudo. Entre su experiencia en la cueva y la presencia de la garra dentro de ella, las últimas veinticuatro horas habían cambiado su vida, así de simple. Sin embargo, no podía decirlo en voz alta. Vera era tan chismosa que, cuando se ponía el sol, todo el pueblo conocía hasta el más mínimo detalle. Tem optó por su estrategia habitual, que consistía en preguntarle algo como respuesta.

—¿Cómo te fue a ti?

—Fue emocionante —exclamó Vera, inclinándose hacia delante—. Mi basilisco me desea. Lo sé.

—¿Qué te hace pensar eso?

—La forma en que me miró.

—El mío también me miró —dijo Tem.

—Por supuesto. Eso es lo que se supone que deben hacer.

Tem apretó la mandíbula.

—Me miró durante mucho tiempo.

Vera hizo una mueca de desdén.

—Bueno, el mío también. Durante todo el tiempo, prácticamente. Y cuando terminó, yo estaba mojada. Estoy segura de que él pudo sentirlo.

Tem no tenía nada que decir al respecto.

—Y eso no fue todo —continuó Vera.

Tem se puso tensa. ¿Diría que su basilisco la había tocado?, ¿que la había besado?, ¿que había hecho algo más de lo que Caspen había hecho con ella? Se preparó, estaba lista para escuchar la confirmación de que de alguna manera ya había estropeado las cosas, que Vera estaba más avanzada en el entrenamiento después de solo una noche en las cuevas.

—Me dijo que soy el tipo de chica que le gusta al príncipe. Al parecer, quiere una chica con curvas. —Los ojos de Vera recorrieron a Tem con malicia—. Una chica como yo.

Tem sintió que la ira la invadía.

—Caspen dijo que yo…

—*¿Caspen?* —murmuró Vera con el rostro contraído por unos celos repentinos—. ¿Te dijo su nombre? El mío no me lo dijo. Ni siquiera me tocó.

—El mío tampoco me tocó —admitió Tem. Pero omitió la parte en la que él se había desnudado para ella y cómo ella lo hizo para él. Omitió la parte en la que se habían tocado cada uno frente al otro. Y, desde luego, omitió que él le había dado una parte de sí mismo y que estaba dentro de ella en ese momento.

—Bueno, ¿por qué lo habría hecho? —espetó Vera.

Tem se encogió de hombros. Las palabras dolían, pero el dolor se vio aliviado por la pulsación entre sus piernas, y se preguntó si Caspen había sentido su tristeza. Cerró los ojos, concentrándose en la sensación. Al principio fue suave, luego más insistente. Tem no pudo evitar sonreír; él la estaba provocando, las vibraciones duraban mucho más de lo habitual.

—¿Y de qué te estás riendo? —Vera interrumpió sus pensamientos.

Los ojos de Tem se abrieron de golpe.

—De nada —dijo, reprimiendo su expresión y empuñando la cesta—. Toma tus huevos.

Vera se alejó resoplando, haciendo un gran ademán al retirar el pago de Tem antes de entregárselo.

—Supongo que te veré esta noche.

—Claro que sí —respondió Tem.

Salió con brío. Por primera vez en su vida, una interacción en la panadería no la había dejado llorando. No solo eso, todavía le quedaba una carta más que jugar con Vera: en cuanto descubriera que Tem estaba con el Rey Serpiente, estaría tan celosa que podría llegar a respetarla lo suficiente como para dejarla en paz.



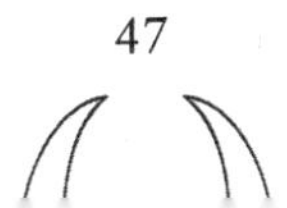

El resto del día transcurrió en el ajetreo de las tareas del campo. Tem realizaba los movimientos mecánicamente, limpiando el gallinero en piloto automático. No podía pensar en nada más que en esa noche. ¿Cómo la recibiría el basilisco? ¿Hablarían de las pulsaciones que había enviado durante la misa? ¿Finalmente se tocarían? ¿Se besarían? ¿Harían algo más?

La garra no vibró durante el resto del día, y el corazón de Tem latía con fuerza al caer la noche, cuando se unió a la fila de chicas que se dirigían a las cuevas.

Su madre no la acompañó esta vez; simplemente entrelazó sus manos con las de ella, pasó los dedos por las pecas de Tem y la besó en la frente antes de acompañarla hasta la puerta. Cuando llegaron al final del camino, Tem estaba impaciente. Solo podía pensar en lo que podría pasar esa noche. No podía hacer nada más que poner un pie delante del otro, y cuando entró a la cueva, el dolor en su pecho era casi insoportable.

Allí estaba Caspen tranquilo, de pie en el centro de la habitación. El corazón de Tem latía más rápido a medida que él se acercaba.

—Tem —dijo en voz baja y ella recordó la profunda suavidad de su voz—, ¿cómo estás?

—Oh —respondió, aclarándose la garganta—. Estoy bien. ¿Y tú?

Él sonrió ampliamente pero no respondió. En cambio, asintió hacia la chimenea construida directamente en la pared de piedra. Se había dispuesto una gruesa alfombra frente a ella.

—Ven —dijo—. Comencemos.

Tem lo siguió hasta la alfombra.

Al igual que la última vez, él extendió las manos.

—Cuando estés lista.

Esta vez, Tem no le exigió que se desnudara primero. En cambio, se quitó la ropa lentamente, dejando que cayera al suelo amontonada. Caspen la observaba, con los labios aún curvados en una sonrisa. Ni siquiera la había tocado todavía, pero Tem podía sentir su poder desde allí. Sin decir palabra, él también se desnudó y, una vez más, ella dejó que sus ojos recorrieran su cuerpo exasperantemente perfecto. Gabriel tenía razón: Caspen era delicioso.

Tem sintió la misma oleada de poder cuando vio que él ya estaba a punto de tener una erección. Era increíble saber que se debía a ella. Sentía que tener este efecto en él era lo más embriagador del mundo: ser percibida, por fin, por alguien que no fuera su madre y Vera, alguien que importara.

—Acuéstate boca arriba —dijo Caspen. Ella lo hizo.

—Abre las piernas.

Tem lo hizo, y él se arrodilló entre ellas, colocando sus piernas alrededor de las de él. No era la primera vez que estaba expuesta frente a él, pero



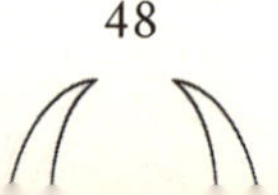

era la primera vez que Caspen la tocaba, y en el momento en que sus pieles se encontraron, Tem sintió una descarga de energía tan fuerte que su corazón no podía calmarse.

La garra seguía dentro y Caspen acarició la punta con el dedo. Todavía no la estaba tocando, solo a la garra, pero estaba tan cerca que Tem podía sentir cómo se mojaba.

—¿Te gustó lo que te envié? —preguntó en voz baja.

—Sí —asintió, esperando que él enviara otra pulsación en ese momento, pero no lo hizo. En lugar de eso, deslizó el dedo por la curva de la garra y la sacó con un solo movimiento suave.

Tem jadeó ante el vacío repentino.

Caspen dejó la garra a un lado. Sus manos volvieron a agarrar las piernas de Tem, acercándola aún más. Ella nunca se había sentido tan vulnerable.

Se detuvo.

Tem no tenía idea de lo que le esperaba y se planteó preguntar qué iban a hacer. Por suerte, Caspen habló antes de que tuviera la oportunidad de hacerlo.

—Para entender el cuerpo de un hombre, primero debes entender el tuyo —dijo mientras sus ojos la recorrían—. ¿Conoces tu propia anatomía?

Tem sintió que su inexperiencia volvía a asomarse.

—No... estoy segura de entenderte —susurró.

Caspen extendió los dedos y los deslizó suavemente por sus piernas. Cuando llegó al centro de ellas, tocó la parte más sensible de Tem, rozándola con la yema de los dedos. Solo Tem había tocado esa parte y, ahora que Caspen lo hacía, temía enloquecer un poco.

—Quiero decir —continuó—, ¿sabes cómo se llama esto?

—No —logró decir Tem, y era la verdad.

—Clítoris.

Tem no tenía idea de que tuviera nombre. Solo lo conocía como la parte que ella estimulaba justo antes de estar a punto de venirse, la parte contra la que presionaba el extremo cónico de la garra, que palpitaba de placer cada vez que Caspen enviaba una pulsación.

—El príncipe puede jugar con él.

—¿Jugar con él?

—Sí. Así.

Caspen aplicó presión con su dedo y las venas de su brazo se acentuaron de repente mientras frotaba su clítoris. Tem gritó de sorpresa y placer. Apenas podía pensar, y mucho menos hablar.

—¿Soy algo para jugar? —Sintió la necesidad de preguntar.

Caspen retiró su mano. La repentina separación de sus dedos la dejó fría. Se inclinó hacia ella y Tem se estremeció ante la dureza de sus ojos.



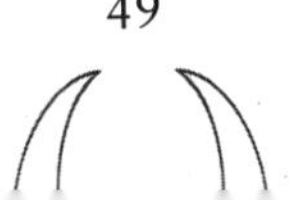

—Harás exactamente lo que el príncipe quiera. Si quiere jugar contigo, se lo permitirás. Si quiere hacer cualquier cosa, se lo permitirás.

Sus palabras eran duras y Tem sabía que eran la verdad. Ella no era la que tenía el poder, estaba allí para complacer al príncipe, no al revés.

—De acuerdo —susurró—. Lo siento.

La expresión de Caspen se suavizó.

—No tienes nada de qué disculparte.

Los dedos de él volvieron a su clítoris y, por un momento, todo lo que hizo fue tocarla. Tem sintió que el familiar deseo se despertaba, y quiso poder sentarse y tocarlo también. Se preguntó si Caspen querría que lo hiciera. Estaba claramente excitado, pero no tenía idea de si eso significaba que realmente estaba disfrutando, ya que no acariciaba su pene como la última vez. Solo tocaba su clítoris y, aunque se sentía increíble, deseaba desesperadamente más de él.

Tan pronto como lo pensó, él deslizó dos dedos por completo en su interior.

Tem jadeó. Los ojos de Caspen se posaron en los suyos. Si no decía algo, iba a gemir y eso parecía inapropiado dado el silencio de Caspen.

—¿Eso también tiene nombre? —preguntó.

La madre de Tem siempre lo había llamado su «feminidad», lo cual era decididamente vil. Vera lo llamaba su «flor», lo cual era aún peor.

Si Caspen pensó que la pregunta era extraña, no lo dijo, sino que respondió con calma.

—Vulva. Centro. Vagina. Puedes llamarlo como quieras.

Las palabras eran extrañas. Tem no podía entender por qué llamarlo de alguna de esas formas.

—¿Cómo te gusta llamarlo?

Caspen esbozó una sonrisa torcida.

—Vulva —dijo sencillamente.

Tem se preguntó cómo le gustaría llamarlo al príncipe.

—¿Te gusta? —murmuró Caspen, interrumpiendo sus pensamientos.

—Sí.

—Bien. —Sus dedos se adentraron más—. Es solo el principio de lo que experimentarás. —Tem no podía imaginar algo más que eso—. Mi trabajo es enseñarte qué esperar —continuó.

Asintió, aunque no estaba escuchando. Lo que Caspen estaba haciendo se sentía tan bien que no podía pensar con claridad; era como si alguien hubiera vertido miel en su cerebro y todo lo que podía saborear era dulzura. Como si cada molécula de su cuerpo estuviera ardiendo, como si él estuviera dando forma a sus bordes hasta conseguir una figura perfecta y singular. Era diferente de las pulsaciones, que eran cerebrales, que reverberaban y persistían en su cuerpo como descargas eléctricas. Sus dedos,



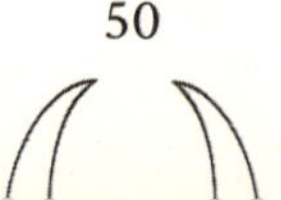

en cambio, eran innegablemente físicos, la obligaban a permanecer en el presente y a experimentar exactamente lo que estaba sucediendo.

Ahora que Caspen la tocaba, Tem empezó a sentir celos de que alguien más hubiera compartido esa experiencia con él. Quería castigarlo en ese momento, recordarle que era a ella a quien estaba tocando y a nadie más.

—Eres tan... —Tem apenas podía pronunciar palabra—, bueno en esto.

Caspen dejó escapar una pequeña risa.

—Como debería ser.

—¿Se sentirá así con el príncipe?

Tal vez se lo estaba imaginando, pero juraría que Caspen frunció el ceño. Sus palabras sonaron secas cuando respondió.

—Ha tenido a quien ha querido toda su vida. Así que está familiarizado con el cuerpo de una mujer.

Tem sintió que se le revolvía el estómago. Aunque Caspen le estaba enseñando, y tocándola, presentía que sería una ignorante cuando finalmente estuviera frente al príncipe. ¿Cómo podría competir con chicas como Vera, que habían tocado y habían sido tocadas por hombres muchas veces antes? Era inconcebible. No podía compararse.

Mientras estos pensamientos retumbaban en su cabeza, Caspen se alejó.

—Siéntate —dijo.

Tem lo hizo, con sus ojos cafés clavados en los dorados de él. La piel de Caspen brillaba a la luz del fuego, como si el resplandor se originara en el interior de su cuerpo.

—Dame la mano —pidió Caspen.

Tem extendió la mano y él la tomó. Pasó las yemas de sus dedos por la punta de su pene.

—¿Sabes cómo se llama esta parte? —preguntó.

—No —susurró ella, tratando de mantener la voz firme. Su pene estaba tan duro que le costaba concentrarse.

—Es la cabeza. ¿Ves cómo se curva? —Le pasó los dedos por la punta—. Es sensible para un hombre.

Tem sintió la suave cúpula. Tenía forma de hongo y era igual de suave.

—Como un clítoris —dijo ella.

En lugar de responder, él soltó sus dedos, lo que Tem interpretó como un permiso tácito para explorar.

Lentamente, ella deslizó los dedos por todo su pene, sintiendo cada vena que recorría su intimidante longitud. Recorrió con las yemas de los dedos desde la base hasta la cabeza y luego volvió a bajar. Tocó aún más abajo, sujetando sus testículos con la mano, llenando su palma con ellos y apretándolos suavemente. Una vez más, le sorprendió la inexactitud de las estatuas de la iglesia. Si había que creer en esa representación de la virilidad, los testículos eran tres cuartas partes del paquete.



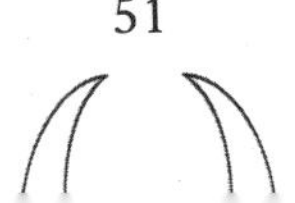

Caspen la observó mientras ella lo tocaba, completamente imperturbable. No parecía tener ninguna prisa y se conformaba con dejar que ella lo explorara a su propio ritmo. Tem supuso que, a esas alturas, ya nada lo sorprendía; debía haber visto todo lo que había que ver a lo largo de sus años de enseñanza.

Tem, por otro lado, estaba muy desconcertada.

Caspen era el único hombre al que había visto desnudo en persona. Y, técnicamente, ni siquiera era un hombre. Aun así, estaba bastante segura de que era imposible que otros hombres estuvieran tan dotados como Caspen. Colocó dos dedos tímidamente a lo largo de su pene. Dos dedos era lo que usaba para tocarse, y el pene de Caspen era mucho más largo y grueso que eso. Literalmente, no podía imaginárselo dentro de ella.

—Cabrá —aseguró Caspen en voz baja. Los ojos de Tem se alzaron hacia los suyos—, si eso es lo que te preocupa.

—Oh. Bueno, eso es... bueno.

Él inclinó la cabeza.

—No me crees.

—No, yo... —Retiró la mano, avergonzada—. Es solo que...

Caspen se inclinó hacia adelante.

—¿Qué pasa, Tem?

La miraba con auténtica curiosidad y a ella le resultaba bastante desconcertante. Era abrumador tener esos intensos ojos dorados sobre ella, y sintió que su rostro se sonrojaba bajo su mirada.

—Parece que va a doler.

La expresión de Caspen se suavizó. Se inclinó aún más y la temperatura del aire aumentó entre ellos.

—Me aseguraré de que no te duela. Tu primera vez puede ser difícil, pero no tienes nada que temer.

Tem se irritó ante su suposición de que sería su primera vez. Aunque tuviera razón.

—No tengo miedo —dijo tajantemente.

Pero no sabía si eso era cierto. Lo único en lo que podía pensar era en cómo Vera había tenido sexo durante años. ¿Cómo era que ella estaba tan atrasada? Enderezó los hombros.

—Enséñame a tocarte.

Las palabras no eran una pregunta y al oírlas la expresión de Caspen pasó de algo parecido a una leve curiosidad a... *orgullo.* Pero eso no podía ser. Antes de que Tem tuviera tiempo de identificarlo correctamente, el basilisco tomó la mano de ella con la suya, envolviendo sus dedos alrededor de su pene para que lo sostuvieran juntos. Luego condujo su mano primero hacia arriba y luego hacia abajo, frotando desde la base hasta la punta solo una vez, para mostrarle cómo sería el movimiento. Luego apretó



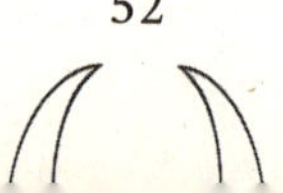

más fuerte sus manos y aumentó el ritmo, frotando constante y rápido. Tem sabía que eso era lo que Vera había hecho con Jonathan bajo el puente y en la iglesia. Pero no podía imaginar que el pene de Jonathan se pareciera en algo al de Caspen.

—Respira, Tem —dijo Caspen.

Ella no se había dado cuenta de que no lo estaba haciendo.

Tem no tenía idea de cómo Caspen podía concentrarse lo suficiente como para instruirla en un momento como ese, sobre todo cuando él era el que estaba recibiendo placer. Al final, él retiró la mano. Tem no se detuvo: hizo exactamente lo que lo había visto hacer a él, frotando con movimientos largos y uniformes, acelerando cuando sintió que él quería que lo hiciera. Parecía algo muy sencillo, pero tuvo un impacto extraordinario. Tem se sorprendió al ver el efecto en Caspen: oír cómo se aceleraba su respiración, ver cómo un ligero brillo de sudor se formaba en su pecho. En todos los sentidos posibles lo estaba alterando y amaba cada momento de ello. Nunca había podido hacer algo así a un hombre y, hasta la semana anterior, solo había imaginado que lo haría.

Era embriagador estar tan cerca de él, tan cerca que podía oler el humo en su piel. Pero no era como el humo que se arremolinaba en las pipas que colgaban de las bocas de los clientes borrachos en el Horseman. Olía como los ocasionales incendios forestales durante el verano, como el humo que quedaba en la ropa después de pasar tiempo alrededor de una fogata. Era profundo, intenso y con varias capas, y Tem sentía como si el olor la inundara.

En algún momento, las manos de Caspen encontraron sus caderas y la acercaron aún más. Sus rostros estaban a dos centímetros de distancia; Tem podía ver la suave curva de sus labios. De repente, se dio cuenta de que aún no se habían besado. Volvió a oír el mismo silbido que percibió durante su primera noche en la cueva. El sonido llenó la habitación de piedra, resonando a su alrededor en un bucle sin fin, y se hizo más fuerte con cada movimiento.

—Más rápido, Tem.

Quizá se lo estaba imaginando, pero no le pareció una instrucción. Sonaba como una súplica, como si él le estuviera rogando en lugar de pedírselo.

Tem lo hizo más rápido.

Caspen tenía la mandíbula apretada y sus dedos se clavaban profundamente en la piel de ella. Su respiración se entrecortaba con cada caricia, y Tem sabía que estaba a punto de venirse. Pero ¿cómo conseguir que lo hiciera?

Recordó la iglesia, la forma en que Vera se había inclinado sobre el regazo de Jonathan. Recordó lo que Caspen dijo sobre lo sensible que era la cabeza de un hombre.



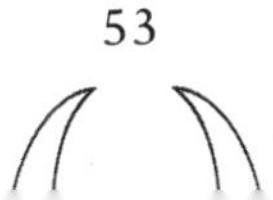

Así que Tem se inclinó.

Inmediatamente, Caspen la agarró por la barbilla, acercando su rostro al suyo. Sus pupilas estaban tan dilatadas que eclipsaban sus iris, reduciéndolos a delgados anillos de oro. El efecto era fascinante; Tem no habría podido apartar la mirada, aunque lo hubiera intentado. Era como si sus ojos hubieran abierto un portal entre ellos, como si la atrajeran con una fuerza magnética a la que no tenía poder de resistir. Ella retiró la mano, aterrorizada de repente.

—¿Hice algo mal? —susurró.

—No. Pero aprenderás paso a paso. Domina esto primero.

Tem asintió, casi esperando que él la reprendiera. Al no hacerlo, volvió a envolver con sus dedos el pene de Caspen, con cautela. Sus fosas nasales se dilataron cuando ella lo hizo.

—Haz que me venga solo con tu mano —ordenó.

Caspen seguía sujetándole la barbilla.

Tem empezó a masturbarlo de nuevo. Él no perdió un ápice de su dureza por la pausa. En todo caso, estaba aún más duro. Sintió lo firme que estaba, lo absolutamente inflexible. Era adictivo sostener esa parte de él, saber que tenía el poder de hacer que terminara. Movía la mano con firmeza, alternando entre ralentizar y acelerar, haciendo todo lo posible por llevarlo al límite. Tem bombeó lo más rápido que pudo durante varios segundos, y luego se detuvo de repente, apretando la base de su pene sin previo aviso. Caspen llevó la cabeza hacia atrás con un gemido y, sin pensarlo, Tem posó sus labios en su cuello. Su piel estaba increíblemente caliente, mucho más de lo que debería. Pensó que podría empujarla. No obstante, él apretó su barbilla con la mano, sujetándola con una fuerza sobrehumana. Con la otra mano rodeó la de Tem, dirigiendo sus últimos movimientos. Uno, dos, y al tercero, eyaculó, vertiendo su semen en la palma de su mano con un cálido y suave chorro.

—Kora —susurró Caspen; sus labios estaban a un centímetro de la oreja de Tem.

Ella miró fijamente la sustancia que tenía entre los dedos. Justo la noche anterior, la había mirado detenidamente en los de Caspen. Su esencia misma. No podía creer que eso fuera lo que había creado la garra. No podía entender qué tipo de magia podía convertir un líquido en un sólido. Era algo inaudito, incluso para los basiliscos. Se preguntó qué otra clase de magia podrían poseer.

Finalmente, Caspen apartó los dedos del cuello de Tem y colocó la palma de su mano sobre la de ella. El fuego se atenuó, se sintió un pulso frío y, cuando él retiró la mano, la palma de ella estaba seca. Se quedaron sentados un momento en silencio, y Tem se dio cuenta de lo entrelazados que estaban. Ella estaba prácticamente a horcajadas sobre él, con los



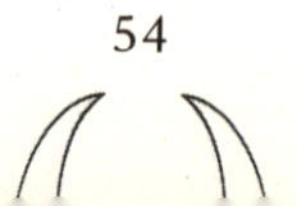

rostros a la misma altura y los pechos a pocos centímetros de distancia. Todo lo que necesitaba era un movimiento de caderas para montarlo. Antes de que pudiera actuar en su impulso, las manos de Caspen rodearon su cintura. Él la quitó de encima, dejándola de nuevo, con suavidad, en la alfombra.

Tem no estaba segura de qué esperar a continuación, así que cuando Caspen extendió la mano hacia la garra, su corazón dio un vuelco. Y cuando se volteó hacia ella, supo que no estaba imaginando la voraz impaciencia en sus ojos. Él no dijo una palabra. En lugar de eso, metió lentamente la mano entre sus piernas, abriéndolas con sus dedos.

Luego, con una mano le agarró la cadera y con la otra deslizó el extremo más grueso de la garra dentro de ella. No del todo, solo lo suficiente para hacerla jadear, y en cuanto lo hizo, se la sacó de inmediato. Tem se mordió el labio. Pasó un momento febril. Luego, lentamente, Caspen volvió a deslizarla, introduciéndola y sacándola una y otra vez, mientras ella se arrodillaba ante él. Era a partes iguales éxtasis y tortura. Tem quería mucho más, quería que le metiera la garra hasta el fondo. Quería que la sacara y se la metiera, cada vez más rápido, hasta que ambos se vinieran juntos. En cambio, solo podía quedarse donde estaba, con la respiración entrecortada y superficial, con las manos agarradas a la alfombra mientras la garra volvía a penetrarla una y otra vez.

Finalmente, fue demasiado. Tem sintió que se acercaba su orgasmo y sabía que si Caspen seguía, no habría forma de detenerlo. Movió las caderas al ritmo de él, deslizándose hacia adelante para encontrarse con la garra, sin importarle lo desesperada que parecía, sin importarle si estaba violando algún límite. Solo pensaba en sí misma y, de alguna manera, sabía que eso era todo lo que le importaba también a Caspen. La mano de él volvió a posarse en su cuello, acercando el rostro de ella al suyo y obligándola a clavar la mirada en sus hipnóticos ojos.

—Es momento, Tem —susurró—. Termina para mí.

—Estoy... —jadeó.

Antes de que pudiera terminar la frase, se vino para él.

La mano de Caspen se contrajo alrededor de su cuello mientras ella alcanzaba el clímax, apretando lo suficiente como para que su visión se volviera borrosa. Entonces, con la misma rapidez, la soltó. La mirada de Tem bajó hasta la mano de él entre sus piernas, y vio cómo le frotaba el clítoris solo una vez, con el más breve de los toques, antes de empujar la garra hasta el fondo. Tem jadeó ante la repentina sensación de plenitud, y sus caderas se movieron hacia delante para recibir todo lo posible.

La mirada de Caspen se encontró con la suya.

No había nada que decir, así que ninguno habló. Sin embargo, Tem sintió que un abrumador entendimiento la invadía como una marea. Sintió



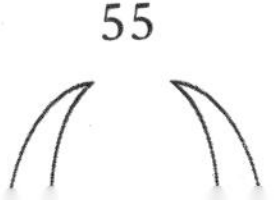

la satisfacción de Caspen como si fuera la suya. Su aprobación era innegable; la miraba como si quisiera devorarla, como si fuera la cosa más hermosa que hubiera visto en su vida.

Un momento después, esa mirada se desvaneció.

Tem observó cómo las pupilas de Caspen se encogían, cómo la negrura cedía. Cuando sus ojos volvieron a ser dorados, Caspen habló por fin.

—¿Comemos?

# CAPÍTULO 4

En el ajetreo de los últimos minutos, Tem casi había olvidado que el basilisco prometió alimentarla después de sus sesiones. Asintió, todavía aturdida por todo lo que acababa de suceder.

Caspen se puso de pie y comenzó a ponerse los pantalones.

—Espera aquí. Volveré en breve. —Desapareció entre las sombras y Tem aprovechó el tiempo para vestirse.

Unos minutos más tarde, Caspen regresó con una bandeja. Cruzó hasta la alfombra, se sentó a su lado y colocó la bandeja entre ellos. La comida era sofisticada, mucho más que cualquier cosa a la que Tem estuviera acostumbrada en casa. Había nueces confitadas y frutos secos, quesos, finos cortes de carne, pan con pasas y pequeños chocolates. Era un lujo que superaba los simples guisos que hacía su madre y Tem casi tenía miedo de tocarlo.

—¿Es suficiente? —preguntó Caspen. La miraba como esperando su aprobación.

—Oh, sí —dijo Tem rápidamente—. Gracias.

—Por supuesto.

Todavía la miraba.

—¿No quieres un poco?

Caspen levantó una ceja.

—¿Preferirías que lo hiciera?

—Sí. No es divertido comer sola.

Él soltó una risita en voz baja y Tem se deleitó con el sonido.

—Como quieras. —Señaló la bandeja—. Pero, por favor, tú primero.

Tem extendió con cautela la mano hacia el pan, consciente de que la miraba. El basilisco esperó a que ella le diera un mordisco antes de hacerlo él, y durante un minuto comieron en silencio.

—Me tienes miedo —dijo Caspen finalmente.

No era una pregunta. Tem lo miró. Lo había negado cuando se conocieron, pero ya no tenía sentido hacerlo.

—¿Cómo lo sabes?

—Puedo sentirlo.

—Pero ¿cómo?

—El palpitar de tu corazón —dijo, inclinándose hacia adelante y rozando suavemente su pecho con las yemas de los dedos—. Es irregular. Y te estremeces cuando te toco.

Tem se sonrojó.

—No es mi intención estremecerme.

Caspen se encogió de hombros.

—Es una reacción natural. No me ofende.

Tem asintió, aunque no estaba segura de creerle. La advertencia de su madre aún estaba fresca en su mente.

—Me... me gusta cuando me tocas —comentó en voz baja.

El basilisco sonrió abiertamente a la luz parpadeante del fuego. Era una sonrisa salvaje, de triunfo y victoria.

—Sé que te gusta.

Tem quería preguntarle si le gustaba que ella lo tocara, pero estaba demasiado nerviosa como para hacerlo.

—Supongo que tú también puedes sentirlo.

Él se recostó en la alfombra, inclinando la cabeza para mirarla.

—Solo un imbécil no lo sentiría.

Tem sintió que se sonrojaba de nuevo. ¿Era tan transparente?, ¿tan predecible?

—¿Te parezco aburrida? —preguntó antes de poder evitarlo.

Para su sorpresa, Caspen soltó otra risita ahogada.

—Para nada.

Su corazón dio un salto.

—Pero habrás conocido a mil personas en tu vida.

—Mucho más de mil.

Sus palabras flotaban en el aire, con un significado ambiguo. Si había conocido a tanta gente en su vida y no la encontraba aburrida, eso significaba que le había causado algún tipo de impresión, potencialmente positiva. ¿Estaría diciendo que le parecía interesante? El pensamiento era demasiado para soportarlo. En lugar de pedir una aclaración, Tem buscó un chocolate. Antes de que pudiera tocarlo el basilisco le agarró el brazo. Tem se quedó paralizada cuando levantó su mano hacia el fuego, girándola para que sus pecas captaran la luz.

—¿Siempre has tenido estas pecas?

—Sí —dijo ella. Para horror de Tem, la oscuridad se apoderó del rostro de Caspen—. ¿Son... quiero decir... es m-malo? —tartamudeó.

Caspen parpadeó.

—No —dijo con rapidez, soltando su mano—. Solo que... —Vaciló durante un largo rato, como si estuviera eligiendo cuidadosamente sus siguientes palabras—. Son raras.

—¿Raras?

—Come —insistió, ignorando su pregunta—. Mañana no nos reuniremos.

La duda se apoderó de Tem.

—¿Por qué no?

—El príncipe desea ver a sus posibles futuras esposas. Irás al castillo con las demás estudiantes.

*Estudiantes.*

Con una sola palabra, Caspen había restablecido la distancia entre ellos. No importaba que ella hubiera posado sus labios en su cuello, que él la hubiera acercado cuando lo hizo. No importaba que él le hubiera provocado un orgasmo y le hubiera apretado el cuello cuando ella se vino. Él era su profesor y ella su alumna; y Caspen la estaba entrenando para un papel, nada más.

Tem comió el resto de su comida en silencio.

Cuando terminó, Caspen la acompañó hasta el final del sendero. Luego se dio la vuelta sin decir nada y desapareció en la oscuridad.

Tem estuvo muy nerviosa todo el día siguiente. Nada de lo que hacía aliviaba la tensión ante la expectativa que sentía cada vez que pensaba en ir al castillo. Por lo regular, buscaba a Gabriel para que la tranquilizara, pero él estaba ocupado ayudando al personal de la cocina a preparar el evento de esa noche, así que no le quedó más remedio que ayudar a su madre en la granja y tratar de no pensar en lo lento que pasaba el tiempo. Para empeorar las cosas, no podía dejar de imaginar lo que había sucedido la noche anterior en la cueva. Cada vez que pensaba en el pene de Caspen en su mano sentía un profundo dolor entre las piernas que le hacía querer correr a su habitación y no volver a ver la luz del día.

La tarde pasó entre tareas y quehaceres y las horas transcurrieron en medio de una confusión sin sentido. Caspen no envió ninguna pulsación. Apenas oyó a su madre cuando le habló; apenas registró el canto de los gallos. Solo cuando tuvo que ir a la panadería a dejar la ración diaria de huevos, Tem se vio obligada a entablar una conversación que duró más de dos palabras. Fue con Vera y, como siempre, fue insoportable.

—Entonces, Tem, ¿estás lista para conocer al príncipe esta noche? Ya elegí mi vestido, por supuesto. Es nuevo y está hecho de la seda rosa más fina que hayas visto. ¿Qué te pondrás?

—Oh —dijo Tem, deseando poder ahogarse en la tina de chocolate que estaba detrás de Vera—. No lo había pensado. Uno de los vestidos de mi madre, supongo.



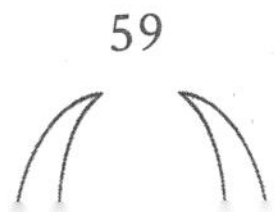

—¿Vas a llevar algo *usado* delante del príncipe? —se burló Vera. Estaba contando los huevos tan despacio que Tem sintió como si el tiempo fluyera hacia atrás—. Eso es bastante vergonzoso, ¿no crees?

Tem estaba de acuerdo, pero eso no cambiaba el hecho de que no tenía otro vestido que ponerse.

—Tengo prisa —comentó entonces, lo que solo hizo que Vera se burlara aún más.

—¿Adónde tienes que ir? ¿Acaso las gallinas no pueden poner huevos sin ti?

—¿Quieres darte prisa de una maldita vez? —espetó Tem.

Vera se quedó boquiabierta. Tem estaba casi tan sorprendida como ella. A lo largo de todos los años de crueles burlas, Tem nunca había contraatacado a Vera.

—No hay necesidad de que seas grosera —dijo Vera, con el rostro en forma de corazón fruncido en señal de desaprobación—. Esa actitud no te llevará a ninguna parte con el príncipe.

—Me llevó a alguna parte con el Rey Serpiente —replicó Tem.

Si Vera ya estaba sorprendida antes, ahora estaba furiosa. Frunció el ceño y se inclinó sobre el mostrador, mirándola con ojos entrecerrados.

—¿Estás con el *Rey Serpiente*? Estás bromeando.

—No estoy bromeando. Y, como sabes, eligen a sus chicas siempre. Tal vez no tengo un vestido nuevo, pero dudo que necesite uno para llamar la atención del príncipe.

Tem tomó su pago y se fue antes de que Vera pudiera decir otra palabra.

Cuando finalmente llegó la noche, la emoción de desafiar a Vera había desaparecido hacía rato y Tem oscilaba entre un coraje vacilante y un terror absoluto. La garra no había vibrado en todo el día y no tenía idea de lo que eso significaba. Seguro que precisamente ese día, Caspen pensaría en ella, pero entonces recordó cómo la había llamado su «alumna» y el muro de la vergüenza volvió a derrumbarse. Por supuesto que no estaba pensando en ella. Tem estaba pensando en él porque era una chica demasiado entusiasta que, de alguna manera, había olvidado que su profesor era una criatura mortal que podía matarla con una sola mirada. Qué dolorosamente predecible de su parte.

Estaba en el jardín arrancando con furia las malas hierbas del camino cuando su madre se acercó.

—Llegó un paquete para ti.

Tem levantó la vista sorprendida.

—¿Qué es?

Su madre se encogió de hombros.

—No lo he abierto.

—¿Quién lo trajo?

—Estaba en el porche cuando volví del gallinero. Lo puse en tu cama.

Por alguna razón, esta noticia hizo que el corazón de Tem se acelerara. Antes de que tuviera tiempo de preguntarse de quién era, la garra pulsó. Caspen. Tenía que ser él.

Prácticamente Tem salió corriendo a su habitación, sintiéndose más ligera de lo que se había sentido en horas.

El paquete estaba envuelto en papel negro y atado con un listón dorado. Tem tocó primero el listón, pasando suavemente la punta de su dedo por todo su largo. Cuando jaló el extremo, el nudo se deshizo con facilidad, el papel se abrió y reveló un brillante montón de tela. Tem lo levantó y vio que era un vestido. A diferencia del vestido de lino que había planeado pedir prestado a su madre, este era de seda, sin duda como el que Vera había presumido antes. Era de color esmeralda intenso y sabía que Caspen lo había elegido para realzar su tono de piel.

El detalle la conmocionó brutalmente. Si el vestido estaba destinado a hacerla lucir más guapa, ¿significaba eso que el basilisco quería que al príncipe le pareciera atractiva? Y si deseaba eso, ¿entonces no habría significado nada para él lo de la noche anterior?

Algo brilló en la cama, y Tem apartó el vestido y vio un collar de oro entre el papel. Cuando lo levantó, vio que tenía un pequeño amuleto.

Estaba perfectamente pulido y brillante y relucía a la luz de las velas. Con un grito ahogado, se dio cuenta de que era una garra, una miniatura perfecta de la que llevaba dentro. La miró con asombro. Tem nunca había tenido nada de oro. Era un metal caro, un metal que ella y su madre nunca podrían costear, un lujo reservado solo para la realeza. Tem solo tenía una joya a su nombre, un anillo de plata sin brillo que usaba en las fiestas. El anillo palidecía en comparación con el collar.

Tem se lo puso de inmediato.

La cadena era larga; el dije caía directamente entre sus pechos. Sabía que Caspen lo había hecho así, y al pensarlo, empezó a sentir vibraciones de inmediato. Allí estaba él por fin, después de un insoportable día de silencio. Tem apenas tuvo tiempo de cerrar la puerta de su habitación antes de encontrarse en la cama con la mano entre las piernas. Su otra mano estaba sobre su boca; sabía que su madre estaba a pocos metros y seguramente la oiría gritar. Intentó permanecer en silencio durante las pulsaciones, pero fue completamente inútil. Caspen las enviaba tan rápido que apenas podía recuperar el aliento. Era como si quisiera abrumarla, obligándola a sentir su presencia por última vez antes de esa noche.

Tem podía oír a su madre preparando la cena y sabía que pronto saldría a buscar verduras del jardín. En cuanto oyó el portazo, Tem se vino triunfalmente, arqueando la espalda con un gemido. Podía sentir el placer de Caspen, era igual al suyo. Había algo desesperado en su conexión



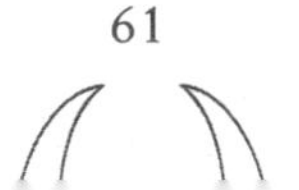

esa noche, y se preguntó si era por lo que sucedería más tarde. Se dejó caer jadeando en la cama, tratando de recuperar el aliento, con la cadena de oro enredada alrededor de su cuello.

Se bañó antes de ponerse el vestido y descubrió que le quedaba perfecto. Se ceñía a ella en todos los lugares adecuados, convirtiendo su cuerpo en algo que nunca había sido: algo diseñado para seducir a un príncipe. Se pasó los dedos por el cabello, tratando de acentuar su longitud, antes de darse cuenta de lo que estaba haciendo y detenerse de inmediato. Le gustaban sus rizos. Más le valía al príncipe que también.

—¿Tem? —Su madre tocó la puerta de su habitación—. Es hora.

Cuando Tem salió a la cocina, las manos de su madre volaron a su boca por la sorpresa.

Su madre habló antes de que ella pudiera hacerlo.

—Hay un carruaje esperándote afuera. Te llevará al castillo.

Tem asintió. No tenía ningún abrigo que hiciera juego con el lujo del vestido, así que decidió ir sin uno, y salió a la fría noche y recorrió el sendero del jardín hasta el carruaje negro que la esperaba. Un sirviente la ayudó a entrar, y ella se sentó en el suave asiento de terciopelo antes de mirar al techo, donde estaban grabadas en hoja de oro las insignias reales. Representaban una serpiente que se batía en duelo con un gallo. La serpiente se retorcía de dolor, pisoteada por las patas con púas del gallo. Era un claro homenaje a la guerra, específicamente a los vencedores. Tem sabía que la realeza llevaba la serpiente en muchos de sus objetos personales, como recordatorio de lo que habían superado. Personalmente, lo veía como una burla. No podía imaginarse cómo se sentiría un basilisco al mirarlo.

Mientras el carruaje subía la larga colina que conducía al castillo, Tem pensaba en la velada. Tenía muchas ganas de ver a Gabriel, ya que sabía que estaría trabajando. Sin embargo, su entusiasmo no iba más allá de eso. La noche sería, sin duda, una larga e insufrible sucesión de formalidades. No cabía duda de que la exhibirían, la harían desfilar ante la realeza para que pudieran ver a su potencial nuevo miembro.

Tem apretó sus manos con fuerza.

Y luego estaba el príncipe. Se preguntaba si lo conocería esa noche o si mantendría la distancia con las concursantes. Caspen había dicho que deseaba «ver» a sus posibles futuras esposas. Eso no significaba que quisiera hablar con ellas. Si fuera Tem quien estuviera eligiendo a su futura pareja, querría tener muchas oportunidades de conocerlas. Pero supuso que eso ocurriría más adelante. Después de todo, el proceso de eliminación ni siquiera había comenzado. La primera eliminación tendría lugar la semana siguiente, después de que el príncipe tuviera la oportunidad de besar a cada chica. Ese era el proceso tradicional, y así se habían hecho las cosas durante siglos.

El carruaje se detuvo.

—Hemos llegado, señorita —dijo el sirviente al abrir la puerta.

Tem respiró hondo, soltó sus manos y salió del carruaje, que estaba estacionado justo enfrente del castillo, y Tem contempló con asombro las enormes puertas dobles. Nunca había estado allí antes. Solo había visto el castillo desde abajo, en el pueblo, desde el fondo de la colina, donde parecía una elegante casa de muñecas. Ahora que lo veía en persona se daba cuenta de lo grande que era. Se extendía por lo que parecían kilómetros, con sus paredes hechas de piedras que casi parecían brillar. Cuando Tem se acercó, vio que el mortero que unía los ladrillos estaba lleno de trozos de espejo triturados. Por supuesto, el castillo tendría una última línea de defensa integrada en su estructura. Cuando llegó a las puertas, estas se abrieron de golpe.

Lo primero que notó Tem fue el oro. Estaba por todas partes: enmarcando los óleos de las paredes, formando intrincados patrones sobre el papel tapiz, entrelazado en espirales de madera. Incluso estaba bajo sus pies, salpicado en las baldosas de mármol de la entrada. Nunca había visto un derroche de riqueza tan descarado.

—¿Nombre? —preguntó una voz.

Tem volteó y vio a un hombre con una túnica negra que sostenía un registro y la miraba expectante.

—Temperance Verus.

El hombre consultó el registro antes de hacerle un breve gesto con la cabeza.

—Por aquí.

La acompañó a través de la entrada hasta un largo pasillo revestido con una gruesa alfombra color granate. Tem apenas tuvo tiempo de pestañear antes de que él la empujara a través de otra puerta.

—No deambule —le dijo antes de cerrarla de golpe detrás de ella.

De inmediato Tem se vio abrumada por el ruido.

Estaba de pie en el borde de un gigantesco salón de baile lleno de gente, la mayoría de la cual parecía estar muy cerca de emborracharse. Vio a algunos residentes de la aldea, pero en su mayoría se trataba de miembros de la realeza. Recordó que Gabriel había mencionado que Henry llevaría gente en ferry desde las aldeas vecinas. Podía distinguir a los miembros de la realeza que no eran de allí por su forma de vestir. Algunos llevaban pieles a pesar de que la nieve no llegaría hasta varias semanas después.

Tem puso sus ojos en las mesas del otro extremo del salón de baile, que estaban repletas de comida. La selección se parecía a lo que Caspen le había dado en la cueva: carnes y quesos de lujo dispuestos en delicados platos. Tem tomó un puñado de nueces y se las metió en la boca mientras buscaba a Gabriel entre la multitud. Para su desconcierto, no lo encontraba



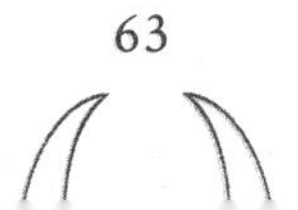

por ningún lado. En cambio, sus ojos se posaron en Vera, que estaba riéndose en un rincón con otra chica. Cuando la miraron, las risitas cesaron de inmediato. Tem les hizo un gesto condescendiente, sabiendo muy bien que a esas alturas, Vera ya le habría contado a todo el que quisiera escucharla que estaba recibiendo entrenamiento del Rey Serpiente. El gesto no fue correspondido.

El salón de baile estaba bordeado por gruesas columnas de mármol, minuciosamente decoradas con esculturas de Kora. Como todo lo demás en el castillo, estaban retocadas con oro. Tem no podía comprender por qué era necesaria una muestra tan desmesurada de riqueza. Todo el mundo sabía que la realeza era rica, pero no tenía idea de que el interior del castillo tuviera ese aspecto. Miró fijamente las mesas repletas de comida y pensó en las muchas noches en su cabaña en las que ella y su madre se habían ido a la cama con hambre. No parecía justo ni correcto. Tem deseaba poder ir a buscar a Gabriel, pero el hombre de la puerta le había dicho que no deambulara. «¿Y por qué no debería deambular?», pensó con repentina convicción. «Este podría ser mi castillo algún día».

Así que dio media vuelta y se abrió paso entre la multitud. Salió al pasillo, suspirando aliviada por el repentino silencio. El pasillo se extendía en ambas direcciones hasta donde alcanzaba la vista. Las paredes estaban cubiertas de oscuras pinturas al óleo que representaban miembros de la familia real muertos hacía mucho tiempo. Había siglos de historia allí, siglos de herederos nacidos únicamente gracias a la ayuda de los basiliscos.

Tem se detuvo frente a una pintura particularmente grande de una escena de batalla. Le recordaba la insignia en el techo del carruaje: docenas de serpientes, enormes serpientes, se deslizaban por el suelo, dirigiéndose hacia un grupo de jinetes a caballo; algunos de ellos llevaban gallos; otros, escudos con espejos. Era la batalla final antes de que se ganara la guerra, Tem lo supo por la forma en que el cielo estaba pintado de un rojo sangre intenso. Todas las viejas canciones hablaban del cielo rojo de ese último día. Decían que la propia Kora sangró para que tuviera ese color.

Tem se sintió súbitamente abrumada. Sentía un dolor agudo y punzante en el pecho que no tenía nada que ver con los nervios. Se apartó del cuadro y se dirigió hacia la primera puerta que encontró. Por pura casualidad, era un cuarto de baño. El lavabo era dorado, por supuesto, Tem se echó agua en la cara para refrescarse. Estaba a punto de tomar la toalla cuando la puerta se abrió de golpe.

Era una chica con el cabello rubio y espeso recogido en una cola de caballo. Sujetaba una copa de champaña y tenía las mejillas teñidas de rosa. Una de las otras concursantes.

—Oh —dijo la chica al verla—. Lo siento. No sabía que había alguien aquí.



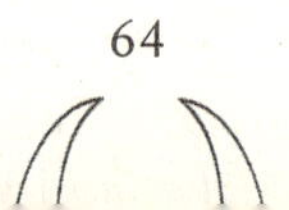

—No pasa nada —respondió Tem rápidamente—. Ya me iba.

—No, no. —La chica le hizo un gesto con la mano, derramando su champaña en el proceso—. No te vayas por mí. Solo estoy aquí porque necesitaba un descanso de la fiesta. Es abrumador, ¿verdad?

—Sí —respondió Tem con sinceridad.

—Soy Lilly —dijo la chica, extendiendo la mano que no sostenía la champaña—. Bueno, técnicamente Lilibet.

—Yo soy Tem. Bueno, técnicamente Temperance.

—Temperance es un nombre bonito.

—Lilibet también.

La chica puso los ojos en blanco.

—No lo creo. Suena a accesorio de baño.

—¿Sí?

—Eso creo, pero para eso están los apodos. —La chica bebió el resto de su champaña antes de preguntar—: ¿Y qué opinas del príncipe?

Tem se encogió de hombros.

—Aún no lo conozco.

—Mmm... Bueno, cuando lo hagas, dile que perdió una apuesta.

—¿Perdón?

—Me apostó que ninguna de las chicas le parecería guapa. —Sus ojos se posaron en el vestido de Tem—. Pero tengo la sensación de que no podrá resistirse a ti.

Tem estaba cada vez más confundida.

—Lo siento. Pensé que estabas...

—¿Compitiendo para casarme con mi propio hermano? Eso sería el escándalo del siglo.

La boca de Tem se abrió. Estaba hablando con la hermana mayor del príncipe. Debió haberlo sabido por el nombre de Lilibet. Todo el mundo debía memorizar el árbol genealógico real en la escuela, pero Tem no había pensado en ello en años.

Lilly se rio de la expresión en el rostro de Tem.

—¿Entonces? ¿No vas a preguntarme cómo ganar su corazón?

Tem no sabía cómo responder a eso. El único corazón que realmente quería ganar era el de Caspen.

Ante su silencio, el rostro de Lilly se iluminó con una sonrisa.

—Ah, así que no estás aquí para arrastrarte a sus pies. Interesante. Ahora que lo pienso, eso podría ser exactamente lo que te haga ganar su corazón. Siempre quiere lo que no puede tener.

Fuera del baño se oyó una repentina ovación.

Lilly miró hacia la puerta.

—Será mejor que me vaya. Fue un placer conocerte, Tem. ¡Y buena suerte! Aunque no es que vayas a necesitarla.



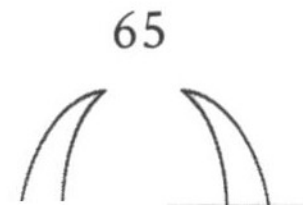

Con eso, la princesa se marchó.

Tem se quedó mirando el lugar donde había estado Lilly, preguntándose qué demonios acababa de pasar. Se oyó otro grito de alegría, pero no tenía ganas de volver a la fiesta. En lugar de eso, se echó un poco más de agua en la cara, se miró en el espejo y se deslizó de nuevo hacia el pasillo.

Deambulaba por los pasillos del castillo, dirigiéndose sin rumbo fijo hacia arriba, subiendo por las escaleras que encontraba. Al final, se encontró en una habitación que parecía un estudio, con libros en las paredes y un pesado escritorio de madera en un extremo.

Tem observó las alfombras ornamentadas, los adornos dorados y las suntuosas pinturas al óleo. Era completamente diferente de su humilde hogar, con sus ásperos suelos de madera y sus ventanas con contraventanas. No podía creer que existiera tanta riqueza. Entendía por qué su madre, al ser tan pobre, admiraba esas cosas. Por primera vez, sintió compasión por lo que había interpretado como el deseo insaciable de su madre. Quizá ella simplemente había anhelado más, como Tem.

Sus ojos recorrieron los profundos estantes de caoba y se posaron en una enorme calavera con colmillos que descansaba sobre una almohada de terciopelo. Como en un trance, Tem extendió la mano hacia ella. Justo cuando sus dedos estaban a punto de tocar el hueso, una descarga recorrió la garra, subió por su columna y bajó por su brazo, obligándola a retirar la mano de inmediato. La voz de Caspen retumbó en su cabeza, tan fuerte y clara como si él también estuviera en la habitación.

«No toques eso».

—¿Por qué? —susurró Tem a la habitación vacía, llevándose la mano al pecho. Todavía palpitaba con su energía.

«Porque no te pertenece».

La voz de Caspen estaba tan llena de ira que Tem sintió ganas de llorar. Demasiado tarde, se dio cuenta de lo que había estado buscando. Sin previo aviso, la mente de Caspen se apoderó de la suya, y entonces vio un horrible conjunto de imágenes de guerra: basiliscos contra humanos, batallas libradas en lo más profundo de las cuevas, la eventual casi extinción de la familia de Caspen. Tem sintió una devastación que no sabía si era suya o de él.

«Lo siento mucho», pensó, pero Caspen ya se había ido. Su mente estaba vacía y la garra, súbitamente fría. Aturdida, miró fijamente el cráneo, preguntándose cómo los humanos podían ser tan crueles. No podía quitarse las imágenes de la cabeza: tanta sangre, tanta muerte. Ambos bandos habían sufrido, pero estaba claro que los basiliscos padecieron pérdidas mucho mayores. Era igual que el cuadro que había visto abajo.

—¿Buscas algo? —Escuchó Tem cuando estaba a punto de intentar llamar a Caspen.

Tem volteó de inmediato.

Había un joven en el umbral que la miraba fijamente. Estaba apoyado en el marco de la puerta, con el rostro anguloso inclinado hacia un lado. Tenía el cabello rubio platinado con la raya hacia un lado y peinado hacia atrás, y sus pómulos afilados captaban la tenue luz de las velas. Llevaba un traje de terciopelo color granate oscuro, con una serpiente enjoyada sujeta en la solapa. Había en él una sutil elegancia que le resultaba vagamente familiar y Tem se dio cuenta de que se parecía a Lilly. Tenían el mismo cabello grueso, los mismos labios carnosos.

Así que él era el príncipe.

# CAPÍTULO 5

Nunca había visto al príncipe de cerca; él siempre saludaba desde un balcón o estaba sentado en un carruaje en un desfile. Era bastante alto, su cabeza casi rozaba la entrada. Tem no tenía respuesta a su pregunta, así que dijo lo único que se le ocurrió.

—¿Es real?

El príncipe entró a la habitación.

—¿Qué es real?

Tem señaló la calavera. Quería que él refutara lo que Caspen le había mostrado. Que le dijera que simplemente era una baratija, nada más que yeso y arcilla.

—¿Tú qué crees? —preguntó él en cambio.

Durante el silencio de Tem, él se acercó y se detuvo cuando estuvo a su lado.

—Estás disgustada —dijo en voz baja.

—No, yo… —empezó a decir Tem, pero no tenía idea de cómo terminar—. Solamente… estoy sorprendida. —Era al menos la mitad de la verdad.

—Prefiero que no me mientas —dijo el príncipe—. Ya hay mucha gente que lo hace.

Ella lo miró sorprendida. Su honestidad la estaba poniendo incómoda. Pensaba que la realeza era educada y cuidadosa con sus palabras. No esperaba que él hablara con tanta franqueza.

En lugar de responder, Tem simplemente lo miró, y él hizo lo mismo.

Los ojos del príncipe se detuvieron en el escote de su vestido, captando las curvas que la tela ceñida dibujaba en su cuerpo. El hambre manifiesta en el rostro del príncipe era muy diferente a cualquier cosa que hubiera visto en un hombre. El deseo de Caspen por ella siempre estaba enmascarado, acechando bajo la superficie, oculto bajo una contenida apariencia de indiferencia. En cambio, el rostro del príncipe no ocultaba nada, y Tem sintió un extraño estremecimiento al pensarlo.

—Perdiste una apuesta —susurró sin poder evitarlo.

Él inclinó la cabeza.

—¿Perdón?

En lugar de explicarse, Tem regresó la vista hacia la calavera.

—Parece algo mórbido tenerla por aquí, ¿no?

—Es una reliquia familiar —explicó el príncipe—. Mi padre la considera su posesión más preciada.

Tem sintió un arrebato de ira.

—¿Qué clase de familia guarda una calavera como reliquia familiar?

—La mía, supongo.

Tem negó con la cabeza. Era despreciable.

—No todos somos malos, ¿sabes? —dijo el príncipe, que pareció leerle la mente.

A ella le costaba creerlo. Las visiones que Caspen acababa de enviarle volvieron a su mente: dolor, derramamiento de sangre y sufrimiento. Todo a manos de su familia. Quizá el príncipe no había luchado en la guerra, pero descendía de personas que sí lo habían hecho, y claramente apoyaba sus acciones.

Justo cuando el silencio se volvió incómodo, el príncipe extendió su mano. En su muñeca había un brazalete de oro brillante, grabado con una serpiente que coincidía con la de su solapa.

—Thelonius. Aunque prefiero Leo.

Tem estrechó su mano. Era cálida y envolvía completamente la de ella.

—Temperance. Aunque prefiero Tem.

Él sostuvo su mano durante demasiado tiempo.

—Temperance —dijo las sílabas lentamente—. Sin duda es un placer conocerte.

—Gracias —respondió porque no sabía qué más decir. No era precisamente un placer conocerlo.

Una leve sonrisa se dibujó en los labios de él, como si supiera que Tem estaba siendo evasiva.

—¿Estás disfrutando la fiesta? —preguntó.

—Es... impresionante.

—Eso no fue un sí.

—Oh. —Tem parpadeó, sorprendida de nuevo por su franqueza. —Solo quiero decir... que no estoy acostumbrada a este tipo de eventos. A las fiestas, claro. No he ido a muchas.

Al escuchar su respuesta, él sonrió abiertamente y Tem vio que sus incisivos laterales estaban afilados y revestidos de oro.

—Supongo que es un poco aburrida, como suelen ser estas cosas.

Tem se encogió de hombros.

—Es mejor que estar en casa.



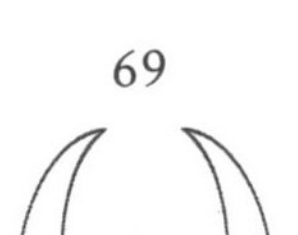

—¿Lo es? —El príncipe arqueó una ceja—. No me imagino en tu lugar.

—¿Qué quieres decir?

—Quiero decir que yo estaría furioso si fuera tú, exhibido aquí como un cordero en el matadero.

Tem frunció el ceño. Quizá estaba hablando con un príncipe, pero eso no le daba derecho a insultarla.

—No soy un cordero —aseguró en voz baja.

Leo alzó una ceja.

—No. —Sus ojos volvieron a posarse en su vestido—. Desde luego que no.

Hubo silencio y, en él, Tem sintió su calor. De repente comprendió que aunque él era un príncipe, ella era la que tenía el poder allí. Se preguntó qué se sentiría ejercerlo.

Leo rompió el silencio.

—¿Puedo ofrecerte una bebida?

Tem asintió, aunque solo fuera para que él dejara de mirarla fijamente. Leo se dirigió a la repisa de los licores, acariciando ligeramente con los dedos la selección de botellas de cristal antes de detenerse en una que contenía un líquido ámbar. Sus uñas estaban perfectamente manicuradas.

—¿Te gusta el whisky? —preguntó aún de espaldas.

—No... lo sé.

La miró por encima del hombro.

—¿Nunca lo has probado?

—Una vez —respondió. Era verdad: ella y Gabriel lo probaron en el Horseman después de varias rondas de cerveza. Sinceramente, no recordaba si le había gustado.

Leo sonrió.

—Pues whisky será.

El príncipe eligió dos vasos biselados y vertió dos centímetros de líquido en cada uno. Cuando le entregó el suyo a Tem, sus dedos se rozaron. Su piel estaba tibia. Ella miró fijamente el líquido ámbar. El olor fuerte definitivamente le resultaba familiar.

—¿Lo hacemos juntos? —preguntó Leo.

—Claro. —Se sorprendió al escucharse responder.

—Muy bien. Por Kora —brindó Leo, haciendo chocar su vaso contra el de ella.

—Por Kora —respondió Tem. Luego llevó el vaso a su boca y tomó un delicado sorbo. La quemó intensamente al bajar por su garganta, y frunció los labios por la sorpresa.

Leo se bebió el contenido del vaso de un trago.

—¿Y bien? —preguntó en cuanto ella hubo tragado—. ¿Qué te parece?

—Sabe a fuego —respondió.

—Eso es verdad.



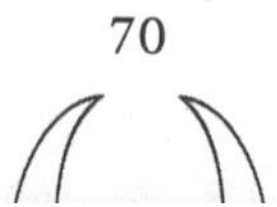

Tem seguía intentando no toser.

—¿Cómo puedes beberlo con tanta facilidad?

Leo se rio y el sonido fue como el tintineo de tazas de té.

—Tengo mucha práctica.

El príncipe se sirvió otra copa y la bebió lentamente, como si tuviera todo el tiempo del mundo para estar allí con ella. Su comportamiento denotaba una actitud de privilegio. Tem tenía la impresión de que nada le molestaba, e incluso si algo lo hacía, podía hacer que desapareciera con un chasquido de sus delgados dedos. Observó a Tem con aguda inteligencia, con sus ojos fijos en los de ella durante más tiempo del que ella hubiera considerado socialmente aceptable. Se dio cuenta de que Vera se había equivocado. Sus ojos no eran verdes. Eran algo más parecidos al gris.

—Entonces, ¿cómo va todo hasta ahora? —preguntó Leo.

—¿Cómo va qué hasta ahora?

—Ya sabes, el entrenamiento, o como sea que lo llamen.

Tem se sonrojó. ¿De verdad le estaba preguntando por sus sesiones con Caspen? El proceso no era ningún secreto: todos en el pueblo sabían que esa era la forma en que un príncipe debía elegir esposa. No obstante, era un tema delicado para Tem. Ya le daba vergüenza su inexperiencia, y no tenía ganas de hablar de ello con la misma persona con la que podría acostarse en cuestión de semanas.

—No creo que eso te incumba —contestó en voz baja.

El príncipe hizo un gesto con la boca.

—Al contrario, creo que solo a mí me incumbe.

Su rubor se intensificó y odió eso. No le gustaba la forma en que el príncipe la hacía sentir. Era como si disfrutara de su incomodidad, y sintió que el poder regresaba a él.

—El sexo es mejor con alguien que sabe lo que hace. ¿No estás de acuerdo?

Tem no respondió. Todavía no había tenido sexo con alguien que supiera lo que hacía o no.

Ante su silencio, la sonrisa de Leo se amplió.

—Por otra parte, experimentar algo por primera vez puede ser... gratificante, si esa es tu situación.

Tem sintió cómo el whisky ardía en su estómago y, con él, su ira. Odiaba la forma en que Leo le hablaba. Pero aún más, odiaba la forma en que Caspen la había abandonado. La garra estaba fría, y su ausencia era total en su mente. Estaba sola, así que respiró profundamente y dijo:

—No conoces mi situación.

Leo se inclinó hacia ella.

—Me gustaría hacerlo.

Él estaba demasiado cerca como para que Tem se sintiera cómoda.

—¿Debo tomarlo como un cumplido? —preguntó.

—Por supuesto que no. Ese vestido te queda precioso. Eso es un cumplido.

—Yo no lo considero así.

Los labios de Leo esbozaron una sonrisa condescendiente.

—¿Qué podría tener de malo?

—Halagaste al vestido, no a mí.

Tem no sabía de dónde le venía el valor. No debía hablar así y menos aún al príncipe, pero estaba enojada: con Leo, con la situación en la que se encontraba y quizá consigo misma por dejar que sus inseguridades la afectaran tanto. Cualquiera que fuera el sentimiento que la invadía, encendió en ella un fuego más fuerte que cualquier whisky, y no estaba de humor para bromas.

Leo pensó en su respuesta.

—Quizá, pero la implicación es que el vestido es hermoso solo porque eres tú quien lo lleva.

—Las implicaciones no son cumplidos.

Leo frunció el ceño. Tem dudaba que estuviera acostumbrado a que lo desafiaran.

Él se acercó. A pesar de haberse bebido dos whiskies en un minuto, no parecía afectado en absoluto por el alcohol. Entrecerró los ojos.

—Sabes que eres hermosa, ¿verdad?

A Tem solo la habían llamado hermosa una vez: Caspen; y, sin embargo, que él lo dijera hizo que lo creyera, así que respondió con sinceridad:

—Sí.

—En ese caso, ¿sería relevante que yo te lo dijera?

—No —respondió Tem de nuevo con la verdad.

La cruel sonrisa desapareció del rostro de Leo, quien definitivamente no estaba acostumbrado a que lo desafiaran.

—Entonces no te molestaré con ello.

—Qué considerado de tu parte.

Se produjo una pulsación en la sien del príncipe. Tem tenía la sensación de que toda la conversación había sido una batalla de ingenio, y no estaba segura de quién había ganado. ¿Era esta la persona a la que se suponía que debía entregarse? ¿Cómo se podía esperar que compitiera por su afecto cuando la forma en que la miraba la hacía sentir como si la hubieran dejado al revés?

—¿Volvemos a la fiesta? —preguntó Leo finalmente con voz severa—. Después de todo, eres la invitada de honor.

Su sincronización no pudo haber sido mejor. Tem no quería otra cosa que salir de esa habitación.

Leo hizo un gesto rígido con la mano. Sin decir nada más, Tem lo siguió hasta la salida y él caminó un paso por delante de ella hasta llegar



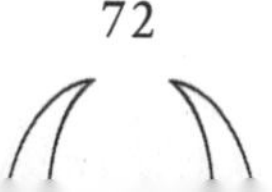

al salón de baile. En cuanto llegaron, él la dejó. Tem vio cómo su larguirucho cuerpo se abría paso entre la multitud con una autoridad sobria, con su vaso de whisky todavía en la mano. La gente se apartaba para abrirle paso, y si no lo hacían, un movimiento casual de sus largos dedos despejaba el camino.

En ausencia del príncipe, Tem disfrutó de un momento de paz. Entonces apareció Vera. Sus ojos recorrieron con avidez el cuerpo de Tem, de forma similar a como Leo la había mirado unos minutos antes. Pero en lugar de atracción sexual, no había más que celos puros en los ojos de Vera.

—¿Ese es el vestido de tu madre?

Tem consideró mentir, pero la verdad era mucho mejor.

—No —dijo—. Me lo regaló Caspen.

Los celos se convirtieron en absoluto odio.

—¿El basilisco te dio eso?

—El *Rey Serpiente* me lo dio.

Vera se quedó en silencio, boquiabierta como un pez. Le había tomado veinte años pero, por fin, Tem comprendió lo que se sentía tener ventaja. Lo saboreó.

En ese momento, Gabriel apareció junto a ella, sosteniendo una cerveza.

—Lárgate, Vera —dijo con gusto.

El rostro de Vera adquirió una expresión de desprecio. Ella y Gabriel nunca se habían llevado bien, posiblemente porque era amigo de Tem, o porque siempre terminaba besando a los chicos que le gustaban a Vera. En cualquier caso, se odiaban.

—No hay necesidad de ser grosero —murmuró ella.

—Sé que no hace falta. Soy grosero porque quiero.

Vera no se molestó en responder antes de alejarse con aire altanero. Gabriel le dio su cerveza a Tem, que la bebió a sorbos, agradecida, y la usó para quitarse el sabor del whisky.

—No puedo quedarme mucho tiempo —dijo él—. Esta noche la cocina es un caos.

—Gracias por escaparte.

—Por supuesto. —Él levantó una ceja—. ¿Y bien? ¿Ya lo conociste?

No hacía falta preguntar a quién se refería.

—Acabo de hacerlo.

—¿Y?

Tem suspiró, evitando mirarlo a los ojos.

—No lo sé, Gabriel. Fue… extraño. No pude saber realmente lo que estaba pensando.

«Estaba pensando que quería acostarse contigo».

Tem casi salió de su piel al oír la voz de Caspen, que era tan clara como el cristal, sonaba como si estuviera de pie justo a su lado. ¿Elegía ahora



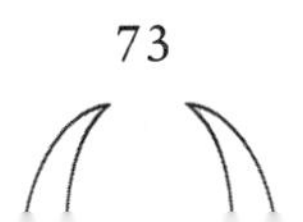

volver a su mente? Tem intentó preguntarle si todavía estaba enojado por lo de la calavera, pero fue como lanzar agua contra un muro. Había una barrera entre ellos que parecía que solo él podía sortear. Tem sintió una ligera punzada de fastidio.

Gabriel estaba hablando, pero ella no lo había oído.

—¿Qué? —preguntó.

—Dije que probablemente estaba pensando en lo diabólicamente bien que te ves con ese vestido.

Aunque solo era Gabriel, Tem se sonrojó. Antes de que pudiera pensar en una respuesta apropiada, la energía en el salón de baile había cambiado. Si apenas un momento antes había un parloteo estridente, en ese momento se hizo un silencio repentino cuando se produjo un movimiento en el otro extremo de la sala.

—¿Qué está pasando? —susurró Tem.

—La primera eliminación —murmuró Gabriel.

Pero eso era imposible. Era demasiado pronto; la primera eliminación no debía ocurrir sino hasta la semana siguiente, después de que el príncipe tuviera la oportunidad de besar a cada chica.

—¿Estás seguro?

—Todo el mundo en la cocina estaba hablando de ello. Esta noche eliminará a dos chicas.

—*¿Dos?* ¿Basándose en qué? Todavía no conoce a ninguna.

—En el aspecto, supongo.

—¿Y me lo dices ahora?

—¡Vera me distrajo! Esa chica es un terror. De todos modos, supuse que ya lo sabías.

Pero Tem no lo sabía. Y no podía creer lo que estaba escuchando. Se suponía que el proceso de entrenamiento debía seguir un orden establecido que no debía incluir eliminaciones por sorpresa. No era justo. Pero nada de eso era realmente justo. Las palabras de Lilly le resonaron en la mente sin que lo quisiera: «Tengo la sensación de que no podrá resistirse a ti».

Tem miró el vestido que Caspen le había regalado, recordando la forma en que el príncipe lo había mirado con ojos llenos de deseo. ¿Sería suficiente o lo había insultado al no aceptar su cumplido? La abandonó en cuanto volvieron al salón de baile. ¿Significaba eso que no estaba interesado en ella? Su conversación en el estudio fue poco convencional de principio a fin y finalizó en términos claramente poco amistosos. No tenía idea de cuál era su situación.

Tem había pasado toda su vida sin que a los hombres les gustara su aspecto. ¿Por qué sería diferente con el príncipe? Probablemente sería la primera chica en irse. Sin embargo, si la eliminaban esa noche, su madre

nunca se lo perdonaría. Peor aún, nunca volvería a ver a Caspen. No tendría excusa para ir a las cuevas, ni razón para verlo. Sin Caspen, probablemente moriría virgen.

No podían eliminarla.

La multitud se movía, formando un semicírculo alrededor de un extremo del salón de baile, donde se estaba montando algo. Tem entrecerró los ojos para distinguir lo que parecían podios de varios tamaños, dispuestos en orden ascendente según su altura. Contó once. Frunció el ceño. Si iban a eliminar a dos chicas, debía haber doce podios. Entonces recordó a la chica que había huido justo antes de que entraran a las cuevas.

Tem miró a su alrededor buscando a Vera, quien se estaba arreglando el cabello y lanzaba miradas intensas a Leo, que estaba apoyado en una columna con cara de aburrimiento.

—Si las damas pudieran hacer una fila, podríamos comenzar.

La orden vino de un apuesto hombre de mediana edad con uniforme. Su cabello rubio estaba salpicado de canas. Tem lo reconoció como lord Chamberlain, el oficial de mayor rango de la casa real y hermano del rey. Tem lo había visto por el pueblo, atendiendo asuntos en nombre del rey.

Gabriel le apretó el brazo.

—Será mejor que subas.

Ella le lanzó una mirada aterrorizada.

—Mátame. Ahora mismo.

En respuesta, él le dio un rápido beso en la mejilla. Luego le dio un pequeño empujón, y ella no tuvo más remedio que unirse a la fila de chicas que caminaban entre la multitud. Cuando llegaron a los podios, su corazón latía sin control. Todos las miraban. Y tal vez fuera simplemente su imaginación, pero parecía que todos la miraban a ella. Cientos de pares de ojos recorrieron su vestido, cientos de miradas se posaron directamente en su cuerpo. Nunca se había sentido más como un animal enjaulado que en ese momento.

—Eso es, sigan por aquí. —Lord Chamberlain las colocó en una fila ordenada, haciéndolas girar para que estuvieran de pie frente a los podios, de cara al público—. ¿Su Alteza? Es hora —dijo cuando todas estuvieron listas.

Leo emergió de entre la multitud, todavía con el whisky en la mano. Sus ojos recorrieron perezosamente a cada chica, mirándolas de arriba abajo una tras otra. Vera hizo un extraño contoneo cuando pasó frente a ella, lo que él recibió con un gesto de desconcierto en sus labios. Cuando sus ojos se posaron en Tem, ella sintió un nudo en el corazón. Leo avanzó hasta situarse justo delante de ella.

Se inclinó.



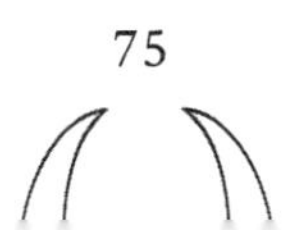

Pero en lugar de decidir su destino, inclinó la cabeza hacia un lado, acercando sus labios a la mejilla de la chica que estaba justo al lado de Tem; estaban lo suficientemente cerca como para escuchar las palabras que susurró al oído de la otra chica.

—Lo siento, cariño.

La chica dejó escapar un sollozo ahogado. Leo se enderezó, y tomó un sorbo de su whisky como si nada de eso le preocupara. Luego se volteó hacia la chica a la derecha de Tem, se inclinó y dijo las mismas palabras.

Ambas chicas fueron conducidas de inmediato afuera, dejando un espacio enorme alrededor de Tem. Solo entonces se dio cuenta de que le temblaban las manos. No era solo el hecho de que las chicas fueron eliminadas, era la forma en la que Leo lo había hecho: eligiendo a las chicas a ambos lados de ella, susurrándoles al oído claramente para que ella lo oyera, como para demostrarle que podía eliminarla pero no lo hizo. ¿Todo eso sería solo un juego para él? ¿No le importaba estar eligiendo esposa? Leo actuaba como si nada de eso le importara. Tem no podía entender su apatía.

Lord Chamberlain volvió a hablar.

—Enhorabuena, señoritas. Es un honor estar donde están ustedes. Como evento final de esta noche, Su Alteza las colocará en los podios. La afortunada que ocupe el primer puesto recibirá una cita privada con el príncipe.

Demasiado tarde, Tem se dio cuenta de lo que estaba pasando. No era solo una eliminación sorpresa. Las chicas restantes serían clasificadas, delante de todos, en función de lo atractivas que le parecieran a Leo. Los podios estaban destinados a mostrarlas en orden descendente de belleza.

Era insultante. No había otra palabra para describirlo.

Tem quería correr, como aquella chica que huyó de las cuevas. Solo que no podía correr. Se quedó paralizada cuando Leo señaló a una chica tras otra, asignándolas a sus podios con un descuidado movimiento de sus dedos hasta que solo quedaron de pie Tem y una chica con el cabello rubio rojizo. Solo quedaban dos podios: el más alto y el más bajo, el mejor y el peor, el primero y el último.

La más hermosa y la más fea.

Tem ya sabía lo que Leo iba a hacer. Aun así, sintió como si una daga se retorciera en su pecho cuando señaló a la rubia y movió la cabeza hacia el podio más alto. Tem podía sentir prácticamente la burla de Vera quemándole la nuca desde donde estaba en el tercer podio. Leo ni siquiera se molestó en señalarla, simplemente se bebió el resto de su whisky, manteniendo contacto visual con ella todo el tiempo.

Tem no subió al último podio. No pudo. Solo pudo resistir en un acto de puro desafío, decidida a ejercer el único poder que le quedaba. Observó



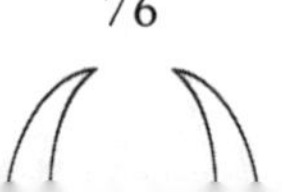

a Leo directamente a los ojos, negándose a apartar la mirada incluso cuando el silencio se intensificó. Todo el mundo sabía que estaba recibiendo entrenamiento del Rey Serpiente; todo el mundo sabía que eso significaba que se suponía que debía ser la mejor. Quedar en último lugar era una humillación total y absoluta. Peor aún, era un mensaje. Leo quería castigarla por haberlo rechazado antes. Quería que ella supiera, sin lugar a dudas, que él tenía el control. Mensaje recibido.

Lord Chamberlain rompió el silencio.

—¡Un aplauso para nuestra ganadora!

La multitud estalló en aplausos y la chica rubia saludó como si ya fuera la reina.

Tem pudo sentir una obstinada oleada de lágrimas que amenazaba con desbordarse, pero se negó a llorar. En cambio, las convirtió en rabia absoluta, que canalizó directamente hacia Leo, cuyos hombros ya se perdían entre la multitud. Sin pensarlo, Tem corrió tras él, apartando a la gente a empujones y entrando al pasillo.

Estaba a varios metros de distancia, a punto de subir las escaleras.

—¡Leo! —gritó—. Detente.

Él se giró hacia ella, y su expresión pasó rápidamente de la sorpresa a la satisfacción engreída.

—¿Pasa algo, Temperance?

Ella se le acercó, deteniéndose cuando estuvieron a medio metro de distancia.

—Me pusiste en último lugar.

—Así fue. —Su boca esbozó una sonrisa cruel.

—¿Te importaría decirme por qué?

—No pensé que lo notarías.

—Dijiste que soy fea. Por supuesto que me di cuenta.

Leo se inclinó hacia ella.

—Dejaste claro que no querías que dijera que eres hermosa. ¿Por qué no iba a querer decir que eres fea?

—Porque es mentira.

En el rostro de Leo apareció una expresión de incredulidad. Tem aprovechó el momento y se acercó.

—Y preferiría que no me mintieras, Leo, ya hay mucha gente que lo hace.

Sus propias palabras quedaron suspendidas entre ellos. En el silencio, Leo estudió su rostro. Parecía estar procesando algo en su mente, y Tem decidió dejarlo. Ella no tenía ningún sitio donde estar, nada era tan importante como eso. Tem le permitió mirarla durante todo el tiempo que quiso, y cuando finalmente abrió la boca para hablar, sus palabras tuvieron un toque amargo:

—Vi cómo mirabas la calavera, por no mencionar cómo me miras a mí. No respetas a mi familia. Ni siquiera quieres estar aquí.

Sus palabras hicieron eco de las de Caspen: «No pareces desesperada por estar aquí». Sin embargo, Tem se dio cuenta de lo que significaban en realidad. Leo le preguntaba si quería estar allí, si lo deseaba. Era una pregunta que la había sorprendido, dado que todo el proceso de eliminación se basaba en su elección, no en la de ella. Se suponía que todas las chicas querían estar allí. Sus deseos no debían ser relevantes para él.

Pero en lugar de ceder, de responderle y descubrir su juego, Tem decidió recuperar el control. Así que se inclinó hacia él, usando su cuerpo de la misma manera que Vera lo había hecho con Jonathan, asegurándose de que Leo le prestara toda su atención antes de devolverle la pregunta.

—¿*Tú quieres* que esté aquí?

Sus rostros estaban a centímetros de distancia. De repente, el castillo desapareció y solo quedaban ellos dos. Tem leyó la respuesta de Leo en sus ojos, en la forma en que su mirada recorrió con avidez su cuello hasta la garra dorada que yacía entre sus pechos. Vio su respuesta en la forma en que su cuerpo se inclinaba para imitar el de ella, en cómo apretaba el vaso de whisky, en la forma en que su lengua rozaba brevemente sus labios como si anhelara saborear los de ella. Vio su respuesta, pero, aun así, él la pronunció:

—Sí.

Tem se echó hacia atrás, poniendo una vez más distancia entre ellos.

—Entonces demuéstralo.



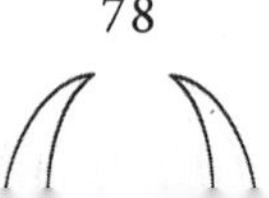

# CAPÍTULO 6

Tem nunca había estado tan cansada en toda su vida.

La noche en el castillo no había salido como esperaba. Entre sus interacciones con Leo y la eliminación sorpresa, no sabía qué pensar de todo el proceso. ¿Habría arruinado su oportunidad con el príncipe? Y si lo hizo, ¿acaso le importaba? No sabía las respuestas a esas preguntas. Todo lo que sabía era que esa noche volvería a las cuevas con Caspen.

Estaba desesperada por verlo. Quería asegurarse de que no estuviera enojado con ella por lo que había pasado con la calavera. Quería preguntarle por el vestido, si era un símbolo de su afecto o era para llamar la atención del príncipe. Quería verlo desnudo y que él la viera a ella, pero no sabía cuál era su situación.

Así que cuando entró a la cueva y lo encontró aguardándola, no tenía idea de qué esperar.

—Tem —dijo él en voz baja.

—Caspen —respondió.

Él únicamente dijo su nombre, nada más. No le pidió que se desnudara como había hecho las dos últimas veces que se habían visto. No mencionó el vestido que le regaló ni el pequeño collar de oro. No le preguntó cómo le había ido con el príncipe ni la felicitó por haber superado la primera eliminación. Se quedó allí de pie, mirándola fijamente durante un largo rato antes de señalar la alfombra junto a la chimenea. Tem se acercó lentamente a él, mirándolo mientras lo hacía. Se sentaron al mismo tiempo, a quince centímetros de distancia.

Caspen seguía sin hablar. En cambio, levantó la mano hacia la cara de ella, acunando su mejilla en la palma de la mano y pasando el pulgar por la curva de su labio inferior.

Tem sabía, sin lugar a dudas, que estaba a punto de recibir su primer beso.

Por alguna razón, besar parecía mucho más intimidante que lo que ya habían hecho. Había algo sencillo en tocarlo y en que él la tocara. Sin



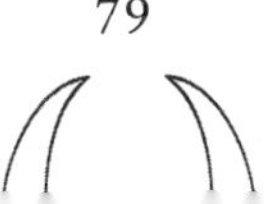

embargo, un beso requería conexión. Era necesario que se movieran de forma sincronizada, que establecieran un ritmo entre ellos y una intimidad que ella nunca había experimentado con otra persona. Besar a alguien era *saborearlo* y dejar que ese alguien te saboreara. Tem no podía imaginar una responsabilidad mayor.

Los dedos de Caspen entraron en el cabello de Tem, rodeando su nuca y acercándola a él. Sin pensarlo, ella apoyó las palmas de las manos contra su pecho, deteniéndolo.

—Espera —susurró—. Por favor.

Caspen levantó una ceja.

—¿Esperar a qué, Tem?

—No lo sé. Es que no estoy preparada.

Para su sorpresa, Caspen rio con suavidad.

—Claro que no estás preparada. Es imposible estar preparado para algo que nunca has hecho antes.

Tem tragó saliva. No la estaba haciendo sentir mejor. Caspen pareció darse cuenta, porque la acercó aún más, rozando ligeramente sus labios con los suyos, sin besarla todavía, solo rozando su piel con la suya. Fue como si a Tem le estallaran chispas en la boca.

—Toma lo que te doy —susurró él—. Y cuando estés lista, devuélvemelo.

Esperó a que ella asintiera. Entonces la besó.

Cuando los labios de Caspen tocaron los suyos, todos los miedos de Tem desaparecieron. Entonces así era como se sentía que te besaran. Era como si por fin hubiera encontrado algo que le había hecho falta, como si lo que había estado desequilibrado toda su vida por fin estuviera en equilibrio. Los labios de Caspen eran suaves y carnosos, y se movían contra los de ella con más delicadeza de lo que creía posible. Tem dejó que la guiara, siguiendo su ejemplo cuando deslizó su lengua dentro de su boca. Tem la recibió con curiosidad, recorriéndola con la suya, saboreando la cálida humedad antes de devolverle el favor.

Se besaron durante mucho tiempo. Tem no supo cuánto. Pero en algún momento, el vestido se le resbaló de los hombros. Luego Caspen se quitó la camisa. Ambos estaban desnudos, entrelazados en la alfombra, besándose como si tuvieran todo el tiempo del mundo para hacerlo. Caspen la tocó con delicadeza, pasando las palmas de las manos por sus pechos, sus caderas y sus piernas. Acarició sus pezones con los dedos, endureciéndolos entre los nudillos antes de apretar todo su pecho. Nunca la habían tocado así. Fue tan agradable que no quería que terminara.

El cuerpo de Caspen estaba tan caliente, que casi resultaba incómodo. Pero ella dio la bienvenida a su piel contra la suya, rodeando su cintura con sus piernas y pegándose a él. La garra todavía estaba dentro de ella y Caspen había comenzado a enviar vibraciones lentas y persistentes, cuyo



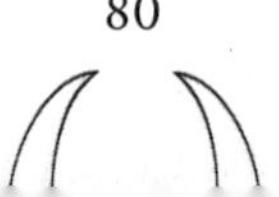

ritmo correspondía a la forma en que se besaban. Cada una de ellas la hacía desearlo aún más. Al final, él sacó la garra y la reemplazó con sus dedos. Tem abrió las piernas para que él pudiera penetrarla más profundamente, arqueando la espalda para recibir sus dedos, y moviendo su cuerpo en sincronía con el suyo. No pudo contener sus gemidos. Ni siquiera tenía sentido intentarlo. Todo lo que quería era que Caspen *nunca* dejara de tocarla.

Tem entrelazó su mano con la de él, manteniéndola en posición para poder deslizarse hacia arriba y abajo a lo largo de sus dedos, frotando hacia adelante y atrás, hacia adelante y atrás, hasta que sintió que se acercaba el orgasmo. Las pupilas de Caspen se dilataron al verla darse placer, y Tem se preguntó si él disfrutaba de ello incluso más que haciéndolo él mismo.

Llevó su otra mano entre las piernas de él, presionando su palma contra su pene, sin siquiera acariciarlo todavía, solo sintiendo lo duro que estaba por ella. Lo envolvió con sus dedos, acercándolo aún más.

—Cógeme, Caspen —susurró.

—Esta noche no, Tem —dijo cerca de sus labios.

Ella no entendía. Quería tener sexo. Estaba lista para tener sexo. Sin embargo, por alguna razón, Caspen se lo estaba negando. Él definía los límites de su relación, si es que eso era. Pero Tem sabía que lo era. Sabía que en algún momento habían cruzado una línea, probablemente la noche que se conocieron, cuando ella le pidió que se desnudara y se tocó delante de él. Tem no era solo su alumna y él no era solo su profesor. Eran más que eso. Tenían que serlo.

—Por favor —dijo, mientras levantaba las caderas, hundiendo más los dedos de él.

—No me lo pidas otra vez. —Su voz sonaba tensa, como si le estuviera suplicando.

—Pero te deseo —susurró.

En el rostro de Caspen se dibujó una mueca de dolor. Tem sabía que no se lo había imaginado.

—Me tendrás —aseguró—, pero no esta noche.

No dijo que él también la deseaba.

Tem se apartó. De repente, se sintió expuesta, como si hubiera revelado demasiado de su corazón a alguien a quien no le importaba verlo.

—Tem. —Caspen intentó acercarla de nuevo, pero ella no lo permitió.

Miró fijamente el fuego, observando las llamas parpadeantes, imaginando que la consumirían. Oyó el suspiro de Caspen.

—Es demasiado pronto, Tem. Apenas hemos empezado las lecciones.

*Lecciones.* Estudiante y profesor. Límites. La defensa favorita de Caspen.

—¿Y cómo me calificarías hasta ahora? —preguntó con brusquedad, mirándolo a los ojos.



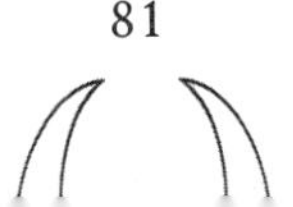

Hubo una larga pausa.

—¿De verdad quieres una respuesta?

Tem apretó la mandíbula, reprimiendo el dolor.

—Sí.

Caspen estudió su rostro antes de responder.

—No sigues las instrucciones. Eres testaruda e impaciente. Esas no son cualidades que el príncipe apreciará.

Tem no podía creer lo que decía. Lo fulminó con la mirada.

—¿No es eso culpa tuya? Quizá deberías ser mejor profesor.

Caspen negó con la cabeza.

—No es posible enseñar a una estudiante que no lo desea.

—No me vengas con esa estupidez otra vez. Estoy perfectamente dispuesta. Lo acabo de dejar muy claro.

—Estás totalmente dispuesta a tener sexo, pero no a hacer ninguna de las otras cosas que he mencionado.

—¿Quieres que sea paciente? ¿Que siga instrucciones? ¿Crees que eso hará que el príncipe me desee? Créeme, él solo quiere una cosa. Y tú no me estás enseñando cómo hacerlo.

Parecía que cuanto más se enojaba Tem, más tranquilo estaba Caspen. Estaba completamente quieto, mirándola con sus brazos rodeando el cuerpo de ella, inmovilizándola debajo de él. Su pene seguía erecto.

—El príncipe esperará que le entregues tanto tu cuerpo como tu mente. Si no puedes dárselos, no tiene sentido que te entrene.

—Quizá no quiera entregar mi mente. ¿Por qué debería hacerlo?

Caspen no respondió.

Tem se incorporó de modo que sus rostros quedaran a unos centímetros de distancia.

—¿Por qué no debería entregarse él? —insistió.

—Porque es el príncipe.

—¿Entonces puede hacer lo que quiera?

—La realeza hace sus propias reglas.

—Eso no es justo.

—No. No lo es.

Tem parpadeó. ¿Acaso Caspen acababa de darle la razón? Parecía que su respuesta se le había escapado antes de poder impedirlo, como si no hubiera tenido intención de pronunciarla.

Se miraron fijamente durante un largo rato. Las siguientes palabras de Caspen fueron apenas un susurro.

—No estás hecha para ser domesticada, Tem.

¿Qué estaba diciendo?, ¿que no creía que tuviera una oportunidad con el príncipe? Tem se erizó ante dicha idea. Si su propio maestro no creía en ella, entonces tenía razón: no tenía sentido entrenarla. ¿O querría decir



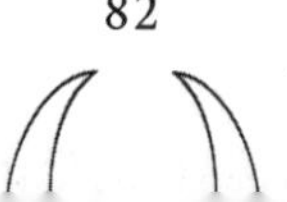

que no quería que tuviera oportunidad con el príncipe? ¿Que no la cambiaría, aunque pudiera?

—¿Qué se supone que significa eso? —Quería decirlo con firmeza, pero salió como un susurro.

Ahora fue Caspen quien se apartó. Se incorporó de repente y Tem sintió una ráfaga de aire frío cuando el calor de su cuerpo se alejó.

—Ya terminamos por esta noche.

La boca de Tem se abrió al máximo ante la sorpresa.

—¿Perdón?

—Ya me oíste. Vístete.

—Pero...

—*Vístete*, Tem.

Tem se estremeció. Nunca antes le había levantado la voz. Su rostro se había convertido en una fría máscara de indiferencia, y su tono agresivo contrastaba horriblemente con la forma en que la había tratado toda la noche. No había nada de amabilidad en él. Tem recordó de repente que, bajo esa apariencia de hombre, era un monstruo.

Tem se vistió.

Caspen desapareció mientras ella se ponía la ropa, y cuando reapareció, tenía una bandeja de comida. Pero en lugar de sentarse a comer con ella, dejó la bandeja en la alfombra y se fue sin decir una palabra. La cueva se percibía desolada sin él, y Tem luchó por contener las lágrimas. ¿Cómo había terminado tan mal la noche cuando había empezado tan bien? Fue entonces cuando se dio cuenta de que Caspen se había llevado la garra. No se molestó en comer, simplemente corrió a casa.

La siguiente vez que fue a la cueva, estaba claro que habían vuelto al punto de partida.

Durante las tres noches siguientes, Tem se sentó en la alfombra, frotó el pene de Caspen hasta que terminaba y luego comía sus alimentos sola. Caspen no le devolvió la garra, tampoco le habló. Ni siquiera la miró a los ojos. Las reuniones eran tan impersonales que Tem no podía evitar preguntarse si así eran para las otras chicas y sus basiliscos. ¿Habría pasado eso si no le hubiera pedido que se desnudara la noche que se conocieron? ¿Era eso lo que se sentía no tener conexión con la persona a la que tocaba? No sabía cuánto tiempo seguiría así, solo que lo odiaba.

Las cosas no mejoraban durante el día. Tem pasaba cada hora de vigilia haciendo trabajos agrícolas o diligencias, cualquier cosa para no pensar en la insoportable indiferencia de Caspen. Sus visitas a la panadería eran una agonía. La crueldad de Vera no tenía límites; había elegido el último lugar de Tem en el podio como permiso para retomar su método preferido de tortura, que consistía en buscar cualquier oportunidad para menospreciar el hecho de que ella fuera una avicultora. Sus burlas eran



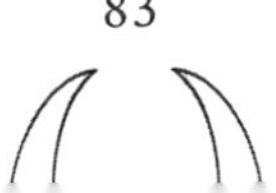

rudimentarias pero eficaces. Tem las soportaba en silencio, llevando los huevos a la panadería y recibiendo su pago sin decir una palabra. Era claro que Vera pensaba que Tem era indigna en todos los sentidos. Y Tem casi estaba de acuerdo con ella.

Incluso su casa ya no era un santuario. Su madre rondaba nerviosa, observando cada movimiento de Tem, como si supiera que el entrenamiento no iba bien. Gabriel tampoco era de ayuda. Estaba recluido en el castillo, trabajando largas jornadas en las cocinas para atender a todos los invitados adicionales. Tem odiaba ir sola al Horseman, e incluso cuando se atrevía, Vera siempre estaba allí, lista con una nueva tanda de burlas.

La cuarta noche, Tem decidió que ya había tenido suficiente.

Fue a la cueva, como siempre. Se sentó en la alfombra, como siempre. No obstante, en el momento en que Caspen se dispuso a quitarse los pantalones, Tem habló de forma brusca.

—No pienso volver a hacerlo.

Caspen parpadeó. Tem se aprovechó de su sorpresa, cruzó los brazos y continuó.

—La última vez no tardaste ni un minuto en venirte. Yo diría que ya dominé ese ejercicio en particular, ¿no crees?

Lo dijo para provocarlo en más de una manera. A pesar de sus evidentes intentos por distanciarse en ella, no se podía negar el control que tenía sobre él. Casi le resultaba demasiado fácil hacerlo venirse. Bastaba con que Tem se sentara un poco más cerca, que su aliento rozara su hombro, y Caspen no podía resistir llegar al clímax. Tem saboreaba la sensación, sabiendo que era su única ventaja en su silenciosa batalla de voluntades, pero ya estaba harta de guardar silencio.

Caspen entrecerró los ojos. Finalmente, la miró. Parecía que había pasado una eternidad desde que ella había contemplado sus dorados iris. Aprovechó la oportunidad para inclinarse, obligándolo a mantener el contacto visual.

—No. Voy. A. Hacerlo. Otra. Vez.

Hubo un momento de silencio, y durante él, Tem casi pudo ver las dos partes de él luchando entre sí: una parte quería mantenerla a distancia y la otra no podía resistirse a ella. Tem quería que él cediera, pero la única forma de ganar era hacer exactamente lo que Caspen pensaba que ella no podía hacer: ser paciente. Así que se sentó en silencio y esperó.

Finalmente, tal como ella sabía que sucedería, Caspen cedió.

—¿Qué te gustaría hacer entonces, Tem?

Tem sabía lo que Caspen esperaba que ella dijera. No quería tener sexo, al menos no esa noche. En cambio, dijo:

—Quiero que platiquemos.

Caspen volvió a parpadear.



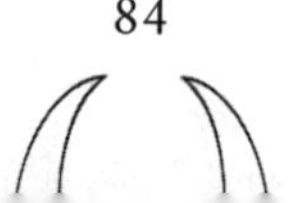

—¿Sobre qué?

Eso era fácil.

—Sobre ti.

Ahora parecía sorprendido. Inclinó la cabeza con su peculiar movimiento reptiliano, evaluándola con una inteligencia extraordinaria.

—En ese caso —dijo lentamente—, ¿qué deseas saber?

Necesitaba ser cuidadosa con su primera pregunta. No quería asustarlo ni hacer que se arrepintiera de hablar con ella. Empezaría con algo sencillo y avanzaría a partir de ahí.

—¿Tienes hermanos?

Si antes se había mostrado sorprendido, ahora parecía francamente confundido. Era una pregunta ridícula; a ella ni siquiera le importaba la respuesta, pero pretendía desarmarlo y, por la expresión que había en su rostro, había logrado su objetivo.

—Sí —respondió—. Tengo hermanos.

—¿Cuántos?

Caspen se movió como si estuviera pensando en levantarse e irse. Sin embargo, se quedó donde estaba, con los ojos fijos en los de ella mientras respondía:

—Cuatro.

—¿Cómo se llaman?

Caspen vaciló. Tem pensó que tal vez no contestaría, y entonces:

—Apolo, Agnes, Cypress y Damon.

Eran nombres extraños. Tem los usó como inspiración para su siguiente pregunta.

—¿Los basiliscos tienen apellidos, como los humanos?

—Sí. En cierto sentido.

—¿En qué sentido?

—Tomamos el nombre de nuestro linaje como apellido.

—¿Linaje?

—Es como un clan.

—Entonces, ¿cuál es el nombre de tu clan?

—Drakon.

Tem hizo una pausa.

—Caspenon Drakon —dijo, repasando las sílabas en su lengua—. ¿Ese es tu nombre completo?

—Sí.

—Suena un poco tonto, ¿no crees?

Caspen soltó una carcajada como nunca había oído de él. Sus ojos, normalmente feroces, se arrugaron en las comisuras, suavizando todo su rostro hasta convertirlo en algo casi humano. Ante su reacción, Tem también se rio. Era la primera vez que lo hacían juntos.



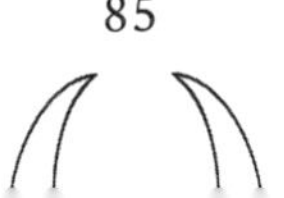

—Es verdad —insistió ella—. Rima.

Caspen sacudió la cabeza sin dejar de sonreír.

—Es posible que sea así, pero no te recomendaría que se lo dijeras a otro basilisco si alguna vez te encuentras con uno. No se lo tomará muy bien.

—No sabía que las serpientes se ofendieran con tanta facilidad.

La sonrisa de Caspen se volvió aún más amplia.

—Tampoco te recomendaría que nos llamaras «serpientes», a menos de que quieras morir.

—Parece que hay que seguir muchas reglas.

—Conociéndote, no seguirás ninguna de ellas.

Hubo una pausa y, en ella, Tem se deleitó con la forma en que la miraba Caspen, como si la barrera que había erigido en los últimos tres días estuviera cayendo. No deseaba otra cosa más que mantenerla derribada.

—¿Cuál es tu apellido? —preguntó Caspen.

—Verus.

Levantó la barbilla, contemplándola.

—Temperance Verus —dijo en voz baja.

Le encantaba cómo sonaba su nombre en la boca de él.

—Esa soy yo —respondió con la misma tranquilidad.

Al final, Caspen se relajó.

Se recostó en la alfombra mientras hablaban, con un brazo detrás de la cabeza y el otro apoyado en las piernas de Tem. Era un pequeño gesto pero, gracias a él, ella sintió que estaban profundamente conectados, como si Caspen literalmente los mantuviera unidos con su mano. Él no la acercó más ni hizo nada para intensificar el momento. Aun así, se sentía íntimo, y era exactamente lo que Tem había deseado de él durante tres largos días. Hablaron durante horas, de nada y de todo. Al final, Tem también se acostó.

No se besaron. En lugar de eso, Caspen soltó los cordones de su vestido, uno por uno, quitándoselo y dejándola en ropa interior. Luego le quitó también la ropa interior y Tem volvió a estar desnuda debajo de él.

Él no la besó. Parecía que lo único que quería era tocarla. Le acarició suavemente las piernas con las yemas de los dedos, por encima del hueso de la cadera y a lo largo de la curva de esta. Le recorrió el centro del abdomen, apoyando la palma de la mano en el hueco entre sus pechos. Tem se preguntó si podría sentir su corazón, que latía tan rápido que prácticamente podía oírlo. La mano de él se movía de nuevo, deslizándose hacia arriba para rodear su cuello. Tem sentía el latido de su corazón en la sien, con un ritmo incesante en su cerebro.

Sin pensarlo, la mano de Tem se dirigió al cuello de Caspen. Los ojos de él se abrieron al máximo ante el movimiento. Luego se entrecerraron, y ella oyó su voz en su mente:



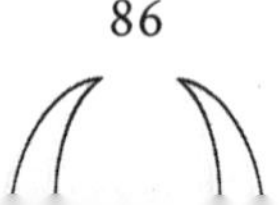

«Aprieta, pequeña víbora».

Tem apretó. Sintió cómo las cuerdas de su garganta se contraían bajo su palma, cómo la dura línea de su esófago se comprimía entre sus dedos. ¿Qué pasaría si seguía apretando?, ¿se lo permitiría? Tenía su vida en sus manos, al igual que él a menudo tenía la suya. Tem reconoció que ese era un momento de confianza entre ellos, y que podía decidir cómo terminaría.

Cuando Tem lo soltó, él también lo hizo.

Se miraron fijamente durante mucho tiempo. Fue Caspen quien rompió el contacto visual, inclinándose hacia delante y posando sus labios en la mandíbula de ella. Dejó que sus besos descendieran, mordiéndole suavemente el pecho. Tem dejó escapar un suave gemido cuando lo hizo, y sintió que él sonreía contra su piel.

—Qué sensible —susurró Caspen, acariciando su pezón con los dedos y obligándolo a erguirse obediente—; solo con esto podría hacer que te vinieras.

—Lo dudo —se burló Tem.

Las fosas nasales de Caspen se dilataron.

Luego, él bajó la cabeza, metió el pezón de ella en su boca y lo chupó entre sus dientes. Tem jadeó. Nunca había sentido algo así antes. Su mano se dirigió de inmediato a la nuca de Caspen, y sus dedos se enredaron con fuerza en su cabello. Necesitaba algo a lo que aferrarse, algo que la estabilizara contra el éxtasis absoluto que él le estaba provocando.

Tem no podía creer lo que Caspen estaba haciendo. Alternaba entre chuparle el pezón y acariciarlo ligeramente, moviéndolo hacia adelante y hacia atrás con la lengua. Se detenía cada pocos minutos, y usaba sus dedos para ablandarlo antes de tomarlo en su boca una vez más. Hacía girar su lengua en círculos continuos y perezosos, trazando la cima de su pecho hasta que Tem estaba completamente mojada entre las piernas. Podía sentir cómo goteaba sobre la alfombra. Nunca había querido tocarse tanto como en ese momento. Pero si lo hacía, Caspen ganaría.

«*Ganaré* de todos modos», resonó la voz de él en su mente.

—No hables —lo reprendió Tem. Apenas pudo pronunciar las palabras.

Justo cuando se había acostumbrado a un movimiento, él hacía algo diferente, deslizando primero su pezón entre los bordes de sus dientes antes de rozarlo ligeramente con la lengua. Ella se dio cuenta de que la estaba provocando, llevándola al límite y luego regresando, acercándola cada vez más. Pero Tem era testaruda. No lo dejaría ganar. Intentó pensar en algo, en cualquier cosa, para distraerse.

«Mierda de gallina. La risita insufrible de Vera. Mi madre merodeando por la cabaña».

Era inútil. No había suficientes cosas desagradables en el mundo para combatir la euforia que se extendía por Tem como el fuego.



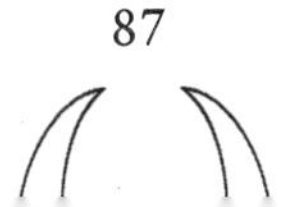

La boca de Caspen cubría por completo su pezón. Esta vez, cuando lo chupó, lo hizo durante tanto tiempo y con tanta fuerza, que Tem dejó escapar un gemido de impotencia, arqueando la espalda y agarrándolo con desesperación. Tan pronto como estuvo segura de que no podía aguantar ni un segundo más, Caspen se apartó de repente.

Tem jadeó sorprendida.

Fue eso finalmente, la ausencia de sensación, lo que la llevó directamente al límite. Sus dedos se aferraron con fuerza al cabello de él, tratando de acercarlo más, pero su cabeza no se movió. En cambio, Tem observó cómo la lengua de Caspen acortaba la distancia, deslizándose sobre su pezón una sola vez, y dejándolo reluciente a la luz del fuego.

Luego sopló sobre él.

El aire frío la acarició con más suavidad que un susurro y Tem sintió que su autocontrol se rompía finalmente cuando su pezón se puso inmediatamente tan duro que le dolía. Su cuerpo la había traicionado. Ya no pudo resistir más.

El orgasmo la golpeó como un maremoto, surgiendo de los remolinos más profundos de su cuerpo y arrastrándola a un pozo de placer sin fin. Cabalgó la ola con alegría, disfrutando de la dulce liberación, dejándose deshacer solo para él. Sin dudarlo, Caspen hundió su mano entre sus piernas y, en el momento en que tocó su clítoris, Tem gritó, contrayendo las caderas para recibirlo. Caspen igualó su energía, acariciándola con fuerza y volviendo la boca a su pezón para poder jugar con ambas partes de ella.

Fue increíble. No había otra palabra para describirlo. Tem apenas podía recuperar el aliento; sentía que estaba viendo estrellas.

—Caspen —jadeó.

Él levantó la cabeza para que sus miradas se encontraran y sus dedos comenzaron a acariciarla con suavidad.

—No debiste dudar de mí.

Tem se aferró a él. Era como si su alma se hubiera partido en dos.

—Odio que tengas tanto poder sobre mí.

Para su sorpresa, él se rio.

—¿Qué te parece tan gracioso?

Su sonrisa se amplió un poco más.

—De nosotros dos, yo no soy el que tiene el poder, Tem.

Ella no tenía idea de cómo reaccionar ante eso. Creer que tenía poder sobre Caspen era creer que tenía influencia sobre una criatura centenaria que podía convertirla en piedra con una sola mirada. No era una fantasía que pudiera permitirse. Sin embargo, sabía que su relación había ido mucho más allá de los límites entre estudiante y profesor. Ni siquiera debía estar allí, seguramente las otras chicas se habían ido a casa hacía mucho

tiempo y ella seguía en la cueva de su basilisco, desnuda, hablando con él como si fueran amantes. Era imposible. Y, sin embargo, no querría que fuera de otra manera.

—Por suerte para ti, soy una gobernante misericordiosa. —Tem le tocó un hombro y luego el otro, imitando el movimiento para conceder el título de caballero.

Tem le agarró la muñeca y besó las pecas de la palma de su mano.

—Por suerte para mí, en efecto.

Esa noche y todas las siguientes cenaron juntos. Caspen le devolvía la garra y le enviaba vibraciones constantemente: en la cama, en la iglesia, de camino a la panadería. Un día en particular, llegaron con tanta frecuencia que Tem tuvo que fingir que estaba enferma, pidiéndole a su madre que se alejara e insistiendo en que necesitaba dormir. Pasó el día desnuda en la cama, empapada en sudor y en su propia humedad, preguntándose cómo demonios Caspen tenía tiempo suficiente para pensar en ella con tanta frecuencia.

Tem sospechaba que su comportamiento tenía algo que ver con la próxima eliminación.

La carta llegó mientras su madre estaba ocupada haciendo diligencias, así que ella estaba sola cuando recibió el gran sobre blanco con el sello de cera de la realeza. El contenido era breve: una simple invitación solicitando su presencia en el castillo la noche siguiente. Tem le dio la vuelta en sus manos, maravillada por el papel grueso con hoja de oro.

Entonces empezó a preocuparse.

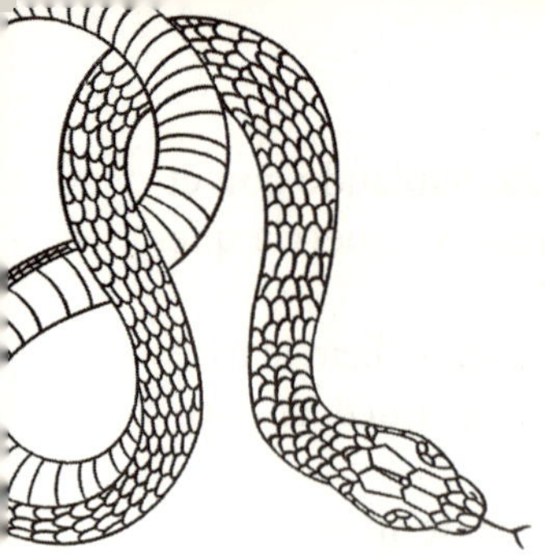

# CAPÍTULO 7

El príncipe basaría su decisión en un beso.

Tem no sabía cómo ni cuándo ocurriría, pero era tradición que cada chica besara al príncipe la noche de la primera eliminación. Por otra parte, la primera eliminación ya había ocurrido, así que el proceso claramente no seguía las normas convencionales. ¿Y si no tenía la oportunidad de besarlo? ¿Y si Leo simplemente eliminaba a una chica tras otra sin tocarlas nunca?

Sus preocupaciones la siguieron hasta la cueva esa noche, mientras los muros de piedra la sumían en un calor sofocante. La única luz era la de la chimenea que brillaba detrás de Caspen e iluminaba su silueta como un fantasma.

La eliminación los acechaba como una sombra. Ambos sabían lo que sucedería al día siguiente, pero ninguno hablaba de ello. En cambio, Caspen la llevó directamente a la alfombra, desnudándola mientras la besaba, posando sus labios sobre los de ella, como si pudiera reclamarlos como propios. Tem recibió su lengua con gusto, mostrándole sin dudar lo que quería.

Finalmente, los labios de Caspen llegaron al cuello de ella. Luego bajaron aún más. Besó lentamente su vientre, separando sus piernas mientras lo hacía. Sus manos llegaron a las piernas de Tem, las abrió y colocó alrededor de sus hombros. Una repentina sensación de pánico la golpeó cuando se dio cuenta de lo que Caspen estaba a punto de hacer.

—¡Detente! —gritó ella bruscamente.

Caspen se detuvo y la observó con sorpresa.

Tem estaba exagerando, se dio cuenta por la expresión confundida de Caspen. No debió decirle que se detuviera, iba en contra de sus roles. Pero ya habían superado el punto de ser estudiante y profesor. Ahora eran amantes y Tem quería tener voz y voto. Nunca había tenido la boca de un hombre entre sus piernas, y sabía que no estaba preparada para experimentar aquello de lo que Vera había presumido tan cruelmente.

Las manos de Caspen apretaron sus piernas.

—¿Qué pasa, Tem?

Ella se encogió de hombros, sin ganas de ponerlo en palabras.

Caspen se sentó lentamente, contemplándola. La luz del fuego brilló en su rostro y Tem vio que estaba realmente preocupado.

—No te dolerá —aseguró—. Al contrario.

—Lo sé —susurró—. Pero es la primera vez para mí.

Él inclinó la cabeza.

—Todo lo que hemos hecho juntos ha sido la primera vez para ti. ¿Por qué esto es diferente?

Otra vez Tem no pudo expresarlo con palabras. Hubo un silencio mientras ella intentaba ordenar sus pensamientos y Caspen esperó pacientemente

—Sí a una cosa no es sí al resto —murmuró finalmente.

—Eso es cierto. —Él hizo una pausa, inclinando la cabeza en la otra dirección, en un claro intento de entender su arrebato. Tem aún estaba tratando de entenderlo—. Pero ¿no me he ganado tu confianza?

Tem meditó la pregunta.

—La tienes.

—Entonces, ¿por qué no me dejas hacer esto?

Ella sentía como si su pecho estuviera lleno de piedras.

«¿Quién querría a una chica que sabe a mierda de pollo?».

—Tengo miedo —admitió al fin.

—¿De qué?

Se encogió de hombros, y se negó a decir algo más. ¿Cómo podría explicárselo? Él era un basilisco, el Rey Serpiente, y no le tenía miedo a nada. El sexo no significaba casi nada para Caspen. Sin embargo, significaba todo para Tem. No tenía idea de lo que era ser ella, ser frágil, humana y vulnerable. Era algo que él no podía entender.

Caspen juntó sus rodillas suavemente, como para borrar lo que acababa de pasar.

—Podemos esperar hasta que estés lista, si eso es lo que deseas.

Al ver que Tem seguía sin hablar, se deslizó hasta quedar a su lado.

Permanecieron en silencio un rato, y supo que Caspen estaba dejando que ella decidiera qué pasaría a continuación. No estaba preparada para confiarle sus verdaderos miedos. Entonces susurró:

—¿Te gusta hacerlo?

El aliento de Caspen rozaba su mejilla.

—¿Por qué lo preguntas?

—Solo tengo curiosidad.

Él la miró durante largo rato antes de responder.

—Sí. Me gusta hacerlo.

—¿Por qué?

Se encogió de hombros, haciendo ver sus músculos.



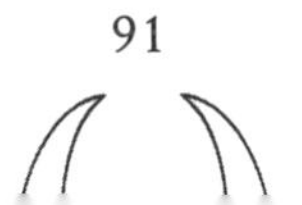

—Instinto, supongo.

—Pero ¿qué es lo que te gusta específicamente?

Tem notó que era la primera vez que alguien le preguntaba eso. Sin duda, a Caspen le pareció extraño ese tipo de pregunta. Pero la complació de todos modos, diciendo:

—Es una forma de dar placer a alguien. De entenderlos y saborearlos.

Ante sus palabras, Tem se dio cuenta de que no podría eludir sus miedos. Tendría que enfrentarse a ellos, sin importar las consecuencias. Así que hizo la pregunta que le estaba carcomiendo la garganta.

—¿Y si no te gusta mi sabor?

Para su sorpresa, Caspen sonrió.

—Eso es imposible.

—¿Por qué?

—Porque sí. —Se apoyó en un codo—. Esta parte tuya sabe a gloria. —Le acarició el cuello con los labios y le susurró el resto de la frase al oído—. No me cabe duda de que el resto de ti sabe igual.

Tem sintió cómo un escalofrío recorría su espalda.

Cuando Caspen se apartó se miraron a la luz del fuego y Tem se dio cuenta de que nunca se había sentido tan vulnerable en su vida. De alguna manera, aquello daba más miedo que cuando se desnudó delante de él por primera vez. Esto era la culminación de todo lo que se había atrevido a fantasear: que un hombre quisiera probarla y se sentía como si estuviera cayendo de cabeza por un acantilado a un agitado océano de lo desconocido.

Caspen pareció sentir su angustia porque la acercó más.

—Esto no debería preocuparte, Tem. No tienes nada que temer.

Ella asintió. Aunque la duda debió de reflejarse en su rostro, porque Caspen suspiró y dijo:

—¿Quieres que te lo demuestre?

—¿Demostrarme qué?

—Que sabes bien.

Tem frunció el ceño.

—¿Cómo?

Caspen hizo una pausa. Luego tomó la mano de Tem y la deslizó lentamente por su cuerpo hasta que llegó entre sus piernas. Con cuidado, introdujo sus dos primeros dedos en ella, sin perder el contacto visual en ningún momento. Como Tem no protestó, él empujó sus dedos más profundamente, deteniéndose cuando ella dejó escapar un suave gemido. Luego los sacó, sosteniendo su mano. Sus fluidos brillaban a la luz del fuego.

Caspen se quedó inmóvil y, en ese momento, todos los miedos de Tem estallaron dentro de ella.

Entonces él sonrió y ella supo lo que iba a hacer. Fue como una expe-



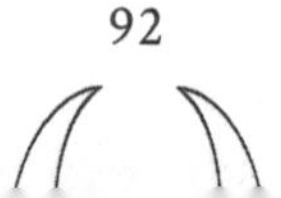

riencia extracorporal ver a Caspen levantar su mano, abrir los labios y poner con delicadeza sus dos primeros dedos en su boca. Sintió su lengua moverse entre ellos, mostrándole exactamente lo que haría entre sus piernas. Cuando terminó, le besó las yemas de los dedos.

Luego Caspen sonrió.

—Como dije. La gloria.

Tem nunca había sentido nada parecido a lo que experimentaba en ese momento. Caspen siempre la había hecho sentir segura, pero esta vez era diferente. Este gesto era más profundo, más matizado y significativo que el resto de las veces que él la había tocado.

Caspen la miraba con tanta paciencia que ella podría haber llorado.

—¿Cómo lo sabes siempre? —susurró.

—¿Saber qué, Tem?

—Cómo hacerme sentir mejor.

Él rio con suavidad.

—Nunca lo sé. Simplemente intento algo y espero que salga bien.

Ahora era su turno de reír. Al escuchar su respuesta, Caspen también se rio y, por un momento, Tem se sintió absolutamente feliz.

La estrechó contra su pecho y se quedaron allí juntos, con los cuerpos entrelazados.

—¿Hay algo más de lo que quieras hablar? —preguntó él en voz baja.

Tem reflexionó. Cuando conoció a Caspen, nunca hubiera imaginado que tendrían una conversación como la que estaban teniendo en ese momento. Nunca pensó que le contaría sus miedos y secretos, ni que él le pediría que le contara más.

En realidad, solo había otra cosa que quería, y llevaba un tiempo dándole vueltas, pero decirlo de verdad parecía imposible, como escalar la montaña más alta con nada más que sus pies descalzos para sostenerla. Sin embargo, sabía que si no decía nada, se arrepentiría.

—Ojalá me dejaras acercarme.

Caspen se quedó en silencio por un momento antes de responder:

—¿En qué sentido?

Tem pensó en todo lo que quería decir. Quería preguntarle sobre su conexión mental, concretamente por qué él podía hablarle, pero ella no podía contestar. Era otra forma en la que su poder estaba desequilibrado, y se preguntaba si Caspen podía controlarlo, si de alguna manera le estaba impidiendo acceder a él. En lugar de decir lo que estaba pensando, levantó el dedo y lo golpeó suavemente contra su sien.

Caspen sujetó la muñeca de ella y presionó su palma contra su propia mejilla.

—No puedo controlar eso, Tem.

—Parece que sí puedes.



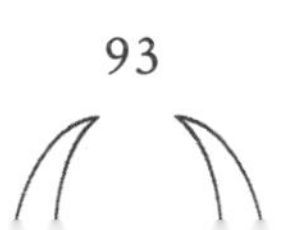

Él negó con la cabeza.

—Va más allá de los límites de mi poder.

—Entonces, ¿por qué siento que hay un muro entre nosotros? ¿Por qué siento que me estás dejando fuera?

Él volvió a negar con la cabeza.

—No lo sé.

Tem guardó silencio. Le creyó porque sabía que no podía mentir, pero le pareció que le estaba ocultando algo, como si supiera más de lo que estaba revelando.

Decidió cambiar de tema.

—Mañana habrá una eliminación.

Los ojos de Caspen se posaron en sus labios.

—Sí. Así será.

—¿Y bien? ¿No deberías darme algún consejo o algo así?

Un músculo se tensó en la mandíbula de Caspen.

—No tengo ningún consejo que darte.

—¿En serio?

Tem lo estaba presionando, y ambos lo sabían. Quería que él validara su vínculo, que reconociera el hecho de que había algo entre ellos.

Pero Caspen solo inclinó la cabeza, y posó sus labios en el cuello de ella mientras decía:

—No deseo discutir esto, Tem.

Ella sintió una punzada de ira.

—¿No deseas discutir exactamente aquello para lo que me estás entrenando?

Los dientes de él rozaron su mandíbula.

—No.

—¿Incluso si eso significara que no estuviera lista para mañana?

Caspen levantó la cabeza.

—Incluso en ese caso.

Por la expresión del rostro de él, estaba claro que había terminado con la conversación; pero Tem, no.

—No puedes seguir ambos caminos, Caspen.

Él entrecerró los ojos.

—¿Qué quieres decir con eso?

—No puedes prepararme para el príncipe sin hacerlo en realidad.

—Te he preparado lo suficiente. Solo tendrás que besarlo mañana.

—¿Y si tengo que hacer algo más?

—No tendrás que hacerlo.

—Eso no lo sabes. Ya hubo una eliminación. Y tampoco se suponía que eso pasaría.

Caspen frunció el ceño y Tem supo que tenía una oportunidad.



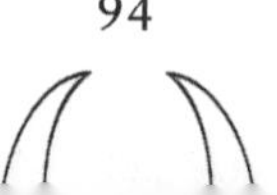

—¿Y si nos obligan a quedarnos en el castillo después de mañana por la noche?

Tradicionalmente, se elegía a las tres últimas chicas en un baile formal, tras el cual se trasladaban al castillo para la última parte del proceso de eliminación. El objetivo era aumentar su proximidad con el príncipe, para asegurarse de que tuviera la oportunidad de acostarse con cada una de ellas.

—No será así —repitió Caspen—. Es demasiado pronto.

Tem se encogió de hombros.

—Eso es lo que tú crees, pero la realeza impone sus propias reglas. Tú mismo me lo dijiste.

El ceño fruncido de Caspen se frunció aún más.

—Si fuera así, me habrían informado.

—¿Estás seguro? No parece que a la realeza le importe mantenerte informado.

Tem pensó en la calavera del estudio, y se preguntó si también Caspen lo habría hecho.

Él se incorporó.

—Ya basta, Tem.

Ella igualó su movimiento. Pero en lugar de tomar represalias con otro comentario hiriente, Tem puso su mano en la mejilla de él, rodeando con la palma el borde esculpido de su mandíbula. Tenía razón; ya era suficiente. Tem sabía que estaba atacando por razones que no tenían nada que ver con él. Estaba nerviosa por lo del día siguiente; frustrada consigo misma; desesperada, inestable y completamente fuera de control. Estaba consumida por el *deseo*.

Tem quería más. Había querido más desde la primera noche que entró en esa cueva, pero no podía apresurar a Caspen: él era inmutable, era un antiguo basilisco que no se dejaría influir por ella ni por nadie. Por mucho que quisiera más de él, no lo conseguiría hasta que él mismo estuviera dispuesto a dárselo. Así que, por primera vez, desistió.

—Lo siento —dijo Tem en voz baja.

Los ojos de Caspen se encontraron con los suyos. Él esbozó una pequeña sonrisa.

—No tienes nada de qué disculparte.

Pasaron el resto de la noche sin hacer nada más que besarse. Cada vez que Tem intentaba ir más allá, Caspen la detenía. Cada vez que ella bajaba la mano por debajo de su cintura, él la hacía subir. Cada vez que ella abría las rodillas, él las cerraba. Cuando la acompañó hasta el final del camino, sus ojos dorados se posaron en los suyos antes de besarla dulcemente en la frente. Luego se fue.

A Tem le llegó un vestido, igual que la última vez.

Este era de color granate oscuro, con bordados dorados en la cintura.



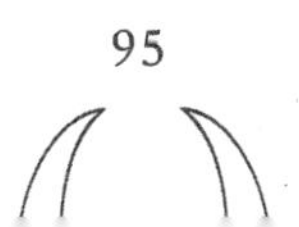

Era escotado; a Leo le encantaría. Tem se lo puso lentamente, preguntándose una vez más qué significaba que Caspen la vistiera con algo que la hiciera atractiva para otro hombre. También se puso el collar, acomodando la garra de oro entre sus pechos. La otra garra estaba dentro de ella. A diferencia de la última vez, Caspen no le envió ninguna vibración. En cambio, estuvo completamente ausente de su mente toda la tarde, e incluso cuando llegó el carruaje para llevarla al castillo, no había más que un vacío enorme donde solía estar su presencia.

El castillo era tal y como lo recordaba. Tem volvió a dar su nombre en la puerta antes de que la condujeran al mismo salón de baile que la vez anterior, cuyos techos increíblemente altos le hacían dar vueltas la cabeza. El público era más ruidoso que la última vez que había estado allí. Parecía que a la realeza no le faltaba alcohol. Había botellas de whisky y cántaros con aguamiel en las mesas repartidas por toda la sala. Tem buscó a Gabriel, pero no lo vio por ningún lado. No obstante, notó la presencia de Lilly, quien le hizo un gesto descarado antes de desaparecer entre la multitud.

Leo estaba sentado en una mesa, con el brazo alrededor de la chica rubia que había quedado en primer lugar durante la eliminación de la semana anterior. Ella estaba prácticamente en su regazo, riéndose de cada palabra que él decía. Cuando Tem pasó junto a ellos, Leo arqueó una ceja y alzó su whisky en su dirección. Pero ella lo ignoró.

En lugar de eso, se sirvió un whisky y se lo bebió de un trago. Le quemó la garganta, como la última vez que lo había tomado, pero también le calmó los nervios, y Tem disfrutó el breve momento de paz mientras el alcohol adormecía sus sentidos. Fue entonces cuando lo escuchó:

«Ayuda».

Al principio, las palabras apenas se oían, no eran más que un susurro en un rincón de su mente. Tem se quedó paralizada al escucharlo y, durante un segundo de pánico, pensó que podría ser Caspen. Pero cuando se oyó la voz de nuevo, supo que no era la de él.

«Ayúdenme. Por favor».

La voz sonaba desesperada y tensa. Débil, como si quien hablara estuviera a punto de desmayarse. Tem cerró los ojos para ignorar la fiesta y se concentró con todas sus fuerzas. Pero la voz no volvió a escucharse. Lo único que quedó fue una pesada roca formada por el miedo en su estómago. Quienquiera que fuera la persona a la que pertenecía esa voz, estaba sufriendo. A Tem le dolía el corazón por ella, y ni siquiera la conocía. El miedo se intensificó.

Quería salir del castillo. Allí ocurría algo oscuro, algo malo. Le restaba energía de una manera que no entendía, y lo único que quería era irse.

Tem se abrió paso entre la multitud, dirigiéndose hacia las enormes puertas dobles al final del salón de baile. Empujó a todos los que se interponían en su camino, lanzándose con vehemencia hacia los setos verdes del jardín. El aire helado de la noche la golpeó en cuanto salió, poniéndole la piel de gallina en los brazos y helándola hasta los huesos. Había un bebedero para pájaros a pocos metros de distancia. Tem se aferró a él, agarrándolo con ambas manos y mirando fijamente el agua quieta. Tardó varios minutos en tener fuerzas para volver a mirar hacia arriba, y cuando lo hizo, se dio cuenta de que no solo había visto un seto. Era un laberinto.

Las paredes se extendían en una estructura interminable de esquinas esculpidas. No podía ver más allá del primer pasadizo, pero sabía que debía continuar por varios kilómetros. Un laberinto de setos era exactamente el tipo de cosas inútiles en las que la realeza gastaría dinero.

Detrás de ella, se escucharon pasos que se acercaban. En el agua apareció el reflejo de Leo.

—Perfecto —murmuró Tem en señal de saludo.

—Buenas noches a ti también —dijo Leo con una sonrisa divertida.

Ella lanzó un gran suspiro y se volteó hacia él.

—Buenas noches, Leo.

La sonrisa de él se ensanchó.

—Abandonaste a tu acompañante —dijo Tem con aspereza.

Leo se encogió de hombros.

—No importa.

—Creo que sí.

—Lo que quería decir es que a mí no me importa. No es muy buena conversadora.

—Entonces, ¿por qué pasas tiempo con ella?

El príncipe sonrió con aire socarrón.

—Tiene talento en otros aspectos.

Tem hizo un gesto de enojo. Era habitual que las chicas se lanzaran a los brazos de Leo durante el proceso de eliminación. La mayoría de ellas intentaba acostarse con él mucho antes de la eliminación final, y Leo seguramente se los permitía. Por supuesto que se jactaba de ello. Tem quería abofetearlo. En cambio, dijo:

—Si es así, ¿por qué perder el tiempo hablando conmigo?

—Prefiero tu compañía. Te quiero aquí, ¿recuerdas?

—No me imagino por qué.

Leo la miró con avidez.

—¿No puedes?

Él estaba demasiado cerca como para que ella se sintiera cómoda. Tem se apartó, agarrándose a los lados de la fuente de agua para pájaros, hasta que su piel se puso blanca. Leo dio vueltas a su bebida, que casi se había terminado.

—No pareces disfrutar de estas fiestas, Tem.



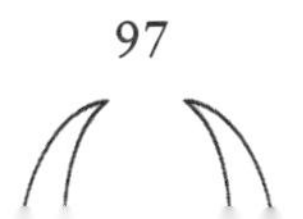

—Bien observado.

—Podríamos ir a otro sitio si lo prefieres —sugirió.

—¿A dónde?

—A mi habitación.

Tem puso los ojos en blanco.

—No, gracias.

—Qué pena —suspiró Leo con dramatismo—. Hace tiempo que nadie se queda a dormir. Quizá deba pulir mis métodos de seducción.

—¿Métodos de seducción?

Las palabras se le escaparon antes de que pudiera detenerlas. Los ojos de Leo se posaron en los suyos.

Él pareció intuir que tenía una oportunidad, porque se acercó, inclinando la cabeza para que sus rostros se alinearan.

—Sí —dijo en voz baja—. Tengo un método. ¿Te gustaría escucharlo?

Tem quería decir que no, pero no pudo.

—Estoy segura de que me lo vas a decir de todos modos.

—Me llevo a una chica a mi habitación —continuó Leo como si ella no hubiera dicho nada—. Le sirvo champaña. —Hizo una pausa—. Luego preparo un baño.

Tem arrugó la nariz.

—¿En serio?

—Sí —dijo Leo frunciendo los labios—. A las chicas les encantan los baños.

Tem comenzaba a tener dolor de cabeza por lo mucho que estaba poniendo los ojos en blanco.

Ante su reacción, Leo sonrió, y extendió la mano para tocar la parte inferior de su cabello, haciendo girar un mechón ondulado entre sus delgados dedos. Tem debió haberse alejado, pero no lo hizo.

—Nos damos un baño —continuó—. Bebemos champaña. —Leo la miró a los ojos—. Y luego tenemos sexo. —Él seguía acariciando suavemente su cabello. Por alguna razón, esto le provocó escalofríos a Tem.

—¿Y eso funciona? —susurró ella.

—Siempre.

Se quedaron de pie en la entrada del laberinto, mirándose.

—¿Qué hay de ti, Tem? —preguntó en voz baja—. ¿Funcionaría contigo?

Leo estaba demasiado cerca pero por primera vez, Tem no lo rechazó. Había algo en él que la atraía. No sabía exactamente qué, pero era algo concreto y fuerte, y no podía resistirse a él como solía hacerlo. Sin embargo, tampoco podía permitirse ceder.

—La verdad es que no soy fanática de los baños —respondió.

Leo sonrió. Los músculos de su cuello se tensaron cuando levantó la cabeza para mirar las estrellas.

—Nunca conseguiré que me respondas con sinceridad, ¿verdad?

—Probablemente no. Pero ¿no es más divertido así?

—Sí —asintió—. Desde luego que sí. —La miró, con la sonrisa aún en el rostro—. Podríamos saltarnos el baño, ¿sabes?

Tem se encogió de hombros.

—Tampoco me gusta mucho la champaña.

Él se echó a reír.

—En ese caso, supongo que necesito un nuevo método para ti.

—Avísame cuando lo encuentres.

En cuanto dijo eso, en los ojos de Leo brilló la victoria.

—Lo haré —aseguró en voz baja.

Tem volvió a poner los ojos en blanco, pero ya era demasiado tarde. Había dejado que sus bromas fueran demasiado lejos, y ahora Leo pensaba que tenía una oportunidad. Lo peor era que sí la tenía. Tem no sabía qué haría falta, desde luego no un baño ni champaña, pero con las condiciones adecuadas, iría a su habitación.

—¿Sabes? —dijo Leo, mientras hacía girar el cubito de hielo en su vaso—. Debemos besarnos esta noche.

Tem suspiró.

—Lo sé.

—¿Alguna preferencia sobre dónde y cuándo?

—¿Estás diciendo que tengo elección?

—Eso es exactamente lo que estoy diciendo.

Tem cruzó los brazos, y lo miró con incredulidad.

—¿Tienes alguna preferencia?

—Por supuesto, pero me gustaría escuchar la tuya.

Tem no pudo evitar preguntarse qué preferiría el príncipe, pero solo se encogió de hombros.

—Mi preferencia no importa.

—Me permito discrepar. —Sonaba sincero.

Tem lo miró con recelo.

—Preferiría que no nos besáramos.

Apenas pudo pronunciar las palabras, pero tenía que ver cómo reaccionaría él. Para su sorpresa, le sonrió, mostrando sus incisivos dorados a la luz de la luna.

—Y yo preferiría que no mintieras, pero eso ya lo sabías.

Mantuvieron el contacto visual durante un largo instante. Luego Leo dio vueltas a su vaso una vez más antes de tirar el cubito de hielo en la fuente para pájaros, lo que provocó una suave salpicadura. Su sonrisa se amplió cuando se dio la vuelta.

—La noche es joven, Tem. Búscame cuando estés lista. —Luego se fue.

Tem se quedó afuera hasta que le resultó insoportable. Cuando ya no



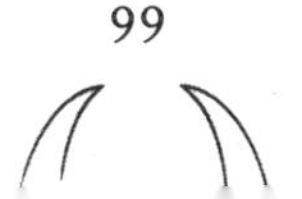

pudo aguantar más el frío, se dirigió directamente a la mesa más cercana con comida. Estaba metiéndose a la boca una cantidad excesiva de tocino curado cuando una voz familiar llegó a sus oídos:

—No comas demasiado, Tem, podrías engordar.

Era Vera, por supuesto, que como siempre la miraba con desprecio.

—El príncipe prefiere chicas con curvas —respondió con un bocado de tocino en la boca. Vera se burló. Luego gimió, y encogió los hombros.

—¿Qué te pasa? —preguntó Tem a su pesar.

—Nada, es solo que... —Vera torció la boca—. Me duele mucho la espalda.

—¿Por qué?

Se burló.

—Todo este sexo, por supuesto. Uno pensaría que al menos podríamos hacerlo en la cama, como gente civilizada. Cualquier lugar sería mejor que el suelo de una vieja cueva sucia, pero supongo que eso es todo lo que se puede esperar de una serpiente.

Tem se quedó boquiabierta. Por suerte, en ese preciso momento una chica entre la multitud saludó a Vera con la mano, y entonces ella desapareció.

«El basilisco de Vera se acuesta con ella».

El estómago se le hizo un nudo. Quizá fuera solo que Vera le estaba clavando otro puñal. Quizá no se estuviera acostando con él, y solo quería que Tem pensara que sí, pero tenía que estar segura.

Pasó la siguiente hora persiguiendo a cada una de las chicas que quedaban en la competencia, desviando sutilmente el tema hacia su experiencia en las cuevas mientras el nudo en su pecho se apretaba con cada conversación. Todas estaban teniendo sexo. Todas y cada una de ellas. Lo que significaba que Tem era la única chica cuyo basilisco no se acostaba con ella. Se sintió otra vez como en la eliminación sorpresa, como si fuera la chica más fea de la habitación, la chica que nadie quería.

Las inseguridades de Tem se retorcían a su alrededor como enredaderas, le apretaban el estómago y comprimían sus pulmones. ¿Cuánto tiempo llevarían las otras chicas teniendo sexo? ¿Desde la primera noche en las cuevas? Pero no, Vera había dicho que su basilisco ni siquiera la había tocado esa noche. Así que al menos tenían eso en común. Pero no importaba. Desde entonces habían existido desigualdades todos los días, y Tem volvía a ser la chica con menos experiencia de la habitación. De repente, le faltó el aire. Necesitaba alejarse de toda esa gente, y tenía que hacerlo de inmediato.

O tal vez eso no era lo que necesitaba en absoluto. Quizá lo que necesitaba era una persona en particular. La única persona que sabía, sin la menor duda, que quería tener sexo con ella.



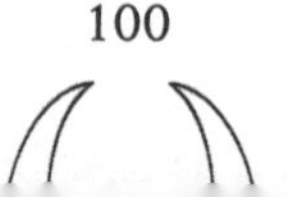

Le tomó solo treinta segundos localizar a Leo. Estaba apoyado contra una columna, mirando la fiesta, con la cabeza echada hacia atrás contra la piedra con una indiferencia aburrida. Al verlo, Tem sintió la familiar sensación de terquedad, la negativa a ceder. Pero ¿por qué no iba a hacerlo? Leo había dejado claro que quería acostarse con ella. Y, evidentemente, él era el único. ¿Por qué no besarlo? La noche ya no era tan joven. Y lo que era más importante, estaba preparada.

La gente se apartaba para dejarla pasar, como si estuviera hecha de fuego. Cuando llegó a Leo, ya se había despejado un pequeño círculo. Leo la miró con calma mientras ella se acercaba a él, le agarraba la cara y le daba un beso.

No se sentía bien.

No era Caspen.

Pero era un beso y ella lo necesitaba, y Leo la besó de vuelta sin dudarlo, apretándola contra él como si hubiera estado esperando eso todo el tiempo. Y tal vez lo había hecho. Leo besaba bien, frustrantemente bien. El resto de la fiesta desapareció cuando los dedos de él se enredaron en el cabello de Tem, mientras arqueaba su cabeza hacia atrás para encontrarse con sus labios. Su lengua se sumergió en su boca con ritmo experto, deslizándose contra la de ella y arrancándole un pequeño gemido desde el fondo de su garganta. Rezó para que él no lo hubiera oído. Pero por la forma en que la apretó aún más, supo que lo había hecho.

De repente, su espalda estaba contra la columna. Las manos de Leo se movían más abajo. El beso ya era casi inapropiado, y Tem tuvo una visión repentina de Jonathan y Vera manoseándose en el Horseman.

Tem se apartó. Leo la soltó, pero le costó. La sujetaba con tanta fuerza que sus labios seguían tocándose cuando susurró:

—No estuvo tan mal, ¿verdad?

La gente los miraba; Tem se sentía como si estuviera en una pecera.

—¿Alteza? —La voz del lord Chamberlain flotaba por encima del latido del corazón de Tem, que le retumbaba en los oídos.

—¿Qué pasa? —preguntó sin apartar la mirada de Tem.

—Ya ha besado a todas las chicas. Es hora.

—Muy bien.

Finalmente Leo la soltó, dio un paso atrás y se ajustó las mancuernillas. Luego, para sorpresa de Tem le ofreció la mano. Ella la tomó con cautela, observando cómo entrelazaba sus dedos con los suyos. Sus manos permanecieron unidas mientras se dirigían hacia los podios, y todos los presentes en el salón de baile los observaban a su paso.

Leo no dudó. Caminó con Tem directamente hacia el primer podio, sujetándola hasta que ella estuvo de pie frente a la multitud. En un gesto final, besó sus dedos. Luego soltó su mano y señaló a la siguiente chica.



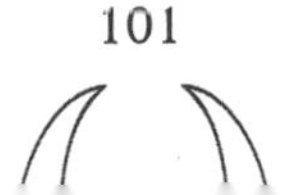

Leo eliminó a dos concursantes: a la rubia que había quedado en primer lugar la última vez y a una chica con un fleco castaño entrecortado. Tem apenas prestó atención a todo aquello. Simplemente se quedó en su podio, el primer podio, y se preguntó cómo diablos había llegado hasta allí. Empezaba a entender el juego de Leo. Era claro que la estaba recompensando por el beso, que había utilizado su cuerpo como moneda de cambio para comprarse esa posición. Leo era directo en ese sentido. Era un hombre de palabra, por ridículo que resultara admitirlo. Al menos con él, Tem entendía las reglas del juego.

Cuando terminó la eliminación, llevaron de inmediato a Tem de vuelta a los carruajes, junto con las otras chicas que quedaban. Tem miró aturdida por la ventana durante todo el camino a casa, repasando lo que había sucedido.

—¿Señorita? ¿Me ha oído?

Habían llegado a su cabaña. El sirviente le estaba hablando.

—Perdón, ¿qué?

—Dije que alguien vendrá a buscarla mañana por la noche. Esté lista a las ocho.

A Tem le costó un momento asimilar sus palabras. Entonces se dio cuenta de lo que estaba diciendo.

Leo la había puesto en primer lugar, y ese honor venía con una recompensa.

Tem tenía una cita con el príncipe.



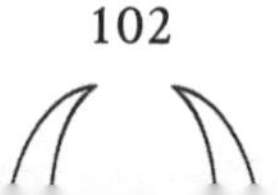

# CAPÍTULO 8

—Estoy muy orgullosa de ti, querida.

Era la mañana siguiente. Tem apenas había despertado.

—Solo soy la segunda chica con la que tiene una cita, madre. No te hagas ilusiones.

—Eso es bueno. Significa que tienes la oportunidad de causar una buena impresión antes que nadie.

Tem removió los huevos en su plato. No tenía idea de si quería causar una buena impresión en Leo. Él no le había causado precisamente una buena impresión a ella.

—Me estoy perdiendo una noche de entrenamiento por esto —refunfuñó.

—Eso no importa, Tem. Una cita con el príncipe es mucho más importante. Tu entrenamiento tiene como objetivo prepararte para él, y no tiene sentido si no llamas la atención del príncipe.

Tem suspiró. Había llamado la atención de Leo.

Los acontecimientos de la noche anterior aún le resultaban confusos. Había dado vueltas en la cama hasta el amanecer, reviviendo su beso con Leo una y otra vez hasta memorizar cada momento. Recordaba su lengua en su boca y sus manos en su cintura, así como la forma en que la sujetó como si fuera el mismo aire que respiraba. Besar a Leo era diferente a besar a Caspen: el príncipe era más joven, más suelto y *libre,* sin ese poder contenido ni la profunda y complicada seriedad que irradiaba el basilisco. Tampoco tenía su profundidad de carácter.

Pero al menos el príncipe quería acostarse con ella.

Tem todavía no podía creer que fuera la única chica que aún no había tenido sexo. Parecía una broma malvada, como si el universo conspirara contra ella. Sintió una ira profunda y desgarradora hacia Caspen por permitir que eso sucediera. ¿Cómo había podido privarla de eso, sobre todo cuando su futuro dependía de ello? Era indeciblemente cruel.

Sin tener en cuenta los sentimientos que tenía por Caspen, por primera vez en su vida, tenía ganas de visitar la panadería. Se moría de ganas por ver la expresión de Vera ahora que ella tenía una cita con el príncipe. Pero para su sorpresa, Vera no estaba allí. Quien estaba detrás del mostrador era Geoff, su padre.

—¿Dónde está Vera? —preguntó Tem. Estaba ansiosa por restregarle su nuevo logro en la cara, y no le gustaba la idea de irse sin conseguirlo.

—Enferma —gruñó Geoff.

—Oh. —Tem frunció el ceño—. ¿De qué?

Geoff se encogió de hombros y empezó a contar los huevos.

El ceño fruncido de Tem se acentuó aún más. No era propio de Vera faltar al trabajo. La panadería era su escenario; era donde reinaba sobre todo el pueblo, donde chismorreaba y juzgaba sin importarle las consecuencias. Una vez había trabajado durante una tormenta de nieve solo porque existía la posibilidad de que el chico que le gustaba entrara a pedir su pastel favorito. Vera era una fuerza de la naturaleza, y Tem no podía imaginarse que un resfriado común pudiera derrotarla.

—Bueno, ¿sabe cuándo volverá? —insistió Tem.

Geoff negó con la cabeza.

—Pronto.

Nunca había sido de conversaciones largas.

—Bien —suspiró. Tendría que presumir hasta el día siguiente.

Para cuando terminó los rondines con los gallos, era media tarde y empezaba a ponerse nerviosa. No tenía idea de lo que implicaría tener una cita con el príncipe. ¿Estarían solos?, ¿con acompañante? ¿Irían a algún sitio o se quedarían en el castillo? Ojalá el proceso de entrenamiento la hubiera preparado para tener citas. No era buena hablando con chicos, y mucho menos con un príncipe. Caspen debía haberle dado lecciones de conversación. Lo añadió a la lista de cosas que no le había enseñado.

Esta vez no le había llegado ningún vestido.

Tem no sabía qué pensar. ¿Caspen se estaba ocultando porque estaba enojado, dado a que había conseguido una cita con el príncipe? Tem estaba secretamente complacida por esta idea. Sin embargo, no le agradaba no tener nada que ponerse. Estaba a punto de revolver su habitación en busca de algo adecuado, cuando su madre llamó a la puerta.

—¿Cariño? Hay un hombre que quiere verte.

Tem se quedó paralizada, con un montón de ropa interior en los brazos. «¿Un hombre?».

Asomó la cabeza a la cocina y vio al sirviente de la noche anterior de pie en la puerta, con una expresión extraña.

—¿Señorita? —Le mostró un paquete—. El príncipe ha pedido que se ponga esto. Tem suspiró.

Ahora entendía por qué no había recibido ningún vestido de Caspen. Por supuesto que Leo quería elegir algo para que se pusiera, otra forma de



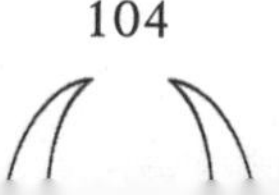

controlarla, de asegurarse de que supiera que él tenía el control. Tem detestaba esa idea.

Le arrebató el paquete al sirviente antes de dar un portazo y aventarlo sobre la cama. Una parte de ella se moría por ver qué era; la otra no tenía intención de ponérselo.

«Te lo pondrás».

Tem dio un salto. Era la voz de Caspen. Había estado ausente todo el día, ¿y ahora elegía volver a aparecer? Ella intentó enviarle un pensamiento, pero descubrió que no podía. Sus palabras chocaban contra el mismo muro que siempre se había interpuesto entre ellos. En lugar de eso, las pronunció en voz alta.

—¿Quién lo dice?

Su respuesta llegó con una rigidez carente de humor:

«Lo dice el príncipe».

—¿Y tú? ¿Quieres que me lo ponga? —Pero él se había ido.

Tem miró fijamente el paquete. Con un suspiro, rasgó el papel quizá con más agresividad de la necesaria, y en sus manos cayó un vestido. Era precioso. No cabía duda. Ajustado, aterciopelado y peligrosamente escotado. Sin embargo, a Tem no le gustaba. Era sexi, revelador y claramente concebido para el placer de Leo. Los vestidos de Caspen la habían favorecido, acentuando su belleza. El vestido de Leo tenía un propósito decididamente diferente: revelar la mayor parte posible de su cuerpo. La obstinación arraigada de Tem se resistía a la idea de usar un vestido así. Lo único en lo que podía pensar era en lo diferente que era de lo que Caspen habría elegido.

Pero eso daba igual. Ella no le importaba. Se negaba a tener sexo con ella. Y, desde luego, no tendría una cita con ella esa noche.

No había nada que hacer.

Para cuando se puso el vestido, había llegado la hora de irse. Tem besó a su madre para despedirse y se metió al carruaje con el estómago ya encogido. No tenía idea de qué esperar y el largo viaje hasta el castillo no ayudó. Solo podía pensar en Caspen. ¿Por qué había una barrera infranqueable entre ellos? ¿Por qué no la dejaba hablar con él? ¿Por qué insistía en mantenerse a distancia cuando lo único que quería ella era acercarse a él? Su apatía era exasperante, y estaba casi agradecida de que los acontecimientos de la noche le proporcionaran una grata distracción de las preocupaciones que le carcomían la mente.

Cuando el sirviente la dejó en la entrada del castillo, Tem respiró profundamente antes de tocar la puerta.

Para su sorpresa, Leo abrió.

El príncipe se apoyó con indiferencia en el marco de la puerta, con la cabeza inclinada mientras sus ojos recorrían el cuerpo de Tem, fijándose en cada detalle de su vestido.



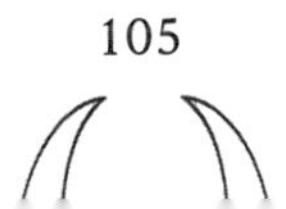

—Despampanante —dijo—. Como siempre, Tem se cruzó de brazos.
—Tú lo elegiste.
Él ladeó la cabeza en dirección opuesta.
—Pensé que te quedaría bien. ¿No te gusta?
—Me gusta tomar mis propias decisiones.
—Ah. —Su boca esbozó una sonrisa—. Así que ya te ofendí.
—No estoy ofendida, solo molesta.
Leo extendió la mano.
—Entonces, permíteme compensártelo.
Tem miró su mano con furia. Luego, tras un largo instante, la tomó. El príncipe entrelazó sus dedos con los de ella, llevándola al interior del castillo y a una habitación junto al vestíbulo. Era grande y cálida, con una chimenea crepitante en el extremo más alejado. Las paredes estaban cubiertas de pinturas al óleo, y en las fosas nasales de Tem se colaba el olor a tabaco de pipa.
—¿Qué es esto? —susurró Tem.
Leo acercó sus labios a su oído.
—¿Qué quieres decir? —murmuró él en respuesta.
—Quiero decir que pensaba que... tendríamos una cita.
—¿Conocer a mi familia en el salón no es suficientemente romántico para ti?
Tem se tomó un momento para recordar el árbol genealógico real. Estaba Leo, por supuesto, el único hijo de Maximus, el rey. Su madre había muerto al dar a luz. Tenía una hermana mayor: Lilibet, que estaba casada con Edward Fitzwilliam, un duque de algún lugar. Tenían dos hijos, Aurora y Desmond. El hermano del rey, que lo convertía en tío de Leo, era lord Chamberlain, pero Tem no recordaba su nombre. No tenía esposa, lo que significaba que no tenía hijos.
—Ejem —carraspeó Tem. No tenía idea de cómo responder.
Leo rio ante la expresión de su cara.
—Salir conmigo no es como salir con un chico del pueblo, Tem. Eres la futura reina. Eso conlleva formalidades.
Antes de que Tem pudiera procesar su uso del tiempo presente, se abrió la puerta.
—Entonces que comience —murmuró Leo.
—¡Tem!
Era Lilly. Llevaba un vestido amarillo y lucía preciosa cuando se les acercó de un salto y abrazó a Tem con fuerza. Luego le dio una palmada en el hombro a Leo.
—Tenía razón, ¿verdad? Te gusta.
Él se quitó la mano de ella de encima.
—Eso no te da la razón en todo —murmuró él.
—Solo en las cosas importantes.



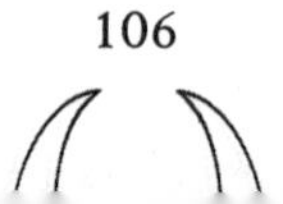

Leo puso los ojos en blanco. Luego su expresión se volvió seria y bajó la voz.

—¿Está de buen humor hoy?

Lilly frunció los labios antes de bajar también la voz.

—No.

Tem miró entre los dos.

—¿De quién hablan?

—De mi padre —dijeron al unísono.

Como si lo hubieran invocado para que apareciera, un hombre se plantó de pronto junto a Lilly. Sus fríos ojos se clavaron de inmediato en los de Tem antes de recorrer brevemente su cuerpo. No era la primera vez que deseaba que Leo hubiera elegido un vestido menos revelador. No parecía apropiado encontrarse con el rey con tanto escote.

Leo habló antes de que Tem pudiera hacerlo.

—Padre, ella es Temperance.

La gran mano del rey envolvió la de ella, tenía un brazalete dorado en su muñeca, que era idéntico al de Leo.

—Temperance —dijo con lentitud, y ella tuvo la clara sensación de que él miraba directamente a su alma—. La hija de la avicultora.

«La chica mierda de pollo».

Los ojos de Maximus buscaron los de Leo.

—Dijiste que era hermosa. —Sus palabras quedaron suspendidas en el aire. Sonaban como una acusación.

—Lo es —aseguró Leo con voz áspera.

—Si insistes.

Tem sintió que se le llenaban los ojos de lágrimas y luchó por reprimirlas. A su lado, el cuerpo entero de Leo estaba tenso. El silencio se volvió cada vez más incómodo mientras padre e hijo se miraban fijamente, incapaces de romperlo. Tem los observó a ambos, completamente desconcertada por la situación. Estaba claro que había una historia profunda detrás de todo aquello, pero no tenía idea de dónde se originaba. Lilly también estaba inusualmente callada, revoloteando nerviosa junto a Tem y mordiéndose el labio.

Justo cuando el momento comenzó a ser inquietante, Maximus soltó la mano de Tem.

Antes de que ella tuviera oportunidad de procesar la interacción, alguien más la agarró. Los siguientes minutos pasaron como un torbellino mientras Tem se encontraba con un personaje tras otro, estrechando mano tras mano. Intentó memorizar sus nombres y rangos mientras recordaba la relación de parentesco de cada uno, pero al final se mezclaron. Era como encontrarse con todo un surtido de girasoles: todos igualmente hermosos, sin nada sustancial que ofrecer. En cierto momento, lord



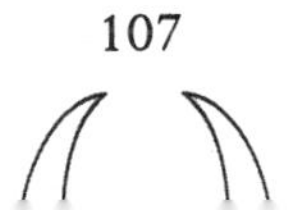

Chamberlain alejó a Leo, y Tem se encontró sola en un rincón. Y aprovechó la oportunidad para examinar a la multitud.

La familia de Leo era extensa, alta y... *real.* Se comportaban con una gracia inconfundible, muy diferente al hastío encorvado de la gente de la aldea. Todas las personas en la sala eran ajenas al trabajo manual: sus palmas eran suaves, sus dedos chorreaban oro. Tem tocó la pequeña garra dorada que llevaba alrededor del cuello. Todavía no se había acostumbrado a llevar algo tan valioso. Se preguntó cuánto le habría costado a Caspen adquirirla. De repente, una voz interrumpió sus pensamientos.

—Temperance.

Era el rey.

Tem cambió de postura con incomodidad, claramente consciente de su mirada despectiva.

—Su Majestad. —Hizo una torpe reverencia. Era difícil moverse con el vestido sin exponer una cantidad de pierna poco ceremoniosa.

—Thelonius está prendado de ti.

«Ojalá no fuera así», pensó Tem con rabia.

—Eso parece —respondió.

—¿Son correspondidos sus sentimientos?

Luchó contra la tentación de poner mala cara.

—Eso no es asunto suyo —murmuró.

Maximus se inclinó hacia ella. Tenía los mismos incisivos dorados que Leo.

—A quien ame mi hijo es siempre asunto mío.

—*¿Amar?*

—No puede apartar los ojos de ti.

—Quizá necesite que le revisen la vista —dijo Tem mordaz.

—No te tomes esto a la ligera. Incluso ahora, él está observando.

Tem buscó a Leo por el salón. Estaba apoyado contra la chimenea, con un whisky en la mano, mirándola con una sutil sonrisa en los labios. Cuando sus ojos se encontraron, levantó su copa en su dirección.

Los dedos de Maximus se enroscaron alrededor del brazo de Tem, y se hundieron dolorosamente en su piel.

—Todo el mundo tiene su lugar, Temperance. ¿No estás de acuerdo?

—No sé a qué se refiere.

—Quiero decir —sus dedos se tensaron— que hay un orden natural en las cosas. Una jerarquía, por así decirlo.

Tem arrugó la nariz. No le gustaba hacia dónde iba esa conversación.

—Debemos respetar esa jerarquía —continuó el rey—. De lo contrario, las cosas pueden desequilibrarse.

—¿Desequilibrarse?

—Sí. Desequilibrarse.



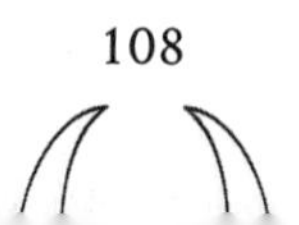

Todavía la sujetaba del brazo.

—Pongamos como ejemplo a los basiliscos. Ellos prestan un servicio. Su lugar está por debajo del nuestro.

Tem odiaba la forma en que le hablaba, como si le estuviera explicando un concepto simple a un niño pequeño.

—Si las serpientes llegaran a cuestionar su lugar, el equilibrio podría quebrantarse. Así que dime, Temperance: ¿sabes cuál es tu lugar?

Tem no respondió. Temía que si lo hacía, podría decir algo bastante grosero.

—Es deber de mi hijo elegir una esposa adecuada. —Los agudos ojos de Maximus se encontraron con los de ella. —¿Eres digna de dicho privilegio?

Tem le sostuvo la mirada.

—Su hijo será quien lo decida.

—Al parecer, el juicio de mi hijo es cuestionable.

Un aguijón de resentimiento pinchó el costado de Tem.

Ella no quería a Leo, no podía quererlo menos; sin embargo, Maximus la estaba insultando, diciendo que ella no era lo suficientemente buena para la comadreja que tenía por hijo. ¿Y por qué no lo sería? Ella era tan buena como Vera o cualquiera de las otras chicas, a pesar de que el mundo le hubiera dicho lo contrario. Tem trató de sofocar la ira de su interior, pero no pudo contenerla. Se volteó hacia Maximus.

—Si quisiera a su hijo, lo tendría —aseguró con frialdad. Luego soltó su brazo y se dirigió directamente hacia Leo.

El príncipe arqueó las cejas.

—Déjame adivinar —dijo cuando ella se acercó—. Mi padre te dijo que no eres digna de mí.

—¿Cómo lo sabes?

Para sorpresa de Tem, en el rostro de Leo se dibujó una dura expresión sombría.

—Me temo que esa es su especialidad.

Tem frunció el ceño. No podía ignorar el cambio en su estado de ánimo. Sin pensarlo, extendió la mano hacia el brazo de Leo. En cuanto ella lo tocó, él se relajó y su expresión adoptó una indiferencia ensayada. Se bebió el resto del whisky.

—¿Vamos? —preguntó él.

—¿A dónde?

—A continuar con nuestra cita. A menos de que prefieras que nos quedemos aquí y convivamos con mi familia toda la noche.

Tem no prefería eso.

Leo rio ante la expresión de su rostro. Luego, dobló el brazo, indicando claramente que quería que Tem lo tomara. Y así lo hizo. Sin decir una palabra más, Leo la condujo desde el salón hasta el patio trasero, donde



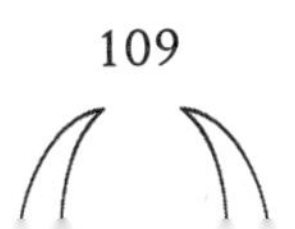

había una pequeña mesa iluminada por velas con vistas al laberinto. Sacó una de las sillas y le hizo un gesto elegante para que se sentara.

—Después de ti —dijo.

Tem se sentó lentamente, observando a Leo todo el tiempo. Parecía tranquilo, pero había atisbos de rabia justo bajo la superficie, que Tem no sabía cómo abordar. Decidió romper la tensión.

—Esto es... encantador. —Hizo un gesto con la mano hacia la mesa.

—Tú eres encantadora —respondió Leo sin dudarlo.

Tem se burló.

—No hagas eso.

—¿Hacer qué?

—Hacerme cumplidos. Eres terrible en eso.

—No puedo ser tan malo. Sigues aquí, ¿no?

—Sigo aquí porque tengo hambre, y parece que podría haber comida.

Leo sonrió.

—Claro que habrá comida.

—Genial.

—¿Entonces esa es la clave?

—¿De qué?

—De ti. Si te doy de comer, ¿me ganaré tus favores?

—No soy un caballo, Leo.

Leo soltó una carcajada.

—Está claro que no.

Tem puso los ojos en blanco y cambió de tema rápidamente.

—Tu padre parece... intenso.

La risa de Leo se volvió amarga.

—Esa es la descripción más amable que he oído de él.

—¿Cómo lo describirías tú?

En el rostro de Leo asomó un dolor verdadero y sin filtros. Se reclinó en la silla, arqueando el cuello para mirar las estrellas. Tem dejó que el silencio se asentara, y estudió los ángulos tensos de su mandíbula. Finalmente, el príncipe susurró:

—Despiadado.

Soltó la palabra con tal amargura que un escalofrío recorrió la espalda de Tem.

—Leo. —Dijo su nombre en voz baja, de una manera que nunca lo había dicho.

Leo la miró a los ojos y por un momento Tem vio cómo se desmoronaba su fachada. Percibió que el engreído príncipe era solo un niño con una relación tensa con su padre. Se preguntó qué habría pasado entre ellos y si alguna vez se lo contaría. Tem quería preguntar más, pero Leo hizo un gesto desdeñoso con los dedos y dijo:

—No quiero hablar de mi padre. —Su rostro volvió a esbozar una sonrisa. Estaba claro que el momento había terminado.

Tem suspiró.

—Entonces, ¿de qué quieres hablar?

—De ti, por supuesto.

—¿Qué quieres saber de mí?

—¿Qué te gusta hacer para divertirte?

Tem parpadeó. No esperaba una pregunta tan informal por parte del príncipe. En realidad, no tenía aficiones, al menos no como las de la gente normal. La granja ocupaba la mayor parte de su tiempo, y cuando no estaba ayudando a su madre, frecuentaba el Horseman con Gabriel. Decidió simplemente decir la verdad.

—Beber.

Leo sonrió.

—Encantador.

Ella se encogió de hombros.

—Tú preguntaste.

—Así es.

Leo seguía mirándola y Tem seguía devolviéndole la mirada.

—¿Cuál es tu veneno? —continuó él.

—El más barato. ¿Y el tuyo?

—El más fuerte.

—Encantador.

—Tú preguntaste.

Un mayordomo apareció de la nada para poner una ensalada delante de Tem. Colocó la misma ensalada delante de Leo, llenó sus copas de vino y luego desapareció.

—Hemos concluido que no eres un caballo —continuó Leo como si no hubiera habido interrupción—, pero ¿te gusta pasar tiempo al aire libre?

Tem se quedó considerando la pregunta. En ese momento estaban al aire libre y a ella le gustaba.

Sin embargo, no lo prefería intrínsecamente.

—No particularmente.

Leo inclinó la cabeza.

—¿Por qué no?

—El tiempo que paso en el exterior suele ser tiempo que dedico a trabajar en la granja.

—Ah —dijo él—. Por supuesto. La granja.

Por alguna razón, parecía que su respuesta le divertía.

—¿Hay algo gracioso en ello? —Quiso saber Tem.

—Claro que no. —Leo cambió su expresión hasta que adoptó un semblante neutral—. Es que no te imagino en una granja.



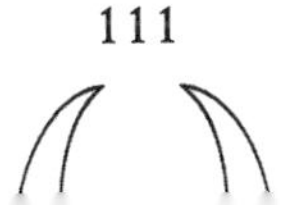

Los ojos de Leo se posaron en sus pechos. Los había estado mirando toda la noche, pero ahora los veía fijamente.

—Sorprendente —replicó Tem—, teniendo en cuenta que actúas como un cerdo.

Leo soltó otra carcajada. Cuanto más mala era con él, más parecía disfrutar.

—No puedo evitar que me guste lo que veo.

—Solo lo estás viendo porque elegiste este vestido.

—Pensé que habías dicho que no te ofendía.

—Y yo pensé que habías dicho que me compensarías.

—Y lo hice.

Leo hizo una seña al mayordomo y le susurró algo al oído.

Tem lo ignoró y comió un bocado de ensalada. Era algo elegante, con hojas verdes suaves y un aderezo dulce. Nada que ver con las abundantes verduras que cultivaban en la granja. Incluso la cubertería era de oro. Era probable que un solo tenedor de esa mesa podría alimentar a toda una familia del pueblo durante un mes.

El mayordomo reapareció y puso una pequeña caja de terciopelo delante de Tem.

—¿Qué es esto?

—Una forma de compensarte —respondió Leo.

—No uso joyas.

—Llevas un collar.

Tem tocó la pequeña garra de oro, sintiendo su calidez.

—Esto es... especial.

Leo asintió en dirección a la caja.

—Eso también podría ser especial.

—No lo quiero.

—No sabes lo que es.

—Es un soborno, y yo no acepto sobornos.

—Quizá lo harías si fuera el soborno adecuado.

Tem se cruzó de brazos.

—No estás acostumbrado a oír la palabra *no*, ¿verdad?

Leo se echó hacia atrás. Sonrió.

—No.

Se miraron fijamente, con la pequeña caja de terciopelo entre ellos. Tem no iba a abrirla. No había nada que él pudiera decirle para que lo hiciera. Si la abría, transmitiría el mensaje de que podía dejarse llevar por las baratijas y el oro. Si la abría, él ganaba. No necesitaba que Leo pensara que era superficial, y desde luego no necesitaba otro collar.

Leo suspiró y se llevó la copa de vino a los labios.

—Qué difícil de complacer. ¿Qué voy a hacer contigo, Tem?



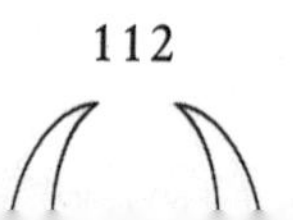

Tem volvió a enfocar su atención en la ensalada.

—Eso es asunto tuyo.

Había dos platos más después de la ensalada: una sopa de calabaza con pan crujiente y un filete suave. Tem se comió todo. Leo apenas comió; parecía contento bebiendo su vino y mirándola. Sin duda, estaba acostumbrado a la comida del castillo de todos modos. La comida era un lujo para Tem. Para Leo, era solo otra cena.

—Dime una cosa —preguntó Leo al cabo de un rato—: ¿por qué estás aquí?

Parecía un eco de lo que Caspen había dicho en las cuevas: «No pareces desesperada por estar aquí». Tem empezaba a cansarse de que la gente cuestionara sus decisiones.

—Me dijiste que lo hiciera —soltó con brusquedad.

—Haces que parezca que no tuviste otra opción.

—No la tuve.

Para sorpresa de Tem, Leo frunció el ceño.

—Siempre tienes otra opción, Tem.

Ella resopló al oírlo.

—¿De verdad crees que impediría que te fueras? —preguntó.

—No, pero quiero quedarme.

Las palabras salieron antes de que pudiera detenerlas. Tem ni siquiera sabía por qué las había dicho.

Las cejas de Leo se levantaron ante su confesión.

—¿De verdad? Ni siquiera aceptas mi regalo.

Tem dejó el tenedor.

—Eso no significa que no quiera quedarme —aseguró en voz baja.

No importaba que no quisiera el regalo de Leo. Si se iba en ese momento, quedaría fuera de la competencia. Si se iba en ese momento, tendría que ir a casa con su madre, a la granja, a escuchar las crueles burlas de Vera. Decía la verdad: quería quedarse. Así que bien podría aprovechar la oportunidad.

Tem cambió de postura en su asiento, inclinándose hacia adelante para que el vestido ofreciera una vista especialmente favorecedora de su escote. Leo apretó la mandíbula ante el repentino movimiento, y ella aprovechó su sorpresa para decir:

—¿Sabes qué sí quiero?

Leo tardó demasiado en responder.

—¿Qué, Tem?

—Una disculpa.

Él parpadeó.

—¿Por qué?

—Por clasificarme en último lugar durante la primera eliminación.



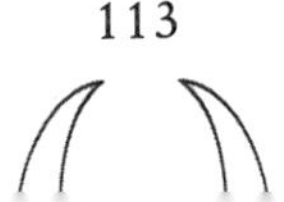

Sus ojos volvieron a encontrarse con los de ella.
—Pensé que habíamos superado eso.
—No lo hemos hecho.
Leo suspiró, pasándose una mano por el cabello.
—Lamento haberte clasificado en último lugar.
Tem negó con la cabeza.
—Dilo como si en verdad lo sintieras.
Él mostró sus dientes de oro.
—¿Es una orden?
Tem le sostuvo la mirada.
—Sí.
La abyecta hambre en sus ojos era innegable. Recorrió con un solo dedo el tallo de su copa de vino, tomándose su tiempo antes de responder.
—Tem —dijo en voz baja—, esa noche eras la chica más hermosa de la sala. No debí ponerte en último lugar. Fue otra forma de mentir, y lamento haberlo hecho.
Por segunda vez esa noche, Tem sintió un escalofrío. Leo pareció percibir su momento de debilidad porque, una vez más, su rostro se iluminó con una sonrisa infernal.
—¿Aceptas mis disculpas?
—Sí —refunfuñó.
—Bien. —Leo sonrió con aire de suficiencia.
Tem puso los ojos en blanco.
—No me mires así.
—¿Cómo, Tem?
—Como si acabaras de ganar algo.
Leo tamborileó indiferente con sus largos dedos en la mesa, sin dejar de sonreír.
—¿Acaso no es así?
—¿No puedes comportarte por una vez?
—La vida no es divertida cuando te comportas.
Tem no tenía nada que decir al respecto. La realeza hacía sus propias reglas.
Estuvo a punto de ahogarse con el resto de su vino cuando lo oyó: «Ayuda».
Tem se quedó paralizada. Era la voz, la misma que había escuchado la última vez que estuvo en el castillo. Sus ojos buscaron a Leo, que todavía la miraba. En contra de su buen juicio, preguntó:
—¿Escuchaste eso?
Leo arqueó una ceja en gesto de curiosidad.
—¿Escuchar qué?
—Nada.



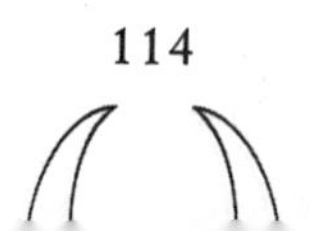

Era inútil. Por supuesto que él no lo había oído: la voz estaba en su cabeza, igual que la de Caspen. Pero si ese era el caso, ¿significaría que la voz pertenecía a un basilisco? De pronto deseó poder hablar con Caspen. Él sabría la respuesta.

«Por favor. Ayúdame».

Tem se puso de pie de golpe.

Sorprendido, Leo levantó la vista, con una preocupación genuina en el rostro.

—¿Tem? ¿Está todo bien?

Ella sacudió la cabeza, tratando de pensar con claridad.

—Es solo que... bebí demasiado vino.

Leo también se puso de pie y le ofreció la mano.

—¿Damos una vuelta por el jardín? —Tem arrugó la nariz.

—¿Una vuelta?

Leo le agarró la mano.

—Solo sígueme.

Permitió que Leo la guiara por las escaleras del patio, notando cómo entrelazaba sus dedos con los suyos para que no pudiera soltarle la mano. Entraron juntos al jardín, pero Tem se detuvo cuando llegaron al borde del laberinto.

Leo la miró.

—¿Tienes miedo de que nos perdamos?

—No —dijo Tem en automático. No dudaba que Leo supiera orientarse en el laberinto. Solo dudaba de si la dejaría salir una vez que la hubiera metido allí.

—Vamos entonces. —Leo le guiñó un ojo con condescendencia.

Tem dejó que la arrastrara al laberinto.

El mundo quedó en silencio al instante. Incluso los pájaros, un sonido que estaba acostumbrada a escuchar con regularidad, estaban en silencio dentro de las imponentes paredes verdes. Leo tomó la iniciativa, dirigiendo vuelta tras vuelta. Tem se preguntó si había memorizado el laberinto. Finalmente, él rompió el silencio.

—Entonces, Tem, ¿tengo alguna oportunidad contigo?

Ella lo miró sorprendida. Era una pregunta extraña. Todo el proceso de entrenamiento estaba diseñado para que ella fuera la que compitiera por una oportunidad con él.

—Yo... no lo sé.

—Sí lo sabes.

—No —insistió—. No lo sé.

Era la verdad. Hasta hacía una hora, había pensado que Leo no tenía nada que lo redimiera. Pero reveló su verdadero yo cuando habló de su padre. Había una persona bajo su insufrible exterior. Y esa persona tenía una oportunidad con ella.

Se detuvieron en el camino.

Leo se inclinó hacia ella, con los ojos entrecerrados.

—No te creo.

—Pues deberías.

—Pues no te creo. Tu indiferencia es exasperante.

—No soy indiferente.

—Pues actúas como si lo fueras.

—Eso es lo que tú crees.

—¿Sabes que eres la única chica que no se me está lanzando a los pies? El resto metió las manos en mis pantalones la primera noche que me conoció, pero tú no. ¿Cómo debo interpretar eso, Tem?

Ella se encogió de hombros con rigidez.

—Interprétalo como quieras.

Él se inclinó aún más.

—Lo que me gustaría es que me dijeras qué sientes por mí.

Estaba demasiado cerca de ella; sin embargo, a pesar de su proximidad, Tem descubrió que no quería apartarse. Le gustaba cómo olía y cómo la miraba. Tem no estaba acostumbrada a que los hombres la miraran de esa manera, como si la desearan, como si valiera algo. La sensación era como una droga.

Las palabras de Lilly pasaron por su mente: «Siempre quiere lo que no puede tener».

¿Sería esa la razón por la que Leo la perseguía?, ¿porque ella era la única chica cuyas manos no habían estado en sus pantalones? No era una razón suficiente para Tem. Necesitaba que Leo la quisiera específicamente a ella, y no solo porque no pudiera tenerla.

—Te estoy diciendo la verdad. Todavía no sé qué siento por ti —aseguró entonces.

—¿Todavía?

—Te conozco desde hace dos semanas, Leo. Y durante esas dos semanas, solo hemos pasado unas pocas horas juntos. ¿De verdad crees que es tiempo suficiente para formarse una opinión precisa?

Finalmente, Leo se apartó, pensativo.

—Bueno, si lo pones así, quizá no.

Tem puso los ojos en blanco.

—Exacto.

Ninguno de los dos habló mientras se abrían paso de nuevo a través del laberinto. Finalmente, el castillo apareció a lo lejos. Estaban casi en el patio cuando Leo volvió a hablar.



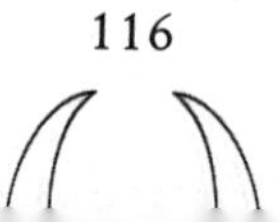

—¿No tienes curiosidad por saber qué siento por ti?

—Creo que puedo adivinarlo.

—¿De verdad? —Leo la miró—. Entonces, adelante, Tem. —Abrió las manos—. Adivina.

Tem miró sus ojos grises, decidiendo qué tanto quería decir. Era un tema delicado y, si no andaba con cuidado, podría ofenderlo. Por otra parte, nada parecía ofender a Leo. Era casi como si disfrutara de sus insultos. Tem se preguntó si ella era la única persona en su vida que no satisfacía completamente todos sus deseos y necesidades. Si ese era el caso, la ponía en una posición de poder, y ella lo disfrutaba.

—Creo que te confundo.

Leo levantó una ceja.

—¿Cómo es eso?

—Creo que te gusto, pero no sabes por qué. Me deseas, pero preferirías no hacerlo. Estás acostumbrado a conseguir lo que quieres, pero a una parte de ti le gusta que no puedas tenerme.

Leo levantó la otra ceja.

—¿No puedo?

—No —dijo Tem con firmeza—. No hasta que te hayas ganado mi amor.

Los ojos del príncipe recorrieron su cuerpo, y luego volvieron a subir.

—¿Y crees que vales la pena?

Tem lo miró fijamente.

—Tú crees que valgo la pena.

—Mmm... —dijo él, con una sonrisa en las comisuras de los labios.

Durante un momento simplemente se quedaron mirándose, y Tem se preguntó si era así como Leo actuaba con las otras chicas. Parecía como si se estuvieran conectando en un nivel inesperado, uno que Tem nunca podría haber previsto y que no entendía completamente.

Cuando volvieron a entrar al castillo, Tem se dio cuenta de que la cita estaba a punto de terminar. Cuando llegaron al vestíbulo, Leo se giró hacia ella.

—No voy a besarte —dijo.

Tem estaba demasiado conmocionada como para reaccionar adecuadamente.

—¿Por qué no?

Él se acercó más.

—Porque si te beso, intentaré llevarte arriba, y no me dejarás.

Tem abrió la boca, pero él siguió hablando.

—Y tienes razón. No estoy acostumbrado a oír la palabra no. Y no quiero oírla de ti. Desde luego no después de tener que verte con este vestido —acarició su cintura con las yemas de los dedos, con tanta suavidad que Tem casi no se dio cuenta sino hasta que terminó— toda la maldita noche.



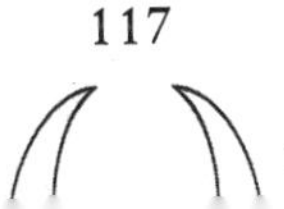

—Tú lo elegiste —susurró ella.

—Al parecer, me gusta la tortura. —Hubo una pausa, y él se acercó aún más. —No voy a besarte. Más bien, voy a imaginarme todo lo que quiero hacerte sin ese vestido puesto. Y voy a fingir que algún día me dejarás hacerlo.

En la garganta de Tem se formó un nudo. No podía respirar, ni tampoco pensar.

—Sin embargo, te equivocaste en una cosa —continuó Leo con una voz inquietantemente tranquila.

—¿En qué? —consiguió decir Tem.

Leo tomó su mano en la suya, le dio la vuelta y posó sus labios en las pecas de su palma. Murmuró sus siguientes palabras contra su piel:

—Sé exactamente por qué me gustas.

Luego desapareció en el salón.

Tem se quedó sola, con el corazón latiéndole con fuerza en el pecho. No había palabras para describir lo que acababa de suceder. Era como si ahora un hilo invisible la conectara con Leo, como si su vulnerabilidad y franqueza hubieran debilitado sus defensas contra él. No podía haber predicho ni un solo segundo de esa noche, y ya no tenía idea de cómo se sentía con respecto a nada.

Tem estaba a punto de irse cuando oyó una voz en el salón. Se quedó paralizada, con la mano en la puerta. La voz pertenecía a Maximus. Hablaba en voz baja, casi susurrando. Se detuvo, escuchando con atención mientras él decía:

—Estás enamorado de ella.

—¿Cómo lo sabes? Apenas pasaste diez minutos con nosotros.

—Te conozco, Thelonius. Te he visto así antes.

—Si me has visto así antes, entonces sabes lo que voy a hacer.

—No puedes elegirla.

—¿Y por qué no? —contestó Leo con una voz considerablemente más alta—. Si no puedo tomar mis propias decisiones, ¿qué sentido tiene el proceso de eliminación?

—Es avicultora.

—¿Y?

—Solo haces esto porque sabes que me enojará. —Se hizo un silencio.

—Quizá eso sea parte de la diversión —dijo Leo con frialdad.

Tem oyó el tintineo de un vaso y se preguntó si se habría servido whisky.

—No permitiré que repitas los errores de tu pasado —continuó Maximus.

—*Evelyn* no fue un error.

El rey soltó una risa fingida.

—Fuiste un tonto entonces y eres un tonto ahora.

Otro silencio. Cuando Leo habló, su voz estaba llena de odio.

—Te dejé controlarme una vez. No dejaré que lo hagas de nuevo.

—Tenemos una reputación que mantener, Thelonius. Así no es como se hacen las cosas.

—Las cosas se hacen como nosotros decimos que se hagan. ¿No es eso lo que siempre me dices? «Las leyes están hechas para quebrantarlas».

—No permitiré que mi hijo se case con una avicultora.

—Entonces no tendrás un hijo.

Se oyeron pasos cuando uno de ellos se alejó.

Antes de que la descubrieran, Tem también salió corriendo.



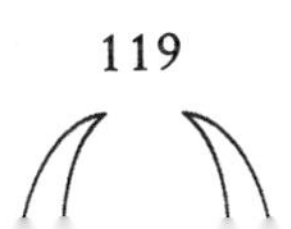

# CAPÍTULO 9

Tem no tenía idea de qué esperar la noche siguiente en la cueva.

Para ser justos, nunca sabía qué esperar de Caspen: si sería atento o distante, cariñoso o frío. ¿Le preguntaría por su cita con el príncipe? ¿Tendría que contarle cómo habían cenado en el patio?, ¿cómo Leo no la había besado? ¿O Caspen fingiría que el príncipe no existía, como siempre hacía? La última vez que habían estado juntos, Caspen había intentado saborearla. Lo que fuera que le esperaba esa noche, Tem estaba bastante segura de que no estaba preparada para que él hiciera eso.

Y luego estaba el hecho de que no habían tenido sexo.

Una parte de ella quería gritarle a Caspen por esperar tanto. No podía entender su comportamiento, y no sabía cuánto tiempo más podría sobrevivir sin una explicación. La otra parte de ella estaba aterrorizada de alejarlo. Para empezar, su conexión ya era frágil; lo último que quería era darle una razón para romperla.

Sus preocupaciones la siguieron durante todo el día: en la granja mientras hacía sus quehaceres, en la panadería donde Vera seguía frustrantemente ausente y hasta en la entrada de la cueva. Pero desaparecieron en el momento en que vio a Caspen de pie junto a la chimenea. No había rastro de preocupación en sus facciones pétreas, ni señal de que tuviera problema alguno. Sus ojos estaban fijos en ella y solo en ella, y Tem sabía que no se imaginaba el calor que había en ellos.

—Ven aquí, Tem.

Se habría acercado, aunque él no se lo hubiera pedido.

Cuando por fin estuvieron cara a cara, Caspen levantó un solo dedo hasta su barbilla e inclinó su rostro hacia el suyo. Con ese movimiento aislado, Tem se permitió olvidar la cita con el príncipe. De todos modos, estaba claro que Caspen no iba a preguntar sobre ello. Olvidó su ira, su frustración, su inseguridad. Recordó que aquellas preciosas horas en la cueva eran todo lo que tenían, y no quería desperdiciarlas hablando.

—¿Qué haremos esta noche? —murmuró Caspen.



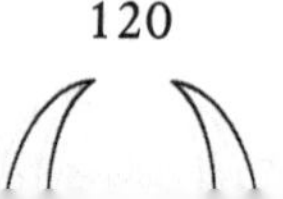

Tem no podía creer que él le preguntara eso, ya que echaba por tierra todo lo que se suponía que era el entrenamiento. La ponía a ella a cargo. Se preguntó si esa sería su forma de apaciguarla, si él sabía, de alguna manera, que ella necesitaba sentir que tenía el control en ese momento.

Se tomó un momento para pensar en su respuesta. Había cientos de cosas que deseaba hacer. Pero solo había una que tenía sentido hacer esa noche. Algo que, si Tem hacía, podría darle el valor para recibirlo a cambio.

—Quiero saborearte.

En los ojos de Caspen floreció un hambre primitiva.

—Como desees —dijo en voz baja, deslizando el dedo por el cuello de ella—. De rodillas.

¿Era acaso tan diferente adorar a un dios que adorar a otro?

Tem se arrodilló ante Caspen de la misma manera en que se había arrodillado ante Kora, mirándolo mientras él se desabrochaba los pantalones y se los bajaba.

No le dio instrucciones. En cambio, sus dedos se enredaron en su cabello, agarrando la parte posterior de su cuello y jalándola hacia adelante. Su otra mano sostenía su pene a la altura de la boca de Tem.

Hizo una pausa.

En lo que pareció un movimiento en cámara lenta, los labios de Tem se abrieron.

Caspen dejó escapar un gemido atormentado cuando la lengua húmeda de ella tocó su piel aterciopelada, suave y dura, agua y piedra. Tem vio cómo puso los ojos en blanco, mientras movía su cabeza con la mano, introduciéndose cada vez más en su garganta. Así como él le había enseñado a tocarlo, la instruyó también en esto. Dirigía sus movimientos, llevándola hacia adelante y hacia atrás, arriba y abajo. Ella introducía el núcleo mismo de él dentro de ella, saboreando la parte de él que encarnaba su formidable poder.

Y, sin embargo, Tem también sentía poder.

No cabía duda del placer de Caspen: la agarraba del cabello como si su vida dependiera de ello, y con una parte tan importante de él en su boca, Tem se preguntó si tal vez sí era así. La acercó más, profundizando su unión, hundiéndose en ella un centímetro glorioso a la vez.

Finalmente, aflojó las manos, y el mensaje fue simple: «Ahora tú».

Tem obedeció sin dudarlo, continuando el movimiento, sintiendo que la saliva se acumulaba en las comisuras de su boca mientras se lo metía hasta la garganta, tratando de devorarlo todo lo posible.

Pero ella solo podía devorar hasta cierto punto.

Siempre había sabido que era grande; era una verdad innegable. Pero



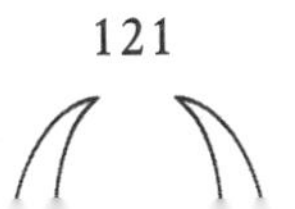

tenerlo en la boca significaba sentir sus dimensiones de una manera diferente. Significaba que sus labios se estiraban para recibirlo, que su mandíbula se abría más de lo que ella creía físicamente posible. Cuando él llegó al fondo de su garganta, Tem hizo una mueca de dolor.

—Relájate, Tem. —Su voz provenía de algún lugar por encima de ella.

Ella intentó obedecer, pero era una petición imposible. No podía con él, era demasiado grande.

De repente, Caspen se alejó, dejándola vacía.

Entonces, para sorpresa de Tem, el basilisco se arrodilló frente a ella. Su corazón dio varios saltos cuando su pecho, luego sus hombros y finalmente sus ojos ardientes quedaron a la vista.

—Debes relajarte, Tem. Es la única manera.

Incluso de rodillas, era más alto que ella. Tem sacudió la cabeza, mirando sus manos.

—No creo que pueda.

—Tem. —Caspen sujetó su barbilla con la palma de la mano, dirigiendo los ojos de Tem hacia los suyos. —Puedes hacer cualquier cosa. De eso estoy seguro.

Los ojos de Caspen eran completamente negros. La miraban como si fueran pozos sin fondo, más oscuros que los rincones más profundos de la cueva y que la muerte misma. Tem sintió que una parte de ella se encogía ante tal visión. Sin embargo, a otra parte suya le gustaba lo que veía. Reconoció su oscuridad y sintió afinidad con ella.

Caspen desplazó su peso hacia atrás, agachándose aún más para ella.

—Inténtalo desde aquí —dijo—. Si necesitas descansar, usa tu mano. —Le soltó la barbilla, dejando que ella determinara cuándo estaba lista para intentarlo de nuevo.

Cuando dejó de tocarla, Tem se tomó un momento simplemente para respirar. Tenía la boca entumecida y las palmas de las manos húmedas. Todo su cuerpo estaba húmedo.

—Tem —susurró Caspen—. ¿Quieres que nos detengamos?

Ella negó con la cabeza

—No.

Caspen se inclinó hacia ella y la temperatura subió varios grados.

—¿Estás segura?

En su interior se encendió una llama. Por supuesto que estaba segura. Lo había estado desde que tenía trece años y se dio cuenta de que quería besar a un chico. Caspen era quien frenaba su progreso. Caspen era quien la mantenía a distancia. Caspen era quien se negaba a tener sexo con ella incluso cuando su deber lo exigía.

Tem estaba segura. Incluso si él no lo estaba.

Sin decir nada más, bajó la cabeza. Pero esta vez no intentó metérselo



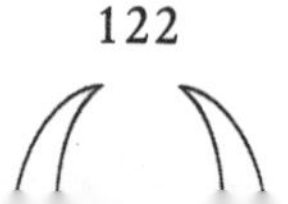

todo de una vez a la boca. Esta vez se permitió explorar, levantándolo con la mano y besando el pene hasta la base. Hizo girar su lengua donde la base del pene de Caspen se unía a sus testículos, y notó cómo, de inmediato, él volvía a acariciar su cabello.

Ahora, con Caspen a su altura, Tem podía relajarse.

Se tomó su tiempo, marcándose un ritmo, aunque lo último que quería era ir despacio. El pene de Caspen estaba caliente, y cada vena se marcaba bajo su piel tensa. Tem subió lentamente hasta su pene, metiendo en su boca solo su cabeza y chupándola con suavidad. Caspen respiró profundamente, apretando sus dedos entre el cabello de Tem. Cuando ella estuvo segura de que tenía toda su atención, lo introdujo lo más profundamente que pudo una y otra vez, perdiéndose en un movimiento que se sentía tan constante como las mareas. Vera lo había hecho sonar demasiado frío, como una transacción que debía realizarse. Pero eso no era cierto en absoluto. Tem no podría haber previsto que habría un ritmo, una armonía, un flujo de sentimientos que era tan natural como los latidos de su propio corazón.

Con cada movimiento de su cabeza, los gemidos de Caspen se volvían más desesperados. Finalmente, su cuerpo comenzó a moverse bajo el de ella. Tem respiraba por la nariz mientras tomaba el control, empujando dentro de su boca con repentina urgencia, inclinando las caderas de Caspen hacia arriba para que su pene se deslizara suavemente en su garganta.

Luego hacia afuera.

Luego hacia adentro de nuevo.

Tem cerró los ojos, rindiéndose a él por completo. Se dio cuenta de que Caspen le estaba enviando vibraciones, ocupándose de ella mientras ella se ocupaba de él, asegurándose de que ella sintiera tanto placer como él. Apenas podía soportar el calor entre sus piernas. Estaba mojada y sus fluidos le goteaban por las piernas. Sin duda, si la tarea que tenía entre manos no hubiera requerido tanta concentración, habría intentado tocarse al mismo tiempo.

En algún momento de la experiencia, la presencia de Caspen se le metió a la cabeza.

La conciencia de él se enroscó alrededor de la de ella como un tornillo, agarrándola por la base del cráneo. Los bordes de su visión se volvieron borrosos y de repente se sintió mareada. Un momento después, sintió que una fuerza la inundaba, y se dio cuenta de que provenía de Caspen. Sintió que su energía se unía a la de ella, y su mente se despejó de inmediato cuando él fortaleció su conexión. Tem descubrió que podía continuar más rápido que antes, y sintió la aprobación de Caspen, notándola en el fondo de su cerebro como si él asintiera dentro de su mente. Estar entrelazada con él de esa manera era una sensación abrumadora. Tem sabía que



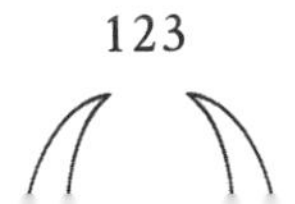

no podía hacer nada más que rendirse: no había forma de luchar contra su presencia, y de todos modos no quería hacerlo. Solo quería complacerlo, y estaba claro que eso era exactamente lo que estaba haciendo.

La respiración de Caspen era entrecortada y forzada; sus piernas estaban resbaladizas por el sudor. Tem sabía, por la forma en que habían progresado sus gemidos, que estaba completamente a su merced. Ella era su debilidad, lo único a lo que nunca podría resistirse por completo. Necesitaba lo que ella le estaba dando.

Su pene se sentía insoportablemente rígido, lo que hacía imposible metérselo hasta el fondo de la garganta. Parecía diferente a como estaba antes, más duro de alguna manera, como si tuviera metal bajo la piel en lugar de músculo. Tem recordó que Caspen le había dicho que usara la mano si necesitaba descansar. Entonces se alejó, soltándolo de su boca y, en cambio, agarrándolo con la mano. En el momento en que Tem levantó la cabeza, los labios de Caspen se estrellaron contra los suyos.

El beso no tuvo nada de la delicadeza controlada a la que Tem se había acostumbrado.

En lugar de eso, fue como si Caspen estuviera intentando extraer su alma de su cuerpo mientras le arrancaba el vestido y la empujaba hacia adelante, jalándola hasta su regazo para que se montara a horcajadas sobre él mientras lo masturbaba. Le enviaba una vibración tras otra, algunas de ellas tan intensas que rayaban en el dolor. Cada vez que Tem intentaba recuperar el aliento, él le enviaba otra, y cada una de ellas la penetraba aún más profundamente que la anterior. Era extremadamente abrumador. Justo cuando pensó que no podía seguir, la mano de Caspen se unió a la suya y sus largos dedos apretaron con más fuerza alrededor de su pene, acelerando los movimientos a un ritmo vertiginoso. Ahora se movían de forma sincronizada, besándose con febril intensidad mientras cada centímetro del cuerpo de ella tocaba cada centímetro del de Caspen. Tem estaba bastante segura de que explotaría si él enviaba una pulsación más.

Una fracción de segundo después, sintió como si su mano estuviera en llamas.

De repente, el aire tuvo un sabor fuerte, como de metal. Cuando Tem miró hacia abajo, vio una raya roja oscura en el pene de Caspen. Al principio, no entendió lo que veía. No fue hasta que levantó la mano que se dio cuenta de que le sangraba la palma. Tem no podía comprender lo que veía. Miró a Caspen con gesto inquisitivo, y su sorpresa no hizo más que aumentar. Él tenía los ojos cerrados y la mandíbula apretada con fuerza. De su piel salía humo.

Pero no era piel en absoluto, eran escamas, y se entrelazaban y se extendían por su pecho a un ritmo alarmantemente rápido. Tenía las mismas escamas en el pene, y le habían dejado a ella la mano en carne viva. Tem



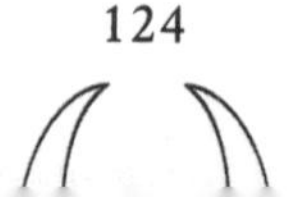

observaba horrorizada cómo el cuerpo de Caspen comenzaba a cambiar ante sus ojos: el torso se alargaba, los hombros se expandían. Demasiado tarde, Tem comprendió lo que estaba sucediendo.

Caspen estaba tomando su verdadera forma.

Un silbido ensordecedor llenó la cueva cuando Caspen se tambaleó hacia atrás, empujando a Tem.

—Tienes que irte —gruñó. Tem apenas entendió las palabras, ya que dos colmillos afilados como navajas deformaban su boca. Su lengua se partía en dos.

—No —respondió.

Caspen tenía las manos fuertemente apretadas contra la alfombra y la espalda arqueada en un ángulo antinatural.

—No te estoy preguntando.

Antes de que Tem tuviera oportunidad de responder, el cuerpo de Caspen se sacudió violentamente. Era como si alguien lo hubiera levantado con cuerdas invisibles y luego lo hubiera dejado caer de repente. Cayó de espaldas sobre la alfombra con un rugido angustiado, un sonido tan tortuoso que Tem quiso llorar.

«Está luchando contra ello», se dio cuenta Tem con repentina claridad.

Pero ni siquiera Caspen podía resistirse a la voluntad de la naturaleza. El humo llenaba la cueva mientras su cuerpo se retorcía con una fuerza sobrenatural. En algún lugar de la neblina de su conmoción, Tem recordó que si él la miraba a los ojos mientras adoptaba su verdadera forma, ella moriría. Su siguiente orden resonó como un trueno en la mente de Tem.

«VETE, TEM».

Pero no podía dejar a Caspen. Era lo último que haría.

A pesar de que todos sus instintos le gritaban lo contrario, Tem se acercó. Ya apenas era un hombre. Su piel, antes suave, era ahora una brillante capa de escamas negras. Cuernos afilados y estriados le perforaban la espalda, y salían directamente de su columna vertebral. Su cabeza angulosa apuntaba al suelo, y ella sabía que era su intento de protegerla. Apoyó las palmas de sus manos en lo que quedaba de los hombros de él. Caspen estaba ardiendo, y a ella le costó muchísimo seguir tocándolo, pero en cuanto hizo contacto, se quedó quieto.

—Caspen —susurró—. Quédate conmigo.

Lo recorrió un gran escalofrío. Tem sintió que sus escamas se ondulaban bajo sus dedos y, a pesar de su calor abrasador, ella no lo soltó.

«No puedo».

—Sí —insistió—. Sí puedes.

Su conciencia seguía unida a la de Tem. Ella se concentró en su conexión, jalando los hilos oscuros de su mente, y acercándolo aún más. Caspen gimió y lo recorrió otro escalofrío.



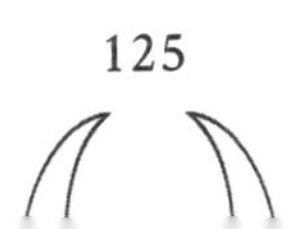

«Tem. Tienes que irte».

—No me iré a ninguna parte.

«No es seguro. Te haré daño».

—No lo harás. Sé que no lo harás.

El siseo que los rodeaba se intensificó. Su cuerpo seguía cambiando y su cabeza se elevaba lentamente hacia la de ella.

«No puedo controlarlo, Tem».

—Tienes que intentarlo.

«ESTOY INTENTÁNDOLO».

Su rabia era palpable. Tem estaba empapada en sudor; no podía aguantar mucho más. El humo se filtraba de entre sus escamas y le picaba los ojos.

—Concéntrate en otra cosa —suplicó—. Concéntrate en mí.

Caspen no respondió. Quizá no podía responder. Sin embargo, Tem no se dejaría disuadir.

—Concéntrate en mí, Caspen —dijo con firmeza, como una orden.

«Cierra los ojos», ordenó él a su vez.

—No. Quédate conmigo.

Algo goteaba sobre la alfombra. Tem bajó la mirada y vio que salía sangre de la boca de Caspen. Se estaba mordiendo la lengua.

—Caspen, por favor —susurró.

La energía de la habitación cambió de repente, como si un fuerte viento hubiera soplado a través del humo.

«Por el amor de Kora, cierra los ojos».

—Caspen —susurró de nuevo—. Por favor.

«CIERRA LOS MALDITOS OJOS, TEM».

Tem cerró los ojos.

En el momento en que lo hizo, Caspen se apartó de ella. Volvió a su cuerpo, haciéndose pedazos con tal de mantenerse con vida. Tem no necesitaba verlo para saber lo que estaba pasando. No podía hacer nada para ayudarlo. No podía hacer nada más que rezar. Aunque ni siquiera sus oraciones fueron suficientes.

Oyó el feroz gruñido que resonó por toda la cueva; sintió cómo su mente se separaba violentamente de la de él. El aire a su alrededor parecía estar en llamas. Tem sabía, a nivel instintivo, que se había producido una transformación, que ahora estaba en presencia de un depredador.

Pero, por alguna razón inexplicable, no tenía miedo.

En cambio, sintió la misma paz que la noche antes de ir a las cuevas por primera vez. Sintió el mismo aliento en su mejilla, un solo aliento, más suave que una pluma contra su piel. Ahora sabía lo que sospechó entonces: Caspen fue el del sueño, él la llevó hacia él como una polilla a una llama.

Sus ojos seguían cerrados. No obstante, ansiaba abrirlos, necesitaba



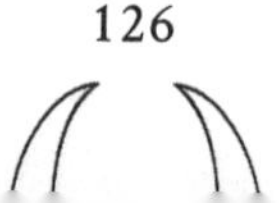

abrirlos. Quería ver a Caspen en su verdadera forma. Quería comprender esa parte final y fundamental de él. No importaba que seguramente la mataría. De todos modos, Tem nunca había tenido miedo de morir.

Así que abrió los ojos.

Un espeso humo negro llenó la cueva. La asfixiaba y la hacía llorar. Frente a ella apareció una masa oscura. Incluso entrecerrando los ojos, no pudo distinguir su forma completa.

«Tem».

La voz de él estaba en su mente, en su cuerpo. Estaba en todas partes.

—Caspen —respondió.

Al oír su nombre, la garra pulsó y Tem dejó escapar un gemido desesperado.

Era mucho más fuerte de lo habitual, como si su verdadera forma permitiera que su poder funcionara con todo su vigor.

—Otra vez —suplicó.

Llegó otra vibración más intensa que la primera. Tem gritó mientras su clítoris punzaba de dolor en lugar de placer.

«Hermosa».

Una palabra, pero era todo lo que ella necesitaba.

La mano de Tem recorrió su entrepierna, presionando la garra, fortaleciendo su conexión. El humo se deslizó sobre su piel en remolinos y espirales, apartando su cabello de sus hombros y exponiendo sus pechos. Ella arqueó la espalda, quería que Caspen viera que haría cualquier cosa, que soportaría lo que fuera por él. Sus siguientes palabras llenaron la cueva, penetrando cada centímetro del aire:

—Podría comerte viva.

—Podría dejar que lo hicieras.

Algo brotaba dentro de ella, algo real.

Tem estaba a segundos de venirse. Levantó la mano, buscando el contacto con Caspen. Al principio, solo había humo. Luego, sus dedos encontraron un punto de apoyo, rozando las mismas escamas que había sentido antes. Se movió hacia adelante, presionando su cuerpo desnudo contra el de él.

Tem supo de inmediato que había ido demasiado lejos.

Caspen dejó escapar un rugido de agonía que casi le reventó los tímpanos. El eco resonó por la cueva mientras Tem retrocedía tropezando, protegiéndose la cabeza con las manos. Pudo ver cómo la silueta de Caspen se desvanecía en el humo. Estaba transformándose otra vez, recuperando su forma humana. Las escamas se convirtieron en piel; las púas, en músculo. Tem sintió cómo la temperatura descendía mientras él retrocedía aún más, alejándose de ella en la oscuridad.

—Caspen. Lo lamento...



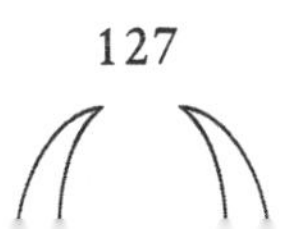

Antes de que Tem pudiera terminar, el humo se disipó y volvió a haber un hombre arrodillado frente a ella. El sudor corría en delicados riachuelos por su pecho, goteaba a lo largo de las duras líneas de su torso. La luz del fuego brillaba y se reflejaba en su cuerpo reluciente, haciéndolo resplandecer. Su pene todavía tenía sangre de ella.

—¿Caspen? —susurró.

Él la miró y Tem se estremeció ante la furia de sus ojos.

—¿En qué estabas pensando? —siseó.

—¿Qué quieres decir?

—Quiero decir, ¿en qué estabas pensando? Pude haberte matado.

—Pero no lo hiciste.

—Eso es un milagro. Debiste haber hecho lo que te pedí. Debiste haberte ido.

—No podía dejarte...

—No puedo controlarme cuando estoy en mi verdadera forma, Tem. No tienes idea del peligro en el que estabas.

—Obviamente puedes hacerlo... —Tem intentó tocarlo, pero él se apartó de un jalón.

—Eres una chica *tonta* e *imprudente.* No sigues las instrucciones y no usas el cerebro. —Caspen se puso de pie, atravesó la habitación y arrojó el vestido frente a ella.

—Vístete —dijo—. Y vete.

La estaba corriendo. Tem no podía soportarlo. No de nuevo.

—Caspen —susurró—. No hagas esto.

—Solo te lo diré una vez más: vete.

—Caspen, por favor.

Pero él se negó a mirarla.

Tem se enjugó las lágrimas. Se puso el vestido con cuidado, intentando no usar la mano derecha, que todavía sangraba. Estaba casi en la entrada de la cueva cuando oyó su nombre.

—Tem.

Se dio la vuelta. Caspen la seguía.

—Dame la mano —dijo en voz baja.

Tem vaciló. Luego extendió la mano y él la tomó en la suya, desplegando sus dedos para que quedaran abiertos. Tem hizo una mueca de dolor al hacerlo, y los ojos de Caspen se alzaron hacia los de ella antes de volver de inmediato a su palma. Su piel estaba roja y en carne viva, y diminutas gotas de sangre se filtraban a la superficie entre sus pecas.

Caspen no dijo una sola palabra. Simplemente colocó su palma sobre la de ella, y Tem sintió cómo le transmitía una pulsación a través de su mano. A diferencia de las calientes y persistentes que le enviaba a través de la garra, esta era fría y relajante, y la chimenea se atenuó por un breve



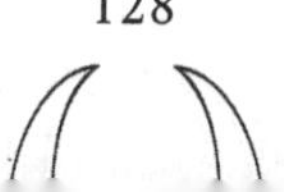

instante antes de que la vibración desapareciera. Cuando Caspen levantó la mano, la palma de Tem estaba tersa y curada.

—Gracias —susurró. Enroscó los dedos con cautela, sorprendida al ver que no había rastro de dolor.

Caspen no respondió. Simplemente se dio la vuelta y desapareció entre las sombras. Sin otra opción, Tem se marchó.

Era la primera vez en mucho tiempo que Caspen no la acompañaba hasta el final del sendero, y ella sintió intensamente su ausencia. Tem no tenía idea de cuál era su situación después de esa noche. No podía entender por qué todo había salido tan mal; parecía que las cosas habían progresado de una manera que nunca lo habían hecho. Era evidente que estaban conectados a un nivel sin precedentes. Tem nunca había oído hablar de nadie que se uniera a su basilisco de esa manera. Había muchas conversaciones inconclusas entre ellos, muchos cabos sueltos que no llevaban a ninguna parte. Era una tortura. Sin embargo, cada vez que se acercaban más, Caspen la alejaba.

Cuando Tem llegó a casa, estaba sumida en la desesperación.

Su madre ya estaba en la cama, y ella no tenía ganas de quedarse en la oscuridad con nada más que sus pensamientos como compañía. En lugar de eso, salió al jardín, se sentó en su banca favorita y miró las estrellas. Vio la Alpha Serpentis, la estrella más brillante de la Serpens. Se suponía que brillaba más para quien la miraba cuando más la necesitaba, y esa noche Tem sintió como si brillara solo para ella.

Se preguntaba si Caspen estaría mirando esas mismas estrellas. O tal vez simplemente se había retirado bajo la montaña y la había borrado de su mente por completo. Pero Tem se negaba a creerlo. No le parecía posible que él no estuviera pensando en lo que había sucedido esa noche, en ella. Seguro que su conexión no era unilateral.

Tem decidió que era hora de averiguarlo.

Cerró los ojos y se concentró, pronunciando su nombre mentalmente con la mayor fuerza posible:

«Caspen».

Silencio.

Pero Tem estaba decidida. No dejaría que las cosas acabaran así; necesitaba saber que valía la pena reparar lo que tenían. Así que volvió a decir su nombre, esta vez gritándolo en su mente:

«¡Caspen!».

Silencio.

Cuando Tem abrió los ojos, estaban llenos de lágrimas. Quizá no debía haberse molestado; quizá la comunicación con Caspen dependía de su consentimiento, y estaba perdiendo el tiempo tratando de hablar con alguien que no deseaba comunicarse con ella.



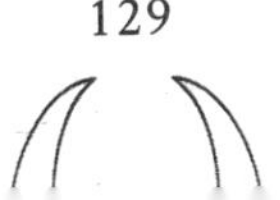

Era totalmente injusto.

Estaba harta de que otros tomaran decisiones por ella. Estaba harta de que Caspen tuviera todo el poder. La invadió una ola de frustración, y se puso de pie, gritando su nombre a las estrellas, como si pudiera sacudirlas en el cielo:

«¡CASPEN!».

Silencio. Y luego:

«No hace falta que grites, Tem».

# CAPÍTULO 10

Tem quedó paralizada.

La voz de Caspen estaba dentro de su cabeza como siempre, profunda, flamante y conocedora. Esto la conmocionó tanto que se volvió a sentar en la banca, con la boca abierta.

—Lo siento —susurró.

«Háblame con la mente, Tem».

—Oh —dijo ella en voz alta, luego cerró la boca y lo pensó:

«Oh».

Pudo percibir que Caspen se divertía y, con ello, un peso dejó de oprimir su pecho. Por fin la barrera entre ellos se había derrumbado. Por fin estaban conectados, tal y como siempre debió ser. Hablar con Caspen era como enviar sus pensamientos por un largo y oscuro pasillo, y a través de una puerta abierta, que hasta ahora había estado completamente cerrada. Se sentía natural estar unida a él de esa manera, y Tem no podía creer que a él le hubiera costado tanto tiempo permitirlo.

«Entonces, Tem. ¿Hay algo que quieras decirme?».

Ahora que habían entablado conversación, Tem empezó a sentir un miedo repentino. No estaba segura de lo que quería decir, y mucho menos de cómo decirlo. Pero Caspen estaba ahí, en su mente, y no quería perder el acceso a él, así que preguntó:

«¿Hice algo mal? Es decir, hace rato».

No estaba a su lado, pero pudo oírlo suspirar.

«No hiciste nada malo».

Sus palabras la aliviaron, pero no estaba segura de creérselas.

«Pero sí hice… algo, ¿verdad? O al menos… provoqué algo».

Le pareció que pasó una eternidad hasta que él volvió a hablar. Y cuando finalmente lo hizo, su voz no fue más que un susurro dentro de su cabeza.

«Lo que pasó no fue culpa tuya. Fue mía».

Tem reunió el valor para su siguiente pregunta.

«Pero ¿qué pasó? No lo entiendo».

Por primera vez, Tem sintió que Caspen vacilaba. Siempre había estado muy seguro de sí mismo; ahora su cautela la asustaba. Temía que no respondiera o, peor aún, que cortara la conexión por completo. En cambio, su voz volvió tranquila y tenue:

«Perdí el control».

Tem procesó su respuesta, deseaba mucho más. Recordó la forma en que Caspen se alejó de ella cuando se pegó a él, con un rugido de agonía que casi la despedaza. Necesitaba respuestas, incluso si él no estaba dispuesto a darlas.

«¿Te hice daño?».

La presencia de Caspen creció en su mente.

«Soy yo quien te hizo daño».

Tem se encogió de hombros, y estaba segura de que Caspen podía verla.

«Me curaste».

La desaprobación de él era obvia y se clavaba en su nuca. Era una sensación curiosa, y aunque no era necesariamente agradable, Tem la saboreaba porque significaba que él todavía estaba allí. Tem necesitaba mantenerlo a su lado.

Habló antes de que él pudiera hacerlo:

«¿Continuarán nuestras lecciones?».

La sensación clavada en su nuca desapareció abruptamente.

«Por supuesto que continuarán».

Tem se sintió invadida por una increíble sensación de ligereza.

«¿Entonces no estás enojado conmigo?».

El estado de ánimo de Caspen mejoró.

«Estoy enojado conmigo mismo».

Tem podía sentir su tristeza y, tras ella, un profundo arrepentimiento. Y no deseaba otra cosa que correr de regreso a la cueva para consolarlo.

Antes de que ella pudiera reaccionar, Caspen dijo:

«No es asunto tuyo. Como dije, no hiciste nada malo».

Tem sintió que él empezaba a desvanecerse, y solo deseaba retenerlo.

«Por favor, no te vayas».

Su presencia se detuvo.

«No puedo quedarme, Tem. Para empezar, no deberíamos estar hablando así».

«¿Pero por qué?».

«Porque esto solo nos causará dolor».

Ella negó con la cabeza.

«Nunca me has causado dolor».

El viento acarició su mejilla, y Tem juró que Caspen lo había enviado.

«Lo hice esta noche».



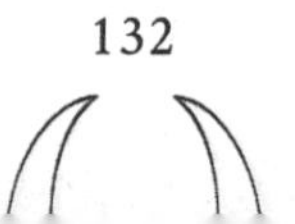

Él se estaba desvaneciendo de nuevo, alejándose. Tem debía detenerlo.

«Si esto solo conduce al dolor, entonces ¿por qué me diste... una parte de ti?».

La presencia de Caspen se volvió más fuerte, como si sus manos estuvieran sobre los hombros de ella. La garra seguía en su interior, y sintió sus vibraciones.

«Tampoco debí hacer eso».

Sus palabras la destrozaron. Por supuesto que Caspen se arrepentía. Por supuesto que ella no era digna de ese detalle. Tem se tragó su vergüenza.

«¿Debo regresártela?».

Caspen centelleó en su mente.

«No dije que la quisiera de vuelta. Solo que no debí habértela dado. No asumas que me arrepiento de mis acciones. No soy alguien que toma decisiones a la ligera».

Sus palabras llegaron en una avalancha, tan rápido que Tem apenas pudo seguir el ritmo. Parpadeó, tratando de mantener la calma mientras preguntaba:

«Entonces, ¿no te arrepientes?».

Su respuesta fue tranquila:

«No».

Tem se aferró a la banca, como si al hacerlo pudiera sujetar a Caspen.

«¿Pensarás en mí?».

Su respuesta fue apenas un susurro perdido en el viento.

«Constantemente».

Caspen dejó de controlar su mente y ella sintió que su energía disminuía. Tem trató de resistir, pero sabía que ya no se quedaría. Su presencia se desvaneció y ella se quedó sola en el jardín, mirando las estrellas una vez más. Donde hacía un momento había sentido calor, ahora temblaba.

Volvió a entrar en la casa de puntitas, pasó junto a la puerta del cuarto de su madre y oyó sus ronquidos tranquilizadores. La habitación de Tem estaba oscura pero cálida, y ella se desnudó lentamente, fingiendo que Caspen la observaba. La punta de la garra brillaba entre sus piernas, y su resplandor nacarado refulgía en la oscuridad. Para ella era la cosa más hermosa del mundo, sin duda la más hermosa que había tenido. Aunque se preguntaba si realmente era suya. ¿Podía alguien ser dueño de una parte de otra persona? ¿Era suya esa parte de Caspen? Tem no estaba segura. Todo lo que sabía era que él la poseía por completo, quisiera o no. Tem tocó la garra, empujándola más profundamente en donde Caspen aún no había estado, pero ella deseaba con intensidad que lo hiciera.

En el momento en que hizo eso, él volvió a su mente. Su excitación coincidía con la de ella; Tem podía sentir cuánto la deseaba mientras su calor viajaba por el corredor compartido de su conexión. La punta cónica



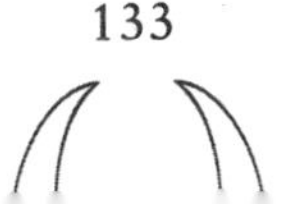

de la garra presionaba su clítoris, y cuando imaginaba que era Caspen quien lo hacía, se sentía débil.

Tem se metió en la cama, sintiendo las suaves sábanas bajo sus dedos. La voz de Caspen llegó a ella cuando estaba cubriéndose:

«Déjalas».

La alegría estalló en su pecho ante dicha orden. No le había creído del todo cuando dijo que pensaría en ella; pero tampoco lo había hecho nunca. Sin embargo, allí estaba Caspen, apenas unos minutos después, cumpliendo su palabra.

Tem dejó las sábanas a sus pies, se recostó sobre las almohadas y se estremeció anticipando lo que vendría. Sintió una sola vibración entre las piernas, la cual subió por su cuerpo hasta sus pezones. La pulsación se aceleró y, con ella, su ritmo cardíaco. Abrió las rodillas, deslizó los dedos por su vientre y se dispuso a tocarse.

«Quédate quieta».

Tem se quedó inmóvil, con la mano a medio camino sobre su cuerpo.

«Mira».

Tem se incorporó con curiosidad, mirando entre sus piernas. Al principio, no pasó nada, solo sintió una suave vibración que le causó más dolor.

Entonces la garra comenzó a moverse.

Se deslizaba dentro y fuera de ella con lentitud, moviéndose por completo por su propia cuenta. Tem observaba con asombro, hipnotizada, paralizada por su ritmo constante. No podía apartar la mirada; era una maravilla contemplar tal magia y aún más asombroso sentirla. La garra parecía brillar mientras la penetraba, sin llegar nunca del todo dentro de ella, deteniéndose siempre con el extremo cónico, que funcionaba como lo haría la yema de un dedo, aplicando presión contra su clítoris con cada penetración.

«Arrodíllate».

Tem lo hizo, descansando la curva de sus nalgas sobre los talones, con las piernas en ángulo abierto sobre la cama. Agarró las mantas con fuerza, concentrándose en su respiración mientras la garra se adentraba más, lo que la llevó a mover las caderas para frotarse contra el colchón. La combinación de sensaciones le resultó tan placentera que arqueó la espalda mientras se le escapaba un gemido de la garganta.

Ahora estaba mojada y las sábanas estaban empapadas. Pero a Tem no le importaba; no podía dejar de frotarse y sabía que, de todos modos, Caspen no querría que lo hiciera. Deslizaba las caderas hacia adelante y hacia atrás, concentrándose en la punta de la garra, que se había endurecido entre sus piernas. Deseó que Caspen estuviera allí, poder montarlo como lo hacía con las sábanas. Si tan solo pudiera sentir cuánto quería entregarse a él. Tem necesitaba que Caspen supiera lo excitada que estaba, lo sumamente obediente y flexible que se había vuelto su cuerpo.



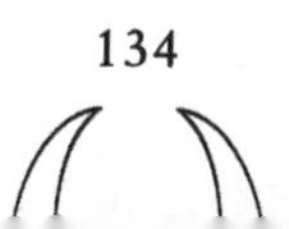

Lo imaginó con todas sus fuerzas: ella arriba, él abajo, sus palmas abiertas y apoyadas en su pecho, las manos de él agarrando sus nalgas. Imaginó cómo la empujaría contra él con fuertes embestidas, una y otra vez, hasta que se vinieran al mismo tiempo.

Mientras se imaginaba con él, sintió cómo crecía el deseo de Caspen.

Él le envió una visión, el reflejo de la suya, pero esta vez desde su perspectiva. Él la miraba mientras ella lo montaba, con el rostro de Tem enrojecido por el calor y sus pechos apretados uno contra el otro.

¿Era así como él la veía? Seguramente, estaba embelleciendo la visión. Tem nunca se había visto así: hermosa, feroz, un ser sexual, una *mujer*. Era increíble ver lo que él observaba, verse a sí misma a través del lente de su deseo.

La garra se movía con ella, entrando y saliendo para que pudiera darse placer encima de ella. La presencia de Caspen en su mente solo se hacía más intensa; podía sentirlo allí tan claramente como se sentía a sí misma.

«Ponte en cuatro».

La orden fue un gruñido. Tem obedeció de inmediato, sintiendo una ráfaga de frío cuando el aire entró en contacto con sus partes húmedas. Pero solo duró un momento antes de que la garra ardiera con intensidad y ella gritara, hundiendo los puños en las sábanas. Intentó permanecer quieta mientras Caspen la introducía cada vez más profundamente en su interior, pero era imposible no reaccionar. La punta continuaba presionando su clítoris, y cuanto más adentro llegaba, más aumentaba la presión.

«Hermoso».

La garra se hundió más.

«Perfecto».

Aún más profundo.

«Ángel... maldito ángel».

Ella apenas podía aguantar un segundo más.

«Hermoso, perfecto Tem. Maldita perfección».

Esto continuó. Caspen susurró palabras dulces, una tras otra, acercándola cada vez más al orgasmo. Cuando estaba a punto de venirse, la presión desapareció de repente.

Tem jadeó de sorpresa, dándose cuenta de que Caspen la estaba provocando, llevándola al límite y luego negándole el clímax. Tem quiso protestar, pero antes de que pudiera hacerlo, él volvió a meter la garra, y su presencia era tan fuerte que Tem pudo haber jurado que estaba detrás de ella. Por segunda vez consecutiva, la llevó al límite, pero no la dejó terminar. En cambio, dijo:

«Sácatela».

Tem apenas pudo obedecer, iba en contra de todo lo que quería y



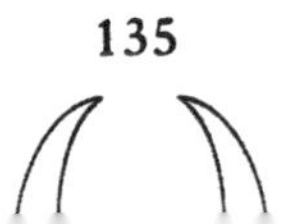

necesitaba, pero lo hizo de todos modos, sintiendo cómo la superficie lisa y dura se deslizaba entre sus manos.

«Acuéstate boca arriba».

Tem lo hizo.

«Colócatela en el cuello».

Tem colocó la curva de la garra de modo que rodeara la parte delantera de su cuello. Era tan pesada que sintió presión en las vías respiratorias. El gruñido de placer de Caspen se intensificó.

«Ahora termina».

Era lo más fácil del mundo deslizar sus dedos entre sus piernas, frotarlos contra su clítoris y terminar. Cuando se vino, podría haber jurado que la garra se le había apretado alrededor del cuello, y Tem pensó que podría ahogarse. Antes de que pudiera entrar en pánico, la garra se aflojó y la invadió una oleada de euforia. La alegría de Tem no era nada comparada con la de él.

Sintió el clímax de Caspen junto con el suyo, y su placer se precipitó en una ola implacable, tan insondablemente profunda que temió deslizarse bajo ella y no volver a salir. Tem no tenía idea de que así se sentía él cuando se venía. Era mucho más fuerte que cualquier cosa que ella hubiera conocido jamás. No podía creer que pudiera sobrevivir a tal placer. Era imposible saber dónde terminaba su clímax y dónde empezaba el de Caspen; tal vez eran la misma cosa. Su placer era el de ella y viceversa. No había fin para su conexión, no había límites para lo que podían lograr juntos.

Tem yacía allí, desnuda, con la garra todavía alrededor de su cuello. El placer de sus orgasmos era tan fuerte que apenas oyó a Caspen cuando le preguntó:

«¿Te gustó?».

Su voz era un ronroneo.

«Sí. ¿Y a ti?».

Como tardó un momento en responder, Tem entró en pánico.

«Claro que sí», dijo finalmente.

El orgullo la invadió. Estaba complacido. La aprobaba.

«¿Qué es lo que más te gustó?».

Tem realmente quería saber la respuesta. Caspen era demasiado misterioso; parecía que ella siempre era la vulnerable. Quería saber más sobre él, aprender a complacerlo y que él confiara en que podría hacerlo.

«Me gustó la forma en que hiciste lo que se te dijo».

No era la respuesta que deseaba. Tem quería que a él le gustara algo de ella, algo que ella específicamente hubiera aportado.

Caspen debió percibir su decepción, porque su presencia la invadió y se instaló en la base de su cráneo.



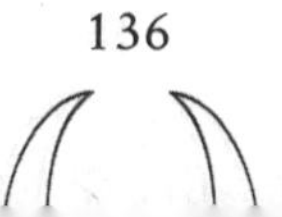

«No es mi aprobación lo que debes buscar. Debes guardar tu corazón para el príncipe. Lo sabes, Tem».

En efecto, lo sabía. Pero eso no la hacía buscar menos su aprobación. El propio Caspen le dijo que no había sido hecha para que la domesticaran. ¿Por qué iba a domesticar su corazón?

«Solo quiero saber qué te gusta de mí».

Ella podía sentir su diversión, y no le gustaba.

Tem adoptó un tono más duro y le espetó:

«¿Te estás riendo de mí?».

La diversión de Caspen no hizo más que aumentar.

«Claro que no. Es solo que me pregunto qué te ha hecho ser así».

Tem frunció el ceño.

«¿Hacerme cómo?».

Su respuesta fue una sola palabra:

«Persistente».

Tem se sorprendió. Nadie la había llamado «persistente». Supuso que era cierto; no era de las que se rendían. Incluso de niña aprendió que si quería que algo le sucediera, dependía de ella lograrlo.

«Supongo que nací así».

Caspen se rio, y su risa sonó como campanas de iglesia.

«Pues si quieres saberlo, eso es lo que me gusta de ti».

Tem no pudo evitar sonreír. Se quedó acostada un rato más hasta que empezó a tener frío. Se sentó despacio y, como Caspen no protestó, se arrastró hasta la cabecera de la cama. Cuando Tem iba a guardar la garra en el cajón de la mesita de noche, oyó:

«Detente».

Se quedo en pausa, con la mano extendida.

«Puede que vuelva a desearte».

Tem se sintió invadida por la expectativa. Con impaciencia, volvió a introducirse la garra. Fue fácil; todavía estaba húmeda. Luego se cubrió con las mantas y, a pesar de su excitación, se quedó dormida de inmediato.

Caspen la poseyó dos veces más esa noche.

La primera vez, Tem se despertó por una pulsación que la atravesó bruscamente, interrumpió sus sueños y le prendió fuego a su piel de inmediato. Caspen envió vibración tras vibración con una intensidad creciente hasta que ella gritó, con las piernas cruzadas y apretadas, y los dedos empujando la garra aún más profundo. Fue estimulante y agotador a partes iguales, y cuando terminó, Tem estaba cubierta de sudor y sin aliento.

La segunda vez fue diferente.

La pulsación era suave y vacilante, y reverberaba a través de ella con tanta suavidad que al principio ni siquiera la sintió. Sin embargo, la despertó con insistencia, y a medida que la ola se intensificaba, Tem sintió



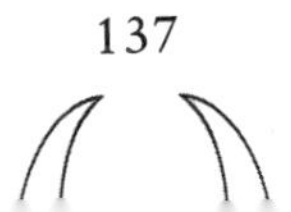

como si le estuvieran deshaciendo el cuerpo de adentro hacia afuera, como si Caspen la estuviera extendiendo en un campo de luz solar. Su clímax fue largo y persistente, y zumbó con suavidad a lo largo de los bordes de su cuerpo antes de desvanecerse en la nada. Cuando finalmente terminó, oyó su voz profunda susurrar:

«Duerme, Tem».

Tem durmió.

Despertó con el insistente golpeteo de su madre en la puerta.

—Despierta, querida. Hay alguien aquí que quiere verte.

Tem gruñó, frotándose los ojos. Solo había una persona a la que quería ver, y estaba bastante segura de que no estaba en la cocina. Cuando salió tambaleándose de su dormitorio, la alegre sonrisa de Gabriel iluminó la habitación.

—Buenos días, preciosa.

Tem miró a su madre, que estaba de pie delante del tendedero.

—Hola. —Tem se sentó a su lado en la mesa—. ¿Qué haces aquí?

—Traje esto. —Sacó una carta.

Tem reconoció el membrete real.

—¿Por qué tienes esto?

Gabriel se encogió de hombros.

—Peter iba a entregártela. Yo me le uní.

Tem sonrió y le dio un beso en la mejilla.

—Me alegro de que lo hicieras.

Todos observaron cómo abría la carta. Solo había tres líneas de texto negro y delicado, que leyó en voz alta:

*Temperance Verus:*

*El príncipe solicita su presencia en el castillo esta noche para una cena formal en grupo. Por favor, esté lista a las 8:00 p. m.*

—¿Qué es eso? —Gabriel señaló la parte posterior de la carta.

Tem dio la vuelta a la carta. Allí, garabateada con descuido en tinta roja, había una palabra adicional:

*Tortúrame.*

La voz de Leo pasó de inmediato por su mente: «Al parecer, disfruto de la tortura».

Al parecer, Tem también lo hacía.

Gabriel le quitó la carta de los dedos.

—¿«Tortúrame»? —preguntó.



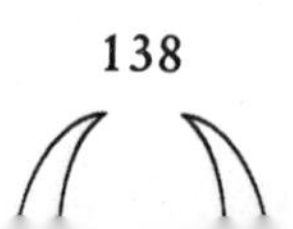

Tem suspiró.

—Leo —dijo sin más.

Se preguntó si las otras chicas habrían recibido cartas personalizadas. De algún modo, lo dudaba.

Las últimas veinticuatro horas habían sido tan confusas que Tem no había tenido oportunidad de pensar en lo que había escuchado en el vestíbulo al final de su cita con el príncipe. Sin embargo, ahora todo volvía a su mente. Recordaba cómo Leo había discutido con Maximus, cómo su padre lo había reprendido por cometer los mismos errores de su pasado. ¿Era Evelyn el error al que se refería? Tem no sabía nada de ella, solo que Evelyn significaba algo para Leo. ¿Podría ser ella la causa de la desavenencia entre padre e hijo?

Tem recordó algo más de su conversación, algo que le heló la sangre por el resentimiento:

«Solo lo haces porque sabes que me enojará».

«Quizá eso sea parte de la diversión».

Si Leo solo buscaba a Tem para hacer enojar a su padre, entonces no la respetaba como persona. Eso era inaceptable para Tem. Ella no era una estrategia; no permitiría que la utilizaran para favorecer los planes del príncipe, no importaba que eso le diera ventaja en la competencia. También la reducía a un accesorio en el juego de Leo, y Tem era mucho más que eso. Ella era un buen partido y se negaba a que la vieran como otra cosa.

—¿Y? —preguntó Gabriel.

Tem parpadeó.

—¿Y qué?

—¿Cómo vas a torturarlo?

—Estoy segura de que se me ocurrirá algo.

—Tem —la regañó su madre—. Deberías intentar impresionarlo.

—Torturándolo es como lo impresiono, madre. No lo entenderías.

Su madre negó con la cabeza.

Gabriel, por otro lado, sonrió más ampliamente.

—Sabes, si le gusta el dolor, podrías considerar…

—¡Fuera! —gritó su madre.

Con una última sonrisa arrepentida, Gabriel se fue.

Tem realizó sus tareas en piloto automático, pensando en la invitación. No le sorprendió que hubiera una cena grupal esa noche. Quedaban nueve chicas, lo que significaba que estaban en la segunda etapa del proceso de eliminación. A partir de ese momento, los eventos se volverían más íntimos para garantizar que cada chica pasara el mayor tiempo posible con el príncipe. Tem no estaba segura de cómo se sentiría al pasar más tiempo con Leo. Asistir a un evento en el castillo significaba que no

podría ir a las cuevas esa noche. La idea la decepcionó; lo único que quería era ver a Caspen.

«Nos veremos mañana».

Tem casi se salió de su piel al recordar que ahora sus mentes estaban conectadas. Había pasado tanto tiempo tratando de destruir la barrera entre ellos que no estaba acostumbrada a que se hubiera derribado.

«¿Cuánto tiempo llevas ahí?».

«No mucho».

Tem frunció el ceño. No le gustaba que Caspen hubiera escuchado sus pensamientos sin su consentimiento.

«No hice nada malo Tem. Eres... difícil de ignorar».

De alguna manera, sabía que era un cumplido. Antes de que pudiera responder, Caspen volvió a hablar.

«A partir de ahora, solo vendré cuando me llames».

Su presencia se desvaneció.

Tem quería devolverle el llamado, pero no lo hizo. Ya era bastante difícil tener que ver a Leo esa noche. Sería aún más difícil si Caspen estuviera escuchando cada palabra.

El paquete llegó a las siete.

Era más grande que el que Leo le envió la última vez, y cuando Tem lo abrió, se dio cuenta de por qué. Sobre su cama cayeron tres vestidos. Uno era plateado, y Tem lo rechazó de inmediato. No quería nada que contrastara con el dorado de su collar. El siguiente vestido era de un morado intenso y tan escotado que Tem se sonrojó. Típico de Leo. El último, inexplicablemente, era modesto, negro y ajustado, con cuello alto y mangas largas. Tem colocó los vestidos en la cama para poder verlos al mismo tiempo.

Tem reconoció que Leo estaba dejándola elegir por sí misma, que la había escuchado cuando le dijo que le gustaba tomar sus propias decisiones. ¿Era posible que no fuera el cerdo que decía ser? Una mirada al escote del vestido morado refutó esa posibilidad. Sin embargo, su detalle no pasó desapercibido para Tem.

Contempló los vestidos. Luego pensó en la petición de Leo.

«Tortúrame».

Una cosa era mostrarle a Leo todo lo que quería. Otra muy distinta era no mostrarle nada en absoluto. Además, ¿quién era ella para negar algo al príncipe?

Tem sonrió y tomó el vestido negro.



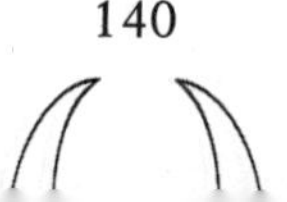

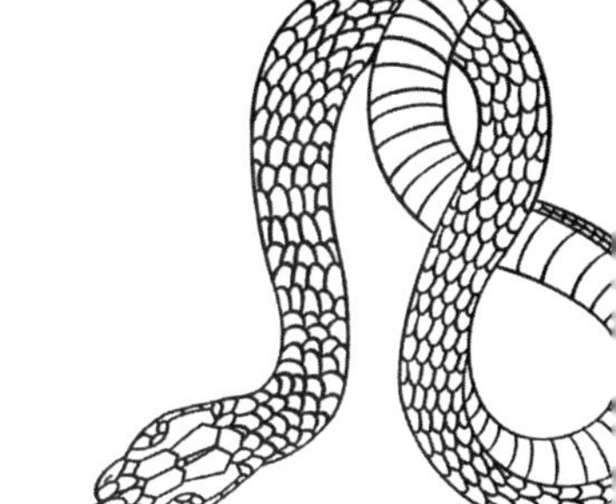

# CAPÍTULO
# 11

Vera fue la última chica en llegar al castillo.

Tem la vio entrar al vestíbulo con una postura altanera, arrebatándole una copa de vino al mayordomo y bebiéndose la mitad de un trago. Su boca era un círculo brillante de labial rojo cereza, y apestaba a perfume floral. La combinación era un asalto a los sentidos.

—¿Te sientes mejor? —preguntó Tem lo más cordialmente que pudo.

Vera la miró con recelo.

—¿Por qué te preocupas?

—Tu padre dijo que estabas enferma. Solo estoy entablando una conversación.

Vera suspiró.

—Si quieres saber, Jonathan rompió conmigo.

Tem casi soltó una carcajada. Era típico de Vera estar triste porque Jonathan hubiera terminado con ella mientras, al mismo tiempo, competía por la mano del príncipe en matrimonio. Vera nunca estaba contenta con nada; siempre quería todo.

—Bueno... lamento mucho escucharlo.

—Deberías.

—¿Disculpa?

—Deberías lamentarlo. Si hubiera estado con el Rey Serpiente, estoy segura de que habría sabido cómo retenerlo.

—¿Hablas en serio?

Vera echó sus rizos por encima de su hombro. La otra mitad del vino desapareció en su boca mientras un mayordomo las conducía a un comedor tenuemente iluminado, junto con las otras chicas. En el centro de la habitación había una gran mesa circular rodeada de lujosas sillas de terciopelo. Cada plato estaba adornado con brillantes etiquetas de oro con sus nombres.

—Eres una *ingrata*, Tem —siseó Vera mientras el mayordomo servía más vino—. De todas las personas, tú tienes al mejor profesor. Todo el mundo sabe que por eso conseguiste la cita.



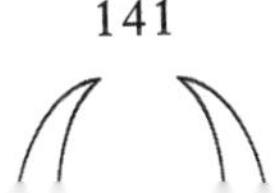

Tem no tenía nada que decir al respecto. Vera no sabía que el Rey Serpiente apenas le enseñaba algo, y solo había conseguido la cita porque Leo quería hacer enojar a su padre.

—Obviamente, le gustas al príncipe —continuó Vera—. Vienes vestida como una monja y él no puede dejar de mirarte.

Tem recorrió el comedor con la mirada, y vio que Leo ya estaba allí, apoyado contra la pared del fondo. Tenía los ojos puestos en su pierna, que quedaba al descubierto porque el vestido tenía una abertura alta. Era la única parte de su piel que se veía, pero, de alguna manera, él se las había arreglado para encontrarla.

Tem negó con la cabeza.

—Solo me mira porque odia este vestido.

—Da igual. —Vera puso los ojos en blanco—. De todos modos, los vestidos no importan esta noche.

—¿Qué quieres decir?

De repente, Vera tenía la misma expresión que ponía cada vez que estaba a punto de soltar un chisme especialmente escandaloso. Se inclinó hacia ella, con los labios rojos y con una expresión de alegría.

—Esta noche son los «sesenta juguetones».

Tem se quedó atónita.

—¿Cómo lo sabes?

—Me lo dijo mi serpiente. ¿La tuya no?

Tem estaba demasiado conmocionada como para responder.

Los «sesenta juguetones» eran una parte famosa del proceso de eliminación. Cada chica tenía sesenta segundos con el príncipe, a puerta cerrada, sin nadie más presente. Los aldeanos lo habían apodado los «sesenta juguetones» porque sesenta segundos realmente no eran tiempo suficiente para hacer otra cosa que quitarse la ropa. Y eso era exactamente lo que se esperaba que hicieran las chicas. Después de todo, el príncipe estaba eligiendo esposa. Los «sesenta juguetones» le daban la oportunidad de ver lo que cada chica tenía que ofrecer. Era una tradición anticuada, ofensiva y aborrecible, pero también era el medio más sencillo para conseguir un objetivo. ¿Qué mejor manera de garantizar que Leo tomara una decisión informada que mostrarle sus opciones con antelación?

Tem intentó mitigar la punzada de indignación que le atravesaba el costado. No podía creer que Caspen no le hubiera informado que eso sucedería esa noche. Pero, ¿por qué lo haría? Tampoco la había preparado para ninguna otra parte de la competencia. Quería darle el beneficio de la duda, quería creer que él no sabía nada de eso. Pero el basilisco de Vera lo sabía y se lo había contado. Seguro que el Rey Serpiente estaba informado. Tem no solo no estaba preparada, sino que empezaba a sentir que Caspen la estaba saboteando.



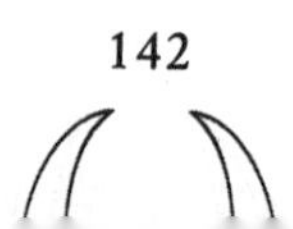

Oyó un suave tintineo. El mayordomo golpeaba un cuchillo contra una copa de vino. La sala se quedó en silencio cuando dijo:

—Por favor, tomen asiento. La cena está servida.

Todas obedecieron, agolpándose alrededor de la mesa y buscando la etiqueta con su nombre. Tem acababa de encontrar la suya cuando los ágiles dedos de Leo se la arrebataron.

—¿Qué estás...? —Tem empezó a decir, pero él ya estaba caminando hacia el otro lado de la mesa y cambiando su etiqueta por la que estaba junto a la de él. Caminó de regreso con tranquilidad para colocar la otra etiqueta donde había estado la de Tem hacía un momento. Era la de Vera.

—Créeme, no quieres hacer eso —aseguró Tem.

—Créeme —esa sonrisa traviesa y familiar retorció sus labios—: sí quiero.

Tem solo podía imaginar la conversación que tendría en la panadería al día siguiente. Pero no podía ir en contra del príncipe.

Con un suspiro, Tem siguió a Leo al otro lado de la mesa. Él le acercó la silla y ella se sentó de mala gana, preparándose ya para lo que estaba por venir. Echó un vistazo a Vera, que la miraba con ojos asesinos.

Tem se volteó hacia Leo.

—Acabas de hacer mi vida mucho más difícil.

Él arqueó una ceja.

—¿Cómo es eso?

—Vera se pondrá furiosa.

Leo sonrió con amplitud.

—Vera se recuperará.

—Te aseguro que no.

Él se encogió de hombros.

—Te quiero a mi lado. ¿Es eso un crimen?

Antes de que Tem pudiera responder, el mayordomo sirvió el primer plato, y la cena comenzó.

El vino corría a raudales; Tem perdió la cuenta de cuántas veces le llenaron la copa. Cuando llegaron al segundo plato, un tierno pollo asado, Tem ya estaba borracha. Pero ella no era la única: Leo bebía whisky como si fuera agua, y con cada copa que se tomaba, sus movimientos se volvían cada vez más impredecibles, como si alguien le hubiera aflojado las articulaciones. Tem no podía imaginar por qué necesitaba valentía líquida. El príncipe era la única persona en esa mesa que no tenía que sentirse vulnerable esa noche. Todo lo que tenía que hacer era mirar.

Las chicas se turnaban para coquetear con él, alternando entre adularlo y mirarse con recelo. Era algo patético de ver, y Tem se encontró soñando despierta. Estaba a punto de revivir en su mente el orgasmo de la noche anterior cuando lo escuchó:



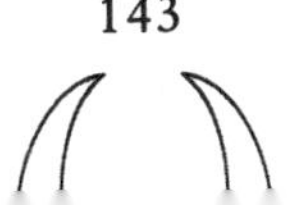

«Ayuda».

Era la voz de nuevo, la misma que había escuchado antes.

De repente, se le ocurrió una idea. Si podía hablar con Caspen, tal vez podría hablar con la voz. Se acercó con la mente, abriendo otro canal y enviando sus pensamientos a través de él:

«¿Dónde estás?».

La voz apenas se oía.

«Estoy aquí».

Tem sintió cómo la invadía la satisfacción. Ahora sí que estaba progresando.

«Cuéntame más. ¿Estás en el castillo?».

No hubo respuesta.

Tem lo intentó de nuevo.

«¿Cómo puedo encontrarte?».

Seguía sin responder. Retiraron el pollo asado y lo sustituyeron por un pastel blanco. El mayordomo volvió a servirle vino. Entre las conversaciones alrededor de la mesa y los efectos del alcohol, le costaba concentrarse. Tem cerró los ojos y se obligó a enfocar su atención.

«Quiero ayudarte. ¿Qué puedo hacer?».

Esta vez, la respuesta llegó con rapidez:

«No confíes en el rey».

Los ojos de Tem se dirigieron a Leo. Estaba escuchando a la chica de su derecha, que alternaba entre charlar enérgicamente y morderse el labio de una manera que pensaba que era seductora.

«¿Por qué no debería confiar en él?».

Pero el canal se había cerrado; la voz se había ido.

Fue entonces cuando se dio cuenta de que Leo la estaba tocando.

Su mirada no se había desviado, seguía mirando a la chica de su derecha. Pero sus dedos habían empezado a recorrer la abertura del vestido de Tem, rozando la piel expuesta de su pierna.

Ella le apartó la mano de un manotazo.

Fue como si no hubiera hecho nada; Leo ni siquiera parpadeó. Sin embargo, un momento después, su mano volvió a su pierna y sus largos dedos agarraron su rodilla con sorprendente autoridad.

Se volteó hacia ella.

—¿Me harías un favor, Tem?

Sus ojos grises estaban terriblemente cerca. Por primera vez, Tem se dio cuenta de que estaban salpicados de verde.

—Depende del favor.

—Bésame.

—Estás borracho.

—Y tú eres gloriosa. Bésame.



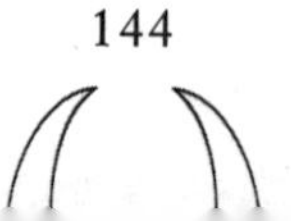

—¿Delante de todos?

Se inclinó hacia ella.

—A menos, claro, de que hayas cambiado de opinión sobre los baños y la champaña.

—No lo he hecho.

—Entonces bésame. Ahora mismo.

Ya no era una petición. Era una orden, y Tem no tenía idea de lo que pasaría si no obedecía. Sus ojos se dirigieron a Vera, que observaba su interacción como un halcón. Cuando volvió a mirar a Leo, él le dedicó una sonrisa maliciosa.

—A menos de que prefieras que bese a otra persona —dijo en voz baja.

Entonces un punzante sentimiento de celos atravesó a Tem. No podía explicarlo, pero no quería que Leo besara a nadie más, y menos a Vera.

Sin embargo, tampoco podía ceder, y menos cuando él se comportaba como si ella se lo debiera.

Tem volvió a apartar su mano.

—Preferiría que esta noche no se alargara. Mañana tengo que madrugar en la granja.

Leo entrecerró los ojos.

—Ya veo. Bueno, ciertamente no quisiera molestarte.

Chasqueó los dedos y el mayordomo apareció, inclinándose sobre su hombro.

—¿Es hora, Su Alteza?

—Sí.

—Muy bien. ¿A quién desea ver primero?

Sin perder el contacto visual con Tem, Leo señaló a Vera. El mayordomo asintió, hizo sonar una pequeña campana y la mesa quedó en silencio.

—Su Alteza desea comenzar los eventos de la velada. —El mayordomo extendió la mano hacia Vera—. ¿Sería tan amable de seguirme, señorita?

El rostro de Vera se iluminó con un triunfo absoluto. Lanzó a Tem una mirada fulminante antes de tomar la mano del mayordomo y permitirle que la guiara hasta una puerta al otro extremo del comedor.

El mayordomo se giró hacia Leo.

—¿Su Alteza?

Leo se puso de pie, con el whisky aún en la mano. Sin mirar atrás, siguió a Vera al interior de la habitación. El mayordomo cerró la puerta tras ellos.

El resto de las chicas rompieron a reír y susurrar de inmediato. Tem solo podía imaginar la victoria socarrona que Vera debía estar experimentando ahora que por fin estaba a solas con Leo. Era probable que no tardaría en quitarse la ropa.

¿Y qué pensaría Leo de ella?, ¿le gustaría lo que vería?

A Tem se le revolvió el estómago al pensarlo.

Sesenta segundos pasaron mucho más lentos de lo que Tem jamás hubiera imaginado. Cuando Vera salió, parecía que había pasado una hora. La mesa se quedó en silencio cuando abrió la puerta de par en par, ajustándose el cuello del vestido con un ademán exagerado. Tenía el labial corrido. Y le lanzó una sonrisa burlona a Tem antes de salir del comedor.

El mayordomo se acercó a la mesa y extendió la mano a otra chica, que se sonrojó con intensidad antes de tomarla.

Y así continuó.

Estaba claro que Leo era quien decidía el orden de las chicas. Era como en los podios. Tem no tenía ninguna duda de que sería la última. Ella era la última opción, solo digna de ver al príncipe después de que él se hubiera hartado de las otras. En ese momento, Tem se sintió extremadamente consciente de su cuerpo, de cada curva y hoyuelo, de todo lo que nadie más que Caspen había visto. ¿Estaba realmente a punto de exponerse ante alguien que no había hecho nada para ganárselo?

Los minutos pasaban con una lentitud agonizante.

Las chicas salieron de la habitación con diversos grados de exposición. La quinta chica seguía semidesnuda: salió tambaleándose con el vestido caído de los hombros y le dedicó a Tem una sonrisa arrepentida mientras el mayordomo la acompañaba a la salida.

La sexta chica pasó.

¿Qué pasaría si Tem se negaba a desnudarse, si simplemente se quedaba allí de pie en silencio y esperaba a que se acabara el tiempo? ¿Leo la eliminaría de inmediato?

¿Y qué pasaría si se desnudaba? Una revelación se estrelló contra ella como una ola.

Tem se dio cuenta de que había perdido demasiado tiempo preocupándose por su cuerpo y no había dedicado ni de lejos el tiempo suficiente a considerar las implicaciones reales de lo que pasaría si se desnudaba en esa habitación. Si estuviera sola con el príncipe, si se quitara la ropa delante de él, Leo vería cada parte de ella. Cada. Parte. De. Ella.

La garra seguía dentro de ella, con su suave punta presionando su clítoris. No tenía forma de sacarla, el mayordomo estaba a metro y medio de distancia. Incluso si pudiera quitársela, ¿dónde la pondría?, ¿sobre la mesa? La idea era impensable.

La sexta chica salió. La séptima chica entró.

A Tem solo le quedaban dos minutos antes de que llegara su turno. Cerró los ojos y se concentró.

«Caspen».

Una sorda y creciente sensación de pánico amenazó con apoderarse

de ella mientras contenía la respiración, aterrorizada por un momento de que él no respondiera.

«Tem».

Se mareó.

Él debió intuirlo, porque preguntó:

«¿Qué pasa, Tem?».

No había otra forma de decirlo:

«Estoy a punto de pasar sesenta segundos con el príncipe. A solas».

Tal vez ella lo estaba imaginando, pero juró que había sentido cierta molestia en la conexión con Caspen. Cuando él habló, su voz estaba tranquila.

«Sí. ¿Y?».

Entonces él sabía que los «sesenta juguetones» eran esa noche, y había optado por no decírselo. Tem se prometió mentalmente gritarle por eso más tarde. Por ahora, tenía que aprovechar el poco tiempo que le quedaba.

«Y es costumbre que las chicas se desnuden».

En el silencio que prosiguió, Tem sintió un estallido de ira. Caspen había hecho eso durante siglos: conocía todo el proceso de entrenamiento y sabía a la perfección lo que ocurría tradicionalmente durante aquellos sesenta segundos. ¿Por qué la obligaba a explicarlo?

«¿Vas a desnudarte?».

Tem estaba atónita. Dada su historia, la pregunta era casi cruel. Entrecerró los ojos.

«Aún no lo he decidido. ¿Qué opinas?».

No había duda de la ira que había en la voz de Caspen.

«Lo que yo piense es irrelevante. Tu deber es impresionar al príncipe».

«No te atrevas a hablarme de deber».

«¿Disculpa?».

La puerta se abrió. La séptima chica salió. La octava chica entró.

«Has descuidado tu deber desde el día en que nos conocimos. Todas, menos yo, estaban informadas sobre esta noche. Todas, menos yo, han tenido sexo. Me estás perjudicando, y lo sabes».

Caspen se erizó.

«¿Estás cuestionando mis métodos?».

«Pensé que era obvio».

La ira de él fue en aumento.

«Lo que es obvio es que eres impaciente, insubordinada e infantil».

Tem no tuvo tiempo de sentirse herida por sus palabras.

«Cualquiera estaría impaciente en mi posición».

«¿Hay alguna razón para esta conversación o solo me llamaste para discutir?».

El estómago de Tem se retorció. La estaba obligando a decirlo.

«Si me desvisto, el príncipe verá lo que me diste».

Un silencio.

«Puedo quitártela, si eso es lo que deseas».

Tem frunció el ceño. No podía descifrar su tono.

«Si me la quitas, ¿me darías... otra?».

Esta vez el silencio fue más largo.

Tem podía sentir físicamente cómo pasaban los segundos.

«Te daría lo que me pidieras, Tem».

Era una respuesta evasiva. Empezaba a esperarlas de Caspen.

No había tiempo para pensarlo bien. Tenía menos de un minuto antes de estar cara a cara con Leo. No tenía idea de si se desvestiría. Lo único que sabía era que Caspen no la había preparado para eso. Le había ocultado información importante a propósito. Y ahora ella, y solo ella, sufriría las consecuencias de las acciones de él.

«Quítamela».

La respuesta de Caspen fue gélida.

«Como desees».

Tem hizo una mueca de dolor al cerrar de golpe la barrera que los separaba. Un momento después, se produjo una vibración violenta en la garra. En lugar de aumentar su intensidad, esta pulsación estalló con fuerza y luego disminuyó, y cuando terminó, Tem se sintió dolorosamente vacía, como si nunca hubiera habido nada allí.

Salió la octava chica.

—Buena suerte —dijo al pasar junto a Tem—. Está de mal humor.

Tem no tuvo tiempo de preguntarse qué significaba eso. El mayordomo ya le hacía señas para que se acercara. Tem se puso de pie lentamente, sintiendo cada latido de su tartamudeante corazón. El mayordomo le abrió la puerta, revelando una habitación con alfombra oscura y libros en las paredes. Era una biblioteca.

Tem entró. El mayordomo cerró la puerta.

Habían pasado menos de diez minutos desde que había visto a Leo, pero estaba claro que se había tomado varios whiskies más durante ese tiempo. Estaba reclinado en un sillón, con el cabello revuelto y la camisa desabrochada. Tenía los pantalones caídos; Tem pudo ver su ropa interior de lino blanco. Una mancha de labial rojo le dibujaba una grotesca mueca en la comisura de los labios y continuaba a lo largo de su cuello. Obra de Vera.

Muy a su pesar, Tem sintió cómo le subía la temperatura al verlo. Nunca había visto las partes de Leo que ahora estaban al descubierto: el ángulo

agudo de su clavícula, la hendidura del músculo justo debajo de su cadera. Su pene estaba duro y se estrujaba contra la tela de su ropa interior. Tem se preguntó vagamente si se lo habría sacado hacía un momento.

Leo se enderezó cuando la vio.

—Tem —dijo con voz ronca.

Ella se quedó en absoluto silencio.

Sobre el escritorio descansaba un elaborado reloj de arena de metal. Su estructura de vidrio estaba llena de copos de oro, todos ellos asentados en el fondo. Sin duda estaba perfectamente calibrado para durar sesenta segundos. Los largos dedos de Leo agarraron el reloj de arena, pero no lo giraron de inmediato. Tem habló antes de arrepentirse.

—Si esperas que me quite la ropa…

—No espero nada de eso —la interrumpió.

Tem se rio burlona.

La boca de Leo esbozó una sonrisa.

—¿No me crees?

—¿Por qué iba a hacerlo?

Los ojos de Leo recorrieron su cuerpo. Incluso cubierta de pies a cabeza, parecía que él la atravesaba con la mirada.

—Lo que espero y lo que quiero son dos cosas diferentes, Tem.

—¿Y qué esperas exactamente?

—Espero que te pongas difícil. Como siempre.

Tem cruzó los brazos.

—¿Y qué quieres?

Leo tomó un largo trago de whisky.

—Lo que estés dispuesta a darme.

Pero Tem lo sabía bien. Conocía la naturaleza de los hombres y su forma de ambicionar. Sabía que Leo quería lo que no podía tener. ¿Cuánto tiempo pasaría hasta que lo consiguiera?

—¿Y qué te dio Vera?

Se frotó la boca con el dorso de la mano, embarrándose aún más el labial.

—Nada que valiera la pena.

—Ay, por favor.

—Sesenta segundos contigo valen más que una hora con Vera —dijo en voz baja.

Tem se encogió de hombros con una indiferencia que no sentía.

Leo se puso de pie, tambaleándose y agarrándose a la mesa para mantener el equilibrio. Tem nunca lo había visto así de borracho, y odiaba esa imagen de él. Ella volteó hacia el reloj de arena.

—¿Vas a darle la vuelta?

Leo dio un golpecito con un dedo en el metal esculpido.



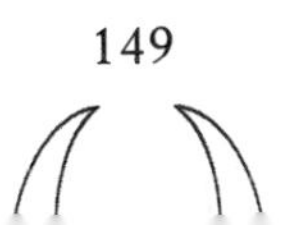

—Si le doy la vuelta, ¿te quitarás ese vestido?

Tal vez fuera el enojo de Tem con Vera. Tal vez fuera la forma en que Caspen cortó su conexión sin consultarla. O tal vez fuera darse cuenta de que en ese momento no podía controlar ni la más mínima cosa de su vida. En cualquier caso, Tem ya había tenido suficiente.

—No puedes tener todo lo que quieres —espetó. La cara de Leo se iluminó con una sonrisa al ver que finalmente había conseguido provocar una reacción en ella.

—Quizá no —dijo en voz baja—. Pero desde luego que puedo imaginar lo que quiera. —Sus ojos recorrieron lentamente el cuerpo de Tem mientras se acercaba—. Cuando quiera.

Por la expresión de Leo, Tem sabía con exactitud lo que estaba imaginando. Sintió que se sonrojaba y se obligó a reprimir esa reacción. ¿Por qué no podría él imaginar lo que nunca tendría?

—Imagina todo lo que quieras —dijo ella—. No me quitaré este vestido. —Torció los labios.

—Aún —susurró el príncipe.

Estaba tan cerca que Tem podía contar sus pestañas. Tenía una pequeña cicatriz en la parte inferior de la barbilla. Podía oler su perfume, que era fragante y almizclado, como los cigarros que se fumaban al aire libre durante el verano.

Esperaba que Leo intentara besarla, pero no lo hizo. En cambio, se quedó allí, demasiado cerca, observándola.

—Ya sabes —dijo él, su voz era apenas un murmullo—. Tú también puedes imaginar lo que quieras.

Tem debió haberle dado un puñetazo en la cara, pero incluso le costaba pensar con claridad y recordar por qué se estaba resistiendo a él.

—No quiero nada de ti —aseguró.

Leo sonrió, como si supiera que no era del todo cierto.

—Eres tan tan difícil.

—Te gusta.

Leo la miró directamente a los ojos.

—Sí, pero eso no significa que lo toleraré para siempre.

—¿Disculpa?

—Esta noche tengo que eliminar a dos chicas, Tem. ¿Por qué no habría de eliminarte a ti?

—Porque no volverías a verme.

Él se encogió de hombros.

—Quizás eso no sea tan malo. Me estoy cansando un poco de que mi pene siempre esté duro cuando estás cerca.

La boca de Tem se abrió.

Leo se rio entre dientes.



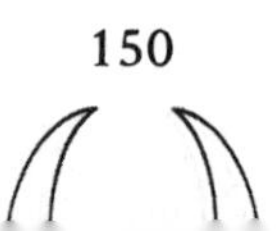

—No me digas que eso te sorprende.

Tem no sabía qué responder.

Leo puso una mano en la puerta, detrás de su cabeza. Se inclinó hacia ella y le susurró al oído:

—La verdadera pregunta es si tú te mojas cuando yo estoy cerca.

Tem sintió que el corazón iba a salírsele del pecho.

Los labios de Leo apenas rozaban su piel, pero era una sensación imposible de ignorar. Sus dientes pellizcaron el lóbulo de su oreja.

—¿Estás mojada, Tem? —susurró.

Tem lo estaba.

No pudo evitarlo. Sabía que era lo último que Leo merecía de ella. Pero su boca estaba cerca de su cuello. Y olía bien. Y la forma en que se veía su cuerpo bajo la camisa le hacía desear cosas que no tenía por qué desear. Así que dijo:

—Dímelo tú.

Ante sus palabras, Leo cambió por completo de actitud. Si antes había estado deliberadamente distante, ahora entrecerraba los ojos con determinación. Sin dudarlo un momento, Leo deslizó la mano por la abertura del vestido. Tem no llevaba ropa interior, el tejido ajustado no lo permitía. La mandíbula de Leo se tensó en cuanto se dio cuenta.

—Maldita sea, Tem.

Los pulmones de Tem parecieron contraerse cuando él metió la mano entre sus piernas para sentir lo mojada que estaba por él. Ella jadeó cuando Leo deslizó un dedo, luego dos, luego tres dentro de ella. Cuando iba a introducir el cuarto, Tem apartó su la mano.

Leo sonrió con arrogancia.

—¿Eso es todo lo que conseguiré?

—Solo tenemos sesenta segundos.

La sonrisa del príncipe se amplió.

—Nunca le di la vuelta al reloj de arena.

Él tenía un punto a favor con eso.

—Además —continuó— estoy al mando. Si quiero quedarme contigo más tiempo, lo haré.

—¿Podrías ser más engreído?

—Sí. Podría serlo. Podría argüir que tengo derecho a tu vagina, quieras dármela o no.

Tem levantó la barbilla en señal de desafío.

—No tienes derecho a ninguna parte de mí.

Su respuesta pareció divertir a Leo.

—Siempre tan jodidamente insolente, Tem.

Tem apretó los dientes.

—Si soy tan insolente, ¿por qué te molestas en tenerme cerca?

Para su sorpresa, Leo se rio.

—Si crees que la provocación me desanimará, no me conoces en absoluto.

«Siempre quiere lo que no puede tener».

Tem miró a Leo, y él le sostuvo la mirada con calma. Era desconcertante cómo nada parecía perturbarlo, sobre todo teniendo en cuenta la cantidad de whiskies que se había tomado desde el comienzo de la noche. Tem sentía que podía decir cualquier cosa y que él ni siquiera pestañearía.

Decidió poner a prueba dicha teoría.

—¿Y si nunca dejo que me cojas?

Él ladeó la cabeza, pensativo.

—¿Es una amenaza?

—Es una pregunta. En realidad, una muy simple.

Leo se rio de nuevo.

—En realidad, no es nada sencilla. El objetivo de todo este proceso es encontrar una esposa que me dé placer. Si no estás dispuesta a acostarte conmigo, entonces no veo la necesidad de tenerte aquí.

—¿No la ves? —cuestionó. En ese momento no sintió nada más que un gran poder.

—No. —Leo miró perezosamente el reloj de arena—. No la veo.

Ahora era Tem quien se acercaba. Se deslizó hacia él, apoyando su cuerpo contra el suyo de la misma manera que había visto a Vera hacerlo con Jonathan, de la misma manera que cualquier mujer podría hacerlo con un hombre. A pesar de los mejores esfuerzos de Leo por permanecer indiferente, sintió que su respiración se entrecortaba cuando sus caderas ejercieron presión contra su pene. Leo lo puso muy fácil.

—No necesito acostarme contigo —dijo Tem en voz baja, rozándole el cuello con los labios—. Ni siquiera necesito quitarme la ropa. Me deseas tanto que te casarías conmigo con tal de verme desnuda. ¿Me equivoco?

Tem no sabía de dónde le venía el valor. Lo estaba arriesgando todo: su puesto en la competencia, la *reputación* de su madre y la suya propia. Contaba con la previsibilidad de Leo, suponiendo que lo que su hermana dijo descuidadamente sobre él en el baño no solo era absolutamente cierto, sino un indicador infalible de su comportamiento futuro. Era la mayor apuesta que había hecho en su vida, y si se equivocaba, lo perdería todo.

En el cuello de Leo se contraía una vena. Tem quería lamerla.

En lugar de eso, esperó. Cuando por fin él habló, su voz sonó como un gemido.

—Nunca te equivocas, Tem. —Sus ojos se entornaron, y la voracidad en ellos era inconfundible—. Odio eso de ti.

Sus labios se posaron sobre los de ella antes de que su corazón pudiera latir de nuevo.

Las manos de Leo tomaron su cintura, casi levantándola del suelo mientras su cuerpo se curvaba para entrelazarse con el de ella. Tem podía saborear cada gota de whisky que él había consumido, junto con algo dulce como la miel. No se molestaron en ir despacio.

Su lengua estaba en la boca de ella; su pecho oprimía el de él. Tem igualaba la energía de Leo, dándole exactamente lo que él le daba, besándolo con tanta pasión como ella quería, sin importarle las consecuencias. Era liberador estar allí con él, completamente solos, donde nadie podía ver lo que hacían. Tem se sentía irrefutablemente libre, como si estuviera volando sobre aguas abiertas. Se preguntó si Leo sentiría lo mismo.

Cuando pasó la lengua por los dientes de oro de Leo, sintió que él sonreía.

—¿Te gustan? —murmuró contra sus labios.

—No —murmuró ella a su vez.

—Mentirosa.

Leo le mordió el labio inferior, jalándolo hacia sí, no lo suficiente como para causarle dolor, pero sí como para hacer que ella quisiera devolverle el mordisco. Y así lo hizo.

Lo siguiente que supo Tem fue que su columna se estrelló contra la puerta. Las manos de Leo, que hasta ese momento habían estado rodeando su cintura, subían ahora su vestido hasta las caderas. Su pene se había endurecido entre las piernas de ella, y la tela de su ropa interior era la única barrera entre ellos. Tem imaginó por un momento cómo sería arrancar esa última barrera. Sabía que era exactamente lo que Leo quería. Pero también sabía que acababa de ver a Vera y a otras siete chicas desnudas. Ya había conseguido suficiente de lo que quería esa noche. Tem no iba a darle más.

Le dio un fuerte empujón hacia atrás, rompiendo el contacto entre ellos.

—De cualquier manera, no me quitaré la ropa para ti.

Leo se inclinó hacia ella, formando una jaula con sus brazos alrededor de su cabeza.

—Supones que no tendría sexo contigo con la ropa puesta.

Tem puso los ojos en blanco.

—No presiones. Deberías estar contento de que te haya dejado besarme.

Leo levantó sus manos en señal de falsa rendición.

—Lo estoy. —Bajó las manos lentamente, y su sonrisa se desvaneció—. Estoy muy contento.

Hubo un silencio, y Tem se preguntó si ella también estaba contenta.

Durante un minuto, simplemente se miraron el uno al otro. En el silencio, Tem se permitió ver en realidad a Leo. Respiraba con dificultad, al igual que ella. Su cabello era una maraña de puntas caóticas, y su camisa



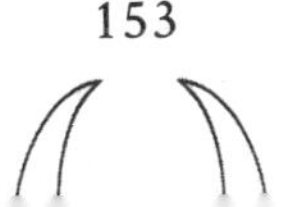

manchada de labial estaba seguramente arruinada. Tenía un aspecto perfecto e incandescentemente humano. En ese momento, a pesar de sí misma, Tem sintió que su corazón daba un vuelco hacia él.

—Nunca giraste el reloj de arena —susurró.

Leo sonrió.

—Tienes razón.

Él cruzó hacia la mesa y puso el reloj de arena boca abajo. Tem observó cómo empezaban a caer los brillantes copos dorados. Cuando Leo regresó hacia ella, la besó de nuevo. Esta vez fue un beso adecuado, uno que se fue construyendo lentamente, calentando a Tem de adentro hacia afuera. Su lengua recorrió la de ella mientras sus brazos la estrechaban con una ternura sin precedentes. La abrazó como si fuera algo precioso para él, algo sagrado.

En el santuario de sus brazos, Tem se olvidó de la noche. Se olvidó de Vera, de Caspen, de la voz en el castillo. Solo existía ese beso, en ese momento, con Leo. Cuando finalmente se separaron, hacía mucho que se había agotado el reloj de arena.

—Entonces —susurró Tem, con los labios aún a unos centímetros de los de él—, ¿me dejarás continuar?

Leo sonrió, mostrando sus dientes dorados en la tenue luz.

—Todo el tiempo que me lo permitas.

# CAPÍTULO 12

Tem se fue directamente a la cama sin asearse. Se dijo a sí misma que era porque estaba cansada, pero en el fondo sabía que era porque no quería quitarse el aroma de Leo. Su perfume permanecía en su cabello, en su vestido, en sus manos. Le recordaba la forma en que había sentido su cuerpo cuando estaba contra el suyo, cómo le había subido el vestido y la había tocado. Tem imaginó esos largos dedos suyos y qué más podrían hacer. Se quedó dormida pensando en Leo.

Despertó pensando en Caspen.

Era su primer día sin la garra, y Tem sintió su ausencia en el momento en que abrió los ojos. Tocó su clítoris con cautela, extrañando la forma en que solía acunarla.

—¿Tem, cariño? —Su madre llamó a su puerta—. ¿Estás despierta? Nos esperan en la plaza.

Fue entonces cuando recordó qué día era.

Cada otoño, el pueblo celebraba el aniversario de su victoria en la guerra con un festival de una semana de duración en honor a la realeza. Era un momento de reverencia y gratitud, que culminaba con una extravagante celebración en la plaza del pueblo. Tem y su madre siempre aportaban plumas de gallo para simbolizar la derrota de los basiliscos. Ese año, el festival era aún más importante: se rumoraba que se celebraría una ceremonia especial.

La entrega de la corona era una antigua tradición de la familia real. Cada vez que un príncipe estaba a punto de casarse, el rey le entregaba su corona. No se trataba de una transferencia oficial del poder, ya que eso ocurriría en la boda. Más bien, era una forma en la que el rey en funciones reconocía el potencial del futuro rey. La ceremonia representaba la fe de un padre en las capacidades de su hijo para gobernar. Era un acontecimiento extremadamente importante y una forma para que Maximus diera su bendición a Leo.

Tem se dio la vuelta y cerró los ojos.

«No confíes en el rey».

Aún no tenía idea de cuál había sido el origen de la voz. Pero sabía que estaba en algún lugar del castillo, y Tem juró que la siguiente vez que estuviera allí, la encontraría.

Tem acompañó a su madre al gallinero para recoger plumas para el festival. Cuando llegaron a la plaza del pueblo, estaba repleta de gente. Tem encontró de inmediato a Gabriel y juntos colgaron banderas doradas de los aleros de las tiendas que rodeaban la plaza.

El día transcurrió en una serie de tareas rutinarias.

Tem alternaba entre pensar en Leo y pensar en Caspen. Se preguntaba si alguno de los dos estaría pensando en ella. Sus intentos de contactar a Caspen habían sido infructuosos; el muro entre ellos permanecía firme, y cada vez que Tem intentaba enviar un pensamiento por el canal de su mente, encontraba resistencia. Al final, dejó de intentarlo.

—Estás muy callada —le dijo Gabriel. Estaban colgando banderas fuera de la carnicería.

—Estoy pensando.

—¿En qué?

Tem suspiró.

—En lo de anoche.

Le contó a Gabriel todo lo que había pasado en el castillo, omitiendo solo su conversación con Caspen y la voz incorpórea. Él le pidió que describiera sus sesenta segundos con Leo con todo lujo de detalles, riéndose a carcajadas con alegría desenfrenada por todo lo que había ocurrido a puerta cerrada.

—¿Y bien? —preguntó cuando ella terminó.

—¿Y bien qué?

—¿Quién besa mejor: la serpiente o el príncipe? Anda, Tem. Puedes decírmelo.

—No voy a responder eso.

—Apuesto a que el príncipe —continuó Gabriel como si ella no hubiera dicho nada—. Parece que tiene algo que demostrar. Los hombres que tienen algo que demostrar siempre son mejores en la cama. Es como si estuvieran agradecidos de estar ahí o algo así…

—Si dices una palabra más, le contaré a Henry lo que hiciste con Peter.

Gabriel abrió mucho los ojos.

—No te atreverías.

—Sí me atrevería.

Gabriel se llevó la mano al corazón, fingiendo dolor.

—El sexo te ha cambiado, Tem. Ya no eres la mujer que conocí.

—Todavía no he tenido sexo.

Gabriel hizo un gesto de desdén con los dedos.

—Tuviste un pene en la boca, Tem. Algunos considerarían eso tener sexo.

—Henry y Peter —murmuró.

—Bueno, bueno. —Gabriel colgó otra bandera, frunciendo los labios con aire pensativo—. Pero esta discusión no ha terminado.

Antes de que Tem pudiera protestar de nuevo, apareció Vera. Lanzó una mirada de desaprobación a Gabriel antes de girarse hacia Tem.

—¿Disfrutaste los «sesenta juguetones», Tem? Yo sí.

Tem suspiró. Ya estaba de mal humor, y Vera solo lo estaba empeorando.

—Me alegro por ti —dijo con rigidez.

—El príncipe también lo disfrutó.

—Me alegro por él.

Vera arrugó la nariz, era evidente que deseaba una reacción más fuerte.

—Después de todo, él pidió que yo fuera primero. Es obvio que estaba ansioso por verme.

—O por acabar de una vez —espetó Tem.

Gabriel soltó un bufido.

Vera lo fulminó con la mirada.

—¿Y cuándo fue tu turno, Tem? Escuché que fuiste la última.

Por supuesto que un rumor así se extendería. Probablemente fue Vera quien lo difundió.

—Puede que haya sido la última —dijo Tem entre dientes—, pero también me quedé más de sesenta segundos.

Vera frunció el ceño.

—¿Qué? —estalló.

Tem enderezó los hombros.

—El príncipe ni siquiera quiso tocar el reloj de arena. Tuve que recordarle que le diera la vuelta.

Vera se quedó boquiabierta como un pez, y sus ojos saltaron de su rostro en forma de corazón. Era la réplica perfecta; no había forma de refutarla, ya que Vera se había ido antes de que Tem entrara a la biblioteca. Aún mejor, ya que en realidad era cierto.

Por primera vez en su vida, Vera captó la indirecta y desapareció sin decir una palabra.

—Hoy te sientes ruin, ¿verdad? —dijo Gabriel.

Tem le lanzó una mirada.

—¿Qué? —sonrió él—. Me gusta cuando eres así.

—Por favor, cállate.

Gabriel le dio un beso en la mejilla antes de quedarse cortésmente callado.

Pasaron las horas. Colgaron el resto de las banderas. Al final, Gabriel se fue a trabajar al servicio de comidas del castillo.



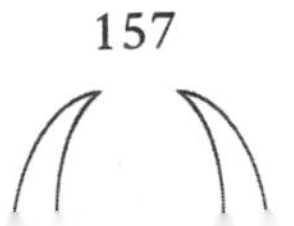

De todos modos, Tem necesitaba estar sola.

Pasó la tarde ayudando a los carpinteros a montar el escenario para la entrega de la corona. Tem no era especialmente hábil con la madera, pero no le eran ajenos los trabajos manuales, y descubrió que perderse en el martilleo le ayudaba a calmar su ansiedad. Cuando estuvo lista para volver a casa, estaba anocheciendo. Tem tomó el sendero a través del bosque, serpenteando con lentitud entre los árboles.

De repente, oyó una voz detrás de ella:

—¡Hola!

Tem se dio la vuelta.

La voz pertenecía a Jonathan. A su lado estaba otro chico al que Tem reconoció de la escuela. Era Christopher.

—Te llamas Temperance, ¿verdad? —preguntó Jonathan, acercándose a ella.

—Sí —respondió ella—, pero me dicen Tem.

—De acuerdo. Tem.

Los dos chicos le sonreían, pero sus sonrisas no eran amistosas. Eran depredadores e impredecibles, y Tem sintió una repentina necesidad de correr.

—Escuchamos que estás con el Rey Serpiente. ¿Es cierto?

Tem maldijo a Vera y a su enorme boca.

—Sí —empezó ella lentamente—, pero yo...

—Entonces él te ha enseñado bastante, supongo.

Tem se sentía incómoda. Estaba oscureciendo y los chicos ahora le bloqueaban el camino a casa. Quería irse, pero no podía esquivarlos.

—Todavía... estoy aprendiendo —murmuró.

—¿En serio? —Jonathan y Christopher esbozaron una sonrisa. —A nosotros también nos gustaría aprender, ¿verdad, Chris? Quizá podrías enseñarnos algo.

Jonathan miró a Christopher, quien asintió con avidez, sin apartar los ojos de los de Tem.

—De verdad tengo que irme a casa —dijo ella con la voz entrecortada.

—No. Tienes que enseñarnos algo.

Jonathan se acercó y Tem retrocedió. Estaba completamente indefensa. De repente, deseó haberse quedado con uno de los martillos que había usado antes.

—Por favor —suplicó—. Tengo que llegar a casa.

Jonathan agarró su vestido y retorció la tela en su mano.

—Pero no hemos terminado —se burló—. Ni siquiera hemos empezado.

Tem intentó zafarse, pero de repente Christopher se puso detrás de ella, y le sujetó los brazos hacia atrás mientras Jonathan rasgaba la parte delantera de su vestido.



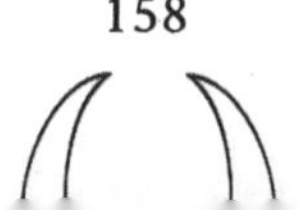

—¡No! —gritó Tem—. Déjenme en paz.

—¿Por qué? —preguntó Jonathan—. Solo te estoy ayudando. Deberías acostumbrarte a que te toquen así. —Le agarró los pechos con fuerza y ella gritó de dolor—. Después de todo, esto es lo que hará el príncipe.

Los ojos de Tem se llenaron de lágrimas al oír a Christopher reírse en sus oídos. Jonathan le estaba haciendo daño; sus crueles manos eran muy diferentes comparadas con la forma en que Caspen y Leo la tocaban, y ella deseaba con desesperación estar en cualquier otro lugar que no fuera ese.

Jonathan dio un paso atrás y se desabrochó los pantalones.

—¿Por qué no me enseñas lo que has aprendido? —preguntó con desdén, dejándolos caer al suelo. Tem contuvo el asco al darse cuenta de que ya tenía una erección, que tenía el pene levantado y los testículos al aire. Era menos de la mitad de grande que el de Caspen y, por alguna razón, pensarlo le dio fuerzas.

Tem sabía qué hacer.

De repente se quedó quieta, no forcejeó más, mientras Jonathan se acercaba y se acariciaba el pene con una mano.

—Vamos —dijo con una sonrisa—. Enséñame.

Él estaba lo suficientemente cerca como para hacer que funcionara.

Sin dudarlo un segundo, Tem levantó la pierna con todas sus fuerzas, hundiendo el duro hueso de su rodilla en el tejido blando de los testículos de Jonathan. Él gritó, se dobló y cayó al suelo. Christopher aflojó su agarre sobre ella mientras jadeaba de sorpresa, entonces aprovechó la oportunidad para zafarse de sus manos.

Sin pensarlo, se apartó del camino de un salto y se dirigió hacia las cuevas. No se le ocurría ningún otro sitio a dónde ir. En la otra dirección solo había bosque, y sabía que no llegaría a casa antes de que los chicos la atraparan.

—¡Oye! —escuchó gritar a Jonathan detrás de ella—. ¡Vuelve, *zorrita*!

Pero Tem corría a toda velocidad, jadeando mientras se abría paso a través de la puerta en la pared. En cuanto la atravesó, las burlas de Jonathan cesaron. Tem no aminoró el paso, dejó que sus pies la llevaran cuesta arriba hasta la base de la montaña. Se dirigió directamente a la cueva más lejana, atravesando a gatas la entrada y raspándose las palmas de las manos contra las rocas. Dentro estaba completamente oscuro, la chimenea no estaba encendida y el aire era frío. ¿Y si él no estaba allí? ¿Y si los chicos la habían seguido y ahora estaba acorralada? ¿Y si...?

—¿Tem?

Caspen salió de entre las sombras. Llevaba una camisa de lino holgada y pantalones, y sus cejas estaban levantadas en señal de sorpresa. Con un chasquido de sus dedos la chimenea se encendió.



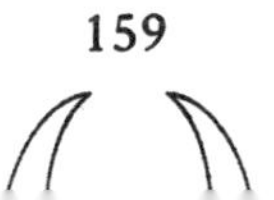

—¿Qué haces aquí?

—Yo... —Tem empezó a hablar, pero no supo cómo terminar. Al estar allí, se dio cuenta de lo tonto que había sido su plan. Caspen no le debía nada. ¿Por qué le concedería refugio? Había aparecido en su casa sin avisar cuando no estaban en términos precisamente amistosos. ¿Y si eso lo hacía enojar?

Caspen se acercó.

—No deberías estar aquí —dijo, confirmando sus peores temores.

Tem asintió desesperada.

—Lo sé. Lo siento. Es solo que... había unos chicos, y ellos... ellos...

Pero se detuvo de nuevo, sintiéndose demasiado avergonzada como para continuar. En lugar de eso, dio un paso atrás, dispuesta a irse antes de empeorar las cosas.

—Espera —dijo Caspen. Bajó la mirada hacia su vestido rasgado, que ella mantenía unido con las manos. Frunció el ceño—. ¿Qué te hicieron?

Había una preocupación genuina en su voz. Al oír su tono, Tem tragó saliva tratando de calmarse.

—Me... tocaron.

Caspen se quedó completamente inmóvil.

—¿Como yo?

—Sí. Bueno, no, en realidad no. —Tem pudo sentir cómo se sonrojaba, pero no pudo evitar decir más—. Fueron bruscos. No me gustó.

Los ojos de Caspen volvieron a posarse en su vestido rasgado. Se acercó aún más.

—¿Cómo se llaman?

Tem apretó los labios. Algo en la forma en que lo preguntó le hizo estar segura de que no quería responder.

—Tem. —Su voz era un gruñido grave y controlado—. Respóndeme.

—Jonathan... y Christopher. Son un año mayores que yo. Jonathan... —Tem bajó la voz, avergonzada— fue quien me tocó. Christopher solo lo ayudó.

Caspen estaba de pie con los puños apretados a los costados.

Como no dijo nada, Tem murmuró:

—No debí molestarte. Lo mejor será que me vaya...

—No. —Caspen negó con la cabeza—. Te quedarás.

La invadió una sensación de alivio provisional.

—Quítate eso. —Caspen señaló su vestido, que ella todavía sostenía con fuerza.

Tem dudó. No quería estar desnuda en ese momento, sobre todo después de lo que acababa de pasar. No había ido allí para una de sus lecciones; había ido en busca de consuelo. Quizás había sido una tontería esperar que el basilisco se lo proporcionara. Quizás esperaba que le pagara por su protección.



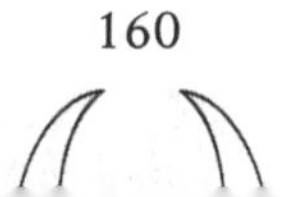

Antes de que Tem pudiera decidir cómo responder, Caspen se quitó la camisa. Se la ofreció y ella la tomó con cuidado.

—Gracias —susurró.

Él asintió, sin apartar los ojos de los suyos. Siguió observándola mientras dejaba caer el vestido al suelo. Antes de que pudiera ponerse la camisa, Caspen dio un paso adelante.

—Estás herida —dijo. Tem siguió su mirada hasta sus pechos, donde los ávidos dedos de Jonathan habían dejado varios moretones del tamaño de uvas.

—Estoy bien. —Ella negó con la cabeza.

Caspen intentó tocarla y ella se apartó bruscamente, alzando la camisa para detenerlo.

Él bajó las manos, con el ceño fruncido.

—Solo pretendo curarte, Tem. Nada más.

—Oh. Lo siento.

—No tienes nada de qué disculparte. —Hizo una pausa—. Lo haré más tarde si lo prefieres.

Su voz era suave. Tem no estaba acostumbrada a ese tono en él. Su relación se había vuelto recíproca hacía poco, y no sabía qué pensar de la forma en que la estaba tratando esa noche. Sin embargo, sí sabía una cosa: Caspen nunca la tocaría como lo había hecho Jonathan.

—Puedes hacerlo ahora —susurró Tem.

Bajó la camisa lentamente.

Los ojos de Caspen la miraron por un momento antes de volver a su pecho. Se acercó, cubriéndola suavemente con sus manos, que se sentían cálidas contra sus pechos. El fuego se atenuó a medida que de su piel se extendía un frescor a la de ella. Cuando terminó, Caspen pasó los pulgares por sus pezones, acariciándolos con ternura, como si sus caricias pudieran borrar las de Jonathan. Tem cerró los ojos, gozando de la sensación.

—Solo deberías conocer el placer —murmuró Caspen, recorriendo la curva de sus pechos antes de cubrirlos con sus palmas—, nunca el dolor.

—Díselo a Jonathan —respondió Tem sin pensarlo. Fue lo primero que se le ocurrió, y se arrepintió de inmediato.

Caspen entrecerró los ojos. La miró fijamente y Tem vio toda la ira del mundo en ellos.

—Tengo la intención de hacerlo.

Tem nunca había oído tanta furia en su voz.

—Yo... no quiero que nadie salga herido —susurró.

Caspen sonrió con frialdad y dejó caer las manos.

—No siempre podemos conseguir lo que queremos, Tem.

Se dio la vuelta y ella se quedó allí, temblando. Se puso rápidamente



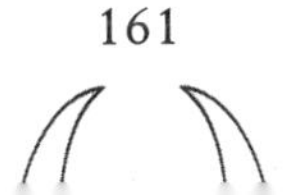

la camisa de Caspen. Olía a humo. En cuanto estuvo cubierta, Caspen le hizo una seña.

—Ven.

—¿Adónde vamos? —preguntó.

—A mis aposentos.

—Oh —dijo Tem. Siempre había imaginado que Caspen pasaba las noches acostado en la cueva, acurrucado entre las piedras mientras adoptaba su verdadera forma.

—Sígueme. —Caspen señaló con la cabeza un pasadizo casi invisible en las sombras—. Y mantén los ojos en el suelo.

La temperatura subió de manera significativa cuando abandonaron la tenue luz de la cueva. Los hombros de Caspen se veían anchos en la oscuridad, y Tem se mantuvo cerca de él mientras se abrían paso a través de un túnel de piedra, atravesando una puerta tras otra. De repente Tem comprendió por qué Caspen le había dicho que mantuviera la mirada baja. Si un basilisco en su verdadera forma emergía y la miraba a los ojos, ella moriría.

No había luz en el túnel, y Tem tropezó con el áspero suelo de piedra. En algún momento, perdió el equilibrio y la mano de Caspen rodeó su cintura, evitando que cayera.

—Tranquila, Tem —dijo en voz baja. Mantuvo su brazo alrededor de ella hasta que llegaron a una puerta idéntica a todas las demás. Caspen la abrió—. Después de ti —dijo.

Tem entró lentamente, mientras sus ojos se esforzaban por adaptarse a la oscuridad. Con un chasquido de los dedos, Caspen encendió una antorcha y, cuando lo hizo, ella pudo ver la habitación en la que habían entrado.

Era inmensa.

Había una enorme cama contra la pared del fondo, cubierta con sábanas color granate oscuro y almohadas de seda. El colchón estaba incrustado directamente en la piedra, con un pequeño conjunto de escalones que conducían hacia él. En la esquina había un espejo dorado de cuerpo entero, y Tem se quedó mirando su reflejo mientras Caspen chasqueaba los dedos una vez más, iluminando una chimenea con una luz parpadeante. Hacía calor como en el túnel. El suelo de piedra era liso y estaba adornado con suntuosas alfombras.

—¿Es lo que esperabas? —preguntó Caspen con la mirada fija en ella.

—No... estoy segura —respondió Tem con sinceridad. En realidad, no esperaba nada—. Es más... humano... de lo que pensaba.

—Eso es porque cuando estoy aquí, adopto mi forma humana.

—¿Adónde vas cuando adoptas tu verdadera forma?

La comisura de sus labios se torció.

—A otro lugar.



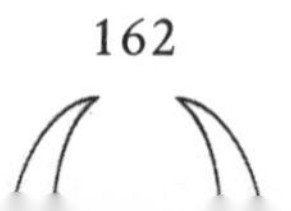

Estaba claro que no obtendría una respuesta más específica. Ni siquiera estaba segura de quererla. Mostrarle a alguien dónde se dormía era algo profundamente íntimo. Tem ya estaba agradecida por estar allí, y no quería darle ninguna razón para correrla.

—Gracias por recibirme —dijo en voz baja—. Sé que esto representa una molestia.

Caspen se cruzó de brazos, dejando ver los músculos de sus hombros desnudos.

—No eres una molestia.

Fue todo lo que dijo, pero de alguna forma, eso la tranquilizó. Caspen la miraba con calma, y ella sabía que él no mentiría sobre algo así. Ni siquiera estaba segura de que pudiera mentir. La leyenda decía que los basiliscos estallaban en llamas si decían algo que no fuera verdad.

—¿Qué piensas, Tem?

Ella parpadeó, sorprendida por la pregunta. Era importante que él la hubiera hecho. Ambos sabían que Caspen podía explorar sus pensamientos con facilidad por sí mismo. No obstante, parecía que actuaba con cautela a la luz de lo que acababa de suceder.

—Me preguntaba si las historias son ciertas.

—¿Qué historias?

—Las de los basiliscos.

—Eso depende —dijo Caspen, inclinando la cabeza— Hay muchas historias sobre nosotros.

Tem asintió, tratando de reunir valor para preguntar lo que pasaba por su cabeza.

—¿De verdad estallan en llamas cuando dicen una mentira?

Para su sorpresa, Caspen echó la cabeza hacia atrás y empezó a reír. Tem nunca lo había visto reír así antes, y no podía creer que ella fuera la responsable.

—¿Qué es tan gracioso? —preguntó sintiéndose cohibida de repente.

Caspen sonrió.

—Tu pregunta. No es lo que esperaba. Y para responderla: no, no ardería en llamas. Pero mentir es... incómodo.

—¿Incómodo?

—Sí. Requiere esfuerzo y nuestros cuerpos lo rechazan.

Tem asintió. Así que, después de todo, había algo de verdad en las leyendas. Los labios de Caspen esbozaron una sonrisa de diversión.

—¿Hay algo más que quieras preguntarme?

Tem lo consideró. Eran muchas las cosas que siempre había querido preguntarle, pero ahora que tenía la oportunidad de hacerlo, no recordaba ninguna. Solo se le ocurría un asunto urgente.

—¿Por qué tienes un espejo?



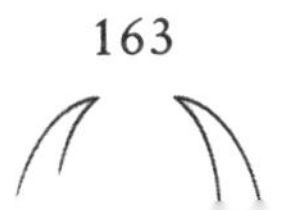

Caspen arqueó una ceja.

—Para revisar si tengo algo entre los dientes.

A Tem le tomó un buen rato darse cuenta de que estaba bromeando.

—Ah —dijo—. Claro.

No tenía idea de cómo reaccionar ante su humor. Caspen la miraba con una diversión tan obvia que no pudo evitar sonrojarse.

—Te preguntas cómo puedo mirarme en un espejo sin morir —dijo antes de que Tem pudiera encontrar la manera de recuperarse.

—Bueno... sí.

—De la misma manera en que puedo mirarte ahora sin matarte. Mi mirada no es letal cuando adopto mi forma humana.

Tem frunció el ceño.

—Pero eso significa que puedes... —Se quedó callada. Iba a decir que si era cierto que podía mirarse en los espejos cuando adoptaba su forma humana, significaba que podía sortear el muro de espejos que rodeaba la aldea.

—¿Qué es lo que puedo hacer, Tem? —preguntó Caspen con dulzura.

Pero no tenía sentido decirlo. Si los basiliscos fueran a invadir la aldea, lo habrían hecho hacía mucho tiempo. El hecho de que no lo hubieran hecho significaba que sabían que el muro era inútil y que habían decidido permanecer al otro lado de él. Tem no podía imaginar por qué.

Así que ella negó con la cabeza.

—No importa.

Caspen la observó pensativo, como si no le creyera completamente.

—Si se te ocurre algo más, no dudes en decírmelo.

Tem nunca esperó recibir una invitación tan abierta de su parte. Así que asintió, y él también.

—¿Quieres tomar algo? —le ofreció.

Tem parpadeó sorprendida.

—¿Qué tipo de bebida?

—La que quieras.

Tem no habría podido nombrar ni una sola bebida aunque lo hubiera intentado. La tarde ya había sido tan abrumadora que le parecía como si le hubieran exprimido el cerebro a través de un colador.

—Tomaré lo que sea que tengas —dijo finalmente.

Caspen asintió.

—Volveré en un momento.

En su ausencia, Tem se sentó vacilante en el borde de la cama.

Se preguntó si algo así les habría pasado alguna vez a las otras chicas. ¿Habría visto Vera las habitaciones de su basilisco o era un hábito específico de Caspen, algo que el Rey Serpiente hacía con aquellas a quienes instruía? Hasta ese momento, sus interacciones con él habían sido estrictamente



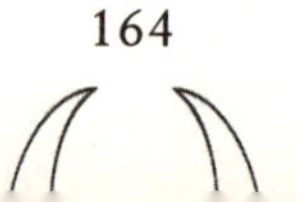

superficiales. Incluso estando conectados mentalmente, no hablaban de nada importante en realidad. Ahora estaban pasando tiempo juntos de una manera diferente: hablando y conociéndose, como si estuvieran saliendo.

Tem reprimió el pensamiento. No estaban saliendo y el basilisco no era su novio. Era una criatura temible, su mentor y maestro, quien la entrenaba para desempeñar un papel. Era imposible que le importara una chica cualquiera como ella. Eso sin mencionar que en su última conversación, Tem le pidió que le quitara la garra para que pudiera desvestirse delante de Leo. Era probable que Caspen estuviera furioso con ella.

De cualquier manera... él la había curado. La había llevado a sus aposentos privados y la había protegido. Esas no eran las acciones de alguien a quien no le importaba. Pudo haberla corrido cuando se presentó con su vestido roto. En cambio, eligió consolarla. Tal vez eso significaba algo. Tem miró fijamente la chimenea, perdiéndose en las llamas. Sabía lo que esperaba que sucediera esa noche.

¿Pero sucedería?

Poco después, Caspen regresó con una botella que contenía un líquido oscuro. Tem pensó que podría ser vino, y cuando le sirvió una copa, supo por el olor que estaba en lo cierto. Caspen se sentó a su lado en la cama antes de servirse una copa también, y bebieron juntos en silencio. El vino era dulce y hacía que Tem se sintiera aún más acalorada de lo que ya estaba. Sentarse y beber con Caspen le recordó las comidas que habían compartido, y se le ocurrió otra pregunta. Recordó que él la había invitado a preguntar.

—¿Qué comes cuando adoptas tu verdadera forma? —preguntó entonces.

Caspen no se inmutó ante la pregunta y respondió con facilidad:

—Muchas cosas diferentes. Pescado si tengo ganas de nadar. Animales pequeños si tengo ganas de cazar. Depende de mis deseos.

Tem asintió, procesando la información. A pesar de su proximidad a los basiliscos, nadie parecía saber nada específico sobre ellos, y a Tem le pareció fascinante descubrir al fin algunas de las cosas sobre las que siempre había tenido curiosidad. Ahora que había empezado, no podía resistirse a preguntar más.

—¿Qué se siente cuando pasas de una forma a otra?, ¿es como ponerse ropa diferente?

Caspen sonrió recostándose en la cama y apoyándose para mirarla.

—Es más como quitarse la ropa. Mi verdadera forma es la versión más natural de mí, es la forma en que estoy destinado a existir, así que no me cuesta ningún esfuerzo adoptarla.

—¿Entonces no es doloroso?

—Para nada. —Negó con la cabeza—. Es el éxtasis.



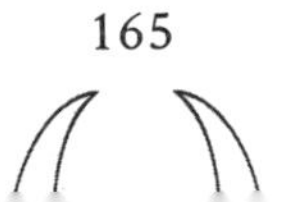

—Entonces, ¿por qué adoptas tu forma humana?, ¿por qué no te quedas como basilisco?

—Porque nadie intenta matarme cuando soy humano.

—Oh —dijo Tem en voz baja, sintiéndose tonta de inmediato por preguntar. Sabía todo sobre la guerra; no debió haberlo mencionado, especialmente cuando él estaba siendo tan hospitalario—. Lo siento.

Caspen extendió la mano y colocó la palma sobre su pierna.

—No tienes nada de qué disculparte.

Era la segunda vez que decía eso durante esa noche. Su mano se sentía pesada sobre su pierna, e intentó ignorar lo cerca que estaban sus dedos de lo que quería que él tocara.

Tem tomó un gran sorbo de vino.

—¿Puedo preguntarte algo? —dijo Caspen en voz baja.

—Por supuesto —asintió Tem, sorprendida ante la consulta. No podía imaginar qué podría querer saber el basilisco sobre ella.

Caspem apretó con fuerza su pierna.

—¿Cómo te libraste de esos chicos?

—Oh. Mmm… —Tem hizo una pausa, avergonzada por tener que relatar la historia—. ¿Por qué lo preguntas?

Caspen tensó la mandíbula.

—Porque necesito imaginarte escapando —dijo en voz baja—. De lo contrario, solo te imagino sufriendo y no puedo soportarlo.

Esas palabras hicieron que a Tem se le pusiera la piel de gallina. Una vez más, estaba a punto de convencerse de que Caspen se preocupaba por ella. Una vez más, se estaba dejando llevar por una fantasía que nunca se haría realidad, pero lo hizo de todos modos, respondiendo a su pregunta con la mayor firmeza posible.

—Yo… golpeé a Jonathan con la rodilla.

Para su sorpresa, el rostro de Caspen se iluminó con una repentina mueca de alegría.

—¿De verdad?

—Sí —dijo Tem desconcertada por su reacción—. De hecho, fue bastante eficaz.

—No lo dudo —respondió Caspen, que seguía sonriendo.

Tem no estaba segura de qué pensar sobre tal actitud.

—¿Te parece divertido?

Ante su tono, la expresión de Caspen se volvió un poco más seria.

—No inherentemente. Solo sé lo mucho que puede doler un rodillazo. —Golpeó suavemente con el dedo la rótula de ella.

Tem no pudo evitar sonreír. Probablemente le habían dado muchos rodillazos durante los siglos que llevaba entrenando a chicas para el príncipe. Se alegraba de no haber contribuido a esa estadística.

Volvieron a beber en silencio. Tem recordó algo que Caspen había dicho, y sabía que tenía que preguntar.

—¿Qué les vas a hacer?

Los ojos de Caspen se posaron en los suyos. Ambos sabían a quiénes se refería.

—No es necesario que lo sepas —dijo en voz baja.

—Quiero saberlo.

Caspen suspiró y finalmente retiró su mano de la pierna de Tem. Dejó el vino en el suelo antes de recostarse de espaldas, con la mirada fija en el techo. Cuando habló, su voz era un susurro.

—Voy a castigarlos.

—Pero ¿cómo?

Él seguía sin mirarla. Tem dejó el vaso en el suelo y se reclinó también, colocando su cuerpo lo suficientemente cerca como para sentir su calor.

—Dime —murmuró—. Por favor.

Caspen volvió a suspirar. Cerró los ojos como para ignorar su petición.

—Tem —dijo en voz baja—. Hay cosas que no te conciernen.

Ella no tenía nada que decir al respecto. Si no quería contárselo, no podía obligarlo a hacerlo. Aun así, le preocupaba qué poderes podría poseer. ¿Qué podría un basilisco hacerle a chicos normales como Jonathan y Christopher? Caspen podía infiltrarse en las mentes; tenía acceso a una magia que ella solo podía imaginar. No había límite para el daño que podía causar.

—No fue nada grave —dijo en voz baja—. Solo estaban... jugando.

La sien de Caspen se tensó.

—No se debe jugar contigo.

Tem revivió un recuerdo con fuerza impactante: la pregunta que le había hecho a Caspen la primera vez que la tocó: «¿Soy algo para jugar?».

Su respuesta había sido diferente entonces.

—Son solo chicos —susurró.

—Chicos que te hicieron daño. Responderán por ello. Ahora olvídalo.

Tem frunció los labios. Estaba claro que no se podía discutir con él, y, de cualquier manera, no estaba segura de querer hacerlo. Era cierto que los chicos le habían hecho daño, y parte de ella quería que respondieran por ello, pero le preocupaba que Caspen fuera demasiado lejos, que les causara un daño irreparable. Tem no quería tener las manos manchadas de sangre.

Pero era evidente que eso estaba fuera de su control.

Tem apoyó la cabeza en el colchón, estudiando los ángulos agudos del rostro de Caspen.

Él volteó para mirarla y su expresión se suavizó.

—Solo deseo protegerte —dijo en voz baja.



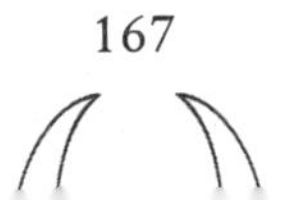

—Eso no es protección.

—¿Entonces qué es?

—Represalias.

—¿Quieres que no haga nada?

—Quiero que seas misericordioso.

Caspen resopló.

—La misericordia es para los tontos. No le debo misericordia a nadie.

—¿Ni siquiera a mí?

Hubo un silencio. Se estudiaron uno al otro a la luz parpadeante del fuego.

—Te debo muchas cosas, Tem, pero misericordia no es una de ellas.

«Muchas cosas». ¿Qué le debía?

El corazón de Tem comenzó a latir con fuerza en su pecho cuando Caspen levantó los dedos hacia su rostro, acariciando suavemente su mejilla.

—¿No tengo derecho a protegerte? —murmuró.

—Sí lo tienes —susurró ella a su vez—, pero no me había dado cuenta de que querías hacerlo.

Caspen la miró fijamente.

—Protegerte es solo el principio de lo que quiero hacer.

# CAPÍTULO

# 13

Tem no podía entender la forma en la que Caspen la miraba. Si no lo conociera mejor, se habría permitido tener esperanza, mas la esperanza era dolorosa y no había lugar para ella en su corazón. Así que se incorporó.

Caspen hizo lo mismo y, por un momento, hubo silencio. Cuando habló, su voz se convirtió en un susurro.

—¿Sabes por qué te di una parte de mí?

Se refería a la garra. Tem siempre se había preguntado por qué lo había hecho, qué había significado exactamente para él.

—No —respondió en voz baja—. ¿Por qué?

Sus dedos volvieron a su rostro, sosteniendo su mejilla con la palma de la mano.

—Me sorprendiste.

El corazón de Tem se detuvo ante sus palabras. Era el mejor cumplido teniendo en cuenta a cuántas personas había conocido en su inusualmente larga vida.

—¿Cómo?

La comisura de los labios de Caspen se contrajo.

—Me pediste que me desnudara.

—Oh. No puedo creer que hice eso. Pensé que te enojarías.

—Al contrario. Me dio curiosidad.

—¿Curiosidad?

—Sí. —Todavía sostenía el rostro de ella—. Me hizo querer conocerte.

—¿Pero por qué?

—Porque, Tem —la acercó más—, vale la pena conocerte.

Ella negó con la cabeza. Era incomprensible. No había otra palabra para describirlo. Pensar que podía ofrecer algo de valor a un basilisco era imposible. No lo entendía y temía que nunca fuera a hacerlo.

—Éramos desconocidos —susurró—. ¿Cómo pudiste pensar eso?

Caspen deslizó su pulgar bajo la barbilla de Tem, haciendo que su mirada se cruzara con la de él.



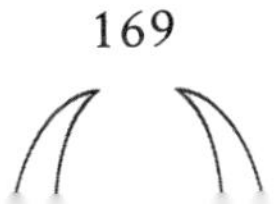

—Me pareces extraordinaria.

Tem no podía entenderlo.

Ante su expresión, Caspen se inclinó hacia ella.

—¿Es tan difícil de creer?

—Tú eres extraordinario —se burló Tem.

Caspen inclinó la cabeza como cuando reflexionaba sobre algo.

—¿Qué es lo que te parece extraordinario de mí?

—Todo —respondió ella de inmediato.

—Sé específica.

Tem frunció el ceño. No tenía idea de por qué le pedía eso, pero no era una pregunta complicada, y respondió con facilidad:

—Tu conocimiento. Tu paciencia. Yo no tengo nada de eso.

—He adquirido mis conocimientos a lo largo de los siglos. Al igual que mi paciencia. Esas cosas no me hacen extraordinario, y no deberías juzgarte en función de ellas.

Tem se sorprendió por su tono. Casi parecía enojado.

—Quería hacerte un cumplido.

—Me hiciste un cumplido a expensas de ti misma.

Tem se encogió de hombros.

—No sé cómo hacerlo de otra manera.

Él negó con la cabeza.

—Tú eres la extraordinaria.

—No. No lo soy. Soy completamente ordinaria.

Caspen suspiró.

—Eso es falso por completo, pero no espero que me creas.

—¿No?

—No —aseguró él mientras sus ojos dorados brillaban bajo la tenue luz del fuego—. No te ves a ti misma como yo lo hago.

Caspen hablaba con calma, como si sus palabras fueran la verdad absoluta. Sin embargo, Tem no podía creerle. Años de crueles burlas pasaron por su mente: las de Vera, las del resto de sus compañeros de clase. Tem sabía lo que los demás pensaban de ella; sabía cómo se sentía en comparación con los demás. Esperaba verse algún día como la veía Caspen, pero dudaba que ese día fuera aquel.

Aun así, preguntó:

—¿Cómo me ves?

Sus ojos permanecieron fijos en los de ella durante un largo rato.

—Sería más fácil mostrártelo.

Antes de que Tem tuviera tiempo de preguntarse qué quería decir con eso, Caspen la puso de pie. La colocó de modo que estuviera frente al espejo de cuerpo entero y él detrás. Con suavidad, con un movimiento tan lento que ella apenas se dio cuenta de que estaba sucediendo, desabrochó



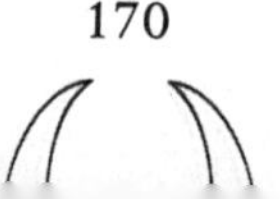

su camisa de lino y se la quitó de los hombros. Cayó al suelo. Luego Caspen echó su cabello hacia atrás para que quedara completamente al descubierto.

Contra su voluntad, Tem se sonrojó. Rara vez usaba el espejo en casa, y cuando lo hacía, nunca se miraba desnuda, y desde luego no durante mucho tiempo. Se dio cuenta de que su cuerpo había cambiado desde la última vez que lo había visto realmente. Los incómodos ángulos de su infancia habían desaparecido hacía mucho tiempo. Ahora tenía curvas, y eran bastante impresionantes, gracias a las comidas adicionales después de sus sesiones de entrenamiento con Caspen. Su piel estaba bronceada por las horas que pasaba al aire libre en la granja, y su cabello había perdido sus rizos apretados al crecer, enmarcando su rostro con ondas suaves y elegantes.

Las manos de Caspen volvieron a moverse, recorriendo suavemente sus brazos hasta la base de su cuello. Sus dedos cubrieron y luego apretaron su cuello antes de rozar sus pechos y continuar hasta su cintura. Cuando llegó a sus caderas, la rodeó con sus brazos, apretándola contra su cuerpo. Su barbilla descansó sobre la cabeza de ella.

—Mírate —susurró—. Eres perfecta.

Tem se quedó mirando sus imágenes en el espejo. Suponía que era posible que alguien la considerara bonita. Sin embargo, bastó con una sola mirada a Caspen para convencerse de que él no creería algo así. Sus músculos estaban perfectamente tonificados; sus brazos se flexionaban con rígida precisión alrededor de su cintura. Su mandíbula destacaba en marcado contraste con las suaves líneas de su rostro, y su cabello estaba, de alguna manera, perfectamente peinado. Tem sintió unos celos insoportables al mirarlo. Ella nunca tendría la misma presencia que él, con esa elegancia natural; nunca tendría un aspecto tan natural. Sintió que se retraía hacia su interior, al lugar donde había aprendido a esconderse de los bravucones de la escuela. De repente, la voz de Caspen se metió en su cabeza.

«No hagas eso».

«¿Hacer qué?».

«No te compares conmigo. Ya te lo he dicho, no soy nada a lo que aspirar».

Eso era tan tremendamente falso que Tem resopló. Intentó soltarse, pero Caspen se aferró a ella con más fuerza.

«No te soltaré hasta que lo entiendas».

«Entonces estaremos aquí de pie mucho tiempo».

La molestia de Caspen aumentó y luego se esfumó. En su lugar, llegó una suave corriente de comprensión, un rayo de empatía genuina que se filtró directamente en el corazón de Tem y la calentó hasta la médula.

«Intentaremos algo diferente».



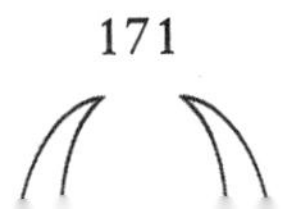

Tem no tenía idea de qué esperar.

Un momento después, una curiosa sensación se apoderó de ella. Era como si Caspen la estuviera jalando, separando su conciencia de su cuerpo y llevándola por el canal que compartían sus mentes. Por un momento, todo se volvió completamente negro. Cuando volvió la luz, Tem seguía mirándose en el espejo, pero en lugar de mirar al frente, miraba hacia abajo, y se dio cuenta con una sacudida de que esa era la perspectiva de Caspen. Estaba dentro de sus ojos, dentro de su mente, y se veía, literalmente, desde su punto de vista.

Tem empezó a entrar en pánico. ¿Y si no podía volver a sí misma? ¿Y si ella...?

«Relájate, pequeña víbora».

La voz de Caspen era tan fuerte que Tem vio su propio reflejo saltar en el espejo. Venía de todas direcciones, como si estuviera de pie en medio de una habitación diminuta y cien personas le gritaran las palabras de Caspen. Tem trató de responderle, pero descubrió que no podía. Su pánico aumentaba y, con él, la diversión del basilisco.

«Indomable, como siempre».

En cuanto lo dijo, Tem sintió que su pánico desaparecía. Estaba tranquila porque él estaba tranquilo.

«Ahora presta atención».

Su concentración y la de ella volvieron al espejo.

Era como mirarse a sí misma a través de un caleidoscopio, esos juguetes infantiles con los que había jugado en el mercado después de la iglesia, pero en lugar de ver un arcoíris de colores fragmentados, se veía a sí misma a través de los cinco sentidos. De repente pudo oler su propio aroma, al menos cómo olía para Caspen, que era cálido, intenso y algo más que reconoció de inmediato, pero que no pudo nombrar.

«El mar», dijo Caspen con suavidad. «Siempre hueles como el mar».

Tem nunca había estado en el mar, pero su madre guardaba un frasco de agua salada en su tocador, y desde que tenía memoria, ella robaba rocíos para sí misma, se los aplicaba en el cabello para texturizar sus rizos, y se los frotaba en las muñecas para poder oler la fragancia durante todo el día. Siempre se había sentido atraída por ese frasco de vidrio transparente, siempre le había encantado el rocío fresco y salado que la hacía soñar con lugares muy lejanos de su vida en la granja de pollos.

Los ojos de Tem, los ojos de Caspen, recorrieron su cuerpo una vez más. La sensación era desconcertante por completo, y si Caspen no hubiera estado sosteniéndola, estaba segura de que se habría desmayado. No obstante, cada vez que estaba a punto de volver a entrar en pánico, Caspen la calmaba, tranquilizándola con su mente mientras le mostraba cómo se sentía al mirarla.

Su mirada no era exactamente sexual, aunque era imposible eliminar por completo el sexo de la mente de un basilisco. Era más íntima que otra cosa, y Tem observó fascinada cómo los ojos de Caspen exploraban la curva de sus caderas, la hendidura de sus clavículas, el suave pliegue donde sus piernas se juntaban. Sintió su deseo por ella, el dolor del deseo que acechaba justo bajo de la superficie de sus pensamientos, y el esfuerzo hercúleo que requería mantenerlo reprimido.

Había tal certeza sin límites en su deseo, tal apropiación sin precedentes, que por fin Tem entendió lo que Caspen le había dicho antes. Protegerla era su instinto más básico. Estaba en primer plano en su mente, incluso más que su lujuria, que era más fuerte que cualquier cosa que ella hubiera sentido. Caspen la quería, la necesitaba. No había nada que no pudiera hacer por ella, nada que no estuviera dispuesto a sacrificar, incluido él mismo si eso garantizaba su seguridad. Tem no podía creer que Caspen estuviera dispuesto a ser tan vulnerable. Era como ver directamente en su corazón. Todo lo que había dicho era cierto.

Le parecía extraordinaria.

Una y otra vez, la mirada de Caspen se posaba en su cuello, donde se apreciaban con claridad los latidos de su corazón. Tem tomó una nota mental de que a él le gustaba esa zona.

«No debería sorprenderte».

Había olvidado que podía escuchar sus pensamientos. En tal cercanía, probablemente podría controlarlos.

«Nadie puede controlarte, Tem, y, aunque pudiera, no lo haría».

Ella observó cómo Caspen recorría lentamente su cintura con los dedos. La sensación era completamente extraña para Tem. Podía sentir cada una de sus propias palpitaciones golpeando con insistencia bajo las yemas de los dedos de él, acelerándose a medida que bajaba la mano por su vientre. La temperatura de su piel aumentaba cuanto más abajo iba la mano de Caspen, y jadeó cuando deslizó sus dedos dentro de ella, pero no porque sintiera algo entre sus piernas.

Más bien, percibió lo que él sentía, que era una marea de deseo tan profundamente animal y desesperada que no tenía idea de cómo no la había liberado de inmediato. La deseaba con tanta fuerza, incluso más si eso era físicamente posible, de lo que ella lo deseaba a él. Quería saborearla, quería cogérsela, quería penetrarla. Quería escuchar los sonidos que hacía cuando se venía, quería escucharlos una y otra y otra vez. Quería ser el único que entendiera su cuerpo, el único que supiera qué la excitaba, el único que la complaciera.

Caspen la deseaba en un nivel primitivo que iba mucho más allá de las limitaciones de su verdadera forma o del cortejo de ella con el príncipe. La deseaba de una manera posesiva, irreversible y con la garantía de que



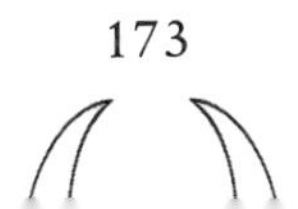

tendría consecuencias si no la poseía. La deseaba más que a la vida misma, porque una vida sin ella no era una vida que quisiera vivir.

Por fin, Tem comprendió el efecto que tenía sobre Caspen, lo irresistible que era para él. Cuán lejos de lo físico iba realmente su conexión. Vio cómo habían estado pendiendo del filo de una cuchilla traicioneramente delgada desde la noche en que se conocieron, y Caspen finalmente había dejado de luchar contra lo inevitable. Ella era su sol. Él giraba a su alrededor.

—¿Ahora me crees? —susurró él en su oído.

Tem volvió a su propia mente, de pie frente al espejo.

Por primera vez, la respuesta fue sí. No obstante, en lugar de decirlo, Tem hizo lo que sabía que Caspen más deseaba: se dio vuelta y lo besó.

Cayeron juntos sobre su cama, con sus cuerpos entrelazados sobre las sábanas de seda.

Él ya la había besado muchas veces, pero en esta ocasión fue diferente. Esta vez Caspen no le dio órdenes. Esta vez eran iguales, ambos merecedores del placer del otro. Él ya no era su maestro; ella ya no era su alumna. Simplemente eran dos amantes, experimentándose uno al otro como deben hacerlo los amantes.

Tem había entrado a la mente de Caspen, así que sabía todo lo que quería hacer con ella. Y, sin embargo, él seguía sus indicaciones, besándola con tierna devoción, intensificando el beso solo cuando ella lo atraía hacia sí, deslizando sus dedos dentro de ella solo cuando ella abría las piernas. Su moderación solo excitaba más a Tem. Caspen estaba permitiendo que ella asumiera el control, cediendo su poder, algo que nunca había hecho antes.

Él la acarició con suavidad, y sus caricias fueron como ondas en un lago en calma. Tem también lo tocó, le quitó los pantalones y rodeó su pene con los dedos. Caspen se estremeció al sentirla, y ante su reacción, Tem experimentó una repentina explosión de confianza. Colocó la palma de su mano sobre su pecho, empujándolo lejos de ella.

En el rostro de Caspen se reflejó una preocupación momentánea. Tem sonrió suavemente para tranquilizarlo.

Luego dobló las rodillas, dejando que sus piernas se abrieran por completo.

Ahora estaba lista.

—Tem —susurró Caspen.

Fue todo lo que dijo, pero eso fue más que suficiente. Por un momento, no hizo más que mirar con reverencia su centro. La oscuridad invadió sus ojos, y borró todo rastro del dorado. El aire a su alrededor se volvió aún más cálido cuando él se inclinó hacia delante, deslizando sus labios por la curva de su abdomen. Rodeando sus piernas con las manos,

y abriéndolas aún más. Caspen besó la parte interna de sus piernas, una y luego la otra.

Hizo una pausa para mirarla, pidiéndole permiso en silencio por última vez. Tem asintió.

Luego bajó la cabeza y su boca se encontró con la parte de ella que solo había soñado que un hombre saboreara.

Tan pronto como la lengua de Caspen la tocó, se apoderó de él un hambre voraz que se trasladó a la mente de Tem, difuminando las líneas entre ellos hasta que ella no supo dónde terminaba su deseo y dónde comenzaba el de él. Tem gimió mientras Caspen hacía girar lentamente su lengua alrededor de su clítoris, presionando toda su boca contra ella. Apenas habían comenzado, pero Tem ya sentía que estaba a segundos de perder el control. Contra su voluntad, de repente se sintió cohibida.

«Tem, permíteme hacerlo», dijo Caspen en su mente.

Tem cerró los ojos.

Era muy muy bueno en eso. Tem no debió haberse sorprendido; después de todo, tenía siglos de experiencia. Pero se preguntó si la presencia de él en su mente lo hacía aún mejor. Parecía que satisfacía cada uno de sus pensamientos. Cuando deseaba que fuera más profundo, lo hacía. Cuando deseaba que la tocara de cierta manera, lo hacía.

Primero Caspen puso su lengua en el clítoris de Tem, luego entró en ella, sumergiéndose en sus fluidos, saboreando el paraíso que tanto tiempo había deseado probar. No cabía duda de cuánto le gustaba. Tem sentía su adoración en cada caricia, oía su devoción en la forma en que sus gemidos acompañaban los de ella. Caspen deslizó un dedo dentro de ella, y el cambio temporal en la sensación la hizo sentir débil. Tem sabía que la estaba expandiendo, abriéndola como los pétalos de una flor, preparándola para lo que vendría después.

Jadeó cuando Caspen deslizó otro dedo dentro de ella, abriéndola para que su lengua tuviera un acceso aún mayor. Era estimulante tener su cabeza entre sus piernas, verlo inclinarse ante ella como si estuviera rezando. Tem no tenía idea de cómo había sobrevivido sin tanto placer durante tanto tiempo; si nunca volvía a sentirlo, tampoco sobreviviría.

La lengua de Caspen era imparable, y sus dedos se adentraban cada vez más. Era mejor de lo que jamás había imaginado, y lo había hecho cientos de veces. Caspen se perdía en ella, recibiendo tanto como daba, devorándola como si hubiera estado hambriento hasta ese momento.

Comenzó a mover los dedos a un ritmo constante, chupando su clítoris al mismo tiempo. La combinación de sensaciones era tan abrumadora que Tem se tapó la boca con la mano, temerosa de los ruidos que pudiera hacer.

Súbitamente, él se detuvo.



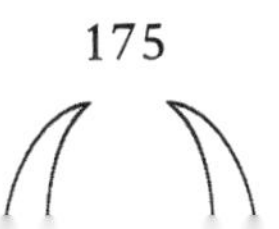

Tem abrió los ojos al máximo cuando Caspen se incorporó. Él se inclinó hacia adelante, apartando la mano de su boca.

«No te escondas de mí».

Tem entendió que no había nada que pudiera hacer para alejarlo. Él solo quería *más* de ella: más de su cuerpo, más de su mente, más de su corazón.

En lugar de inclinarse de nuevo, Caspen colocó toda la palma de la mano entre sus piernas, extendiendo los dedos sobre su vientre y moviendo la palma hacia delante y atrás sobre sus partes húmedas. El movimiento estricto y repetitivo casi superaba lo que Tem podía soportar. Su clítoris latía bajo el contacto implacable con Caspen y, en ese momento, aunque hubiera querido, no habría podido permanecer en silencio.

Caspen la observaba mientras la tocaba, con los ojos fijos en cada centímetro de su cuerpo. Sus manos se dirigieron a sus pechos, apretándolos y acunándolos en un reflejo de su primera interacción. Solo que ahora era la mano de Caspen la que estaba entre sus piernas en lugar de la de ella; ahora hacían aquello para lo que siempre estuvieron destinados: se convertían en aquello en lo que siempre debieron ser.

En los ojos de Caspen se encendió la pasión. Solo podía aguantar hasta cierto punto sin saborearla.

Su cabeza se acercó de nuevo y Tem enroscó los dedos en su cabello, acercándolo todo lo que pudo. Ella dejó escapar un gemido desesperado; aún no era suficiente.

Caspen detuvo su lengua.

«Úsame, Tem».

Tem entendió su orden. Ella apretó aún más, arqueando sus caderas para encontrarse con su boca, frotándose contra Caspen una y otra vez. Él, a su vez, la agarró, facilitándole tomar exactamente lo que necesitaba de él. Tem gimió sin vergüenza.

Simplemente no había nada en el universo que se sintiera mejor que eso. Sabía lo que se estaba gestando en su interior; sabía que estaba a punto de perder el control por él.

Justo cuando su clímax era inminente, Caspen se apartó.

Tem respiró profundamente. Estaba muy cerca. Sin embargo, Caspen siempre había sido así; nunca la dejaba venirse con facilidad.

Su clítoris estaba hinchado y sensible. Soltó un gemido de impotencia cuando Caspen pasó un solo dedo por él y el movimiento le prendió fuego a todo su cuerpo. Su voz inundó la mente de Tem.

«Mía. Solo mía».

Tem asintió con determinación.

«Tuya. Solo tuya».

Su siseo de aprobación resonó por toda la habitación.

Caspen volvió a bajar la cabeza y esta vez se quedó allí. Entre sus dedos y su lengua, Tem ya no pudo controlarse. Sus gemidos se volvieron desesperados mientras arqueaba la espalda, alejándose de las sábanas.

«¡Caspen!», gritó en su mente.

«Lo necesito, Tem», respondió él. «Dámelo».

Todos sus muros habían caído, todas sus defensas se habían destruido. No había nada que Tem quisiera más que darle a Caspen lo que quería, y obtener lo que ella quería a cambio.

Así que dejó que se construyera.

La insistente ola de placer creció, y Tem sabía que ninguno de los dos la detendría en ese momento. La expectativa le erizó la columna; su cuerpo se tensaba, se retorcía, preparándose para la liberación. Agarró las sábanas mientras Caspen levantaba en ángulo sus dedos, arrancándole un gemido de la garganta mientras presionaba contra el mismísimo centro de ella. Cuando apretó con fuerza su clítoris entre los dientes, ella se rindió.

Tem gritó cuando su cuerpo finalmente cedió.

Sin la conexión mental entre ellos, quizá no se habría dado cuenta de que Caspen también estaba por venirse. Pero sintió que su placer se entrelazaba innegablemente con el de ella, llevándola más lejos de lo que jamás podría haber llegado sola. Mientras surcaban sus olas juntos, Tem sintió que algo se sellaba entre ellos: un vínculo que nunca podría romperse. Ahora se pertenecían uno al otro; no había vuelta atrás a como eran las cosas antes de compartir ese elemento esencial y fundamental.

Tem estaba completamente mojada por su orgasmo, pero estaba claro que Caspen no tenía intención de detenerse. Él lamía sus fluidos, se los tragaba, los saboreaba como si fuera lo mejor que había degustado en su vida. No cabía duda de su disfrute. Incluso si no hubieran estado conectados a través de sus mentes, Tem lo habría escuchado en los gemidos de él, gemidos que eran cada vez más urgentes cuanto más la saboreaba.

El aire se estaba volviendo innegablemente más cálido.

Tem sabía que estaban en territorio desconocido. Era imposible no reconocer el peligro en el que estaba, en el que ambos estaban. Si Caspen perdía el control como la última vez, no había garantía de que no le hiciera daño. Estaban solos en sus aposentos; si pasaba algo, ella estaría completamente desprotegida. Tem sabía que estaban corriendo riesgos, pero también sabía lo valiosa que era para él.

La lengua de Caspen comenzó de pronto a sentirse áspera y rugosa contra su clítoris. Tem jadeó ante el repentino cambio de textura, y su cuerpo se sacudió hacia atrás por la sorpresa. Caspen la sujetó con más fuerza, con sus manos inmovilizándola por las caderas y manteniéndola abajo para poder lamerla aún más profundamente.

La dinámica entre ellos estaba cambiando.



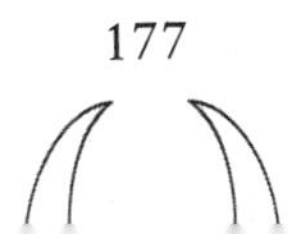

Su único propósito ya no era el de darle placer. Ahora Caspen recibía tanto como daba, consumiendo sus fluidos como si los necesitara para sobrevivir. Un siseo ensordecedor inundó la cueva cuando empujó su lengua aún más dentro de ella. Llegó demasiado lejos, ella sentía un dolor como si la estuvieran perforando. Tem gimió mientras le acariciaba el clítoris y la penetraba *al mismo tiempo*. La realidad la golpeó como un rayo.

Su lengua se había partido.

Tem reconoció el extraordinario autocontrol que Caspen debió tener para que solo esa parte suya se transformara. De sus hombros salió humo, que llenó el aire y se deslizó por el cuerpo de Tem en suaves corrientes sombrías. Los zarcillos le envolvieron los pechos antes de subir por sus brazos y sujetarle las muñecas al colchón.

No importaba que él fuera un depredador y ella su presa. Lo que sucedió después fue inevitable. No había forma de detenerlo, y ella tampoco quería hacerlo. Caspen tenía una necesidad que rogaba ser satisfecha. Un hambre que solo Tem podía saciar.

Ella tenía las piernas abiertas por completo; cada parte de su cuerpo estaba expuesta. Caspen la devoró con desenfreno, sumergiendo su cabeza una y otra vez mientras la poseía con su lengua. Tem estaba indefensa, con las manos inmovilizadas encima de la cabeza por los cálidos zarcillos de humo. No importaba; de todos modos, no quería moverse. No había nada que no le permitiría hacer, ninguna parte de sí misma que no fuera a entregarle si él lo deseaba. Su hambre despertó en ella una llama gemela, una que anhelaba ser alimentada.

Tem no pudo hacer otra cosa que rendirse: a Caspen, a sí misma, al *placer*.

La lengua de Caspen estaba en su clítoris. Y dentro de ella. Y cuando sus dedos también la penetraron, casi se vino en ese mismo instante. Era demasiado; estaba a punto de explotar.

—¡Caspen! —gritó.

Él solo se adentró más profundamente. Tem forcejeaba contra las restricciones del humo, contrayendo las caderas mientras él estimulaba algo en ella que no sabía que era capaz de sentir. Todo culminó en un punto álgido, con el choque de los bordes más lejanos del cuerpo de ella en un único punto perfecto. El núcleo de Tem se contrajo.

Con una oleada de eufórica liberación, ella se vino.

El siseo de aprobación de Caspen fue ensordecedor. No cabía duda de que ella le estaba dando exactamente lo que necesitaba, que su orgasmo alimentaba la parte de él que la deseaba.

De repente, Tem se sintió débil, como si acabara de correr una larga distancia. Caspen la lamió con suavidad, y ella supo que era humana otra vez. Besó la parte interna de su pierna, manteniendo sus dedos dentro de



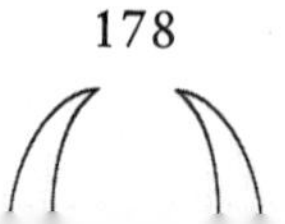

ella mientras mordía su pierna, pellizcando su piel entre sus dientes, seguramente dejándole una marca, en un innegable recordatorio de su unión.

Tem no podía esperar a ver ese moretón al día siguiente.

Por fin, Caspen levantó la cabeza. Se miraron en silencio, asombrados, como si ninguno de los dos pudiera creer lo que acababa de suceder, como si lo que habían compartido estuviera más allá de lo comprensible.

Él se incorporó y se inclinó para besarla. Su lengua se deslizó contra la de ella, y Tem percibió su propio sabor.

—¿Ves?

No formuló el resto de su pregunta, pero Tem sabía lo que quería saber. Solo había una respuesta:

—Sí.

Caspen se apartó lentamente. Colocó su pene entre las piernas de Tem, con la cabeza casi al nivel de su ombligo.

Situó la mano en la base de su pene, presionándolo contra las partes húmedas de ella y deslizándolo lentamente a través del canal de su propia palma, imitando el movimiento que sabía que él quería hacer dentro de ella.

—Tem. —Sus ojos recorrieron su cuerpo—. Te necesito. Ahora.

Ella levantó la mirada hacia la de Caspen.

—Entonces tómame.

# CAPÍTULO 14

Caspen no perdió tiempo.

Sus manos agarraron las caderas de Tem, levantando su cuerpo hacia él.

En el momento en que su pene la tocó, la mente de Tem quedó en blanco. Ya no podía pensar. Todo lo que podía hacer era sentir. Sintió el calor del aire y el sudor en su piel. Sintió la mirada implacable de Caspen cuando comenzó a penetrarla, introduciendo solo dos centímetros de sí mismo antes de deslizarse hacia atrás. Incluso eso fue demasiado para Tem, apenas podía con lo que él le estaba dando. Caspen volvió a deslizarse hacia adentro, esta vez un centímetro más.

Tem observaba el punto de su conexión con absoluto asombro. No podía creer lo bien que se veían juntos, como si su cuerpo fuera el santuario de él y estuviera por fin llegando a casa.

Ambos lo deseaban. Lo necesitaban.

La respiración de Caspen se entrecortaba. Estaba concentrado; Tem vio una vez más el asombroso esfuerzo que le suponía contenerse. Sabía que no quería otra cosa que penetrarla, pero también que ella no podría soportarlo, y Caspen seguramente también era consciente de eso. Era su deber cuidar a Tem, marcar el ritmo y mantenerla a salvo. Ella confiaba en que él se tomaría esa responsabilidad en serio.

Estaban a mitad del camino.

—Bésame —susurró Tem, desesperada por tener más de él.

Caspen la besó.

Tem abrió las piernas tanto como pudo, esforzándose para recibirlo, haciendo todo lo que estaba en su poder para dejarlo entrar por completo, para sentirlo tan profundamente como él deseaba sentirla a ella.

Por fin, había llegado el momento.

Sus mentes estaban tan conectadas que Tem no sabía si era su voz o la de él la que pronunció dos palabras mientras él entraba en ella.

—*Por fin.*

Era la culminación de un círculo que había comenzado la noche en que ella soñó por primera vez con él. Estaban destinados a terminar allí. Todos los caminos conducían allí.

Lentamente, con sumo cuidado, Caspen retrocedió.

Luego volvió a entrar.

Tem jadeó mientras Caspen establecía un ritmo, enseñándole este acto final, legitimando su vínculo con cada firme embestida. Ella lo recibió con gusto, tomando cada centímetro de él. Ella lo miró fijamente a los ojos, que eran más negros que el fondo del mar. Esos ojos habían visto siglos de vida.

Ahora la miraban a ella.

—¿Me siento bien? —susurró Tem.

Era lo único que había querido saber desde el momento en que lo conoció. Por la forma en que la sujetaba, sabía la respuesta. Sin embargo, en lugar de decirlo en voz alta, Caspen envió una abrumadora avalancha de afirmación a la mente de Tem. La penetraba en más de un sentido, su conciencia se enroscaba alrededor de la suya como enredaderas en un árbol.

«Tem. Tem. Tem».

Solo su nombre. Una y otra vez.

Lo decía como si nunca fuera suficiente, como si se estuviera anclando en ese momento, justo ahí, con ella. Tem nunca había sido adorada así antes. La alegría de Caspen vibraba de su cuerpo al de ella en una corriente interminable. No podía creer que ella fuera la fuente de tal éxtasis. Él no quería nada ni a nadie más que a ella.

Cada vez que él le había enseñado a seducir al príncipe, también había aprendido a seducirla a ella. Caspen sabía todo sobre su cuerpo; sabía cómo y dónde le gustaba que la tocaran y cuánto tiempo debía hacerlo.

Y ella sabía lo mismo.

Semanas de lecciones habían hecho que Tem dominara el lenguaje que Caspen le había enseñado a hablar. Sabía que si arqueaba el cuello, sus fosas nasales se abrían al inhalar su aroma. Sabía que si apretaba su cuello, él le haría lo mismo.

«Caspen. Caspen. Caspen».

Ella repitió su nombre, mostrándole que su alegría era recíproca, mostrándole que eran inseparables. Caspen la besó mientras la penetraba, moviendo su lengua como si estuviera hecha para bailar con la de ella. Tem se dio cuenta de que él se había estado conteniendo. Era increíblemente bueno en el sexo. Siglos de entrenamiento lo habían convertido en una especie de bestia intuitiva, una bestia que sabía exactamente cómo cogérsela.

Caspen le enseñó diferentes posiciones, mostrándole todas las formas en que podían hacer el amor. Primero, él se sentó sobre sus rodillas, levantando las caderas de Tem para poder ver cómo ella recibía su pene. Luego,



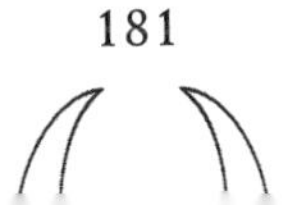

Caspen volvió a ella, colocando sus piernas sobre sus propios hombros para que se entrelazaran como las piezas de un rompecabezas. Era una intimidad increíble; estaban tan cerca que Tem podía ver su reflejo en sus pupilas. Ella gemía mientras él entraba y salía, con su pene increíblemente duro y un ritmo tan constante como las mareas.

Tem perdió la noción del tiempo. Los aposentos de Caspen no tenían ventanas y era imposible saber si pasaban horas o minutos. Justo cuando pensó que no podía seguir, Caspen le envió una insistente ola de su propio deseo, que era diez veces superior al de ella. No podía creer que ella le provocara ese efecto. Siempre había sabido que le resultaba difícil resistirse a ella, pero ahora que estaba en su mente, veía exactamente lo que era para Caspen estar con ella de esa manera.

Cada sonido que ella emitía lo enloquecía. Él buscaba placer en el de Tem. Había esperado mucho tiempo para ello, y ahora ella finalmente estaba allí, envolviendo su pene, disponible para él. No quería dejarla ir nunca.

Eventualmente, Caspen deslizó sus manos por las piernas de Tem, poniéndola de lado. Ahora estaba detrás de ella, abriéndole las piernas con la rodilla para poder acceder a su clítoris con los dedos. Tem jadeó mientras la tocaba y la penetraba al mismo tiempo. Era todo lo que había soñado y más. Era el cielo, así de simple.

Permanecieron así durante mucho tiempo, más de lo que Tem creía posible. Sin duda, Caspen se dio cuenta de lo mucho que a ella le gustaba. Sentía sus fluidos en su pene, en sus dedos, en las sábanas. Tem no se sentía avergonzada; sabía que eso era exactamente lo que él quería. Cada tanto, él llevaba sus dedos a su boca para saborearla antes de volver a tocarla.

Justo cuando Tem sintió que se acercaba al orgasmo, Caspen le dio la vuelta. Quedaron uno frente al otro en el colchón y, por un momento, él se limitó a mirarla fijamente. No dijo una sola palabra, ni en voz alta ni en su mente. Pero Tem vio todo lo que Caspen sentía, tan claramente como si él mismo se lo hubiera dicho. Vio lo mucho que había significado toda esa noche para Caspen, cuánto placer le había dado verla así: vulnerable, desnuda, abierta ante él. Ella era toda suya.

Caspen extendió la mano hacia ella.

Esta vez fue más rápido que antes. Tem apenas podía respirar, pero no importaba.

Sabía lo que se avecinaba; sabía que casi llegaban.

La piel de Caspen estaba ardiendo. El humo había regresado, enredándose en el cabello de Tem y subiendo por su espalda. Estaba mojada de sudor, pero no importaba; él también.

Solo quedaba una cosa por preguntar.

«¿Juntos?».



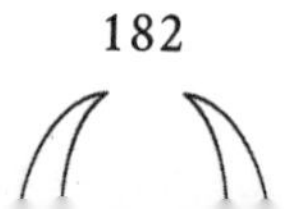

La respuesta de Caspen fue el reflejo perfecto de la suya.

«Juntos».

Sus conciencias se unieron en una sola corriente, precipitándose hacia su inevitable conclusión. Habían terminado juntos antes, pero no así, no con Caspen *dentro* de ella. Si Tem no hubiera tenido esas experiencias previas con él, podría haber tenido miedo de lo que estaba a punto de suceder, de exponerse de tal manera frente a él. En cambio, solo sintió una abrumadora oleada de felicidad cuando él tomó lo que necesitaba de ella y ella tomó lo que necesitaba de él. Era una verdad básica: Tem estaba hecha para Caspen, y Caspen estaba hecho para Tem.

«Tem».

Incluso durante el orgasmo, el nombre de ella era su faro.

«Caspen».

Finalmente, tuvieron un orgasmo juntos.

Caspen acercó su rostro al de ella, y sus bocas consumieron los gemidos del otro. Tem parecía estar liberando toda una vida de intentos por ajustarse a una caja demasiado pequeña para ella: dos décadas de intentos y fracasos por encontrar su lugar en un mundo al que no le importaba quién era y que no esperaba que fuera nada más. Su lugar estaba allí, con Caspen.

«Extraordinario».

Tem apenas lo escuchó. Solo sintió el placer más intenso y abrasador que había experimentado en su vida mientras colapsaba, solo para él.

Después, Tem sintió paz.

Una mirada a Caspen le dijo que él sentía lo mismo. Su rostro estaba relajado y su expresión era la más despreocupada que hubiera visto. Solo la miraba a ella; nada más captaba su atención. Tem era lo más importante del mundo para él. Y Caspen para ella.

Tem le pasó los dedos por el cabello. Siempre había querido hacer eso.

Caspen tomó su mano con la suya, le dio la vuelta y besó las pecas de sus palmas antes de recorrer con sus labios su muñeca. La besó en el interior del codo, en el hombro, en el hueso de la clavícula. Bajó la cabeza hasta sus pechos.

—Caspen —susurró, acercando su rostro al de él.

—Tem.

—¿Haces esto con todas las chicas?

Para su sorpresa, él se rio.

—No. —La besó—. No lo hago.

Ella no había querido preguntar eso en realidad, pero aun así se alegró de escuchar su respuesta.

Caspen la miró a los ojos y se quedó inmóvil de repente.

—¿Fue todo lo que esperabas?



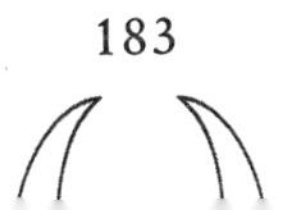

Ahora era el turno de Tem de reír. No podía creer que Caspen le preguntara eso.

—Sí —respondió—. Y más.

Caspen asintió.

—La próxima vez te vendrás dos veces.

—¿La próxima vez?

—Planeo hacer esto muchas veces contigo, Tem. Si tú lo permites.

Ella se rio de nuevo.

—Lo permitiré.

Caspen la besó.

Tem sintió su pene apoyado contra ella. Estaba a punto de endurecerse.

—¿Es en serio? —preguntó.

Caspen torció ligeramente la boca.

—Así es con los basiliscos.

Tuvieron sexo una y otra vez.

No hubo un solo momento en el que Caspen no estuviera dentro de ella. Su cuerpo era una droga, y él era un adicto que buscaba su dosis. Tem estaba igual, no podía tener suficiente de él. Cogieron tantas veces que Tem comenzó a sentir un dolor insoportable; no estaba acostumbrada a tanto sexo, y su cuerpo entero comenzó a sufrir las consecuencias del contacto con Caspen. Le dolía la espalda de tanto arquearla; tenía la garganta irritada de tanto gritar; tenía moretones en los labios a causa de sus mordiscos. Pero a pesar del dolor, solo lo deseaba más, y lo tuvo una y otra vez, incluso después de que pareciera imposible continuar.

Finalmente, Tem se agotó. Cada embestida era una agonía; le dolía todo el cuerpo. Ya no podía fingir que no le dolía, y tenía miedo de empezar a sangrar si seguían.

—Deberíamos detenernos —susurró Caspen. Tenía los labios contra la oreja de ella, con su pene aún dentro—. Te estoy lastimando.

Tem no podía negarlo. Caspen estaba en su mente, y ella sabía que podía sentir las protestas de su cuerpo. Se salió de ella lentamente, sacando su pene centímetro a centímetro.

—¿No estás cansado? —preguntó Tem cuando quedó vacía.

Él rio entre dientes.

—No. En absoluto.

Tem lo jaló hacia sí.

—Entonces puedo intentar…

—Tem. —Caspen le rodeó la muñeca con la mano—. No.

—No quiero decepcionarte.

Caspen volvió a reír y le dio un beso en el cuello.

—No podrías hacerlo nunca.

—No mientas.

Él negó con la cabeza y sus labios rozaron su mandíbula.

—No puedo hacerlo. ¿Recuerdas?

Tem lo recordaba, pero no le creía. Sus inseguridades eran demasiado profundas para que una mera leyenda las calmara. Sabía que él quería más y odiaba su cuerpo por resistirse. Volvió a aproximarse hacia él, con la intención de darle placer con la mano. Caspen empujó su muñeca hacia abajo, sobre el colchón.

—Tem —dijo con brusquedad—. Detente.

Ella estaba a punto de llorar.

—Solo quítame el dolor —insistió—. Luego podemos seguir.

Caspen negó con la cabeza.

—Esto no puede convertirse en un hábito. Sería un error usarte de esa manera.

—Entonces, ¿cómo se supone que debo satisfacerte?

Él sonrió.

—Ya lo hiciste varias veces esta noche, Tem. Seguro que te diste cuenta.

Ella sabía que Caspen mantenía las cosas a propósito en un tono ligero. No obstante, no se dejaría persuadir.

—No soy suficiente para ti —susurró.

Ante sus palabras, Caspen suspiró. Hubo un silencio, y en él, se miraron, respirando en sincronía.

—Eres humana, Tem —dijo al fin—. No espero nada más allá de lo que un humano puede hacer.

—¿Y si no fuera humana?

Caspen frunció el ceño.

—¿Qué quieres decir?

—¿Podría un basilisco igualar tu resistencia?

Caspen inclinó la cabeza. El movimiento era tan claramente reptiliano que Tem sintió que su pregunta se justificaba aún más.

—Dependería del basilisco —dijo lentamente—. No todos somos idénticos. Pero sí. El sexo en mi verdadera forma es...

No terminó la frase. Tem descubrió que no quería que lo hiciera. No necesitaba saber todas las formas en que era inferior. No necesitaba escuchar la confirmación de que un basilisco hembra sería una pareja mucho mejor para él de lo que ella podría ser. Ya lo sabía.

Ante la expresión de su rostro, Caspen se inclinó hacia ella.

—Te elegí a ti para estar en mi cama, Tem. ¿Crees que tomo decisiones a la ligera?

Ella sabía que no era así. Pero también sabía que había elegido a otras en el pasado, y él casi había confirmado que las había disfrutado más.

—Creo que incluso tú puedes cometer errores —susurró ella.



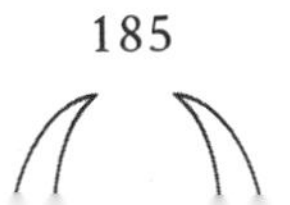

Caspen suspiró.

—Si mis palabras no te reconfortan, ¿qué podría hacerlo?

Tem no tenía respuesta. No podía entender que Caspen estuviera satisfecho con ella, a pesar de lo que él decía. Así que, en lugar de decir cualquier cosa, lo besó. Pronto, Tem sintió los familiares impulsos en su interior que querían más. Metió la mano de Caspen entre sus piernas.

—Tem —murmuró él contra sus labios—. No puedo seguir diciéndote que no.

—Entonces no lo hagas —murmuró, llevándolo más adentro—. Di que sí.

—Tem —dijo Caspen de nuevo, pero no dejó de tocarla.

La exploró con suavidad, deslizando sus dos primeros dedos dentro y fuera con movimientos lentos y suaves. A pesar de que cuando rozó su clítoris fue tan delicado, ella hizo una mueca de dolor. Sus dedos se retiraron de inmediato.

Tem intentó acercarlo de vuelta, pero Caspen colocó su palma sobre su pecho, justo entre sus pechos. Ejerció presión y Tem sintió una pulsación de frescor a través de ella. Cuando él retiró su palma, ella ya no estaba caliente. El calor entre sus piernas seguía ahí, pero de repente se sintió indiferente, como si ya no quisiera tener sexo. El cambio repentino la dejó sin aliento.

—¿Qué acabas de hacer? —jadeó.

—Te quité el deseo para que no me pidas más.

Tem lo miró con horror. Era cierto; la ardiente sed que la consumía hacía un segundo había desaparecido.

—Devuélvelo —dijo ella de inmediato.

—Tem —suspiró Caspen exasperado—. Si lo devuelvo, seguirás queriendo…

—Dije que lo devuelvas.

Caspen frunció el ceño. Ella nunca había usado ese tono con él, y fue una sorpresa para ambos.

—No lo entiendo —dijo él lentamente—. Me dijiste que quitara tu dolor…

—Eso es diferente —lo interrumpió bruscamente—. El dolor es una sensación física. El deseo es una emoción. Las emociones son parte de lo que soy. No puedes manipular mis sentimientos. Es un abuso de tu poder y una traición hacia mí. Es peor que lo que hizo Jonathan. —Le agarró la mano y se la llevó al pecho—. Así que devuélvelo. Ahora mismo.

Tem vio muchos pensamientos arremolinándose detrás de los ojos de Caspen, pero finalmente observó cómo la comprensión y luego el arrepentimiento subían lentamente a la superficie.

—No lo había pensado de esa manera —dijo en voz baja. Presionó



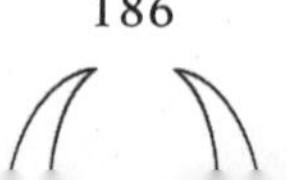

suavemente su pecho. Tem volvió a sentir la vibración y, con ella, su deseo regresó, tan ardiente y desesperado como antes. Sin embargo, en esta ocasión no actuó en consecuencia. En lugar de eso, apartó la mano de Caspen y lo miró con furia, esperando que hablara.

Finalmente, lo hizo.

—Perdóname Tem. Solo quería ayudar.

—Sé lo que querías hacer —espetó—. Y al hacerlo, me humillaste. No puedes reprimir mis sentimientos cuando te resultan inconvenientes. Nunca volveré a confiar en ti si vuelves a controlarme así.

Él la escuchó en silencio.

—Prométemelo —pidió sin dejar de mirarlo directamente a los ojos.

—Te lo prometo.

—Sé específico. —Ahora ella era la que exigía.

Caspen respiró hondo y su pecho se elevó con firmeza.

—Prometo no modificar nunca más tus sentimientos. Te doy mi palabra.

Se miraron fijamente.

—Estoy muy enojada contigo —dijo Tem finalmente.

Para su sorpresa, Caspen torció la boca.

—Sí. Me doy cuenta.

—No es gracioso.

—Por supuesto que no. —Él adoptó una expresión de seriedad absoluta—. Es solo que nunca te había visto tan molesta. Aprietas la mandíbula. —Le tocó la barbilla con suavidad—. Te hace lucir fuerte.

—Soy fuerte, lo parezca o no.

El dedo de Caspen recorrió su cuello. Sonrió una vez más.

—Eso lo sé.

Permanecieron en silencio durante mucho tiempo, solo se oía el suave crepitar del fuego. Tem pensó en lo que acababa de suceder. ¿Podía Caspen controlar las emociones de cualquiera o solo las suyas? Si en realidad su poder era tan ilimitado, significaba que los basiliscos eran aún más fuertes de lo que se pensaba. Y teniendo en cuenta que podían atravesar la pared de espejo, no había límite para lo que podían hacer.

Pero dejaría esas preocupaciones para otro día.

De momento, Tem estaba allí, en la habitación de Caspen, y no quería perder el tiempo pensando en otra cosa.

Al final, volvieron a acercarse.

Tem recorrió con sus dedos la piel de Caspen, explorando los montes y los valles de su torso. Su cuerpo era inconcebiblemente duro. Casi podía imaginar las escamas justo debajo de la superficie de su piel, y se preguntó si volvería a verlas alguna vez.

Cuando tocó su pene, él dejó escapar un suave siseo.

Tem deslizó un dedo por su pene con suavidad, empezando por la base



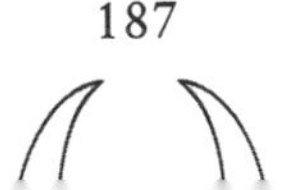

y siguiendo una vena hasta el final. Estaba completamente duro cuando ella llegó a la cabeza.

Se acercó a él, metiendo solo la punta de su pene dentro de ella.

—¿Me deseas? —susurró ella.

—No me preguntes eso.

—¿Por qué no?

—Porque lo que yo quiero y lo que tú necesitas son dos cosas muy diferentes.

—Solo te necesito a ti.

—Tem. —Sacudió la cabeza, pero no se apartó de ella.

En lugar de eso, Caspen se puso boca arriba, colocándola encima de él. Tem entendió que ella debía tomar la iniciativa, que él quería que hiciera solo lo que pudiera soportar, ya que, si fuera por él, le daría placer más fuerte. Ella movió lentamente sus caderas hacia adelante y hacia atrás, montándolo con las palmas de las manos separadas y planas sobre su torso, deslizándose hacia arriba y hacia abajo de su pene a un ritmo que podía controlar. Le gustaba provocarlo de esa manera; era satisfactorio negarle algo a Caspen, sobre todo cuando sabía lo mucho que la deseaba. Tem se balanceó a lo largo de su pene, inclinando su cuerpo hacia adelante para estimular su clítoris contra la base de su pene. Tem observaba a Caspen mientras él la observaba a ella, sabiendo lo mucho que le gustaba verla llegar al orgasmo. Los ojos de Caspen se movían con avidez de su rostro a su cuello y a sus pechos, y su mandíbula estaba tensa por la represión.

El orgasmo de Tem se construyó con rapidez; gritó cuando este se estrelló contra ella, inclinándose para besar a Caspen mientras se venía.

Cuando lo hizo, las manos de Caspen se deslizaron de repente por su cuerpo, agarrando sus caderas y jalándolas contra él para poder penetrarla desde abajo. Tem intentó sentarse, pero él le mordió el labio, sujetándola contra sí mientras la penetraba aún más rápido. Era casi más de lo que Tem podía soportar, pero cerró los ojos y le permitió hacerlo, sintiendo la desesperación salvaje de su rígido cuerpo bajo el de ella, con los dientes casi desgarrándole el labio mientras se venía con una sola embestida violenta.

Cuando la cabeza de Caspen cayó hacia atrás sobre el colchón, sus ojos se volvieron salvajes, oscuros y sin fondo, como si Tem mirara a las profundidades de un pozo sin fin. Había tanto deseo, tanta hambre desenfrenada y fuerza incontenible, cuyas profundidades eran tan insondables, que ella sintió miedo por un momento. Recordó sin lugar a dudas que aunque tenía forma humana, él era un monstruo. Vio cómo la oscuridad se desvanecía, mientras su pecho subía y bajaba a medida que recuperaba el control de su respiración, volviendo lentamente en sí.

¿En qué se había metido?

Tem se llevó el dedo al labio y lo retiró ensangrentado. Al verlo, Caspen se incorporó.

—Tem —dijo todavía con rastros ásperos de hambre en su voz, como alquitrán—. Perdóname.

Era la segunda vez que lo decía esa noche. Ella no sabía cómo responder. Por supuesto que lo perdonaba. A una parte de ella le gustaba ser tan irresistible para él que no pudiera detenerse. Sin embargo, Caspen la había lastimado, no había forma de negarlo.

A una parte de ella también le gustaba eso.

—Estoy bien —aseguró. Lo mismo que había dicho después de lo de Jonathan.

Caspen acercó la mano a sus labios con cautela. Cuando los tocó, la luz del fuego se atenuó y Tem supo que la había curado. Pero el recuerdo de su mordedura probablemente nunca se desvanecería, y ambos lo sabían.

—Me... dejé llevar —dijo Caspen en voz baja—. No volverá a suceder.

Tem lo miró a los ojos.

—Sí, volverá a suceder.

No sabía cómo, pero tenía esa certeza. Ella era humana; y él, un basilisco, y desafiaban al destino cada vez que estaban juntos. Volvería a suceder, y ella lo permitiría. No había verdades más grandes en el mundo.

—Aún no estoy... acostumbrado a esto —dijo Caspen, eligiendo sus palabras con cuidado.

—¿A esto?

—A ti.

Tem asintió. Entendía que aquello era difícil para él. No había nada más doloroso que intentar reprimir los verdaderos sentimientos. Para un basilisco, esos sentimientos eran sin duda más fuertes que los de un humano. Debía suponer una agonía resistirse a ellos.

—¿Qué puedo hacer? —susurró Tem.

Caspen se rio con suavidad, sacudiendo la cabeza.

—Nada. Solo puedes empeorarlo.

Ella se apartó.

—Tem —dijo Caspen, sujetándola contra sí—, sabes lo que quiero decir. Cuanto más nos acercamos... más difícil es para mí.

Ella asintió con lágrimas en los ojos.

—No llores —susurró—. No soporto ver eso.

Tem se encogió de hombros, intentando contener las lágrimas.

—Tienes un efecto increíble sobre mí —dijo Caspen en voz baja—. Pero no puedo sucumbir. De lo contrario... —Se quedó en silencio mientras sus dedos acariciaban la mandíbula de Tem.



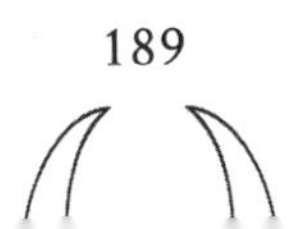

Ella se inclinó hacia él, disfrutando la calidez de su piel sobre la suya. Tem no podía evitarlo. No le importaba el peligro. Lo necesitaba.

—¿Por qué ocurre? —preguntó.

—¿Por qué ocurre qué?

—La transformación. ¿Por qué sucede cada vez que estamos... juntos?

Caspen suspiró, volteando hacia el techo.

—Es complicado, Tem.

—Entonces explícamelo.

Él suspiró de nuevo y la miró a los ojos.

—No se supone que los basiliscos y los humanos deban estar juntos. Somos sus enemigos, sus depredadores. Estamos predispuestos a destruirlos, a disfrutar con su dolor. Cuando estamos juntos, camino por una cuerda floja entre complacerte y hacerte daño. Mi forma humana anhela lo primero; mi forma verdadera, lo segundo.

Tem procesó sus palabras lentamente.

Justo cuando se dio cuenta de lo que significaban, Caspen las dijo en voz alta:

—Una parte de mí disfruta haciéndote daño.

Sus palabras estaban cargadas de vergüenza, y Tem sabía que le había costado mucho decirlas. Pero también descubrió que no eran una sorpresa. Pensó en cómo le había mordido el labio, haciéndola sangrar. En cómo la había embestido incluso después de que ella intentó alejarse. Recordó la oscuridad desenfrenada en sus ojos cuando llegó a su orgasmo. Su hambre.

Hambre de ella.

Caspen le había dicho que su cuerpo solo debía conocer el placer, nunca el dolor. Pero, ¿y si su placer solo podía provenir de su dolor?

Volvió a alargar la mano hacia él.

Caspen la agarró de la muñeca y, con suavidad, la hizo rodar para que se apartara de él.

—Tem —dijo—. Ya basta.

Ella quería protestar, pero sabía que no tenía más que dar. Caspen también lo sabía; su mente estaba en la de ella, y Tem no podía ocultarle su dolor. Lo miró a los ojos y vio que no había ira ni impaciencia en ellos. Quizás era más fácil detenerse; quizá ya no confiaba en sí mismo cuando estaba con ella.

Tem asintió, aceptando su orden final.

Caspen la besó y eso fue todo lo que hicieron. Cuando Tem no pudo besarlo más, simplemente se quedaron acostados, y Caspen acarició su cuerpo con las yemas de los dedos.

—Duerme, Tem —murmuró el basilisco en su oído.

Y así lo hizo.



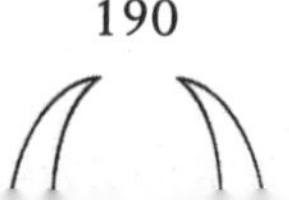

Cuando despertó, Caspen todavía la tenía entre sus brazos.

Tem lo observó mientras dormía y se dio cuenta de que era la primera vez que lo veía hacer eso. Respiraba increíblemente lento. Tem trató de contener la respiración entre cada subida y bajada de sus hombros, pero descubrió que no podía hacerlo ni una sola vez. Había algo inherentemente pacífico en su expresión: estaba desprovista por completo de su intensidad y seriedad habituales. Parecía más joven, lo que fuera que eso significara en el gran esquema de su larga vida de basilisco. Tenía una pequeña mancha de sangre en la sien. Sin duda de cuando le mordió el labio.

El pene de Caspen estaba apoyado contra sus piernas, ya duro.

«¿Esa cosa se tomará algún día libre?», se preguntó.

«No».

Tem casi se muere del susto cuando Caspen abrió los ojos.

—Podrías avisar antes de hacer eso —consiguió decir.

En respuesta, él la besó.

—Caspen —murmuró Tem mientras él bajaba por su cuello—. No podemos. Tengo que irme a casa.

Él frotó toda la palma de su mano entre sus piernas.

—¿Sí?

—La granja... Yo...

Pero era inútil. Tem ya estaba mojada y en ese momento no podía fingir que le importaban las gallinas.

Caspen deslizó su punta dentro de ella, luego se detuvo y sus ojos se posaron en los de Tem.

—Continúa —dijo ella anticipándose. Estaba tan adolorida que no tenía idea de si podría soportarlo, pero quería hacerlo y eso tendría que ser suficiente.

Caspen la miró con la cabeza inclinada hacia un lado. El dilema interno que estuviera experimentando claramente le pesaba. Pero Tem sabía que si lo esperaba él se rendiría. Después de un momento observándola, los ojos de Caspen recorrieron su cuerpo. Sus pupilas se dilataron. Luego la hizo rodar para quedar frente a frente en la cama, con las piernas de ella alrededor de su cintura. Su pene se deslizó un poco más dentro de ella antes de detenerse.

«Relájate, Tem. Déjame entrar».

Pero no podía relajarse. Nada de eso era relajante. Tem se sentía salvaje y agitada, como si necesitara tener sexo en ese momento, lo más rápido posible, antes de que Caspen se diera por vencido con ella. Pero al mirarlo, se dio cuenta de que no se rendiría pronto. Parecía perfectamente tranquilo, con los brazos a su alrededor. La sujetaba con firmeza mientras deslizaba su pene medio centímetro a la vez. Sin embargo, incluso eso era demasiado para Tem.



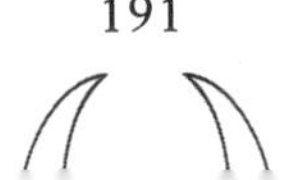

«No puedo relajarme».

«Sí puedes. Ábrete para mí».

«Estoy demasiado adolorida. Y tú eres demasiado grande».

«El problema es mental. Tienes que relajarte».

«No puedo».

«Tem, no voy a forzarme a entrar en ti. Tienes que dejarme entrar. Demuéstrame que puedes recibirme».

Ella gimió. La mirada de Caspen era exasperantemente fija.

«Tu vagina está empapada, Tem. Déjame sentir lo mojada que estás».

«¿No puedes sentirlo desde ahí?».

La acercó más. Introdujo otro centímetro. Ella se retorció, pero Caspen la apretó aún más con sus brazos.

«Recibe mi pene, Tem. Sé que puedes hacerlo».

A Tem le gustaba cuando él le hablaba. La mojaba aún más.

«Di más cosas como esa».

La mano de Caspen le agarró el cuello, obligándola a levantar la cabeza para mirarlo a los ojos.

«Sé que quieres mi pene, Tem. Despertaste con ganas de él y ahora lo deseas aún más. Sé exactamente lo mojada que estás por mí. Tu vagina es mía, así que dámela».

Ella cerró los ojos, pero Caspen no dejó de hablar.

«Dame lo que es mío, Tem. Sé que quieres. Sé que quieres mi pene hasta el fondo de ti».

Se introdujo un centímetro más.

«Déjame entrar para poder hacer que te vengas. Y en cuanto lo hagas, te lameré hasta dejarte limpia y luego te haré venirte otra vez. Déjame entrar, Tem».

Otro centímetro.

«Déjame. Entrar».

Tem abrió los ojos al máximo.

«Eso es».

Ambos gimieron cuando los últimos centímetros se deslizaron dentro de ella, llenándola por completo. Durante un momento, ninguno de los dos se movió, ambos estaban embriagados por la forma en la que el otro se sentía. Luego, Caspen se retiró por completo y volvió a penetrarla con fuerza, haciéndola rodar sobre su espalda al mismo tiempo para que quedara abierta debajo de él. Tem gritó tanto de dolor como de placer, clavando las uñas en los hombros de Caspen mientras él la penetraba una y otra vez, y el constante golpeteo de su pene se sincronizaba perfectamente con los gemidos de ella.

Su primer orgasmo surgió de la nada, asomando la cabeza tan súbitamente que Tem jadeó de sorpresa y placer. Arqueó las caderas solo para



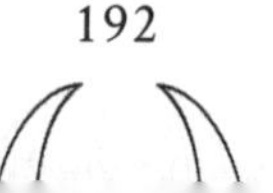

encontrarse con la dura implacabilidad del pene de Caspen. Fiel a su palabra, en cuanto ella llegó a su orgasmo, él se salió de ella, hundiendo la boca entre sus piernas y lamiéndola hasta tragarse hasta la última gota de sus fluidos. Luego jaló sus caderas contra las suyas y se deslizó una vez más en su interior. Ella se estaba convirtiendo en una sola cosa con él, sus cuerpos se amoldaban el uno al otro como olas contra la arena.

—Más —suplicó ella.

Caspen se apartó y, por un momento, Tem temió que estuviera molesto.

Entonces, él la sujetó, la levantó y la giró de modo que quedara de rodillas frente al colchón. Tem gritó cuando su pene volvió a penetrarla. Caspen gimió y ella supo que ya no podía parar. Empujó cada vez más fuerte, y sus caderas golpeaban su trasero tan rápido que apenas podía soportarlo. Pero no se atrevió a pedirle que fuera más despacio, sabía que no podría aunque lo intentara. Justo cuando estaba a punto de venirse, Caspen se inclinó, la agarró por la base del cuello y la levantó de un jalón para que su espalda quedara contra su pecho.

El repentino cambio de posición la dejó sin aliento.

—Caspen —jadeó—. Estaba a punto.

—Lo sé. —Le apretó el cuello, girando su cabeza hacia él. Le abrió las piernas con las rodillas, mientras con la otra mano le acariciaba el clítoris rítmicamente con los dedos—. Quiero ver tu cara cuando te vengas.

—Ves mi cara cada vez que pasa.

—Y no es suficiente.

Él seguía penetrándola, sin darle un respiro, sin detenerse nunca. Sus dedos se apretaron alrededor del cuello de Tem. Ella apenas podía respirar.

«Déjate llevar, Tem».

Ella cerró los ojos con fuerza mientras se rendía en sus manos, permitiéndole llevarla directamente al olvido. Cuando el péndulo de su excitación comenzó a oscilar, el siseo de Caspen llenó sus aposentos. Sus embestidas se aceleraron cuando su clímax alcanzó el de ella, y Tem sintió que sus fluidos combinados comenzaban a gotear por sus piernas. Se derrumbaron juntos.

Finalmente, sus embestidas disminuyeron y luego se detuvieron.

Caspen desplazó su peso hacia atrás mientras se salía de ella. Su mano se deslizó entre las piernas de Tem, recogiendo sus fluidos y conteniéndolos en la palma de su mano. A Tem se le cortó la respiración al darse cuenta de lo que Caspen estaba haciendo. Él colocó la otra palma sobre la mano de Tem y, al igual que la última vez, el fuego se apagó por completo antes de volver a arder de repente. En su mano había otra garra.

Esta vez, estaba hecha de dos sustancias luminosas en lugar de solo una.

Tem la miró maravillada. Era la cosa más hermosa que había visto en su vida. Había dos remolinos brillantes que se combinaban para formar una sola garra. Las mejores partes de ellos, juntas en un solo objeto. Cuando Caspen se la entregó, ella negó con la cabeza.

—Quiero que tú lo hagas. —La boca de Caspen se crispó.

Luego puso a Tem sobre su regazo, de modo que ella lo montara. Poco a poco, sin apartar los ojos de ella en ningún momento, deslizó el extremo más grueso de la garra dentro de ella. Tem se mantuvo firme, agarrándose a sus hombros mientras él la introducía por completo. Cuando estuvo completamente dentro, Caspen la rodeó con sus brazos, enterrando su cabeza contra el cuello de ella e inhalando su aroma.

—Quédate conmigo hoy —murmuró en su cabello.

Tem sonrió contra su piel.

—No puedo. Tengo que volver a la granja. El festival comienza esta noche.

Al oír sus palabras, Caspen se puso rígido.

Tem se dio cuenta demasiado tarde de lo que había dicho. El festival era una forma de conmemorar la derrota de los basiliscos. No era un tema que debiera haber sacado a colación cerca de él.

—Lo siento —dijo rápidamente—. No pensé...

«Detente», Caspen pronunció la palabra en su mente, e inmediatamente Tem se detuvo.

«No te considero responsable de los pecados de tus antepasados».

Tem no estaba segura de cómo responder. Quizá Caspen no la considerara responsable, pero era imposible liberarse del pasado. Ella solo estaba allí porque los basiliscos debían entrenar a la futura esposa del príncipe. Su relación era producto de los pecados de sus antepasados.

—De todos modos, el festival es una estupidez —murmuró.

Caspen le dio un beso en la clavícula.

—Lo es.

La acompañó hasta donde empezaba el sendero, como siempre. Cuando la besó para despedirse, sus manos se deslizaron por su cuerpo por última vez, como si quisiera memorizarlo.

Luego se fue.

Tem caminó aturdida el resto del trayecto a casa. Estaba tan adolorida que tuvo que moverse con extrema lentitud, y cuando llegó a su casa, el sol estaba justo encima de ella.

—¿Otra vez saliste, Tem? —le preguntó su madre en cuanto entró—. Te dije que ese chico es un problema.

Tem tardó un buen rato en darse cuenta de que se refería a Gabriel.

—Lo siento, madre.

No tenía sentido explicar dónde estuvo en realidad. Si su madre pensaba que había estado bebiendo con Gabriel, eso era indiscutiblemente mejor que la verdad.

—Estás hecha un desastre. Date un baño y luego te quiero en el jardín.

Tem apenas tuvo fuerzas para asentir.

Se aseó. Luego pasó una tarde larga y brutal en el jardín. El sol de finales de otoño caía sobre ella en una neblina implacable, y de no haber sido por las vibraciones que Caspen le enviaba a través de la garra, dudaba que hubiera logrado sobrevivir el día. Solo podía pensar en tener sexo con él. Si hubiera podido correr de vuelta a la cueva para acostarse con él de nuevo, lo habría hecho.

«Paciencia, Tem».

Él se divertía. Ella estaba inquieta.

Por fin cayó la noche y llegó la hora del festival.

Tem y su madre se dirigieron hacia el pueblo, donde todos estaban reunidos en la plaza, como era de esperar. Pero en lugar de los estridentes sonidos del festival, solo había silencio, interrumpido por un susurro ocasional.

Tem frunció el ceño y volteó hacia su madre.

—¿Por qué está todo el mundo tan callado?

Su madre se encogió de hombros.

Tem vio el listón rosa de Vera cerca de la primera fila y se abrió paso hacia ella.

—¿Qué está pasando? —preguntó Tem cuando llegó hasta ella.

Pero Vera solo negó con la cabeza. Tenía una mano fuertemente apretada sobre su boca y la otra apuntando hacia adelante.

Finalmente, Tem vio lo que todos observaban.

Allí, en medio de la plaza, había dos estatuas de piedra. Estaban encorvadas sobre los adoquines, encogidas con las manos sobre la cabeza, como si intentaran protegerse. En el suelo a su alrededor había manchas de sangre seca.

A Tem se le heló el estómago al reconocer sus caras de inmediato.

Eran Jonathan y Christopher.



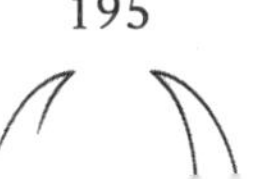

# CAPÍTULO 15

Los murmullos de la multitud se volvían cada vez más fuertes, y una pregunta se repetía una y otra vez:

—¿Cómo sucedió esto?

Solo Tem conocía la verdad.

—Se suponía que nos encontraríamos esta noche —susurró Vera—. Creo que quería que volviéramos.

Era típico de Vera encontrar la manera de hacer que un momento tan horrible girara en torno a ella. Pero Tem tenía cosas mucho más urgentes de las que preocuparse.

«Solo deseo protegerte», había dicho Caspen.

Ahora era Tem quien deseaba protegerlo. Los aldeanos no perdonarían un acto de violencia semejante contra los suyos. Los miembros de la realeza tampoco. Las consecuencias de las acciones de Caspen repercutirían mucho más allá de simplemente ajustar cuentas en honor de Tem. Era una violación a la tregua pactada siglos atrás, y no quedaría impune.

Caspen había estado en su mente todo el día. ¿Cuándo tuvo tiempo de hacer eso? Tem repasó el día hora a hora, pensando en su conexión. No hubo un solo momento en el que no estuviera con ella. El único instante en el que no se habían comunicado fue cuando estaban dormidos la noche anterior en sus aposentos.

Tem hizo una pausa. Ella estuvo dormida.

No había forma de saber si Caspen se había quedado con ella toda la noche. Estaba tan agotada por el sexo que no se había despertado ni una sola vez. Habría podido escabullirse con facilidad bajo el amparo de la oscuridad para matar a Jonathan y Christopher antes de volver con ella. Tem pensó en la mancha de sangre en su sien. Había supuesto que era suya.

—¿Qué crees que pasará esta noche? —El susurro de Vera sacó a Tem de sus pensamientos.

La primera noche del festival siempre era una locura; los aldeanos solían beber aguamiel y bailar en la plaza del pueblo hasta el amanecer.

Sin embargo, esa noche no habría baile. La gente ya se estaba retirando a sus casas y cerrando las puertas tras de sí.

Tem negó con la cabeza.

—No lo sé.

Todo lo que sabía era que necesitaba hablar con Caspen. Intentó conectar con él, buscando la puerta que unía el canal entre sus mentes.

Estaba cerrada.

Tem no debió sorprenderse. Seguramente Caspen estaba en las profundidades de la montaña, rodeado de los suyos. Se preguntó si los otros basiliscos sabían lo que había hecho. O peor aún, si lo habían aprobado.

—Tem —de pronto, su madre se encontraba a su lado—, nos vamos a casa. —Antes de que Tem pudiera protestar, ella ya la estaba alejando.

Caminaron en silencio. Su madre miraba fijamente al frente, con las manos a los lados. No parecía asustada. Más bien, era como si se preparara para algo inminente, algo que había esperado durante mucho tiempo.

—¿Madre? —preguntó Tem en voz baja.

—¿Sí?

—¿Hay alguna forma de traerlos de vuelta?

Su madre negó con la cabeza.

—No, querida. Están petrificados. Es permanente.

—Pero si hubiera algún tipo de magia, alguna forma de revertir...

—No puedes revertir la muerte, Tem. Sus almas se han ido con Kora.

Ninguna de las dos dijo una sola palabra más durante el resto del camino a casa.

Tem tenía planeado escaparse para ver a Caspen cuando su madre se fuera a la cama, pero su madre se quedó despierta en la cocina hasta pasada la medianoche, y a Tem se le acabaron las excusas para quedarse con ella. Al final, no tuvo más remedio que retirarse a su dormitorio y quedarse mirando el techo. Pasaron las horas. Su madre nunca se fue a la cama. Cuando Tem finalmente se durmió, los gallos empezaban a cantar. Se despertó en la misma posición en la que se había quedado dormida.

Cuando ella salió, su madre seguía en la cocina. Antes de que cualquiera de las dos pudiera hablar, tocaron la puerta. Un sirviente le entregó una carta a Tem.

*Temperance Verus:*

*El evento de esta noche se llevará a cabo según lo planeado.*
*Por favor, esté lista a las 8:00 p. m.*

Tem le dio la vuelta, sorprendida por la decepción que sintió al ver que esta vez no había ninguna nota adicional garabateada con tinta roja.

Entonces recordó cuál era el evento de esa noche.

Quedaban siete chicas: estaban a mitad del proceso de eliminación. En ese punto de la competencia, era tradición recibir a las chicas y a sus maestros en el castillo para darle al príncipe la oportunidad de afinar su entrenamiento. Eso significaba que Tem estaba a punto de ser juzgada por su avance.

También significaba que Caspen conocería a Leo.

El estómago de Tem se revolvió por la incomodidad que le producía la idea. No podía imaginar un dúo más extraño: el formidable basilisco y el príncipe humano. Ambos poderosos por derecho propio. Sin embargo, no podían ser más diferentes el uno del otro.

Tem no se molestó en intentar comunicarse con Caspen a través de su conexión. No le había respondido en toda la noche, y dudaba que empezara a hacerlo en ese momento. En cambio, ayudó a su madre con el trabajo de la granja, sintiéndose cada vez más miserable.

Jonathan y Christopher estaban muertos por su culpa.

No había forma de evitarlo, no había manera de darle la vuelta a la situación para que la culpa fuera de otra persona y no suya. Debió esforzarse más para disuadir a Caspen. Debió intentarlo. Pero sabía en su interior que no habría podido disuadir a Caspen. Era posesivo, intransigente y la consideraba *suya.* No había nada que pudiera haber hecho para evitarlo.

En esa ocasión, le llegaron dos paquetes.

Ninguno de ellos incluía una nota, pero Tem supo de inmediato al desenvolverlos quién le había enviado cada vestido. El de Caspen era verde; el de Leo, rojo. El de Caspen tenía una caída que le quedaría preciosa en la cintura. El de Leo tenía una abertura en el costado, un claro guiño al vestido que había llevado para los «sesenta juguetones». Tem sabía cuál quería usar.

Y, sin embargo, dudó.

Tanto Caspen como Leo asistirían al evento en el castillo. Ambos verían de inmediato qué vestido había elegido. Tem sintió un repentino ataque de enojo. ¿Por qué ambos le habían enviado algo para ponerse?, ¿por qué la obligaban a elegir? No era justo.

Miró fijamente los vestidos, deseando que uno de ellos desapareciera. Como ninguno lo hizo, decidió tomar el asunto en sus propias manos.

—¿Mamá?

Su madre levantó la vista de la estufa.

—¿Sí, querida?

—¿Tienes un vestido que pueda ponerme para esta noche?

Su madre frunció el ceño.

—Pensé que... —Sus ojos se dirigieron a la habitación de Tem, donde aún estaban los vestidos sobre la cama.



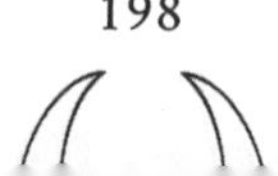

—Esos no me quedan bien —dijo sin rodeos. Era una verdad a medias. No se ajustaban a sus necesidades.

Su madre frunció los labios antes de asentir.

—Déjame ver.

Tem la siguió hasta el dormitorio principal, y sus ojos se dirigieron de inmediato a la botella con agua salada que estaba en su tocador. Tocó el cristal transparente, recordando cómo Caspen había dicho que olía a mar. Su madre revisó su armario, sacó dos vestidos y los sostuvo en alto. Uno era café; ese no servía en absoluto. Los ojos de Tem se dirigieron de inmediato al otro.

Era blanco, de lino, y totalmente inapropiado para un evento formal en el castillo. Pero era lo suficientemente bueno para su madre, así que también era lo suficientemente bueno para ella.

—Ese —dijo ella.

Su madre le entregó el vestido.

Tem conservó la garra dentro de sí y la cadena de oro alrededor de su cuello. Cuando llegó el carruaje para llevarla al castillo, todavía no había tenido noticias de Caspen. Era difícil no guardar resentimiento por su ausencia.

—¿Señorita? —La puerta del carruaje se abrió y un sirviente extendió la mano—. Hemos llegado.

Tem se dejó conducir al castillo.

El salón de baile estaba como siempre: resplandeciente por el oro y lleno de gente. Tem buscó a Caspen entre la multitud, pero aún no estaba allí. Antes de que tuviera tiempo de preguntarse cuándo llegaría, sintió una mano en su brazo. Era Gabriel.

—¿Optaste por algo informal esta noche? —La besó en la mejilla—. Me gusta.

—Probablemente seas el único al que le guste.

—Por favor, Tem. Si el príncipe no te quiere con ropa de lino, no te merece con seda.

Tem sonrió. Gabriel tenía razón.

—¿Sabes cuándo llegarán los basiliscos? —preguntó ella.

Gabriel se encogió de hombros.

—En cualquier momento.

Tem volvió a examinar la habitación, esta vez buscando a Leo. Lo vio al instante, apoyado contra una columna de mármol como siempre. Maximus estaba a su lado, diciéndole algo al oído. Ambos parecían preocupados. Tem podía imaginarse por qué.

Sin duda, el quebrantamiento de la tregua pesaba mucho en la mente de la realeza. No era casualidad que los basiliscos visitaran el castillo esa noche. Seguramente, la realeza pretendía controlar la situación, afirmar su dominio en un entorno público.



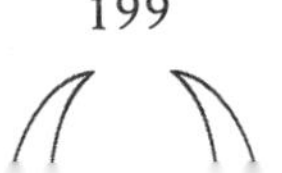

«Ayuda».

Tem se quedó paralizada.

Los acontecimientos de los últimos días habían sido tan abrumadores que no había pensado en la voz ni una sola vez. Pero ahora que estaba de nuevo en el castillo, todo volvió a su mente en una abrumadora oleada. Se había prometido a sí misma que la siguiente vez que estuviera allí, encontraría la voz. Tem volteó hacia Gabriel, dispuesta a excusarse.

Antes de que pudiera decir palabra alguna, él le dio un codazo y susurró:

—Es hora del espectáculo.

Los basiliscos habían llegado.

El salón de baile entero quedó en silencio cuando entraron los siete maestros. Su gracia natural era fascinante: parecía que se deslizaban sobre hielo.

—Entonces —susurró Gabriel—, ¿cuál es el tuyo?

Todos los basiliscos eran realmente hermosos, pero Caspen estaba en otro nivel.

Era casi treinta centímetros más alto que los demás, y sus ojos dorados evaluaban su entorno con un desdén apenas disimulado. Dondequiera que iba, la multitud se abría ante él como el agua.

Tem simplemente señaló.

—¿*Ese* es Caspen? —siseó Gabriel.

—Sí.

—Pequeña mentirosa.

—¿Disculpa?

—Pequeña mentirosa, Tem. No mencionaste que era un espécimen perfecto de hombre.

—No es un hombre.

—Créeme, Tem. Es un hombre.

Tem puso los ojos en blanco.

—¿Quieres comportarte, por favor? Esto ya es bastante difícil sin que lo mires embobado como si fuera una especie de deidad.

—¿Ya lo viste? Es una especie de deidad.

—Por el amor de Kora.

—Nunca he visto a un hombre más guapo.

Tem suspiró. Ella tampoco.

—No puedo creer que puedas acostarte con él.

Tem volvió a suspirar. Ella tampoco podía creerlo.

El sonido metálico del tintineo de los vasos interrumpió sus pensamientos.

—Atención, todos. —Maximus caminaba hacia el centro de la habitación, con la misma voz profunda que Tem recordaba. Leo permanecía junto a la columna, con un vaso de whisky entre los dedos. Cuando se encontró con la mirada de Tem, le guiñó un ojo.



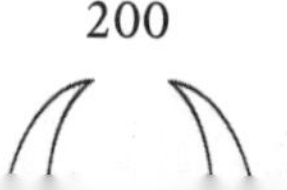

Gabriel siguió la mirada de Tem.

—¿Te acaba de guiñar el ojo el príncipe?

Tem lo empujó

—Claro que no.

—Deberías guiñarle también.

—Prefiero morir.

Gabriel entrecerró los ojos.

—Tiene una mandíbula muy bonita, ¿verdad?

—No —murmuró Tem con los dientes apretados—. No es así.

—Por favor, Tem. Sé de mandíbulas, y esa es una bonita mandíbula.

Gabriel movió los dedos coquetamente hacia Leo, quien levantó una ceja, desconcertado.

Tem bajó la mano de Gabriel de un golpe.

—Bueno, tiene una bonita mandíbula.

—Es probable que también tenga otras partes bonitas.

Tem no tenía nada que decir al respecto. El rey seguía hablando.

—Es un gran honor y privilegio dar la bienvenida a nuestros invitados esta noche. Mi hijo y yo estamos muy agradecidos por sus servicios.

Las palabras de Maximus no fueron accidentales. De pronto, Tem recordó su conversación en el salón: «Ellos prestan un servicio. Su lugar está por debajo del nuestro».

El rey estaba minimizando a los basiliscos, reduciéndolos a su papel de maestros. Su discurso era una advertencia, una forma de recordarles que la realeza tenía el poder. ¿Pero de verdad era así? La pared de espejos era inútil. Los aldeanos ya no vivían sin miedo a los monstruos que habitaban bajo la montaña. Si alguna vez existió la paz, ya no estaba garantizada, si es que alguna vez había existido.

Tem observó cómo un músculo de la mandíbula de Caspen se contraía mientras Maximus continuaba.

—El proceso de eliminación es una tradición consagrada. Garantiza que mi hijo —los ojos del rey se dirigieron brevemente a Leo— tome la decisión correcta. Y, lo que es quizá más importante, garantiza que el equilibrio de nuestro reino permanezca intacto.

«Si las serpientes llegaran a cuestionar su lugar, el equilibrio podría quebrantarse».

—Si me hicieran el favor de levantar sus copas —Maximus levantó la suya, junto con el resto de los presentes—, me gustaría hacer un brindis.

Gabriel tomó la mano de Tem y la levantó irónicamente, como si fuera una copa.

Maximus hizo una pausa antes de hablar, y finalmente sus ojos se posaron en los de Tem mientras decía:

—Por tomar siempre la decisión correcta.



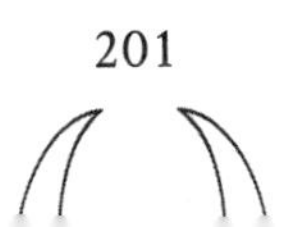

Todos, excepto Leo, bebieron de un trago.

Gabriel posó sus labios sobre los dedos de Tem antes de soltar su mano.

—Bueno, me voy. ¿Nos vemos en un rato?

—Claro —respondió Tem—. Nos vemos.

Gabriel desapareció.

Antes de que estuviera lista para él, Caspen estaba frente a ella.

—Tem —dijo y su voz fue un murmullo ansioso.

Solo había pasado un día desde que se habían separado, pero a Tem le había parecido una eternidad. Se preguntó si él sentiría lo mismo o si ella se había borrado de su mente con la misma facilidad con la que se apaga una vela.

—Caspen —respondió ella, y su nombre apenas logró atravesar el nudo que tenía en la garganta—. ¿Cómo estás?

Parecía una pregunta estúpida, pero no tenía idea de qué más decirle, sobre todo teniendo en cuenta sus circunstancias.

—Estoy bien. ¿Y tú?

Tem solo pudo asentir. Era como si algo le comprimiera los pulmones, impidiéndole respirar.

—¿Quieres que te traiga una copa? —preguntó él en voz baja.

—Sí, por favor —consiguió decir.

Caspen desapareció y regresó un momento después con una delicada copa de champaña.

—Odio la champaña.

Caspen sonrió y a ella se le aceleró el corazón.

—Perdóname —dijo él—. No lo sabía.

—Bueno. Ahora lo sabes.

Su sonrisa se amplió.

—¿Qué prefieres beber, Tem?

—Whisky.

No sabía por qué lo había dicho, pero, por alguna razón, en ese momento había pensado en Leo.

Caspen desapareció de nuevo, y cuando volvió, le ofreció un whisky.

—Gracias.

—De nada.

Caspen se acercó.

—No llevas el vestido que te envié.

No era una pregunta. Simplemente era una afirmación.

—El príncipe también me envió uno.

Caspen inclinó la cabeza.

Tem no podía leer su expresión.

—Ya veo —dijo él en voz baja—. Y no pudiste elegir.



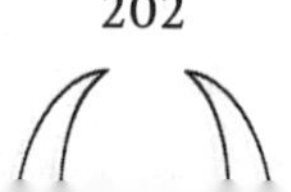

Otra afirmación.

—Pude haberlo hecho —aclaró—, pero no quise.

—Ya veo —repitió él, recorriendo con la mirada su cuerpo, deteniéndose en el humilde lino blanco.

En el silencio, Tem sintió cómo el corazón le latía con fuerza en el pecho. Necesitaba preguntarle por Jonathan y Christopher, necesitaba oír la confesión directamente de sus labios.

Sin embargo, había un asunto más urgente.

—He estado escuchando una voz —dijo antes de poder contenerse.

Los ojos de Caspen la miraron de nuevo. Frunció el ceño.

—¿Una voz?

—Sí. En el castillo. Bueno, en mi cabeza, pero viene del castillo.

Tem pensó que el anuncio sería recibido con confusión o al menos con incredulidad. En cambio, Caspen miró por encima del hombro como para asegurarse de que nadie más estaba escuchando.

Se acercó.

—No podemos hablar de esto aquí.

Su respuesta desconcertó a Tem. Ella esperaba que Caspen hiciera algunas preguntas aclaratorias, o cualquier pregunta. Su actitud impasible solo podía significar una cosa.

—¿Tú también la escuchas?

Él frunció los labios, pero no respondió.

Ahora fue Tem quien se acercó.

—Si la escuchas, entonces sabes que pide ayuda.

—Dije que no hablaría de esto aquí.

Era demasiado. Estaba harta de que Caspen le ocultara información.

—¿Perdón? Tiene que haber algo que podamos...

Pero Caspen la interrumpió.

—No hablaré de esto aquí.

Tem dio un paso atrás con los ojos llorosos. A pesar de su dura orden, Caspen no parecía molesto. Al contrario, casi lucía triste. Cuando volvió a hablar, su voz era suave.

—Dime, Tem. ¿Qué opinas del príncipe?

Tem notó que sus palmas comenzaban a sudar. ¿Por qué le preguntaba eso? ¿Estaría celoso o simplemente quería saber cómo iba su estudiante?

—Es... —Hizo una pausa mientras buscaba a Leo con la mirada entre la multitud. El príncipe atravesaba una puerta al otro extremo del salón de baile, acompañado por una chica a un lado y un basilisco al otro. Era uno de los siete encuentros privados que tendría esa noche.

Tem sacudió la cabeza, intentando concentrarse.

—Es un miembro de la realeza. Todos son iguales.

Caspen se inclinó hacia ella.

—¿Tiene preferencia por ti?

Era una pregunta directa, una que no podía evitar. Tem respondió con honestidad.

—Sí. Eso creo.

Los ojos de Caspen se entrecerraron.

A través de la garra pasó un punzante y agudo impulso. Era tan intenso que Tem jadeó, metiendo la mano entre sus piernas en un intento por aliviar el dolor. A diferencia de las suaves y dolorosas vibraciones que Caspen solía enviarle, esa era tan discordante que supo que no era para su placer.

Tem lo miró conmocionada.

—Eso duele.

En el rostro de Caspen asomó un arrepentimiento fugaz. Abrió la boca, pero antes de que pudiera hablar, Tem ya se estaba dando la vuelta.

Caspen la agarró del brazo.

—¿Adónde vas?

—A quitármela —espetó.

—¡No! —gritó él. Nunca lo había oído tan desesperado—. Tem, yo...

—¿Cómo te atreves? —murmuró—. ¿Cómo te atreves a usarla para causarme dolor? Me la puse porque confío en ti.

El rostro de Caspen se convirtió en una máscara oscura de remordimiento.

—No fue mi intención hacerte daño.

—Nunca es tu intención.

—Reaccioné y...

—Tú fuiste quien me entrenó para él.

Caspen la miró fijamente. Sus ojos perdieron la dulzura.

—Soy muy consciente de eso, Tem.

—Entonces, ¿qué quieres de mí?

Su mano se deslizó lentamente por el brazo de ella hasta que sus dedos se rozaron. Tem notó claramente la forma en la que estaban de pie juntos, aislados en el borde del salón de baile. La garra emitió una suave pulsación.

—Todo.

Tem negó con la cabeza.

—No digas eso.

—¿Por qué no?

—Porque no lo dices en serio.

—Por supuesto que...

—Si me quisieras, me dejarías entrar, pero no me quieres. Nunca me has querido. Me ocultas cosas. Nunca me das una respuesta directa. Me silencias.

—No es posible silenciarte, Tem. Eso está muy claro.

—¿Mataste a Jonathan y a Christopher?

Caspen levantó la barbilla y la miró.

—Por supuesto que lo hice.

—Te dije que no quería que nadie saliera herido.

—Y yo te dije que algunas cosas no te conciernen.

—La pérdida de vidas humanas me concierne.

—Sus vidas no fueron una pérdida.

Las pulsaciones se aceleraron. Estaban discutiendo, pero él la estaba excitando.

—Detente —exigió ella.

—¿Por qué?

—No es justo —insistió—. No tengo forma de contraatacar.

—Hablas como si estuviéramos en guerra.

—Parece que lo estuviéramos.

Las vibraciones se detuvieron. Odiaba cuánto las extrañaba.

Caspen se inclinó hacia Tem, fijando sus ojos en los de ella.

—No es mi deseo herirte, Tem.

—Entonces, ¿cuál es tu deseo?

La multitud pareció desaparecer a su alrededor.

—Prepararte.

—¿Para qué?

Las pulsaciones volvieron, suaves esta vez, palpitando rítmicamente contra su ropa interior. Cerró los ojos, disfrutando de la sensación.

Aún estaban cerrados cuando oyó a Caspen susurrar:

—Para lo que viene.

Cuando Tem abrió los ojos, ya no estaban solos.

Había otro basilisco junto a Caspen. Este tenía el cabello negro y le llegaba hasta los hombros y los pómulos, tan afilados que reflejaban la luz. Era varios centímetros más bajo que Caspen, pero con la misma postura rígida. Miró a Tem con claro desprecio.

—Así que, Caspenon —dijo sin dejar de mirar a Tem—. Esta es tu estudiante.

Algo en la forma en la que dijo «estudiante» dejó claro que lo decía como un insulto.

—Se llama Temperance —respondió Caspen con voz deliberadamente uniforme.

Tem reconoció su tono, era el que usaba cuando intentaba contener su ira.

—Temperance —repitió el basilisco lentamente, inclinando la cabeza para verla mejor—. Interesante.

—¿Y tú eres...? —preguntó Tem antes de poder evitarlo.



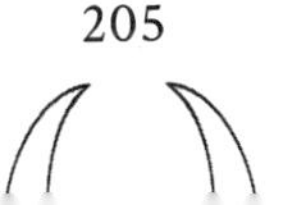

El basilisco parpadeó, como si le sorprendiera que se dirigiera directamente a él.

—Soy Rowe Seneca.

—Interesante.

«Rowe es peligroso. No lo hagas enojar».

Tem casi dio un salto cuando la voz de Caspen volvió a su mente.

«¿Por qué no?».

Pero ya se había ido de nuevo.

La mirada de Rowe se posó en la garra dorada que rodeaba el cuello de Tem. Su rostro reflejó una mezcla de incredulidad y rabia. Miró a Caspen.

—Dime que eso no es lo que creo que es.

—Eso no es de tu incumbencia. —Caspen se puso tenso.

Rowe se acercó más y la mano de Caspen se dirigió a la cintura de Tem. Los ojos de Rowe siguieron el movimiento con disgusto.

—Eres una vergüenza para tu linaje —gruñó.

Caspen la sujetó con más fuerza.

—Y tú eres una carga para el tuyo.

Rowe soltó una risa amarga.

—Mejor una carga que un traidor.

El salón de baile pareció encogerse cuando Caspen se inclinó hacia delante, con el rostro a escasos centímetros del de Rowe.

—Recuerda cuál es tu lugar o yo te lo recordaré.

Rowe lo miró desafiante, pero a Tem no se le escapó el inconfundible destello de miedo en sus ojos. Pasó un momento interminable mientras ambos basiliscos se miraban fijamente. Tem no se atrevía a romper el silencio. Estaba claro que había un asunto entre ellos, pero no tenía idea de qué podía ser. Recordó lo que Caspen le contó sobre los basiliscos: que sus linajes eran como sus clanes. Rowe era de otro linaje que quizás tenía conflictos con el de Caspen. Ella no podía ni siquiera imaginar la situación política de los basiliscos. Seguro que era aún más complicada que la de la realeza.

Todavía estaban de pie en silencio cuando apareció Vera.

—¿Te quedaste sin vestidos, Tem? —preguntó con alegría.

Su voz sacó a los basiliscos de aquel punto muerto. Rowe volteó hacia Vera.

—Te dije que me esperaras hasta que el príncipe nos llamara.

Tem levantó las cejas. Rowe era el basilisco de Vera.

Los ojos de Vera se posaron con celos en la mano de Caspen, que todavía estaba en la cintura de Tem. Tocó el brazo de Rowe, imitando el gesto.

—Lo sé, pero yo…

Él la ignoró.



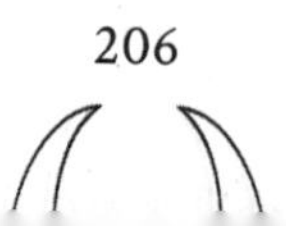

—¡Déjanos solos! —gritó.

El rostro de Vera mostró una mueca de descontento. La estaba corriendo y no de una manera amable. Por un momento pareció que iba a protestar, pero una mirada al rostro de Rowe pareció hacerla cambiar de opinión. Con un último resoplido de insatisfacción, se alejó con aire altanero.

Rowe volteó hacia Caspen y continuó como si Vera no hubiera estado allí.

—Debería arrancarle eso del cuello. —Señaló el collar de Tem.

Caspen se colocó de inmediato entre ella y Rowe, actuando como escudo.

—Solo si quieres perder la mano.

—La forma en que la proteges… —las fosas nasales de Rowe se dilataron—, es repugnante.

—Di una sola palabra más… —siseó Caspen, y Tem sintió cómo un escalofrío recorría su espalda—, y te reunirás con tu padre.

En los ojos de Rowe destelló el horror, seguido de un odio genuino y sin filtros. Luego se dio la vuelta y desapareció.

Tem miró a Caspen, quien a su vez observaba fijamente a Rowe con la mandíbula apretada. Ella tenía muchas preguntas, pero estaba segura de que Caspen no respondería ninguna. Antes de que Tem pudiera decidir por dónde empezar, apareció un mayordomo a su lado.

—Su Alteza los recibirá ahora.

No había tiempo para relajarse después de lo que acababa de pasar, el mayordomo ya los conducía entre la multitud hacia la puerta al final del salón de baile. Tem sintió un repentino golpe de miedo. Caspen no solo estaba a punto de encontrarse cara a cara con Leo, sino que ya estaba enojado. No sabía lo que podría hacer si se le provocaba. Leo no era precisamente un pacificador; era aún más propenso a los disturbios que Tem. El mayordomo abrió la puerta.

Allí estaba Leo.



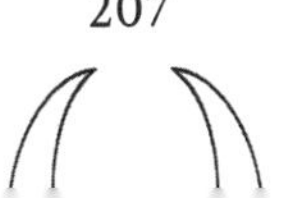

# CAPÍTULO 16

El príncipe sostenía un vaso de whisky, que hacía girar con indiferencia. Sus ojos recorrieron brevemente el vestido de Tem antes de posarse en Caspen. Por un momento no pasó nada.

Entonces Leo dio un paso adelante.

Se movió lentamente, deteniéndose solo cuando estuvo frente al basilisco. Eran de la misma estatura, pero la complexión de Caspen lo hacía parecer más alto. Tem habría pagado mucho dinero por saber lo que cada uno de ellos estaba pensando. No obstante, la mente de Caspen seguía cerrada para ella, y nunca había podido acceder a la de Leo. Simplemente observaba impotente cómo los dos hombres en su vida se miraban uno al otro. Leo rompió el silencio.

—Gracias.

Caspen parpadeó.

—¿Por qué?

Leo miró a Tem.

—Por ella.

Caspen se puso rígido. Lentamente sus manos se estaban cerrando en puños.

—Es realmente especial, ¿verdad? —dijo Leo sin inmutarse.

Tem se preguntó si tenía idea del peligro en el que se encontraba.

—Sí —respondió Caspen entre dientes—. Lo es.

—Por supuesto. —Leo le dedicó una sonrisa a Tem—. También es bastante difícil.

Caspen no lo reconoció. Su voz resultó monótona cuando preguntó:

—¿Está satisfecho con su desempeño?

Después de una pausa, a Tem se le hizo un nudo en el estómago al recordar que el objetivo de la reunión era evaluarla.

Leo rio.

—Define desempeño.

La mirada de Caspen fue hacia Tem antes de dirigirse de inmediato a Leo.



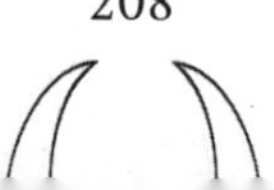

—¿Aún no se han acostado? —Sus palabras flotaron en la habitación como humo.

Leo tomó un sorbo de su whisky.

—Pareces sorprendido. ¿Ustedes dos no se comunican?

La garra se estremeció con una pulsación. Si tan solo el príncipe supiera cómo se comunicaban.

—Supongo que ustedes *sí* lo han hecho —continuó Leo sin perder el ritmo—. ¿Te importaría decirme lo que me espera?

Tem se quedó boquiabierta. Leo siempre había sido arrogante en lo que se refería al sexo, pero oírlo hablar de ello con tanta ligereza seguía siendo impactante.

Caspen se estremeció. Las palmas de Tem empezaron a sudar de nuevo.

—Ella lo satisfará —dijo con rigidez—. Y si no lo hace, habrá sido culpa mía, no suya. Tem procesó sus palabras. Nunca había pensado en el entrenamiento de esa manera. No había considerado que ella era un reflejo de Caspen, y que si el príncipe no la elegía, era tanto culpa suya como de ella.

—Mmm… —Leo hizo girar su whisky—. Asumes que sabes lo que me satisfará.

Caspen se encogió de hombros.

Tem rezó en silencio a Kora por la vida de Leo.

—No asumo nada más allá de lo que sé de los hombres humanos.

Leo frunció el ceño y, por primera vez desde que comenzó la conversación, su tono se endureció.

—¿Y qué sabes de los hombres humanos?

Otro silencio. Los ojos de Caspen se clavaron en los de Leo, y Tem sintió un cambio tangible en la energía de la habitación cuando dijo:

—Que son fáciles de satisfacer.

No había duda del desafío en la voz de Caspen. Básicamente había llamado simple a Leo. Predecible. Lo estaba minimizando, dando a entender que él y todos los humanos carecían de profundidad. Tem sabía que no era un insulto que el príncipe toleraría.

Leo sujetó con fuerza su whisky. Mostró sus dientes dorados y afilados.

—Olvidas cuál es tu lugar, serpiente.

Caspen se quedó inmóvil de inmediato.

Era un reflejo de la conversación que acababa de presenciar entre Caspen y Rowe, solo que esta vez era Leo quien estaba poniendo a Caspen en su lugar. De pronto, Tem recordó que aunque Caspen era una parte importante de su vida, no significaba nada para Leo. Para el príncipe, Caspen no era más que una herramienta, un medio para un fin, un eslabón de una tradición que tenía cientos de años. Leo creía lo mismo que su padre: los basiliscos estaban por debajo de él.

Qué equivocado estaba.



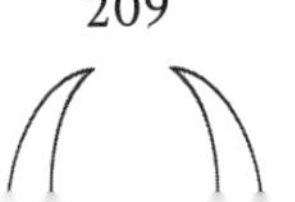

—Ya basta —espetó Tem.

Ambos la miraron con las cejas levantadas.

—No soy ganado —continuó sin que ninguno de los dos tuviera oportunidad de interrumpirla—, no pueden hablar de mí como si no estuviera aquí.

Reinaba un silencio sepulcral. Tem podía oír las pulsaciones en su cráneo. Se volteó hacia Leo.

—Soy tu futura esposa y merezco que me trates como tal.

Las cejas de Leo se levantaron aún más. Tem le sostuvo la mirada. Parecía más seguro que mirar a Caspen, que irradiaba ira de forma palpable. El príncipe aparentaba estar meditando algo, reflexionando sobre ella. De todas las veces que Leo la había mirado antes, Tem se preguntaba si aquel era el momento en el que de verdad comenzaba a verla como una persona y no como un objeto. Era lo mínimo que se merecía.

—Tienes razón —comentó Leo finalmente.

Caspen no dijo nada.

Esta vez, Tem dejó que el silencio se asentara. Quería que pensaran en lo que había dicho, que realmente comprendieran su lugar en ese proceso. Para ella era inaceptable que pensaran que se trataba de ellos. Tem era quien tenía que tomar una decisión. Tem era quien tenía el poder. Si decidía salir de esa habitación, ni el basilisco ni el príncipe podrían hacer nada para detenerla. Ambos la deseaban. Debían empezar a actuar en consecuencia.

Leo extendió la mano hacia ella.

En la mente de Tem estalló una repentina ola de rabia. Pero no era suya, sino de Caspen. Por primera vez, Tem no lo dejó entrar. Cerró de golpe la puerta que los separaba, haciendo todo lo posible para mantenerlo fuera. Tomó la mano de Leo, concentrándose en cómo la sentía: cálida y fuerte, con sus largos dedos entrelazados con los de ella mientras él preguntaba:

—¿Qué necesitas de mí, Tem?

Lo preguntó en voz baja, como si fueran las únicas dos personas en la habitación. Tem pensó en la pregunta. Solo había una cosa que necesitaba de Leo, la misma que necesitaba de sí misma.

—Paciencia.

Leo torció la boca.

—Me temo que no es mi especialidad.

La rabia se intensificaba. Tem tuvo que hacer un gran esfuerzo para reprimirla.

Cuando ya no pudo resistirse más, Leo volteó hacia Caspen.

—Déjanos solos.

Tem esperaba que él protestara, o tal vez que explotara. En lugar de ello, asintió y un momento después se había ido. Tan pronto como la



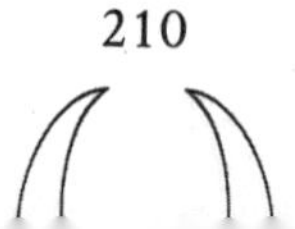

puerta se cerró de golpe, la rabia de Caspen desapareció de su mente. Tem parpadeó y sacudió la cabeza para aclararla. Leo todavía le sostenía la mano.

—Tem. —Le apretó la mano—. ¿Qué pasa?

—Nada. Pero debería... ir a verlo.

Leo frunció el ceño.

—¿Por qué?

—Porque...

No se le ocurrió nada que decir. No había ninguna razón lógica por la que tuviera que ir a ver cómo estaba su profesor y ambos lo sabían. Pero el hecho era que tenía que ver a Caspen. Así que dijo lo único que se le ocurrió.

—Vuelvo ahora mismo, Leo. Te lo prometo.

Leo seguía frunciendo el ceño. Pasó mucho tiempo antes de que respondiera.

—Claro. Tómate tu tiempo.

Tem no le dio oportunidad de cambiar de opinión. Separó sus dedos de los de él, empujó la puerta y volvió al salón de baile. El alto cuerpo de Caspen estaba en la orilla de la multitud. Corrió hacia él, sin importarle quién se interpusiera en su camino.

—¡Caspen!

Él giró, con una expresión indescifrable.

—«¿Ella te satisfará?» —murmuró Tem cuando lo alcanzó, disimulando su dolor con ira—. ¿Cómo pudiste decir eso de mí?

Caspen soltó una risa irónica.

—Cumplí con mi deber, Tem. Nada más.

Se dio la vuelta, pero Tem lo agarró del brazo.

—¿Tu *deber*? ¿Eso es todo lo que soy para ti?

Caspen giró sobre sí mismo, acortando la distancia entre ellos en medio segundo.

—Sabes muy bien lo que eres para mí, Tem, pero tengo las manos atadas.

Ella lo miró con furia.

—En realidad, son mis manos las que están atadas.

Caspen entrecerró los ojos.

—¿Ah sí? Eres su futura esposa, ¿no? Una posición tan preciada no es una carga.

Tem dio un paso atrás como si la hubiera abofeteado.

—Dije eso para defenderme —susurró—. Y es solo un hecho. Sabes que lo es.

—El único hecho es que te quiere. Más aún ahora que siente un desafío de mi parte.

—Siente un...



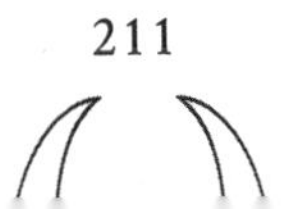

—Y si cree que puede tomar lo que es mío... —Caspen la interrumpió, acercándose aún más—. Se equivoca.

En ese momento, cuando se dio la vuelta para irse, Tem no lo detuvo.

Los sonidos del salón de baile se convirtieron en un rugido sordo cuando ella cerró los ojos. Caspen no había dicho el nombre de Leo ni una sola vez. Quizás era una forma de degradarlo, de socavar la jerarquía que la realeza insistía en reforzar. En la mente de Tem aparecieron de repente las estatuas de Jonathan y Christopher. No permitiría que eso le sucediera a Leo. Nunca.

Tem abrió los ojos.

Allí estaba Gabriel, riéndose con un mayordomo. Allí estaba Vera, suspirando por Rowe. Nadie en el concurrido salón de baile sabía lo que Tem acababa de padecer, lo que Caspen había hecho y era capaz de hacer. Se estaba volviendo demasiado como para que Tem pudiera soportarlo. No podía seguir cargando con esos secretos sola.

De alguna manera, encontró el camino de vuelta a Leo. Él levantó la mirada cuando Tem entró en la habitación.

—¿Qué fue eso? —preguntó. Tenía una expresión extraña en el rostro, como si estuviera tratando de descifrar algo.

—Nada —respondió Tem en automático. No fue lo mejor, pero no podía dar nada más.

Leo se acercó.

—Preferiría que no me mintieras, Tem. ¿Lo recuerdas?

Ella suspiró. Claro que lo recordaba. Sin embargo, tampoco podía decirle la verdad a Leo. Así que dijo:

—Solo estoy cansada. Ha sido un día largo.

Sabía que no le creía.

—¿Siempre es así? —preguntó Leo.

—¿Así cómo?

—Un poco irracional.

—Caspen no es irracional.

Las palabras le salieron más tajantes de lo que hubiera querido. Leo enarcó una ceja ante su tono.

—¿Te he ofendido?

—Insultaste a alguien que me importa.

Tem se dio cuenta demasiado tarde de que había dicho algo totalmente inapropiado. La mirada de profundo asco en el rostro de Leo era exactamente la misma que Rowe le había dirigido a Caspen antes.

—¿Te importa?

Tem trató de recuperarse, buscando su brazo.

—Es que no creo que sea irracional. Después de todo, me preparó para ti. ¿No crees que le debemos gratitud?



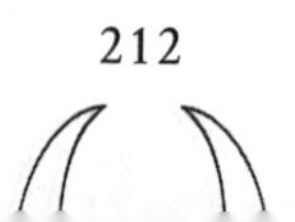

Leo se soltó de su mano. Su voz sonó distante cuando volvió a hablar.

—Prepararte para mí es su deber. No le debo nada. Y tú tampoco.

—Leo... —empezó a decir, pero él sacudió la cabeza y ella se quedó en silencio.

Él se acercó. Sus ojos grises parecían fragmentos de hielo.

—¿Es por eso que no quieres acostarte conmigo?, ¿por él?

La boca de Tem se abrió y luego se cerró.

En el silencio, Leo la estudió.

Ella no se atrevía a hablar. Leo era inteligente; no se dejaría engañar por las palabras. Tem no tuvo más remedio que dejar que él llegara a sus propias conclusiones. Cuando el príncipe finalmente habló, su voz se convirtió en un murmullo tranquilo de comprensión.

—Significa algo para ti.

A Tem se le empezaron a agolpar las lágrimas. Estaba siendo arrastrada en una dirección sobre la que no tenía control, obligada a revelar algo que nunca había tenido la intención de revelar. En ese momento todo estaba llegando a un punto crítico y no había nada que pudiera hacer para detenerlo.

No tenía sentido mentir. Leo se daría cuenta si lo hacía. Así que Tem susurró:

—Sí.

El rostro de Leo reflejó verdadero dolor e incredulidad.

—¿Cuánto? —preguntó.

—¿Cuánto qué?

Se inclinó para que Tem no pudiera mirar a otro lado que no fuera hacia él.

—¿Cuánto significa exactamente él para ti?

Tem no podía creer lo que estaba pasando.

—Él... —empezó, pero no tenía idea de cómo expresarlo con palabras. ¿Cuánto significaba Caspen para ella? Mucho, pero no podía decirle eso.

Antes de que pudiera pensar en una respuesta, Leo ya estaba haciendo una pregunta mucho peor.

—¿Lo amas?

Necesitaba mentir. Eso era todo; necesitaba ocultar la verdad, solo esa vez. Pero Tem no podía hacerlo. Cuanto más lo intentaba, más se le oprimía el pecho. Era como intentar hablar a través de un tubo de succión. Apenas pudo pronunciar la palabra entre dientes:

—No.

Todo el cuerpo de Leo estaba rígido. Tem quería extender la mano hacia él, pero no lo hizo. No había nada que decir, no había forma de arreglar eso. Sabía, sin lugar a dudas, que acababa de desatar algo que no se podría frenar. Por un momento, Tem temió que Leo le gritara.



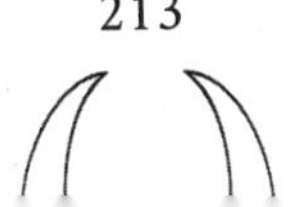

Pero entonces, inexplicablemente, Leo se relajó. Dejó caer los hombros y bajó la mirada al suelo. Pasó un largo momento antes de que hablara, y cuando lo hizo, su voz sonó ronca.

—¿Tengo que compartirte?

Tem no podía creer la agonía en su voz. Había olvidado que debajo de la altanería de Leo, tenía un corazón como el suyo: un corazón capaz de desear, de amar. El ego de Leo lo protegía de la vulnerabilidad; era fácil olvidar lo sensible que era, pero en momentos como esos, Tem lo entendía mejor que a sí misma. Ella sabía lo que significaba anhelar.

—Eso... depende de ti, supongo —dijo en voz baja.

Leo la miró con tal devastación que ella quiso llorar.

—No, Tem. Eso depende de ti.

Tem volvió a intentar acercarse a él, pero él se apartó.

—Ve con él.

—¿Qué?

—Tú amas a Caspen —su voz era más filosa que un cuchillo—. Así que ve con él.

Tem se estremeció.

—Leo, por favor...

—Solo... vete.

Luego él se dio la vuelta y se fue.

Sola por fin, dejó que sus lágrimas cayeran.

No tenía sentido quedarse. Tem huyó del castillo, tratando de no pensar en lo que pasaría si Leo la eliminaba esa noche. En primer lugar, su madre nunca la perdonaría. La granja se había convertido en una carga mayor desde que se ausentaba tan a menudo para el entrenamiento para el príncipe. Su madre había buscado trabajos secundarios para llegar a fin de mes: cuidar a los niños pequeños de las mujeres del pueblo, atender a los gatos de los vecinos cuando estaban fuera de casa... Era un estilo de vida insostenible. El cortejo de Tem al príncipe era su única vía de escape: lo único que las salvaría. Y ahora probablemente ya no existía.

«Ve con él».

Las palabras de Leo le daban vueltas en la cabeza una y otra vez mientras se dirigía a los carruajes. Una parte de ella quería obedecer, ir con Caspen y perderse en sus brazos. Otra parte recordaba la ira que había sentido Caspen cuando Leo le tomó la mano. ¿Y si esa ira se volvía contra ella? Él ya había usado la garra para hacerle daño esa noche. No había garantía de que no lo volviera a hacer. Pero si volvía a casa, tendría que enfrentarse a su madre, y Tem no podía soportar la idea de contarle lo que acababa de pasar.

—¿Adónde, señorita? —preguntó el sirviente mientras ella subía al carruaje.

—Al bosque.



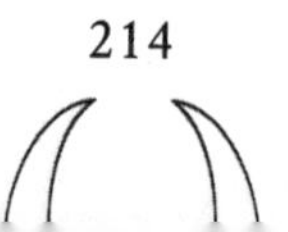

Tem pasó el viaje entero con la cabeza entre las manos. A pesar de su angustia, no lloró. En cambio, solo sintió un torrente interminable de adrenalina que la hizo rechinar los dientes. Estaba harta de esperar respuestas de Caspen. No era justo que le ocultara información de esa manera; no era justo que ella estuviera constantemente a oscuras. Tem necesitaba saber cuál era su situación con él. Necesitaba saber que en una sola noche no había perdido todo lo que le importaba.

Cuando el carruaje llegó al límite del bosque, el sirviente la ayudó a salir con una mirada incrédula.

—¿No prefiere que la lleve a casa, señorita?

—No —respondió Tem sin más.

Avanzó rápidamente entre los árboles, sin levantar la mirada del suelo. La última vez que pasó por ese camino, Jonathan y Christopher la habían agredido. Ahora eran estatuas de piedra, inofensivas y congeladas en medio de la plaza. Cómo habían cambiado las cosas.

La cueva estaba oscura; y la chimenea apagada.

Tem no esperaba un comité de bienvenida. Se sumergió de inmediato en las sombras, atravesando el pasadizo sin más ayuda que la de su memoria. Cuando llegó a la puerta de los aposentos de Caspen, se detuvo. No había manera de saber de qué humor estaría. ¿Querría siquiera verla? Esa noche, tanto Caspen como Leo habían descubierto que el otro significaba algo para ella esa noche. Parecía un castigo demasiado cruel perderlos a ambos por eso.

Sin dudarlo un segundo, Tem abrió la puerta. La chimenea estaba encendida, pero la habitación estaba vacía.

Tem se sentó en el borde de la cama de Caspen y de repente se preguntó si había cometido un terrible error. ¿En qué estaba pensando al ir a sus aposentos sin invitación? ¿Y si no quería verla o, peor aún, si había buscado refugio con otra persona? Se le revolvió el estómago al pensarlo. Difícilmente podía esperar lealtad de Caspen cuando ella misma estaba enredada con el príncipe.

El fuego empezó a arder débilmente.

¿Y si nunca aparecía? Tem no tenía idea de dónde podría estar Caspen, ni si sabía que ella estaba allí. Podría estar en algún lugar del bosque, cazando en su verdadera forma. Podría no volver en horas. Tem se puso de pie, decidida a volver a casa. Fue entonces cuando lo escuchó.

—Temperance.

Su nombre completo.

Tem miró hacia la puerta y vio a Rowe. Debía haber regresado del castillo hacía muy poco. De inmediato, se dio cuenta de lo vulnerable que estaba: sola bajo la montaña con un basilisco que no era Caspen. La situación estaba fuera de su control.



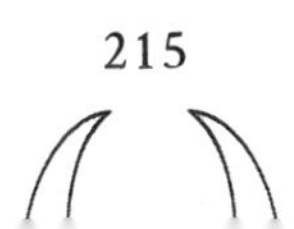

—Vine a ver a Caspen —logró decir—. ¿Está aquí?

—Está cerca —respondió Rowe serenamente, inclinando la cabeza como si escuchara algo—. Y se acerca cada vez más.

El corazón de Tem aceleró su ritmo. Si Caspen estaba cerca, ella estaba casi a salvo.

Rowe entró a la habitación y Tem retrocedió por instinto. El basilisco rio entre dientes ante su retirada.

—¿Tienes miedo, Temperance?

Tem no dijo nada. Rowe sonrió y a ella se le heló la sangre.

—Contéstame —ordenó.

—Sí —susurró—. Tengo miedo.

La sonrisa de Rowe se amplió.

—Y deberías tenerlo.

Tem levantó la barbilla. Era lo único que podía hacer para desafiarlo.

Rowe se acercó lentamente a la chimenea, sin apartar los ojos de Tem en ningún momento. Se movía como lo hacía Caspen, con la misma gracia inalcanzable.

—Debo confesar —dijo pensativo, como si se tratara de una conversación informal y no de una situación profundamente peligrosa— que no puedo entender la obseción de Caspenon por ti. No eres muy atractiva.

Tem no pudo reunir la energía suficiente para sentirse insultada. Sabía que no había forma de ganarle a Rowe.

—Por supuesto —continuó—, Caspenon siempre ha sido... *sentimental.*

Tem intentó con desesperación comunicarse mentalmente con Caspen, pero la puerta entre ellos seguía cerrada.

—Él sabe lo que quiere —respondió ella con rigidez.

—Eso está claro —se burló Rowe—. Sin embargo, dudo que sepa el precio que pagará si lo consigue.

—No comprendo —dijo Tem sin poder evitarlo.

—No. —Los ojos de Rowe recorrieron su cuello hasta la pequeña garra dorada—. No podrías.

Tem luchó por controlar la conversación.

—Si me pasa algo, Caspen buscará venganza.

Rowe soltó una risa siniestra.

—No hables de cosas que no entiendes. La venganza ya es mía.

Por un momento, solo se oyó el crepitar del fuego.

Rowe miró por encima del hombro hacia la puerta, como si hubiera escuchado algo. Luego, se dibujó una sonrisa astuta en sus labios mientras decía:

—Pero quizá no esta noche. —Cuando volvió a mirarla, la examinó de arriba abajo por última vez—. Hasta la próxima, Temperance.

Como si nunca hubiera estado allí, Rowe desapareció.



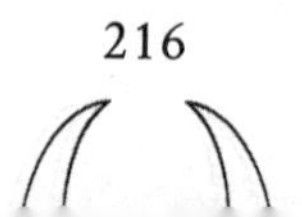

Tem respiró profundamente. Tenía la piel de gallina y no podía quitarse la sensación de que acababa de esquivar una muerte segura. Todas las lágrimas que se habían negado a salir antes, ahora amenazaban con inundarla. Rowe era peligroso, eso era indudable, y claramente tenía un problema personal con Caspen, y estaba dispuesto a empeorarlo usando a Tem. «La venganza ya es mía». ¿Qué quería decir eso? ¿Qué habría hecho Caspen?

Antes de que pudiera analizarlo más a fondo, volvió a oír su nombre.

—¿Tem?

Esta vez era Caspen quien estaba en la puerta. Se acercó a ella de inmediato, deteniéndose justo antes de tocarla.

—¿Qué estás haciendo?

—Tenía que hablar contigo.

—No debiste venir aquí sola.

—Lo sé.

—Es peligroso para ti. No puedo protegerte si... —Se interrumpió y sus ojos recorrieron a Tem con repentina preocupación. Sus fosas nasales se dilataron—. Rowe. Puedo olerlo. ¿Estuvo aquí?

Tem negó con la cabeza. Gritaría si algo más salía mal esa noche.

—Caspen, no quiero hablar de Rowe.

Él frunció los labios. Era obvio que quería decir algo más, pero Tem le agradeció que se contuviera. Entre ellos pendía el peso de la noche mientras se estudiaban mutuamente.

Tem eligió su pregunta con cuidado.

—¿Cómo seguimos adelante?

Caspen suspiró.

—Eso... depende.

—¿De qué?

—Tem —suspiró otra vez—. No quiero hablar de eso en este momento.

Pero Tem estaba harta. Estaba harta de dejar que Caspen decidiera de lo que podían y no podían hablar. Él no quería hablar de la voz en el castillo, no quería hablar de la situación de su relación, no quería hablar de nada de lo que importaba. Ya era suficiente. Tem se negaba a seguir viviendo en el limbo.

—¿Cómo seguimos adelante? —insistió con voz aguda.

Los ojos de Caspen se entrecerraron. Nunca había usado ese tono con él.

—No puedo predecir el futuro, Tem —dijo con la misma voz aguda.

—No te estoy pidiendo que lo hagas. Solo te estoy preguntando qué quieres.

—Sabes muy bien lo que quiero.

—No es así —exclamó—. Nunca confías en mí. Nunca me dices cómo te sientes. Esperas que te lea la mente y luego te enojas cuando no puedo



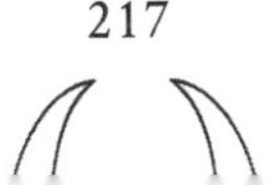

hacerlo. Tú eres quien no me deja entrar. No al revés. —Tem estaba a punto de llorar. Esperó un momento antes de terminar en voz baja—. Nunca hablas sobre el futuro. Yo... no sé qué soy para ti.

Caspen la miraba con una incredulidad indescriptible. No sabía si estaba conmocionado por sus palabras o por la forma en que las había dicho. En cualquier caso, tardó mucho en hablar y cuando lo hizo, su voz fue apenas un susurro.

—Tú eres mi futuro. Así de simple.

Y entonces empezaron a brotar las lágrimas.

Porque no era tan simple. En absoluto. Aunque era todo lo que había querido oír de Caspen, Tem no tenía idea de cómo iban a estar juntos. Ella no encajaba con su gente, ni él con la suya. Un futuro con Caspen no beneficiaba ni a su madre ni a la granja. Las cosas nunca se habían sentido tan imposibles.

—¿Por qué no me lo dijiste antes?

Él se encogió de hombros, con un movimiento forzado.

—Esto lo complica todo.

—¿No era ya complicado?

Caspen negó con la cabeza.

—Ahora lo es más. No puedes comprender la dificultad en la que me encuentro.

—Entonces explícame.

Caspen volvió a negar con la cabeza. Tem lo había llevado demasiado lejos; él se estaba cerrando, pero Tem ya no lo permitiría. Si tenían un futuro juntos, ella merecía tener voz y voto.

—Caspen —Le tocó el brazo, acercándose más—, explícame.

Durante un largo rato, Caspen se quedó inmóvil. Luego recorrió con las yemas de los dedos el hombro de Tem y bajó por la cadena de oro hasta tocar la pequeña garra que tenía entre los pechos.

—Esto no es solo un collar —dijo con voz baja.

—¿Entonces qué es?

Caspen hizo una pausa, acariciando con los dedos el amuleto.

—Es... una declaración de mis intenciones.

Tem frunció el ceño.

—¿Tus intenciones de qué?

Sus ojos se encontraron con los de ella.

—De casarme contigo.



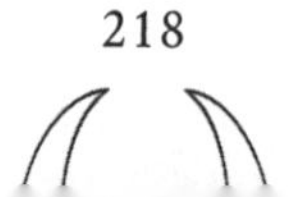

# CAPÍTULO 17

—¿Estás diciendo que estamos *comprometidos*?

De repente, la habitación se volvió más calurosa. Tem apenas podía respirar.

—No —respondió Caspen de inmediato—. Tendrías que aceptar la propuesta para que estuviéramos comprometidos.

—Oh —dijo Tem, todavía aturdida por la revelación.

Ahora la reacción extrema de Rowe ante el collar tenía sentido. Seguramente una pareja entre basilisco y humana era poco común o incluso mal vista.

—Bueno —dijo ella lentamente—, acepto.

Para sorpresa de Tem, el rostro de Caspen se ensombreció.

—No puedes aceptar.

—¿Disculpa?

—Lo que quiero decir es que *tú* no puedes aceptar. Si mi linaje aprobara la unión, aceptaría en tu nombre.

Tem asimiló la información. Era absolutamente extraño; nunca había escuchado hablar de alguien que no pudiera aceptar su propia propuesta. Eso planteaba una pregunta obvia:

—¿Aprobarán la unión?

—Lo dudo mucho.

—¿Cómo? —repitió.

—Tem. —Caspen tomó sus manos entre las suyas—. No es nada personal. Los basiliscos y los humanos rara vez se aparean. Lo que tenemos es inusual, y mi linaje estará alerta.

Tem todavía estaba intentando procesar el hecho de que Caspen le hubiera propuesto matrimonio. Pensó en el día en que le había dado el collar, el día en que tuvieron un encuentro sexual por primera vez. Él la había hecho alcanzar el orgasmo y ella había hecho lo mismo por él. Después compartieron su primera comida juntos. Tem recordaba lo electrizante que había sido su conexión esa noche, lo estimulante y significativo que había sido llevar al otro al orgasmo. Esa noche significó mucho para ella. En ese momento se dio cuenta de que significó aún más para Caspen.

Había una última cosa que Tem necesitaba saber.

—¿Por cuánto tiempo me has amado?

Caspen la miró a los ojos mientras susurraba:

—Por mucho más tiempo del que tú me has amado a mí.

Tem se preguntó por cuánto tiempo habría sido así.

¿Habría sido desde el momento en que se había tocado delante de él o cuando se quitó la ropa por primera vez en la cueva? ¿O incluso antes de ello, cuando él la visitó en sueños? ¿Había sabido entonces que había comenzado a amarla? ¿Lo había sabido ella también?

Caspen siempre había sido un caso anómalo para ella, una criatura que iba mucho más allá de lo que Tem podía expresar con simples palabras. No debía sorprenderle que las cosas hubieran progresado para él de una manera que ella jamás podría haber predicho. No tenía sentido tratar de comprender a un basilisco. Y, sin embargo, Tem no tenía miedo de su declaración. Ella no le tenía miedo. Nunca le había temido. Caspen siempre la había tratado como a su igual a pesar de las diferencias entre ellos. Él era el único que la valoraba, que le decía constantemente que ella era suficiente.

Mientras se miraban, algo nació en el corazón de Tem. Había una sinceridad en el gesto de Caspen que ella apreciaba más de lo que él podría imaginar. Que le dijeran que ella era el futuro de alguien no era algo que Tem hubiera esperado escuchar. Pensaba que las chicas como Vera eran las únicas que podían llamar la atención de un hombre, que solo las otras chicas eran dignas de afecto, pero no ella. Caspen le había demostrado que eso no era cierto. La había abierto, en más de un sentido, y ella había cambiado para siempre gracias a ello.

Caspen tenía una expresión de obvia cautela, sin duda esperando a ver cómo reaccionaría Tem a lo que él acababa de decirle. No había razón para hacerlo esperar más.

Tem se puso de puntitas y lo besó.

Caspen posó sus labios sobre los de ella y la estrechó en sus brazos con una fuerza monstruosa. El beso era todo lo que ella necesitaba y más. Era la confirmación de que los riesgos que estaban corriendo valían la pena, de que siempre se elegirían uno al otro, a pesar de todo lo que se interpusiera en su camino.

El beso se hizo más profundo. Tem se aferró a cada parte de Caspen, acercándolo a ella y deseando poder consumirlo. Todo en él la volvía salvaje, como un animal indómito al que acaban de sacar de su jaula. Se concentró únicamente en Caspen, dejando de lado todo lo que había sucedido esa noche, sumergiéndose en ese momento hasta quedar ciega de

deseo. Sus manos se deslizaron por sus pantalones para sentir su pene. En cuanto lo tocó, él se apartó.

—Tem —dijo con voz tensa—. No deberíamos hacer esto.

—¿Por qué no?

Caspen acarició suavemente con los dedos su labio inferior.

—Es demasiado fácil para mí perder el control cuando estoy contigo.

Tem recordó cómo la mordió la última vez, cómo la hizo sangrar.

—Me quieres —dijo ella.

—Sí.

Tem se inclinó hacia él. Los ojos de Caspen se volvieron negros.

—Entonces contrólalo.

Caspen jaló su labio con el pulgar, abriéndolo.

—No puedo —susurró.

Su mano volvió a su pantalón, pero él la detuvo antes de que pudiera bajárselo.

—Tem —dijo con firmeza—. No confío en mí mismo.

—Yo confío en ti.

Caspen solo sacudió la cabeza.

—No he hecho nada para ganármelo.

—Pero me quieres —repitió ella.

—Mi amor por ti es una carga que tengo que llevar.

Ante sus palabras, ella se apartó bruscamente.

—¿Soy una carga para ti?

—No —respondió—. Por supuesto que no. No me refiero a eso.

—Entonces, ¿a qué te refieres?

Caspen levantó la cabeza hacia el techo, como si le pidiera respuestas a Kora.

—Quiero decir que no debí haber dejado que esto sucediera.

Ella se liberó de sus brazos.

—Entonces, ¿por qué dejaste que pasara?

—Porque soy *débil.* —dijo Caspen, prácticamente gritando.

Tem retrocedió, sorprendida.

Él se acercó.

—Soy débil cuando se trata de ti, Tem. No puedo controlar mis acciones. No puedo seguir la lógica o la razón. Solo pienso en ti. Me pregunto qué estarás haciendo y con quién. Me obsesiono con cada momento que estás con el príncipe humano, y quiero arrancarle la cabeza de los hombros cada vez que te toca. No es racional. No es aceptable. Sin embargo, es mi realidad y no hay nada que pueda hacer al respecto.

De repente Tem sintió que se desmayaba.

—¿De verdad es tan horrible amarme? —susurró.

—Por supuesto que no.



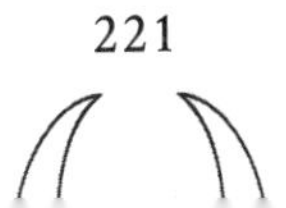

—¿Estás diciendo que te vuelvo débil?

Él negó con la cabeza.

—No.

—Entonces, ¿qué tratas de decir? ¿Estás enojado conmigo?

—No.

—¿Es esa la única palabra que conoces? Porque…

—Tem. —Le puso las manos sobre los hombros y la miró a los ojos—. No estoy enojado contigo. Estoy enojado conmigo mismo. Debí saberlo. Yo fui quien cedió a la tentación. A eso me refiero cuando digo que soy débil.

—¿Tentación?, ¿es eso lo que soy?

Él apretó sus hombros con fuerza.

—Tentación, salvación, cielo, infierno… Eres todo, Tem. Eres mi perdición. Eres incomprensible. No hay palabras suficientes para describirte, ni en mi idioma ni en el tuyo. —Sus manos pasaron a su rostro, acunando su mandíbula—. Mi brújula apunta hacia ti. No podría cambiar de dirección aunque quisiera.

Tem lo miró fijamente a los ojos, perdiéndose en esas profundas albercas negras.

Su brújula también apuntaba hacia él. Siempre lo había hecho. Se sentían atraídos por algo más grande que ellos mismos, algo que ninguno de los dos podía controlar o revertir. Tem sabía que el futuro no sería fácil para ellos, pero también que no había nadie más con quien quisiera tener un futuro. Fue lo más fácil del mundo acercarse y besarlo de nuevo.

Los labios de Caspen eran suaves y su cuerpo duro.

Incluso bajo su máscara de moderación, Tem podía sentir cuánto la deseaba. Su piel estaba tan caliente como las llamas de la chimenea, quemándola dondequiera que lo tocaba. En lugar de intentar desnudarlo de nuevo, Tem se desvistió ella misma, quitándose la ropa de lino blanco y dejándola caer al suelo. Los ojos de Caspen recorrieron su cuerpo desnudo, bebiendo cada centímetro de su piel.

«Hermosa».

De golpe, la barrera entre ellos se derrumbó. La voz de Caspen volvió a su mente y con ella, toda su presencia. Tem lo recibió con facilidad, abriendo su conciencia para albergar la suya, gozando de cómo sus mentes se entrelazaban. Las manos de Caspen descendieron hasta su cintura, recorriendo sus curvas con las yemas de los dedos. Luego hundió los dedos en la suave carne de sus caderas, levantándola y poniéndola en la cama.

Cuando Tem le bajó los pantalones, Caspen no la detuvo. En cuanto quedó al descubierto su pene, ella se inclinó hacia delante para saborearlo. Caspen la sujetó por la espalda, permaneciendo de pie en el borde de la cama.



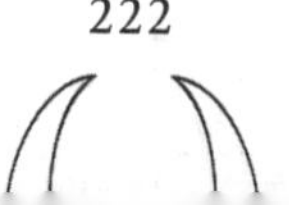

—Date la vuelta.

Tem se dio la vuelta. Un momento después, Caspen puso las manos sobre sus hombros y la jaló hacia abajo para que quedara sobre su espalda, con el cuello arqueado sobre el borde del colchón. Caspen deslizó un dedo por su cuello, empujando su cabeza aún más hacia atrás. Desde ese ángulo, él parecía un monumento. Para él, la vista era aún mejor. Tem se preguntó si le gustaría así, con todo su cuerpo extendido delante de él, con cada centímetro expuesto para que él lo viera. Caspen acunó su cabeza entre sus manos.

«Quédate quieta».

Tem se relajó entre sus manos mientras sus pulgares rodeaban el centro de su cuello. Lenta y pacientemente, Caspen deslizó su pene en la boca de ella. Tem cerró los ojos mientras él iba más profundo, permitiéndole mantenerla inmóvil, contenta de no hacer nada más que sentir cómo la llenaba.

Adentro y afuera, adentro y afuera, constante como un latido.

La garra comenzó a pulsar, e inmediatamente, Tem se excitó. Sus pezones se irguieron, y ella los tocó tímidamente.

«Sí, Tem».

Recordó que Caspen estaba observándola, que tenía toda su atención, que estaba mirando todo lo que ella hacía. El pensamiento era electrizante.

Tem apretó sus pechos. Quizás era su imaginación, pero juraría que Caspen se había puesto aún más duro. Su pene era como mármol en su garganta, una columna formidable en movimiento incesante. Las vibraciones eran implacables; su espalda se arqueó mientras su clítoris palpitaba de necesidad.

«Sácala».

Tem buscó la punta de la garra, envolvió su dedo alrededor y la sacó.

«Tócate».

Las órdenes de Caspen eran tajantes y desesperadas. Lo necesitaba.

Tem tenía que concentrarse para obedecer. Necesitaba toda su concentración para mantener la garganta relajada para Caspen mientras usaba las manos para ella misma. Pero al cabo de un momento, se convirtió en algo instintivo. No había nada más fácil que darse placer a sí misma, y no había nada mejor que hacerlo delante de Caspen. La habitación se calentó cuando deslizó sus dedos por entre sus piernas. Caspen gimió y su pene se hundió aún más en la boca de ella. Sus manos abandonaron el cuello de Tem y encontraron sus pechos, acariciando sus pezones y jugueteando con ellos con los dedos.

Tem gimió en torno a su pene. Era casi una agonía que la estimulara en tantas partes a la vez. Estar con Caspen siempre era así: siempre nuevo, siempre abrumador, casi demasiado para ella. Pero a Tem le gustaba así. Le

gustaba que Caspen la llevara al límite, porque sabía que ella hacía lo mismo con él. Su relación nunca había sido unilateral: él era tan adicto como ella.

De repente, los dedos de Caspen acompañaron los suyos. El ángulo de su pene cambió cuando se inclinó sobre ella, tomando sus manos con las suyas y empujándolas más profundamente. Tem renunció al control, dejándolo guiarla, permitiéndole meter y sacar los dedos juntos. Sin embargo, pronto ni siquiera eso fue suficiente. Las manos de Caspen agarraron sus piernas, separándolas por completo. Se inclinó aún más y Tem levantó las caderas para recibirlo. Caspen encontró el centro de Tem con su lengua, y ella llegó al paraíso.

No había dónde esconderse, ni forma de resistirse. Tem solo podía rendirse a la asfixiante cercanía, metiendo los dedos en el cabello de Caspen y sujetando su cabeza entre sus piernas para que él estuviera tan anclado como ella. Su pene llegaba hasta el fondo de su garganta. Su torso estaba pegado al de ella, y su cuerpo la empujaba contra la cama. Estaban perfectamente alineados, en un círculo infinito de plenitud sin principio ni fin. Eran un solo cuerpo. No había diferencia entre las necesidades de ella y las de él. Tem lo usaba tal como Caspen la usaba a ella, ambos en un bucle interminable de placer. Los dientes de Caspen acariciaban su clítoris mientras su lengua se hundía en las zonas húmedas. Los gemidos de él vibraban contra el pecho de Tem, su ascenso era inminente.

Tem sabía que Caspen estaba cerca. Pero tenía que saberlo:

«¿Te tengo?».

Los dedos de Caspen se aferraron a sus piernas.

«Me tienes».

Una fracción de segundo después, Caspen eyaculó.

Por primera vez, Tem lo saboreó por completo. Su semen era cálido, suave y terso, y le bajó por la garganta como oro derretido. Lo tragó todo, ansiosa por poseer todo lo que él estaba dispuesto a darle. El pene de Caspen todavía estaba en su boca cuando llegó su propio orgasmo. Caspen gimió de nuevo, y Tem supo que también estaba degustándola. Tem se estremeció cuando él la lamió, saboreando sus fluidos con caricias profundas y sensuales. Luego se puso de pie, sacando lentamente su pene de su boca. Cuando finalmente la soltó, Tem se sentó, girándose para mirarlo.

Los ojos de Caspen estaban negros y en el pecho le chorreaba sudor. Tem se dio cuenta de que ella también estaba sudando y le dolía el cuello por haber mantenido un ángulo tan antinatural durante tanto tiempo, pero no le importaba. Le gustaba sentir los efectos del sexo en su cuerpo, así como la forma en que Caspen dejaba huella en ella.

Él ya estaba tratando de alcanzarla, jalándola para besarla.



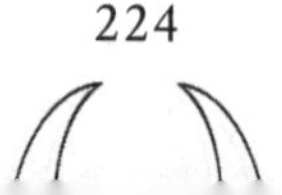

Se besaron lentamente, descubriendo su sabor juntos. Tem chupó con suavidad el labio inferior de Caspen. Él hizo lo mismo. Sus bocas quedaron magníficamente entrelazadas, y Tem sintió que la lengua de él se partía en dos mientras salía humo de sus hombros. Ella lo besó con más intensidad, presionando su cuerpo contra el torso de él mientras sus manos se enredaban en su cabello. Tem solo quería una cosa, y se lo dijo con la mente:

«Más».

Pero Caspen se apartó.

—Ya te lo dije, Tem. No debemos hacerlo.

Tenía los ojos cerrados; Tem sabía que estaba demasiado asustado como para mirarla. El humo se arremolinaba alrededor de su cuerpo en tentáculos indomables, y el aire parecía estar en llamas.

Tem puso su mano sobre el pecho de Caspen para tranquilizarlo.

—Por favor, Caspen. Inténtalo.

Él no se movió.

Ella bajó la voz hasta susurrar.

—Inténtalo por mí.

Caspen permaneció inmóvil durante otro largo rato. La habitación se llenó con un siseo sordo y constante. Luego abrió los ojos.

—No puedo garantizar tu seguridad.

—Lo sé —asintió.

Tem sabía que él cedería. La deseaba tanto que no podía resistirse. Aun así, el tiempo pareció detenerse cuando Caspen tomó su rostro entre sus manos y la miró directamente a los ojos. Sus pensamientos llegaron a ella en un susurro devoto:

«Ni la propia Kora podría dominarme como lo haces tú».

Tem sonrió.

«Tómame, Caspen. Ahora».

Él también sonrió, y Tem vio cómo asomaban sus colmillos.

Cayeron de nuevo sobre el colchón cuando Caspen se colocó entre sus piernas. Sus labios volvieron a rozar los de Tem, y su cabeza comenzó a penetrarla.

«¿Y cómo debo hacértelo?».

«Poco a poco».

Caspen se deslizó dentro de Tem con una delicadeza pausada y tranquila. Ella gimió ante su conmovedor ritmo. Era tan increíblemente bueno que apenas lo escuchó cuando bajó sus labios hasta su oído y le dijo:

—Dime lo que te gusta.

Nunca le había preguntado eso antes. Sus lecciones en la cueva siempre habían sido sobre él y, por extensión, sobre el príncipe. Todo lo que Caspen sabía sobre sus preferencias sexuales lo había aprendido a través



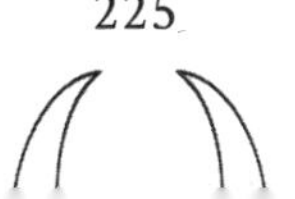

de sus experiencias juntos. No podía creer que él le preguntara sin rodeos qué le gustaba en la cama.

—Me gusta cuando no puedes resistirte a mí.

Él le besó la mandíbula.

—¿Qué más?

—Me gusta cuando me excitas en público. —Se refería a la garra.

—¿Qué más? —Lo murmuró contra su piel, sumergiéndose en ella de todas las formas posibles.

—Me gusta cuando haces que me venga.

Caspen volvió a llevar sus labios al oído de Tem.

—Eso no es difícil.

Todavía la estaba tomando lentamente, como si tuviera todo el tiempo del mundo para hacerlo. Tem no tenía idea de que podía sentirse así, que no siempre era salvaje, rápido y desesperado. Una cosa era sentirse deseada; y otra muy distinta sentirse querida. Caspen demostraba su amor con cada embestida lenta, haciendo coincidir sus movimientos con la respiración de Tem hasta que prácticamente estaba en trance. Le besaba el cuello, arqueándolo hacia atrás para que quedara vulnerable, pero segura, en sus brazos.

Tem nunca había estado tan mojada. Ahora entendía lo que significaba poseerlo de verdad, recibir su pene como era debido, hasta el fondo. Sus mejillas se encendieron y todo su cuerpo se cubrió de un suave brillo por el sudor. Se sintió sonrojada, como si tuviera fiebre.

—Dime lo que te gusta —consiguió susurrar.

Caspen sonrió.

—Me gusta cuando dices mi nombre.

Tem cruzó las piernas a su alrededor, jalándolo aún más adentro.

—¿Qué más?

—Me gusta cuando no puedes recuperar el aliento.

En ese preciso momento, Tem no podía hacerlo.

—¿Qué más?

—Me gustan los sonidos que haces cuando te cojo rápido.

A pesar de lo que había dicho Caspen, no cambió el ritmo. Siguió haciendo lo que a ella le gustaba mientras le decía lo que a él le gustaba. Era exactamente lo que Tem quería de él, y eso solo la excitaba más.

La mano de Caspen se metió entre sus piernas. Masajeó suavemente su clítoris, sincronizando el movimiento con sus embestidas para que cada vez que la penetraba hasta el fondo, sus dedos aplicaran aún más presión. Era una sensación que Tem casi no podía soportar.

—Sé que te gusta —dijo Caspen en voz baja.

Tem ni siquiera podía asentir. Caspen la estaba llevando hacia el clímax, preparándola para el orgasmo. Sus ojos eran pozos negros, que la



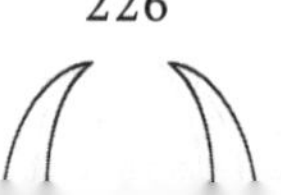

observaban en completo éxtasis. Ella quería venirse para él, mostrarle lo entregada que estaba a su unión, demostrarle que era suya.

Justo cuando estaba a punto de hacerlo, Caspen se salió de ella y giró sobre su espalda.

—Móntame —ordenó.

Tem obedeció, se acomodó a horcajadas sobre él y cayó sobre su miembro con un gemido lujurioso. Sacudió las caderas rápidamente, persiguiendo la euforia que sabía que era inminente. Estaban rodeados de humo: Caspen alternaba entre cerrar los ojos y mirar fijamente su cuello, y ella sabía que estaba luchando por no perder el control. Tem no se lo pondría fácil.

Su orgasmo se estaba acumulando, acumulando, acumulando dentro de ella, creciendo con feroz determinación, amenazando con ahogarla en su insistencia. Otra vez estaba a segundos, y esta vez no dejaría que nada la detuviera. Tem clavó las uñas en la piel de Caspen, anclándose al momento. Era el paraíso montarlo así, tomar el control de su propio placer y llegar a donde tenía que llegar.

Tem gritó mientras se elevaba hacia el éxtasis.

En el momento en que terminó, Caspen cambió, y ella supo que había dejado de contenerse. Él le agarró los pechos con tanta fuerza que Tem gritó. En cuanto lo hizo, él la soltó, deslizando las palmas de las manos por la curva de su cintura y apretándole los glúteos con ambas manos.

—No puedo seguirte el ritmo —jadeó ella.

Al oír sus palabras, Caspen se enderezó, rodeó a Tem con sus brazos y la estrechó contra él. Durante un momento, ambos permanecieron inmóviles, con los labios a centímetros de distancia y los cuerpos entrelazados. Tem podía sentir el corazón de Caspen latiendo con regularidad en su pecho, mucho más lento que el suyo, que galopaba como un caballo salvaje. Tem sintió sabiduría en los latidos de Caspen: un profundo y vasto conocimiento que había existido mucho antes de que ella naciera y que seguiría existiendo mucho después de su muerte. Se preguntó cuánto tiempo llevaba latiendo ese corazón.

Entonces, Caspen arqueó las caderas, penetrándola rítmicamente desde abajo. Sostuvo su mirada, observándola con calma mientras su respiración se entrecortaba con cada embestida.

—Por favor, Caspen —susurró.

Tem ni siquiera sabía qué le estaba pidiendo.

Él la sujetó con más fuerza, manteniéndola firme mientras la penetraba una y otra vez. Ella estaba encima, pero él tenía el control, marcando el ritmo como siempre. Tem cerró los ojos y gimió, rindiéndose a él porque era demasiado bueno como para no hacerlo, rindiéndose a él porque no tenía otra opción.



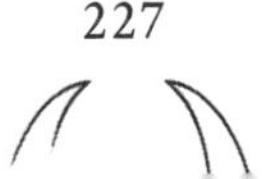

—Dime —jadeó ella—. Dime lo que sientes por mí. —Necesitaba oírlo de su boca mientras estaban unidos.

Caspen no dudó.

—Me deshago por ti —dijo—. Ansío tu aroma, tu piel, tu voz. Pienso en ti todo el tiempo, hasta el punto de la destrucción. Eres insoportablemente abrumadora. No puedo resistirme a ti por mucho que lo intente.

Era indescriptible escuchar a Caspen describirla exactamente como ella se sentía por él.

Tem quería oír más.

Antes de que pudiera pedirlo, Caspen ya estaba hablando, y sus palabras se acentuaban con cada embestida.

—Tengo miedo de lo mucho que significas para mí. Ocupas cada centímetro de mi mente. Si alguien te hace daño, lo destrozaré. Nadie se te compara. Ningún basilisco ni humano me ha cautivado como tú. Quiero acostarme contigo todo el tiempo. Quiero venirme dentro de ti.

Su ritmo iba en aumento. Tem no podía respirar.

—Tú.

Embestida.

—Eres.

Embestida.

—Perfecta.

Esta vez, cuando ella terminó, él le ordenó mentalmente:

«Abre la boca».

Tem lo hizo sin dudarlo.

Caspen le rodeó el cuello con la mano, arqueándolo hacia atrás para poder colocar su cara directamente sobre la de ella. Él abrió la boca, pero no la besó. En lugar de eso, emitió un sonido gutural, algo entre un silbido y un gruñido, algo completa e innegablemente no humano. Tem lo sintió venirse exactamente al mismo tiempo que un líquido negro emergía de su boca.

Los ojos de Tem permanecieron bien abiertos mientras la sustancia goteaba por la parte posterior de su garganta. Sabía a humo.

Cuando la última gota del líquido se deslizó de la boca de él a la de ella, Caspen finalmente la besó. Estaba empapado en sudor, al igual que Tem. Ambos estaban mojados, y su humedad se extendía por sus piernas, pero ninguno se molestó en limpiarse. No tenía sentido; a Tem le gustaba estar cubierta de él. Las vibraciones de su unión disminuyeron lentamente, y no fue sino hasta que el aire comenzó a enfriarse que Tem finalmente preguntó:

—¿Qué fue eso?

El color dorado volvía a los ojos de Caspen. Enganchó un solo dedo en la cadena que rodeaba el cuello de ella, acercándola.

—Mi veneno.

—¿Tu *veneno*?

—Sí.

—¿Pero no me matará?

Caspen se burló.

—Por supuesto que no.

Tem se enderezó, templando la voz.

—No te atrevas a hacerme sentir tonta por preguntar eso. Todo el mundo sabe que el veneno de basilisco es letal.

—¿Qué?

La expresión de Caspen se suavizó.

—Mi veneno solo es letal si te muerdo. Por sí solo, es inofensivo.

—¿Qué?

Eso era completamente nuevo para Tem. Toda su vida la habían criado pensando que el veneno de basilisco era mortal.

—El veneno es mortal cuando se administra directamente desde el colmillo —continuó Caspen.

—Entonces, ¿no voy a morir?

Él posó sus labios contra el cuello de Tem.

—No por lo que acabo de hacer.

Tem sintió una repentina explosión de emoción. ¿Qué acababa de hacer? Nunca había oído que un basilisco le diera su veneno a un humano, aunque no fuera letal. Él le dijo que abriera la boca y ella había obedecido. Ninguna parte de ella había dudado en seguir su orden porque confiaba en él. Era así de simple. Pero ¿habría sido una tontería hacerlo?

Ella lo alejó.

—Debiste preguntarme primero.

Caspen frunció el ceño.

Tem continuó antes de que él pudiera hacerlo.

—No puedes decidir qué hacer conmigo por tu cuenta. Merezco tener voz y voto.

—No puedo consultarte cada decisión que tomo, Tem.

—Puedes hacerlo cuando tus decisiones involucren mi cuerpo.

Él no respondió.

—Habría dicho que sí, Caspen —susurró Tem—. A cualquier cosa que me pidieras. Siempre te digo que sí. Así que la próxima vez, solo pregúntame.

Finalmente, Caspen la miró.

—Muy bien —dijo en voz baja—. La próxima vez te lo preguntaré.

Tem asintió.

—Pero ¿qué… hiciste exactamente?

—Ya te dije. Te di mi veneno.

—Eso ya lo sé. Pero ¿por qué lo hiciste?

Los ojos de Caspen se encontraron con los de ella.

—No estás a salvo en mi mundo, Tem. Es un riesgo cada vez que vienes aquí.

Tem sabía que sus excursiones bajo la montaña eran peligrosas, pero también sabía que valían la pena.

—Tú me mantienes a salvo.

Él negó con la cabeza.

—No siempre estoy aquí. Estuviste sola con Rowe esta noche.

—No hizo nada.

—Solo porque yo estaba cerca. La próxima vez, no dudará.

—¿En hacer qué?

—En poseerte.

Tem frunció el ceño. ¿Poseerla? No era un término que hubiera escuchado antes.

—¿Qué significa eso?

En lugar de responder, Caspen la levantó de su regazo y la puso a su lado en la cama. Un escalofrío recorrió la espalda de Tem cuando él dijo:

—Poseer es una forma en que un basilisco obtiene poder.

Tem reflexionó. Los basiliscos obtenían su poder del sexo. ¿Le preocupaba que Rowe tuviera sexo con ella?

—Caspen. —Tem apoyó la palma de la mano en su hombro, inclinándose hacia él—. No pasó nada entre nosotros. Te lo prometo.

Él negó con la cabeza.

—Poseer no es tener sexo.

—Entonces, ¿cómo funciona?

—Se requiere de contacto limitado para poseer. Rowe solo tendría que tocarte —como para demostrarlo, Caspen rodeó su cuello con la mano antes de finalizar en voz baja— para poseerte. Cuando te poseen, te obligan a tener un orgasmo. Es un acto violento y no consensuado. Mi veneno te protegerá de eso.

—Pero ¿por qué querría Rowe provocarme un orgasmo?

—Piénsalo como algo que se toma, no que se provoca.

—No lo comprendo —dijo Tem.

—Poseer es una forma de extraer poder de un humano. Cuando alcanzas el clímax, el basilisco que te poseyó se vuelve más fuerte. Rowe desea extraer poder de ti.

—¿No puede poseer a cualquiera? ¿Por qué a mí?

—Puede hacerlo —la ira se apoderó de la voz de Caspen—, pero yo le quité algo que apreciaba. Él quiere hacerme lo mismo.

—¿Qué le quitaste?

Caspen no respondió.

«La venganza ya es mía».

Tem aprovechó la pausa para ordenar sus pensamientos. De nuevo, le sorprendió lo poco que sabía sobre el mundo de Caspen y lo fuera de lugar que estaba en él. Había peligros indecibles a la vuelta de cada esquina, peligros que no podía prever porque, para empezar, no sabía que existían. Era un problema que empezaba a parecer insuperable. Entendía que estaba en desventaja, que Caspen a menudo tenía que actuar velando por sus intereses sin que ella lo supiera; sin embargo, no siempre le gustaba la forma en que lo hacía. Y no era la primera vez que sucedía; por su mente pasaron las estatuas de piedra de Jonathan y Christopher: otra decisión más que Caspen había tomado para protegerla. Tem aún se consideraba responsable de sus muertes. Probablemente siempre lo haría.

Tem necesitaba saber más, pero era claro que Caspen no disfrutaba de ese tipo de preguntas. La conversación era un campo minado, y cada vez era más difícil avanzar por él.

Contó treinta largos segundos antes de preguntar:

—¿Por qué nunca me has poseído?

—Porque es una violación.

—Quiero que lo hagas.

Caspen se movió para quedar frente a ella.

—No, Tem.

—¿Por qué? ¿Tu veneno lo impide?

—Mi veneno impide que alguien más te posea. Técnicamente, yo todavía podría hacerlo, pero nunca lo haría, Tem. No te lo mereces.

—¿Estás diciendo que dolerá?

—En absoluto, pero sigue siendo una forma de abuso.

Tem ya había tomado una decisión. Experimentar un orgasmo de Caspen de esa manera sería, sin duda, increíble. Necesitaba saber cómo se sentía.

—Hazlo —volvió a decir.

Pero Caspen negaba con la cabeza.

—Hay algo más, Tem. La posesión forma un vínculo entre el humano y el basilisco. Es algo que no se puede romper.

—¿No estamos unidos ya?

—No de esa manera. Si te poseyera, estarías obligada a hacer lo que yo dijera, siempre. Te quitaría la capacidad de decidir.

Tem frunció el ceño. No le gustaba cómo sonaba eso.

Caspen fue al grano.

—Podría darte cualquier orden y tendrías que obedecer. Si te dijera que te apuñalaras con un cuchillo, lo harías sin dudarlo.

—Nunca me dirías eso.

—Por supuesto que no, pero el vínculo va más allá de las sugerencias verbales. Si me estuviera muriendo de hambre y no hubiera comida, te cortarías el brazo para alimentarme, te lo ordenara o no.



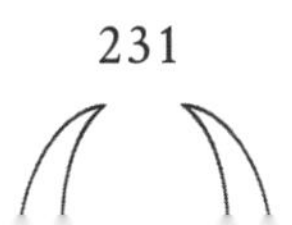

Tem hizo una mueca.

—Puaj.

A Caspen se le dibujó una sonrisa en los labios.

—Exactamente. Puaj.

Se quedaron en silencio un momento.

—¿Puedes poseer a otros basiliscos? —preguntó.

—Está prohibido que un basilisco posea a otro. Solo es para...

—Los humanos. —Tem terminó la idea. Por supuesto que era así.

—Sí. —Caspen estudió su rostro a la luz parpadeante del fuego—. Los humanos pueden soportar que los poseamos porque están destinados a darnos poder. Los basiliscos no están destinados a dominarse unos a otros. Es una abominación de la naturaleza que los de nuestra especie se posean.

—Pero es posible, ¿verdad?

—Sí —dijo de nuevo, esta vez en voz baja—. Es posible.

Algo en su tono hizo que Tem preguntara:

—¿Lo has hecho alguna vez?

Caspen apretó la mandíbula. Tem trató de ignorar el punzante sentimiento de celos que la invadió al pensar en él poseyendo a otra persona.

—Caspen —susurró temerosa de su respuesta—. ¿Hay algún basilisco vinculado a ti?

—No —dijo él para su sorpresa.

Tem pensó que podría darle más detalles, pero no lo hizo. Solo quedaba una cosa por preguntar.

—¿Qué les pasa a los basiliscos cuando los poseen?

Caspen tardó una eternidad en responder.

—Mueren.



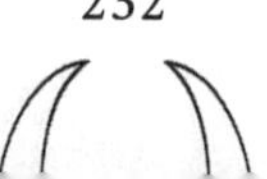

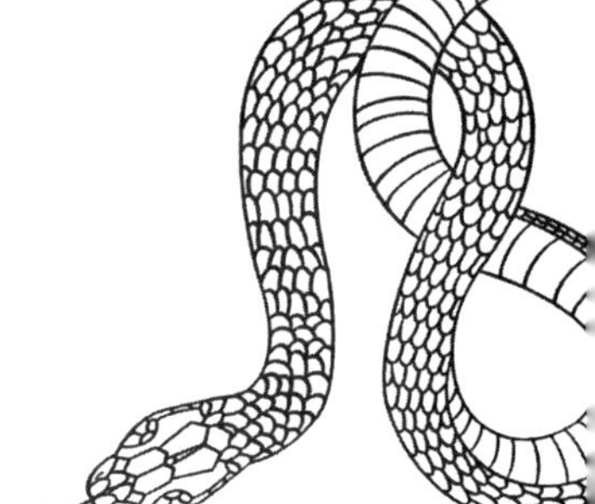

# CAPÍTULO 18

Tem quería saber más. Necesitaba saber más.

Sin embargo, temía haber preguntado demasiado, haber indagado muy a fondo en el pasado de Caspen después de una velada ya de por sí estresante, y él estaba a punto de encerrarse en sí mismo por ello.

Tem posó sus labios en la mejilla de Caspen.

—No tenemos que hablar de eso en este momento —murmuró. Sus palabras tenían un propósito; sin duda, Tem quería hablar de eso en algún momento, pero no serviría de nada presionar más a Caspen. Ambos habían tenido suficiente por esa noche.

Tem se acercó a él y le rodeó el cuello con los brazos. Caspen se relajó contra ella y, por un momento, ninguno habló. Entonces, él murmuró:

—Deberías irte a casa, Tem.

A ella se le revolvió el estómago. Se apartó.

—¿Estás enojado? No quería…

—No estoy enojado. —Ante la expresión del rostro de ella, Caspen suavizó el tono—. Te juro que no estoy enojado, Tem, pero es cierto que deberías irte a casa.

Tem frunció el ceño. Estaban comprometidos, o casi. Ella tenía la esperanza de que se quedaran juntos al menos hasta la mañana.

—Pero ¿por qué?

—Los linajes convocaron una reunión del concejo. Debo asistir.

Tem ya había hecho demasiadas preguntas esa noche, pero Caspen parecía mucho más dispuesto a hablar de ese tema, así que le hizo otra.

—¿De qué trata la reunión?

—De mí.

—Ah.

Tem le tocó el hombro.

—¿Estás seguro de que debo irme? Podría esperarte.

Él negó con la cabeza.

—No quiero que estés aquí sola.

Tem no tuvo nada que objetar. Después de lo que había pasado con Rowe, no podía argumentar que estaría a salvo.

—¿Qué pasará en la reunión? —preguntó.

Caspen le puso la mano en la cadera. A pesar de decirle que se fuera, no parecía ansioso por deshacerse de ella.

—Se discutirán mis recientes… hazañas…

Tem pensó en la garra dorada que llevaba alrededor del cuello. Seguro que los linajes tendrían mucho que decir sobre el hecho de que Caspen le hubiera pedido matrimonio a una humana. Y también estaban los asesinatos de Jonathan y Christopher que había que afrontar.

Tem se acercó aún más.

—¿Estarás en problemas? —susurró.

Los labios de Caspen rozaron su hombro.

—Quizás.

Tem volvió a subir a su regazo, tocando con la punta de su dedo la cabeza del pene de Caspen, que ya estaba duro.

—¿Qué te pasará?

—Eso lo decide el rey.

Tem hizo una pausa.

—Pensé que tú eras el Rey Serpiente.

Para su sorpresa, Caspen rio entre dientes.

—Solo los humanos me llaman así. No tiene nada que ver con mi título real.

Eso era nuevo para Tem. Todo el mundo se refería a Caspen como el Rey Serpiente. Era una leyenda: todo el pueblo hablaba de él desde antes de que Tem naciera. No había ni una sola chica apta para el entrenamiento que no conociera su reputación.

—Entonces —inclinó las caderas, bajando sobre su pene—, ¿cuál es tu título real?

Caspen esperó a que ella estuviera completamente sentada antes de responder.

—Soy el hijo del rey.

Tem estaba demasiado distraída por la forma en que lo sentía dentro de ella como para asimilar por completo esa información. Pero cuando comenzó a deslizarse lentamente hacia arriba y hacia abajo por su pene, se las arregló para concentrarse lo suficiente como para decir:

—Entonces… ¿eres un príncipe?

Caspen estaba igual de distraído. Sus dedos se aferraban con fuerza a las piernas de Tem, dirigiendo sus movimientos. Al final, respondió:

—Sí. Soy un príncipe.

Tem dejó que la revelación se asentara por un momento. Era absurdo.

Ella estaba involucrada no con uno, sino con *dos príncipes.* Al mismo tiempo. Era algo que jamás habría imaginado.

Más tarde se maravillaría de eso. Por el momento, solo había un príncipe que quería. Caspen la dejó marcar el ritmo, besando suavemente su cuello mientras ella lo montaba. Tem usó los hombros de Caspen para estabilizarse, aferrándose a su cálida piel mientras establecía un ritmo. Le encantaba el sexo así: lento, íntimo. A Caspen también le gustaba. La miraba con adoración sin filtros, acercándola cada vez que podía. Sus manos tocaban cada parte de ella, rozando sus caderas para acariciar sus pechos, manteniendo las palmas apartadas para que ella pudiera apoyar sus pezones contra ellas cada vez que arqueaba la espalda. La entendía implícitamente, sin que tuviera que pedírselo. Sabía que Tem quería ganar experiencia, aprender lo que le gustaba a su cuerpo, utilizarlo a él para hacerlo. No había ego cuando se trataba del placer de Tem.

Ambos querían que ella disfrutara.

Tem ya estaba cerca. Su clítoris estaba sensible; sus pezones, duros. Ahora se movía con rapidez, montándolo con desesperación, ansiosa por venirse. Los dedos de Caspen se entrelazaban en la parte posterior de su cuello. Su otra mano agarraba sus nalgas, jalando sus caderas contra las suyas en rápidos movimientos.

Eso fue todo lo que Tem necesitó.

—¡Caspen! —gritó.

Eso fue todo lo que él necesitó.

Sus clímax se fusionaron, precipitándose en una oleada feroz que amenazaba con ahogarlos a ambos. Tem nunca se acostumbraría a eso: el salvaje intercambio de energía que solo el sexo podía provocar. Se aferraron el uno al otro, jadeando, mientras la marea de su unión fluía entre ellos. Sus rostros estaban a unos centímetros de distancia. Tem pasó la punta de su lengua por el labio inferior de Caspen, saboreando la sombra de su veneno. Lo mordió ligeramente, llevando el labio de Caspen a su boca.

«Más fuerte, Tem».

Ella apretó, haciendo que sangrara. Caspen dejó escapar un gruñido áspero, pero no se apartó. A Tem le pareció natural: quería saborear cada parte de él. Ya tenía su veneno dentro de ella. ¿Por qué no también su sangre?

Tem chupó suavemente su labio. Cuando se apartó, observó fascinada cómo la herida se curaba por sí sola, tal y como Caspen había hecho antes por ella.

Él sonrió.

—¿Te gustó?

—Sí —asintió Tem.

—¿A ti?

—Sí.

—Pero te hice daño.

La sonrisa de Caspen se amplió.

—Puedes hacerme lo que quieras, Tem. Confía en que lo disfrutaré.

No había duda del deseo en los ojos de Caspen. Tem lo vio desvanecerse lentamente mientras sus pupilas se contraían y sus ojos se volvían dorados una vez más. Él le dio un pequeño beso en el hombro.

—Te acompaño a la salida —ofreció.

Tem quería protestar. Quería quedarse allí con él para siempre, pero también sabía que Caspen tenía cosas más urgentes que hacer, cosas que podrían afectar su futuro. Supuso que sería mejor dejar que las hiciera.

Tem volvió a meterse la garra. Caspen la acompañó hasta la salida.

Cuando llegaron al final del sendero, Caspen la estrechó entre sus brazos. Se quedaron allí, abrazados, y su cuerpo era lo único que la mantenía protegida del frío.

—¿Me contarás después cómo sale la reunión? —murmuró ella contra su pecho.

—Sí —susurró él a su vez—, pero durará bastante. Probablemente hasta la mañana.

—Despiértame.

—No. —Caspen negó con la cabeza—. Necesitas dormir.

Tem no se molestó en protestar. Tenía razón; necesitaba dormir. Habían sido veinticuatro horas agotadoras y su adrenalina se estaba agotando. La idea de su acogedora cama en la cabaña era sumamente atractiva, y aún más la de quedarse dormida. Caspen debió notarlo, porque la besó en la frente y dijo:

—Ve, Tem.

Tem se fue.

De camino a casa, se dio cuenta de que no tenía idea de si seguía en la competencia: huyó del castillo antes de que Leo anunciara a las cinco chicas finalistas. Entonces su corazón dio un vuelco al pensar en lo que le deparaba el futuro. Estaba a un paso de comprometerse con Caspen. Pero ¿y si el concejo lo castigaba? O, peor aún, ¿si la castigaba a ella? Tem no sabía nada de cómo funcionaban los basiliscos. Si un compromiso como el suyo tendría consecuencias, no había forma de predecir cuáles serían.

Y luego estaba Leo.

¿Qué pensaría de ella? Una estudiante enamorada de su profesor. Tendría que abandonar la competencia si las cosas progresaban con Caspen. Su salida perjudicaría todo el proceso de eliminación. Era inaudito.

¿O no?

De pronto, recordó una conversación que la golpeó con la fuerza de un rayo:



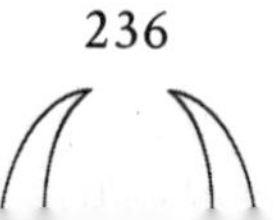

«¿Alguien ha abandonado el entrenamiento alguna vez?», preguntó.

«Una vez», respondió Caspen. «Pero ella no era mi alumna».

¿Por qué se habría ido esa antigua alumna? Tem deseaba saberlo. Deseaba muchas cosas: que el concejo aprobara su compromiso, que Leo la perdonara, que su madre viviera una vida sin preocupaciones. No obstante, no eran deseos que fueran a concederse esa noche. Esa noche, lo único que podía hacer Tem era ir a casa y dormirse. Y eso hizo.

Los gallos cantaron y la despertaron.

Tem disfrutó de unos momentos a solas en la cocina mientras observaba a su madre trabajar en el jardín. Seguramente el festival se reanudaría esa noche. La entrega de la corona se realizaría en unos días, y habría que comenzar con los preparativos necesarios. El evento de esa noche era importante: el príncipe besaría a cada una de sus candidatas restantes frente a todo el pueblo, durante lo cual los aldeanos votarían por su chica favorita. La votación era simple: la ganadora era la que más aplausos recibía de la multitud.

Aparentemente era una forma de incluir a los aldeanos en el proceso de eliminación. Después de todo, la elegida por el príncipe sería su reina. Los súbditos del reino merecían opinar sobre quién los gobernaría. Aunque, en realidad, eso poco o nada tenía que ver con la elección del príncipe. Todo era una farsa, nada más que una forma de apaciguar a la multitud y hacerla sentir que tenía voz. Para Tem, la chica mierda de gallina, no sería más que otra humillación pública. Eso si Leo no la había eliminado ya.

Tem nunca olvidaría la forma en que la observó la noche anterior, como si ella le hubiera arrancado el corazón del pecho. No sabía que fuera capaz de hacer que un hombre la mirara así. Ahora tenía a dos hombres a su merced. Tem bajó la mirada hacia las pecas esparcidas por su piel. Pensó en cómo había pasado esos mismos dedos por el cabello de Caspen mientras él hundía la cabeza entre sus piernas la noche anterior.

La garra vibró.

Tem intentó llegar a Caspen con la mente, pero el canal entre ellos estaba cerrado.

Antes de que pudiera preocuparse por eso, escuchó:

—¿Cómo te fue, querida?

Su madre estaba en la puerta. Tem no tenía idea de cómo responderle. Lo último que quería era destruir la ilusión de que podían tener un futuro mejor, pero no podía decirle a su madre cuál era su situación con Leo cuando ella misma la desconocía.

—Me fue... mejor de lo esperado.

Teniendo en cuenta que esperaba que el encuentro entre Caspen y Leo acabara en derramamiento de sangre, fue lo mejor que se le ocurrió decir.



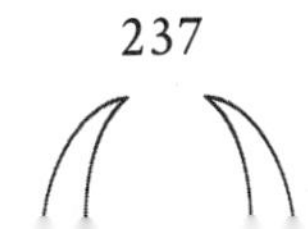

—Eso es maravilloso.

Tem no respondió.

La garra volvió a emitir una pulsación, esta vez más fuerte. Era tan intensa que podía sentir cómo comenzaba a gotear por sus piernas. Tem se disculpó apresuradamente, desesperada por estar sola. El baño era lo más cercano, y cuando llegó a él, la sensación era casi insoportable.

Tem apenas logró cerrar la puerta antes de cruzar hasta la única ventana, totalmente preparada para salir y correr de vuelta a las cuevas. En lo único que podía pensar era en llegar a Caspen. Necesitaba saborearlo, dejar que él la saboreara. No quería nada más que estar en sus aposentos, a solas, para poder tocarse sin que nadie los viera. Tem se mordió el labio, lista para gritar, lista para venirse. De repente, las vibraciones cesaron.

Tem se quedó boquiabierta, conmocionada.

Que Caspen la llevara al límite, acercarse tanto al borde, solo para que al final se lo negara, era una auténtica tortura. Esperó, con las manos en el alféizar de la ventana, desesperada por sentir una pulsación más.

Pero no llegó.

A cambio, Caspen susurró una única palabra en su mente:

«Quédate».

Tem se quedó allí, inmóvil, mirando por la ventana abierta. Una brisa que la sacó de su estupor invadió el baño.

Caspen quería que se quedara. La había despreciado y luego rechazado. ¿Habría algún sentimiento peor en el mundo? Se suponía que estaban comprometidos; se suponía que él iba a obtener la aprobación del concejo en ese momento.

Tem contuvo las lágrimas mientras cerraba la ventana y cerraba las cortinas. No sabía qué hacer. Una parte de ella quería llorar. La otra sentía un hambre voraz, como si pudiera desgarrar carne cruda con los dientes. Odiaba el control que tenía Caspen, incluso cuando no estaba cerca de ella. Justo cuando estaba a punto de volver a la cocina, otra palabra hizo que su corazón se acelerara:

«Desnúdate».

Y así, sin más, la había atrapado de nuevo.

No podía desafiarlo. Ni siquiera quería hacerlo.

Tem no tenía idea de si Caspen podía verla, pero fingió que sí, desnudándose lentamente, como lo hizo la primera noche, cuando se conocieron. Desabrochó los botones de su camisón uno a uno, quitándoselo de los hombros y dejándolo caer al suelo. Se quitó la ropa interior y también la dejó caer. Cuando estuvo completamente desnuda, esperó otra orden, sabiendo que era solo cuestión de tiempo que llegara.

«Prepara la tina».



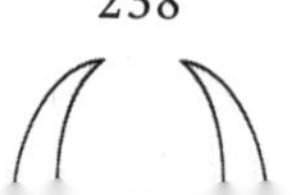

Se dirigió a la tina, abrió la llave y añadió aceites esenciales. Nunca le habían gustado los baños, pero sabía que disfrutaría este.

Tem se sentó en la tina mientras se llenaba, observando cómo las burbujas subían por sus piernas. La vibración comenzó de nuevo, llevándola de nuevo a su familiar calidez. Se apoyó en la porcelana blanca, arqueando el cuello. Se le puso la piel de gallina y los pezones tan duros que le dolían. Se los cubrió con las palmas de las manos, acunando sus pechos.

«Aprieta».

Lo hizo, y sintió el paraíso.

«Otra vez».

En esta ocasión, gimió, y el sonido se perdió bajo el torrente del agua que corría. Sentía todo el cuerpo como si estuviera hecho de cristal, como si pudiera romperse a la menor provocación.

«¿Te gusta hacer eso para mí?».

«Sí».

«¿Qué más harías para mí, Tem? Enséñame».

Tem sumergió las manos en la tina, mojándolas con aceite y agua. Luego volvió a tocarse los pechos, frotándolos suavemente, imaginando a Caspen frente a ella, fantaseando con que la observaba en cada movimiento. El aceite era viscoso y olía a rosas. Suavizó sus pezones, luego los endureció de nuevo, sintiendo crecer el deseo de Caspen para igualar el suyo.

Deseaba que él fuera con ella. Que él estuviera allí para verla así, para poner sus manos sobre las de ella y apretar tan fuerte como quisiera.

«Sácatela».

Ella dudó.

«Hazlo, Tem. Ahora mismo».

Tem no quería quitarse la garra; le gustaba la forma en que la llenaba. Aunque tampoco quería desobedecerlo, así que enganchó el dedo en la curva y la sacó de entre sus piernas. Incluso sacarla fue agradable, y suspiró ante el vacío.

«Lámela».

Tem no lo dudó. Se llevó la garra a los labios, empezando por el extremo más delgado y recorriendo lentamente su curva con la lengua. Mientras lo hacía, se probó a sí misma y, de alguna manera, también probó a Caspen. Cuando llegó al final de la garra, se dio cuenta de que había crecido en su mano. Mientras que antes cabía en una palma, ahora necesitaba ambas manos para sujetarla. La miró embelesada mientras cambiaba de forma hasta convertirse en algo que reconoció: algo largo, duro y formidable. Era la parte más importante de Caspen, la que confiaba en que ella conservara, y Tem se sintió honrada de sostenerla.

Se llevó el extremo a la boca, haciendo girar la lengua alrededor de su



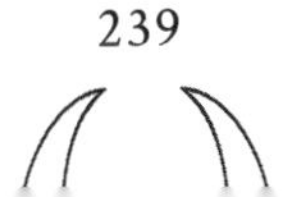

amplia punta, como sabía que a él le gustaba. Luego se lo llevó hasta el fondo de la garganta, deslizándolo hacia adentro y hacia afuera a un ritmo constante.

«Más rápido».

Tem obedeció, apoyando los codos en el costado de la bañera para poder metérselo lo más profundo posible. Hizo eso hasta que sintió, en lugar de escuchar, que Caspen estaba a punto de venirse. La recorrió un dolor intenso, y se dio cuenta de que era idéntico al suyo. Tem sabía que quedaban apenas unos segundos antes de que él eyaculara, así que, sin dudarlo, sacó el pene de su boca y lo deslizó una vez más entre sus piernas. Hizo una mueca de dolor al hacerlo; la piedra lisa era implacable, mucho más dura que el pene de Caspen.

Tan pronto como estuvo dentro de ella, un placer indescriptible estalló en su mente. La sensación fue tan intensa que Tem gritó, echando la cabeza hacia atrás con total entrega, permitiendo que su raudal de gratificación borrara todos los pensamientos de su cerebro excepto el de él:

«Mía».

Tem seguía disfrutando su orgasmo cuando su conexión se cerró.

Se tendió en la tina, jadeando, con el cuerpo enrojecido de placer. Permaneció allí hasta que el agua se enfrió, sentada en silencio mientras la garra volvía a su forma normal, oprimiendo insistentemente su clítoris. Tem se enjuagó antes de vestirse y reunirse con su madre en la cocina.

El resto del día transcurrió en una rutina de tareas menores en la granja.

Tras la ligereza de su orgasmo, Tem descubrió que temía el festival con cada fibra de su ser. No podía decidir qué era peor: que la eliminaran de la competencia y tener que decirle a su madre que había fracasado o permanecer en ella y besar a Leo frente a todo el pueblo. No había buenas opciones. Parecía que nunca las había tenido.

Cuando se dirigían al pueblo, Tem estaba mareada por los nervios. Había anochecido; la única luz que había era la del cálido resplandor de la plaza del pueblo a lo lejos, que estaba iluminada como un candelabro. Cuando llegaron al festival, las celebraciones estaban en pleno apogeo. Había velas de colores colgadas de un lado al otro de la plaza, lo que daba a los adoquines un aspecto mágico. El espacio estaba repleto de vendedores de comida, baratijas y listones como los que Vera siempre llevaba en el cabello. Las estatuas de Jonathan y Christopher habían sido retiradas; lo único que quedaba en el centro de la plaza era el gran escenario de madera. Tem buscó entre la multitud a la única persona que sabía que le calmaría los nervios.

Como esperaba, Gabriel estaba junto al aguamiel.

—Gabriel —dijo cuando llegó a él—, ¿estoy eliminada?

Gabriel la abrazó. Claramente había empezado a beber temprano.

—No lo sé, querida. El príncipe no eliminó a nadie.

—¿Qué? ¿Por qué?

Gabriel se encogió de hombros.

—Nadie lo sabe. Ni siquiera se reunió con la mitad de los basiliscos. Tuvo una discusión con el rey y luego ordenó a todos que se fueran.

—¿Peleó con su padre?

—Así es.

A Tem la recorrió un escalofrío. Había sido por ella. Tenía que serlo. No había otra explicación posible de por qué Leo no continuó con la eliminación.

—Bueno, ¿qué pasó?

Gabriel bebía su aguamiel con el mismo brazo que tenía alrededor de los hombros de Tem, que tenía que esquivar su vaso cada vez que se lo llevaba a la boca.

—Vaya que haces muchas preguntas.

—Gabriel. —Tem le agarró el brazo y lo jaló para que estuvieran cara a cara—. Concéntrate. ¿Qué le dijo Leo a Maximus?

—Ya sabes —dijo él con ligereza, tocando la punta de su nariz con la yema de su dedo—. Esta noche estás muy mandona.

Tem suspiró.

Gabriel posó sus labios sobre la mejilla de ella antes de responder.

—No escuché lo que dijeron. Estaba en la cocina, pero estoy seguro de que Vera lo sabe.

Los ojos de Tem buscaron a Vera, que estaba de pie en el borde de la plaza luciendo decididamente menos superior que de costumbre. ¿Sería ella una de las chicas cuyo basilisco nunca se había encontrado con el príncipe? Tem recordó los celos en el rostro de Vera cuando vio a Caspen tocar su cintura. Quizás estaba enojada porque su velada con Rowe fue interrumpida.

—Prefiero no hablar con Vera —murmuró Tem.

—Ni tú, ni yo.

Tem puso los ojos en blanco, agarró el vaso de aguamiel de Gabriel y se lo bebió de un trago.

Él jadeó fingiendo sorpresa.

—Ladrona.

—Cállate. Yo pago el próximo.

Gabriel rio.

—Qué generoso de tu parte.

Todo el mundo bebía gratis durante el festival. La realeza proporcionaba el alcohol, y era especialmente fuerte. Tem y Gabriel pasaron la siguiente hora deambulando por la plaza, bebiendo mucho más de lo que debían. Para Tem, era una forma de distraerse de lo que podría pasar más tarde. Para Gabriel, era una noche más entre semana.

Estaban en lo que parecía su décimo vaso de aguamiel cuando en la mente de Tem apareció de pronto la presencia de Caspen.

«Tem».

De inmediato ella derramó su bebida en el suelo.

—¡Ay! —gritó Gabriel mientras saltaba hacia atrás—. ¡Cuidado!

—Lo siento —murmuró Tem.

«¿Qué tal la reunión del concejo?», preguntó ella.

Hubo un largo silencio.

«Llena de acontecimientos».

Era una respuesta típica de Caspen. Lo justo para apaciguarla, pero no lo suficiente como para revelarle lo que había sucedido.

«¿Estás en problemas?».

Otro silencio.

«No».

Tem tenía que confiar en que no estaba mintiendo. Aun así, le parecía imposible que sus acciones no tuvieran consecuencias. Así que decidió presionar:

—¿Tu linaje aceptará nuestro compromiso?

Esta vez, el silencio duró tanto que Tem pensó que quizá Caspen había cerrado la puerta entre sus mentes. Sintió que el enojo la invadía.

«¿Caspen? ¿Aceptarán?».

Su voz volvió a ella.

«Con una condición».

«¿Cuál es?».

Su vacilación era palpable. Tem le envió una insistente oleada de impaciencia, dejando claro que no esperaría más.

«Dímelo».

«No ahora».

«¿Por qué no?».

«Lo discutiremos la próxima vez que estés aquí».

«¿Esta noche?».

«No. Vendrás a mí mañana».

«Pero nosotros…».

«Esta noche tengo cosas que hacer, Tem».

«Pero…».

Caspen cortó la conexión.

Dentro de Tem se encendió una intensa llama de ira. Odiaba que él hiciera eso. La hacía sentir impotente en una relación en la que ya había un desequilibrio significativo de poder.

—Tem. —Gabriel volvió a rodearla con el brazo, sacudiéndola bruscamente y regresándola al presente.

—¿Qué?



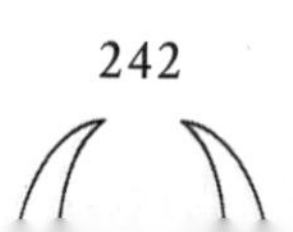

—Ya llegó el señor Mandíbula.

Ni todo el aguamiel del mundo podría haber preparado a Tem para ver a Leo. Iba acompañado de su padre y de lord Chamberlain, y sus largas piernas lo acercaban al escenario. Lilly lo seguía de cerca, y Tem se preguntaba qué pensaría ella de todo aquello. Debía resultarle extraño ver a su hermano en un proceso de cortejo público. Aunque, por otra parte, nada de lo que hacía la realeza era particularmente normal.

—Parece triste —susurró Gabriel, arrancando a Tem de sus pensamientos.

Tem estudió el rostro de Leo. Tenía la boca apretada y la mirada baja mientras caminaba. De repente, la invadió cierta ternura. Lo último que quería era ver a Leo triste. Pensar que podría estar triste por ella era insoportable.

Gabriel le dio un codazo.

—Supongo que tendrás que animarlo.

Para sorpresa de Tem, descubrió que quería hacerlo. Antes de que pudiera responder, Leo dio una palmada y la multitud quedó en silencio.

—¿Me harían el honor de acompañarme al escenario las siete hermosas damas a las que he tenido el placer de cortejar?

Tem observó cómo Vera casi corría entre la multitud. Haciendo un gesto de exasperación con los ojos, le entregó a Gabriel su aguamiel e hizo lo mismo, situándose detrás de las otras chicas. Cuando llegaron al escenario, Lilly ofreció la mano a cada una de las chicas, ayudándolas a subir los escalones. Cuando su mano tocó la de Tem, le guiñó un ojo.

Tem no tuvo oportunidad de devolverle el guiño.

Leo ya la observaba mientras subía los escalones, y Tem no pudo evitar preguntarse qué estaría pensando. ¿Estaría enojado o simplemente triste, como había dicho Gabriel?

La multitud volvía a alborotarse; parecía que no podían mantener la calma más de unos minutos a la vez. El aguamiel ilimitado tendía a provocar ese efecto. Sus ovaciones se intensificaron cuando las chicas comenzaron a formarse y Leo extendió su mano a Vera, que era la primera de la fila. Ella la tomó con entusiasmo y lo siguió hasta el frente del escenario. La multitud rugió cuando estuvieron frente a frente. Todo cobró sentido.

Leo iba a usar cada beso para decidir a quién eliminar.

Era incluso peor que los podios. ¿Eliminaría a Tem delante de todo el pueblo? No podía imaginar nada más embarazoso. Quizá debió haberlo esperado. Después de todo, los miembros de la realeza eran despiadados.

Una aguda puñalada de celos retorció el estómago de Tem cuando Leo colocó sus manos en la cintura de Vera. Recordó las palabras del príncipe de la noche anterior, susurradas a través de una neblina de dolor:



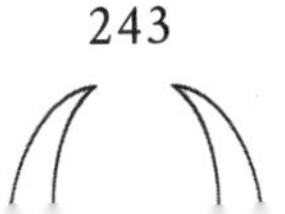

«¿Debo compartirte?».

No era la única compartida. Leo tenía su propia ventaja en su silenciosa batalla de voluntades; él no era completamente suyo, y ella era una idiota por haber pensado que alguna vez lo fue. A Tem no le importaba que estuvieran en público; lo único que quería era correr y arrancar las manos de Leo del cuerpo de Vera. Entonces, lo vio inclinarse y besarla directamente en los labios.

Las celebraciones de la multitud eran ensordecedoras.

No era ninguna sorpresa: Vera era la favorita del pueblo: adorada por todos los hombres y envidiada por todas las mujeres. Tem nunca podría competir con un atractivo tan innegable. El beso fue breve, pero apasionado, y cuando finalmente se separaron, las ovaciones duraron tanto tiempo que Leo tuvo que levantar las manos en señal de protesta, pidiendo a la multitud que bajara el volumen antes de pasar a la siguiente. Leo besó a una chica tras otra. La multitud rugía.

La cuchilla se retorcía más con cada beso.

Para cuando Leo llegó a la penúltima chica, ni siquiera se molestó en mirarla. En vez de eso, sus ojos se clavaron directamente en los de Tem mientras se inclinaba hacia ella. Tem le sostuvo la mirada mientras se besaban, decidida a no apartar la vista, a no dejar que la perturbara. No importaba que todos estuvieran mirando. No importaba que la multitud aclamara a la chica que estaba en ese momento en los brazos de Leo. A Tem no le gustaba verlo besar a nadie más. Y por supuesto no le gustaba la forma en que se jactaba de ello frente a ella. Era especialmente injusto dado lo mucho que había hecho para mantener en secreto su conexión con Caspen. Tem nunca había usado eso para poner celoso a Leo. Pero quizá debió hacerlo.

Para cuando Leo se dirigió hacia ella, Tem estaba enojada.

Solo una cosa la haría sentir mejor. Una cosa haría que Leo recordara quiénes eran el uno para el otro. Tem se alegró de que Caspen ya no estuviera en su mente. Él no necesitaba ver la forma en que ella agarraba a Leo por los hombros y lo acercaba a ella. No necesitaba oír el gemido que se le escapaba de la garganta mientras unía sus labios con avidez a los de él. De inmediato pudo sentir cómo se le endurecía el pene. Tem quería tocarlo.

En lugar de eso, besó a Leo con todas sus fuerzas, dejándose llevar por el impulso, permitiéndose sentir algo por el príncipe humano. Después de todo, ¿no era eso lo que quería Leo?, ¿que Tem lo deseara? Quizá no lo deseaba de la misma manera que a Caspen; quizá su conexión con Leo no era etérea, sobrenatural y *mágica* como con el basilisco. Sin embargo, era real. Siempre lo había sido. No se podía negar que Tem se sentía atraída por Leo de la misma manera en que él se sentía atraído por ella, que se necesitaban mutuamente, de una manera que no se podía definir.



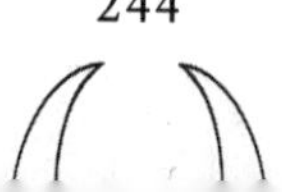

Leo no era perfecto, y a Tem le gustaba eso.

Su cuerpo se dobló contra el de ella, con los dedos entrelazados profundamente en los rizos de Tem. En la lengua de Leo quedaba un muy leve rastro de whisky. Tem lo saboreó, y lo saboreó también a él.

Leo la besó durante mucho más tiempo del que había besado a las otras chicas. No cabía duda de su preferencia por ella, si es que alguna vez hubo alguna duda. Cuando Tem finalmente se apartó, Leo a duras penas la soltó. Sus ojos grises estaban a centímetros de los de ella, y Tem no vio más que victoria en ellos. Sabía que al príncipe le gustaban los desafíos, que veía a Caspen como un competidor, un *oponente,* y a Tem como el premio que debía ganar. Sabía que le había dado exactamente lo que quería. Pero, tal vez, por primera vez, era también lo que ella quería.

—Nos besamos durante demasiado tiempo —susurró Tem.

—Imposible —murmuró—. Te besaría por siempre si pudiera.

Fue entonces cuando Tem notó que la multitud estaba en silencio.

No había celebraciones para ella como las que hubo para Vera, ningún frenético rugido de aprobación. Los aldeanos tenían un voto que emitir, y no era para Tem. Solo había dos personas aplaudiendo para ella: Gabriel y su madre. No podía fingir estar sorprendida.

Leo no reaccionó al silencio. Simplemente guio a Tem de vuelta a su lugar en la fila, le dio un beso en la muñeca antes de soltarle la mano y se dirigió hacia la chica que estaba a su lado.

Leo se inclinó, con el rostro inclinado hacia un lado, y dijo:

—Lo siento, cariño.

La chica retrocedió horrorizada.

Tem recordó de golpe su primera noche en el castillo, cuando Leo eliminó a las chicas exactamente de la misma manera. Todos observaron en silencio cómo se alejaba por la fila, deteniéndose frente a una chica pelirroja que inmediatamente comenzó a llorar. Huyó del escenario antes de que Leo tuviera oportunidad de hablar. Él se quedó quieto un momento, mirando el lugar vacío frente a él. Luego volvió a dirigirse a la multitud.

—Gracias por su voto. —Miró a Vera, que se pavoneaba de manera insufrible al final de la fila—. Tengan la seguridad de que su voz ha sido escuchada.

La multitud volvió a aclamar. Varios vasos de aguamiel sufrieron su fatal encuentro con los adoquines. Sin decir palabra, Leo bajó del escenario para reunirse con su padre, cuyo rostro era una máscara de rabia. Tem solo podía imaginar lo que pensaba Maximus. Ver a su hijo favorecer a la marginada de la ciudad era sin duda motivo de furia. El rey no se tomaría bien la insolencia de Leo. Eso tensaría su ya frágil relación, y pondría a Tem directamente en la mira de Maximus, un lugar en el que no



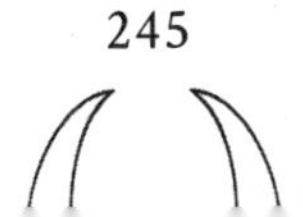

deseaba estar. Sin embargo, dejaría esas preocupaciones para otro momento.

Por lo pronto, afortunadamente, el espectáculo había terminado.

Tem abandonó el escenario con las otras chicas antes de volver junto a Gabriel.

Él le dio un vaso, que ella bebió de un trago.

—Le doy un ocho —dijo Gabriel.

—¿Disculpa?

—Tu técnica —dijo él—. Ocho de diez.

—¿Mi técnica?

—Demasiada lengua para mí, pero supongo que al príncipe podría gustarle. La próxima vez, ponte de puntitas, es demasiado alto para ti.

Tem dejó escapar una risa incrédula al darse cuenta de que Gabriel estaba evaluando su beso. Sabía que era solo una forma de distraerla de su lamentable actuación frente a la multitud. Él siempre sabía cómo mejorar las cosas. Tem nunca había tenido mucho en la vida, pero siempre lo había tenido a él.

Pasaron el resto de la noche en la orilla de la multitud, jugando un juego de beber en el que tomaban un sorbo cada vez que Vera le guiñaba un ojo a alguien. Al final, la madre de Tem se acercó a ella.

—Se hace tarde, querida.

—Por supuesto, madre. Nos vemos en casa.

Su madre negó con la cabeza.

—Esta noche me quedo en el pueblo.

—Ah.

Tem había olvidado que su madre estaba cuidando a la hija pequeña del carnicero mientras sus padres estaban fuera de la ciudad. El silencio de la multitud asomó de nuevo en la mente de Tem. ¿Cómo se habría sentido su madre al presenciar su vergüenza pública? Por su garganta corrió el grueso lazo de la culpa. Era una vieja herida que se abría de nuevo.

En un arrebato, Tem abrazó a su madre. Rara vez se tocaban de esa manera. Tem podía contar con los dedos de una mano las veces que se habían abrazado por más de un breve instante. Si su madre se sorprendió, no lo demostró. Simplemente apoyó la cabeza en el hombro de Tem y también la abrazó.

—Hasta mañana, mamá —le dijo Tem cuando se despidieron.

Su madre le dedicó una leve sonrisa. Luego se fue.

—En ese caso —Gabriel le hizo un gesto con las cejas—, ¿vamos al Horseman?

Tem suspiró. No necesitaban beber más, pero su madre no estaría en casa y ella no podía ir a ver a Caspen. ¿Qué otra cosa podía hacer esa noche?

—Al Horseman.



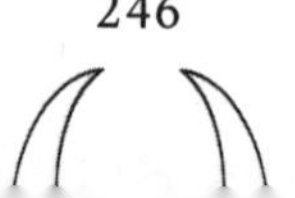

Caminaron juntos dando tumbos hasta el bar. Cuando llegaron, la gente ya empezaba a llegar del festival. Gabriel le dio un beso en la mejilla.

—La primera ronda va por mi cuenta.

Tem no protestó.

Fue hacia su mesa favorita, ignorando la sensación de que todos la miraban. Sin duda, la gente hablaría de los acontecimientos de esa noche por mucho tiempo.

Sus pensamientos volvieron a la conversación con Caspen y a la única condición bajo la cual su linaje aceptaría su compromiso. ¿Qué tipo de condición podría ser y qué *asuntos* tendría que atender mientras tanto? A Tem la invadió un sentimiento de enojo. No había superado que Caspen hubiera cortado su conexión sin previo aviso. Era inaceptable que él eligiera ejercer su poder de una manera tan unilateral. No podían tener una relación adecuada si él no se comunicaba con ella. Tem siempre estaba en la oscuridad, siempre era la última en enterarse de las cosas, y eso debía terminar.

Gabriel se deslizó junto a ella y le dio una cerveza.

—Aquí tienes, querida.

—Gracias. —Tem consiguió esbozar una sonrisa. Brindaron y bebieron un sorbo juntos.

—¿Sabes? —Gabriel se acercó a ella—. El viejo Steve se ve muy bien esta noche.

—Ni una palabra más.

—Solo digo que, si no funciona con el príncipe, podrías casarte con él. Apuesto a que le gusta un poco de lengua.

—¿No podría casarme contigo?

—Por favor, Tem. Revoloteo entre jóvenes de establo.

Tem suspiró.

—Aunque... —dijo pensativo— podrías intentar tener sexo en un carruaje alguna vez. Es espacioso.

Tem puso los ojos en blanco. Luego miró a Gabriel. Él estaba borracho y ella también y, por alguna razón, lo único que quería era contarle todo lo que estaba pasando en su vida. Quería hablarle de la garra, de su vínculo con Caspen, de Jonathan y Christopher. Los secretos empezaban a devorarla.

—Gabriel —soltó lentamente—. ¿Y si te dijera que soy culpable de algo malo?

Él tomó un largo trago de cerveza. Su vaso ya estaba medio vacío.

—Me intrigaría.

—¿Y si fuera algo muy muy malo?

Gabriel se encogió de hombros.

—Me intrigaría mucho mucho.

Tem tomó un trago de cerveza. ¿Estaba realmente a punto de hacer eso?

Antes de que pudiera decidirse, Gabriel levantó la mano.

—Tem —dijo en un tono fingidamente serio—, si vas a decirme algo importante, necesito un licor fuerte.

Ella tuvo que sonreír ante eso. Francamente, necesitaba un licor fuerte para poder decírselo.

—Está bien.

Tem se puso de pie y se dirigió a la barra, donde el viejo Steve la miraba con lascivia. Antes de que Tem pudiera hurgar en su bolsillo en busca de monedas, escuchó:

—Yo invito.

A Tem se le heló la sangre. Reconocería esa voz en cualquier lugar.

Leo.

# CAPÍTULO 19

La larga figura de Leo estaba apoyada de forma despreocupada contra la barra, con las cejas arqueadas como si se estuviera divirtiendo.

—¿Qué haces aquí? —murmuró Tem.

—Invitándote una copa. Pensé que era obvio.

—No puedes estar aquí.

—Pues aquí estoy.

—Leo. —Lo agarró del brazo y lo empujó hacia la puerta—. Vete.

—Sabes que me encanta cuando me das órdenes. —Le puso las manos con firmeza alrededor de la cintura, acercándola a él—. Sin embargo, me temo que tendré que desobedecerte. —Leo acorraló a Tem con facilidad, empujando su cuerpo contra la barra con el suyo.

Ella intentó darle un codazo, pero fue inútil. La tenía inmovilizada.

—Por cierto, te ves preciosa.

—¿«Por cierto»? ¿Mi belleza es algo secundario?

El rostro de Leo se iluminó con una sonrisa.

—Eres muy difícil de complacer.

Tem seguía intentando zafarse de él.

—Siempre has sido terrible con los cumplidos.

—Si tú lo dices.

—¿Cómo supiste dónde encontrarme?

—Es un pueblo pequeño, Tem. Le pregunté a la primera persona que vi.

—Recuérdame que lo mate.

—¿Y ser cómplice de asesinato? Imposible.

Tem lo miró con furia, pero la sonrisa de él cada vez era más amplia.

—Te ves preciosa cuando te enojas.

—Me veo preciosa todo el tiempo. Ahora dime qué haces aquí.

Silencio. La sonrisa de Leo se desvaneció.

—Me temo que mi padre y yo tuvimos un… desacuerdo.

—¿Qué tipo de desacuerdo?

—Prefiero no decirlo.

—Yo prefiero que lo digas.

—Tu amigo está esperando, Tem. ¿No deberías presentarme?

—¿No deberías ir a otro lugar?

—Elegí venir aquí.

—¿Pero por qué?

Otro silencio. Luego:

—Quería verte.

Tem suspiró. Leo siempre quería verla. Pero, ¿quería ella verlo a él? No era el momento más oportuno; estaba a punto de sincerarse con Gabriel. Ahora tendría que esperar. No había duda de que su beso con Leo había despertado algo en Tem, algo que estaba dispuesta a explorar. Y por la forma en que el príncipe la abrazaba, sabía que no se iría, dijera lo que dijera.

—Kora. —Finalmente cedió—. Pero tú pagarás todas las rondas, no solo la siguiente.

Leo sonrió.

—Por supuesto.

Tem puso los ojos en blanco y, con un empujón final, se liberó de sus brazos.

—Whisky —dijo ella sin más. Luego lo dejó en la barra y se dirigió resoplando a la mesa contigua a la de Gabriel.

—¿Es quien creo que es? —preguntó Gabriel.

—Sí.

—¿Qué diablos está haciendo aquí?

—Se peleó con su padre.

—Problemas en la relación con el padre —dijo Gabriel con conocimiento de causa—. Sexi.

—Cállate y disfruta tus bebidas gratis.

Gabriel todavía sonreía cuando Leo regresó a la mesa y les ofreció un whisky a cada uno.

—Gracias… Alteza.

Leo rio.

—Por favor, llámame Leo.

—Llámame Gabriel.

—Por supuesto.

—¿Y esos dientes de oro? —Gabriel señaló la boca de Leo, en la que brillaban sus dientes de oro bajo la tenue luz del bar.

Tem le dio un codazo a Gabriel, pero Leo solo sonrió más, mostrando todo el metal.

—Son una tradición —respondió Leo—. Los hombres de mi familia se los ponen cuando cumplen veinte años, entre otros regalos.

—¿Y las mujeres no?

Leo se encogió de hombros.

—Se les da oro de otras formas. Joyas, por lo regular.

—Debe ser agradable poder darse el lujo de comprar oro.

—Gabriel —intervino Tem.

Leo le tocó la pierna, deteniendo su protesta.

—Es agradable —dijo con cuidado—, pero no fingiré que me lo he ganado.

—Mmm... —Gabriel miró a Tem—. Me cae bien.

—Al menos a uno de los dos.

Leo le sonrió.

—Tu opinión sobre mí es más favorable de lo que demuestras.

Tem puso los ojos en blanco.

—¿Y cómo sabes eso?

—Estoy aquí, ¿no? Me dejaste quedarme.

—Eras una damisela en apuros. Tuve que hacerlo.

—Tú lo elegiste, y te estoy muy agradecido.

Tem volvió a poner los ojos en blanco. La mano de Leo seguía en su pierna.

—No te acostumbres —susurró ella.

Él volvió a sonreír, mostrando otra vez sus dientes de oro.

—Por supuesto que no.

Gabriel se inclinó hacia adelante.

—Mi opinión es muy favorable, si sirve de algo.

Tem le dio una patada debajo de la mesa.

—No me sirve de nada —dijo.

Leo le guiñó un ojo.

—Sí sirve, gracias.

Tem también le dio una patada.

Cuando el Horseman cerró, Leo había pagado cuatro rondas más, y Tem tenía problemas para ver bien. Gabriel no estaba mejor. No paraba de abrazar a Tem y a Leo, diciendo que sería el padrino de su boda.

—Sería un honor —respondía Leo en cada ocasión.

—Eso requeriría una boda —decía Tem también cada vez.

Leo solo reía.

Salieron los tres juntos del bar, tomados del brazo. Gabriel se separó con cierta dificultad antes de despedirse con un gesto elegante.

—Ha sido un placer, caballeros.

—Soy una dama —dijo Tem.

—Lo dudo.

Ella le dio un golpe en el pecho.

Leo la sujetó.

—Estás agrediendo a nuestro padrino de bodas.



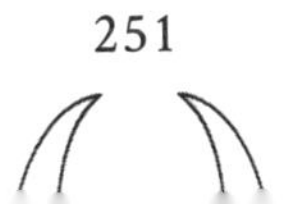

—Eso requeriría una boda —insistió Tem.

En respuesta, Leo la besó en la mejilla.

—Consigan una habitación —canturreó Gabriel, haciéndoles señas con los dedos antes de desaparecer en la oscuridad.

—Eso pretendo —dijo Leo al oído de Tem.

Antes de que Tem pudiera golpearlo también, otra voz se escuchó en el aire:

—*Thelonius.*

Ambos voltearon.

Allí, montando un caballo cuyo pelaje blanco y brillante contrastaba radicalmente con la triste suciedad de la calle, estaba Maximus.

De inmediato Leo puso su brazo delante de Tem, empujándola detrás de él mientras el rey desmontaba. Caminó hacia ellos con furia en los ojos, y su mirada se dirigió primero a Tem y luego a Leo.

—Huir es de niños —dijo Maximus—. Esperaba más de ti.

Leo levantó la barbilla en señal de desafío.

—Me recuerdas mi juventud todos los días. No debería sorprenderte que actúe como alguien de mi edad.

—Basta. Ahora volverás conmigo.

—No lo creo.

Maximus miró de nuevo a Tem.

—¿Es esto lo que hizo que te fueras? ¿La chica de los pollos?

Tem abrió la boca, pero Leo ya la estaba defendiendo.

—Se llama Temperance. Quizá quieras aprender su nombre, teniendo en cuenta que va a ser mi esposa.

—Te quitaré el título antes de permitir que la elijas.

—¿Y coronar a Lilly como reina? Eso es bastante progresista de tu parte. No me había dado cuenta de que habías cambiado de opinión sobre las mujeres en puestos de liderazgo. Mamá estaría muy orgullosa.

—Suficiente.

Pero Leo no había terminado.

—Tomaré mis propias decisiones, padre. No hay nada que puedas…

—Suficiente —farfulló el reina—. Volverás conmigo ahora mismo.

Leo se puso completamente rígido, y sus dedos se retorcían con fuerza en la tela del vestido de Tem, que todavía mantenía detrás de él. Sus siguientes palabras fueron tan suaves, tan mortales, que Tem sintió cómo un escalofrío le recorría la espalda cuando dijo:

—Volveré cuando me dé la maldita gana.

Algo peligroso brilló en los ojos de Maximus. Dio un paso adelante, uno solo, para decir:

—Niño ignorante. Te enfrentarás a las consecuencias de esto.

Leo se mantuvo firme.



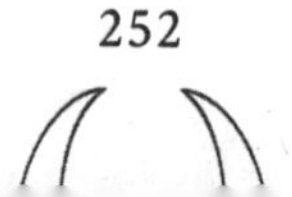

—Entonces las afrontaré con mi esposa.

Padre e hijo se miraron fijamente.

Después de un interminable momento, Maximus se dio la vuelta, subió a su caballo y se fue.

Estaban solos en la calle, con la mirada de Leo fija en la figura de su padre que se alejaba. Tem colocó la palma de la mano vacilante entre sus omóplatos, sintiendo la tensión en su cuerpo.

—Llévame a algún lugar, Leo —dijo sin pensarlo.

Él se volteó lentamente para mirarla.

—¿Adónde te llevo, Tem?

—No lo sé. Impresióname.

Leo inclinó la cabeza, pensando en su petición.

—Muy bien.

Leo le ofreció la mano y Tem la tomó.

Caminaron juntos por las calles, dirigiéndose hacia la iglesia. Cuando llegaron a ella, no subieron los escalones, como Tem suponía que harían. En cambio, Leo la llevó hacia la parte trasera, donde se extendía un extenso cementerio hasta la cima de una colina.

Ella le dio un codazo en el hombro.

—¿Estás planeando matarme?

Obtuvo una pequeña sonrisa.

—Esta noche no, Tem.

Caminaron lentamente entre las tumbas. Por primera vez, Tem dejó que Leo tomara la iniciativa. Parecía saber adónde iba, aunque ella no podía imaginar quién estaría enterrado allí. Su madre, la reina, era la única persona de su familia inmediata que había muerto. Seguro que la realeza tenía sus propias criptas en las profundidades del castillo. No habría razón para enterrar a la reina entre los aldeanos.

Finalmente, se detuvieron, pero no en una tumba.

Habían subido a la colina que dominaba el cementerio, donde había una banca bajo un sauce llorón. La mirada de Leo se posó en el tronco. Tem entrecerró los ojos para distinguir qué estaba mirando. Había dos letras talladas en la madera arremolinada:

*E + L*

Algo estremeció el corazón de Tem.

—¿E y L? —susurró ella, aunque ya lo sabía.

Leo miró fijamente el árbol, con los ojos desenfocados.

—Evelyn y Leo —susurró a su vez.

«Evelyn no fue un error».

—¿Quién era ella?



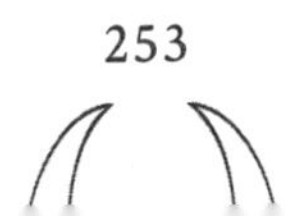

—Ella era... importante para mí.

Tem le apretó la mano.

—¿Qué le pasó?

Leo apretó la mandíbula. Se volteó hacia Tem.

—Un príncipe puede acostarse con quien quiera antes del entrenamiento. De hecho, se fomenta, cuanto más, mejor. Pero las relaciones están prohibidas. Se supone que debo reservar el compromiso para mi esposa. Así que cuando conocí a Evelyn, pensé que sería una chica más en mi cama. Pero no lo fue. Era... —hizo una pausa y Tem pudo ver el dolor en sus ojos—, todo.

Pasó un largo rato antes de que volviera a hablar.

—Solíamos reunirnos allí —señaló la banca— para hablar durante horas. Nunca había hablado con nadie así antes. En el castillo, todos me hablan. Evelyn hablaba «conmigo». Y escuchaba. Creo que por eso me enamoré de ella. Entonces mi padre se enteró.

El estremecimiento en el corazón de Tem se intensificó.

—¿Qué hizo? —preguntó involuntariamente.

—No lo aprobó. Nunca lo hace. Evelyn provenía de una familia de pescadores. Sus padres habían muerto; su tía la había criado. Ella era un año mayor que yo, así que no era elegible para el entrenamiento. Me dijo que tenía que terminar con eso.

—¿Y lo hiciste?

—No —dijo Leo llanamente—. No lo hice.

Tem digería esa información. Leo había cortejado a una chica, una chica que su padre no aprobaba, una chica como Tem. Ahora entendía por qué Maximus estaba tan en contra de su relación, por qué insistía en mantenerlos separados. Era un patrón en Leo. Eso planteaba la pregunta obvia:

—Entonces... ¿qué pasó?

Leo suspiró.

—Hicimos planes para huir.

Eso sorprendió a Tem.

—¿Ibas a dejar a tu familia por ella?

—Evelyn era mi familia.

Tem sintió cómo un escalofrío recorría su espalda. Levantó la mirada hacia Leo. En sus ojos solo había dolor.

—La amabas —susurró.

—Sí —murmuró él a su vez, con la voz casi quebrada—. Claro que la amaba.

Leo habló con tal firmeza que una pequeña parte del alma de Tem resultó herida por sus palabras. Trató de imaginarse a Leo enamorado, feliz, con Evelyn. La misma cuchilla de celos que la había atravesado antes se retorció de nuevo. «Él no te importa», se dijo a sí misma. «Todo esto es

una farsa». Sin embargo, mientras lo pensaba, Tem sabía que no era cierto. Ahora le importaba, quisiera o no.

Leo le soltó la mano. Continuó en voz baja:

—La mañana en la que teníamos que irnos, ella no llegó. Al final, supuse que había cambiado de opinión y me fui.

Tem se quedó mirando la marca del árbol. Solo esas dos letras, nada más. Sabía que si esperaba, Leo daría más detalles.

Aun así, el silencio se prolongó durante minutos antes de que él finalmente dijera:

—Hice que mis sirvientes investigaran sobre ella, pero había desaparecido.

—¿Adónde fue?

Él negó con la cabeza.

—No lo sé. —Leo hizo una pausa y sus siguientes palabras fueron un susurro entrecortado—. Yo... sigo viniendo aquí casi todas las mañanas. Por si acaso.

Se quedó callado, y esta vez, Tem dejó que el silencio se asentara, preguntándose si alguna vez habría visto a Evelyn en la escuela. Nunca le había interesado especialmente nadie de grados superiores al de ella; había pasado los días de escuela simplemente tratando de sobrevivir. Quizá Gabriel la conocía. El pueblo era pequeño; era muy posible. No obstante, si Evelyn se había ido, no había forma de saber dónde podría estar en ese momento.

Tem se tomó un momento para reflexionar sobre lo que esa parte del pasado de Leo significaba para su futuro. Si todavía estaba enamorado de Evelyn, su corazón estaba cerrado, no solo para ella, sino para cualquiera. El proceso de eliminación no tenía sentido si no estaba listo para enamorarse otra vez.

Pensó en cómo Leo se sintió atraído por ella desde el principio, en cómo parecía deleitarse con la forma en que su cortejo molestaba a su padre. ¿De qué servía contarle lo de Evelyn si lo único que conseguía era mostrarle que no estaba disponible, que la estaba utilizando? ¿Sería ella solo un lugar de paso, un sitio donde el príncipe almacenaba su dolor mientras superaba su pena? ¿Tenía derecho a estar enojada si ese era realmente el caso?

—¿Por qué me trajiste aquí? —preguntó en voz baja.

Leo suspiró.

—Porque me pediste que te impresionara. Y lo único que parece impresionarte es la honestidad. Así que estoy tratando de ser sincero sobre mi pasado. —Hizo una pausa, mirándola a los ojos—. Si esto fue un error, rezo por que me perdones, pero quiero que sepas quién soy.

—No fue un error. —Tem no pensó dos veces antes de pronunciar esas palabras. Las decía en serio.



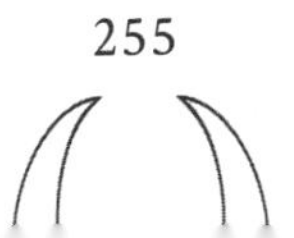

Leo asintió.

—Me alegro.

Tem lo miró fijamente, deseando con todas sus fuerzas que las cosas fueran diferentes. Deseaba que tuvieran más tiempo para conocerse, que tal vez pudiera sincerarse con él de la misma manera que él acababa de hacerlo. Leo estaba siendo honesto y abierto, algo que Caspen parecía incapaz de lograr.

Antes de que pudiera decidir cómo continuar, Leo dijo:

—No confías en mí, ¿verdad, Tem?

Solo podía decirle la verdad.

—La verdad es que no.

Leo asintió, como si su respuesta no lo sorprendiera.

—¿Qué puedo hacer para cambiar eso? —preguntó en voz baja.

Tem suspiró.

—No lo sé, Leo. No estoy segura de que nada de lo que hagas pueda cambiarlo.

Hubo otro silencio, y en él, Leo se acercó a ella, tocando su cintura con las yemas de los dedos.

—Me gustaría intentarlo.

El lugar donde la tocó estaba cálido.

—Entonces dime la verdad —susurró.

—¿Sobre qué?

—Sobre tus intenciones.

Leo inclinó la cabeza.

—¿A qué te refieres?

Tem señaló la marca del árbol.

—¿Solo me buscas porque sabes que enfurecerás a tu padre o es que realmente me deseas?

Leo no respondió de inmeadito. Cuando lo hizo, su voz fue suave.

—Ambas cosas.

Tem sabía que era verdad.

—No me gusta que me utilicen, Leo —dijo en voz baja.

Esperaba que él respondiera de inmediato.

En cambio, Leo se acercó, levantando su otra mano para acunar gentilmente el rostro de ella en su palma. Su mirada bajó hasta su boca, y ella pensó que podría besarla, pero le pasó la punta del pulgar por el labio inferior, tan suavemente que apenas lo sintió, tan lentamente que pasó una eternidad hasta que su dedo finalizó el recorrido.

Cuando terminó, Leo susurró:

—¿Te gustó? —Estaba a apenas dos centímetros de distancia.

—Sí —susurró Tem.

Leo sonrió.



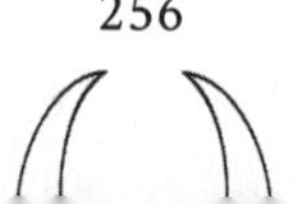

—Es un comienzo.

—Leo...

Pero no pudo terminar. No podía decirle que todavía no confiaba en él, no en ese momento, no cuando estaban junto a la banca donde se había sentado con la primera chica a la que amó, no cuando por fin había decidido mostrarse vulnerable con ella... no cuando Tem guardaba tantos secretos. Así que, en lugar de concluir, tomó su mano entre las suyas, entrelazando sus dedos con los de él.

Permanecieron juntos, con las manos entrelazadas, en medio del silencio del cementerio.

Tem no sabía cuánto tiempo habían estado allí. Cuando se marcharon, hacía un frío intenso, y Leo se quitó el abrigo y se lo puso sobre los hombros.

Tem rechazó su ofrecimiento.

—Pero estás temblando —dijo Leo en voz baja.

—Entonces, temblaré.

El rostro de Leo mostró una expresión de dolor.

—Muy bien.

Tem se dio cuenta de que el detalle era sincero. Estaba tan acostumbrada a que las acciones de Leo fueran como movimientos en un tablero de ajedrez que apenas podía distinguir cuándo era sincero.

—Espera. —Puso su mano en el brazo de Leo.

Leo se detuvo, todavía con el abrigo en la mano. Sus ojos buscaron los de ella, llenos de profunda aprensión.

—Puedes dármelo.

Leo recuperó un atisbo de su sonrisa y se acercó.

Tem permaneció completamente quieta mientras él le cubría los hombros con su abrigo. Le acarició la nuca con los dedos, levantándole suavemente el cabello para que sus rizos cayeran con libertad por su espalda.

Parecía tan contento mientras lo hacía, tan innegablemente satisfecho, que, a pesar del calor de su abrigo, Tem sintió un escalofrío en todo el cuerpo.

Leo la miró a los ojos.

—Entiendo que no necesites que te cuide —dijo en voz baja—, pero es un placer hacerlo.

Tem asintió, con un nudo en la garganta.

Sabía que a Leo le gustaba cuidarla. Recordaba cómo le pagaba las bebidas en el Horseman, cómo siempre se aseguraba de que tuviera suficiente para comer. Con detalles como esos, conseguía que se creara confianza entre ellos, pero solo funcionaba cuando Tem se lo permitía, y nada podía ser más difícil.

Tem ciñó el abrigo alrededor de sus hombros mientras caminaban de regreso a la iglesia. ¿Desearía Leo darle su abrigo a Evelyn en lugar de a



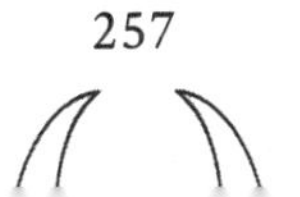

Tem? ¿Y desearía Tem que fuera Caspen quien le diera su abrigo y no Leo? Ella ya no lo sabía.

Cuando volvieron a encontrarse en la calle principal, Leo la miró.

—¿Y ahora qué?

Tem le devolvió la mirada.

Sabía que él no quería irse a casa. Y normalmente, Tem tampoco querría hacerlo. Sin embargo, su madre estaba cuidando a la hija del carnicero, y Tem descubrió que no quería estar sola.

Entonces tomó la iniciativa y caminó sin decir palabra por las calles adoquinadas, acercándose poco a poco al límite del pueblo. Los zapatos negros y brillantes de Leo estaban fuera de lugar allí; Tem se sonrojó cuando llegaron a su pequeña cabaña. Si Leo pensaba que ella vivía en un lugar deprimente, no lo dijo. En cambio, la siguió cuando atravesó la puerta del jardín, preguntando únicamente:

—¿Tus padres no están en casa?

—Nunca conocí a mi padre —dijo Tem—. Y mi madre está cuidando a una niña en el pueblo.

Leo no respondió.

En cuanto entraron, Tem se quitó el abrigo de los hombros y lo colgó en el perchero antes de señalar la mesa de la cocina.

—Siéntate.

Los labios de Leo temblaron, pero no sonrió.

—Si insistes.

Tem sabía que su madre guardaba alcohol en la cocina para las raras ocasiones en las que necesitaba una copa después de un día especialmente largo en la granja. Lo buscó mientras Leo estaba sentado, y finalmente encontró la botella en la alacena, detrás de la harina.

La levantó.

—Solo si me acompañas —respondió Leo.

Tem encontró dos vasos y los llenó. Le entregó uno a Leo.

—Por Kora —dijo ella.

—Por Kora.

Hicieron chocar los vasos y bebieron juntos como la noche en que se conocieron. Leo se bebió el suyo de un trago. Tem se lo volvió a llenar de inmediato.

—¿Intentas emborracharme? —preguntó él con un tono de broma que no se parecía en nada al que solía tener.

—Ya estás borracho.

—Eso es cierto.

Tem lo miró. Tenía la mandíbula firme y el cuerpo aún tenso. No sabía cómo consolarlo, pero descubrió que quería hacerlo.

—Tu padre se equivoca, ¿sabes? —dijo en voz baja.

Leo la miró.

—No, no se equivoca.

—Ni siquiera sabes lo que iba a decir.

—Ibas a decir que mi padre se equivoca, que no soy un niño, que puedo tomar mis propias decisiones y que debería confiar en mí para vivir mi vida como yo quiera. Pero eso no es cierto. Estoy siendo completamente egoísta al elegirte. Habrá consecuencias por mis acciones. Y, conociendo a mi padre, no serán agradables.

Tem dio otro trago a su bebida.

—Iba a decir que no eres ignorante. Eres una de las personas más inteligentes que conozco.

Leo levantó una ceja.

—Cuidado, Tem. Si me haces demasiados cumplidos, puede que mi ego crezca.

Tem puso los ojos en blanco.

—Por favor. Ambos sabemos que ya es demasiado tarde para eso.

Finalmente, Leo sonrió.

Bebieron en silencio por un momento y, finalmente, Tem preguntó:

—¿Siempre ha sido así?

—¿Mi padre? Sí, siempre. ¿Por qué lo preguntas?

Tem se encogió de hombros.

—Está muy molesto. Me sorprende que hayas resultado... —Se quedó callada, insegura de cómo expresarlo.

Leo seguía mirándola.

—¿Cómo he resultado, Tem? —preguntó en voz baja.

—Como tú —respondió ella.

No había nada específico en su respuesta. En realidad, no había dicho nada. Y, sin embargo, parecía que le había hecho un cumplido y, por alguna razón, esperaba que él lo tomara como tal. Quizá lo hizo, porque preguntó:

—¿Conseguí impresionarte?

Tem pensó en cómo se comportó Leo esa noche: trató con amabilidad a Gabriel, alguien muy por debajo de su estatus. Respondió a sus constantes provocaciones con humor. Se dio cuenta de que siempre lo hacía. Lo único que quería era ganársela, aunque se suponía que era Tem quien debía ganárselo a él. La vulnerabilidad de Leo revelaba un lado diferente de él, uno que le gustaba a Tem. Entonces susurró:

—Sí.

—Me alegra oírlo.

Tem descubrió que se alegraba de decirlo.

El momento se convirtió en algo más profundo. De repente, se dio cuenta de que estaban solos, en su cabaña, sin nada que impidiera lo que



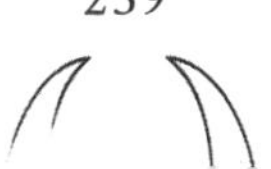

sucedió a continuación. Leo sonrió de oreja a oreja, mostrando sus incisivos dorados. Su mirada se mantuvo fija en la de Tem mientras decía:

—Eres difícil de complacer, ¿sabes?

—Eso me han dicho.

Leo arqueó una ceja. Volvió a mostrar un poco de su actitud habitual.

—Menos mal que siempre me han gustado los retos.

Tem entornó los ojos.

—No te adelantes. Si estás esperando acostarte conmigo esta noche, puedes olvidarlo.

Leo rio con suavidad.

—Ni en sueños esperaría eso.

Ella le lanzó una mirada, pero él solo sonrió más.

—Lo que espero y lo que quiero son dos cosas diferentes, Tem.

Las palabras le resultaban familiares; las había dicho durante los «sesenta juguetones», cuando ella se negó a desnudarse para él. Qué simple era la vida en ese entonces.

—Tampoco vas a dormir en mi cama —dijo Tem sin rodeos.

Leo hizo una mueca.

—No necesito una cama para lo que quiero hacer.

Tem lo fulminó con la mirada.

—Puedes pasar la noche en la cocina. Las sillas son duras como piedras.

La sonrisa del príncipe se amplió.

—Maravilloso. Lo espero con impaciencia.

Tem no tenía nada que decir al respecto, así que no respondió. Era obvio que Leo la estaba pasando bien. Para su sorpresa, ella también. No era exactamente que se estuviera divirtiendo, ya que habían surgido demasiadas emociones esa noche como para que eso pudiera pasar, pero había algo satisfactorio en sus idas y vueltas con Leo: sus bromas parecían naturales, como si estuviera compitiendo contra un oponente digno. Sin embargo, ella no sabía lo que Leo quería. Y dudaba que él mismo lo supiera. Era evidente que la herida de Evelyn aún estaba fresca. Sin embargo, ahí estaba él, en su cocina, y Tem sabía que no quería que se fuera.

Tem bebió el resto de su bebida y Leo hizo lo propio con la suya.

—Ya acordamos que no voy a acostarme contigo —dijo él—. Pero ¿vas a dejar que te bese?

Tem cruzó los brazos.

—¿Vas a dejar de hacer eso?

Él frunció el ceño.

—¿Hacer qué?

—Coquetear conmigo. —Tem esperaba que Leo respondiera de inmediato, pero en vez de eso, él inclinó la cabeza.



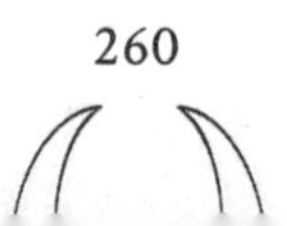

—¿De verdad te molesta? —preguntó en voz baja.

La respuesta de Tem llegó en contra de su voluntad.

—No.

Leo se acercó. Las paredes de la cocina parecían encogerse.

—Entonces, ¿por qué quieres que me detenga?

—Porque cuando coqueteas conmigo, yo hago lo mismo.

—Esa es la idea.

—Y cuando lo hago, siento que traiciono... a mi persona.

Quería decir «a Caspen». Pero, de alguna manera, no podía soportar la idea de pronunciar su nombre delante de Leo. El príncipe seguía mirándola, con la cabeza inclinada. Tem permaneció en silencio, mirando fijamente su vaso de whisky. Cuando Leo volvió a hablar, su voz fue sincera, y su tono burlón había desaparecido por completo.

—No sabía que te hacía sentir así. Desde luego no pretendo agredirte en tu propia casa.

Hizo una pausa. Tem quería decir algo, pero no podía respirar.

Ante su silencio, Leo continuó:

—Agradezco tu hospitalidad, así que esta noche me abstendré de coquetear contigo. Pero quiero que sepas una cosa, Tem —se inclinó hacia ella y Tem olió su perfume—: coquetear contigo es un placer y una compulsión, que, si soy sincero, dudo que pueda contener.

Tem observó fijamente su whisky, incapaz de mirarlo a los ojos. Tenía la garganta cerrada.

—Tem —dijo Leo en voz baja—. Entiendo mejor que nadie cómo te sientes.

—No...

—Y entiendo —continuó, interrumpiéndola y acercándose aún más— que tu lealtad está en otra parte. Contrario a lo que puedas pensar, no es mi intención hacerlo más difícil para ti. Sé lo que es tener el corazón ocupado, pero no puedo evitar lo que siento. Y tú has dejado muy claro que no tengo derecho a ninguna parte de ti, que tanto tu corazón como tu cuerpo hay que ganárselos. Solo pido la oportunidad de hacerlo.

Ahora Tem estaba segura de que se estaba sonrojando.

—Tal vez pienses que él es el adecuado para ti —susurró Leo—, pero tal vez yo también lo sea. Y si decides besarme esta noche, él nunca tendrá por qué enterarse.

Leo era muy bueno con las palabras. Siempre decía exactamente eso que la haría dudar. Era un talento exasperante y que le estaba sirviendo muy bien en ese momento.

El aliento de él rozó su mejilla cuando terminó en voz baja:

—Entonces, ¿vas a dejar que te bese?

Tem cerró los ojos.



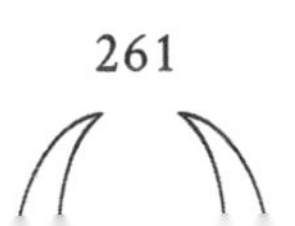

No podía negar que se sentía atraída por Leo, pero tampoco podía negar la mirada que percibió en sus ojos cuando le habló de Evelyn. La amaba, todavía la amaba, y era un amor que no se desvanecería fácilmente, si es que alguna vez lo hacía. Tem no quería besar a alguien que amaba a otra persona. No era el mismo hombre que había entrado al Horseman. Este hombre tenía un pasado que podría tener un profundo impacto en el futuro de ambos.

Tem abrió los ojos.

—Esta noche no. —Para su sorpresa, Leo sonrió.

—¿Te resulta gracioso algo?

—No —dijo sin más.

Se miraron fijamente en la oscuridad. A pesar de ser una noche de otoño, la cocina estaba caliente y Tem se sentía agitada. ¿Por qué, justo después de haber rechazado un beso del príncipe, de repente era lo único que quería hacer? Tenía que interrumpir el momento.

—Me voy a dormir.

Leo pasó un dedo por el borde de su vaso.

—Muy bien. Buenas noches, Tem.

Hubo un silencio; Tem no quería irse, pero estaba agotada.

Necesitaba tiempo para procesar lo que acababa de pasar entre ellos, y no se sentía con fuerzas para tomar más decisiones esa noche.

Cerraba la puerta de su habitación cuando, inesperadamente, encontró resistencia. De golpe, se dio cuenta de que Leo estaba sujetando la puerta desde el otro lado. Soltó lentamente la manija y observó cómo él la abría, dejando un hueco de quince centímetros entre ellos. Por un momento, Tem pensó que podría atravesarla, pero no lo hizo. En lugar de eso, dijo en voz baja:

—Por si cambias de opinión.

Luego se dio la vuelta.

¿Por si cambiaba de opinión?

¿Podría Leo adivinar de alguna manera que ella había estado a punto de cambiar de opinión? Parecía que estaba en su cabeza casi tan seguido como Caspen. Al pensar en Caspen, se dirigió al tocador junto a su cama. Echando un vistazo a la puerta abierta para asegurarse de que Leo no pudiera verla, se desnudó hasta quedar en ropa interior, metió la mano entre sus piernas y se sacó la garra. No sabía por qué lo había hecho. Algo que no podía explicar la dirigía esa noche; algo la llevaba hacia Leo de una manera que nunca antes había sucedido. Tem estudió la suave curva, acariciándola con el pulgar.

Un momento después, su mano quedó vacía.

Miró fijamente su palma, conmocionada. La garra desapareció como si nunca hubiera estado allí. Solo había sucedido una vez antes, a petición



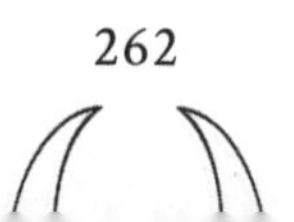

de Tem, antes de los «sesenta juguetones». ¿Sabía Caspen lo que pensaba hacer con Leo? Trató de establecer contacto mental con él, pero la puerta entre ellos estaba completamente cerrada. Dobló los dedos con incredulidad. No tenía sentido seguir dándole vueltas.

En vez de eso, se metió en la cama y se quedó dormida de inmediato, pero despertó solo unas horas después, y por mucho que lo intentaba, no podía volver a conciliar el sueño. Daba vueltas en la cama violentamente, tratando de no mirar la puerta abierta.

Pero no podía ignorarlo.

Pensó en que había acogido a Leo esa noche. Tenía razón; había sido su decisión. Y lo había hecho sin dudarlo, sin influencias externas, simplemente porque quería hacerlo. Pensó en Caspen, cuya voz estaba dolorosamente ausente en su mente. Siempre era él quien trazaba el límite entre ellos. Siempre era Caspen quien decidía cuándo y cómo progresaría su relación. Ahora era Tem quien trazaba el límite con Leo: guardando distancia entre ellos, vigilando su comportamiento y manteniéndolo a raya.

Ahora la persona que establecía los límites era ella.

¿Y exactamente por qué estaba tan en contra del príncipe humano? ¿Qué tenía Leo que a Tem le resultara tan aborrecible? ¿Había en realidad algo malo en él o era solo que Maximus era su padre, algo sobre lo que no tenía control, algo sobre lo que él mismo había expresado su disgusto? ¿Debía un hijo sufrir por los pecados de su padre? Maximus juzgaba a Tem constantemente, sin justa causa ni remordimiento. ¿De verdad iba ella a hacerle lo mismo a Leo?

Leo nunca le había mentido. La había defendido frente a su padre, más de una vez, a un gran costo personal. Tem nunca se había tomado en serio sus constantes insinuaciones, pero ahora se preguntaba si eso era solo porque se había acostumbrado tanto al polo opuesto que le ofrecía Caspen. ¿Acaso solo le interesaba el afecto cuando se lo negaban? Leo había demostrado una y otra vez que la deseaba, incluso cuando ella no le creía. La opinión de Leo sobre Tem se basaba en sus acciones, pero la opinión de ella sobre él provenía de sus propios prejuicios. Leo, cuyo único pecado era su linaje. Leo, quien a pesar de que las chicas se le lanzaban encima a diestra y siniestra, solo había perseguido a Tem. ¿Por qué privarse de lo que sabía que ambos querían? Leo tenía razón. Caspen nunca tenía que enterarse.

Se levantó de la cama.

Se dirigió a la puerta que todavía estaba entreabierta. Como en un sueño, cruzó el umbral. Leo seguía en la mesa, profundamente dormido con la cabeza echada hacia atrás contra la pared. Sus afilados pómulos se veían más suaves en la oscuridad, y su espeso cabello rubio estaba despeinado en la parte posterior. Tem se quedó mirando su cuello descubierto, su prominente manzana de Adán. Estaba completamente indefenso. Por alguna razón, verlo así confirmó su decisión.

Ella le tocó el hombro.

Ante el contacto, Leo abrió los ojos de golpe. La miró con calma, como si supiera lo que estaba a punto de decir.

Tem lo dijo de todos modos.

—Cambié de opinión.

# CAPÍTULO 20

Hubo un silencio absoluto mientras se miraban uno al otro.

Por alguna razón, Tem se sentía perfectamente cómoda. Por la expresión de Leo, él también. Esbozó una sonrisa mientras se levantaba lentamente, sin apartar la mirada de la de ella.

—¿Qué haremos, Tem? —susurró Leo.

Ella ya tenía la mente en blanco mientras sus brazos envolvían a Leo.

—Lo que queramos —murmuró a su vez.

Luego lo besó.

No era su primer beso, pero de alguna manera era nuevo. De alguna manera, esta vez se sentía como si estuvieran en igualdad de condiciones, como si la cabaña de Tem estuviera lejos de todo lo que les pesaba, como si ambos supieran que estaban a salvo con el otro allí. Se besaron lentamente, ninguno de los dos tenía prisa, todavía ninguno de los dos se entregaba a la necesidad.

Tem jaló la camisa de Leo.

—Quítatela —dijo ella.

Él rio con suavidad.

—Si insistes.

Tem lo observó mientras se la quitaba. El torso de Leo era anguloso y delgado, muy diferente de los músculos brutales de Caspen. Tenía una pequeña cicatriz debajo de la barbilla, y ella la tocó con cautela.

—¿Qué te pasó aquí?

—Es de un accidente de carruaje.

Tem rio entre dientes.

—¿Te parece gracioso? —murmuró él.

Sus manos también se movían, recorriendo las curvas de las caderas de ella.

—Solo los ricos tienen cicatrices de accidentes de carruaje.

—Soy rico, Tem.

—No me lo recuerdes. Es una de tus peores cualidades.



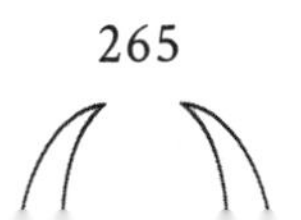

Leo se echó a reír.

Entonces él se inclinó, le agarró la parte posterior de las piernas y la levantó. Tem finalizó el movimiento, enroscando sus piernas alrededor de su cintura mientras la llevaba al dormitorio. Cuando cayeron sobre la cama, Tem comprendió exactamente cuánto la deseaba Leo. Sus manos recorrían todo su cuerpo, ávidas e insistentes, arrancándole la ropa interior con una urgencia descarada. Tem se perdió en sus manos, disfrutando la forma en que la deseaba, *la necesitaba*, y de la manera en la que ella lo deseaba también a él. En el momento en que ambos quedaron desnudos, jadearon juntos al encontrarse piel con piel por primera vez. La mano de Tem se deslizó entre las piernas de Leo, justo cuando la mano de él se deslizaba entre las suyas, y dejó escapar un grito cuando él le pellizcó el clítoris.

—Leo.

Ella vio su sonrisa incluso en la oscuridad.

—Tem. —Su voz era un gruñido apenas contenido—. No esperes que sea amable cuando me hiciste esperar tanto.

Tem decidió no hacerlo esperar más. Rodeó su pene con los dedos, el segundo pene que había sentido en su vida, y comenzó a acariciarlo.

Leo aspiró profundamente entre dientes.

—Maldita sea, Tem.

Tem sonrió.

El pene de Leo era la extensión perfecta de él: largo, orgulloso y *majestuoso*, otra encarnación de su ego desenfrenado. Tem entendía por qué se comportaba de esa manera, por qué sentía la necesidad de no responder ante nadie, por qué se movía por el mundo con una arrogancia tan temeraria. Sintió una innegable descarga de poder con sus dedos alrededor de su pene. Era un privilegio que Tem no hubiera podido comprender antes de ese momento y que no tenía intención de desperdiciar.

—¿Te gusta eso? —susurró ella.

En respuesta, Leo deslizó sus dedos dentro de ella.

Nadie la había tocado de esa manera, excepto Caspen. Su cuerpo sabía qué hacer, y Tem sabía que debía dejarse llevar. De repente, recordó las palabras de Caspen:

«Ha tenido a quien ha querido toda su vida. Así que está familiarizado con el cuerpo de una mujer».

A Leo le resultaba familiar, efectivamente. Sabía exactamente cómo tocarla, cómo jugar con su clítoris, cómo acariciar ese conducto dentro de ella que la hacía *arder* de deseo. Tem no podía fingir que no se había imaginado eso. No podía fingir que no había mirado sus ágiles y hermosos dedos e imaginado cómo se sentirían acariciando su parte más sensible. Ni todas sus fantasías pudieron prepararla para lo que sentía en la

vida real. Leo era increíblemente intuitivo: cambiaba su ritmo en función de los sonidos que emitía Tem, aplicando presión exactamente donde y cuando ella lo deseaba. Leo la escuchaba, y ella ni siquiera hablaba.

Se movían sincronizados, con la mano de ella entre las piernas de él y la de él entre las de ella. Su respiración coincidía, sus cadencias eran iguales. Era muy fácil tocarlo. Después de todo, Caspen le había enseñado qué hacer. Tem sabía cómo provocar a un hombre, cómo hacer que Leo gimiera de placer y cómo hacer que le gustara. Él también la tocaba, persuadiéndola de algo a lo que ella no podía resistirse, obligándola a reconocer que tal vez él podría ser el hombre adecuado para ella.

Se movían cada vez más rápido, con cada centímetro de Leo pegado a cada centímetro de Tem, y la fricción de sus pieles enviaba a Tem directamente a un frenesí desesperado. Se sentía como un animal en celo.

Sus labios estaban en el cuello de él.

—Leo —susurró. Él la mantenía unida y la despedazaba.

—Pídemelo, Tem —ordenó.

—Ahora —gimió ella en su oído—. Por favor, Leo. Ahora mismo.

Leo obedeció de inmediato. Sin decir palabra, la agarró por las caderas y centró su cuerpo, mirándola durante un momento en silencio. Tem le devolvió la mirada, abriéndose de piernas, manteniéndose abierta solo para él. Advirtió el latido de su corazón en su sien, observando su expresión, que era una mezcla de deseo feroz y profunda satisfacción, deleitándose en su victoria, incluso en ese momento. Leo inclinó las caderas y ella levantó las suyas.

En el momento en que su pene la tocó, la mente de Tem estalló en agonía.

Era como si alguien partiera su cabeza en dos con un hacha sin filo. La sensación fue tan fuerte que gritó, alejándose de Leo y enroscándose sobre sí misma.

—¿Tem? ¿Qué pasa? ¡Tem!

Pero Tem no podía responder. No había palabras para describir la tortura que se apoderaba de su mente. No sentía más que tormento, no oía más que un solo grito angustiado, repetido una y otra vez hasta la eternidad, interminable, tan profundo como el océano. Era un dolor indescriptible, y ni siquiera sabía si era suyo.

—Tem. —Leo le tocó el hombro. El dolor empeoró.

—Caspen. —Era todo lo que podía decir. —Está aquí.

—¿Dónde? —preguntó Leo desconcertado.

Tem señaló su cabeza. El dolor aumentaba, bloqueando todo lo demás.

—¿Está en tu *mente*?

Pero Tem no podía responder. El dolor era tan insoportable que no podía formular un solo pensamiento. Su cabeza era un torbellino de dolor, ira y amargos celos, y cada sentimiento era tan fuerte que sentía como si la atravesaran con un cuchillo.

—Tem, mírame. ¡Tem!

Leo la llamaba. La llamaba y Tem no podía responder.

Su cabeza rebosaba de recuerdos de los momentos que había pasado con Caspen. Vio el momento en que se conocieron en la cueva, cuando ella le pidió que se desnudara. Estaba su primer beso, desde la perspectiva de él, mientras enredaba sus dedos en el cabello de ella y la acercaba a sus labios. Vio el momento en que casi se transformó. Lo vio curarla después de lo de Jonathan. Los vio acostarse en los aposentos de él por primera vez, salvajes y desesperados, siendo dos personas que por fin podían estar juntas sin restricciones. «¿Por cuánto tiempo me has amado?», había susurrado ella la noche anterior. «Por mucho más tiempo del que tú me has amado a mí», murmuró él. Tem no pudo soportarlo más. Apenas podía respirar. Sin embargo, reunió todas las fuerzas que le quedaban para enviar una sola palabra por el fracturado canal de sus mentes:

«Detente».

El dolor desapareció tan de repente como había llegado. La presión en su cabeza finalmente se liberó cuando su conexión se rompió, haciéndose añicos en mil fragmentos de cristal. Tem jadeó tanto por la sorpresa como por el alivio, y la repentina ausencia de agonía fue casi una agonía en sí misma.

—¿Tem? Tem.

Leo seguía pronunciando su nombre. Ella no tenía idea de cuánto tiempo había pasado, ni de lo que había gritado mientras Caspen estaba en su cabeza. Levantó la mirada hacia los ojos aterrorizados del príncipe.

—Leo —susurró.

—Aquí estoy. —Él le sostuvo la cara entre las palmas de las manos—. ¿Qué puedo hacer?

Pero Tem no podía hablar. En lugar de ello, empezó a llorar.

Leo la estrechó con fuerza entre sus brazos mientras los hombros de ella temblaban. Tem sollozaba contra su piel, sin preocuparse por contener las lágrimas, sin preocuparse por fingir que no sentía cada gramo de desesperación que sentía Caspen. Estaba harta de que él le cerrara las puertas, de que solo la dejara entrar cuando le convenía, de que la hiciera sentir como si estuviera bajo su control. Tem quería pensar por sí misma, actuar por sí misma. ¿Cómo podría opinar sobre su futuro cuando ni siquiera podía aceptar su propia propuesta? Nada era sencillo con Caspen; nada era claro. Nunca lo había sido. Le guardaba rencor por haberla llevado a los brazos de Leo, y odiaba cuánto consuelo había encontrado en ellos.

Finalmente, sus sollozos cesaron.



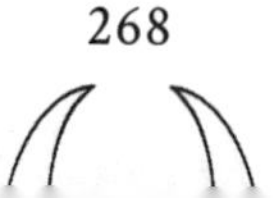

Estaban acostados en silencio, con la cabeza de Tem sobre el pecho desnudo de Leo, sus brazos alrededor de ella y sus piernas entrelazadas. Leo dibujaba con suavidad sobre la piel de Tem, acariciando su brazo con lentos y reconfortantes movimientos de sus dedos. Cada pocos minutos, la besaba en la coronilla.

—Lo siento, Leo —susurró Tem al fin. Su voz sonaba ronca.

Los dedos de él se detuvieron.

—¿Por qué?

—Porque no pudimos... porque no pude...

Él negó con la cabeza y sus dedos reanudaron su trayectoria.

—No me importa, Tem —dijo en voz baja—. Me conformo con lo que tengo.

Sus palabras la destrozaron. Dolían aún más viniendo de Leo, que de alguna manera siempre tenía que conformarse con lo que podía conseguir cuando se trataba de ella. Recibía toda la atención que ella podía darle; aceptaba todo el afecto que ella le ofrecía. Leo nunca la tuvo toda para él y nunca se quejó. Recibía lo que podía, aunque nunca fuera suficiente. Era otro recordatorio para Tem de que dar la mitad de sí misma a dos personas no era sostenible. Algo se rompería. Esperaba que no fuera ella.

—Podría volver a pasar.

Leo se encogió de hombros.

—Si pasa, lidiaremos con ello.

Tem notó que se refería a un «nosotros», como si estuvieran juntos en eso. Quizá lo estaban.

Pasó otro minuto antes de que Leo preguntara:

—¿Cómo puede estar en tu mente?

Ella oyó la vacilante curiosidad en su voz y recordó que hasta esa noche Leo no sabía de su vínculo mental con el basilisco.

—No lo sé exactamente —respondió con sinceridad.

—Pero él... ¿puede hablar contigo?

—Sí.

—¿Y qué te dijo?

—¿Cuándo?

Los dedos de Leo se detuvieron de nuevo. Tem se dio cuenta demasiado tarde de que él había dado por sentado que Caspen se había infiltrado en su mente por primera vez hacía un momento.

—Te ha hablado varias veces —dijo Leo.

No era una pregunta. No tenía sentido negarlo.

—Sí.

—¿Mantienes... una conexión con él?

Su conmoción fue evidente. Tem luchó por calmar la situación.

—*Él* mantiene una conexión conmigo.

Era la verdad. O al menos parte de ella. Era cierto que Tem disfrutaba de su vínculo, pero Caspen era quien lo controlaba.

Leo la estrechaba cada vez más.

—¿Y cuál es exactamente la naturaleza de su conexión?

Tem no tenía idea de qué decir. Ninguna respuesta satisfaría a Leo: ninguna explicación haría que esa situación fuera aceptable para él. ¿Cómo podría explicarle el alcance de su vínculo mental con Caspen? ¿Cómo podría decirle que habían tenido sexo a través de esa conexión, que Caspen la excitaba y ella hacía lo mismo, que se habían llevado al orgasmo mutuamente más veces de las que podía contar? Era incomprensible, incluso para Tem.

—Él me habla... y yo... respondo.

—Ya veo —dijo Leo en voz baja—. Él habla. Y tú respondes.

Su voz era firme. Pero Tem sabía que estaban en un territorio muy peligroso, totalmente desconocido.

Contuvo la respiración cuando él dijo:

—¿Con qué frecuencia ocurre esto?

—No es... constante. No puedo predecirlo.

—¿Y qué te dijo esta noche?

Otra pregunta que deseaba que no hubiera hecho. No podía decirle a Leo cómo se sentía Caspen, cómo había pasado toda su relación ante sus ojos en una avalancha de doloroso tormento.

—No dijo nada, en realidad. Solo... —Tem hizo una pausa, tratando de poner la experiencia en palabras—. Está celoso —terminó sencillamente.

—Bueno —murmuró Leo y para su sorpresa, su tono se suavizó—. Difícilmente, podemos culparlo por eso.

Tem quería decir algo más. Disculparse de nuevo. Pero sabía que no serviría de nada. Así que inclinó la cabeza y besó a Leo en los labios. Él le devolvió el beso y, por un momento Tem sintió paz. No volvieron a intentar tener sexo. Simplemente se besaron despacio, entrelazando sus cuerpos bajo las sábanas. Tem seguía aterrada de que Caspen pudiera regresar, y sabía que Leo también debía estarlo.

Se besaron hasta que Tem se cansó de hacerlo. Cuando pararon, Leo no hizo más que abrazarla, acercando su cuerpo al suyo. Ella se quedó dormida con la cabeza apoyada en su barbilla.

Cuando Tem despertó, tenía las piernas enredadas en las de Leo. Él seguía dormido, con los brazos firmemente alrededor de ella. Cuando ella intentó levantar la cabeza, se arrepintió de inmediato; tenía un dolor tan intenso que dudaba que fuera solo por el alcohol. Debía ser una secuela de la infiltración de Caspen.

Ante su movimiento, Leo abrió los ojos.

Sin decir palabra, se inclinó y posó sus labios en los de ella. Sus cuerpos se unieron aún más, con la piel todavía caliente por el sueño. Finalmente,

Leo deslizó su mano entre las piernas de Tem. Lo que estaba haciendo se sentía tan bien que a Tem le costó muchísmo susurrar:

—No podemos, Leo. Mi madre.

—Está cuidando a una niña en el pueblo.

—Volverá en cualquier momento.

—Será rápido.

—No quiero que sea rápido.

Leo rio levemente al oír eso.

—Me alegra saberlo.

Todavía la estaba tocando.

—Leo —dijo Tem suavemente—. Detente.

Él se detuvo.

Se miraron fijamente bajo la tenue luz de la mañana. Aunque Tem acababa de negársele, Leo parecía irrefutablemente feliz.

—¿Por qué sonríes? —preguntó ella.

Su sonrisa se agrandó.

—Me alegra que hayas cambiado de opinión.

—Aunque...

Tem no pudo decir más. La noche había sido un completo desastre en todos los sentidos. La presencia de Caspen flotaba entre ellos como una maldición tácita, y Tem dudaba mucho que la experiencia de Leo con cualquiera de las otras chicas en la competencia hubiera ido tan lejos como esta.

Leo se encogió de hombros.

—Es un pequeño precio a pagar por tu compañía.

Pero Tem no terminaba de convencerse.

—No puedo controlarlo, Leo.

La miró directamente a los ojos.

—Lo entiendo, Tem.

Eso fue todo lo que dijo. Pero era suficiente por el momento.

Se vistieron en silencio, lanzándose miradas furtivas antes de salir de la cabaña.

Cuando llegaron a la puerta del jardín, Tem se volteó hacia él.

—Bueno —dijo—, te veré pronto.

—Eso espero.

Había mucho más que quería decir, pero las palabras no salían.

Tem se dio la vuelta.

—Espera. —Leo le agarró la mano—. ¿Harías algo por mí?

Ella le devolvió la mirada.

—¿Qué?

Él apretó su mano con fuerza.

—Quédate con eso.

—¿Con qué?



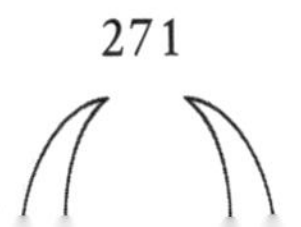

—Con lo que sea que te haya hecho cambiar de opinión anoche. Solo... intenta quedarte con eso. ¿Por favor?

Se miraron fijamente y en ese momento Tem se dio cuenta de lo mucho que la noche anterior había significado para Leo: cuán profunda y desesperadamente quería estar con ella, cuánto esperaba que el poco progreso que tuvieron no se arruinara por su persistente conexión con Caspen. Tem quería tranquilizarlo, pero no quería mentir. Así que simplemente asintió.

—Lo intentaré.

Leo también asintió. Luego soltó la mano de Tem, se dio la vuelta y desapareció al final de la calle.

Tem se quedó como en trance. Había sido una de las noches más determinantes de su vida. No solo su relación con Caspen pendía de un hilo, sino que, de pronto, Leo había dado un paso adelante de una manera que nunca había creído posible. «Sé lo que es tener el corazón ocupado», había dicho Leo. Era horrible, eso era lo que era. Tem no quería sentirse así por dos personas, no quería partirse en dos.

Su madre apareció en el sendero del jardín.

—Querida —saludó—, ¿cómo estás?

Qué pregunta.

No había forma de contestar. En respuesta, Tem se limitó a encogerse de hombros. Volvieron juntas a la cocina y su madre levantó la botella de licor medio vacía.

—¿En serio, Tem?

—No fui solo yo —dijo rápidamente.

—Ese chico infernal —murmuró su madre, y Tem sabía que ella supondría que había sido Gabriel. No había razón para corregirla.

Tem intentó mantenerse ocupada con el trabajo de la granja, pero los pollos no le proporcionaban ninguna distracción. Solo podía pensar en la forma en que las manos de Leo habían tocado su cuerpo, en cómo fue capaz de encender algo en ella que alguna vez pensó que solo Caspen podría encender. Tem no tuvo más remedio que comprender lo más fundamental que en ese momento resultaba cierto: su corazón estaba en dos lugares y las cosas no serían fáciles para ella.

Leo.

Y Caspen.

Los quería a los dos.

No debía sorprenderle; demasiadas cosas la habían llevado gradualmente a esa conclusión como para asombrarse. Aun así, se maravillaba al pensar en cómo podía sentirse tan atraída por ambos, cómo podía desear a dos personas de la misma manera, de una manera visceral, cruda y real.

Estaba comprometida con Caspen. O casi. Y algún día, dependiendo de factores que escapaban a su control, podría también estar comprometida con Leo. Tem podía imaginárselo: caminando hacia el altar con un vestido blanco, prometiendo su amor al príncipe humano para el resto de sus vidas. No sería difícil. Era simplemente un reflejo de todo lo que había sentido por él hasta ese momento, una forma de solidificar su conexión en algo real, algo tangible.

Y, a pesar de todo...

Caspen estaba en sus venas. Estaba en su sangre, en su mente, en su alma. Era el aliento en sus pulmones; era su vínculo con la vida. Caspen lo era todo.

Entonces, ¿por qué la hacía sentir tan vacía?

Tem realizó sus tareas matutinas como de costumbre antes de llevar la cesta con los huevos a la panadería. Cuando llegó allí, temía lo que sucedería a continuación.

Allí estaba Vera, vestida de rosa.

—¿Y bien, Tem? —se burló, mientras su rostro en forma de corazón brillaba ante la expectativa. Era evidente que ya no estaba de luto por Jonathan—. ¿A quién crees que llevará el príncipe al castillo?

Tem recordaba cómo la multitud había vitoreado a Vera y cómo se había quedado en silencio por ella. Sabía que Vera había saboreado cada momento de su humillación.

—No lo sé —dijo con rigidez—. Supongo que a quien él quiera.

—Sí, pero —Vera se inclinó hacia adelante y Tem casi se asfixia con su perfume—: ¿a quién crees que *él* quiera?

Teniendo en cuenta la forma en que Leo la había tocado la noche anterior, Tem tenía una idea bastante clara de a quién quería, pero no podía decírselo a Vera.

—Estoy segura de que tendrá en cuenta lo que sea más conveniente para el reino —dijo con cuidado—. No solo lo mejor para él.

La sonrisa de Vera se ensanchó.

—¿Y quién crees que sea más conveniente para el reino? —se burló.

Tem se quedó mirando fijamente los huevos.

Ni siquiera pasó un segundo antes de que Vera continuara:

—Su padre habló conmigo, ¿sabes?

Los ojos de Tem se alzaron hacia los suyos.

—¿Qué?

—El rey —Vera saboreó la palabra como si fuera chocolate— me dijo que yo era su primera opción.

—Esa *decisión* —dijo Tem con el mismo énfasis— la tiene que tomar el príncipe, no el rey.

—Quizá. —Vera se encogió de hombros—. Pero seguro que el príncipe tendrá en cuenta la opinión de su padre.



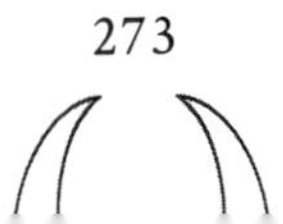

De repente, las palabras de Maximus volvieron a la mente de Tem: «Te quitaré el título antes de dejar que la elijas». Tem no había contemplado la posibilidad de que realmente hablara en serio. Sería un escándalo mayúsculo si Maximus interfiriera en el proceso de eliminación. Eso socavaría la apariencia de control que tanto le había costado preservar.

Vera seguía hablando:

—Después de todo, un padre sabe lo que es mejor para sus hijos. —Entornó los ojos y torció la boca con crueldad—. No es que tú lo entiendas, Tem.

Sus palabras fueron un cuchillo al rojo vivo en las entrañas de Tem. Fue un golpe bajo, incluso para Vera. Pero Tem entendió que ella estaba enojada. Había visto cómo Leo la había besado y, aunque la multitud y, al parecer, el rey, la aprobaban, Vera se sentía amenazada.

El pensamiento era extrañamente empoderador.

—Me llevaré estos ahora —dijo Vera alegremente, arrebatándole los huevos. Se alejó agitando su falda en una oleada de perfume, dejando a Tem reflexionando sobre lo que acababa de suceder. Cuando regresó con el pago, Tem lo tomó y se fue sin decir una palabra. Su conversación resonó una y otra vez en su mente de camino a casa.

¿Y si Vera tenía razón? ¿Y si Maximus podía influir en la elección de Leo? Si eso era así, Tem no tenía ninguna posibilidad con el príncipe, una perspectiva que no sabía cómo afrontar. No importaba lo que hubiera pasado durante la competencia, Tem siempre había asumido que Leo sería quien tomaría su propia decisión. Pero ¿y si esa decisión, la más importante de su vida, la tomaba su padre? No parecía ni remotamente justo.

Tem estuvo preocupada durante el resto del día hasta que, por fin, llegó la noche.

Cuando llegó a las faldas de la montaña, su piel estaba cubierta de sudor frío. Tem estaba tan nerviosa como la primera vez que había ido a las cuevas, o incluso más. Sentía como si todo su cuerpo estuviera al límite, como si cada célula estuviera en vilo ante la expectativa.

Se detuvo cuando llegó a la cueva de Caspen.

Más allá de la oscuridad que envolvía todo estaba su futuro: su *esposo*, si su linaje se lo permitía. Eso no era poca cosa para Tem. No había ninguna parte de eso que se tomara a la ligera, ninguna parte de eso que no la conmoviera hasta la médula. Tocó con las yemas de los dedos la piedra fría y áspera, preguntándose qué le esperaría en su interior. ¿Estaría Caspen enojado con ella por dejar que Leo se quedara a dormir? Los había visto juntos, desnudos y entrelazados en su cama. ¿Hablarían del dolor que Caspen le había infligido, de la tortura a la que la había sometido? Solamente había una manera de averiguarlo.



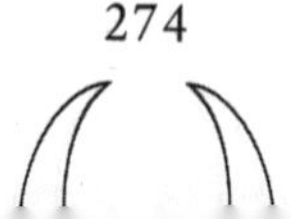

Tem se adentró en la oscuridad.

Caspen la estaba esperando, como siempre. Estaba de pie en silencio en medio de la cueva, e incluso en ese momento, su belleza la dejó sin aliento. El basilisco no dijo una sola palabra. En cambio, se dio la vuelta y Tem lo siguió en silencio hasta sus aposentos. No fue hasta que se encontraron frente a frente junto al fuego que Caspen finalmente habló.

—Perdóname, Tem.

Tem parpadeó. No se lo esperaba.

—¿Por qué?

Caspen respiró profundamente. Avanzó hasta que estuvieron a pocos centímetros de distancia.

—En primer lugar, por hacerte daño anoche. Soy consciente de tu percepción de nuestra dinámica de poder, y no quiero reforzarla.

Tem repasó sus palabras en su mente. Se dio cuenta de que había especificado su «percepción de su dinámica de poder», como si no fuera correcta. Pero lo era. Caspen tenía el poder. Siempre lo había tenido. Antes de que ella pudiera profundizar en el tema, él continuó:

—También quiero disculparme por cualquier confusión con respecto a mis intenciones.

—¿Tus... intenciones?

—Pensé que había dejado claros mis sentimientos hacia ti. Al parecer, no fue así.

—Oh —dijo Tem porque no tenía idea de qué más decir.

A pesar de lo que acababa de declarar, Caspen no procedió a dejar claros sus sentimientos hacia ella. Siempre hablaba así, diciendo las cosas de forma vaga, evitando declaraciones directas. Sin duda, un hábito perfeccionado tras siglos de encontrar formas de no mentir.

Tem ya no esperaría más.

—¿Qué sientes por mí?

Caspen suspiró como si eso le estuviera resultando muy difícil.

—Te quiero.

Sus palabras debieron haber sido un bálsamo reconfortante. En cambio, fueron una jaula, una trampa en la que Tem no volvería a caer.

—Sé que lo haces —dijo con firmeza—. Y no me ayuda.

Lo decía en serio. Nada de lo que Caspen sentía la ayudaba. Su amor por ella no reparaba la reputación de su familia, no resolvía su enamoramiento hacia Leo, ni aseguraba su futuro. El amor de Caspen por ella no arreglaba nada en absoluto, y Tem estaba absolutamente harta de eso. Quería gritarle.

En lugar de eso, dijo:

—Las cosas no pueden seguir como hasta ahora.

—Estoy de acuerdo —aceptó Caspen en voz baja.



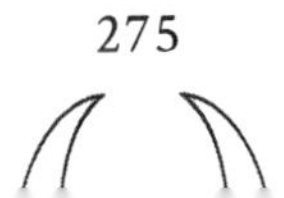

Levantó la mano y le acarició la mandíbula con un solo dedo. Sin quererlo, Tem se inclinó hacia él. Ya podía sentir cómo se ablandaba con él. Con Caspen bastaba con eso: un solo toque y volvía a ser suya.

Pero esta vez no se dejaría seducir con tanta facilidad.

Habían pasado demasiadas cosas en las últimas veinticuatro horas; habían cambiado demasiadas cosas. Tem ya no era la chica que solía ser. No había vuelta atrás de lo que había ocurrido entre ella y Leo, no se podía deshacer lo que ya estaba hecho. Estaba harta de aceptar un no por respuesta, harta de seguir las reglas del juego de Caspen.

Tem lo miró directamente.

—Anoche casi me acosté con Leo —dijo sin rodeos.

Caspen entrecerró los ojos.

—Soy muy consciente de eso, Tem.

—¿Y? —insistió—. ¿Harás algo al respecto?

La mirada de Caspen se clavó en la de ella. Soltó una risa seca.

—No.

Tem miró fijamente su rostro tan perfecto que la enfurecía.

—¿No?

—Si crees que el príncipe humano me importa, estás muy equivocada.

«El príncipe humano».

Ahora estaba claro.

Tem entendió por fin cómo Caspen veía a Leo: no como competencia, sino como una molestia. Leo ni siquiera ocupaba un lugar en la lista de cosas que le importaban a Caspen. ¿Qué podría hacer un príncipe humano frente a un príncipe basilisco?

Quizás el príncipe humano no había convencido a Caspen, pero había convencido a Tem.

No había forma de negarlo, no había forma de borrar su conexión. Leo le había dado algo que Caspen nunca podría proporcionarle: seguridad. Leo la deseaba. Era evidente y sencillo, y mucho más fácil que cualquier cosa que pudiera surgir de cortejar a un basilisco. ¿Por qué no iba Tem a elegir la opción más segura? ¿Por qué no iba a donde la querían?

—Puede que él no te importe —dijo en voz baja—. Pero a mí sí.

Al escuchar sus palabras, Caspen se puso rígido.

—Ya veo.

Por un momento, ninguno de los dos habló. Por alguna razón, Tem sintió un arrebato de ira. Por supuesto que Leo significaba algo para ella. Su relación con Caspen era tan nebulosa, tan llena de conflictos, que él no debía negarle esa pequeña oportunidad de ser feliz.

—Tem —dijo Caspen en voz baja—. No te culpo si deseas buscar consuelo en otra parte.

Estaba claramente herido, pero sus palabras solo la enfurecieron más.



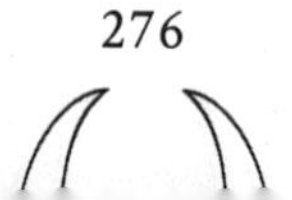

—No quiero buscar consuelo en otra parte —espetó ella—. Quiero buscar consuelo en ti.

Caspen sacudió la cabeza.

—Quizá no pueda proporcionártelo.

—*Mentira.* —Tem dio un paso adelante y agarró la cadena que tenía alrededor del cuello—. ¿Esto no significa nada para ti? —Blandió la garra—. ¿Es esto una mentira?

—Tem —dijo Caspen en voz baja—, no entiendes lo que nos costará estar juntos.

—Porque no me lo quieres decir.

Caspen miró al techo.

—Porque no quiero que lo hagas.

Allí estaba: la misteriosa condición que su linaje exigía de ella para aceptar su compromiso. Tem no podía esperar más para conocerla. Agarró a Caspen por el cuello, obligándolo a mirarla a los ojos.

—¿Por qué no?

—Es impensable. Y tú nunca estarías de acuerdo. Incluso si lo estuvieras, la aprobación de mi linaje no estaría garantizada.

—¿Qué es?

—No vale la pena discutirlo, Tem.

—Quieres decir que no vale la pena discutir sobre mí.

Caspen puso su mano sobre la de ella, estrechándola contra él.

—Eso no es lo que quiero decir.

—No debería importar lo que pensaran los demás.

—No importa. Tú eres lo único que me importa.

Tem lo miró a los ojos.

—No me siento así.

El arrepentimiento oscureció los ojos de Caspen.

—Entonces te he fallado.

Tem no respondió porque no había nada que decir. Las palabras de él ya no eran suficientes. Tem sabía cómo se sentía Caspen un día, pero no al día siguiente. Él era lo único que ella realmente no podía soportar: era inconsistente.

El fuego crepitaba, y Tem resistió la tentación de arrojarse a él.

La mirada de Caspen se posó en sus labios.

—Solo intento protegerte —susurró—. Los basiliscos no respetan a los humanos. Son considerados enemigos. Al estar contigo, traiciono a los míos.

—Pero dijiste que ocurre, que hay parejas de humanos y basiliscos.

Caspen suspiró.

—Sí. Las hay.

—Entonces, ¿cómo llegaron a serlo?

—A través de grandes dificultades y sacrificios. Sobre todo por parte del humano.

—¿Qué quieres decir?

Caspen permaneció en silencio durante un largo rato. Tem sabía que solo tenía que esperar pacientemente. Esta vez no se dejaría disuadir. Averiguaría exactamente lo que tendría que hacer para estar con él y así poder tomar una decisión informada sobre su futuro.

—Hay un ritual —dijo finalmente Caspen.

—¿Qué tipo de ritual?

—Uno que legitimaría nuestro compromiso, pero solo si puedes soportarlo.

—*¿Soportarlo?*

—Sí.

—Lo haces sonar como un ataque.

—Podría serlo.

—¿De qué se trata?

Pero Caspen dudó. Estaba claro que eso era difícil para él.

—Caspen —insistió Tem—. Dime.

—Ya te dije que no vale la pena discutirlo.

—Aun así, es claro que deseo hacerlo.

—Pero está claro que yo no.

—Pero ¿por qué? —Tem intentó apartar su mano, pero Caspen la apretó con más fuerza.

—Te faltaría al respeto —dijo.

—Estás siendo muy ambiguo.

Pero Caspen solo sacudió la cabeza. Ante su reacción, Tem intentó apartarse de nuevo. Esta vez, la agarró de las muñecas y la sujetó.

—Tem —dijo él en voz baja y con el rostro a centímetros del suyo—. Me avergüenza que mi gente permita esto.

—¿Permita qué?

Como él no respondió, Tem lo empujó, cruzó los brazos y se quedó mirando el fuego. Aquello era más que exasperante. Su corazón latía con fuerza y sus hombros estaban tensos. Todo lo que quería era salir corriendo de esa habitación, pero, más que eso, quería que Caspen fuera transparente con ella, y sabía que eso solo ocurriría si se quedaba. Así que Tem se quedó allí empecinada, esperando hasta que él hablara.

Al final, Caspen lo hizo.

—Los basiliscos son criaturas sexuales —dijo lentamente.

—Sí —asintió Tem—. Obviamente.

—El ritual es antiguo —continuó él—. Es la única forma que tienen los humanos de demostrarnos su valía en el único idioma que entendemos.

Ella volteó la cara hacia Caspen.



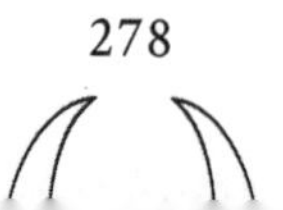

—Pero, ¿qué implica?

Las siguientes palabras de Caspen fueron apenas un murmullo.

—Nuestra cultura gira en torno a nuestro rey.

De nuevo, hizo una pausa y el fuego crepitó.

—¿Y? —insistió Tem.

—Entonces —dijo Caspen, y ella supo que estaban llegando al meollo del asunto—: para ganarte la simpatía de mi linaje, tendrías que demostrarle tu valía al rey.

—¿Y cómo podría demostrarle mi valía?

Caspen cerró los ojos, como si no pudiera soportar mirarla.

—De la misma manera que me la demostraste a mí.

Sus palabras fueron haciendo efecto lentamente, y luego de golpe.

Finalmente, Tem entendió:

—¿Tendría que acostarme con tu *padre*?



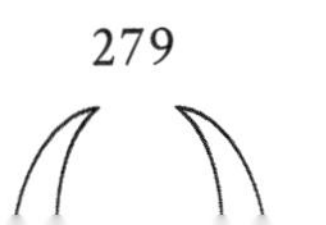

# CAPÍTULO 21

Por un único y estático momento, el tiempo se detuvo.

Entonces Tem gritó:

—¡Eso es una *barbaridad*!

Caspen abrió los ojos. No había nada más que remordimiento en ellos.

—Es la tradición, Tem. Verás que a menudo son lo mismo.

—No puedo creer que esperes que…

—No espero que hagas nada. —Caspen la agarró por los hombros, lo que la dejó en silencio. Suspiró, bajó la cabeza y presionó suavemente su frente contra la de ella—. Olvídalo. No sucederá. Nunca te lo pediré.

Para sorpresa de Tem, sintió una llama de rabia.

—¿Por qué no? —Se irguió—. ¿Crees que no soy capaz?

Caspen volvió a suspirar.

—Tem. No hagas eso.

—¿Hacer qué?

—No me provoques para que diga algo que luego me echarás en cara. No es que crea que no eres capaz. Es que nunca te sometería a algo que no se le debería pedir a nadie. No es una tradición de la que quiera formar parte.

—Entonces, ¿para empezar por qué me pediste que me casara contigo?

Caspen la apretó con más fuerza.

—Te pedí que te casaras conmigo porque no quiero vivir una vida sin ti.

Sus palabras la dejaron sin habla. Ella tampoco quería vivir una vida sin Caspen. Sin embargo, eso no implicaba que lo que él había hecho fuera mejor.

Ahora era el turno de Tem de cerrar los ojos. Todavía tenía presente a Caspen ante ella y al fuego ardiendo a su lado, pero se tomó un momento para sumergirse en lo más profundo de sí misma, para escuchar únicamente su propia mente. Tem no podía creer que Caspen le hubiera ocultado esto. Y, sin embargo, entendía por qué lo había hecho. Estaba bastante segura de que no habría sido capaz de asimilar esa información

ni siquiera una semana atrás. Pero ahora las cosas eran diferentes. Ella era diferente.

Tem abrió los ojos.

—Si es la única forma de que me acepten, ¿por qué no me lo pides?

Caspen frunció levemente el ceño.

—Porque es un insulto, Tem.

—También es tradición.

—Al diablo con la tradición.

Para sorpresa de Tem, había verdadera ira en sus ojos. Caspen a veces era firme, a menudo estricto, pero rara vez usaba malas palabras con tanto énfasis. Tem recordó su conversación sobre su tensa relación con su padre, una relación que seguramente no mejoraría si Tem tuviera relaciones sexuales con él. Se dio cuenta de que no era la única a la que afectaría el ritual; Caspen sufriría a su manera.

—El objetivo es ponerte a prueba —continuó Caspen—. Los basiliscos valoran el sexo por encima de todo. Es la forma en que evaluamos nuestras capacidades, cómo determinamos quién triunfa, quién asciende, quién gobierna. Es un acto tanto venerado como profundamente primitivo, que, cuanto más y mejor se hace, más aumenta tu posición en nuestra sociedad. El rey ocupa el rango masculino más alto. Se ganó esa posición a través del sexo.

—¿Se la ganó?

—Sí, Tem. Así es cómo funcionan los basiliscos.

Tem estaba conmocionada. Al ver la expresión en su rostro, Caspen suspiró.

—Si el rey te aprueba, todos lo harán. O al menos deberían. La idea es que si eres digna del rey, entonces eres digna de cualquier basilisco.

Entonces era una iniciación. Tem podía entenderlo a un nivel básico; podía comprender teóricamente cómo era que los basiliscos esperaban que un humano demostrara su valía.

—Pero es tu padre —susurró.

Caspen volvió a suspirar.

—Sí. Soy muy consciente de ello, pero así es como se han hecho siempre las cosas. No sería el primer hijo en experimentar esta situación con su padre.

Tem negó con la cabeza. No había palabras.

Pensó en la relación de Leo con su padre. Solo podía imaginar que Caspen, que también era príncipe, tendría problemas similares, que no podían solucionarse con una sola conversación, problemas cuya profundidad Tem no podía comprender.

No había forma de que pudiera hacer eso, de que pudiera acostarse con un padre de la misma manera que se acostaba con su hijo. Tem siempre



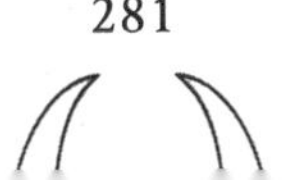

había sabido lo mucho que los basiliscos valoraban el sexo; sin embargo, esto estaba tan fuera de toda lógica que le costaba procesarlo.

Miró a Caspen.

—¿Qué pasa si no lo hago? ¿Podemos seguir juntos?

—Podemos. Pero...

Titubeó. Tem esperó a que terminara.

—Mi gente no te aceptará —dijo finalmente—. Te considerarán un accesorio, un juguete, un... —Hizo una pausa, buscando la palabra adecuada. Cuando por fin la encontró, terminó en voz baja—: Te verán como mi mascota, Tem.

La invadió la rabia. Tem no era la mascota de nadie.

—¿Es ese el futuro que quieres para nosotros? —dijo bruscamente—. ¿El de dueño y la mascota?

—No... —Caspen negó con la cabeza—. Por supuesto que no.

—Entonces, ¿cómo sugieres que procedamos?

En el silencio que siguió, Tem observó cómo miles de emociones desfilaban por los ojos de Caspen, entre las que destacaban el arrepentimiento, el deseo y la preocupación. Todo lo que quería era que ella estuviera a salvo, que se integrara sin problemas en su vida sin las dificultades que inevitablemente conllevaba su relación, pero no podía ser así. Ahora Tem sabía la verdad: que nunca sería aceptada, que nunca podría estar a su lado como su igual a los ojos de su gente, a menos de que hiciera esa cosa inimaginable.

Caspen no respondió, simplemente la besó.

A través de su beso, Tem sintió todo lo que él no podía decir. Recordó las partes de sí misma que habían estado reprimidas y eran miserables hasta el momento en que conoció a Caspen en la cueva. Su vida había estado vacía antes de él. Caspen le había demostrado que ella era capaz, que importaba. Había sido una revelación en la que Tem ya creía de todo corazón, y ya no estaba dispuesta a conformarse con menos de lo que merecía. Incluso si eso significaba no tener a nadie.

Los labios de Caspen se posaron suavemente sobre los de ella. No la acercó más ni intentó desnudarla. Tem sabía que se estaba conteniendo a propósito, y le agradecía su moderación. La única insinuación que hizo fue interna; ella sintió que Caspen rozaba cautelosamente el límite de su conexión, como si tocara la puerta de su mente.

Tem no lo había dejado entrar aún.

Dejó que el beso se hiciera más profundo primero, permitiendo que Caspen pasara sus manos por su cabello y que acercara su cuerpo al de ella. Su deseo era obvio, y el de Tem también. Pero ella se estaba tomando su tiempo. Lo único que quería era disfrutar de ese beso.

No fue difícil hacerlo.

Las manos de Caspen acunaron su rostro, sosteniéndolo contra el suyo. Su lengua acarició suavemente la de ella, arrancándole un gemido de la garganta. Rozó brevemente su mejilla con los labios antes de volver a su boca, prestándole tanto cuidado y atención que Tem sintió como si fuera la única chica en el mundo.

Finalmente, ella abrió su mente.

Ninguno de los dos dijo nada al principio. En cambio, la presencia de Caspen se enroscó alrededor de la de Tem, sosteniéndola de la misma manera que lo hacían sus manos: con ternura, como si fuera algo sumamente valioso para él. Fue hasta que Tem bajó la guardia por completo que Caspen susurró:

—Te amo, Tem.

Tem también lo amaba. Su conexión era innegable, recorría cada centímetro del cuerpo de Tem, vibrando desde su cabeza hasta la punta de sus dedos. Podía sentir cómo se desvanecía su reticencia con cada roce de su lengua, su deseo de estar con él erosionaba rápidamente su deseo de estar molesta. Caspen estaba en su mente y Tem sabía que podía sentirlo. Aun así, él no llevó las cosas más allá. En lugar de eso, se apartó. Se miraron fijamente durante un largo rato, con el crujido de la chimenea como único sonido.

Caspen habló primero.

—¿Quieres dar un paseo conmigo?

—¿Adónde?

—Tengo que enseñarte algo.

Esperó a que ella asintiera antes de tomar su mano.

Entraron juntos al pasillo, y Tem bajó de inmediato la mirada al suelo.

—¿Adónde vamos?

—Paciencia, Tem.

—No puedo con más sorpresas, Caspen.

Él no respondió.

Se adentraron cada vez más en las entrañas de la montaña, pasando de puerta en puerta. Era imposible saber cómo funcionaba el tiempo allí, no había nada que le indicara si sobre ellos brillaba el sol o la luna.

«¿Caspen?».

Él le apretó la mano.

«¿Tem?».

«¿Aquí es donde pasas el tiempo?».

«A veces. También me aventuro a salir a cazar. Pero sí, el lugar donde habito está debajo de la montaña».

Los ojos de Tem empezaron a acostumbrarse a la oscuridad absoluta.

«¿Cuánto falta?».

«No está lejos. Te lo prometo».

Como había dicho, se detuvieron unos minutos después.

Estaban parados en la entrada de una sala enorme. Grandes arcos de piedra formaban curvas sobre sus cabezas hacia la oscuridad infinita que había arriba. Tem intentó mirar hacia el techo, pero ni siquiera entrecerrando los ojos pudo verlo.

—¿Dónde estamos?

En lugar de responder, Caspen la guio hacia adelante.

Tem tembló mientras caminaban por el frío suelo de piedra. A diferencia de los aposentos de Caspen, que se mantenían cálidos gracias a su chimenea y al calor de su propio cuerpo, aquel lugar estaba frío; allí sentía la innegable atracción de la muerte. Tem se replegó contra Caspen.

—Ya casi llegamos.

Ella lo siguió, internándose aún más en la oscuridad. Finalmente, llegaron a lo que parecía ser el centro de la sala. Caspen se detuvo, y Tem también.

Ante ellos se alzaba un gran monolito.

Desaparecía en el éter, mucho más allá de lo que podían ver sus ojos humanos. Incluso inclinando la cabeza hacia atrás, Tem no pudo ver la parte superior.

—¿Qué es esto? —susurró.

La mano de Caspen apretó la de ella.

—Es un monumento conmemorativo.

Tem apenas pudo distinguir grabados en la piedra que parecían nombres. Entrecerró los ojos intentando leer las palabras inscritas.

—¿Quiénes son?

Caspen no respondió, y Tem no se lo pidió. Se acercó más mirando los nombres grabados en la gran losa, todos registrados con total precisión.

Con un sobresalto Tem reconoció una sola palabra: «Drakon».

—Tu linaje… —dijo, acercándose aún más.

—Sí.

Otra palabra le llamó la atención: «Seneca».

El linaje de Rowe.

—¿Qué les pasó?

—Desaparecieron.

Tem frunció el ceño.

—¿Cuándo?

—Después de la guerra.

—¿*Después* de la guerra?

—Sí.

Tem procesó la información. No tenía sentido. La guerra había terminado; la realeza derrotó a los basiliscos y negoció la tregua, y no hubo más batallas desde entonces. No podía imaginar por qué los basiliscos desaparecerían.



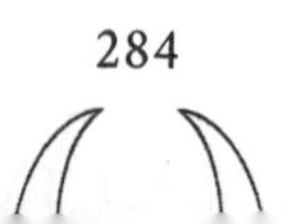

—¿Adónde fueron?

Tan pronto como lo preguntó, descubrió que ya sabía la respuesta.

«Ayúdame».

La voz que había oído, la súplica incorpórea que la atormentaba cada vez que iba al castillo, tenía que ser la de un basilisco. La respuesta de Caspen confirmó lo que ya sabía.

—El castillo.

Tem sintió cómo un escalofrío recorría su espalda.

—La realeza quiere que crean que todo ha estado tranquilo desde la guerra —continuó Caspen en voz baja y tono urgente—, pero no es así. Mi gente lleva siglos desapareciendo.

—¿Pero p-por qué? —tartamudeó Tem—. ¿Por qué la realeza tendría basiliscos en el castillo?

—Para usarnos.

—¿Para qué?

Caspen vaciló. Se giró hacia ella, con la mandíbula tensa.

—Tem —dijo en voz baja—. Debo preguntarte algo y debes responder con total honestidad.

Ella parpadeó. Caspen estaba tan profundamente serio, tan obviamente preocupado, que ella no tenía idea de cómo reaccionar ante su tono. Así que dijo lo único que se le ocurrió decir:

—Pregúntame.

Aun así, Caspen dudó. Tocó su cintura, deslizando lentamente las yemas de sus dedos por su cuerpo.

—¿Le eres leal?

Tem entendió que le estaba preguntando por el príncipe humano. No había duda de que Leo ocupaba una parte de su corazón. Pero Caspen también. Siempre lo haría.

—Te soy leal.

Ni un sí ni un no. Simplemente una declaración de los hechos. Era lo mejor que Tem podía ofrecerle y Caspen pareció resignarse con su respuesta. Su mano la agarró con fuerza, hundiendo los dedos en sus caderas mientras decía:

—La realeza utiliza basiliscos para las sangrías.

Tem hizo un gesto de sorpresa.

—¿Sangrías?

—Es un proceso en el que nuestra sangre se transforma en oro mediante alquimia. Esto —Caspen tocó la garra dorada que Tem llevaba alrededor del cuello—, es una parte de mí.

Comprenderlo golpeó a Tem como un maremoto. El collar no era solo un detalle, no era una simple baratija que simbolizara sus intenciones. Caspen había *sangrado* por ella.



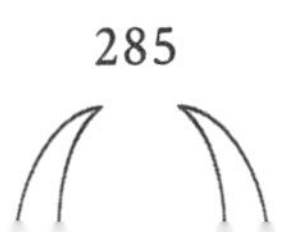

—Nos cazan, Tem —continuó, sus palabras eran apresuradas y tensas—. Nos llevan al castillo y nos desangran hasta que no nos queda nada más que dar. —Señaló el monumento conmemorativo—. Cientos han muerto allí.

Tem se tambaleó ante aquella revelación. Era difícil comprender tanta crueldad. Ahora todo tenía sentido: cómo la realeza había acumulado tanto oro, cómo usaban su riqueza para ejercer poder sobre cualquiera que intentara cruzarse en su camino, cómo Maximus mantenía a los basiliscos en su sitio. Pensó en los dientes de Leo, en sus afilados caninos enfundados en oro: un símbolo de riqueza, de poder, de dominio. Su forma de colmillo no era más que una imitación y una burla del basilisco de cuya sangre estaban hechos. Tem luchó contra un ataque de náuseas al recordar cómo su lengua había tocado esos dientes la noche anterior. Se le ocurrió algo aún peor.

¿Sabría Leo de esta horrible práctica?

¿La aprobaría de la misma manera que lo había hecho su padre? Leo odiaba a los basiliscos. Era un odio forjado por años de prejuicios, que se había arraigado de manera irreversible. Tem recordó el brazalete de oro de Leo: el mismo que rodeaba la muñeca de Maximus.

De tal palo, tal astilla.

—¿Hay alguna forma de ayudarlos? —susurró Tem—, ¿de sacarlos de allí?

—Sí —dijo Caspen lentamente, mientras sus ojos dorados buscaban los de ella—. Pero será… difícil.

Tem estaba segura de eso. No había forma de rescatar a los basiliscos del castillo sin alertar a la realeza de su partida. Seguro que cualquier plan para liberarlos implicaría un derramamiento de sangre. Tem no quería imaginar qué bando sufriría más.

—Tem —murmuró Caspen, sacándola de sus pensamientos—. Llegará el momento en que tendrás que elegir.

Tem no quería creerlo. Se negaba a hacerlo.

Y, sin embargo, en algún lugar de lo más profundo de su alma sabía que Caspen tenía razón. Sabía sin lugar a dudas que se vería obligada a elegir un bando y que, finalmente, su corazón se rompería de forma inevitable.

—No quiero elegir —susurró.

Caspen sonrió con tristeza.

—Lo sé.

La habitación pareció enfriarse.

Los dedos de Tem tocaron la pequeña garra dorada que llevaba alrededor del cuello. Pensó en cómo se había hecho con el cuerpo de Caspen, con su sangre. No había palabras para lo que había hecho él.

Sus ojos se encontraron con los del basilisco.



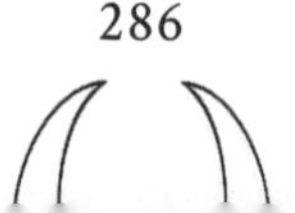

—Caspen —susurró.

Él le puso un dedo en los labios.

—Tem —murmuró—. Valió la pena. Por ti daría lo que fuera. —Sus manos acariciaron los costados de su rostro—. Te amo.

Lo había dicho hacía apenas unos minutos. No obstante, esta vez era una súplica, una pregunta para la que solo Tem tenía respuesta. Le estaba preguntando si estaba de su lado, si sus sentimientos por Leo eran innegociables, si elegiría a los basiliscos en lugar de a los humanos.

Tem no tenía las respuestas a ninguna de esas preguntas.

Caspen la observó y por primera vez, Tem vio lo difícil que era su situación para él. No era muy diferente a la forma en que Leo la había mirado esa misma mañana. Ambos hombres querían a Tem para ellos. Pero había un factor que ninguno de los dos podía predecir: ella. Tem no quería elegir un bando; no quería escoger. Tenía que haber otra manera.

Permanecieron en el memorial durante mucho tiempo. Más tarde, Tem comenzó a temblar de nuevo y regresaron juntos por los pasillos. Cuando llegaron a los aposentos de Caspen, Tem se recostó en su cama. Caspen la acompañó, rodeándola con sus brazos antes de soltar un suspiro de cansancio contra su hombro. Tem supo que él no había pedido nada de aquello.

Tampoco ella.

Los dedos de Caspen recorrieron suavemente su espalda.

—Por favor, Tem —susurró—. Dime que no te he perdido.

Era imposible no notar la desesperación en su voz. Pero en realidad no importaba cómo se sentía Caspen. Lo único que importaba era lo que Tem estaba dispuesta a hacer, hasta dónde estaba dispuesta a llegar por él.

—No me has perdido —murmuró ella.

Caspen le dio un suave beso en el cuello. Luego en la mejilla. Luego en los labios.

Tem le devolvió el beso, olvidando todo lo que había sucedido en las últimas veinticuatro horas. Olvidó cómo Leo apareció en el Horseman, cómo fue a su casa, cómo la tocó mientras ella también lo hacía. Solo vivía ese momento, justo ahí, con Caspen.

Al principio se movían lentamente, recordando cómo se sentía el otro. Tem se desnudó, disfrutando de cómo Caspen la observaba mientras lo hacía. Él seguía conteniéndose, esperando el permiso para llevar las cosas más allá. Tem estaba dispuesta a dárselo.

«Caspen».

«Tem».

«Tócame».

Caspen deslizó lentamente sus dedos por el cuerpo de Tem, acariciando la curva de su cintura antes de jalarla debajo de él. Tem separó las rodillas y de inmediato los ojos de Caspen se volvieron negros.



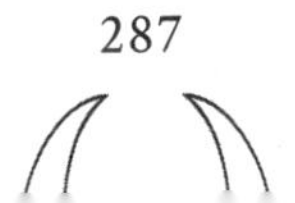

«Eres muy hermosa, Tem».

«Siempre dices eso».

«Porque es verdad».

El deseo se apoderó de ella cuando Caspen deslizó dos dedos hasta el fondo de su centro hasta los nudillos. Luego hizo una pausa. Ambos permanecieron completamente inmóviles, observándose el uno al otro. La mirada de Caspen recorrió el cuerpo de Tem con una veneración sin límites.

Tem nunca se cansaría de que la miraran de esa manera.

Sus dedos se movían con firmeza, entrando y saliendo de ella, calentándola con cada caricia. Su otra mano le rodeó el cuello, arqueando su cabeza hacia atrás para poder inclinarse y besar su cuello. Se sentía de maravilla estar conectados de esa manera, moverse juntos como si nunca hubieran estado separados. Caspen la entendía de una forma que nadie más podía; su cuerpo era un instrumento que solo él podía tocar.

Caspen esperó a que Tem estuviera empapada antes de sacar sus dedos.

Su mano se dirigió a su pene, pero no la penetró. En vez de eso, dijo: «¿Puedo?».

A Tem le pareció importante que Caspen lo preguntara. Sabía que era un detalle, una forma de buscar su perdón. Él estaba pidiendo permiso para tener sexo con ella, suplicando por el privilegio de estar dentro de ella. Eso hacía que Tem se sintiera poderosa, y le gustaba esa sensación.

«Sí».

Incluso con su consentimiento, Caspen se lo tomó con calma. Se colocó entre sus piernas, envolviéndolas una después de otra alrededor de su torso. Sus ojos se encontraron con los de ella cuando finalmente la penetró, deslizando solo dos centímetros de su pene antes de salirse. Tem gimió cuando lo hizo de nuevo, adentrándose solo dos centímetros más esa vez, resistiéndose a todo lo que ella sabía que Caspen deseaba hacer.

«Más, Caspen».

Él le dio más.

Tem jadeó de alivio cuando la llenó por completo y Caspen hizo lo mismo. Él era su hogar y ella era el suyo. Su unión era sagrada. Era la verdad.

Tem empujó a Caspen para poder subirse encima de él.

Quería que él viera cada centímetro de ella, mostrarle todo para lo que necesitaba permiso. Los ojos de Caspen estaban negros de deseo, sin rastro alguno de dorado. Su piel estaba caliente; era casi insoportable. Gotas de sudor rodaban entre los pechos de Tem, acumulándose en el torso de Caspen. Ella hundió sus dedos de forma posesiva en su piel, apropiándose de él.



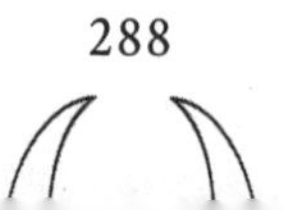

«Tócame, Caspen».

Él la tocó.

Pasó las palmas de las manos por sus glúteos, caderas y pechos. Rozó sus pezones con las yemas de los dedos, haciéndolos erguirse ávidamente. Tem se dejó llevar, dándose placer exactamente como quería, tomando las riendas de su clímax. Por primera vez en su vida, Tem tenía el control. No podía contener sus gemidos. Se sentía muy bien montarlo, deslizarse hacia arriba y abajo por su pene, llenarse hasta más no poder.

Caspen simplemente la observaba, dejándola hacer lo que quería, tocándola cuando y donde ella le decía. Tem no estaba preocupada por él; su clímax era inevitable de la misma manera que el sol salía por el este y se ponía por el oeste. Ella solo se preocupaba por sí misma, persiguiendo nada más que su propio placer, sabiendo que, hiciera lo que hiciera, el pene de Caspen permanecería firme debajo de ella.

«Siéntate».

Caspen se sentó. Tenía sudor en la sien. Ella lo lamió.

Desde ese ángulo, su clítoris estaba estimulado casi hasta el punto del tormento, y ella movía las caderas lo más rápido que podía para reforzar la sensación. Caspen la sujetaba como si su vida dependiera de ello. Y tal vez así era. Tal vez, dada la situación a la que se enfrentaban, lo único que tenían era el uno al otro. Quizás eso era lo único que importaba: ese minuto fugaz, ese momento cósmico de conexión que podía desaparecer en cualquier instante. Tem solo quería más de él, solo quería estar más unida a él. Si pudiera rebanarse y envolverse alrededor de él, lo habría hecho. Y sabía que Caspen haría lo mismo.

De los hombros de él salía humo y se enroscaba alrededor del cuello de Tem.

«Más».

Caspen sacudió la cabeza.

«No me incites».

Tem presionó su cuerpo contra el de él.

«Más, Caspen».

Él no podía resistirse a Tem. Ella lo sabía tan bien como él.

Sus ojos eran negros y su piel quemaba al tacto. El humo se volvió más denso y un siseo sordo llenó la habitación. Caspen estaba cerca de venirse. Tem podía sentirlo con cada embestida, con cada respiración. Sus hombros estaban tensos bajo sus manos. Ni siquiera Caspen pudo resistir la atracción del placer. En el momento en que Tem comenzó a alcanzar el clímax, él también lo hizo.

«Tem».

Los labios de ella estaban en el cuello de Caspen.

«Tem. Tem. Tem».



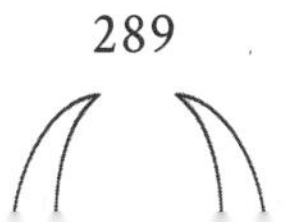

Se movían al ritmo de su nombre, cayendo juntos al abismo.

«TEM».

Sin pensarlo, ella lo mordió.

En lugar de alejarse, Caspen solo la acercó más.

«Soy tuyo, Tem».

Ella chupó su cuello, apretando el cálido tejido de su piel entre sus dientes hasta que sintió que se rompía, hasta que probó el asombroso sabor metálico de la sangre de Caspen. Una húmeda y caliente sensación inundó su boca en una oleada de placer mientras tomaba lo que él ya le había dado. Tem quería marcarlo, infligirle una sombra del dolor que él le había causado. Los dedos de Caspen le sujetaban la cabeza, manteniéndola pegada a él. Se entregó a ella de la misma manera que ella se había entregado a él, de la misma manera que cualquier amante cedería su poder al otro. Cuando lo soltó, alzó la cabeza hacia atrás en señal de triunfo. Caspen le besó el cuello.

«Pequeña víbora».

Después, se recostaron juntos, con la cabeza de Tem sobre el pecho de Caspen. Tem pasó los dedos por su cuello. La herida ya había sanado.

—¿Te veré mañana? —murmuró contra su piel, memorizando su sabor.

Él suspiró suavemente y la acercó.

—Me temo que no. Tengo asuntos que atender.

Otra vez con los asuntos misteriosos. Tem no se molestó en preguntar sobre ellos. En ese momento ya ni siquiera quería saber cuáles eran.

—¿Y pasado mañana?

—Es la entrega de la corona.

—¿Y?

—Y… —suspiró de nuevo—… te esperarán en la ceremonia.

Quedaban cinco chicas en la competencia. La siguiente eliminación ocurriría en el baile, después del cual las tres finalistas permanecerían en el castillo hasta que el príncipe eligiera a su esposa. Tem nunca imaginó que llegaría tan lejos.

Tem intentó besarlo. Parecía mejor que hablar.

Para su sorpresa, Caspen no mordió el anzuelo. La sujetó por la espalda, mirándola directamente a los ojos mientras decía:

—Tem. Sé que el príncipe humano te ama.

Ahora era el turno de Tem de suspirar.

—No sabe lo que quiere.

Eso también era cierto. Leo seguía enamorado de Evelyn. Como resultado de ello era impredecible, estaba gobernado por las emociones y era propenso a una espontaneidad peligrosa. Era completamente humano y siempre lo sería.



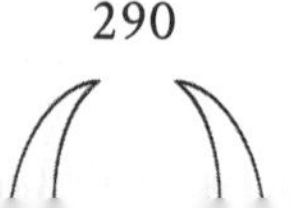

—Él te quiere a ti.

Tem suspiró de nuevo.

—¿Qué quieres que haga?

Caspen la acercó aún más.

—Quiero que recuerdes a quién perteneces.

—No podría olvidarlo —susurró Tem. Quería volver a tener sexo, pero aún quedaban preguntas por responder, cosas que le carcomían el alma con una insistencia incomparable—. Nunca me dijiste a quién poseíste.

De repente Caspen quedó inmóvil. Sus ojos oscuros se clavaron en los de ella.

—Eso fue a propósito.

—Lo sé, pero tienes que contármelo.

—¿Por qué?

—Porque ya no puedes seguir guardándome secretos. Y tu pasado importa.

Caspen la observó con la profunda inteligencia que ella esperaba de él. Era demasiado fácil perderse en sus ojos y olvidar lo que preguntaba.

—No debería importar —dijo él.

—Pero importa. —Tem posó suavemente su mano sobre su pecho—. Caspen —susurró ella—, dímelo.

Sus cuerpos estaban juntos. No había espacio entre ellos, ni lugar para esconderse.

Finalmente Caspen habló.

—Los Drakon han tenido dificultades con los Seneca durante siglos, desde mucho antes de la guerra con los humanos.

Tem permaneció en silencio, sincronizando su respiración con la de él.

—Ambos linajes han luchado por el poder. En ocasiones, se ha vuelto violento. —Caspen hizo una pausa—. Mi padre —dijo lentamente— valora el poder por encima de todo. Está dispuesto a sacrificar cualquier cosa por él.

Tem pensó en cómo el padre de Caspen era el verdadero Rey Serpiente. Solo podía imaginar lo que se necesitaba para ganar y conservar tal título.

—¿Y tú? —preguntó Tem.

Los ojos de Caspen se posaron en los suyos.

—¿Qué?

—¿Estás dispuesto a sacrificar cualquier cosa por el poder?

Caspen la acercó a él, como si temiera que pudiera escapar.

—No cualquier cosa.

Por alguna razón, Tem se enfrió.

—Caspen —susurró—. Dime qué pasó.



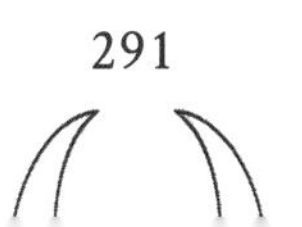

—No es complicado —dijo él en voz baja—. Mi padre quería el trono. Había otro basilisco en el camino. Mi padre me pidió que lo poseyera, y lo hice.

—¿Quién?

Los labios de Caspen se tensaron.

—El padre de Rowe.

Tem recordó la conversación en el salón de baile con total claridad:

«Di una sola palabra más y te reunirás con tu padre».

Recordó la forma en que Rowe miró a Caspen con odio absoluto, la forma en que lo llamó traidor. Caspen había matado seres de su propia especie. Había poseído a otro basilisco y había hecho enemigos en el proceso. Tem no podía entender por qué un padre le pediría tal cosa a su hijo.

—¿Por qué lo hiciste?

Caspen suspiró.

—No hay límites para lo que haría por aquellos a quienes amo.

Tem no pudo evitar notar los paralelismos de sus situaciones. Al enfrentarse a una elección imposible, Caspen había escogido el camino más difícil, el camino con consecuencias. Ahora, al verse ante la perspectiva del ritual, Tem sentía algo similar. Puso sus labios suavemente sobre los de él.

Tampoco había límites para lo que ella haría por aquellos a quienes amaba.



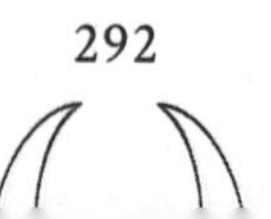

# CAPÍTULO 22

Ya era de mañana y Tem no estaba lista.

Caspen la acompañó hasta donde empezaba el sendero, como siempre. La besó para despedirse, como siempre. Solo que esta vez fue diferente. Esta vez, ella sabía lo que tenía que hacer para entrar en su mundo, y eso se le quedó asentado en lo más hondo, como una piedra. Cuando Caspen posó sus labios sobre los de ella, se sintió como si le pidiera una disculpa.

Tem caminó sola a casa.

Su madre estaba quitando la maleza del jardín, y Tem decidió acompañarla sin decir nada. Arrancó hierba tras hierba, invirtiendo toda su energía acumulada en la tarea que tenía entre manos.

Inevitablemente, sus pensamientos se dirigieron hacia el ritual.

Era vil. Así de simple. Sin embargo, Tem lo entendía. El sexo era moneda de cambio para los basiliscos. Tenía sentido que la única forma de unirse a sus filas fuera a través de la seducción, que la única forma de ganarse su aprobación fuera realizar el acto sexual en sí. Sin embargo, ni siquiera Tem podía negar que acostarse con el padre de Caspen era, en el mejor de los casos, inusual y, en el peor, horrible. ¿Qué tipo de sociedad permitiría tal cosa?

Así funcionaban los basiliscos.

Tem suspiró y arrancó otra hierba. Si realizaba el ritual, podría estar plena y completamente con Caspen, como debían estarlo. En cambio, si no lo hacía, nunca sería aceptada en su mundo. Estaba en un callejón sin salida y no tenía idea de qué hacer.

—¿Querida?

Tem volvió bruscamente al presente, donde su madre la miraba expectante.

—¿Qué?

—Estás muy callada. ¿Te encuentras bien?

Tem miró fijamente la hierba que tenía en la mano. Contra su voluntad, empezó a llorar.

Su madre dejó caer de inmediato el rastrillo y la abrazó.

—¿Qué pasa, Tem?

Tem solo lloró más fuerte. No tenía palabras para su situación, ni forma de expresar lo impotente que se sentía. Era sencillamente imposible.

Su madre la abrazó hasta que sus sollozos cesaron. Tem se maravilló ante aquel contacto; era la segunda vez en dos días que se abrazaban así. De repente, se preguntó si el proceso de eliminación acercaba a otras madres e hijas. Al fin y al cabo, era una experiencia compartida. Su madre había entrado a las cuevas igual que Tem: había emprendido el mismo viaje emocional y físico. Por primera vez, Tem contempló la posibilidad de confiar en su madre. Ella había estado enamorada alguna vez. Y el amor, al menos, era universal.

—¿Mamá? —preguntó Tem apoyándose en su hombro.

—¿Sí, cariño?

—¿Por qué dejaste a papá?

Su madre se puso tensa.

—Por favor —susurró Tem—. Necesito saberlo.

Pasó un largo rato. Para sorpresa de Tem, su madre no se apartó. En cambio, apoyó la cabeza contra la de Tem para que estuvieran más cómodamente abrazadas, y Tem se preguntó si era más fácil para su madre hablar de ese tema si no la miraba directamente a los ojos.

—Lo dejé porque no podíamos estar juntos.

—¿Por qué no?

—Su familia no lo permitía.

Tem reflexionó sobre ello. ¿Era posible que fuera ahí donde comenzara el dolor de su madre? ¿La habría despreciado la familia de su padre y habría perdido al amor de su vida por eso?

—Lo siento, madre.

Entonces su madre se apartó.

—¿Por qué, querida?

Tem se encogió de hombros. Se tomaron de la mano.

—Las cosas nunca han sido fáciles para ti.

Su madre negó con la cabeza.

—Solo deseo que lo sean para ti. —Hizo una pausa y luego sonrió—. El príncipe te prefiere a ti, querida. Te besó por más tiempo que a nadie. Creo que tienes una oportunidad real con él.

A Tem se le retorció el estómago por la culpa. Acababa de enterarse de lo que tendría que hacer para estar con Caspen y se estaba planteando seriamente hacerlo. Las cosas habían ido mucho más lejos del ámbito de la competencia; la preferencia de Leo ya no era lo único que estaba en juego y, en última instancia, no importaba si tenía alguna posibilidad con él. Si elegía a Caspen, abandonaría a Leo.



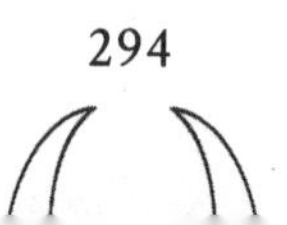

Su madre hizo girar las manos de Tem sobre las suyas, recorriendo las pecas de sus palmas.

—Tienes las estrellas en tus manos —susurró—. Como tu padre.

Lo había dicho mil veces antes, pero aquella vez lo dijo con tristeza, como si no fuera algo bueno.

—Madre —dijo Tem en voz baja—, ¿cómo sabes si alguien te quiere?

Su madre la miró a los ojos.

—Cuando sacrifican su felicidad por la tuya.

Tem procesó sus palabras, preguntándose si Caspen o Leo sacrificarían su felicidad por la de ella. Más importante aún, ¿sacrificaría ella su felicidad por la de ellos? Caspen ya le estaba pidiendo que eligiera un bando. Era solo cuestión de tiempo que Leo hiciera lo mismo. Pero ¿por qué debería ser Tem la que hiciera tal sacrificio? ¿Por qué no debían ellos ser quienes se vieran obligados a elegirla a ella?

Su madre volvió a hablar.

—Deberíamos terminar nuestro trabajo.

—Por supuesto.

Pasaron el resto del día en cordial silencio, y Tem aprovechó el tiempo para pensar en su conversación. Era un milagro que su madre le hubiera contado algo. Pero Tem se alegró de saber el pequeño detalle que había revelado y cada vez que se miraba las manos pensaba en su padre. ¿Extrañaría a su madre? ¿Extrañaría a Tem? Era claro que no estuvo dispuesto a sacrificar su felicidad por la de ellas. Quizá todos los hombres fueran así. Quizás eran las mujeres las que cargaban con el peso del sacrificio.

Por fin llegó la noche.

Tem se desplomó en su cama, renunciando a cenar. Consideró brevemente usar la garra antes de recordar que ya no la tenía. En vez de eso, deslizó los dedos entre sus piernas, tocándose como había hecho toda su vida, realizando lo que hacía mucho antes de conocer a Caspen. Había algo especial en hacerlo de esa manera, sin nadie que la dirigiera. Cerró los ojos mientras gemía suavemente, dejando que sus dedos se deslizaran en aquella humedad. Pensó en Caspen, en la forma en que la penetró la noche anterior. Pensó en Leo, en la forma en que le pellizcó el clítoris hasta que gritó.

Luego pensó en ambos.

¿De verdad era tan malo imaginarlos a ambos juntos? Quizá su mente era su último verdadero santuario, el único lugar donde nunca tendría que elegir un bando. No quería escoger, y allí no tenía que hacerlo. Nunca había fantaseado con algo así: los tres entrelazados como cordones de seda de una trenza. Pero una vez que empezó, descubrió que no podía parar.

Tem se imaginó besando a Caspen. Luego a Leo. Luego a los dos.

Se perdió en una visión de labios, manos y necesidad, imaginando cómo podrían moverse juntos. Le parecía algo natural: entregarse a los hombres



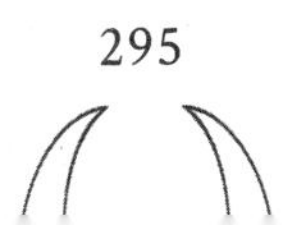

que la amaban. ¿Por qué no buscar juntos el placer? ¿Por qué no ser adorada por las dos personas que no querían nada más que tenerla para ellos mismos? Quería sentarse en un pene y luego en el otro. Quería saborearlos a ambos.

Sus dedos frotaban desesperadamente su clítoris hasta que no pudo contenerse más. Vio a Leo delante de ella, a Caspen detrás. Sus movimientos se fusionaron en medio de un torbellino de calor hasta que lo rubio se volvió negro, lo gris se volvió dorado. Eran uno, todos lo mismo.

Tem gritó el nombre de Kora cuando se vino.

Mientras se quedaba dormida, imaginaba a los príncipes a cada lado de ella, acunando su cuerpo entre los suyos.

El día siguiente amaneció frío y melancólico.

Tem realizó sus tareas de la granja en piloto automático, obligándose a mantenerse ocupada hasta el anochecer.

Cuando el sol finalmente se puso, se dirigió con su madre a la aldea.

La plaza del pueblo estaba llena de gente inquieta, y Tem buscó a Gabriel entre la multitud, pero no lo encontró por ninguna parte. Vagó sola por la plaza, admirando las elaboradas decoraciones. Había hoja de oro por todas partes, pegada en las contraventanas de las cabañas que daban a la plaza, en el escenario de madera e incluso esparcida por los adoquines. Tem se estremeció al ver aquello.

La entrega de la corona siempre ocurría en ese momento de la competencia, cuando el príncipe estaba casi listo para elegir esposa. Era una forma en que el rey en turno expresaba su fe en la elección de su hijo, para mostrar que la próxima generación estaba lista para gobernar. Si la entrega de la corona salía bien, los aldeanos podían esperar que el rey cediera el poder al príncipe el día de su boda.

Alguien puso un vaso de aguamiel en las manos de Tem. Ella lo bebió lentamente, perdiéndose en el bullicio de la plaza. No fue hasta que se hizo el silencio entre la multitud que levantó la mirada y vio a Leo subir al escenario.

Caminó directamente hacia el borde, de cara a los aldeanos. Detrás de él estaba Lilly, radiante con un abrigo verde que hacía que su cabello rubio brillara aún más. Junto a ella estaba Maximus, cuyo rostro estaba tenso por la aprensión. Tem solo podía imaginar lo que estaría pensando.

—Gracias a todos por estar aquí esta noche —dijo Leo y su voz se escuchó en toda la plaza—. Me honran con su presencia.

Para sorpresa de Tem, el anuncio no fue recibido con aplausos. En lugar de eso, se oyó un murmullo entre la multitud que sin duda denotaba desaprobación. Antes de que Tem pudiera preocuparse por ello, Maximus también dio un paso adelante.

—Como todos saben, la entrega de la corona es una ocasión de gran importancia —comenzó el rey—. Es una tradición que se ha venido repitiendo durante siglos, y que se seguirá repitiendo durante muchos más.

Su discurso fue largo y Tem notó que su mente divagaba. Pensó en Caspen y en cómo las tradiciones de los basiliscos eran tan diferentes a las de los humanos. Si tan solo lo que necesitaba para que su pueblo la aceptara fuera una ceremonia sencilla como la que estaba a punto de presenciar...

Pero, ¿eran realmente tan diferentes ambas tradiciones?

La entrega de la corona también era una prueba de la relación entre padre e hijo. No había ninguna ley que dijera que Maximus tenía que entregar la corona. Tem nunca había oído hablar de un rey que negara su bendición a su hijo, pero seguramente en la larga historia del reino había sucedido. No podía imaginar nada peor para la realeza. La tensión ya iba en aumento ahora que se había roto la tregua; no sería prudente presentar nada que no fuera un frente unido, sobre todo cuando los aldeanos estaban cada vez más inquietos.

Hubo un cambio palpable en la energía esa noche, una corriente de tensión subyacente que flotaba en el aire como niebla. A Tem no le gustaba la sensación y por alguna razón le daba miedo. Sus pensamientos volvieron al presente cuando Maximus aplaudió con fuerza. Tem vio cómo lord Chamberlain daba un paso adelante y colocaba una corona dorada en la cabeza del rey. Tem sabía que eso simbolizaba quién ostentaba el poder en ese momento. Maximus se volteó hacia Leo, que estaba arrodillado en la parte delantera del escenario. La multitud enmudeció cuando Maximus levantó las manos, tocando la corona con la punta de los dedos.

Vaciló.

Tem recordaba cómo Maximus había criticado a Leo por actuar de manera infantil, cómo no confiaba en los instintos de su hijo. Pensó en cómo habló personalmente con Vera para decirle que era su favorita. La relación de Leo con Tem sin duda haría que el rey lo pensara dos veces. Sin embargo, si Maximus no entregaba la corona, corría el riesgo de destruir la imagen que la realeza se esforzaba tanto por mantener intacta: la ilusión de que todo era perfecto, de que no había grietas en los cimientos. Por mucho que Maximus quisiera darle una lección a Leo al no entregarle la corona, las consecuencias de tal acto repercutirían mucho más allá de los acontecimientos de esa noche. Eso dañaría la reputación de la realeza y sembraría la duda sobre su capacidad para gobernar. Aquello alteraría el equilibrio.

Pasó una eternidad.

Entonces, con el mismo control firme que Tem esperaba del rey, Maximus se quitó la corona de la cabeza y se la puso lentamente a Leo. Por un momento, hubo silencio.

Una voz gritó desde la multitud:

—¡Justicia para Jonathan!

Todos se voltearon colectivamente hacia la fuente del grito. El hermano mayor de Jonathan, Jeremy, estaba de pie sobre una caja de madera con el puño en alto. Tem sintió un escalofrío al verlo.

—¡Justicia para Jonathan! —gritó de nuevo.

—¡Y para Christopher! —se unió otra voz.

Tem escuchó varios sonidos de aprobación. Los aldeanos estaban de acuerdo.

Miró de nuevo a Leo, que se levantaba lentamente. Sus ojos irradiaban una frialdad que Tem conocía bien.

—Una pérdida así es devastadora —dijo Leo con voz firme y clara—. Es inaceptable, y mi familia llora con las suyas. Tienen mi palabra de que las serpientes no quedarán impunes.

—¿Cómo? —preguntó Jeremy—. ¿Cómo van a castigarlos?

Entonces Leo miró a su padre. Maximus levantó la barbilla y el movimiento fue tan sutil que resultó casi imperceptible. Era una prueba y Tem esperaba que el príncipe la superara. El rey le decía a su hijo que tomara las riendas. Si Leo era digno de la corona, algún día tendría que manejar situaciones como esas.

Leo carraspeó antes de continuar.

—Entiendo y comparto su deseo de justicia, pero estos asuntos requieren una larga discusión. No tomaremos decisiones precipitadas.

—¡Al diablo con sus discusiones! Mi hermano está muerto. ¡Deberíamos echar a las serpientes de sus cuevas!

La multitud rugió. Tem sintió una punzada de miedo en el estómago. Los aldeanos estaban agitados; no había forma de calmarlos. El canto comenzó lentamente. Tem apenas lo oyó al principio, pero fue aumentando hasta alcanzar un ritmo imparable, no había duda de las palabras que se convirtieron en un rugido frenético.

—¡Maten a las serpientes! ¡Maten a las serpientes!

Leo frunció el ceño. Se volteó una vez más hacia su padre, quien lo fulminó con la mirada antes de dar un paso adelante con innegable autoridad. Tem se estremeció ante la expresión de su rostro.

—¡Mi gente! —gritó Maximus, levantando las manos en señal de solidaridad—. Siento su dolor.

Pero la multitud no se apaciguó. Querían sangre.

—¡Maten a las serpientes! ¡Maten a las serpientes!

Ni siquiera Maximus pudo controlar eso. Levantó las manos más alto, como para ahogar los cánticos.

—¡Nos aseguraremos de que las serpientes paguen por sus pecados! —gritó por encima de los bramidos de su gente—. Sufrirán las consecuencias de sus acciones.

Pero no fue suficiente. Los aldeanos solo alzaron más la voz.

Tem entendió que estaban enojados, que una parte fundamental de su medio de vida fue ofendida. Se suponía que la tregua los protegería, que garantizaría su seguridad. Si no podían confiar en la tregua, no podían confiar en nada. Los aldeanos vivían bajo la protección de la realeza y, dado que esa protección había fallado, ¿para qué necesitaban a la realeza? No era una buena posición para Leo. Era peligrosa.

Tem se vio empujada mientras los gritos de la multitud se hacían más fuertes. Sus ojos se encontraron con los de Leo y vio un repentino destello de preocupación en ellos, preocupación no por él mismo, comprendió, sino por ella. Leo se acercó al borde del escenario, hacia ella. Tem negó rápidamente con la cabeza. Si él se metía entre la multitud, seguramente lo rodearían. Ella le lanzó una mirada que decía: «Estoy bien».

Leo no parecía convencido.

Por primera vez Tem temió por el príncipe humano. Leo tenía la mandíbula tensa y los puños apretados a los lados. No era inmune al peligro solo por ser el hijo del rey. Eso solo lo hacía más propenso a él. Tem sabía que no había imaginado ese precario momento de demora cuando Maximus entregaba la corona. Y ahora esto.

Antes de que pudiera hacer nada más, los ojos de Leo se abrieron como platos por el miedo. Un hombre estaba subiendo al escenario.

El aldeano se lanzó de inmediato en dirección al príncipe, con los brazos extendidos y la boca en un gesto amenazante. Leo levantó las manos para defenderse, pero fue Maximus quien dio un paso adelante para bloquear el golpe.

Tem jadeó cuando otro hombre se unió al primero.

No pudo hacer nada más que mirar cómo ambos hombres avanzaban hacia el príncipe y el rey con los puños cerrados. Era algo sin precedentes; nunca había visto una muestra tan descarada de rebeldía. Otra figura se lanzó al escenario, y a esta la reconoció: Gabriel. Apartó al primer hombre de Leo antes de dirigirse hacia el segundo. Los miembros del personal de la realeza corrían ahora hacia adelante mientras más aldeanos se acercaban al escenario. La multitud gritaba, Tem se tapó los oídos para evitar ruido.

Una mano la agarró del brazo. Era su madre.

—Ven, querida. No es seguro.

Tenía razón, no era seguro. La multitud estaba furiosa, gritaba, vociferaba y arrojaba cosas a la realeza. Los cristales se hacían añicos en los adoquines mientras la gente arrancaba las grandes banderas doradas que cubrían la plaza. Era una locura.

Tem vio cómo Maximus agarraba a Leo por los hombros y lo empujaba hacia Lilly, que estaba de pie con las manos sobre la boca. La madre de Tem la empujaba de manera similar, dirigiéndola hacia afuera de la

multitud. Lo último que vio Tem fue la corona dorada en la cabeza rubia de Leo cuando su padre lo sacó por la parte trasera del escenario.

Tem y su madre volvieron a casa a toda prisa, sin detenerse por nada. Su pequeña casa parecía extrañamente tranquila después del caos de la plaza del pueblo, su madre se dirigió de inmeadiato al fregadero y empezó a lavar los platos. Tem sabía que era una forma de calmar sus nervios y la acompañó en solidaridad, secando plato tras plato.

Ninguna habló.

Tem aprovechó el silencio para comunicarse mentalmente con Caspen. Él respondió de inmediato:

«¿Qué pasa, Tem?».

«Acabo de regresar de la entrega de la corona. Los aldeanos están enojados. Hablan de rebelión».

Silencio.

Tem continuó:

«Violaste la tregua. No lo perdonarán».

Ella sintió que Caspen se erizaba.

«No soy el único con pecados imperdonables».

Tem sacudió la cabeza.

«Más personas saldrán heridas si no arreglas las cosas».

Caspen soltó una risa sin humor.

«No nos preocupamos por los de su clase».

«Querrás decir, los de mi clase».

Silencio. La respuesta de Caspen fue despiadada.

«Te dije que llegaría un momento en el que tendrías que elegir».

—¿Y si no puedo?

De nuevo silencio. Su conexión seguía abierta, pero Caspen no hablaba. Tem lo esperó, resistiéndose a la tentación de romper su mutismo. No permitiría que él evitara esa conversación; no cedería.

Finalmente Caspen respondió.

«Entonces puede que descubras que tu decisión ya está tomada».

Ahora fue Tem quien se erizó.

«¿Y quién tomará mi decisión?, ¿tú?».

«Nunca te controlaré, Tem».

Por primera vez, ella se preguntó si eso sería cierto.

«¿De verdad quieres una guerra, Caspen?».

«No importa lo que yo quiera. La guerra ya comenzó».

Ni un sí ni un no. Otra verdad a medias. Otra mentira.

Tem pensó en la tensión entre los linajes, en la forma en que el padre de Caspen había llegado al poder. Los aldeanos podían estar enojados en ese momento, pero los basiliscos estuvieron enojados durante siglos. La paz pendía de un hilo.



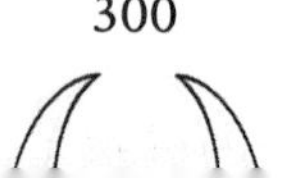

De repente tocaron la puerta. Dejó la toalla y abrió. Allí estaba Leo.

Tem cortó de inmediato su conexión con Caspen. Lo que fuera que viniera después, estaba segura de que no necesitaba escucharlo.

—Leo —susurró, profundamente consciente de que su madre los estaba observando—. ¿Qué haces aquí?

—Tenía que verte. —Todavía llevaba la corona.

—Bueno, eso es... —Inesperado era lo que era, pero no tenía sentido decirlo. En lugar de ello, dijo—: ¿Por qué?

Leo se inclinó un poco más y el corazón de Tem se aceleró al ver una pequeña cortada en su mejilla. De su piel escurrió una sola gota de sangre.

—Quería asegurarme de que estuvieras bien. La multitud...

Leo no terminó la frase. No hizo falta. El comportamiento de la multitud iba más allá de simples alborotos, rayaba en la rebelión. Tem entendió por qué no quería expresar tal pensamiento, especialmente frente a ella. Su presencia la conmovió, demostraba que le importaba.

—Estoy bien —dijo—. Estaba más preocupada por ti.

Algo parecido a la alegría cruzó el rostro de Leo. Luego se encogió de hombros.

—Mi padre me metió en un carruaje. Lo hice venir aquí.

Hubo un silencio y Tem se dio cuenta de lo cerca que estaban. Era totalmente inapropiado, su madre estaba ahí mismo. Sin embargo, los ojos de Leo recorrieron su cuerpo, y ella se preguntó si estaría pensando en la última vez que había estado allí. Tem recordaba cómo se habían tocado en su cama, cómo su pene se había endurecido contra su palma.

—Tem —dijo en voz baja, y ella volvió al presente—. El baile será pronto.

—Lo sé.

Se acercó más.

—¿Estarás allí?

Era una pregunta extraña. Tem era una de las cinco chicas finalistas, su asistencia era obligatoria. Se preguntó si esa era la verdadera razón por la que había ido, si necesitaba que le asegurara que aún seguía contando con ella.

—¿Por qué me preguntas eso?

Leo levantó la mano para tocar la parte inferior de su cabello, deslizando la yema de los dedos por un mechón. Jaló suavemente el rizo suelto antes de soltarlo.

—Porque nunca sé qué esperar de ti.

—Bueno. Puedes esperar que esté allí.

Leo asintió.

—¿Y qué más puedo esperar?

—¿Qué quieres decir?



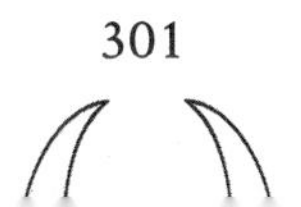

—Quiero decir... —Inclinó la cabeza hacia Tem y ella olió su perfume—. ¿Él también estará allí?

Tem notó que Leo no dijo el nombre de Caspen, como si hacerlo lo invitara a entrar.

—Los basiliscos no asisten al baile —respondió ella con rigidez.

—No me refería a eso.

Tem sabía a qué se refería. Estaba preguntando si Caspen estaría en su mente, si lo llevaría con ella, incluso de manera inconsciente. Tem no sabía cómo responderle.

—Puede ser —dijo con sinceridad.

A Leo le tembló la mandíbula.

—Muy bien.

Hubo un largo momento de silencio en el que Tem pudo oír a su madre fingiendo estar ocupada en la cocina. No importaba que no estuvieran solos. Lo único que importaba era hacerle saber a Leo que todavía tenía una oportunidad. Así que se puso de puntitas y lo besó.

Tem sabía que no había imaginado la expresión de sorpresa de su madre. Pero la ignoró y también todo lo demás, concentrándose solo en demostrarle a Leo lo mucho que significaba para ella. Él le devolvió el beso sin dudarlo y sus manos se lanzaron hacia adelante para estrecharla contra él. Su urgencia no hizo más que hacer que ella lo deseara aún más. Tem se aferró a Leo con descaro, apretando su cuerpo contra el de él con tanta fuerza como pudo. Tem no tenía idea de cuánto había durado el beso, pero el príncipe fue quien se apartó.

Tem miró sus ojos grises preguntándose qué estaría pensando. Estaba tan acostumbrada a su conexión mental con Caspen, que deseaba poder conectar de la misma manera con Leo. Sin embargo, a diferencia de Caspen, Leo nunca dudaba en mostrarse vulnerable con ella.

Así que simplemente preguntó:

—¿En qué estás pensando?

Para su alivio, él sonrió.

—Estoy pensando en cómo desearía que tu madre no estuviera en casa.

Tem se sonrojó. Esperaba de todo corazón que su madre no hubiera oído eso. Leo le tocó la mejilla con las yemas de los dedos, como para hacer desaparecer el color. Y, Tem hizo lo mismo, limpiando la única gota de sangre.

—¿Y tú, Tem? —susurró—. ¿En qué estás pensando?

Tem pensaba en todas las cosas que estaban a punto de salir terriblemente mal, pero no tenía sentido expresar ninguna de ellas. A fin de cuentas, solo había algo en lo que realmente estaba pensando:

—En ti.

Leo sonrió, mostrando sus colmillos dorados.



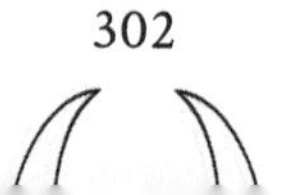

—Por fin una respuesta que me gusta.

Al ver sus dientes, Tem apretó los suyos.

El contexto de sus circunstancias no podía ignorarse. Tem nunca olvidaría el secreto que ahora conocía sobre la realeza, lo profunda que era realmente su crueldad. Tenía que creer que Leo no sabía lo que tenía en la boca, que los príncipes eran adoctrinados en esa horrible tradición hasta coronarse reyes.

Tem necesitaba una forma de unir ambas partes: una forma de proteger a Leo y a todos sus seres queridos. Si se afianzaba en la sociedad de los basiliscos, si tenía alguna influencia en el mundo de Caspen, podría lograr el cambio. O al menos advertir a Leo de lo que estaba por venir.

Tem esperó hasta que el príncipe estuviera a salvo en su carruaje y de camino de vuelta al castillo antes de abrir la puerta a la mente de Caspen. Dijo una sola frase antes de cortar su conexión:

«Haré el ritual».

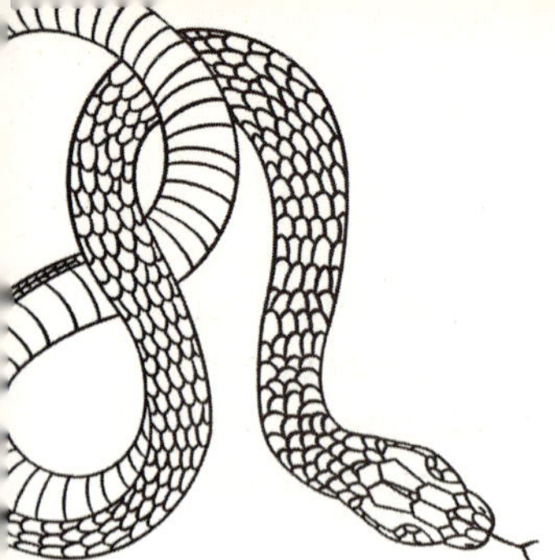

# CAPÍTULO 23

Su madre se retiró a su habitación y Tem hizo lo mismo.

La imagen de Leo rodeado de gente en el escenario le pasaba por la cabeza una y otra vez, y supo que nunca olvidaría la punzada de miedo que sintió al verla. Pero no servía de nada obsesionarse con ello esa noche. Todo lo que podía hacer por el momento era intentar dormir y prepararse para lo que estaba por venir.

Así que Tem durmió.

A la mañana siguiente no sintió mucho alivio. Despertó con el canto de los gallos, como siempre. Odiaba el sonido, como siempre. Terminó sus tareas sin quejarse y solo se tomó los descansos necesarios para comer. Su madre no preguntó por la visita del príncipe; parecía que su momento de intimidad se había acabado.

Tem se preguntó si habría una distancia similar entre Leo y Maximus ese día. ¿Hablarían padre e hijo de lo que había sucedido en la entrega de la corona? ¿Leo se habría dado cuenta de la vacilación del rey antes de colocarle la corona de oro en la cabeza? Esperaba de todo corazón que no. Era difícil enfrentarse al rechazo de un padre. No se lo desearía a nadie.

Antes de que se diera cuenta, había llegado la noche.

Caminaba lentamente por el bosque cuando advirtió que los pájaros apenas cantaban. El otoño se estaba convirtiendo en invierno con rapidez; pronto la montaña donde vivían los basiliscos se cubriría de nieve. La temperatura subió en el momento en que entró en la cueva.

Caspen ya la estaba esperando.

Sin decir palabra, él inclinó la cabeza y Tem supo que debía seguirlo. Cuando llegaron a sus aposentos, Caspen se volteó hacia ella. Su expresión era una mezcla de precaución y reverencia. No fue una sorpresa para Tem que las primeras palabras que salieran de su boca fueran:

—¿Puedo preguntarte qué te llevó a tomar esa decisión?

Tem no respondió. Le pareció bastante revelador que Caspen no intentara disuadirla de su decisión. Solo era una confirmación más de lo que ya sabía: deseaba en secreto que ella lo hiciera.

Tem dijo lo mismo que le había comentado a Leo:

—Cambié de parecer.

Parecía que Caspen quería hacer otra pregunta, pero no lo hizo. En cambio, dijo:

—Gracias, Tem.

Le estaba agradecido por aceptar el ritual, por decidir poner su cuerpo en juego por él. Pero Tem aún no estaba preparada para ser benevolente.

—¿Cuándo sucederá? —preguntó.

Caspen extendió sus anchas y elegantes manos.

—Cuando tú quieras.

Tem lo miró.

—Quiero hacerlo antes de mudarme al castillo.

Lo dijo con confianza, como si fuera una garantía. Caspen sabía tan bien como Tem que según la tradición, el baile sería cuando el príncipe elegiría a las tres últimas chicas. Por supuesto, Leo podría no elegirla. No obstante, teniendo en cuenta la forma en que temió tan claramente por su bienestar la noche anterior, la manera en que se presentó en su puerta solo para asegurarse de que estuviera a salvo, Tem sabía en su alma que lo haría.

Caspen interrumpió sus pensamientos.

—En ese caso —dijo lentamente—, me encargaré de los preparativos para mañana por la noche.

El día siguiente por la noche. Veinticuatro horas a partir de ese momento.

Tem ahogó su miedo, recordando por qué estaba haciendo aquello en realidad, pensando en lo que estaba en juego si fracasaba.

—Necesito saber más —dijo.

Caspen inclinó la cabeza.

—¿Más?

—Sobre el ritual —insistió—. Necesito saber todo.

—Muy bien —dijo Caspen—. ¿Qué deseas saber?

Su primera pregunta le resultó fácil.

—¿Dónde se llevará a cabo?

—Hay un auditorio específico para ello.

El miedo amenazó con volver.

—¿Entonces es público?

—Sí.

Tem no pudo evitar sonrojarse. Imaginar a tanta gente, a tantos basiliscos, viéndola tener sexo era suficiente para hacerla sentir débil.

—¿Cuántos basiliscos habrá?



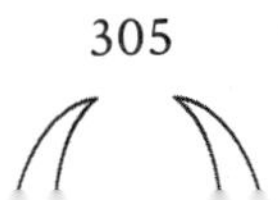

—Todos los de mi linaje estarán presentes.
—Pero ¿son... más de cien? ¿Doscientos?
—No sé el número exacto, pero sí, cientos.
Tem cerró los ojos.
«Cientos».
Cuando abrió los ojos, Caspen la estaba observando.
—¿Y qué hay de tu padre?
—¿Qué con él?
—Tienes que enseñarme a... —Caspen levantó la mano.
—No hables de eso.
—Necesito saber lo que a él...
—No quiero hablar de...
—Pues yo sí.
Se miraron fijamente. El tema era incómodo para ambos. Sin embargo, Tem tenía razón. Si el futuro del reino dependía de que ella sobresaliera en el ritual, necesitaba saber exactamente qué esperar. Caspen conocía a su padre mejor que nadie; él era el único que podía prepararla para eso.
—Es solo otra lección —susurró Tem—. Eso es todo.
Caspen negó con la cabeza.
Tem le tocó el brazo con suavidad.
—Me enseñaste todo lo demás, así que enséñame esto.
Caspen se volteó hacia el fuego, mirándolo durante tanto tiempo que empezó a apagarse. Finalmente, habló:
—Estarás encima —dijo sin mirarla aún—, para indicar que aceptaste el ritual de forma voluntaria.
—¿Todo el tiempo? —preguntó Tem en voz baja.
—Sí. No te besará ni te tocará más de lo necesario.
Tem lo miró.
—Sé que te hice prometer que nunca alterarías mis sentimientos —dijo—. Pero ¿me tranquilizarás durante el acto?
Caspen negó con la cabeza.
—No puedo interferir. Mi padre lo usará en tu contra.
Tem asintió.
—Pero te tranquilizaré antes y después —dijo—. Tienes mi palabra.
Tem asintió.
—¿Estarás observando?
—Sí.
La idea la repugnaba.
—De verdad preferiría que no lo hicieras.
Caspen apretó la mandíbula.
—Confía en mí, yo también preferiría eso, pero debo hacerlo, Tem.



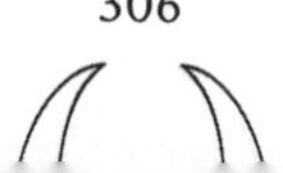

Tengo que asegurarme de que sus manos no se muevan de más. Si lo hacen, lo mataré.

—¿Es común que sus manos se sobrepasen?

Por la expresión de su rostro, Tem podía adivinar la respuesta.

—Preferiría que no mataras a tu propio padre por mi culpa.

—Sería por su culpa.

—Aun así.

Toda la conversación era absurda. Tem no podía creer que estuvieran hablando de eso: de que realmente iba a tener sexo con el padre de Caspen en un auditorio público. Nada de eso era normal.

—¿Qué más? —preguntó.

—Él valora la confianza. Percibirá si tienes miedo o si dudas de ti misma.

—No tengo miedo.

Una leve sonrisa se dibujó en los labios de Caspen.

—Nunca lo tienes.

Ambos miraron fijamente el fuego.

—¿Eso es todo?

Caspen suspiró.

—Hay más. Tendrás sexo conmigo y también con mi padre.

Tem lo miró fijamente.

—¿Al mismo tiempo?

—No —dijo Caspen rápidamente—. Uno después del otro. Mi padre tiene más antigüedad, así que estarás con él primero. Lo ideal sería que lo llevaras al clímax. Si no, el ritual habrá terminado. Si lo consigues, después tendrás sexo conmigo. Es imprescindible que tanto mi padre como yo nos vengamos rápidamente. Si se prolonga, es menos probable que dé su bendición. En ambos casos, terminaremos fuera de ti.

Tem frunció el ceño.

—¿Por qué?

—Para presentar la prueba a mi linaje. De esa manera, no quedará ninguna duda de que lo lograste.

Tem procesó esa información. No tenía idea de que habría tantas reglas.

—¿Eso es todo? —susurró.

—Casi. Si tienes éxito en ambos casos, serás digna de la bendición de mi padre. Si decide concedértela, tú y yo iremos a una *suite* designada.

—¿Una *suite*? ¿Qué pasará allí?

Caspen suspiró.

—¿Entonces?

—Se esperaría que... celebráramos la decisión del rey.

—¿Celebrar cómo?



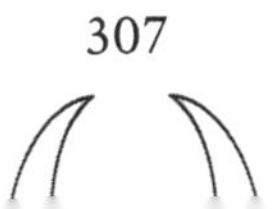

El silencio se prolongó.

—Oh, ¡por el amor de Kora! —exclamó Tem—. Dímelo, Caspen. Cuéntame todo ahora mismo o me iré a casa.

Caspen no protestó. Simplemente dijo con voz monótona:

—Lo celebraríamos teniendo sexo. Una y otra vez.

—¿Una y otra vez?

—Sí. La comparación más cercana que puedo hacer es con lo que los humanos llaman luna de miel. Es costumbre que la nueva pareja tenga relaciones hasta la medianoche. Si no lo hacemos, mi padre podría revocar su bendición.

—¿Podría revocarla en cualquier momento?

—Sí.

—Pero ¿cómo sabría si no tuvimos relaciones sexuales hasta la medianoche?

Caspen respondió con el mismo tono tranquilo.

—La *suite* es pública, al igual que el ritual. Todo el mundo nos estará observando.

Todo eso era incomprensible. En la mente de Tem no había nada más que absoluta incredulidad y amenazaba con consumirla en una oleada incontenible. Sintió la repentina necesidad de sentarse.

—¿Eso es todo? —susurró.

—Sí. Eso es todo.

Tem nunca había estado tan feliz de escuchar eso.

Cerró los ojos. Un momento después, Caspen la abrazó y ella le permitió hacerlo. Tem se apoyó en su pecho, tratando de no pensar en lo que pasaría al día siguiente, pero no había forma de evitarlo. Todo culminaba allí.

—Tem. —La voz de Caspen era un susurro tenso—. Por favor, dime en qué estás pensando.

Ella abrió los ojos.

—Estoy pensando en que no tenía idea de en qué me estaba metiendo cuando te dije que te desnudaras la primera noche que nos conocimos.

Él la abrazó con fuerza.

—Sí. De eso estoy bastante seguro.

No había nada más que decir. Tem estaba aturdida.

Caspen la abrazó durante mucho tiempo y finalmente subieron a su cama, quitándose la ropa a medida que avanzaban. No tuvieron sexo. En cambio, se miraron fijamente a la tenue luz parpadeante del fuego, mientras Caspen recorría el cuerpo de Tem con las yemas de los dedos. Ella sabía que Caspen estaba utilizando el movimiento para calmarse tanto como ella.

Parecía como si estuvieran a punto de hacer algo importante, que transformaría su relación para siempre. Tem no tenía idea de cómo los

afectaría el ritual, si cambiaría su dinámica para bien o para mal. Caspen era un basilisco, así que respetaba las costumbres de su pueblo, pero también era un hombre, y muy posesivo. Tem no podía imaginar que acostarse con su padre mejoraría las cosas entre ellos.

Se quedaron dormidos juntos, con la mano de Caspen todavía en su cintura. La despertó su nombre:

«Tem».

La voz de Caspen era clara como el día y resonaba en su mente como una campana. Tem se incorporó mientras su corazón latía con fuerza como si acabara de correr un kilómetro.

—¿Qué pasa? —preguntó.

Caspen no respondió. Tenía los ojos cerrados y el cuerpo inmóvil, excepto por el suave movimiento de su pecho. Tem se inclinó hacia él, entrecerrando los ojos. Una lenta sonrisa se dibujó en sus mejillas cuando se dio cuenta de que estaba dormido.

Caspen debía estar soñando con ella.

En cuanto lo pensó, supo que era cierto. Su mente debía de estar interactuando con la de ella: la barrera se había derrumbado, el canal entre ellos estaba completamente abierto.

«Tem».

Allí estaba de nuevo.

Tem se movió para quedar frente a él. Cerró los ojos y se concentró al máximo.

«Caspen».

No hubo respuesta. El canal entre sus mentes se sentía obstruido, como si estuviera lleno de humo. Tem se preguntó si sería porque Caspen estaba inconsciente. Esperó a que él la llamara de nuevo y, cuando no lo hizo, sintió una repentina decepción.

¿Solo valía la pena decir su nombre dos veces? Eso no serviría de nada.

Tem se tocó la sien, concentrándose en su conexión. Se abrió paso a través del humo, recorriendo el pasillo en busca de la puerta de la mente de Caspen. Justo al salir, se detuvo.

¿Era eso una violación?

Tem no quería infiltrarse en la mente de Caspen sin su permiso, pero él nunca le había dicho que no lo hiciera. Y ya la había llevado a su mente una vez, cuando estaban juntos frente al espejo. Además, ¿no se pertenecían uno al otro? ¿Qué secretos podría tener Caspen que ella no pudiera conocer?

Tem entró a la mente de Caspen.

Estaba completamente oscuro; no había nada que ver. Más bien, sentía sensaciones a su alrededor, enroscándose en su propia mente como enredaderas en un árbol. Lo primero y más importante era el deseo sexual: la



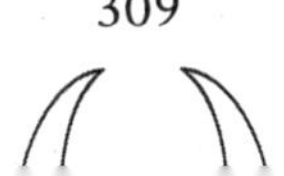

rodeaba con tal intensidad que Tem se sintió excitada de inmediato. Buscó algo más, cualquier otra cosa en la que concentrarse, y descubrió que solo había otra presencia clara en la mente de Caspen: preocupación. Un grueso cordón de ansiedad se cernía en el fondo de su conciencia, proyectando una sombra sobre todo lo que lo rodeaba.

¿Por qué estaría tan preocupado?

Tem trató de ver la emoción, pero descubrió que no podía. Solo podía sentirla, la preocupación y la aprensión se apoderaban de ella como si fueran sus propias emociones. Cuando profundizó más, se dio cuenta de que la preocupación la rodeaba, no a la versión de ella que estaba en ese momento en la mente de Caspen, sino a la versión de Tem en la que pensaba cuando ella no estaba presente. Caspen estaba preocupado por ella. Aunque eso no era del todo exacto; era más bien que estaba preocupado a causa de ella. Quizá por el ritual. Sin embargo, Tem tenía la sensación de que no tenía nada que ver con los acontecimientos del día siguiente. Era una preocupación más amplia, un eco profundo de inquietud que rayaba en el miedo. Miedo por ella.

«Tem».

Caspen estaba despierto. La voz de él resonó a su alrededor de la misma manera que lo había hecho cuando estaban juntos frente al espejo. Sintió que su conciencia se unía a la de ella y en ese momento comprendió que ella no era la única que estaba activa en su propia mente. Cuando abrió los ojos, Tem vio lo que Caspen vio, que era su propio cuerpo arrodillado en la cama junto a él. Una vez más, la sorprendió la forma en que él la percibía, como si fuera la cosa más hermosa que hubiera visto en su vida. Su mirada la recorrió con avidez, captando la curva de sus caderas y la forma en que su cabello se enroscaba suavemente alrededor de sus hombros.

Tem estaba en dos lugares a la vez: su mente y su cuerpo, y descubrió que tenía el control en ambos. Sonrió, y en la mente de Caspen se disparó una brillante explosión de alegría. Él extendió la mano hacia ella, metió los dedos en su cabello y acercó su rostro al de ella. Cuando sus labios se tocaron, Tem sintió lo que él percibía cuando la besaba: un deseo doloroso y absoluto. Tem le devolvió el beso, saboreando el hambre que inundaba su mente mientras él la acercaba aún más. Las manos de Caspen se dirigieron a su cuerpo, con las palmas contra su piel para sentirla al máximo. Cada vez que ella gemía, lo embargaba una oleada de lujuria. Era un milagro que no la hiciera pedazos.

El beso se volvió más profundo.

Caspen se puso encima de ella, anidándose en la cuna de sus caderas. Tem abrió las piernas para acogerlo, y en cuanto lo hizo, la preocupación desapareció de su mente. Solo se concentró en ella; solo quería más. Sin

embargo, no se precipitó al sexo. Caspen siguió a Tem, dejando que ella marcara el ritmo, que ella determinara cuándo y cómo avanzaban las cosas. Tem sintió directamente el esfuerzo que le costaba ir despacio. Vio cómo su mirada se detenía en ciertas partes de su cuerpo, su cuello, sus clavículas, sus labios, cómo se concentraba en un solo pensamiento cada vez que estaba a punto de perder el control: «Mantenla a salvo».

Lo pensaba una y otra vez sin descanso cada vez que el cuerpo desnudo de Tem se volvía demasiado para él.

«Mantenla a salvo. Mantenla a salvo. Mantenla a salvo».

Era extraordinario experimentarlo de esa manera. Caspen estaba completamente enamorado de Tem, nada le importaba excepto su experiencia. Su placer provenía del placer de ella. Cualquier cosa que Tem hiciera lo excitaba; el simple pensamiento de ella era suficiente para endurecer su pene.

Caspen le acarició los pechos y ella vio cómo sus mejillas se sonrojaban.

Caspen gruñó al ver eso.

«¿Ves lo que me haces?».

Ahora se dirigía a ella en su propia mente. Tem aún no sabía cómo responderle cuando estaban unidos de esa manera. Entonces utilizó su cuerpo para comunicarse, acercándolo a ella y besándolo en los labios. A su alrededor ardía el calor.

«Chica perfecta, perfecta».

Tem solo lo besó con más intensidad.

Caspen deslizó un dedo dentro de ella, luego otro. Tem sintió su propia humedad, lo suave y tentador que era su centro para él. La tocó suavemente, hundiéndose cada vez más, ajustando su técnica en función de los sonidos que ella emitía. Conocía su cuerpo íntimamente, sabía qué hacer exactamente para hacerla gemir. Le mordió el lóbulo de la oreja, Tem gritó, y él volvió a morderlo.

Algo se estaba gestando en el fondo de su mente: algo peligroso. Tem lo reconoció como la parte de él que quería transformarse, la parte que quería despojarse de su forma humana y desgarrarla sin importarle las consecuencias.

«Mantenla a salvo».

Las palabras eran suaves, tensas. Cada vez le costaba más seguirlas.

Tem se dio cuenta de que ella tenía algo de poder: podía ayudarlo a resistir sus instintos. Le puso las palmas de las manos en el torso, empujándolo y creando distancia entre ellos. Caspen le permitió hacerlo. Luego Tem tomó la mano que no estaba dentro de ella y pasó la punta de la lengua por la yema de sus dedos. Lo estaba distrayendo, obligándolo a concentrarse en algo que no fuera el sexo. El monstruo dentro de él se calmó, contento de verla mientras chupaba con suavidad sus dos primeros dedos.

Caspen se inclinó hacia adelante, empujándolos más profundo en su boca, hasta el fondo de su garganta. Tem cerró los ojos, dejándolo penetrarla de esa manera, dejándolo sentir hasta dónde podía llevarlo.

«Mírate».

Por primera vez, Tem pudo hacerlo. Se observó a sí misma a través de los ojos de Caspen, viendo todo lo que él observaba, todo lo que él amaba. Sintió lo cálida y húmeda que estaba su propia boca, lo orgulloso que estaba de que ella aceptara con gusto recibir en su interior cualquier parte de él. Había dominio en su mirada, pero no control. Caspen no quería dominarla; solo la quería toda para sí. En realidad no era diferente de lo que ella sentía por él. Tem quería que Caspen le perteneciera solo a ella.

«Ya te lo he dicho, Tem. Me tienes».

Caspen retiró los dedos de su boca y la besó. Tenía el pene completamente duro, Tem lo rodeó con la palma de la mano, empezando a meterlo dentro de ella. Caspen accedió con gusto y en el momento en que estuvo por completo dentro Tem comprendió por fin lo que era para Caspen acostarse con ella.

Era un placer como nunca había conocido. Era mucho más *significativo* para él, mucho más. Los basiliscos experimentaban el sexo a un nivel espiritual que los humanos no podían comprender. Era como si no estuviera completo hasta que estuviera dentro de ella, como si solo una fracción de sí mismo existiera sin Tem. Ella sentía la forma en que Caspen escuchaba su cuerpo, ajustando sus movimientos con base en señales tan sutiles como los latidos de su corazón. Incluso su piel contaba una historia. Las yemas de los dedos de Caspen percibían cada gota de sudor, cada estremecimiento, cada pequeña variación de temperatura. Él sabía que ella estaba a punto de alcanzar el orgasmo antes que ella misma; podía oír la diferencia en la cadencia de su respiración. De todas las cosas que Caspen le había enseñado, Tem nunca pensó que aprendería a tener sexo consigo misma. Era extraordinario.

Caspen se apoyó sobre los codos para poder ver el rostro de Tem con cada embestida. Ella lo miró con expresión abierta, confiada y tranquila. Estaba feliz y realizada en sus brazos; se sentía en paz. Nada lo enorgullecía más que verla así. No había mayor honor que estar dentro de ella.

El monstruo regresaba con rapidez. El humo se filtraba a través de Caspen en remolinos negros. Cuando rozaban el cuerpo de Tem, eran una extensión de él, tocándola como lo harían sus manos, sintiéndola igual que sus dedos. El siseo que llenaba el aire era ensordecedor desde su mente. Tem casi deseaba taparse los oídos. Sin embargo, la inminencia del orgasmo era mucho más apremiante. A medida que la alcanzaba, alcanzaba a Caspen, y Tem podía sentir realmente lo imparable que era la fuerza del clímax de un basilisco. Caspen no se transformaría; la mantendría a salvo. Pero tampoco reprimiría ni una pizca del placer que amenazaba con romper los límites de su forma humana.

En el último momento, Caspen la expulsó de su mente. No era porque ya no la quisiera allí. Más bien, era para que Tem pudiera experimentar el orgasmo que él se había esforzado tanto en provocarle. Tem volvió a su propia mente justo cuando alcanzaba el clímax, y jadeó cuando los primeros momentos de placer reverberaron por su cuerpo. Levantó la mirada hacia Caspen que la observaba.

Cerró los ojos de golpe mientras se venía.

Las manos de Caspen se aferraron a sus caderas y sus dedos se hundieron profundamente en su piel. La sostuvo contra él mientras la penetraba, una y otra vez, tan rápido que Tem apenas podía respirar. Caspen también estaba viniéndose, con la misma intensidad y desesperación que ella.

Cuando finalmente concluyeron, se acostaron juntos, con la cabeza de Caspen apoyada en el pecho de Tem.

Ella pasó los dedos por su cabello oscuro, maravillada por lo que acababa de suceder.

Finalmente Caspen preguntó:

«¿Por qué entraste en mi mente?».

«Dijiste mi nombre mientras dormías».

Tem sintió que él sonreía contra su piel.

«Ya veo. ¿Y?».

«¿Y qué?».

Caspen levantó la cabeza para mirarla a los ojos.

«¿Encontraste lo que buscabas?».

Tem pensó en lo que había percibido en su mente: la oscura nube de miedo que rodeaba sus pensamientos sobre ella. Quería preguntarle al respecto, pero también quería disfrutar de ese momento con él, así que dijo:

«Sí».

«Bien. Eres bienvenida en cualquier momento».

Se quedaron dormidos juntos.

Cuando despertó, lo primero en lo que pensó fue en el ritual. No podía creer que fuera a suceder esa noche, que en unas pocas horas estaría haciendo cosas impensables para demostrar su valía ante el linaje de Caspen. Quería quedarse allí con él hasta que llegara el momento, pero su madre la necesitaba en la granja y no había posibilidad de que pudiera hacerlo.

Caspen la acompañó hasta el principio del sendero. En lugar de besarla, le puso las manos sobre los hombros.

—Empezará al anochecer —dijo—. Ven cuando puedas.



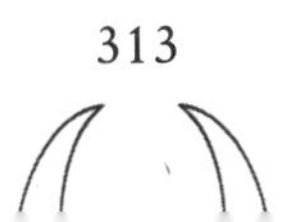

Tem asintió. Intentaba mantener la calma, pero su estómago no cooperaba.

—¿Tengo que… traer algo? —No sabía qué más preguntar.

Caspen negó con la cabeza.

—No, pero no trabajes demasiado hoy. Necesitarás fuerzas.

Tem asintió de nuevo. Antes de que pudiera empezar a preocuparse, Caspen la besó. Se besaron lentamente y, cuando se separaron, Tem estaba húmeda de nuevo.

—Ojalá pudiera quedarme contigo —susurró contra sus labios.

—Pronto —murmuró él como respuesta.

Tem se entretuvo con las tareas de la granja, intentando no pensar en lo de esa noche. Su madre se había ido a hacer una diligencia al pueblo, así que al menos no tenía que visitar a Vera. Sin embargo, en un día como ese, Tem habría agradecido la distracción. Terminó pronto con sus quehaceres, no le quedaba más que preocuparse. Cuando su madre regresó, pasaron la tarde juntas en la cocina, cosiendo sus abrigos de invierno. Las horas pasaron en silencio y la mente de Tem daba vueltas.

Sus pensamientos fueron a su primera noche en las cuevas, a cómo la chica que tenía delante había corrido por el camino gritando. Se preguntó dónde estaría ahora esa chica y si se arrepentiría de huir de su destino. Recordó lo que su madre le dijo esa noche después de untarle aceite en las piernas: «Te darán valor».

En ese momento, a Tem le caería bien ese valor.

—¿Mamá?

Su madre levantó la mirada de su costura.

—¿Sí, cariño?

—¿Todavía tienes el ylang-ylang y el sándalo?

Su madre frunció el ceño.

—Sí. ¿Por qué lo preguntas?

Tem dudó. Ya habían avanzado bastante en el proceso de entrenamiento; no había razón para que necesitara lo mismo que había requerido en su primera noche en las cuevas. No obstante, se sentía casi igual que entonces: como si todo lo que conociera estuviera a punto de cambiar.

—Esta noche… necesito valor.

Era todo lo que podía decir sin revelar nada más. El ceño fruncido de su madre se acentuó, pero no hizo más preguntas. En lugar de eso, dejó a un lado la costura, sacó los frascos de vidrio ámbar y le hizo un gesto a Tem para que se levantara la falda. Esparció el aceite suavemente en cada pierna, y Tem se sintió de inmediato calmada con el contacto. Le recordó por qué estaba haciendo eso: por las personas que amaba.

—Gracias —susurró cuando su madre terminó.

En respuesta, su madre le dio un beso en la mejilla.



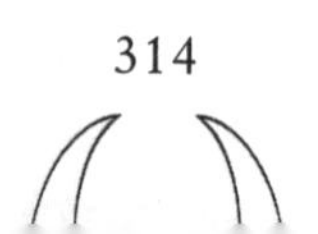

La caminata fue fría y ventosa.

Tem se encogió de hombros contra el frío otoñal y se apresuró hacia la base de la montaña. Caspen ya la esperaba en la cálida oscuridad de la cueva y le tomó la mano en señal de saludo, rozando su muñeca con los labios. Tem lo siguió hasta sus aposentos y se sentaron en el borde de su cama. En lugar de tener sexo como lo hacían normalmente, se quedaron mirándose en un silencio cargado de expectativas. Caspen le apretó la mano.

—No tienes por qué hacer esto.

Tem puso los ojos en blanco.

—No me digas eso.

—Tem. —Caspen la acercó, obligándola a mirarlo a los ojos—. Lo diré hasta el último momento, para que sepas que tienes otra opción.

Pero Tem solo negó con la cabeza porque no tenía elección, no en realidad. En ese momento tenía una misión que Caspen no podía entender. No se trataba solo de él. Ni de ella. Ni siquiera de Leo. Se trataba del futuro del reino, y Tem ya no claudicaría.

—Ya tomé una decisión.

Caspen le dedicó una pequeña sonrisa.

—Qué terca eres —susurró.

—Ya deberías saberlo.

La pequeña sonrisa se volvió más grande.

—Sí, debería.

Permanecieron en la cama un rato más, mirando el fuego y hablando de cualquier cosa menos de lo que estaba a punto de suceder. Por fin llegó la hora de irse. Cuando Tem empezó a levantarse, Caspen la detuvo y jaló la parte inferior de su vestido.

—No hay necesidad de esto.

El entendimiento llegó.

—¿Se supone que debo ir… *desnuda*?

—Sí.

—¿Pero por qué?

—Los basiliscos tenemos reglas diferentes a las de los humanos.

—No lo entiendo.

—Somos criaturas sexuales.

—Eso ya lo sé.

—Lo que quiero decir es que somos… abiertos.

—¿Qué quieres decir con «abiertos»?

—Ahí afuera —Caspen señaló con la cabeza hacia la entrada, tras la cual Tem sabía que se encontraban los sinuosos pasillos—, si un basilisco decide adoptar forma humana, no la cargará con ropa.

—¿Estás diciendo que andan… desnudos… todo el tiempo?

La boca de Caspen se crispó.

—Eso es exactamente lo que estoy diciendo.

—¿Entonces todo el mundo… ve a los demás?

—Sí.

—Pero ¿por qué?

—Porque no les importa, Tem. Tú no les importas. Para un basilisco, la forma humana es inferior a nuestra verdadera naturaleza. La obsesión humana por la privacidad no es algo que un basilisco comparta o entienda. No respetan su cuerpo.

—¿Acaso mi cuerpo no merece respeto?

—Por supuesto —posó sus labios contra el hombro de ella—. Por supuesto que sí, pero no hay necesidad de usar ropa cuando de todos modos te la vas a quitar.

Tem no tenía argumentos contra eso, así que se quitó el vestido.

Caminaron juntos por los serpenteantes túneles que se adentraban más en la montaña de lo que Tem hubiera imaginado. Estaba completamente oscuro, excepto por alguna antorcha aislada, así que tuvo que confiar en las indicaciones de Caspen. Él la sujetaba por la cintura y la dirigía cada vez que llegaban a una bifurcación del pasadizo. Finalmente, se detuvieron frente a un par de antiguas puertas de madera. Caspen las abrió.

El auditorio no era en absoluto lo que Tem esperaba.

Estaba repleto de antorchas y tenía forma circular, con filas de asientos de piedra que descendían gradualmente hacia una enorme estatua de piedra. Tem levantó la cabeza para mirarla. Cuando se dio cuenta de lo que veía, su corazón se detuvo. Se volteó hacia Caspen.

—Dijiste que el ritual era en un auditorio.

—Lo es.

Tem señaló la estatua.

—Entonces explícame eso.

Caspen levantó la cara, siguiendo la mirada de ella.

—Eso… —se quedó callado y Tem terminó por él.

—Es *Kora.*

—Sí, así es.

Tem miró fijamente la estatua, aturdida. Era la representación más grande de Kora que hubiera visto, tallada en una piedra que parecía mármol, con delicados filamentos de oro entrelazados por toda ella. La diosa estaba sentada, con las piernas cruzadas, su elaborada trenza casi tocaba el techo abovedado.

—¿Dónde…? —empezó a decir Tem, pero la pregunta se le quedó en los labios. Solo había un lugar obvio donde podría ocurrir el ritual. Las manos de Kora descansaban con las palmas hacia arriba en su regazo, abiertas



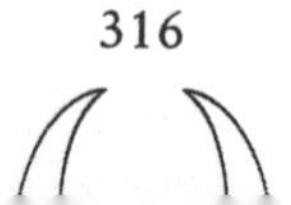

para formar una superficie perfectamente nivelada, justo en el centro de sus piernas. Era un altar.

—En sus manos —dijo Caspen, aunque Tem ya lo sabía.

—Y esperas que yo...

—No espero que hagas nada.

—Sabes que no me refiero a eso. Esto es...

Pero no hubo palabras.

Caspen la acompañó hasta el altar, con el brazo todavía alrededor de su cintura. Se pararon frente a la estatua, mirando el rostro tranquilo de Kora.

—Es hermosa —dijo Tem casi sin querer.

—Como tú.

En ese momento, se abrieron las puertas dobles y la gente empezó a entrar en fila.

Caspen la acercó más a él.

—Te amo —murmuró en su oído—. No tienes que hacer esto.

—Por favor, deja de decirlo.

Caspen no respondió, solo la abrazó con más fuerza a medida que el auditorio se llenaba. Tem había esperado una multitud de serpientes, pero todos los basiliscos habían adoptado su forma humana.

«Es para que nadie te mate por accidente».

Tem pensó que tenía sentido. Aun así, era desconcertante ver a tanta gente desnuda a la vez; no era algo a lo que estuviera acostumbrada. Y eran muy hermosos. Todas las mujeres tenían curvas suaves y los hombres eran altos, con una presencia imponente. Era difícil no sentirse terriblemente inferior cuando estaba rodeada por tantos cuerpos impresionantes.

Tem miró a Caspen. Él tenía los ojos entrecerrados; nunca lo había visto tan tenso. No tenía idea de qué hacer con él así. Por lo regular, era el tranquilo, siempre era Tem quien perdía los estribos por algo. Ahora él se aferraba a ella como si fuera la última persona viva y sus dedos se retorcían en su piel con tanta fuerza que Tem hizo una mueca de dolor. No podía seguir así. Lo último que necesitaba era que Caspen arremetiera contra su padre al ser su energía tan impredecible.

—Caspen —dijo ella suavemente, posando sus labios en su pecho, luego en su clavícula y después en su mandíbula—, tranquilízame.

Él se inclinó para que Tem lo tocara, aflojando sus manos muy levemente.

—Como desees.

De la mente de Caspen fluyó una onda relajante hacia la de ella, y desaceleró su alterado ritmo cardíaco. En algún momento, sus labios se tocaron. Se besaron lentamente. Tem sabía que todos los estarían mirando.



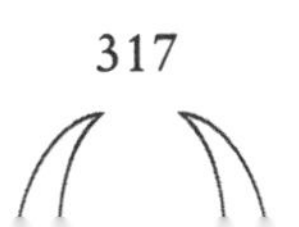

—Te amo —susurró Caspen cuando Tem finalmente se separó—. No tienes que hacer esto.

El problema era que ella también lo amaba. Y para estar con él, tenía que hacerlo.

Un súbito silencio se apoderó de la multitud. Tem siguió sus miradas hacia las puertas dobles, donde había una figura alta de pie.

El Rey Serpiente había llegado.

# CAPÍTULO 24

Tem pensaba que Caspen era formidable.

Todos sus rasgos firmes lo eran aún más en su padre. Tenían la misma postura orgullosa, la misma musculatura rígida en el torso. Sin embargo, mientras que el rostro de Caspen tenía una cualidad etérea, la belleza de su padre era intimidante y severa. Sus ojos eran completamente negros, sin nada del dorado de los de Caspen; estos recorrieron el auditorio, fijándose primero en la multitud, luego en su hijo y finalmente en Tem. Ella se estremeció cuando sus miradas se encontraron. Junto a Tem, el cuerpo de Caspen se puso rígido. La sujetaba tan fuerte que apenas podía respirar, pero ella deseaba que la abrazara aún más fuerte. Le susurró al oído:

—No te hará daño. Sabe que nunca lo perdonaré si lo hace.

Tem solo pudo asentir.

—Si en algún momento cambias de opinión y deseas detenerte, solo tienes que mirarme y yo pondré fin a esto.

—¿Y cómo lo harás?

—*Rápido* —respondió con una sola palabra.

—Preferiría que no mataras a tu propio padre por mi culpa.

El rey comenzó a caminar hacia ellos. Algo estalló dentro de Tem, una sensación familiar, algo que había sentido muchas veces antes con Caspen. Quizás era el parecido del rey con su hijo lo que le provocaba calor. O tal vez era algo que no tenía nada que ver con Caspen. El rey estaba desnudo, como todos los demás, y Tem no pudo evitar sonrojarse al ver su pene. Tenía la misma forma perfecta que el de Caspen, solo que era ligeramente más grueso en la base. Ya estaba firme, lo cual no era ninguna sorpresa.

A esas alturas, a Tem no le parecían extraños los penes rígidos.

Los basiliscos se arrodillaron cuando el rey se abrió paso entre la multitud. El tiempo se volvía más lento con cada paso que daba y, cuando estuvo justo delante de ellos, se había detenido por completo.

Durante un interminable momento, padre e hijo se miraron fijamente. Tem solo podía imaginar lo que estarían pensando. Entonces el rey extendió la mano. Con un sobresalto, Tem se dio cuenta de que debía tomarla. Los labios de Caspen se acercaron a su oído.

—No tienes que hacer esto.

Tem no respondió.

En lugar de eso, tomó la mano del rey. Era enorme, su palma se tragaba los dedos de ella mientras la conducía por los escalones de la estatua. Un silbido resonó entre la multitud a medida que ascendían y Tem resistió la tentación de taparse los oídos ante el ruido ensordecedor. Cuando estuvieron de pie justo frente a las manos de Kora, el rey se giró hacia ella.

La relajante oleada de calma se disipó lentamente. Sin embargo, Tem no miró a Caspen. En cambio, observó al rey, viendo todo lo que estaba a punto de tocar. Sabía que no debía excitarse. No debía excitarse.

Pero lo estaba.

Tem no pudo evitarlo. El calor que sintió cuando el rey entró no hizo más que aumentar cuanto más tiempo estaba desnudo frente a ella. Lo hubiera entendido si se tratara de una mera sensación física; al fin y al cabo, estaba mirando un cuerpo hermoso. Pero Tem sentía una extraña atracción magnética hacia él, que no podía explicar. El rey inclinaba la cabeza como siempre lo hacía Caspen, contemplándola de esa forma reptiliana tan familiar. Su expresión era inescrutable, pero Tem reconoció una chispa de pasión en sus ojos, idéntica al fuego que ardía perpetuamente en los de Caspen. Algo más se agitó dentro de Tem: una obstinación conocida que estaba soldada a sus huesos. Quería hacer eso. Y quería hacerlo bien.

—¿Cómo te llamas?

La voz del rey era áspera como la grava. Tem escuchó ecos de la voz de Caspen en ella; compartían la misma cadencia profunda y el tono cavernoso.

—Temperance.

Los paralelismos con su primera noche en la cueva eran innegables. Se había parado frente a Caspen de la misma manera y se había presentado tal como lo hacía en ese momento.

—Temperance —dijo el rey lentamente, evaluándolo. Sus ojos negros se clavaron en los de ella y Tem tuvo la clara impresión de que miraba directamente en su mente.

Ella enderezó los hombros, levantando la barbilla.

—¿Y el suyo?

Las cejas del rey se levantaron un centímetro. Luego dijo en voz baja:

—Soy Bastian.

Ahora que sabían los nombres del otro, Tem se sentía extrañamente



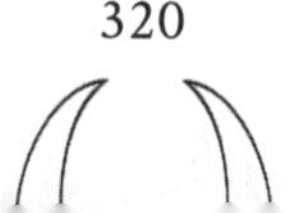

tranquila. El rey ya no era una fuerza nebulosa y desconocida. Bastian era solo un hombre como cualquier otro y Tem era una mujer que había recibido entrenamiento para seducirlo.

—¿Entiendes cuál es tu propósito aquí? —preguntó Bastian.

«Propósito». De alguna manera, la pregunta parecía más importante que el ritual.

¿Entendía Tem su propósito?

—Sí.

El rey no preguntó nada más. Parecía que el momento de hablar había terminado.

Sin decir nada más, él se dio la vuelta y subió a las manos de Kora, recostándose sobre la espalda para que las palmas de la diosa acunaran sus hombros. Estaba claro que Bastian no iniciaría nada; le correspondía a Tem comenzar el ritual. Y eso le parecía bien, porque le daba control en una situación que sentía completamente fuera de sus manos, y aprovechó el breve momento a solas para cerrar los ojos, preparándose para lo que estaba a punto de suceder.

Su mente estaba en blanco, la presencia de Caspen estaba claramente ausente. Lo extrañaba, pero no deseaba que estuviera con ella. Los siguientes minutos no eran sobre él. Eran sobre Tem y sobre Bastian, y sobre mostrar a todos los que estaban en ese auditorio de lo que era capaz. Por alguna razón estaba perfectamente tranquila. A una parte de ella le gustaba aquello: la emoción de un desafío. Nunca se había sentido particularmente capaz a lo largo de toda su vida en el pueblo, nunca había destacado en nada. Sin embargo, destacaría en esto.

Tem abrió los ojos.

Era hora.

Dio un paso adelante, apoyando las manos contra la piedra cálida y lisa. Luego subió a las palmas de Kora, colocando las rodillas a ambos lados de Bastian. En cuanto abrió las piernas las fosas nasales del rey se dilataron y supo que debió oler la madera de sándalo y el ylang-ylang de sus piernas. Tem aún no lo montaba, ni siquiera lo tocaba. Simplemente lo miró, observando todos los rasgos de su cuerpo que le recordaban a los de Caspen. Su piel tenía el mismo brillo suave e impecable, su mandíbula tenía la misma forma angular. Ambos hombres eran depredadores innegables: Bastian la miraba como si quisiera devorarla en ese mismo momento. Era una mirada a la que se había acostumbrado de Caspen, una que siempre le había gustado.

Tem también notó las diferencias entre ellos.

El cabello de Bastian tenía mechas plateadas en las sienes. Había una cicatriz en su hombro en forma de rayo zigzagueante. Quizá se trataba de una vieja herida de batalla. Mientras que el pecho de Caspen era lampiño,



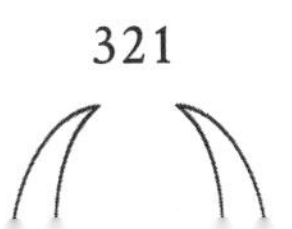

el de Bastian estaba cubierto de un vello oscuro que formaba una estela hacia su pene. Tem quería pasar sus dedos por él. Pero en lugar de ello, se inclinó lentamente, extendió la mano y envolvió sus testículos en su palma. No tenía ni idea de si estaba permitido, pero quería sentir esa parte de él, la parte vulnerable, para recordarle al rey que ella estaba al mando. Caspen tenía razón: Tem era terca. Y estaba lista para empezar.

Bastian no protestó. Simplemente la observó, con sus astutos ojos entrecerrados. Tem se preguntó qué estaría pensando, si ya se había formado una impresión de ella. ¿Pensaría que ella podría llevarlo al clímax o simplemente esperaría que fracasara? No importaba lo que él creyera. Tem sabía que podía lograrlo.

Su mano se movió de sus testículos a su pene, rodeando con sus dedos la base, que era increíblemente gruesa. No se molestó en acariciarlo. En cambio, se centró encima de Bastian, bajando hasta que su pene casi la rozaba. Sus ojos volvieron a encontrarse con los de él. El rey la miró como diciendo: «Hazlo. Te reto».

Tem no tenía miedo.

Se deslizó lentamente por los primeros centímetros de su pene. Ya sabía qué esperar; Caspen le había enseñado a recibir un pene como ese dentro de ella. La sensación de expandirse, de estirarse, era algo que conocía bien. Aun así, le costaba llegar hasta el fondo y, a pesar de sus esfuerzos, no podía meterlo todo. Pero no importaba. En cuanto Bastian estuvo dentro de ella, la inquietud de Tem se desvaneció y sus instintos tomaron el control.

Movió las caderas lentamente, probando su pene, descubriendo cómo se sentía montarlo. El fuego que vio en los ojos del rey era inconfundible. Tem sabía cómo se veía un hombre excitado, y era exactamente como Bastian lucía en ese preciso momento. Usó eso a su favor, aumentando el ritmo, estableciendo una cadencia. Sabía que tenía que lograr que se viniera rápidamente, pero también conocía el poder de construir la excitación. Las palabras de Caspen resonaban en su cabeza: «Él valora la confianza». Entonces, Tem miró al rey con altiva seguridad, como si él tuviera suerte de estar allí con ella. Fingió que Bastian era quien necesitaba su aprobación, y no al revés, y tuvo sexo con él exactamente como ella creía que debía hacerse.

Tem clavó las uñas en el torso de Bastian, usando los planos duros de sus abdominales para estabilizarse mientras se deslizaba hacia arriba y hacia abajo, moviéndose de un lado a otro de la misma manera que Caspen le había enseñado. Tem imaginó las manos de Caspen en sus caderas, guiándola, entrenándola para comprender el cuerpo de un hombre. Se inclinó aún más hacia adelante, juntando sus pechos, desafiando al rey a mirarlos. Pero él no lo hizo. Sostuvo su mirada con un desapego experto, y la única señal de que estaba disfrutando eran los interminables pozos negros de sus pupilas, que la miraban con un éxtasis ininterrumpido.

Hasta ese momento, Tem había evitado la base de su pene. Bastian era más grande que su hijo, y fue cuando ella se dejó llevar por completo que su cuerpo comenzó a protestar. En el momento en que la llenó por completo, Tem no pudo evitar hacer una mueca de dolor.

En cuanto lo hizo, Bastian gruñó. Las palabras de Caspen llegaron a ella de repente:

«Estamos predispuestos a destruirlos, a disfrutar con su dolor. Cuando estamos juntos, camino por una cuerda floja entre complacerte y hacerte daño. Mi forma humana anhela lo primero; mi forma verdadera, lo segundo».

Bastian no era diferente a Caspen en ese sentido: también anhelaba su dolor. Si quería que él se viniera, y rápido, le costaría conseguirlo.

Tem sacudió las caderas con rapidez, soportando el dolor y concentrándose en el efecto que provocaba en Bastian. Su mandíbula estaba cerrada y con cada respiración superficial su cuerpo se tensaba más. Se abalanzó sobre su pene, cada vez con más fuerza, dejando escapar de sus labios un grito tras otro. El dolor se fundió con el placer, eran como una misma cosa.

De repente, Bastian también la tomaba, moviendo sus caderas para acoplarse a las de ella. Tem no tenía idea de si eso era lo habitual, pero si el objetivo era lograr que él terminara, tenía que ser algo bueno. Tem miró sus manos, que por fortuna no se desviaban, pero no cabía duda de que el rey estaba participando en el ritual, lo que significaba que Caspen estaba viendo a su padre acostarse con ella. Tem intentó no pensar en eso. A cambio, se dejó llevar, arqueando la espalda y gimiendo cada vez que la base del pene de Bastian presionaba su clítoris.

El rey estaba cerca. Tem podía ver los músculos de su cuello tensarse con cada embestida. Ahora estaba semisentado, con los ojos clavados en los suyos mientras delicados zarcillos de humo brotaban de su piel. Era el momento en que debía llegar al clímax; Tem lo sabía por sus sesiones con Caspen, y lo sentía instintivamente como mujer. Sin embargo, el rey no terminaba. Antes de que Tem empezara a entrar en pánico, sintió que una repentina presencia se apoderaba de su mente. Por un momento, pensó que podría ser Caspen. Luego se dio cuenta de que era Bastian.

Hasta ese momento, Caspen era el único basilisco que había entrado en su mente. Su voz le resultaba tan familiar como la suya. Su padre, en cambio, tenía una presencia diferente: más antigua, más vasta que el mar. Dijo solo dos palabras antes de abandonarla:

«Tú primero».



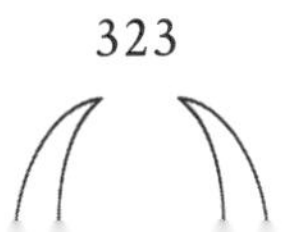

Era lo mismo que Caspen le dijo la primera noche que pasaron juntos en las cuevas. De tal palo tal astilla. Pero no se suponía que eso fuera parte del ritual; Caspen no había dicho nada sobre que ella terminara, solo sobre su padre y él. ¿Y si esa fuera la única forma en que Bastian pudiera venirse? ¿Y si su aprobación dependía del clímax de Tem?

Como fuera, Tem quería terminar. Y no solo porque él se lo hubiera ordenado. Sería una mentira decir que el ritual no la excitaba. Se imaginaba que el rey era Caspen y, en cierto modo, lo era. No había tanta diferencia entre ambos hombres. Ambos eran intimidantes y poderosos. A Tem le atraía ese poder: siempre había sido así. Se concentró en la forma en que sentía su pene dentro de ella, permitiéndose sentir placer real solo por un momento. En cuanto lo sintió, lo dirigió hacia Bastian con todas sus fuerzas, como si pudiera revertir su intrusión en su mente e infiltrarse en la suya. Las fosas nasales de Bastian se dilataron y sus ojos se entrecerraron. En ese momento, supo que lo tenía.

Con una única y definitiva embestida, Tem terminó.

En el mismo instante en que eso sucedió, el rey la agarró por la cintura, desprendiéndola de su pene con una innegable firmeza. Tem jadeó ante el repentino vacío, observando atónita cómo el rey eyaculaba sobre sus piernas. Contempló el semen sobre su piel, mezclado con los aceites de ylang-ylang y sándalo, tan espeso y brillante como el de Caspen. Recordó vagamente que Caspen solo existía gracias a esa misma sustancia.

Bastian la colocó sobre los dedos de piedra de Kora antes de bajar del altar. Deslizó la mano por las piernas de Tem y levantó la palma por encima de su propia cabeza. Tem se percató de que mostraba su semen al público, ofreciendo una prueba irrefutable de que ella había tenido éxito. De la multitud se elevó un siseo ensordecedor, y Tem sintió de inmediato como si fuera a desmayarse. Antes de que pudiera caer, unas manos la detuvieron, con un gesto familiar y fuerte. En cuanto la piel de Caspen tocó la de ella, una paz se extendió por su cuerpo. La sensación recorrió su columna vertebral en una onda relajante y supo que él estaba cumpliendo con su promesa de calmarla. Caspen la levantó del altar, estrechándola fuertemente contra su pecho.

Puso sus labios en la oreja de ella.

—Estuviste *perfecta,* Tem.

—¿Perfecta?

—Absolutamente.

Tem se apoyó en su hombro.

Bastian bajó la mano y el siseo se calmó. Se volteó hacia Caspen y, aunque no dijo nada en voz alta, Tem sabía que se estaban hablando con la mente.

Sin previo aviso, su calma desapareció.



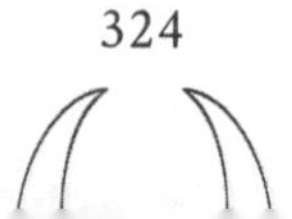

Se suponía que Caspen debía controlar las emociones de Tem; ella no debía sentir la ansiedad que estalló de golpe en su pecho mientras su corazón se aceleraba frenéticamente. Tem no podía distinguir si los sentimientos eran suyos o de Caspen. La ansiedad se convirtió en miedo, el mismo miedo que había sentido cuando visitó la mente de Caspen la noche anterior. De repente, Tem escuchó una sola frase de su intercambio:

«No lo permitiré».

Caspen pronunció esas palabras y, al decirlas, Bastian frunció el ceño. Tem quedó paralizada cuando el rostro del rey irradió un destello de ira. Su respuesta fue rápida:

«Harás lo que yo diga».

Justo cuando la incertidumbre comenzaba a retorcerle el estómago, el rey se volteó hacia ella. Le ofreció la mano y, en el momento en que lo hizo, regresó la oleada de calma.

Tem miró a Caspen. Él asintió. Como si lo hiciera en piloto automático, ella levantó la mano y colocó suavemente la palma sobre la del rey, justo sobre su semen. Sus dedos rodearon los de ella, y levantó su brazo en alto. En el momento en que lo hizo, el murmullo de la multitud volvió.

En el rostro de Caspen se dibujó una sonrisa orgullosa. No se había dicho ni una palabra, pero Tem entendió que había logrado lo imposible.

Tem había obtenido la bendición del rey.

Bastian soltó su mano antes de retirarse entre el público. El siseo se intensificó; era lo único que Tem podía oír, y reverberaba a través de ella como una marea. Miró a Caspen y, cuando sus ojos se encontraron, vio una mezcla salvaje de preocupación, deseo y orgullo feroz. Sabía que Caspen estaba preocupado por ella, pero también sabía lo significativo que era ese momento para él, para ellos.

—Es nuestro turno —dijo él en voz baja—. ¿Puedes continuar?

Tem volvió a asentir. El ritual apenas había comenzado; la bendición del rey era solo la mitad de la batalla. Ella sabía que, en última instancia, buscaba la aprobación del linaje de Caspen, y que ellos tomarían su decisión basándose en todo lo que sucediera después de que ella se acostara con el rey.

—Tú estás al mando, Tem. Yo te obedeceré. ¿Qué quieres que haga?

Ella solo tenía una respuesta:

—Bésame.

Caspen la besó y, en el momento en que lo hizo, Tem se relajó. No había ningún ritual, ni público, ni rey. Solo estaba Caspen, en quien confiaba sin reservas con su cuerpo y su corazón. Se besaron como si fueran las únicas dos personas en la habitación, y bien podrían haberlo sido. Caspen bajó sus manos hasta la parte posterior de las piernas de Tem,



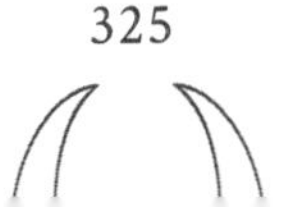

levantándola hasta el borde del altar. Caspen permaneció de pie mientras su pene se deslizaba dentro de ella.

«Tem».

«Caspen».

Se sentía muy bien, como lo correcto. Era como estar en casa.

Tem sabía que podía hacer que Caspen terminara; lo había hecho cientos de veces, pero esta vez tenían que darse prisa, así que le envió una visión tras otra de ella tocándose a sí misma, sola en su habitación, donde él nunca había estado, unas veces usando la garra; otras, sus dedos, mostrándole lo que hacía cuando no estaban juntos. Recordó una y otra vez sus momentos de clímax, sabía que lo abrumarían, que lo llevarían directamente al límite.

Eso también la llevó allí.

—Caspen —gimió. Solo su nombre, nada más.

Caspen salió de ella inmediatamente, encorvando los hombros mientras terminaba en su palma con un gemido urgente. Antes de que Tem tuviera tiempo de respirar, Caspen le dio una fuerte palmada en la cadera, deslizando su mano por toda la pierna y dejando una estela húmeda y resbaladiza a la vista de todos.

No había duda de la aprobación del público. El siseo colectivo se volvió ensordecedor. Tem finalmente apartó la mirada de Caspen y observó a la multitud.

Quedó boquiabierta ante el asombro.

—Caspen —jadeó—. ¿Qué está pasando?

Él siguió su mirada.

Todos los basiliscos estaban teniendo sexo.

Algunos entre ellos, otros consigo mismos. En parejas, en grupos, en pilas sudorosas y revueltas de extremidades. Hombres con mujeres, hombres con hombres, mujeres con mujeres. No había ningún orden en absoluto; Tem nunca había visto algo así. Ya era bastante impactante ver a cientos de personas desnudas a la vez, pero observarlas tener sexo iba mucho más allá de lo que Tem podía comprender. Observó cómo tres mujeres se abalanzaban unas sobre otras con una intensidad que rayaba en la violencia. Había un hombre de rodillas mientras otro le metía su pene en la boca. Otro hombre besaba a una mujer mientras una más se sentaba sobre su pene. Era un caos total y absoluto. Se oía un siseo que reverberaba en una onda continua, que palpitaba con sus movimientos colectivos. Parecía que estaba convirtiéndose en algo que no era únicamente un sonido. Tem sintió que la presión del aire comenzaba a cambiar. Reconoció el olor a humo.

—¿Caspen? —susurró Tem en voz baja.

Él le agarró la cara. Para su sorpresa, tenía los ojos oscuros por el miedo.



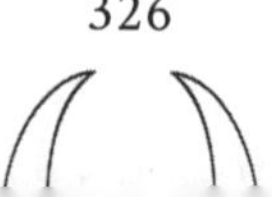

—Tienes que irte —dijo—. Ahora mismo.

—¿Qué? No, no voy a dejarte.

Intentaba separarse de ella. Tem lo rodeó con fuerza con las piernas, acercándolo más contra sí. Ya tenía otra vez el pene erecto.

—Tem, por favor —dijo Caspen desesperado—. Tienes que irte.

—Dime qué está pasando.

—Están a punto de transformarse.

—*¿Todos?*

—No hay tiempo para explicarlo. Debes cerrar los ojos. Y no los abras hasta que yo te lo diga.

—¿Qué? ¿Por qué?

—Cuando terminen, se transformarán. Yo me transformaré.

—No lo entiendo.

—No puedo detenerlo, Tem. Soy uno con ellos. Solo cierra los ojos.

—¿Qué quieres decir con que eres uno con...?

—¡Cierra los ojos, Tem!

Era una orden. Tem cerró los ojos.

El siseo alcanzó un volumen indescriptible, llenándola de adentro hacia afuera, perforando su cráneo con tal intensidad que apenas podía soportarlo. Sus piernas seguían rodeando a Caspen, pero un momento después, fueron forzadas a separarse. Aunque hacía un instante había estado pegada a su piel cálida y húmeda, ahora sentía unas escamas duras que le raspaban las piernas. Caspen estaba encarnando su verdadera forma, justo en ese momento, delante de ella. Pero Tem no podía verlo. Solo podía sentir cómo la forma de su cuerpo cambiaba de humana a... algo distinto. Su temperatura normal era más alta que la de Tem, pero ahora era como si estuviera tocando un tejado de hojalata en pleno verano. La piel de Tem empezó a arder. Se tambaleó hacia atrás, enroscándose sobre sí misma, tratando de no tocar ninguna parte de Caspen. Todo lo que escuchaba era el siseo ensordecedor de la multitud que le destrozaba los tímpanos.

Tem no tenía ni idea de cuánto duraría. El siseo llegó a un *crescendo* atronador, así supo que estaban llegando al clímax. Se tapó los oídos, apagando los rechinidos y todo lo que le erizaba los vellos de la nuca por el miedo ante lo que se avecinaba.

Finalmente, el siseo se detuvo.

—Tem.

Era su nombre.

—Ya puedes abrir los ojos, Tem.

Ella no se movió.

—Abre los ojos para mí.

Tem abrió los ojos.

Al principio, no vio nada más que humo.



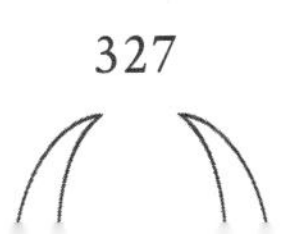

Luego vio a Caspen, su versión humana mirándola. Tem levantó la cabeza. Estaba acurrucada en el altar, acunada en las manos de Kora. El auditorio se estaba vaciando; todos los basiliscos volvían a tener forma humana. Bastian no estaba a la vista.

Tem se incorporó, apoyando las manos en el pecho de Caspen. Tenía la piel caliente.

—¿Estás herido? —le preguntó.

Caspen dejó escapar una risa sorda.

—Tú eres la que me preocupa.

—Estoy bien.

La mirada de Caspen se posó en sus piernas, donde se estaban formando quemaduras rosas. Presionó las palmas contra su piel, curando las quemaduras con una pulsación refrescante.

—Lo siento.

—Estoy bien —repitió Tem.

Él solo negó con la cabeza.

—¿Y ahora qué? —preguntó ella—. ¿Aún tenemos que...?

—Sí —Caspen asintió—. El ritual debe continuar. Es decir, si tú...

—Puedo hacerlo.

Caspen frunció los labios, y en lugar de protestar la tomó con suavidad en sus brazos, la levantó del altar y la dejó en el suelo. Sus dedos tocaron su cintura mientras la guiaba a través de los túneles, y Tem supo que se dirigían a la *suite* donde tendrían sexo hasta medianoche. Quería hacer cientos de preguntas; pero también, conservar su energía, así que le habló mentalmente:

«Todavía no entiendo lo que pasó. ¿Por qué todos se transformaron?».

«El ritual los excitó colectivamente. Cuando eso ocurre, tiene un efecto colmena. Todos nos convertimos en uno, y si uno de nosotros termina, todos lo hacemos».

Tem procesó eso. Era un concepto aterrador.

«Pero ¿por qué sucedió?».

«Por ti».

Tem no podía creer lo que Caspen decía.

«Eso es... bueno, ¿no?».

«Sí. Pero también es peligroso, sobre todo para ti. Si hubieras abierto los ojos...».

«Pero no lo hice. Estoy bien, Caspen».

Él le dio un beso en la sien antes de cambiar de tema.

«¿Estás preparada para lo que viene?».

Tem sabía que lo que vendría después no sería fácil para ella. Pensó en todas las noches que había pasado con Caspen hasta entonces, en cómo siempre la había complacido cuando necesitaba un descanso del sexo.



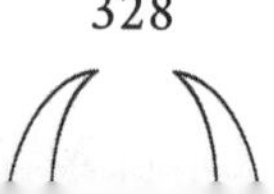

Esta vez no podría ser así. Estaban destinados a tener sexo una y otra vez, sin parar, hasta que el ritual hubiera terminado. No sabía si su cuerpo sería capaz de soportarlo.

«Eso creo».

Era lo mejor que podía ofrecerle. Caspen apretó su cintura con más fuerza.

«Te mantendré a salvo, Tem».

Ella sabía que él lo intentaría. Sin embargo, también sabía lo que acababa de ver: Caspen estaba sujeto a su linaje, a su verdadera forma. No podría reprimir sus instintos para siempre.

Tem quería preguntarle sobre el momento entre él y su padre, sobre el miedo que se había filtrado de su mente a la de ella, pero no parecía el momento adecuado para abordar el tema.

Además, habían llegado a la *suite*.

Ante ellos se abrió una gran habitación con las mismas paredes de piedra que el resto de las cuevas. No tenía techo; Tem podía ver el cielo nocturno. Caspen siguió su mirada.

«Así sabremos cuándo detenernos. Cuando las estrellas indiquen que es medianoche, el ritual habrá terminado».

En el centro de la habitación había una cama grande y de poca altura. No había mantas ni almohadas, solo una sábana de seda negra ajustada.

La cama estaba completamente expuesta; no había ninguna barrera a su alrededor. Pero a diferencia del altar, que fue el punto focal para la audiencia, esto era como una pecera, donde cualquiera podía pasar a su lado en cualquier momento. Los basiliscos ya deambulaban por la *suite*, algunos apoyados contra las paredes, otros sentados en grupos en el suelo.

«¿Estarán observando todo el tiempo?».

«Irán y vendrán a su antojo».

Algunos de los basiliscos estaban a apenas unos metros de la cama.

«Están muy cerca».

Caspen acercó su rostro al de ella.

«Mírame, Tem», le pasó los pulgares por las mejillas. «Mírame solo a mí».

Ella asintió. Si lo mirara solo a él, podría fingir que estaban en sus aposentos, como tantas veces antes. Él seguía dentro de su mente, manteniéndola tranquila mientras se acercaban juntos a la cama. Tem se subió primero, recostándose sobre su espalda y mirando a Caspen, con su rostro enmarcado por las estrellas. Se inclinó, posando primero sus labios en su vientre antes de recorrer su cuerpo con sus besos. En cuanto la tocó, ella se sintió segura.

«Te amo».

Sus palabras acariciaron su mente como un susurro. Tem suspiró debajo de Caspen, abriendo las piernas y dejándolo entrar como siempre hacía.



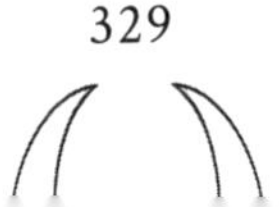

Ya estaba adolorida; sin embargo, también estaba húmeda y recibió su pene con facilidad. Caspen se deslizó hacia adentro y hacia afuera con embestidas pausadas.

«Yo también te amo».

Se movían juntos a un ritmo lento, ignorando todo lo que los rodeaba y concentrándose solo el uno en el otro. Tem notó que Caspen la mantenía debajo de él, como si la estuviera protegiendo.

Cuando ella intentó ponerse encima, él la sujetó.

«Caspen, ¿qué estás haciendo?».

«Estoy tratando de preservar tu privacidad».

«Bueno, pues ya basta».

Tem sintió que Caspen sonreía contra su mejilla.

«Eres humana, Tem. Sé que no estás acostumbrada a que te observen así».

«No necesito que me protejas, Caspen».

«Solo quería hacerlo más fácil».

«Va a ser una noche muy larga si solo tenemos sexo en una posición».

Caspen volvió a sonreír y, esta vez, le permitió rodar para que Tem estuviera encima. Por toda la *suite* resonó un siseo, y ella sintió una repentina punzada de ansiedad al recordar lo que acababa de suceder en el auditorio.

«¿Volverán a transformarse?».

No le gustaba la idea de estar atrapada en una habitación tan pequeña con tantos basiliscos en sus formas reales.

«Es poco probable. El orgasmo en colmena es extremadamente raro. Dos en un día sería algo inaudito».

«¿Qué tan raro?».

«El último fue antes de que yo naciera».

Eso fue una sorpresa para Tem, sobre todo teniendo en cuenta lo sexuales que eran los basiliscos. Pensaba que tenían orgasmos en colmena con frecuencia.

Caspen se sentó, uniendo sus labios a los de ella.

«No tengas miedo».

Tem lo empujó hacia abajo.

«No tengo miedo».

Ella extendió las manos sobre su pecho para centrarse mientras lo montaba. El siseo era constante, pero no aumentaba, y Tem se permitió relajarse. Después de todo, estaban allí por ella. ¿Por qué no verían lo que era capaz de hacer?

Su primer orgasmo se fue gestando poco a poco. A Tem no le importaba tomarse su tiempo cuando sabía que vendrían muchos más. Se tomaba su tiempo deliberadamente, saboreando la forma en que Caspen se



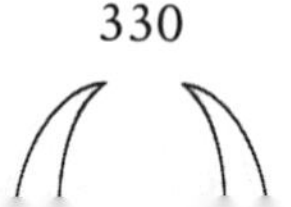

sentía dentro de ella. Sus ojos estaban negros de lujuria, y Tem se preguntó fugazmente si verla teniendo sexo con Bastian habría despertado su lado posesivo, excitándolo aún más. Nada la sorprendería en ese momento; a Tem le había pasado algo similar.

Justo cuando estaba a punto de venirse, Caspen la agarró por la cintura, la levantó y la giró para que montara su pene en la dirección opuesta. Tem se quedó sin aliento ante el repentino cambio. Un momento después, las manos de él se dirigieron a su cabello, echándolo hacia atrás sobre sus hombros y exponiendo sus pechos. Tem comprendió que quería exhibirla, mostrarla a los basiliscos que rodeaban la cama. Tem los observaba mientras ellos hacían lo mismo con ella, disfrutando la forma en que sus ojos recorrían su cuerpo.

Uno de los basiliscos dio un paso adelante, extendió la mano y trató de tocarle la cara.

«¿Caspen? ¿Qué pasa?».

«Quiere tocarte».

«¿Debería dejarlo?».

«Eso depende de ti. Si me lo pides, le diré que no lo haga».

Su respuesta no se hizo esperar:

«No. Déjalo».

Tem observó al basilisco mientras este le acariciaba suavemente la mandíbula con los dedos. Cuando dio un paso atrás, otro basilisco ocupó su lugar. Uno tras otro, los basiliscos se acercaron a ella, tocándola brevemente, sin detenerse nunca, casi como si no quisieran nada más que confirmar que ella era real. Le tocaron la cara, el cabello, los labios. Los hombres eran fuertes y seguros, las mujeres suaves y tiernas. De vez en cuando, una mano se hundía en sus pechos, pero cada vez que eso sucedía, Caspen dejaba escapar un gruñido grave y el basilisco retrocedía.

Tem estaba a punto de venirse. El mero hecho de pensar en hacerlo delante de toda esa gente solo la hacía querer más. Quería demostrarles lo buena que era en eso, lo bien que le había enseñado Caspen.

Los basiliscos seguían tocándola, uno tras otro. Con un sobresalto, Tem reconoció al siguiente basilisco en la fila.

Era Rowe.



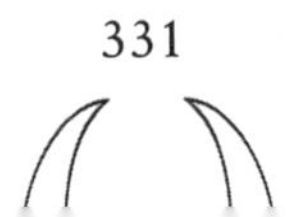

# CAPÍTULO 25

En una fracción de segundo, Caspen se puso de pie. Su pecho golpeó los hombros de Tem mientras sus brazos rodeaban su cintura, deteniendo sus movimientos y sujetándola con fuerza contra él.

«No debería estar aquí. El ritual es solo para mi linaje».

La multitud se apartó para dejar pasar a Rowe cuando se acercó a la cama, sin apartar los ojos de Tem. La *suite* estaba en silencio; el siseo había cesado por completo.

Detrás de ella, Tem podía sentir cómo aumentaba la temperatura de Caspen. Rezaba para que no se transformara mientras estuviera dentro de ella.

Rowe se detuvo a los pies de la cama. Levantó la mano lentamente.

Caspen la apretó aún más fuerte. La habitación estaba tan silenciosa que Tem podía oír su propio corazón latiendo frenéticamente contra sus costillas. Los ojos de Rowe se dirigieron a los de Caspen. Se miraron fijamente durante un largo momento, y Tem supo que debían estar hablando mentalmente.

La mirada de Rowe se desvió hacia ella.

Tem se quedó completamente quieta mientras él pasaba la yema de uno de sus dedos por debajo de su barbilla, levantando su cabeza hacia él. Cuando su cuello se arqueó por completo, él se detuvo.

—Ella te lleva muy bien —susurró Rowe.

Caspen rodeó su cuello con los dedos y la apartó de su alcance.

—No toques lo que es mío.

En los labios de Rowe se dibujó una sonrisa. Era una sonrisa fría, carente de todo menos de malicia.

Miró a Tem directamente a los ojos y dijo:

—Espero que te rompa.

Antes de que Tem pudiera pensar en una respuesta, Rowe dio un paso atrás y desapareció en las sombras.

Tem miró a Caspen en busca de orientación mientras volvía el siseo colectivo de la multitud. Estaba mirando a Rowe, con la mandíbula apretada. Tem le tocó la cara con suavidad, dirigiendo su mirada hacia ella.

—Caspen —susurró—. Mírame solo a mí.

Al oír sus palabras, Caspen se relajó. Aflojó su mano alrededor de su cuello y la tensión abandonó su pecho. La levantó una vez más, dándole la vuelta para que quedara frente a él. Tem movió las caderas con determinación, sabiendo que esta vez no los interrumpirían. La oleada en su interior comenzó a crecer cuando los dedos de Caspen llegaron a su clítoris, aplicando presión donde más lo necesitaba.

«Caspen, estoy...», gritó ella.

Antes de que pudiera concluir su pensamiento, terminó.

Caspen también lo hizo, eyaculando dentro de Tem mientras acercaba rápidamente sus caderas a las suyas. Sintió cómo sus fluidos se unían a los de ella, extendiéndose por sus piernas y goteando sobre la sábana. Había dominio en cómo la agarraba. La forma en que Caspen la sujetaba le decía a todos que ella era suya, que le pertenecía. Tem se entregó a ello, dejándolo embestirla tan fuerte como quisiera, dejándolo marcarla de la forma que quisiera.

Tuvieron sexo otra vez. Y otra y otra vez.

Cada vez que Caspen se venía, volvía a ponerse duro al cabo de unos momentos. Había veces en las que ni siquiera se molestaba en salir de Tem. Tuvieron sexo durante horas, al final la cama quedó empapada de sus fluidos. En algún momento, dos basiliscos dieron un paso adelante, y Caspen continuó penetrando a Tem de pie mientras cambiaban la sábana de seda.

La multitud fluía y volvía a fluir. Los basiliscos iban y venían, observando durante unos segundos o durante horas. Algunos se tocaban y otros simplemente miraban sin pestañear. Era tan estimulante que llegaba a distraer. A veces, Tem se descubría mirándolos mientras ellos la miraban a ella, contemplando el interminable desfile de hermosos cuerpos desnudos.

Solo una persona se quedó durante todo el ritual.

Bastian se quedó a un lado, lejos de la cama. Nunca se tocó, aunque tenía una erección evidente. Simplemente se quedó allí en silencio, concentrado en Tem. Cada vez que ella se sorprendía mirándolo, volvía la mirada hacia Caspen, perdiéndose en sus ojos, que se volvían más negros con cada orgasmo.

Estaba empezando a transformarse.

No había duda de cómo las escamas comenzaban a endurecer su piel. Se extendían lenta pero inexorablemente sobre su pecho en ondas irregulares, multiplicándose a cada instante. No había forma de detenerlas, ni de revertirlas. Por fin habían llegado al punto que Caspen siempre había temido. Caspen se estaba volviendo más agresivo: sus manos apretaban



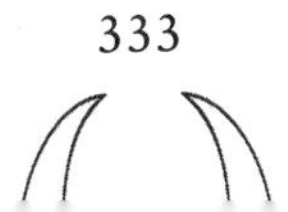

los pechos de Tem, su cuello, sus nalgas. Sus dedos se enredaban en su cabello, sosteniendo su boca directamente sobre la suya mientras la dominaba.

Las estrellas se movían con lentitud por el cielo sobre ellos, pero no lo suficientemente rápido. Después de un clímax particularmente intenso, Caspen acunó el rostro de Tem entre sus palmas.

«Sangrarás si seguimos como hasta ahora».

«Entonces cúrame».

«No. No te haré daño solo porque puedo curarte».

«No me importa, Caspen».

«A mí sí».

Tem sabía que Caspen estaba preocupado por ella. No obstante, bajo esa preocupación se escondía el deseo insaciable que había llegado a reconocer en él. Sabía que en algún momento, no muy lejano, no podría detenerse aunque lo intentara. Recordó lo que vio cuando se infiltró en su mente. Era adicto a ella: todo lo que hacía lo excitaba, e incluso cuando ella sufría, eso solo lo excitaba más, su instinto de basilisco se apoderaba de la parte de él que quería mantenerla a salvo.

Podía ver lo difícil que le resultaba contenerse, cómo no podía mirarla durante demasiado tiempo, especialmente cuando ella estaba encima, lo cerca que estaba de perder el control con cada embestida. Era solo cuestión de tiempo para que Caspen se rindiera y la poseyera como realmente quería.

«Solo hiéreme, Caspen».

«No».

«No hay otra manera».

«La encontraré».

«¿Cómo?».

«Seré cuidadoso».

Pero Caspen no podía ser cuidadoso. Cada vez que sus ojos se encontraban, Tem prácticamente podía sentir su hambre. Las escamas de sus hombros se estaban extendiendo, su piel era abrasadora al tacto. Podía saborear el humo en su lengua. Caspen se transformaba ante ella, su cuerpo adoptaba su verdadera forma en contra de su voluntad. Nadie, ni siquiera él mismo, con su incomparable autocontrol, podía cambiar su naturaleza fundamental. Tem estaba lista para discutir de nuevo, pero antes de que pudiera hacerlo, Bastian dio un paso adelante.

Tem se quedó paralizada mientras padre e hijo se miraban fijamente una vez más.

Su corazón dio un vuelco ante la expectativa. ¿Habría algún problema? ¿Habrían hecho algo mal? ¿Ya habría terminado el ritual? Tem observó el cielo. Aún no era medianoche. Miró a Caspen, pero su rostro no revelaba



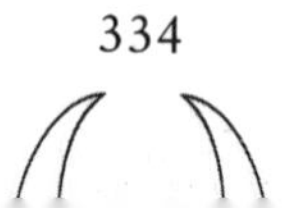

nada. Al cabo de un momento, Bastian volvió a retroceder, cruzó los brazos y se apoyó una vez más en la pared.

«¿Qué dijo?».

«Los ojos de Caspen se encontraron con los de Tem».

«Nos falta una hora».

Tem sintió un nudo en el estómago. Una hora.

Era demasiado tiempo. Conocía su cuerpo; no podía aguantar otra hora así.

«Intentaré ser delicado, Tem. Pero yo...».

Caspen no terminó la frase, pero Tem lo hizo por él:

«Pero no puedes».

Aún la embestía lentamente, aún intentaba resistirse. Enterró la cabeza en su hombro; ya ni siquiera podía mirarla. Tem podía sentir los latidos del corazón de Caspen, que por lo regular eran muy lentos y constantes, golpeando erráticamente contra su propio pecho.

Estaba luchando, pero perdía.

El cuerpo de Caspen se negaba a obedecer; el monstruo que llevaba dentro se moría por salir. Tem apoyó las palmas de las manos sobre sus hombros. Él tenía la piel al rojo vivo.

«Lastímame, Caspen».

«No».

«Aunque seas cuidadoso, no voy a resistir».

Él sacudió la cabeza. No obstante, ambos sabían que Tem tenía razón.

«Lastímame, Caspen, y luego cúrame. Es la única manera».

«No puedo».

«No tienes elección».

«No lo haré».

Pero no era cuestión de voluntad.

«Confío en ti, Caspen».

Era cierto. No había nadie en quien confiara más.

La multitud de basiliscos había aumentado. Tem no se sorprendió; después de todo, se trataba del gran final. Esa última hora determinaría si todo había valido la pena, si Tem valía la pena.

Caspen se puso encima de ella. Tem sabía que era su forma de protegerla de sí mismo. De esa manera, su cuerpo estaba cubierto, ya no estaba a la vista y Caspen podía controlar el ritmo. Tem escuchó un pensamiento particular, desesperado y deliberado en la mente de Caspen:

«Mantenla a salvo».

Se aferró a ello como a una balsa salvavidas, sincronizando sus embestidas con su ritmo, repitiéndolo una y otra vez. Era una solución temporal; nada podía evitar lo que estaba por venir. Caspen la empujaba contra el colchón, su piel la quemaba viva. A pesar de estar empapada, Tem sentía



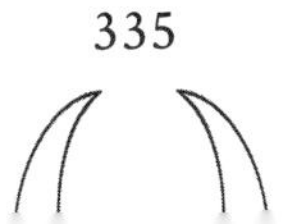

como si se estirara para recibir su pene, como si Caspen estuviera creciendo dentro de ella. Ya no se sentía como siempre. Ahora era más duro. Tem recordó la primera vez que lo acarició en la cueva, cómo le sangró la mano.

«Mantenla a salvo. Mantenla a salvo. Mantenla a salvo».

Incluso la presencia de Caspen en su mente estaba cambiando, pasando de ser algo que parecía humano a algo completamente ajeno a Tem, algo animal y salvaje. Le carcomía los bordes del cerebro, nublaba su visión y consumía su conciencia con su insaciable hambre, aplastándola y asfixiándola.

El pene de Caspen estaba duro, firme y estriado, se estaba convirtiendo en algo demasiado grande para el cuerpo de Tem. La estaba estirando, forzando sus piernas a abrirse más allá de lo cómodo, mucho más allá de lo que sus caderas podían soportar de forma natural. La sangre se mezcló con sus fluidos.

La delgada línea entre el dolor y el placer se difuminó hasta desaparecer y ambas sensaciones se entrelazaron en su cuerpo y su mente en algo indistinguible.

«Mantenla a salvo».

Pero Tem se estaba desvaneciendo. Había sido un día demasiado largo; había pasado por demasiado.

Tras horas de sexo, estaba exhausta y se estaba convirtiendo en apenas un cascarón de sí misma.

«Mantenla. A. Salvo».

El cuerpo de Tem se esforzaba por recibirlo, pero era imposible. Caspen la estaba destrozando, rompiéndola, tal y como lo había deseado Rowe. Cada vez que él salía de ella, las crestas de su pene la desgarraban antes de volver a penetrarla. La sangre de Tem estaba por todas partes. Cerró los ojos para protegerse de las oleadas de pánico que la oprimían como una tenaza.

Entonces, con un crujido horrible, Tem sintió que su pelvis se rompía. El dolor fue tan intenso que gritó.

Al oír su grito, Caspen se acercó con un rugido salvaje, que le destrozó los tímpanos a Tem y agrietó las paredes de piedra de la *suite*. Liberó una oleada de energía tan poderosa que los basiliscos que los rodeaban se arrodillaron al unísono, inclinando de inmediato la cabeza hacia el suelo.

Lo último que vio Tem antes de desmayarse fue a Bastian caminando hacia ellos una vez más.

La presencia de Caspen volvió poco a poco a su mente, filtrándose en su cráneo como el agua. Apenas escuchó la primera vez que susurró su nombre:



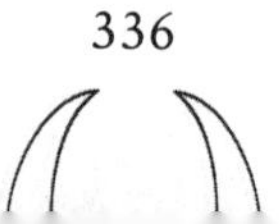

«Tem».

No fue hasta que volvió a hablar que su voz se volvió más clara: «Por favor, Tem. Vuelve a mí».

Tem abrió los ojos.

Miró el rostro oscuro y preocupado de Caspen. Lo único que reconocía era el dolor.

—Quítamelo —suplicó y sus palabras fueron apenas un susurro—. Caspen, por favor.

Tan pronto como pronunció esas palabras, Tem sintió que el dolor se calmaba y jadeó de alivio. Fue disminuyendo de forma constante a medida que su cuerpo se volvía a unir. Nada la había hecho sentir tan bien en toda su vida. Sintió un gran alivio cuando el dolor en su pelvis desapareció y los huesos de su cadera se realinearon.

Tem intentó incorporarse, pero Caspen la sujetó de inmediato.

—Quédate quieta —dijo con la voz tensa por el miedo.

Tem dejó que su cabeza cayera hacia atrás sobre el colchón. Seguían en la *suite,* rodeados de basiliscos. Un destello de luz estelar iluminó su rostro.

Era medianoche.

Caspen la tomó en sus brazos y la levantó. Nadie los detuvo.

La cargó así a través de los túneles, hasta llegar a sus aposentos. Cuando la acostó con suavidad en su cama, Tem vio sangre en las piernas de él y supo que era suya.

—Lo siento —dijo ella con voz ronca.

Caspen negó con la cabeza.

—¿Cuándo aprenderás que no tienes nada de qué disculparte? *Yo* lo siento.

Tem solo pudo asentir.

Caspen desapareció un momento antes de regresar con un paño limpio. Le abrió las piernas con cuidado y empezó a limpiar la sangre de sus piernas. Tem lo observó mientras lo hacía y a pesar de su agotamiento, la sorprendió su ternura. El paño estaba caliente y suave. La limpió por completo y, cuando terminó, se lo pasó por sus piernas para eliminar los últimos rastros del ritual.

Luego la miró.

—¿Quieres que te traiga algo, Tem?

—No.

—¿Estás segura?

—Solo te quiero a ti.

Él torció la boca. Se metió a la cama junto a ella y la estrechó entre sus brazos.

—Me tienes.



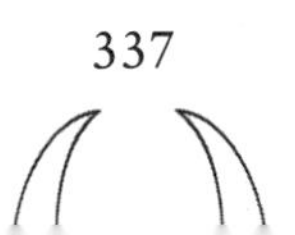

En respuesta, ella lo besó y, durante un rato, eso fue todo lo que hicieron. Sin embargo, al final Tem envolvió sus piernas alrededor de él. Y recorrió su pene suavemente con los dedos, acariciándolo entre sus piernas.

—Tem —murmuró Caspen—. Se acabó. Deberías dormir.

Pero ella negó con la cabeza.

—Por favor.

Caspen suspiró.

—No puedo decirte que no, Tem.

—Entonces no lo hagas.

Volvieron a tener sexo. Solo ellos dos, solos, sin nadie mirando. Lo hicieron lentamente, sin prisa ni límite de tiempo. Se detuvieron varias veces para besarse antes de volver a empezar.

Caspen acarició con suavidad cada centímetro de la piel de Tem, besando su cuello, sus muñecas, su clavícula. Besó cada una de las yemas de sus dedos, una por una; y luego, las pecas de las palmas de sus manos. Ya había curado sus heridas, pero era como si las estuviera sanando de nuevo con pulsaciones refrescantes de su magia dondequiera que su piel tocaba la de ella.

Tem no creía que pudiera volver a alcanzar el clímax. Sin embargo, de alguna manera, con Caspen embistiendo lentamente entre sus piernas, sintió que volvía a aproximarse a él.

—Caspen —susurró ella.

—Tem —murmuró él a su vez.

Tem terminó. Un momento después, también Caspen lo hizo. Ella se quedó dormida mientras él todavía estaba en su interior. Tem despertó en una especie de niebla.

Su mente estaba cansada; su cuerpo, aún más. Era como si la hubiera atropellado un carruaje. En cuanto abrió los ojos, vio que Caspen ya estaba despierto, observándola.

—Tem. —Su voz era grave y esperanzada—. ¿Cómo te sientes?

Ella gimió en respuesta. Sentía dolor por todas partes: le dolía la espalda y las caderas.

Por un momento, no supo dónde estaba.

Entonces lo recordó.

Los acontecimientos de la noche anterior la invadieron en una oleada implacable, amenazando con desbordarla. Recordó el auditorio, el altar, el cuerpo del rey debajo del suyo. Evocó cada vez que Caspen la penetraba en la *suite* pública y cómo, al final, casi se partía por la mitad.

—Tem. —Su voz volvió a ella, con mayor urgencia—. Por favor, respóndeme. ¿Sientes algún dolor?

Ella solo pudo asentir.



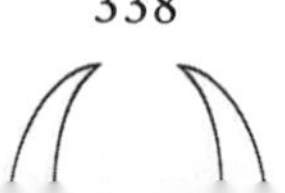

Ante su respuesta, Caspen se incorporó. Colocó la palma de su mano sobre su abdomen y cerró los ojos. Hubo una vibración fría y, al instante, los dolores desaparecieron. Tem se sintió físicamente mejor de inmediato, pero sabía que él no podía hacer nada para aliviar el agotamiento emocional que nublaba su cerebro como el humo.

—Caspen —susurró—. ¿Fui suficiente?

Él abrió los ojos y la miró con una reverencia infinita.

—Fuiste más que suficiente. Fuiste extraordinaria.

Tem sentía como si alguien le apretara los pulmones.

—Pero cuando volvimos aquí…

Se quedó callada. Caspen la llevó de vuelta a sus aposentos cuando el ritual terminó. El recuerdo del viaje era borroso, pero ella sabía que no se había imaginado a la basilisco rubia que se burló de ella en la oscuridad del túnel, y en definitiva no se había imaginado lo que la mujer le dijo a Caspen:

—Una compañera que debe ser llevada a la cama como una niña, sangrando y rota. ¿Es ella a quien el príncipe considera digna?

Caspen respondió de inmediato:

—El rey la considera digna, un honor del que tú no puedes presumir.

El intercambio duró apenas unos segundos, pero las palabras se grabaron en el corazón de Tem y supo que nunca las olvidaría.

Los ojos de Caspen se clavaron en los suyos.

—Eso no fue nada, Tem.

—Fue la verdad —respondió en voz baja.

—No fue nada. Palabras de celos de un alma celosa.

—¿Quién es ella?

Entonces Caspen desvió la mirada.

Tem le agarró la barbilla, acercando su cara a la suya mientras decía:

—No puedes guardarme secretos.

Caspen la miró a los ojos. El fragmento de su frase que no dijo quedó flotando en el aire entre ellos: «No después de lo que acabo de hacer por ti». Caspen sabía que eso era cierto tanto como Tem. Respiró profundamente antes de decir:

—Se llama Adelaide. Pertenece al linaje de los Seneca. Tenemos… una historia.

Tem sabía tan bien como cualquiera lo que significaba «una historia». Significaba que se habían acostado y que Adelaide lo satisfizo más de lo que Tem jamás podría.

—¿La amabas?

—No.

Ella lo miró a los ojos y supo que decía la verdad, pero eso no hizo que doliera menos.



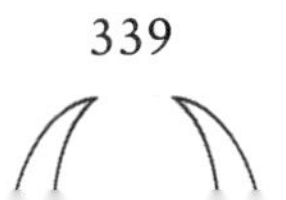

—Entonces, ¿por qué está tan enojada?

—Nuestros valores no coinciden.

—¿En qué sentido?

Caspen suspiró.

—¿Tenemos que hablar de esto, Tem? Acabas de pasar por…

—Sí. Tenemos que hacerlo.

Él volvió a suspirar, mirándola con exasperación.

—Adelaide no cree que los basiliscos deban aparearse con los humanos. En general, los Seneca no están de acuerdo. Ella tiene… reservas… sobre nuestra unión.

—Me odia.

Caspen encogió los hombros.

—No te conoce lo suficiente como para odiarte. Pero sí, a ella… no le agradas.

—A ella le agradas tú.

—No. Te lo juro, Tem. No fue así entre nosotros.

—¿Así cómo?

—Como lo que hay entre tú y yo. Nunca fue real.

—Pero fue físico.

Por lo que pareció la centésima vez, Caspen suspiró.

—Sí, Tem. Fue físico. Pero no importaba. Ella no importaba. Si eliges enojarte por todas las personas con las que me he acostado, tus celos no tendrán fin.

Tem reculó. Ante su reacción, en el rostro de Caspen se reflejó un instante de arrepentimiento.

—No digo eso para herirte. Simplemente es la verdad. —Hizo una pausa y su pulgar rozó el hueso de la cadera de Tem—. Sabes quién soy.

Sí, Tem sabía quién era él: un príncipe, el futuro rey y el prospecto más deseado bajo la montaña.

—Ella es una mejor pareja —susurró.

—No. No lo es.

—Ella es un basilisco.

—Eso no la convierte en una mejor pareja.

—Pero…

—Tem. —Le apretó la cadera con la mano—. ¿Te aparearías con un hombre simplemente porque es humano?

—Nosotros no lo llamamos apareamiento.

Caspen dejó escapar un suspiro de exasperación.

—Estoy haciendo una comparación. Que ella sea un basilisco no significa que seamos compatibles.

Ambos guardaron silencio. Sus palabras tenían sentido, pero no había lógica en sus emociones y era imposible que Tem no se sintiera insegura.



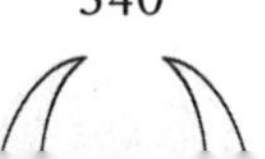

—¿Qué puedo decir para que me creas? —susurró Caspen.

Ahora fue Tem quien suspiró. No había nada que pudiera decir y ambos lo sabían.

—Tem —continuó él—, tienes la bendición del rey.

Ella le lanzó una mirada.

—Y la mía. —Caspen posó sus labios en el hombro de ella—. Te reverencio.

Tem dejó que asomara un pequeño destello de orgullo. Sabía que su cuerpo sufriría las consecuencias de la noche anterior durante mucho tiempo. Pero había valido la pena.

—¿Tu linaje me aceptará?

Caspen volvió a besar su piel.

—Si saben lo que les conviene.

—¿Cuándo tomarán una decisión?

—Probablemente ya la tomaron. Hoy hablaré con mi padre.

—Pero ¿qué pasará si…?

—Tem —dijo él con dulzurza, acercándola hacia sí—. Basta. No hay nada más que puedas hacer.

Ella se quedó en silencio, contenta simplemente de respirar por un rato. Se sentía bien estar allí acostada, sin hacer nada más que sentir los brazos de Caspen a su alrededor.

Sus labios estaban junto a su oreja y él murmuró:

—¿Puedo hacer cualquier cosa por ti?

Tem meditó la pregunta. Caspen nunca le había consultado eso antes y no estaba muy segura de cómo responder. En lugar de hablar, apoyó su palma contra su pecho, deslizando lentamente sus dedos por su torso.

Caspen agarró su mano, deteniéndola antes de que pudiera bajar más.

—Cualquier cosa menos eso, Tem.

La vergüenza la atravesó.

—¿No me deseas? —susurró.

—Por supuesto que te deseo. —Entrelazó sus dedos con los de ella. —Simplemente estoy siguiendo la tradición.

—No más tradición —se quejó Tem.

Caspen rio entre dientes.

—Esta es bastante aburrida. No debemos tener relaciones sexuales el día después del ritual.

—Oh.

Por primera vez, una tradición razonable.

—En ese caso, debería volver a la granja.

Tem intentó sentarse, pero Caspen la rodeó con sus brazos.

—Quédate quieta —dijo—. Necesitas descansar.

—Estoy bien —insistió.



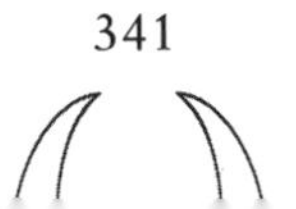

Los labios de Caspen se crisparon.

—Eres terca.

Permanecieron en silencio un momento más.

Pero Tem no podía quedarse allí para siempre. Era cierto que tenía que volver a la granja, de lo contrario su madre se preocuparía. Por otra parte, aún quedaba algo más con lo que lidiar.

El baile.

A Tem le pareció extraño que Caspen no mencionara el evento ni el hecho de que ella podría mudarse al castillo al final de la semana. Seguro que eso tendría algún impacto en su compromiso. Seguro que le importaba.

—Caspen —dijo lentamente con su aliento en la mejilla de él.

—Tem.

—¿Qué pasará con nosotros?

—¿Cuándo?

Tem le lanzó una mirada. Estaba segura de que Caspen sabía a qué se refería, pero había evitado la verdad a propósito. Tem lo aclaró de todos modos.

—Cuando el príncipe elija quién se mudará al castillo.

—Él te elegirá.

La pregunta que él respondió no era la que Tem había hecho. Ella sintió una punzada de fastidio ante su evasión.

—¿Cómo puedes estar seguro?

Caspen sonrió con tristeza.

—Porque eres perfecta.

—Si soy perfecta, es porque tú me hiciste así.

Caspen le sujeto la barbilla suavemente con la mano y la miró a los ojos mientras decía:

—Ya eras perfecta.

Eran palabras hermosas, pero Tem no se dejaría seducir por ellas.

—Responde la pregunta. ¿Qué pasará con nosotros?

Caspen se sentó. Tem hizo lo mismo, con la mano en la gran pendiente de su hombro y sus labios a centímetros de distancia. Cuando estudió su rostro, no pudo evitar compararlo con el de Bastian. Podía ver cómo Caspen envejecería con el tiempo, cómo sus pómulos se afilarían y su cabello se teñiría de plata.

—No sé qué pasará —dijo al fin—. Primero debe aceptarte mi linaje. Si lo hacen, podemos discutir lo que vendrá después.

—Quiero discutirlo ahora.

Caspen se puso de pie y se acercó a la chimenea. Tem permaneció en la cama, observándolo mientras él miraba fijamente las llamas. Los músculos de su espalda se tensaron cuando cruzó los brazos.

Se giró hacia ella.



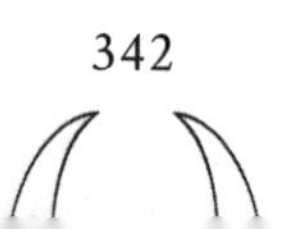

—Cuando el príncipe te elija, te mudarás al castillo con las dos últimas chicas.

—¿Qué?

Tem esperaba que Caspen luchara por ella, que insistiera en que abandonara la competencia.

Sus ojos se encontraron con los de ella mientras continuaba.

—Irás al castillo y te quedarás allí hasta que el príncipe decida casarse contigo.

—Pero ¿por qué?

Él volvió a mirar el fuego.

Tem se puso de pie y se acercó a él.

—¿Por qué me hiciste pasar por el ritual si no tienes intención de estar conmigo?

—Tengo toda la intención de estar contigo, Tem, pero mi mundo es peligroso.

—Siempre ha sido así.

—Tem. —Su voz se volvió más grave—. Yo soy peligroso.

El ritual había sido traumático para Tem. No obstante, de pronto pensó que pudo ser igual de traumático para Caspen. Él fue quien tuvo que mirar su cuerpo destrozado y saber que había sido él quien la había roto.

Tem le tocó el brazo.

—Estoy bien, Caspen.

Puso su mano sobre la de ella.

—Una herida curada siempre deja una cicatriz.

Tem entendió lo que decía: que aunque él había curado su cuerpo, el recuerdo del ritual seguramente los perseguiría durante mucho tiempo. Pero se había acabado; lo habían superado. No había vuelta atrás. Solo existía el futuro, y Tem necesitaba saber cómo lo pasarían.

—¿Nunca estaremos juntos?

Caspen la apretó con más fuerza.

—Hay circunstancias que rodean nuestra unión que no puedes comprender.

—Entonces explícamelas.

—Tem —suspiró—. Yo no...

—¿Deseas hablar de esto? —lo interrumpió, alejándolo—. No quiero volver a oírte decir eso. Hablarás de cualquier cosa que te pida, y lo harás ahora mismo.

Caspen suspiró.

Sabía tan bien como Tem que el momento de protegerla había pasado. Ahora ella estaba en medio de esto, y merecía saber todo. No habría más secretos entre ellos. Tem necesitaba la verdad y no se conformaría con menos nunca más.



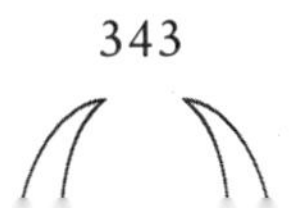

—Me he ganado el derecho a la honestidad, Caspen.

Sus ojos se encontraron con los de ella.

—La tienes.

Pasó un largo momento antes de que él hablara, pero finalmente dijo:

—Las cosas son… difíciles en este momento entre los linajes.

—¿Difíciles cómo?

—Hay rumores de un golpe de Estado.

—¿Contra el rey?

Caspen asintió.

—Sí. Y por extensión, contra mí.

—¿Contra ti?

—Yo soy quien poseyó al padre de Rowe. Allané el camino para que mi propio padre fuera rey.

—Si saben que habrá un golpe de Estado, ¿por qué no hacen algo al respecto?

—Estamos haciendo algo al respecto. Esta noche hay una reunión del concejo. Mi padre intentará hacer las paces.

—¿Cómo?

—El golpe de Estado no es el único factor en juego. Los linajes siempre han tenido sus problemas, no obstante, estamos unidos contra un enemigo común.

No tuvo que especificar quién era ese enemigo, Tem ya lo sabía.

Caspen continuó:

—Mi padre tiene un plan para derrocar a la realeza. Espera que, al hacerlo, se reprima la rebelión dentro de nuestras propias filas. Si los Drakon derrotan a los humanos, los Seneca se alinearán.

Tem sintió una punzada de miedo y se dio cuenta de que era por Leo. Ya había fricción entre los basiliscos y los humanos. Si Bastian planeaba avivar esa fricción hasta convertirla en fuego, el príncipe humano sería el objetivo obvio.

—¿Y exactamente cuál es el plan de tu padre?

—La respuesta es… complicada.

—¿Por qué?

—Porque te involucra.

—¿A mí?

—Sí.

—Pero ¿cómo?

Caspen la agarró por la cintura. No fue un gesto suave, la sujetó como si tuviera miedo de que pudiera huir. La miró a los ojos durante un largo instante antes de preguntarle en voz baja:

—¿Te has preguntado alguna vez por qué no puedes mentir, Tem?

Ella parpadeó.



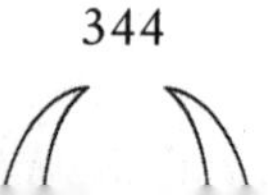

—¿Disculpa?

—Incluso cuando la situación lo exige, incluso cuando tu vida depende de ello, siempre dices la verdad. ¿Me equivoco?

Tem se burló.

—Por supuesto que no me gusta mentir, a nadie le gusta.

—No es que no te guste mentir. Es que no puedes.

Tem pensó en todas las veces que había mentido y en lo difícil que le había resultado, en cómo se le había hecho un nudo en la garganta y apenas podía pronunciar las palabras. Pensó en cuando Leo le había preguntado si amaba a Caspen, en cómo su respuesta le había dolido físicamente.

Caspen la acercó más.

—Mentir es casi imposible para un basilisco. Nos cuesta algo hacerlo.

Tem miró a Caspen, que la contemplaba como si se estuviera preparando para el impacto.

—¿Por qué me dices esto? —susurró.

—Hace veinte años, una chica abandonó el proceso de entrenamiento. Estaba embarazada de su basilisco.

Tem ya sabía a dónde iba aquello, lo sabía en sus huesos. Sin embargo, susurró:

—No.

—Sí —insistió Caspen—. Sí, Tem.

Ella quería taparse los oídos, quería hacer cualquier cosa menos escuchar lo siguiente que salió de la boca de Caspen.

—Fue tu madre quien abandonó el entrenamiento.



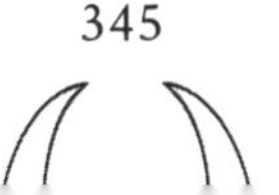

# CAPÍTULO 26

—Eso es imposible.

Incluso mientras Tem lo decía, recordó la conversación que tuvo con su madre apenas unos días antes:

«¿Por qué dejaste a papá?».

«Lo dejé porque no podíamos estar juntos».

«¿Por qué no?».

«Su familia no lo permitía».

Tem asumió que eso significaba que la familia de su padre rechazaba su ocupación; sin embargo, ahora se preguntaba si eso quería decir que su madre se enfrentó a los mismos obstáculos que ella, al mismo ritual. Quizá su basilisco no la apoyó tanto como Caspen. Quizás él la había expulsado. O tal vez su linaje ni siquiera le dio a su madre la oportunidad de demostrar su valía como lo habían hecho los Drakon. Su madre se convirtió en avicultora, se rodeó de gallos, lo único que la protegería de las serpientes. Hizo todo lo posible para asegurarse de que nunca más la lastimaran. Tem miró fijamente el pecho de Caspen.

—¿Estás diciendo que conoces a mi padre? —susurró.

Hubo un silencio significativo.

—Sí.

La rabia se arremolinó en su interior.

—¿Dónde está? ¿Está *aquí*?

Caspen negó con la cabeza.

—No, Tem. Él… desapareció.

El corazón de Tem casi se detuvo.

Recordó el memorial: los nombres grabados de los basiliscos encerrados en las profundidades del castillo, los prisioneros que fueron obligados a dar su sangre para que la realeza pudiera mantener sus riquezas. Recordó la voz que escuchó en el castillo, la que pedía ayuda a gritos.

Su padre.

—Pero soy humana, Caspen. Mírame. —Tem se señaló a sí misma—: soy *humana.*

—Solo lo pareces, Tem.

Tem lo señaló.

—Tú también lo pareces.

—Mi forma humana es simplemente una ilusión. No significa que sea en parte humano.

Tem se llevó las manos a la cara. Era demasiado. No podía imaginarse a sí misma como algo que no fuera humano.

¿O sí podía?

Tem siempre se había sentido fuera de lugar, como si usara la ropa equivocada. Siempre había odiado la granja, siempre había detestado el sonido de los gallos. La irritaba a nivel molecular, a nivel *instintivo.* Siempre había querido algo más de su vida, algo mejor. Pero nunca imaginó esto.

Miró a Caspen y su determinación se afianzó.

—Lo sabías.

Caspen negó con la cabeza.

—Solo lo sospechaba.

—Al principio tal vez, pero después lo supiste. Y no me lo dijiste.

—Te lo estoy diciendo ahora.

—Eso no es suficiente.

Tem dio un paso atrás. No podía soportar mirarlo. Estaba harta de sus evasivas, de sus medias verdades, de sus retorcidos esfuerzos por mantenerla a oscuras. Tem siempre era la última en enterarse. Ni siquiera sabía eso tan importante y fundamental sobre sí misma. Era la última a la que besaban, la última en acostarse con alguien. «¿Conoces tu propia anatomía?», le preguntó Caspen alguna vez. Parecía que no.

—¿Hace cuánto tiempo lo sabes, Caspen?

No respondió.

—Cuánto. Tiempo.

El silencio se prolongó una eternidad. Finalmente, Caspen le tomó las manos y las giró para que sus pecas captaran la luz del fuego.

—Esta es una característica distintiva —susurró—. Incluso entre los basiliscos. No fue una coincidencia que tú, una humana, tuvieras algo tan raro. Tu padre también las tiene. Fue entonces cuando sospeché que eras de raza híbrida.

*Raza híbrida.* Mitad humana, mitad basilisco.

Tem había oído las historias como todo el mundo: que tal criatura existía. Pero eran historias, nada más. Se suponía que la raza híbrida no era real. Se suponía que ella no era eso.

—Cuando te hablé usando mi mente, fue cuando lo supe con certeza



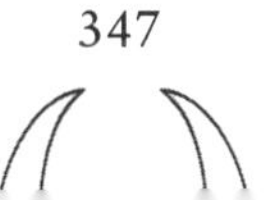

—terminó Caspen en voz baja—. Solo los basiliscos pueden comunicarse entre sí de esa manera.

Tem miró sus palmas pecosas. Entonces se dio cuenta de que tenían un patrón. En todos esos años, nunca se había percatado de que tenía exactamente doce pecas en cada palma, repartidas uniformemente, con tres pecas debajo de cada dedo, excepto en los pulgares.

Tem negó con la cabeza. Apartó sus manos de las de Caspen.

—¿Por qué no me lo dijiste antes?

—Porque no quería asustarte.

—Claro —espetó ella—. Porque ambos sabemos que me asusto con facilidad.

—Tem… —Él intentó volver a alcanzarla, pero ella le apartó las manos de un manotazo.

—No lo hagas.

Hubo un silencio mientras se miraban fijamente y Tem sintió que una ira, una rabia verdadera e imparable, comenzaba a fluir a través de ella. Tenía el pecho oprimido, le costaba respirar. Luchó por mantener la calma, e hizo su siguiente pregunta con los puños apretados.

—¿Por qué me obligaste a hacer el ritual si ni siquiera soy humana?

—Yo no te obligué…

—Sabes a qué me refiero.

El rostro de Caspen estaba demacrado. Le dolía verla así, pero a ella no le importaba.

—Solo los humanos deben someterse al ritual. Así nadie sospecharía que eres otra cosa.

Para su sorpresa, su respuesta la satisfizo. ¿Qué mejor manera de convencer a todos de que era humana que someterla a un ritual que solo los humanos debían realizar? Pero seguía sin entender por qué lo había hecho.

—¿Por qué querrías que todos pensaran que soy humana?

—Para protegerte, Tem.

—¿De qué?

—De *todo*. —Abrió los brazos—. De mi padre. De mi mundo. De mi linaje. Si descubren que eres de raza híbrida, ellos…

Pero se interrumpió. Ahora era su turno de tomarse un momento para serenarse. Tem esperó impaciente que continuara. Cuando lo hizo, su voz era débil.

—Fui un tonto, Tem. —Se acercó más—. Pensé que podía protegerte, pero empeoré infinitamente las cosas.

Tem frunció el ceño.

—¿Cómo?

—Mi padre tuvo acceso a tu mente durante el ritual. Sabe lo que eres.

Tem recordó cómo Bastian le dijo que terminara primero. Pensó en

el momento que siguió, entre padre e hijo, cómo Caspen dijo: «No lo permitiré».

—Caspen —dijo con convicción—, ¿qué quiere tu padre de mí?

Él cerró los ojos. Por una vez, Tem no lo estaba presionando. De alguna manera, sabía que finalmente habían dado con la última pieza del rompecabezas. Estaba a punto de descubrir la verdad.

Cuando Caspen abrió los ojos, Tem vio un miedo inconfundible en ellos. Coincidía con el miedo que vio en su mente: la nube oscura de preocupación que rodeaba sus pensamientos sobre ella.

—Quiere que poseas a la familia real.

Tem se quedó boquiabierta.

—Por lo regular se requiere contacto para la posesión —continuó Caspen rápidamente, con voz grave y tensa—. Pero tu poder es único. Los de raza híbrida pueden poseer a muchas personas a la vez sin tocarlas en absoluto. Lo único que necesitas es una oportunidad en la que todos los miembros de la realeza estén reunidos.

Tem sintió que se mareaba.

—La boda —susurró.

Su propia boda.

Caspen asintió.

—Una vez que los poseas, perderán su libre albedrío. Serán vulnerables. Mi gente se haría cargo de inmediato.

Tem entrecerró los ojos.

—¿Era este tu plan desde el principio? —preguntó—. ¿Que el príncipe me eligiera para poder poseer a toda su familia?

—Por supuesto que no. Nunca quise esto para ti.

—¿Cómo sé que dices la verdad?

—No puedo mentir, Tem.

—Sí puedes. Distorsionas la verdad todo el tiempo. ¿Cómo sé que no lo estás haciendo ahora?

—¿Qué quieres que diga? Eres muy valiosa para mí, Tem. —Su voz casi se quebró—. No quiero que te pase nada. Mi padre es la última persona a la que le diría lo que eres. Es el hombre más cruel que conozco.

—Y aun así, estuviste dispuesto a matar por él.

Caspen se quedó completamente inmóvil.

—Eso fue hace mucho tiempo. Y lo lamento en lo más profundo de mi ser. Tú lo sabes.

Pero Tem solo negó con la cabeza, luchando por asimilar su nueva realidad en la que no podía confiar en Caspen.

—Ya no sé nada.

Se miraron fijamente a la luz titilante del fuego, con el crepitar de las llamas como único fondo sonoro. Algo se había roto entre ellos, algo



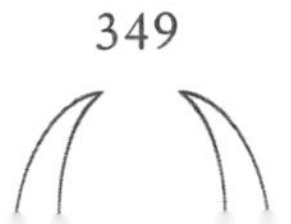

importante. Tem no sabía dónde estaban después de aquello. No sabía cómo navegar en un mundo en el que Caspen le mentía.

—Este plan ha estado en marcha durante siglos, Tem —dijo Caspen en voz baja—. Mi padre sabía que con el tiempo, el entrenamiento daría como resultado un embarazo. Incluso si tardaba años, estaba dispuesto a esperar.

Una fría y resbaladiza duda cubrió la garganta de Tem.

—¿Es por eso que tu padre me dio su bendición? ¿Para que pudiera realizar la posesión?

Para su sorpresa, Caspen negó con la cabeza.

—No. El ritual es sagrado, está avalado por Kora. Él no puede usar su bendición como arma en nuestra guerra.

Tem ya no sabía qué pensar.

Caspen pareció darse cuenta de ello porque continuó:

—No le convenía aprobarte, Tem. Cuanto más cerca estés de mí, más difícil le resultará manipularte. Respetó el resultado del ritual. Te ganaste su bendición, te lo juro.

Sus palabras no hicieron que Tem se sintiera mejor. No sabía si le creía o siquiera si le importaba. Quizá no importaba si realmente se había ganado la bendición del rey o no. Lo único que importaba era lo que acababa de descubrir: que Bastian tenía planes para ella, que su misión era ayudar a los basiliscos a recuperar el poder.

—¿Quieres que posea a la realeza? —susurró.

—No —respondió Caspen con brusquedad—. No quiero.

—¿Por qué no? —preguntó Tem en un reproche—. ¿No quieres que tu pueblo tome el poder?

Caspen hizo una pausa.

—Sí, eso deseo. —La segunda pausa se prolongó demasiado—. Pero es peligroso para ti poseer a tantas personas a la vez.

—Pensé que dijiste que poseer era una forma de ganar poder.

—Lo es, pero no tienes experiencia en el ejercicio de tal poder. No hay forma de saber cómo te afectaría.

La ira, la traición y la angustia la invadieron. Había terminado de hablar del tema.

—Me voy a casa.

—Tem —dijo él con cuidado—. Deberíamos…

—Me voy a casa, Caspen.

Tem no podía soportar estar en sus aposentos ni un momento más. Pasó junto a él sin decir nada, ignorando la forma en que él la llamaba, cerrando la barrera entre sus mentes mientras corría por el oscuro pasillo. El aire frío de la mañana golpeó sus pulmones cuando salió de la cueva y corrió por el bosque sin detenerse hasta llegar a la puerta de su casa.

—¡Madre! —gritó al entrar a la cocina.



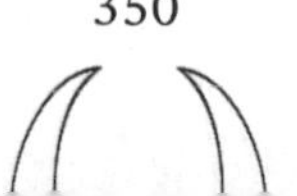

Su madre levantó la cara de su costura y la miró sorprendida.

—¿Qué pasa, cariño?

—¿Por qué no me dijiste la verdad?

Por un momento, su madre se quedó completamente inmóvil. Luego dejó la aguja y entrelazó los dedos sobre su regazo, mirando a Tem con calma. Por la expresión de su rostro, estaba claro que sabía que había llegado el momento de la verdad.

—No quería que te sintieras diferente de los demás —admitió.

Tem se burló.

—Ya es demasiado tarde para eso, madre.

Su madre no quería que se sintiera diferente de los demás; Caspen no quería asustarla. Eran simples excusas, nada más.

—Habría sido peligroso que lo supieras —continuó su madre con la misma calma, como si hubiera ensayado su respuesta durante años—. Los aldeanos no habrían sido amables.

—De todos modos, no fueron amables —exclamó Tem.

—Por favor, querida, intenta comprender.

Pero Tem solo sacudió la cabeza. Extendió las manos acusadoramente, mostrando sus pecosas palmas.

—*Merecía* saberlo.

Su madre no respondió.

Tem caminaba de un lado a otro en la cocina, tratando de controlar su ira. Era imperdonable que la hubieran tratado con tanta falta de respeto. Se trataba de su identidad, de su propio ser. Que tanta gente conociera su secreto más íntimo sin que ella misma lo supiera era una violación. Si no podía confiar en su propia madre, ¿a quién podía acudir?

Dejó de caminar.

—Voy a casa de Gabriel.

Las cejas de su madre se arquearon.

—No puedes contárselo a ese chico, Tem. Nadie puede saberlo.

—Gabriel es de confianza —dijo Tem con brusquedad, aunque ya no sabía si alguien era de confianza—. Y es mi amigo.

—Tem... tú...

Pero ella ya había salido por la puerta. A pesar de lo que acababa de decir, no iba a casa de Gabriel. Era temprano; probablemente aún estaba dormido. Iría al lugar donde sabía que encontraría a la única persona que estaría inequívocamente de su lado.

«Yo... sigo viniendo aquí casi todas las mañanas, por si acaso».

La iglesia no estaba lejos. Cuando llegó el sol ya estaba saliendo y Tem temía llegar demasiado tarde. Pero cuando empezó a caminar por el camino que atravesaba el cementerio, vio una figura solitaria sentada en la banca de la colina.



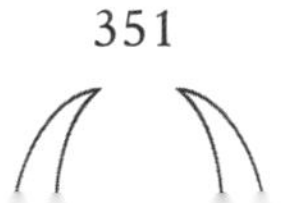

Leo levantó la mirada con sorpresa al verla acercarse.

—¿Tem? —Frunció el ceño con preocupación al levantarse—. ¿Qué haces aquí?

Fue entonces cuando Tem se dio cuenta de que no tenía ningún plan. No podía decirle a Leo que era de raza híbrida. No podía hablarle del ritual, del plan del Rey Serpiente para la boda real, de los basiliscos que eran torturados para obtener su sangre en las profundidades del castillo. No había nada que pudiera decirle que no fuera la verdad.

—Quería verte.

El rostro de Leo adoptó una expresión de curiosidad. Como no respondía, Tem se dio cuenta repentinamente de que había irrumpido en el momento privado del príncipe, que la única razón por la que estaba allí era porque esperaba que apareciera otra chica.

Tem dio un paso atrás.

—Lo siento —dijo rápidamente—. No debí.

—Sí. —El príncipe tomó su mano—. Sí debiste.

Tem miró fijamente su mano, con sus largos dedos entrelazados con los pecosos de ella.

—Pasa el día conmigo —dijo Leo.

Tem dejó escapar una risa incrédula.

—¿No tienes deberes que atender?

—Mis deberes pueden esperar.

Ella seguía de pie a dos pasos de distancia y sus manos estaban entrelazadas.

—Leo…

Él se acercó más, estrechándola contra sí.

Tem cerró los ojos, respirando el aroma de su perfume. Por primera vez en mucho tiempo, sintió paz. Apoyó tímidamente la cabeza contra su pecho.

—Tem —susurró Leo—. ¿Qué pasa?

Ella no tenía idea de cómo responder a eso. Estaba agotada: estuvo despierta toda la noche y tanto su cuerpo como su mente estaban completamente extenuados.

—No lo sé, Leo —dijo en voz baja—. Yo… —Pero no pudo continuar.

Leo la apretó con más fuerza.

—¿Ese salvaje te rompió el corazón o algo así? —murmuró contra su cabello. Sonaba triste, aunque Tem no podía imaginar por qué.

—Casi —murmuró.

Leo se apartó y una vez más tomó sus dos manos entre las suyas.

—Pasa el día conmigo —repitió—. Ven al castillo. Nadie nos molestará.

Tem negó con la cabeza.

—No puedo.



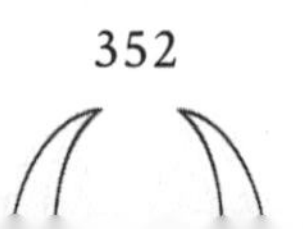

Leo la acercó más.

—¿No puedes o no quieres?

Tem sabía lo que estaba preguntando en realidad. Su lugar entre las tres finalistas estaba prácticamente garantizado. Si pasaba el día con Leo, no sería por la competencia. Sería porque ella quería. Tem sintió la familiar obstinación en su interior: la negativa a ceder.

Entonces Leo dijo:

—Es tu decision, Tem.

Su decision. Algo que Caspen y su madre se habían negado a concederle.

Tem miró a Leo, que la observaba desde arriba. Estudió los rasgos perfilados de su rostro, los ojos grises y penetrantes que calculaban constantemente su siguiente movimiento, incluso en ese momento.

Se puso de puntitas y lo besó.

El cuerpo de Leo se amoldó al suyo con la misma naturalidad que el musgo a un árbol. Sus ágiles dedos se deslizaron por su cabello, enredándose en sus rizos. Se sentía cálido, fuerte y *firme*, y Tem descubrió que solo quería más.

—¿Eso es un sí? —susurró cuando se separaron.

—Sí —dijo ella en voz baja—. Siempre y cuando no prepares un baño.

Los labios de Leo se crisparon, pero su expresión siguió siendo seria, como si supiera que se trataba de una decisión difícil para ella. Pero había victoria debajo de su compostura, y la apretó con más fuerza mientras la llevaba por el camino hasta un carruaje que esperaba en el borde del cementerio.

Ninguno de los dos habló durante el viaje.

Tem se apoyó en Leo, dejando que su cuerpo descansara por primera vez en mucho tiempo. Cuando llegaron al castillo, el príncipe la guio por un pasillo decorado con elegantes candiles. Pasaron junto a un enorme cuadro en la base de una escalera y Tem se detuvo para mirarlo.

Allí estaba Leo, con una expresión profundamente seria, sentado en un sillón de terciopelo. Maximus estaba detrás de él, con la mano en su hombro y los brazaletes dorados de sus muñecas brillaban con armonía.

—Padre e hijo —dijo Leo en voz baja.

Tem volvió a sentir el familiar pinchazo en el estómago.

Leo la rodeó con su brazo y la hizo avanzar. Ella dejó que la llevara, siguiéndolo por las escaleras y por un largo pasillo alfombrado hasta una puerta al fondo.

Él la abrió.

La habitación de Leo era enorme, como era de esperarse. Había una cama con dosel en un extremo y una chimenea en el otro, y las paredes que los separaban estaban llenas de estantes repletos de libros.



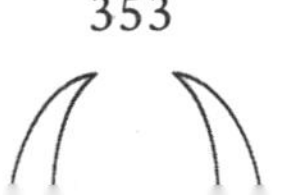

—¿Quieres algo de comer? —preguntó—. Suelo desayunar a esta hora.

Fue entonces cuando Tem se dio cuenta de que moría de hambre.

—Sí.

—¿Y de beber?

—Cualquier cosa menos champaña.

Leo sonrió mientras jalaba una cuerda con borlas de la pared. Un momento después, tocaron la puerta y apareció un sirviente. Sus ojos se dirigieron a los de Tem antes de volver a fijarse en Leo. Intercambiaron unas palabras antes de que él cerrara la puerta.

—Me temo que todos sabrán que estás aquí —dijo con una sonrisa divertida—. Ese era uno de nuestros sirvientes más habladores.

Tem se encogió de hombros. No importaba quién supiera que estaba allí. Lo único que importaba era que estaba lejos de su vida en el pueblo.

A pesar de su deseo de estar ahí, al encontrarse en la habitación de Leo, Tem se sintió presa de un ligero pánico. ¿Y si esperaba que se acostara con él? Seguro que el príncipe suponía que su presencia significaba que estaba lista y dispuesta a saltar a su cama. Pero Tem no tenía ganas de tener sexo en ese momento. El ritual le había drenado toda la energía, y lo último que quería era otro pene entre las piernas.

Leo pareció darse cuenta de ello, porque dijo:

—No espero nada de ti, Tem.

Ella le lanzó una mirada.

—Pero quieres algo.

—Todo lo que quiero es tu compañía.

Como ella no respondió, Leo le tocó la cintura suavemente.

—Entiendo que buscas refugio. No tengo ningún deseo de aprovecharme de ti siendo que viniste aquí en busca de cobijo.

Tem se quedó mirando al suelo. Ya ni siquiera estaba segura de merecer su refugio en ese momento.

Leo terminó con calma:

—Soy un hombre de palabra, Tem. Lo creas o no.

Tem ya no sabía lo que creía. Entonces se estremeció, la habitación de Leo estaba helada. Él lo notó y dijo de inmediato:

—Encenderé un fuego.

Tem aprovechó la oportunidad para echar un vistazo a su habitación, mirando con curiosidad los estantes. Estaban repletos de libros en varios idiomas, tantos que se doblaban por su peso.

Tem volteó hacia su cama, que estaba meticulosamente tendida. Dudaba mucho de que Leo lo hubiera hecho. La estructura de su cama era de madera intrincadamente tallada y en la mesita de noche más cercana había pilas de libros coronados por velas blancas. Las velas se habían



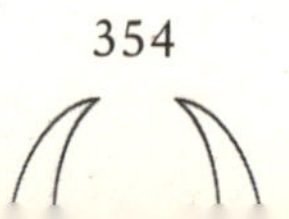

consumido tanto que la cera goteaba sobre los lomos de los libros, formando círculos duros en la madera.

—¿Te gusta leer? —La voz de Leo llegó desde detrás de ella.

Tem se dio la vuelta y lo vio apoyado contra la chimenea, observándola.

—La verdad es que no —dijo—. Quiero decir, lo haría si tuviera tiempo. O libros. Pero no, la verdad es que no.

Leo señaló las sillas frente a la chimenea.

—¿Nos sentamos?

Leo esperó a que Tem se sentara antes de hacerlo él mismo. Hubo un momento de silencio mientras contemplaban el fuego.

—¿Tienes uno favorito? —preguntó Tem.

Leo arqueó una ceja.

—¿Un libro favorito?

Tem asintió.

—No estoy seguro —hizo una pausa—. Cambia todos los días.

—¿Cuál es tu favorito hoy?

Otra pausa. Luego:

—*El cuervo y el cisne.*

Tem lo conocía. Todo el mundo lo conocía: era una vieja fábula sobre un cuervo que quería convertirse en cisne. Sin embargo, sin importar lo que hiciera el cuervo, incluso nadar en el estanque del cisne y comer su comida, seguía siendo un cuervo. No podía cambiar su verdadera naturaleza.

—¿Por qué?

Leo cambió de postura en la silla, cruzando una pierna sobre la otra.

—El cuervo quiere más de su vida.

—¿Y te identificas con eso?

Sus labios se contrajeron.

—De cierto modo.

Tem entornó los ojos.

—Tu vida me parece bastante buena, Leo.

—Eso es porque la ves desde afuera, Tem. —Lo dijo en voz baja, con la mirada fija en el fuego.

—Tienes todo —dijo ella y se encogió de hombros—. ¿Qué más podrías querer?

Leo no respondió durante un largo rato. Cuando lo hizo, Tem apenas oyó la palabra:

—Autonomía.

—Tienes autonomía.

—Puede que así te lo parezca, pero tengo las manos atadas en todos los aspectos importantes. No puedo elegir lo que hago, adónde voy, con quién salgo. Todo está decidido para mí.



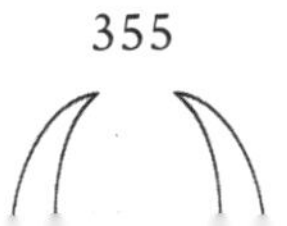

—Tienes un techo sobre tu cabeza. Tienes comida, libros y una chimenea en tu habitación, por el amor de Kora. Y, por cierto, eres tú quien elige con quién sales. Ahora mismo, de hecho. ¿De verdad me estás diciendo que eres infeliz?

Leo la miró con los ojos entrecerrados.

—Sí. Me temo que sí.

Tem lo miró fijamente, tratando de entender.

Ella, mejor que nadie, sabía lo que era no tener autonomía. Su camino había sido trazado desde el momento en que nació el mismo año que el príncipe, hija de una madre soltera que no tenía más que mierda de pollo al volver a casa. Leo no tenía idea de lo que era que todo estuviera decidido por él. Era el hijo de un rey, con más poder del que sabía manejar, luchando contra una jaula autoimpuesta.

—¿No me crees? —preguntó Leo.

Tem suspiró.

—Si dices que eres infeliz, te creo, pero tienes más poder del que crees.

—¿Y cómo debo ejercer ese poder?

—No lo sé, Leo. Haz algo, lo que sea. Piensa en alguien que no seas tú mismo.

—Pienso en ti.

Ella ignoró el cumplido e inclinándose hacia él, dijo:

—Piensa en tu familia. Piensa en lo que han hecho.

Leo frunció el ceño.

—¿Y qué ha hecho mi familia?

Tem no debió haber dicho eso. Antes de que pudiera pensar cómo responder, tocaron la puerta otra vez. Los ojos de Leo se posaron en los de ella por un momento antes de decir:

—Pase.

Tem miró fijamente el fuego mientras el mismo sirviente de antes dejaba una bandeja de comida y se iba sin decir una palabra. Ninguno de los dos tocó la comida.

Leo se inclinó hacia ella.

—¿Qué ha hecho mi familia, Tem?

Lo dijo como una súplica. Su voz denotaba curiosidad, incluso aprensión, como si tuviera miedo de escuchar la respuesta. Tem supo en ese momento que Leo no sabía nada de la sangría. No podía saberlo. Leo nunca aprobaría tal crueldad.

Sin embargo, tampoco podía imaginarse contándoselo.

¿Qué le diría exactamente?, ¿que había basiliscos encarcelados, incluido su propio padre, bajo sus pies?, ¿que todo lo que Leo poseía había sido pagado con sangre? Tem pensó en el retrato de Leo y Maximus, ambos con brazaletes dorados a juego.



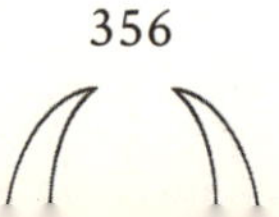

«De tal palo, tal astilla».

Aunque no tuviera conocimiento de las sangrías, Tem no sabía si podía confiar en Leo. Si las últimas veinticuatro horas servían de indicación, no podía confiar en nadie. Sabía que Leo estaba enojado con Maximus por cómo había tratado a Evelyn y por cómo ya empezaba a tratarla a ella. Pero, ¿estaría lo suficientemente enojado como para condenar los crímenes de su padre? Había demasiados secretos, demasiadas cosas que Leo no sabía, y ninguna de ellas sería fácil de escuchar para él. No quería ocultarle las cosas de la misma manera en que tantas cosas le ocultaron a ella.

«Todos los viajes comienzan con un paso».

Pero era demasiado pronto. Leo podía estar enojado con su padre, pero Tem dudaba mucho que estuviera listo para descubrir las atrocidades que ocurrían dentro de su propia casa. Sobre todo cuando lo habían educado toda su vida para creer que los basiliscos eran el enemigo.

La verdad tendría que esperar otro día.

—Tú mismo lo dijiste. —Tem se encogió de hombros de una manera que esperaba mostrara indiferencia—. Tu familia te controla. Podrías enfrentarte a tu padre si eso fuera lo que realmente quisieras.

Leo inclinó la cabeza, estudiándola.

Tem se preguntó si él se daría cuenta de que quería decir otra cosa.

—¿Y cómo sugieres que me enfrente a él?

—Tomando tus propias decisiones.

Su sugerencia quedó en el aire. Ella no dio más detalles y Leo no se los pidió. Él seguía mirándola fijamente cuando Caspen entró en su mente:

«Tem, mi linaje ya tomó una decisión».



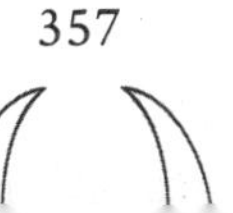

# SEGUNDA PARTE

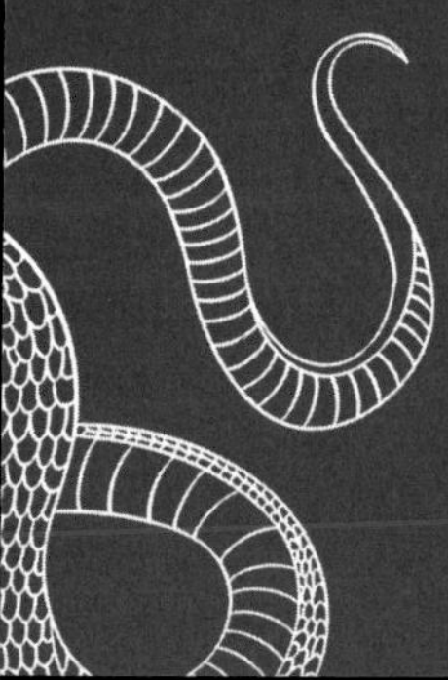

# CAPÍTULO 27

Tem dejó que el silencio se asentara, obligando a Caspen a hablar de nuevo:

«Sé que estás enojada conmigo, pero debes saber que los Drakon te han dado su bendición».

La noticia no tuvo ningún impacto en Tem. Se merecía la bendición de su linaje después de todo lo que había pasado. No esperaba menos.

Caspen continuó.

«Y sé que estás con el príncipe».

«No es asunto tuyo con quién estoy», dijo Tem entonces.

Hubo un silencio tenso.

«No te estoy criticando. Es tu derecho pasar tiempo con quien tú elijas».

Sus palabras fueron tajantes.

«¿Es todo? Estoy a punto de desayunar».

La presencia de Caspen se intensificó y Tem supo que él quería retenerla.

«Hay algo más. Debo asistir a la reunión del concejo esta noche».

«Ya me lo habías dicho».

—«Deseo que asistas conmigo».

«Eso fue una sorpresa para Tem».

—«¿Por qué?».

«Ahora estamos oficialmente comprometidos. Eso significa que tú eres la futura reina. Se espera que asistas».

Caspen era la segunda persona en llamar a Tem la futura reina. El primero había sido Leo.

«¿Es seguro para mí asistir?».

Caspen hizo una pausa, luego dijo:

«Me aseguraré de que lo sea».

Tem notó la determinación en su voz, eso le proporcionó un poco de consuelo.

«¿Tem? ¿Asistirás?», preguntó Caspen cuando el silencio se prolongó.

Tem suspiró.



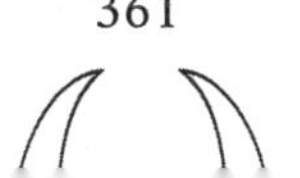

«Lo decidiré más tarde».

Otro largo silencio.

«De acuerdo, esperaré tu decisión».

Tem cortó su conexión sin remordimientos.

—¿Tem? —Ella parpadeó. Leo la miraba fijamente.

—¿Qué? —preguntó.

—¿Adónde fuiste?

—¿Qué quieres decir?

—Quiero decir que... te fuiste a otra parte hace un momento. ¿Estabas hablando con él?

Tem se sorprendió de que pudiera darse cuenta. No tenía sentido ocultarlo.

—Sí.

Leo frunció el ceño.

—¿Qué dijo?

Tem vaciló. ¿De verdad hablaría con Leo sobre su conexión mental con Caspen? El día difícilmente podría ponerse más extraño.

—Quiere verme esta noche.

Los labios de Leo adoptaron una expresión de descontento.

—¿Tú quieres verlo?

—Aún no lo decido.

—¿Sabe que estás aquí?

—Sí.

—Supongo que eso lo molestará.

«Es tu derecho pasar tiempo con quien tú elijas».

—Sí, así es.

—¿Por eso viniste?

Tem parpadeó.

—¿Qué?

Leo cambió de postura, inclinándose hacia ella.

—¿Viniste solo para hacerlo enojar?

Tem pensó en la pregunta. No había una sola razón por la que hubiera ido. Varias cosas se combinaron en una sola circunstancia perfecta que la había llevado a desayunar en la habitación de Leo.

—En parte. Pero también vine porque quería.

Los ojos de Leo se encontraron con los de ella.

Tem no tenía idea de si él le creía. Como no respondía, susurró:

—¿Debería irme?

Leo negó con la cabeza.

—Prefiero que no lo hagas.

—¿Incluso después de lo que acabo de contarte?

Para su sorpresa, él sonrió.



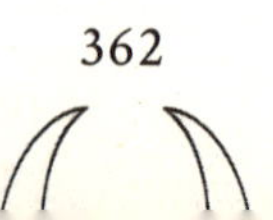

—Sobre todo después de lo que acabas de contarme.

A Tem se le revolvió el estómago. Tenía mucho más que contarle. Ni siquiera habían tocado la punta del iceberg. Leo no sabía que ella era de raza híbrida, que era capaz de poseer, que se estaba planeando un motín mientras hablaban. No sabía nada que importara.

Cuando Leo vio la expresión de su rostro, suspiró y dijo:

—Una cosa a la vez, por favor, Tem.

Ella frunció los labios. Tenía razón. Una cosa a la vez.

—Dejaste claro que no te darás un baño —continuó Leo—. Ni tomarás champaña. Entonces dime, Tem, ¿hay algo que quieras hacer?

Ella lo pensó un momento.

—¿Me lees algo?

Leo arqueó una ceja.

—¿Qué quieres que te lea?

—*El cuervo y el cisne.*

Leo inclinó la cabeza y la estudió. Luego dijo:

—Muy bien.

Se puso de pie y se dirigió a los estantes. De camino hacia ellos, levantó una manta del extremo de la cama y se la echó sobre los hombros. Tem se conmovió por el detalle inesperado. Recordó a cuando le dio su abrigo en el cementerio. La manta estaba caliente y el fuego aún más. Leo leyó con calma y Tem se quedó dormida con el sonido de su voz.

Cuando despertó, seguía en la silla, envuelta en la manta. Tem observó a su alrededor y vio a Leo profundamente dormido, con sus largas piernas aún cruzadas y el libro todavía abierto en sus manos. El fuego casi se había apagado y el sol de la tarde se asomaba por la ventana del dormitorio.

—Leo —susurró Tem.

Él no despertó.

—Leo —murmuró de nuevo, estirando el brazo y jalando su manga.

Él abrió los ojos y se incorporó, contemplándola.

—¿Qué pasa? —preguntó.

—Nada —respondió Tem—. Es de tarde. Te quedaste dormido.

Leo se estiró y descruzó las piernas.

—Al contrario, tú te quedaste dormida. No me pareció cortés despertarte.

Tem lo miró.

Él sonrió, pero la sonrisa se le borró enseguida.

—La verdad es que parecía que lo necesitabas. —Hizo una pausa y bajó la voz—. Nunca te había visto tan tranquila.

Tem lo miró fijamente. Estaba siendo sincero.

—Oh —dijo ella—. Bueno. Gracias, supongo.

—Es un placer.

Hubo un momento de silencio mientras se miraban fijamente. Entonces la boca de Leo comenzó a moverse.

—Hablando de placer —dijo, cerrando el libro de golpe y dejándolo en el reposabrazos—. Podríamos...

—No —dijo Tem con firmeza—. No podemos. Estás a punto de arruinar un momento perfectamente agradable.

—Mmm... —dijo él, aún sonriendo— Creo que mejoraría el momento. Pero si insistes...

—Insisto —confirmó poniéndose de pie—. ¿Puedes solamente llevarme a casa, por favor?

—Muy bien, Tem. —Leo también se puso de pie, sacudiendo la cabeza entre risas—. Te llevaré a casa.

Tem lo siguió hasta el pasillo y bajaron las escaleras. Para su gran alivio no se encontraron con Maximus al salir.

Cuando el carruaje llegó a la cabaña de Tem, ella volteó hacia Leo.

—Gracias.

Él arqueó una ceja.

—¿Por qué?

—Por ser mi refugio.

Leo tomó su mano entre las suyas y le besó los nudillos.

—Ha sido un honor.

Tem puso los ojos en blanco.

Leo le apretó más las manos.

—Lo digo en serio. Sé que el tiempo que paso contigo es algo... prestado. Sin embargo, cualquier momento en tu compañía, por breve que sea, es glorioso.

A Tem la culpa le retorcía las tripas. Quizá Leo se mostrara comprensivo ahora, pero su paciencia estaba a punto de agotarse. El príncipe estaba acostumbrado a conseguir lo que quería, y la quería a ella. No toleraría su conexión con Caspen para siempre. Y si llegaba a saber hasta dónde llegaba realmente esa conexión, dudaba que alguna vez la perdonara.

—Leo...

Él la interrumpió con un beso.

Tem no se molestó en resistirse. Se fundieron uno en el otro, besándose sin preocuparse por nada, seguros de que nadie podía verlos dentro de las cuatro paredes del carruaje. La lengua de Leo era implacable, y la de Tem también. Parecía como si estuvieran recuperando el tiempo perdido y sus cuerpos hacían lo que sus mentes realmente anhelaban. La mano de Tem se dirigió al regazo de él, acariciando su pene y sintiendo lo duro que estaba a través de sus pantalones. Leo gimió, colocando su mano sobre la de Tem y apretando hasta que ella también gimió.

Tem se apartó.

—Desabróchate los pantalones —ordenó.

Leo le dedicó una sonrisa astuta.

—Pensaba que no querías placer.

—Bueno, ahora sí. Desabróchalos.

—No. No hasta que lo digas.

—¿Decir qué?

—Que me deseas.

Tem se burló. Empezó a levantarse, pero Leo la jaló de nuevo hacia abajo.

—Dilo, Tem. —Sus labios estaban a dos centímetros de los de ella. —Di que me deseas y mi pene será tuyo.

Se miraron fijamente. El aire en el carruaje era cálido y ya olía a sexo.

Tem pensó en Caspen y en lo furiosa que estaba con él. Pensó en cómo le había mentido, en cómo la había *traicionado*. ¿Por qué iba a ser leal cuando Caspen no lo era en absoluto? Al fin y al cabo, era mitad basilisco. Había una parte de ella, una parte importante, que deseaba a Leo de la misma manera que Caspen la deseaba a ella. ¿Por qué iba a privarse de él?

Era bueno que Leo no le pidiera que mintiera.

—Te deseo —susurró.

La sonrisa burlona volvió.

—Buena chica. Ahora desabróchalos tú misma.

Tem no lo dudó. Sus dedos volaron a lo largo de la costura de los pantalones de Leo, desabotonándolos antes de bajar hasta su ropa interior y agarrar su pene. Leo inhaló bruscamente cuando lo hizo, y un segundo después, Tem lo tuvo completamente expuesto. Estaba totalmente erecto, y su pene era tan largo y pretencioso como ella lo recordaba. Tem hundió la cabeza de inmediato. Leo jadeó por la sorpresa cuando ella se lo metió hasta el fondo de la garganta.

—Tem... —susurró Leo.

Ella sintió cómo el orgullo se enroscaba en su interior. Levantó la cabeza antes de volver inclinarse, creando un ritmo constante.

—Eres increíblemente buena en esto.

Tem apenas lo escuchó. Estaba concentrada en lo duro que se sentía él en su boca, en lo significativo que era chupar la parte de Leo que lo hacía ser él, en lo mucho que deseaba sentirlo aún más profundo.

La mano de Leo se dirigió a la parte posterior de su cabeza, moviendo las caderas para encontrarse con ella. Sus dedos se retorcieron en su cabello, sujetándola mientras empujaba perezosamente hacia arriba y hacia abajo. Se estaba tomando su tiempo, y a ella no le importaba.

Tem emitió un pequeño gemido cuando su pene golpeó la parte posterior de su garganta.

—Maldita sea, Tem.

Las embestidas se volvieron más rápidas. Era increíble ver el efecto



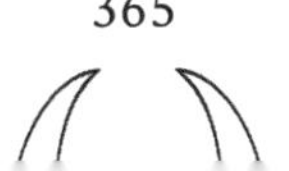

que ella tenía sobre él, ver lo imposible que era para Leo controlarse a su lado. Tem sintió tal poder en ese momento, un control tan innegable, que no deseaba nada más que conservarlo.

En su siguiente embestida, ella se sentó, liberando su pene de su boca y usando su mano como sustituto. Leo la agarró de la barbilla, girando su cabeza hacia la suya.

—Siéntate en mi pene, Tem.

Tem soltó una leve risita.

—No.

—Tem, te juro por Kora...

Pero Tem no estaba escuchando. Bajó la cabeza de nuevo, llevándolo una vez más hasta el fondo de su garganta. La mano de Leo volvió a sus cabellos, retorciéndolos alrededor de sus nudillos para poder apartarlos de su rostro.

—Necesito poseerte, lo deseo con tantas ganas, te necesito...

Cada frase venía acompañada por el movimiento de su cabeza, que subía y bajaba una y otra vez mientras deslizaba la boca hacia arriba y hacia abajo. Tem no estaba acostumbrada a tanto acompañamiento verbal. Caspen hablaba de vez en cuando, pero normalmente era para dar una orden o para hacer algún elogio. Leo hablaba constantemente, y Tem descubrió que le gustaba. Le satisfacía escuchar en tiempo real lo que sentía por ella.

—Déjame hacértelo, Tem, por favor.

La mano que no le sujetaba el cabello recorría los cordones de su vestido, empezando a quitárselo.

Pero Tem no iba a tener sexo con Leo ese día.

Ni allí, ni en un carruaje, ni a veinte metros de su casa. No cuando su cuerpo aún no se había recuperado de los efectos del ritual. Quería acostarse con el príncipe en una cama, en *su* cama, y quería hacerlo bien. Por el momento, solo quería demostrarle que le importaba, que estaba agradecida por su hospitalidad y que su obsesión por ella valdría la pena.

Se sentó erguida.

—No puedes tener sexo conmigo, Leo.

—Te lo aseguro —dijo mientras ahora sus dos manos, desabrochaban su vestido—. Puedo hacerlo.

—No. —Ella le agarró las muñecas, sujetándolas contra el respaldo del carruaje—. No puedes.

Se miraron fijamente, mientras ambos respiraban con dificultad. Leo tenía el cabello revuelto y las mejillas sonrojadas. Tem estaba segura de que ella también parecía azotada por el viento.

—¿Y por qué no? —preguntó Leo.

—Porque yo lo digo.

—Eso no es una razón.

—Lo es, en realidad. Y es la única razón que vas a tener.

—Tem. —Él llevó la cabeza hacia atrás, exasperado—. Conocerte ha sido la experiencia más tortuosa de mi vida.

Tem posó sus labios en el cuello desnudo de Leo, murmurando sus siguientes palabras contra su piel.

—Tú fuiste quien me pidió que te torturara, ¿lo recuerdas?

—Ahora me arrepiento.

—¿Qué tal un compromiso?

—¿Qué tipo de compromiso?

—Me quitaré esto —soltó sus muñecas y señaló su vestido— y terminaré lo que empecé —señaló el pene de él, que seguía erecto—, pero no puedes tocarme.

Leo soltó una carcajada.

—No es un compromiso. Eso es simplemente más tortura.

Tem se encogió de hombros.

—O puedo entrar y puedes terminar tú solo. Tú eliges.

Leo torció los labios.

—Qué chica tan malvada.

Viniendo de él, sabía que era un cumplido.

—¿Tenemos un trato? —insistió Tem.

Leo se frotó la cara con la mano.

—Sí, carajo.

—Bien.

Antes de que pudiera cambiar de opinión, Tem abandonó su lugar junto a él en el asiento y se arrodilló en el suelo del carruaje. La actitud de Leo cambió en cuanto ella hizo eso. El hambre brilló en sus ojos con un deseo puro y animal que ella nunca había visto en él. Su pene, que ya estaba duro, se puso aún más. Leo se inclinó hacia delante, con los codos sobre las piernas, observando a Tem con mirada posesiva mientras ella se subía lentamente el vestido por la cabeza.

En el momento en que ella se desnudó, algo crepitó y cobró vida. Tem sintió que la energía en el carruaje cambiaba, como si se hubiera abierto un puente entre ellos. La mirada de Leo recorrió lentamente su cuerpo, y Tem lo permitió. Sus ojos recorrieron su cuello, deteniéndose en sus pechos antes de seguir la curva de su cintura. Finalmente, se posaron en el centro de ella. Él humedeció labios.

¿Por qué no hacerle un regalo más?

Tem deslizó suavemente sus dedos entre sus piernas.

Por primera vez, Leo no tuvo nada que decir. Se limitó a observar en reverente silencio cómo Tem jugaba con su clítoris, frotándolo con sus dos primeros dedos. Luego introdujo esos dedos más profundamente,



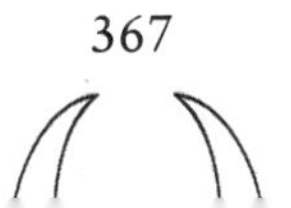

tocándose despacio, dejando que Leo viera exactamente lo que no le permitía hacer. No llegó al orgasmo. En lugar de eso, levantó los dedos y los pasó por la punta de él, cubriéndolo con sus fluidos.

—Recuerda nuestro trato —susurró.

Leo se llevó lentamente las manos a la nuca antes de inclinarse hacia atrás y mirarla con los ojos entrecerrados.

—No sobreviviré a ti —dijo, y su voz fue un susurro gutural.

—¿Acaso quieres hacerlo?

Él no respondió.

Leo vio cómo Tem giraba la cabeza, separaba los labios y los acercaba a la base de su pene. Al mismo tiempo, le acarició los testículos, acunándolos con firmeza y presionando con el pulgar el hueco donde se unían con su pene. Lo lamió lentamente de la base a la punta. Cuando llegó a la cabeza, la chupó durante al menos diez segundos, cuando estuvo lista para continuar, los gemidos de Leo llenaban el carruaje.

Tem utilizó la mano para darle tres caricias consecutivas. Luego volvió a bajar la cabeza, esta vez inclinándose para que él pudiera ver cada centímetro de su pene desaparecer en su garganta y reaparecer de nuevo. Se sentía muy bien darle eso, demostrarle que la espera había valido la pena.

Finalmente, Leo empezó a quebrarse.

Extendió la mano lentamente, tocando solo la tensa piel de la mejilla de Tem mientras su boca rodeaba su pene. Tem lo apartó de un manotazo y él retrocedió.

Pero un momento después volvió a hacerlo, acariciándole la mandíbula solo con el dedo meñique.

Tem se enderezó.

—Leo —le advirtió—. Me iré.

Él gimió, echando la cabeza hacia atrás en señal de agonía.

—Tem —gimió—. Me estás matando.

—Lo sé.

Tem volvió a bajar la cabeza, pero se detuvo. ¿Por qué no matarlo un poco más?

Moviéndose lentamente para que Leo pudiera ver cada segundo, Tem se llevó las manos a los pechos, levantándoselos para que su pene quedara entre ellos.

Leo se agarró al asiento del carruaje con las manos crispadas, y Tem supo que le costaba no tocarla. Sus dedos rasgaban la tela acolchada mientras ella se sujetaba los pechos y los deslizaba por su pene, observándolo mientras él la observaba de vuelta, viendo cómo apenas podía mantener las manos a los lados. Justo cuando supo que lo estaba llevando al límite, se quedó quieta, levantando la barbilla y haciéndole una señal tácita para que asumiera el control.

Leo movió las caderas, al principio tímidamente, como para ver qué pasaba. Como Tem no se movía, las desplazó rápidamente hacia arriba, deslizando su pene entre sus pechos a gran velocidad. Su cabeza se echó hacia atrás; ya ni siquiera podía mirarla. La siguiente vez que sus caderas se elevaron, Tem liberó sus pechos y los sustituyó por su boca. Esta vez lo llevó más adentro, sabiendo en sus entrañas que el príncipe estaba a punto de venirse. Igualó el ritmo que Leo había marcado hacía un momento, bajando la cabeza una y otra vez, acariciando su pene hasta que quedó resbaladizo por su saliva. Los gemidos de Tem se sumaron a los de Leo. Quería que él oyera lo mucho que le gustaba hacer eso, lo satisfactorio que era para ella complacerlo. Tem sabía que estaba a solo unos segundos de eyacular.

Leo gritó:

—¡Maldita sea, Tem, carajo, carajo!

Su mano volvió repentinamente al cabello de ella y, por un momento, Tem pensó que Leo estaba rompiendo el trato. En lugar de eso, Leo la apartó con brusquedad de su pene, extendiendo la otra mano hacia adelante para poder eyacular en su palma. Ambos se quedaron mirando su semen. Sin pensarlo, Tem se inclinó hacia abajo.

Sabía que Leo la veía perfectamente mientras extendía la lengua y le lamía la sustancia brillante de la palma con movimientos lentos y suaves.

—Tem —susurró mientras la miraba—. Carajo.

Ella se incorporó y sonrió.

—¿Es esa tu palabra favorita?

—Cuando se trata de ti, lo es.

—Quiero que acabes en mi boca la próxima vez.

—¿Así que habrá una próxima vez?

Tem puso los ojos en blanco.

Luego se colocó el vestido. En lugar de despedirse del príncipe con un beso, se limitó a salir del carruaje, dejando a Leo con el pene aún expuesto. El sirviente le silbó mientras caminaba por el sendero del jardín, pero Tem lo ignoró; estaba demasiado contenta para sentirse avergonzada.

El aire del atardecer contrastaba fuertemente con el calor que habían generado en el carruaje, y Tem se detuvo ante la puerta principal, con los dedos en el picaporte. ¿Valía la pena entrar? No estaba de humor para retomar la conversación de aquella mañana. No tenía nada nuevo que decir, y dudaba que su madre sí.

Los segundos pasaban.

Su única opción era ir a las cuevas para asistir a la reunión del concejo. Sin embargo, tampoco estaba segura de querer hacerlo. Caspen le había mentido. Le ocultó que conocía una parte vital y profundamente importante de su identidad, que afectaría todos los aspectos de su futuro. No era



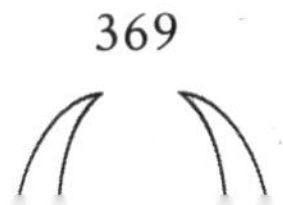

algo que pudiera perdonar con facilidad. Sin embargo, ahora que sabía que era de raza híbrida lo único que deseaba era explorar esa faceta suya. Tem siempre había sabido que no tenía un futuro en la aldea. Tal vez su futuro estuviera en las cuevas.

¿Pero qué clase de futuro sería?, ¿un futuro que empezaría con violencia, con la posesión? A Tem le resultaba inconcebible que Bastian esperara que ella hiciera algo tan determinante. No se le escapaba la magnitud de su papel en ese plan. El rey pensaba que Tem no era más que un peón, una pieza de su temerario juego de poder. Pero Tem era mucho más que eso y no se dejaría manipular ni utilizar. Tanto si llevaba a cabo la posesión como si no, sería en sus propios términos, no en los de Bastian. Nadie elegiría su futuro salvo ella misma.

Bajó el picaporte. Era la hora de su primera reunión del concejo.

En esta ocasión Caspen no la esperaba en la cueva, y se preguntó si se debía a que no creía que fuera. En cualquier caso, Tem atravesó el pasadizo sola. Cuando llegó a sus aposentos, se detuvo.

¿Se enfadaría Caspen por haber cortado su conexión tan bruscamente? ¿Sabría que le había dado placer a Leo en el carruaje? A los ojos de Tem, Caspen no tenía derecho a enojarse por eso cuando la había mantenido en la oscuridad durante tanto tiempo. ¿Por qué no iba a tener ella sus propios secretos? Abrió la puerta.

Caspen estaba junto al fuego y cuando la vio su rostro se iluminó con un evidente alivio.

—Tem —dijo en voz baja—, viniste.

—Sí —dijo ella mientras cerraba la puerta—. Sí, así es.

Tem se reunió con él junto al fuego. Caspen estaba desnudo y, sin mediar palabra, ella se desnudó también. Ya no le escandalizaban sus costumbres y no tenía ningún deseo de arremeter contra ellas. Ahora eran sus propias costumbres. Al instante, los ojos de Caspen se dirigieron a su cuerpo y un momento después ya era evidente su erección.

Caspen le tocó el labio inferior con el dedo.

—Puedo olerlo en ti, Tem.

Ella no respondió. Debió pensar que no había forma de mantener en secreto sus aventuras con Leo. Caspen era demasiado intuitivo, demasiado depredador, como para no advertir dónde había estado su presa.

—¿Estás molesto? —susurró ella.

Él le jaló el labio inferior con el pulgar, abriéndole la boca.

—Eres mía, Tem —dijo sin más—. Que entregues tu cuerpo a otro no cambia eso.

Tem pensó en lo diferentes que eran los basiliscos de los humanos y en cómo llevaba dentro ambos rasgos. Por su mente pasaron el bello rostro y el cabello rubio de Adelaide.



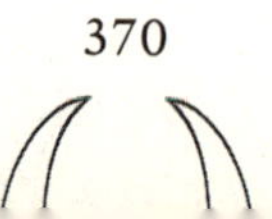

—¿Estás... entregando tu cuerpo a otra?

Los labios de Caspen se crisparon.

—No quiero a nadie más. Mi cuerpo y mi corazón te pertenecen.

Eso fue todo lo que necesitó Tem para ablandarse.

Era muy fácil con Caspen, muy *adecuado*. Tem sentía su conexión incluso cuando su mente se cerraba a él, incluso cuando estaba tan enojada que no podía pensar con claridad. Él era su otra mitad. Era suyo.

Las manos de Caspen le acariciaron la cara antes de rozarle el cuello. Le acunaron los pechos, igual que Tem acababa de hacerlo para Leo, y los sujetó con ambas palmas.

Sus pulgares le acariciaron los pezones, endureciéndolos.

«¿No tenemos que ir a una reunión del concejo?».

El basilisco sonrió.

«Así es».

Le soltó los pechos y le tomó la mano. Recorrieron juntos los túneles. Tem empezó a sentirse nerviosa.

«¿Hay algo que deba saber antes de llegar?».

La mano de Caspen apretó la suya.

«El objetivo de esta reunión es garantizar que los Drakon permanezcan en el poder. Mi padre espera poder unir a los linajes contra la realeza, y cree que si los Seneca saben que tenemos a alguien de raza híbrida, se unirán».

Tem lo miró.

«¿Sabe que no he aceptado su plan?».

Caspen apretó la mandíbula.

«Sí. Lo sabe».

«Entonces, ¿por qué me quiere en esta reunión?».

«Porque acabamos de comprometernos».

«No lo entiendo».

«Tú y yo tenemos una conexión importante. Tu presencia incrementa mi poder. Eso puede jugar a nuestro favor».

Tem se tomó un momento para asimilarlo. Nunca había pensado en cómo podría contribuir al poder de Caspen, en cómo su relación podría beneficiarlo políticamente. Antes de que pudiera preguntar algo más, Caspen se detuvo ante una gran puerta de madera.

«Es hora».

Tem volteó hacia él. Abrió la boca para decir algo, cualquier cosa, pero antes de que pudiera hacerlo, Caspen posó sus labios sobre los de ella. No estaba siendo amable; Tem podía sentir su ansiedad. Incluso en ese momento su poder aumentaba. La misma energía que Tem percibía en él cada vez que estaba a punto de transformarse estaba presente, y vibraba entre ellos. La lengua de Caspen encontró la suya y Tem se preguntó si saborearía el semen de Leo.



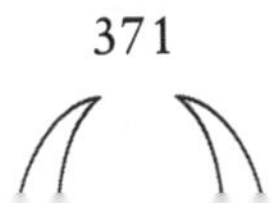

«Puedo hacerlo».

A pesar de admitirlo, no dejó de besarla. Le agarró las nalgas, con su pene presionado contra ella. Tem experimentó un calor desesperante y de pronto se sintió agradecida por no llevar ropa. Cuando Caspen se apartó su pierna chorreaba. Él le pasó un dedo por la pierna, recorriéndole el centro antes de llevárselo a los labios. Se lamió los dedos lentamente, mientras que Tem no pudo evitar pensar en lo parecido que era a lo que ella acababa de hacer con Leo.

Caspen sonrió, como si también lo supiera.

Entraron juntos en la reunión del concejo.

# CAPÍTULO 28

Los techos eran altos, como los del auditorio donde se celebró el ritual.

El suelo era de piedra al igual que las paredes y había una enorme mesa de mármol blanco en el centro de la sala. Era larga y ovalada, estaba rodeada por doce sillas de mármol. Diez basiliscos estaban sentados en torno a la mesa: los Seneca de un lado y los Drakon del otro. Todos estaban en su forma humana y estaban desnudos.

En la cabecera de la mesa estaba sentado Bastián.

Fue impactante verlo por primera vez desde el ritual. Tem recordó de repente cómo lo sintió dentro de ella, cómo se esforzo por recibirlo. Sus mejillas se sonrojaron al acordarse.

«¿Y tu madre?», preguntó Tem, desesperada por distraerse. «¿Dónde está la reina?».

«Mi madre ha muerto».

Caspen lo dijo con suma naturalidad, como si estuviera informando el clima. Tem no podía creer que nunca hubieran hablado de eso, que él nunca hubiera mencionado ese hecho tan significativo. ¿Qué posibilidades había de que los dos príncipes de su vida fueran huérfanos de madre?

Caspen tomó asiento en el otro extremo de la mesa, justo enfrente de su padre. No había otra silla para Tem. En lugar de ello, Caspen la sentó entre sus piernas, con las piernas abiertas para hacerle espacio. Tem agradeció el contacto; su proximidad la hizo sentirse menos nerviosa y se apoyó en su pecho.

Cuando todos se habían acomodado, Bastian se aclaró la garganta.

—Comenzaremos felicitando a mi hijo por su compromiso.

Rowe emitió un sonido burlón.

El rey dirigió hacia él sus ojos negros.

—¿Tienes algo que decir, Rowe?

Rowe solo hizo una mueca.

—Habla —gruñó Caspen—, o perderás la lengua.

La respuesta de Rowe fue fría:

—No perdamos el tiempo con tonterías, ¿de acuerdo? Todos sabemos por qué estamos aquí.

—Rowe tiene razón —continuó Bastian, como si la interrupción no tuviera importancia para él—. Últimamente ha habido... tensiones. —Sus ojos se dirigieron primero hacia Caspen y luego hacia Rowe—. Y hoy esperamos aliviarlas.

Los Drakon y los Seneca se miraron desde ambos extremos de la mesa.

Tem no podía imaginar un mundo en el que se aliviara la tensión de aquella sala. Caspen le dio un beso en la sien.

«Ten paciencia. Apenas hemos comenzado».

Bastian entrelazó los dedos.

—Comprendo que muchos de ustedes ya no se sientan satisfechos bajo el gobierno de los Drakon; sin embargo, debemos respetar las circunstancias que nos otorgaron el poder; de lo contrario, deshonraremos a Kora y, por lo tanto, a nosotros mismos.

Se produjo un tenso silencio en el que todos miraron a Caspen. Todos los basiliscos de la sala sabían exactamente qué circunstancias otorgaron el poder a los Drakon.

—¿Y por qué deberían conservar su poder los Drakon? —cuestionó Rowe con la mandíbula tensa—. ¿Qué han hecho para ganárselo?

Tem pensó que Caspen diría algo en su defensa. Pero en lugar de eso, su mano se metió entre las piernas de ella. Un silbido sordo llenó la sala en cuanto la tocó. Todos los basiliscos los miraban fijamente: miraban a Tem. Fue entonces cuando comprendió su papel en esa reunión. Caspen había dicho que su presencia reforzaría su poder. Ahora él estaba ejerciendo dicho poder, aprovechando su conexión para someter al concejo a su voluntad.

Tem no podía quejarse. Lo que Caspen hacía se sentía como el paraíso, y ella decidió inclinarse hacia él, disfrutando de la forma en que la tocaba. Caspen cambió de postura y le abrió las piernas para mostrarla. Sus dedos entraron y salieron lentamente, extendiendo sus fluidos hasta que ella empezó a gotear sobre la silla de mármol.

El siseo se intensificó.

Los ojos de Rowe se clavaron en Tem, que le sostuvo la mirada. Podía ver el efecto directo que su vínculo con Caspen tenía en él: sus ojos estaban negros y sus manos se aferraban con fuerza al borde de la mesa. Parecía un hombre que no quería someterse, pero no tenía otra opción.

Tem se sintió orgullosa.

«¿Y ahora qué?», preguntó.

Caspen era ilegible, con facciones duras como la pizarra en la cálida oscuridad. Sus labios rozaron el cuello de Tem.

«Ahora vamos a empezar».

Bastian miraba a su hijo con algo parecido al orgullo, y Tem supo que su plan estaba funcionando. Si Caspen no la estuviera excitando en ese momento, se sentiría indignada por que la hubiera utilizado, pero sus dedos la adormecían en un trance que no deseaba romper, y apenas escuchó a Bastian cuando dijo:

—Propongo que pongamos a la realeza en su lugar.

Un murmullo de incredulidad recorrió la mesa. Sin duda, ya se había hablado antes de rebelión, de reclamar lo que los basiliscos consideraban suyo por derecho. Pero ahora que era el rey quien lo autorizaba, la propuesta tenía un peso legítimo.

—¿Y cómo los pondremos en su sitio? —preguntó Rowe.

La respuesta de Bastian fue sencilla.

—Los poseeremos.

Tem escuchó varios sonidos de desconcierto.

—La realeza intentará resistírsenos —dijo otro basilisco—. No podemos aspirar a poseerlos a todos.

Bastian señaló a Tem.

—Ella puede hacerlo.

—¿Y qué tiene ella de especial? —espetó Rowe.

Bastian juntó los dedos.

—Es de raza híbrida.

Se desató el caos.

Varios basiliscos gritaron de incredulidad, mientras otros golpeaban la mesa de piedra en señal de protesta.

La voz de Rowe resonó encima del escándalo.

—Si los Drakon sabían de la existencia de alguien de raza híbrida y lo ocultaron, eso es *traición.*

—Yo no lo sabía —insistió Bastian con las manos en alto—. No lo supe hasta el ritual.

—Él lo sabía. —Rowe señaló a Caspen—. Él debía saberlo. Lleva semanas acostándose con ella.

—Los asuntos de mi hijo son suyos —dijo Bastian—. No asumo ninguna responsabilidad por sus actos.

A Tem le pareció irónico.

—Esto es absurdo —insistió una basilisco del bando de los Seneca—. Creen que somos tontos.

Bastian negó con la cabeza.

—Solo defiendo nuestra liberación.

—Y déjame adivinar —continuó la mujer—: como libertadores de nuestro pueblo, los Drakon permanecerían en el poder.

Bastian se reclinó en su silla.

—Es de suponer que los Seneca se someterán a quienes seamos lo bastante audaces como para derrotar a la realeza.



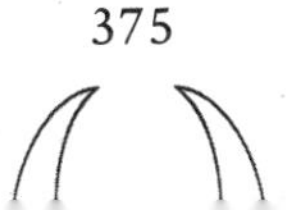

Era la clásica respuesta de un basilisco: evasiva e ineficaz. El concejo no se dejaría convencer.

—Demuéstralo —gruñó Rowe—. Demuestra que es de raza híbrida.

Tem no esperó el permiso de nadie. Ya estaba explorando el canal hacia la mente de Rowe, abriendo cuidadosamente la puerta mental que conducía a su conciencia. En cuanto estableció contacto, Rowe giró la cabeza para mirarla fijamente, con la boca abierta por la sorpresa.

Tem susurró suavemente dos palabras en su mente:

«Hola, Rowe».

Rowe reculó disgustado, levantando una barrera entre ellos tan rápido que Tem se estremeció.

—Imposible —gruñó él.

Detrás de ella, Tem sintió que Caspen se divertía.

«¿Qué le dijiste?».

«Solo lo saludé».

La diversión de Caspen no hizo más que aumentar. Aún tenía los dedos dentro de ella y su pene estaba duro desde hacía un rato. Tem podía sentirlo contra su espalda y lo único que deseaba era darse la vuelta y montarlo.

«Todavía no, Tem».

Tem se retorció entre sus brazos. Estaba excitada hasta el punto de distraerse; quería sexo en ese mismo instante. No obstante, Caspen la mantuvo en su sitio mientras Bastian decía:

—Les aseguro que no es imposible. Y tampoco lo es nuestra libertad.

—Su libertad —insistió Rowe—. Se refiere a los Drakon.

—Nuestra libertad también es la suya. Tenemos a alguien de raza híbrida —Bastian extendió los dedos—, y planeamos utilizarla. Es un recurso para todos nosotros.

—Si el príncipe la elige —espetó Rowe—. Y si acepta que la utilicemos.

—La elegirá —replicó Caspen—. Siempre eligen a mis alumnas.

Rowe se volteó hacia él, con los ojos entornados.

Tem recordó que Caspen tenía una reputación que mantener, un legado que defender.

—Y no la *utilizaremos* —continuó Caspen, con una voz peligrosamente baja—. Ella no es nuestra herramienta de destrucción. Ella es mi futura reina. Yo decidiré lo que sucederá con ella.

—En realidad —intervino Tem en voz baja—, yo decidiré lo que sucederá conmigo.

Todos los que estaban en la mesa voltearon para mirarla.

Bastian carraspeó. Caspen la apretó con fuerza de forma protectora.

—Por supuesto —dijo el rey con calma—. Tienes voz y voto en esto, Temperance. ¿Hay algo que quieras añadir?

Había muchas cosas que Tem deseaba añadir, pero solo una pasó por su mente en ese momento.

—¿Por qué debería hacer esto por ustedes? ¿Por qué debería esclavizar a personas inocentes?

Bastian se inclinó hacia delante.

—Los miembros de la realeza no son precisamente inocentes.

Sus palabras le recordaron a las de Caspen: cómo no consideraba que las vidas humanas fueran una pérdida. Tem pensó en los hijos pequeños de Lilly, que no tenían la culpa de la guerra contra los basiliscos. ¿Debían responder por los pecados de sus antepasados?

—Quizás el rey no sea inocente, pero el resto de la realeza sufriría daños colaterales.

—Los daños serán mucho mayores si no realizas la posesión.

Tem frunció el ceño.

—¿Qué quiere decir?

Bastian se encogió de hombros con una facilidad ensayada.

—La posesión es una solución elegante a nuestro problema. No implica pérdida de vidas, ni derramamiento de sangre. Mi pueblo puede recuperar el poder pacíficamente. Si te niegas, nos veremos obligados a recurrir a una... solución menos elegante.

—Querrá decir una guerra.

—Sí —dijo Bastian llanamente—. ¿Es eso lo que quieres?

La guerra era lo último que Tem quería, pero tampoco quería poseer a nadie.

—Quiero la paz.

—Entiendo tu postura —respondió Bastian—, pero la situación te supera.

Habló con cuidado, y Tem supo que estaba tratando de controlarla. Si se negaba a llevar a cabo la posesión, si rechazaba al rey delante de su concejo, los Drakon perderían terreno.

Tem no quería poner a Caspen en desventaja, pero tampoco estaba dispuesta a sacrificar a la familia de Leo por él.

—Deme una razón —pidió Tem.

Bastian arqueó una ceja.

—¿Una razón?

—Dígame cómo me beneficiaría la posesión.

El rey meditó su respuesta durante un largo momento, y los basiliscos a ambos lados de la mesa se movieron inquietos. Tem sabía que todos los presentes en la sala deseaban que los miembros de la realeza desaparecieran. Lo deseaban más que el poder para sí mismos. Y Tem era el catalizador.

Cuando Bastian habló, su voz llenó la habitación:

—La posesión liberará a tu padre.

Era lo único que podía haber dicho para hacerla considerarlo.



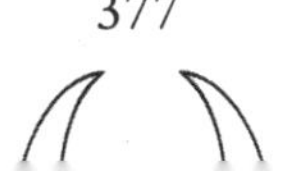

El padre de Tem era el ejemplo perfecto de la crueldad de la realeza, de su *ambición*. Ella podía justificar algunas cosas que la familia de Leo había hecho, pero nunca eso. Nunca el derramamiento de sangre. Era imperdonable, desmesurado y malvado. Sin embargo, ¿valía la realeza ser poseída por ello? ¿Merecían perder su libre albedrío? No parecía correcto.

Pero Tem se negó a consentir una guerra abierta.

Imaginó a Jonathan y Christopher petrificados en la plaza del pueblo. Habría más muertes, innumerables muertes, a menos de que Tem misma pusiera fin a la situación. El futuro de todo el reino estaba en juego. Gabriel, su madre, todos los humanos que no habían participado en la Guerra del Basilisco, pero que de todos modos se verían envueltos en ella. Si la posesión salvara vidas inocentes, valdría la pena.

«Tem, deberías pensarlo bien», dijo Caspen en voz baja en su mente, y ella supo que él había oído sus pensamientos.

Tem lo ignoró. Ya lo había pensado lo suficiente. Era hora de actuar.

—Está bien —dijo—. Poseeré a los miembros de la realeza.

«Deberíamos discutir…».

—Con una condición.

Bastian abrió las manos.

—Por favor, ilumínanos.

Incluso Caspen guardó silencio mientras la sala esperaba su condición.

Tem carraspeó antes de decir:

—El príncipe humano no deberá resultar herido.

Hubo un alboroto inmediato. Los basiliscos gritaron furiosos al unísono, y la voz de Rowe fue la que más resonó.

—Parece que el juguete se ha enamorado de su compañero de juegos —se burló. Hubo sonidos de apoyo, y Tem trató de ignorar la inconfundible oleada de desaprobación que provenía de la mente de Caspen. No le importaba si a él no le gustaba. Ella aún no había terminado, así que alzó la voz.

—Y tampoco su hermana ni sus hijos.

El alboroto aumentó. No fue hasta que Bastian golpeó la mesa con el puño con tanta fuerza que el mármol se agrietó que todos finalmente guardaron silencio.

—Esa es más de una condición, Temperance —dijo sombríamente.

—Esas son mis condiciones.

—Esto no es una negociación.

—¿No lo es? Soy de raza híbrida. Necesitan lo que puedo proporcionarles.

—Ten cuidado con cómo le hablas a tu rey.

Pero Tem ya estaba harta de que la reprendieran.

—Tenga cuidado con cómo me habla a mí —espetó.

El concejo entero enmudeció. Detrás de ella, Caspen respiró despacio y, por un momento, sus dedos dejaron de moverse. Tem hizo una pausa, lista para que él dijera algo en su mente, pero no lo hizo. Parecía que esperaba a ver qué haría ella.

Entonces Tem dijo:

—Sugiero que analice mis condiciones. Si las encuentra desfavorables, puede esperar siglos a que aparezca otro ser de raza híbrida. Odio imaginar el daño que los miembros de la realeza podrían causar durante ese tiempo.

Hubo un silencio largo y tenso.

Bastian la miraba con algo similar al odio. Tem sabía que había cruzado una línea, que había traspasado los límites de lo aceptable, incluso de lo seguro, pero no era ajena a que los reyes la miraran con abierta animosidad. Maximus la había preparado para eso.

—Muy bien —dijo Bastian finalmente, y su mirada se alejó de Tem y recorrió la habitación—. Ya la escucharon. La de raza híbrida está dispuesta a apoyar nuestra causa.

La mesa guardó silencio.

Bastian continuó.

—Es hora de recuperar el lugar que nos corresponde en este reino. Es hora de liberar a nuestros hermanos y hermanas. Es hora de luchar por aquellos que no pueden luchar por sí mismos. Y es hora de recordar a nuestro enemigo común.

Rowe se puso de pie.

—¡Ese enemigo está en la habitación *con nosotros*! —gritó.

Caspen soltó un siseo agudo. A diferencia del siseo excitado y sensual que emitía durante el sexo, este era áspero y claramente pretendía ser una reprimenda.

Rowe siseó a su vez y al oírlo Caspen se puso de pie también, empujando a Tem a un lado para poder inclinarse sobre la mesa hacia Rowe.

—Ten cuidado —dijo con una voz que penetraba la oscuridad como una lanza.

—Mírate. —Los ojos de Rowe tenían la dureza del acero mientras recorrían la erección de Caspen—. Excitado por esta «roma».

Caspen se quedó inmóvil de inmediato. Sus ojos negros se entrecerraron.

—Si valoras tu vida, no volverás a decir esa palabra.

Rowe sonrió con suficiencia.

—¿No es cierto? Escogiste como pareja a alguien que es en parte humana, una pareja que es *débil*. Y ahora quieres que nosotros...

Caspen se movió tan rápido que Tem ni siquiera tuvo tiempo de pestañear antes de que su mano se cerrara alrededor del cuello de Rowe.

—No hay nada de débil en mi pareja.

Varios basiliscos saltaron hacia delante en un intento por separar a Rowe y a Caspen. La enorme mesa de mármol chocó contra el suelo cuando



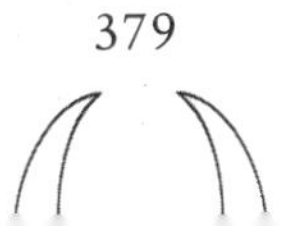

los cuerpos se estrellaron entre sí en una maraña caótica. Tem sabía que Caspen era poderoso en ese momento, así que cuando finalmente soltó a Rowe, fue porque él lo decidió, no porque las manos que le sujetaban los hombros tuvieran algún impacto real.

Caspen volvió a colocar a Tem en su regazo, respirándole con dificultad en el oído. Cuando todos volvieron a sentarse, se estaban formando feas marcas moradas en el cuello de Rowe, donde Caspen lo había sujetado. Un segundo más y Rowe habría muerto.

El concejo estaba en absoluto silencio. Pareció pasar un minuto entero antes de que Bastian dijera:

—Votemos. Quienes estén a favor de poseer a la realeza...

Se levantaron ocho manos. Rowe permaneció desafiante e inmóvil. Caspen, Bastian y Tem no votaron.

—Es la mayoría.

«¿Ya terminamos?», preguntó Tem.

«Casi».

El rey continuó:

—Quienes estén a favor de las condiciones que impone nuestra criatura de raza híbrida.

No se levantaron manos.

Un atisbo de ira cruzó el rostro de Bastian. Sus ojos se dirigieron a los de su hijo y Tem sintió que Caspen asentía.

«Es el momento, Tem».

«¿De qué?».

En respuesta, Caspen rodeó su cintura con las manos y la jaló hacia su pene. La penetró rápidamente, sosteniéndola justo por encima de su regazo para tener el control total. Tem había estado mojada durante tanto tiempo que no necesitaba preámbulos; toda la noche había sido ya un preludio, y estaba más que lista para recibirlo.

Ella se vino tan rápido que jadeó.

Caspen terminó un momento después, soltando un gemido bajo mientras la apartaba de su pene, mostrando al concejo la prueba de su unión.

Toda la escena no pudo haber durado más de treinta segundos; sin embargo, el cambio en la habitación era innegable, al igual que cuando Caspen la penetró con los dedos anteriormente, solo que esta vez obtuvo mucho más poder de su conexión. Tem lo sintió en el aire: una energía palpable que irradiaba de su cuerpo en ondas brillantes, que atraía a todos, que la atraía a ella.

Bastian volvió a hacer la misma pregunta.

—Todos los que estén a favor de las condiciones que ha impuesto la de raza híbrida...

Se levantaron todas las manos.



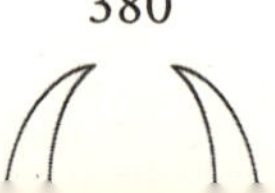

—Entonces está hecho.

«Ya terminó».

Para sorpresa de Tem, el rey inclinó la cabeza hacia ella. Luego se puso de pie, se dio la vuelta y salió de la habitación. El resto de los basiliscos también se puso de pie y Tem los observó mientras formaban una fila frente a ella. Miró a su alrededor, a Caspen.

«¿Qué están haciendo?».

«Están reconociendo mi autoridad».

«¿Mirándome fijamente?».

«Eres la fuente de mi autoridad. Nuestra conexión es lo que los ha convencido hoy».

Hubo un momento de silencio electrizante. Entonces, el primer basilisco se arrodilló ante ella. La mano de Caspen se movió hacia adelante, con la palma hacia fuera, impidiendo que el basilisco se acercara más.

«¿Qué está pasando ahora?», preguntó Tem.

«Desean honrarte».

«¿Honrarme cómo?».

«Hay una tradición en la que cada miembro del concejo te besa».

«¿En serio?»

—Es similar a la tradición humana de besar el anillo.

Tem casi soltó una carcajada ante eso. No era similar en absoluto, pero supuso que entendía el concepto.

«¿Quieren besarme mientras tú miras?», preguntó Tem con incredulidad.

«Sí. Pero, Tem... el beso no sería en la boca».

«Entonces, ¿dónde?».

Caspen no dijo una palabra. En lugar de eso, sus dedos se dirigieron nuevamente a su entrepierna.

—¿Es en serio? —preguntó Tem en voz alta.

La mano de Caspen se retiró de inmediato.

«Es una señal de respeto. No tienes que aceptar».

«¿Pero te ayudará si lo hago?».

«Sí, lo hará».

«Entonces acepto».

Caspen vaciló solo un momento antes de colocarla entre sus piernas, con las rodillas alineadas en paralelo en forma de «v». Él jaló sus piernas para abrirlas, ofreciéndola al basilisco arrodillado frente a ellos.

El basilisco se inclinó.

El tiempo pareció disminuir su ritmo cuando él besó con suavidad y reverencia su clítoris. Luego miró a Tem a los ojos, asintió respetuosamente y se puso de pie. El segundo basilisco dio un paso adelante, se arrodilló e hizo lo mismo. Cada miembro del concejo hizo lo mismo, uno tras otro,



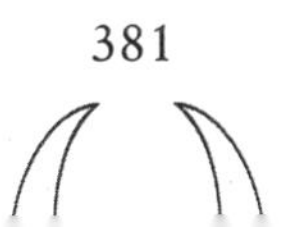

tanto hombres como mujeres. A medida que la fila avanzaba, Tem se mojaba cada vez más. Finalmente, la fila terminó y solo quedaba un basilisco.

El corazón de Tem latía con fuerza cuando Rowe se arrodilló frente a ella.

Él inclinó la cabeza, sosteniendo su mirada. Cuando estuvo a unos centímetros de distancia, finalmente cerró los ojos y bajó la cabeza hacia el centro de Tem. Rowe hizo lo que los demás no hicieron. Los basiliscos que lo precedieron simplemente posaron sus labios sobre ella, tocándola únicamente por una fracción de segundo, pero la lengua de Rowe se hundió en su interior, curiosamente, como si quisiera saborearla, y Tem no pudo ocultar la forma en que su respiración se entrecortó de placer. Tan pronto como sucedió, Rowe se apartó con disgusto.

—Eso le gustó —dijo Caspen—. Hazlo otra vez.

Tem sintió primero sorpresa, luego vergüenza y, por último, una impaciente expectación. Eso realmente le había gustado: el pequeño movimiento de la lengua de Rowe, la sutil presión de sus dientes. El resto del concejo no había hecho nada para distinguirse. Solo el beso de Rowe le dio un atisbo de verdadero placer y Caspen estaba en su mente, así que él también lo sabía.

Durante un largo rato, Rowe no se movió. Luego, lentamente, bajó la boca. Pasó la lengua por ella, con un suave movimiento, como antes, y Tem casi se deshizo en ese mismo instante.

—Otra vez —ordenó Caspen.

Esta vez, Rowe inclinó la cabeza y la besó, justo ahí, justo donde Caspen la besaba casi todas las noches. Hizo girar su lengua con maestría sobre su clítoris, provocando un grito desesperado que Tem no pudo controlar. Ella cerró los ojos y se entregó a la sensación. Se sentía demasiado bien. La boca de Rowe era un demonio perverso que la empujaba al borde de un acantilado que nunca pidió escalar. Rowe le agarró las piernas, jalándola hacia él, de modo que Tem no tuvo ni un momento para respirar bajo su lengua implacable.

El pene de Caspen se clavó contra la base de su columna.

Rowe prosiguió. La lamió, la succionó, la acarició hasta que gimió bajo sus labios, con las piernas abiertas sin pensar en nada más que en la innegable necesidad de sentir todo lo que pudiera.

No existía concejo ni reunión. Solo existía el placer de Tem y lo que ella estaba dispuesta a hacer para conseguirlo.

—Haz que termine —gruñó Caspen.

Él estaba en su mente, su poder crecía con cada movimiento de la lengua de Rowe, el profundo zumbido de la magia crepitaba más fuerte con cada minuto que Tem se acercaba a su orgasmo. No podía creer que eso estuviera sucediendo, pero no iba a detenerlo cuando se sentía tan bien, especialmente cuando todo en ella quería que Rowe continuara.



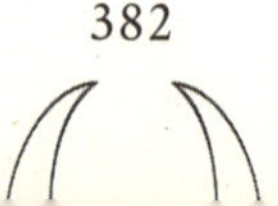

Estaba a pocos segundos de venirse cuando la mano de Caspen se movió de repente a su alrededor, agarrando la nuca de Rowe y sujetando su cabeza hacia abajo, asegurándose de que permaneciera entre las piernas de Tem mientras terminaba. Lo último que vio fueron los dedos de Caspen entrelazados en el espeso cabello negro de Rowe antes de que sus ojos se cerraran de golpe y ella gritara, estremecida por el placer.

Cuando la última oleada del orgasmo de Tem había pasado, Caspen soltó a Rowe con un empujón de desprecio.

—Levántate —le ordenó.

Rowe se puso de pie.

Con un sobresalto Tem se dio cuenta de que tenía una erección, y su pene estaba tan firme como él.

—Mírate —dijo Caspen con una voz más aguda que el filo de un cuchillo—, excitado por una «roma».

Tem todavía no sabía lo que significaba esa palabra, pero sabía que nunca había visto a Caspen tan enojado, y a pesar del cálido resplandor residual que se filtraba a través de ella, de repente sintió miedo.

—Termina —ordenó Caspen a Rowe con una voz letalmente tranquila—. Ambos sabemos que quieres hacerlo.

Había tal peligro en su tono que Tem se descubrió conteniendo la respiración. Como Rowe no respondió, Caspen se enderezó.

—Termina —gruñó—. Ahora.

Rowe no quería ceder. En su rostro se notaba la tensión que le producía resistirse a la orden de Caspen. Su cuerpo estaba rígido y sus músculos tensos hasta el punto del agotamiento.

Pero Caspen era el futuro rey. Se había ganado el favor del concejo y su poder era más férreo que nunca. Incluso entonces, Tem podía sentirlo vibrando en su interior, nublando su visión con estrellas.

Finalmente, como si lo impulsara una fuerza de otro mundo, y tal vez ese era el poder de Caspen, la mano de Rowe se dirigió lentamente a su pene. Rodeó la base con los dedos y comenzó a estimularlo. Terminó patéticamente rápido; le tomó tres movimientos antes de que su cabeza se arqueara hacia atrás con un gruñido atormentado. Vació la mayor parte de su semen en la palma de la mano, pero Tem vio cómo una sola gota caía sobre su pie.

Tem se quedó mirándola mientras Caspen decía:

—Si vuelves a referirte a ella de cualquier otra manera, ya no tendrás un pene que acariciar. ¿Fui suficientemente claro?

Rowe asintió, con los ojos aún vidriosos por el orgasmo y el pecho cubierto de sudor.

—Dilo —ordenó Caspen—. Di su nombre.

Rowe parpadeó y sus ojos se concentraron en Tem.



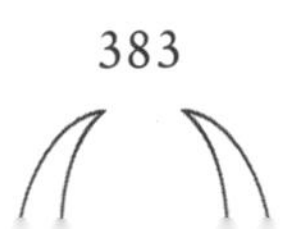

—Temperance.

No había duda de la caliente corriente de odio en su voz.

—Bien. Ahora vete.

Rowe no necesitó que se lo dijeran dos veces.

En cuanto se fue, Tem miró a Caspen.

—Lo hiciste enojar.

—Él me hizo enojar.

El tono de Caspen fue tan contundente que Tem se tragó el resto de su pensamiento, que era que Rowe no era un buen enemigo en ese momento, especialmente cuando necesitaban su apoyo. Humillarlo frente al concejo no podía acarrear más que problemas. Pero antes de que pudiera preocuparse por ello, Caspen volvió a hablar.

—Todo el mundo fuera —dijo sin apartar los ojos de los de ella.

Tem ni siquiera oyó salir al resto del concejo.

Solo sintió las manos de Caspen en su cintura mientras él la levantaba, la giraba en el aire y la jalaba directamente hacia su pene.

Tem jadeó ante la repentina sensación de plenitud, con las caderas moviéndose por sí solas y su cuerpo anhelándolo con la misma seguridad con la que Caspen la deseaba a ella. Tem se agarró de sus hombros, usándolos para estabilizarse mientras recibía exactamente lo que necesitaba de él. Cuando sus labios se encontraron Caspen gimió y Tem supo que ella le gustaba más cuando estaba así: desnuda en su regazo. Él le apretó las nalgas y el cuello.

Tem no dejó de montarlo. Necesitaba lo que vendría después, necesitaba sentir esa liberación definitiva. Del torso de Caspen salía humo, pero ya no le daba miedo. Algo en ella lo llamaba. Algo en ella quería más. El sexo con Caspen era diferente ahora que estaban comprometidos, ahora que sabía quién era realmente.

«Termina, Tem. Necesito verte terminar».

Tem ya estaba llegando al clímax. Echó la cabeza hacia atrás cuando el orgasmo la golpeó, brotando desde su centro y extendiéndose por su columna vertebral. La invadió una abrumadora oleada de satisfacción, supo que era de Caspen. Le encantaba verla así, enloquecida, sexi y libre, terminando para él exactamente cuando se lo pedía. Y a Tem le encantaba ser así para él.

Ahora entendía cómo podía compartir su cuerpo con otro, pero solo pertenecerle a él, cómo estaban predestinados, más allá de la comprensión, más allá de la lógica, más allá de la razón, con su propia materia entrelazada en un lazo impenetrable. No se separarían. Nunca.

Entre el orgasmo que Rowe le había provocado y el que acababa de tener, Tem se sintió como si estuviera hecha de luz solar.

Caspen la jaló para apartarla de su pene y la puso en el borde de la



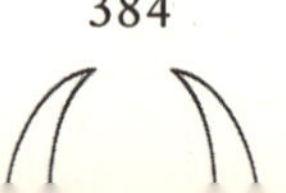

mesa, con su rostro entre las piernas de ella. Por un momento, simplemente la miró, y a Tem le recordó de inmediato la vez que se conocieron, cuando ella se tocó en la cálida oscuridad de la cueva y él la tocó a su vez. Había sido muy ingenua entonces.

Caspen bajó la boca.

Una cosa era que Rowe la degustara y otra muy distinta era que Caspen deslizara su lengua en su interior para demostrarle sin lugar a dudas que era suya, que pertenecían uno al otro. Su lengua trazó lentos círculos alrededor de su clítoris, lo suficiente para hacer que arqueara la espalda, pero no lo suficiente como para hacerla terminar de nuevo. Cuando sus dedos entraron en ella, Tem gimió, agarrando la parte posterior de la cabeza de Caspen y manteniéndolo contra ella. Él la lamió con ganas, deliciosamente, de la manera en que toda chica querría que la lamieran, como si fuera el premio máximo y el hombre entre sus piernas tuviera la gran suerte de haberla ganado. Caspen lamió todos los fluidos del orgasmo que Tem acababa de tener y cuando terminó ya estaba mojada de nuevo por lo que él hacía en ese momento. La mesa de mármol se le clavaba en las nalgas, pero no importaba. Lo que él le hacía era tan placentero que Tem podría haberse quedado allí toda la noche. Cuando Tem estaba a punto de venirse de nuevo, Caspen se puso de pie, deslizó su pene en su interior y la penetró hasta que ambos llegaron al orgasmo.

Tem descansó allí, con las piernas alrededor de Caspen, sus pechos juntos y sus corazones latiendo al unísono.

«Vaya reunión del concejo».

Caspen rio y el sonido vibró contra ella.

«No suelen ser tan agitadas».

«Eso espero».

Caspen besó su mejilla.

—Debes de estar cansada —susurró—. Deberíamos dormir.

Tem asintió.

Caspen la levantó de la mesa antes de dejarla en el frío suelo de piedra. Le tomó la mano y juntos recorrieron los pasillos. Cuando llegaron a sus aposentos, se desplomaron en la cama, abrazados. Lo último que oyó Tem antes de quedarse dormida fue la voz de Caspen en su mente:

«Gracias».



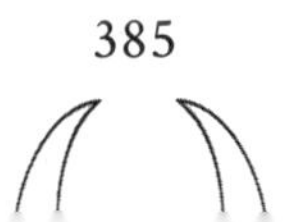

# CAPÍTULO 29

—¿Cómo me llamó Rowe?

Caspen abrió los ojos.

—Veo que ya estamos haciendo preguntas —dijo, estirando los brazos antes de jalarla contra él.

Tem llevaba despierta un rato, observándolo dormir, pero en ese momento necesitaba respuestas.

—Caspen —insistió—. Dime.

—Rowe te llamó «roma» —dijo con la voz aún ronca por el sueño—. Es un insulto que se usa para describir a los humanos.

—Pero yo no soy humana. Soy de raza híbrida.

—Eres en parte humana. Eso ya es demasiado para Rowe.

—Pero ¿por qué «roma»? ¿Qué significa?

—Se refiere a tus dientes. Los humanos no tienen colmillos como nosotros. Siempre serán... romos, por así decirlo.

Tem asimiló esa información lentamente. Pensó en los dientes de oro de Leo y en cómo los habían afilado para que fueran puntiagudos. Colmillos por donde se les viera, pero falsos.

—¿Crees que soy débil? —susurró Tem.

La rabia en el rostro de Caspen era inconfundible. Acunó su mandíbula, mirándola directamente a los ojos mientras decía:

—Eres perfecta, Tem. No permitiré que pienses algo distinto.

Ella agradeció el sentimiento, pero simplemente no lo creía.

Caspen la jaló más cerca, posando sus labios en su cuello.

—Rowe es un tonto si piensa que eres débil.

—Es un tonto en general —murmuró Tem, y sintió la sonrisa de Caspen.

—Lo es.

Permanecieron en silencio por un momento. Luego, Tem dijo:

—Lo que dije fue en serio.

Caspen levantó las cejas en señal de curiosidad.

—Solo realizaré la posesión si la seguridad de Leo está garantizada —aclaró.

—Entiendo, Tem.

—¿Tu padre cumplirá su palabra?

—Sí.

—¿Cómo lo sabes?

—Porque necesita que lleves a cabo la posesión. Si se retracta de su palabra, sabe que no lo harás.

—¿Y después? ¿Cómo puedo confiar en que no se retractará entonces?

Caspen la miró una vez más a los ojos.

—También tienes mi palabra, Tem. No le pasará nada al príncipe humano, ni a su hermana.

Tem sintió una profunda gratitud. Ahora se sentía mejor; sin embargo, la sensación duró solo un momento antes de que otra duda se apoderara de ella.

—¿Qué pasará con el resto de la realeza?

Caspen suspiró.

—No lo sé.

—Sí, lo sabes. Dímelo.

Se incorporó y Tem también.

—No lo sé con certeza. Cuando los poseas, estarán ligados a ti.

—¿Y entonces?

—No lo sé —repitió.

Tem miró fijamente su hombro, aturdida. Valdría la pena. Sin importar lo que costara, valdría la pena para evitar la guerra.

—Caspen —susurró ella—. ¿Y si no puedo poseerlos?

Él volvió a tomar el rostro de Tem entre sus manos.

—Sí puedes.

—Pensé que no querías que lo hiciera.

Caspen suspiró.

—No quiero que lo hagas si no estás preparada, pero si este es el camino que elegiste, te ayudaré a prepararte.

—¿Prepararme?

—Te enseñaré a dominar tu lado basilisco. Cuando lo logres, podrás realizar la posesión.

—¿Quieres decir que me ayudarás a... transformarme?

Caspen la miró fijamente.

—Sí.

—¿Cómo?

Caspen se encogió de hombros.

—Es como dijiste. Te he enseñado todo lo demás, ¿por qué no esto?

Tem sonrió ante aquello, pero su sonrisa se desvaneció rápidamente.



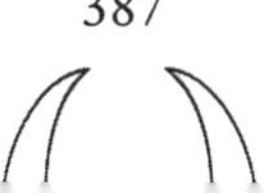

—Tengo... miedo —susurró.

La expresión de Caspen se suavizó.

—No tenemos que hacer nada hoy. Puedes tomarte tu tiempo.

Pero se les acababa el tiempo. El baile se celebraría en unos días; la boda sería poco después. Si Tem no hacía eso entonces, si no podía dominar esa nueva parte de sí misma, la seguridad de Leo no estaría garantizada.

Algo más carcomía el corazón de Tem, un miedo que no quería nombrar. Levantó la mirada hacia Caspen y la clavó en sus ojos dorados.

—Caspen —dijo lentamente—. Dijiste que nuestra conexión hizo que el concejo reconociera tu autoridad.

—Así es.

—Entonces ¿puedes... obtener poder de nuestra conexión?, ¿de mí?

—Sí, puedo hacerlo —asintió.

—¿Incluso si no estoy cerca de ti?

—Sí —asintió otra vez.

Tem lo miró directamente.

—Entonces, cuando me envías vibraciones, cuando me excitas, eso te vuelve más poderoso.

—Así es —respondió con calma.

Tem frunció el ceño.

Todas esas veces que le había provocado orgasmos usando la garra, estaba extrayendo poder de ella, la estaba utilizando. Pensó en aquella vez en la bañera, cómo había ocurrido mientras él estaba en una reunión con el concejo buscando la aprobación de su compromiso. Caspen le pasó un mechón de cabello por detrás de la oreja.

—¿Por qué me preguntas esto, Tem?

—Me estás utilizando para ganar poder.

No respondió.

Tem inclinó la cabeza.

—¿Me equivoco?

Siguió sin responder.

—¿Y si no te diera poder? ¿Seguirías conmigo? —cuestionó Tem con un tono más duro.

Caspen le tocó la barbilla, jalando su rostro hacia el suyo.

—Por supuesto.

Ella lo miró.

—Tem —dijo Caspen mientras se inclinaba hacia ella—, por supuesto que sí. Es cierto que eres una fuente de poder para mí, pero no es por eso que estoy contigo. No olvides que eres de raza híbrida. Todo lo que yo puedo hacer, tú también puedes hacerlo.

Tem captó el significado de sus palabras.

Caspen habló antes de que ella pudiera hacerlo.



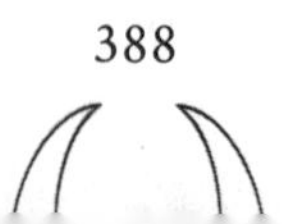

—Yo también soy una fuente de poder para ti, Tem.

Era una idea interesante. Quería saber más, pero en su corazón se estaba filtrando otro miedo al que no quería enfrentarse. Su siguiente pregunta fue un susurro:

—¿Y si nunca me transformo? ¿Seguirás queriéndome?

Caspen le dio un beso en la frente.

—Me enamoré de ti cuando pensaba que eras humana. Por favor, no me insultes suponiendo que no te amaría de otra manera.

Tem no lo había pensado de esa forma. Al principio, se enojó con Caspen por ocultarle que era de raza híbrida, pero ahora veía su elección desde una perspectiva diferente. Si nunca se lo hubiera dicho, quizá nunca lo hubiera descubierto y habrían seguido como hasta entonces: ella como humana y él como basilisco.

Podrían haber vivido así el resto de su tiempo juntos. Caspen nunca la había presionado para que hiciera algo para lo que no estuviera preparada, nunca había necesitado que fuera algo más que humana.

Sus siguientes palabras lo confirmaron:

—Siempre te querré, Tem —susurró—. Sin importar lo que seas.

No había nada más que decir después de eso. Tem sabía en su corazón que el interés de Caspen en ella no era transaccional, que su conexión iba mucho más allá de un mero intercambio de poder. La habría abandonado mucho antes si ese hubiera sido el caso. No había garantía de que pudiera transformarse, ni de que pudiera alcanzar su máximo potencial. La había amado antes de ver sus pecas. Siempre la amaría.

Caspen la besó de nuevo y ella le devolvió el beso.

Finalmente, él se alejó.

—Ya casi amanece —dijo en voz baja—. Tu madre estará esperando.

Parecía un error irse sin haber tenido sexo. Pero Tem seguía agotada; su cuerpo había pasado por demasiadas cosas en los últimos días, y sospechaba que Caspen lo sabía. La acompañó hasta el final del sendero, besándola apasionadamente antes de despedirse de ella.

Era una mañana fría, el invierno empezaba a asentarse. Los últimos días de la temporada otoñal habían llegado y pronto la aldea se cubriría de nieve. Tem siempre había odiado la nieve. Hacía demasiado frío y eso la hacía sentir miserable. Ahora se preguntaba si eso sería un rasgo distintivo de los basiliscos. Las serpientes buscaban el calor, se sentían atraídas por él en sus profundas y oscuras cuevas. Había muchísimas cosas que no sabía de sí misma, muchísimas que aún tenía que descubrir.

Se dedicó a sus tareas en la granja en silencio. Prestaba atención al canto de cada gallo, maravillándose por el dolor físico que le causaba. De alguna manera, era peor ahora que sabía la verdad. Era como si un cristal se hubiera roto en su vida y nunca pudiera volver a unir las piezas.



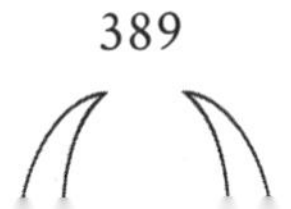

Cuando entró a la cabaña, su madre la estaba esperando.

—Querida —dijo en voz baja.

Tem suspiró. Aún no había una reconciliación entre ellas, ninguna resolución.

—Madre.

Un silencio. Y luego:

—Debí decírtelo antes.

Tem parpadeó, no esperaba oír eso en absoluto.

Su madre se acercó, tomando las manos de Tem entre las suyas.

—Hice mal en ocultarte algo tan importante. Ruego que me perdones.

Tem abrió la boca y luego la volvió a cerrar. ¿Culparía a su madre por guardar ese secreto cuando ahora ella misma le guardaba secretos? Su madre no tenía idea de lo que hacía bajo la montaña. No sabía que su hija estaba comprometida con un basilisco, que Tem seguía sus pasos. Así que dijo:

—Por supuesto que te perdono.

El alivio inundó el rostro de su madre. Apretó las manos de Tem y luego las soltó.

—Sé que debes tener muchas preguntas, y las responderé, pero más tarde. Ahora mismo pensaba ir a la panadería.

Tem sabía que era su manera de hacer las paces, de evitarle un encuentro innecesariamente cruel con Vera.

—Gracias, madre.

Su madre sonrió. Luego se fue.

Tem pasó el resto del día en la cama, alternando entre la preocupación y el sueño. Cuando llegó la mitad de la tarde, ya estaba ansiosa por volver a ver a Caspen. Deseaba empezar sus lecciones, impaciente por transformarse. Ahora que sabía que había toda una parte de ella por descubrir, necesitaba explorarla.

No podía esperar hasta la noche.

Dejó una nota a su madre y caminó rápidamente hacia las cuevas, con los hombros encogidos protegiéndose del viento. Cuando llegó, se dirigió directamente al pasadizo, recorriendo con confianza los giros y vueltas que había memorizado hacía mucho tiempo. Estaba a punto de llegar a los aposentos de Caspen cuando algo la detuvo en seco.

Había alguien de pie en medio del pasillo.

Apenas podía ver la figura en la casi total oscuridad, pero un escalofrío recorrió su espalda cuando la persona habló.

—Temperance.

Era Rowe.

Tem no respondió. No podría haberlo hecho aunque lo hubiera intentado.



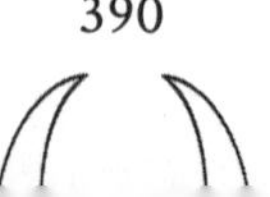

Rowe se acercó.

—¿Sabes? —dijo con indiferencia, como si fueran viejos amigos—. No deberías andar sola por la montaña. No es seguro para los humanos.

—No soy humana. —Tem odiaba lo pequeñas que sonaban sus palabras.

Rowe se acercó aún más.

—¿No? —Su voz perdió de inmediato su tono cordial—. Entonces, ¿qué eres? Una mestiza. Una abominación de la naturaleza que cree que es nuestra salvación.

—No creo eso.

—Niña estúpida, no sabes nada de las costumbres de mi gente.

—Sé que Caspen se arrepiente de lo que hizo.

Rowe se quedó paralizado. Fue una apuesta arriesgada mencionar a su padre, pero Tem necesitaba distraerlo, encontrar una salida. Ella siguió hablando sin que Rowe pudiera detenerla.

—No quería llevar a cabo la posesión.

La respuesta de Rowe fue fría.

—Pero lo hizo de todos modos.

—Solo lo hizo porque sintió que no tenía otra opción.

—Sin embargo, *eligió* hacerlo —siseó Rowe. Se acercó una vez más y su aliento llegó a su cara cuando dijo: —Lo que hizo fue un pecado y lo pagará con sangre.

Tem trató de controlar los latidos de su corazón, pero le resultó imposible. Rowe estaba demasiado cerca; todos sus instintos le decían que corriera.

—¿No harías cualquier cosa por tu familia? —preguntó desesperada—, ¿por tu linaje?

—Su linaje no tiene derecho al trono —gruñó Rowe con una voz más aguda que un cristal roto—; y tú tampoco.

Tem sintió cómo un frío miedo la atravesaba.

Rowe estaba enojado: con Caspen y con Tem. Antes de que pudiera darse la vuelta, Rowe la agarró del brazo con un doloroso apretón. Su otra mano se dirigió a su cuello, y apretó con fuerza su tráquea. Pero en lugar de asfixiarla, los ojos de Rowe se clavaron en los suyos, con las pupilas muy dilatadas. Por un breve y aterrador momento, Tem pensó que podría besarla.

En cambio, el rostro de Rowe se crispó.

—Increíble —susurró—. Él te reclamó.

Tem no tenía ni idea de lo que eso significaba, pero sabía que tenía que escapar. Rowe estaba claramente desquiciado, y no sabía qué podría hacer a continuación. Con un último jalón, Tem se zafó de sus manos con toda la fuerza que pudo. Para su sorpresa, Rowe la dejó ir, aún con la cara paralizada por la conmoción. Todos sus instintos le gritaban que corriera.



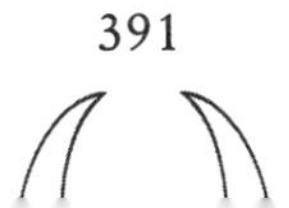

En lugar de eso, levantó la barbilla y dijo:

—Si vuelves a tocarme, Caspen te matará.

Ni siquiera sabía si esas palabras eran ciertas. Si Caspen mataba a Rowe, habría una guerra inmediata entre los linajes. Tem no quería que eso sucediera, y menos por su culpa, pero Caspen era la única carta que le quedaba por jugar. Él era poderoso y en ese momento necesitaba recordárselo a Rowe.

Rowe no respondió. Tem corrió.

Corrió el resto del camino hasta los aposentos de Caspen, contó frenéticamente las vueltas una tras otra, y de alguna manera llegó a la familiar puerta de madera.

Caspen levantó la cara, sorprendido cuando ella entró.

—¿Tem? Llegas temprano.

Ella estalló en llanto de inmediato.

—Tem. —Caspen se acercó a ella, tomó su rostro entre sus manos y lo acercó al suyo—. ¿Qué pasa?

Ella sacudió la cabeza, tratando de controlar sus sollozos.

—Háblame, Tem. —La mirada de Caspen se posó en su cuello.

Se preguntó si él podría ver dónde la había sujetado Rowe.

—Tem, por favor —susurró Caspen—. ¿Qué pasó?

Ella no respondió, todavía intentaba recuperar el aliento.

—Tienes el mismo aspecto que cuando esos chicos te hicieron daño. No soporto verte así.

Cuando mencionó a Jonathan y Christopher, Tem recordó las estatuas de piedra de la plaza. Imaginó lo que Caspen podría hacerle a Rowe.

—No es nada parecido. —Volvió a negar con la cabeza—. De verdad.

Pero los labios de Caspen dibujaron una línea rígida.

—Cuéntame lo que pasó.

Su voz era tranquila. No tenía sentido tratar de ocultárselo. Incluso si pudiera mentir convincentemente, Caspen nunca le creería. Tem miró sus preocupados ojos.

—Me encontré con Rowe —dijo al fin—. Él... estaba enojado.

Caspen se puso rígido al instante.

—¿Por qué?

—Por la reunión del concejo.

Un músculo de su mandíbula se contrajo.

—¿Qué dijo?

Tem intentó apartar la mirada, pero Caspen mantuvo su rostro cerca del suyo.

—Dijo que yo no tenía derecho al trono. —Hubo un silencio y Tem estudió la posibilidad de omitir el resto, pero algo en la expresión de



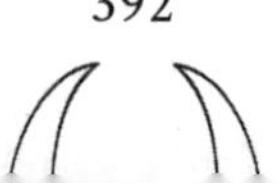

Caspen le indicó que no se detendría hasta que tuviera la historia completa, así que terminó en voz baja—. Y luego dijo que tú me reclamaste.

Caspen se enderezó.

—¿Te tocó cuando dijo eso?

—Me agarró del cuello.

La cara de Caspen reveló rápidamente una expresión de sorpresa. Luego, se apoderó de él una ira inconmensurable. Bajó las manos.

—Espera aquí —ordenó.

—¿Adónde vas?

—Te lo explicaré cuando regrese.

Tem lo jaló de regreso.

—Me lo explicarás *ahora.*

—Tem, detente. Debo...

—Caspen.

Al oír su llanto, se quedó quieto. Ella le rodeó el cuello con los brazos y lo estrechó contra sí.

—Necesito sentirme segura —dijo en voz baja—. Por favor, no me dejes.

Su rostro estaba a unos centímetros del de ella. Tem miró fijamente sus ojos dorados y no vio en ellos más que rabia.

—Tengo que matarlo, Tem.

Un escalofrío recorrió la espalda de Tem. Era exactamente con lo que había amenazado a Rowe, pero ahora que de verdad era una posibilidad, sabía sin lugar a dudas que no quería que sucediera.

—No fue nada, Caspen, de verdad.

Pero él ya se estaba dando la vuelta de nuevo para irse.

—Esto no puede quedar impune.

Tem lo jaló otra vez.

—No hay nada que castigar.

Él dejó escapar una risa seca.

—Te equivocas.

—Solo me sujetó.

—Intentó poseerte.

Eso hizo que Tem se detuviera de inmediato. Frunció el ceño.

—¿Cómo lo sabes?

Los ojos de Caspen volvieron a posarse en su cuello.

—La posesión es más efectiva cuando se hace mediante el cuello.

Tem revivió el aterrador momento en que Rowe la agarró y la miró a los ojos.

—Pero no sentí nada —dijo lentamente.

—Eso es porque te reclamé como mía. Mi veneno te protegió de su posesión.

Tem recordó cómo había tragado el líquido negro y humeante.



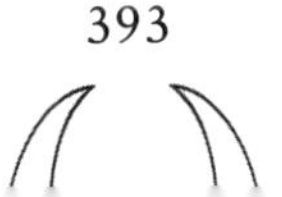

—¿Estás seguro? —susurró.

—Sí —dijo Caspen con el cuerpo todavía inclinado hacia la puerta—. Solo el rey podría eludir esa protección. Es el único basilisco con suficiente poder para poseer a quien quiera.

—¿Qué habría pasado si Rowe me hubiera poseído?

—Lo habría matado —espetó Caspen—. Como deseo hacer ahora.

—Eso no es a lo que me refiero

Caspen suspiró, girando finalmente hacia ella.

—Entonces, ¿a qué te refieres, Tem?

—Me refiero a qué nos habría pasado.

Caspen parecía aún más enojado de lo que ya estaba.

—No estoy seguro. Eres de raza híbrida, así que eres basilisco y humano. La posesión pudo esclavizarte o matarte. Si te hubiera esclavizado, nuestro vínculo se habría roto. Le pertenecerías.

—No puedo imaginarlo.

—Yo tampoco.

Tem trató de imaginarse a sí misma con Rowe en lugar de con Caspen. La idea le provocó ganas de vomitar.

—Pero ¿cómo pudo pensar que se saldría con la suya poseyéndome? No podría ocultarlo, ¿verdad?

—No lo ocultaría. Esa es la cuestión. Todo el mundo sabría que te poseyó. Tendría sexo contigo delante de mí, y yo no podría hacer nada al respecto.

Era un pensamiento horrible. Tem no podía imaginarse sometida a alguien como Rowe, que la odiaba, a quien no le importaba si vivía o moría. Alguien que la usaría para torturar a Caspen.

—No se lo permitiría.

—No tendrías elección, Tem. La posesión te uniría a él y tu único deseo sería complacerlo.

—Eso es horrible.

—Lo es. Poseer a la pareja de otro es de una crueldad indescriptible. No hay forma de revertirlo. Es un acto de guerra imperdonable, y Rowe lo sabe.

—Entonces… ¿qué pasará ahora? —preguntó Tem en voz baja—. No puedes matarlo, lo sabes.

Caspen suspiró.

—Lo sé, pero debo tomar represalias.

—¿No puedes solamente… no sé… darle una lección de alguna manera?

Caspen esbozó una sonrisa torcida. No era una sonrisa feliz.

—Eso es exactamente lo que haré.

Tem sintió una punzada de pavor en el estómago y se arrepintió de su sugerencia. No obstante, cualquier cosa que Caspen decidiera hacerle



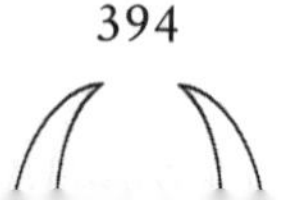

a Rowe sería mejor que matarlo, ¿no? Mientras no hubiera más muertes en sus manos, Tem podría aceptar el resultado.

Se acercó a él.

—No... hagas nada esta noche, por favor. No quiero estar sola.

Las manos de Caspen encontraron su cintura.

—No te dejaré sola.

—¿Nunca? —murmuró Tem contra sus labios.

—Nunca —susurró Caspen a su vez.

Se besaron lenta y sensualmente, disfrutando del sabor del otro. Caspen desabrochó el vestido de Tem y este cayó al suelo. Él susurró una pregunta en su mente mientras su lengua se movía contra la de ella.

«¿Quieres intentar transformarte?».

Habían pasado muchas cosas esa noche y Tem estaba cansada. Sin embargo, era precisamente el encanto de transformarse lo que la había llevado hasta allí. Y si el incidente con Rowe le había enseñado algo, era que necesitaba protegerse. Transformarse era la mejor manera de hacerlo.

«Sí».

Caspen la jaló.

«Ven conmigo».

Tomó su mano y entraron al pasillo.

«¿Adónde vamos?».

«Abajo».

Eso fue todo lo que dijo. Tem no pidió más información y se conformó con caminar a su lado mientras descendían cada vez más en las entrañas de la montaña. En un momento dado, atravesaron una gran sala circular con una fuente en el centro. Había bancas esparcidos por todo el espacio.

—¿Qué se hace aquí? —preguntó Tem.

—Es un lugar de reunión —respondió Caspen—. Imagínatelo como un patio.

Continuaron caminando en descenso, y Tem juraría que había pasado una hora antes de que Caspen finalmente se detuviera frente a un par de puertas dobles. Se giró hacia ella.

—Quiero que intentes relajarte.

Tem puso los ojos en blanco. Caspen siempre quería eso.

—Tem —puso sus manos sobre sus hombros—, tienes que estar tranquila. Y debes creer que puedes hacerlo.

Ella lo miró fijamente. Estaba claro que Caspen creía que podía hacerlo, lo creyera ella misma o no. Eso tendría que ser suficiente por el momento.

Tem asintió.

Caspen hizo lo mismo y luego empujó las puertas dobles para abrirlas.

Ante ellos se desplegó una enorme caverna. Estaban de pie en el borde mismo, en una pendiente que descendía gradualmente hasta un lago



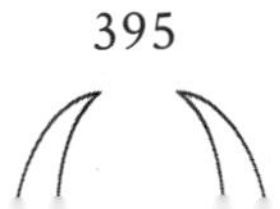

profundo y extenso. Las aguas relucientes se extendían como si no tuvieran fin; Tem no podía ver dónde terminaban. La caverna estaba iluminada por antorchas, cuya cálida luz parpadeaba en la superficie del lago. De la bóveda colgaban estalactitas en forma de grandes gotas irregulares.

—Esto es... —susurró Tem. Pero no había palabras. Era más que hermoso, Tem nunca había estado en un lugar tan claramente impregnado de magia. La sentía en sus huesos de la misma manera que había sentido el poder de Caspen durante la reunión del concejo. Había una energía profunda y antigua allí, y Tem se sentía atraída por ella.

Caspen la condujo por la pendiente, hasta la orilla del agua.

—¿Qué es este lugar?

—Es el centro de la montaña.

—¿Por qué me trajiste aquí?

Caspen se metió al agua y Tem lo siguió.

—Es sagrado —dijo mientras caminaban hasta que el agua le llegó a la cintura—. Creemos que la propia Kora se bañaba aquí.

Tem también podía creerlo. El lago era etéreo; podía entender cómo una diosa se sentiría como en casa en ese lugar.

—Puede ser que te resulte más fácil transformarte en un lugar conectado con la naturaleza.

—¿Por qué no afuera?

—Hay gente afuera. Si te transformas y no puedes controlarte, correrían peligro. No quiero que te preocupes por lastimar a alguien la primera vez.

Tem sintió cómo la inundaba la gratitud hacia Caspen. Claramente, lo había pensado bien.

Caspen tomó sus manos entre las suyas y volteó hacia ella.

«Haremos esto juntos».

Lo dijo con una confianza que Tem no compartía.

Un momento después, sintió que Caspen la hacía entrar en su mente de la misma manera que lo había hecho antes. Tem hizo un esfuerzo inmenso para no entrar en pánico ante la idea de dejar su cuerpo físico desprotegido mientras él se transformaba.

«Te mantendré a salvo».

Tem habría asentido con la cabeza, pero no tenía sentido. Ni siquiera la convicción de Caspen podía calmarla. Estaba demasiado ansiosa, demasiado asustada como para tranquilizarse incluso en el refugio de la mente de Caspen.

«Relájate, Tem».

Tem intentó hacerlo.

En cambio, se concentró en cómo se sentía Caspen, y notó que estaba tranquilo y sereno a pesar de lo que estaba en juego. Era un rasgo que siempre había deseado para sí misma. Tem sentía demasiado, todo el tiempo.



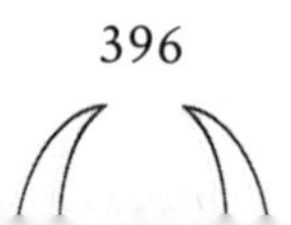

«Puedes usar eso, Tem».

«¿Usar qué?».

«Tus emociones».

«¿Cómo?».

«Transformarse consiste en convertirse en la versión más auténtica de uno mismo. Eres emocional. Acepta eso».

«Pensé que querías que estuviera tranquila».

«Quizá lo que yo quiera sea irrelevante aquí».

Tem pensó en eso. Ella era de raza híbrida, eso significaba que era tan humana como basilisco. También significaba que nunca sería exactamente como Caspen. Siempre habría una parte de ella que no se dejaría domesticar.

«Ahora presta atención».

Tem conocía bien ese tono. Su maestro había regresado.

En la mente de Caspen se estaba formando una sutil vibración. Zumbaba alrededor del perímetro, convirtiéndose gradualmente en un siseo suave. Tem lo sentía a su alrededor; se clavaba en su cerebro como cien garras diminutas, arañando la esencia de su ser.

«Así es como empiezo».

Tem se dio cuenta de lo que Caspen hacía: le mostraba cómo se transformaba con la esperanza de que ella también pudiera hacerlo.

El silbido aumentó hasta envolver a Tem por completo, convirtiéndose en un singular destello de poder. Hubo una gran oleada y ella sintió una repentina sensación de mareo. Caspen se estaba quebrando, *mudando* de piel, desplegándose de adentro hacia afuera. Era como estar en medio de un volcán en erupción.

Junto con la sensación mental, Tem experimentó lo que Caspen sentía físicamente. Era exactamente como él había dicho: transformarse era como quitarse la ropa. Cayeron capa tras capa de restricciones, revelando la bestia salvaje que había debajo.

«Hazlo conmigo, Tem».

El silbido aumentó. Tem sentía un calor insoportable, como si tuviera cien fiebres a la vez.

Algo la llamaba, algo que se parecía a Caspen pero que no era él, algo primitivo, salvaje y libre. Tem quería responder.

Pero no podía.

Cuando intentaba acceder a las partes más profundas de sí misma, se encontraba con resistencia. Había grilletes que la retenían: cadenas de duda y miedo que no cedían por mucho que se esforzara en arrancarlas.

«Tú puedes, Tem».

«No puedo».

«Tú eres la única que se interpone en tu propio camino».



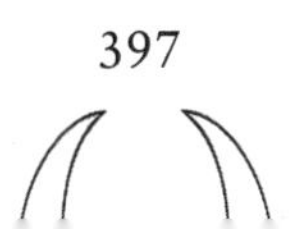

Tem era dolorosamente consciente de eso.

Su conciencia se estremeció cuando Caspen cruzó el punto de no retorno. Una parte de ella ansiaba acompañarlo, pero otra reculó aterrorizada.

«Confía en tus instintos, Tem. Tú puedes».

Tem sentía como si se estuviera partiendo en dos.

«Te digo que no puedo».

La caverna se llenó de un espeso humo negro. Caspen crecía, y su forma humana se había desvanecido hacía tiempo.

«Hazlo conmigo».

Apenas sonaban como palabras. La voz de Caspen era solo un silbido que retumbaba en su mente y la hacía castañear los dientes en el cráneo.

Tem volvió a intentar liberarse, deshacerse de las anclas que la aprisionaban, dejar de lado veinte años de dolor, inseguridad y dudas. La mente de Caspen envolvía la de ella, jalándola hacia él, forzándola en dos direcciones diferentes.

«Tú puedes».

Pero Tem ya había tenido suficiente.

—¡No puedo! —gritó. Su voz resonó infinitamente en la caverna, repitiéndole cruelmente su propio fracaso.

Un momento después, Tem volvió a su propia mente. Vio cómo la silueta de Caspen se encogía detrás del humo y supo que estaba volviendo a su forma humana. La sofocante temperatura bajó a un nivel tolerable y, antes de que pudiera siquiera parpadear, se encontró de nuevo ante un hombre.

Las manos de Caspen se dirigieron a su cintura, sosteniéndola suavemente.

—Lo intentaremos de nuevo mañana, Tem. No desesperes.

Ella ni siquiera tuvo fuerzas para asentir.

En cambio, se derrumbó sobre él, con los ojos llorosos. La frustración y la decepción eran demasiado para ella. Nunca se había sentido tan derrotada.

Caspen la abrazó mientras ella sollozaba, esperando que se calmara antes de sacarla del lago y atravesar el pasadizo, murmurando palabras tranquilizadoras durante todo el camino de vuelta. Cuando llegaron a sus aposentos, Tem estaba profundamente dormida en sus brazos.

Al despertar, lo primero que sintió fue vergüenza.

Tem no podía imaginar cómo habrían podido salir peor las cosas. Estaba totalmente desesperada. Una cosa era sentirse fuera de lugar como humana, pero saber que tampoco podía transformarse era un golpe que no esperaba.

«Aún no puedes transformarte. Eso no significa que nunca lo harás», Caspen estaba despierto, observándola.



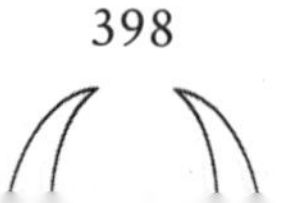

«Soy un caso perdido, Caspen».

Caspen tocó la parte inferior de su barbilla con un solo dedo, acercando su cabeza a la de él.

«No quiero volver a oírte decir eso».

Tem estaba a punto de llorar. Caspen posó sus labios sobre los de ella.

«Descansa hoy, Tem. Lo intentaremos de nuevo esta noche».

Para cuando Tem llegó a casa, había llorado dos veces más y, como consecuencia, tenía un dolor de cabeza insoportable. El trabajo en la granja no la calmaba en absoluto y, a pesar de limpiar los gallineros con una agresividad desquiciada, su estado de ánimo solo empeoraba.

No era justo que Caspen pudiera transformarse con tanta facilidad. Tenía que haber algún truco, algo que a Tem se le escapaba. ¿Y si nunca lo descubría? ¿Y si nunca accedía a esa parte de sí misma, la parte capaz de llevar a cabo la posesión? Había demasiado en juego para que fuera así. Tenía que dominarlo, por el bien de Leo y por el suyo propio. No podía cargar con el peso de una guerra.

Por suerte, su madre volvió a ir a la panadería. Si esa era su nueva normalidad, Tem no iba a cuestionarla. Disfrutó del tiempo a solas en su pequeña cabaña, aprovechando la oportunidad para oler el rociador de sal marina en el tocador de su madre. Hacía mucho tiempo que no lo usaba, y se roció una pequeña cantidad en el cabello, se acercó los rizos a la nariz y olió profundamente. Por alguna razón, eso la hacía sentir conectada con Caspen, y deseaba tener la garra dentro de ella.

En ese momento, tocaron la puerta.

Tem entró en la cocina, esperando ver a Leo en el porche. No era él, sino un sirviente que le entregó una carta antes de desaparecer. Tem la abrió rápidamente y leyó lo siguiente:

*Temperance Verus:*

*El príncipe solicita su presencia en el castillo para un baile formal dentro de dos días. El código de vestimenta es ropa de noche.*

Había una nota en la parte de atrás, escrita con tinta roja corrida:

*La próxima vez, me toca torturarte.*



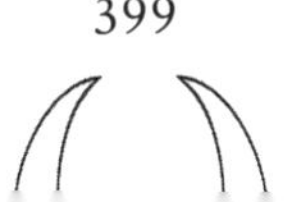

# CAPÍTULO 30

Tem no pudo evitar sonreír. El recuerdo de lo que había hecho con Leo en el carruaje volvió a ella en un arrebato febril, provocando que sus mejillas se encendieran. Luego, con la misma rapidez, su rostro se ensombreció.

Dos días.

Eso significaba que a Tem solo le quedaban dos noches con Caspen. Dos noches para aprender a transformarse. Estrujó la carta que tenía en la mano. Estaba harta de reprimirse. Cenó rápidamente con su madre antes de partir una vez más hacia las cuevas.

Caspen ya la esperaba, ella sabía que era para evitar otro incidente como el ocurrido con Rowe.

No fueron a sus aposentos. En lugar de eso, atravesaron los pasadizos que llevaban bajo la montaña y cruzaron el patio vacío antes de continuar hacia la caverna. Cuando llegaron al lago, se adentraron en el agua como habían hecho la noche anterior. Caspen se giró hacia ella.

«Esta vez intentaremos algo nuevo», se inclinó, acercándola para besarla.

«Esto no es nuevo», Tem sintió que él sonreía contra sus labios.

«Nos transformaremos estando juntos».

«¿Quieres decir, mientras tenemos sexo?».

«Sí».

«¿Y cómo ayudará eso?».

Caspen deslizó las manos detrás de las piernas de Tem, levantándola y colocando sus piernas alrededor de su cintura.

«Te iré guiando».

En realidad, Tem ya no estaba escuchando. El pene de Caspen le rozaba el cuerpo y ella sentía cómo su mente quedaba dichosamente en blanco. Quizá Caspen tenía razón. El sexo era algo natural para ella, y aún más con él. Nada la hacía sentir más tranquila y viva que estar con Caspen.

«¿Estás lista?».

Tem asintió.

Ambos gimieron suavemente cuando Caspen la penetró.

Tem le rodeó el cuello con los brazos, mientras él embestía lentamente hacia arriba y sus movimientos creaban ondas en el lago. Tem inclinó las caderas para encontrarse con las de él, dejándolo entrar hasta el fondo. Caspen le besaba la piel, distrayéndola de lo que sabía que estaba por venir. Al final, Tem se perdió en sus brazos, pensando solo en lo bien que se sentía tener a Caspen en su interior.

Cada vez que se ponía ansiosa, Caspen la calmaba con su cuerpo y su mente. En ningún momento la dejó entrar en pánico, ni permitió que perdiera el control. Cada vez que un ataque de miedo amenazaba con apoderarse de Tem, él lo reprimía.

«Concéntrate en mí, Tem».

No era difícil hacerlo.

Sus cuerpos estaban uno contra el otro, eran dos seres que se convertían en uno. Caspen la acercaba más con cada embestida, llevándola al borde del orgasmo. Cada vez que sus caderas se encontraban con las de ella, su clítoris palpitaba.

«Lo deseo, Caspen».

«Sé que lo deseas», él la embestía más rápido y sus ojos se volvían negros.

«Lo deseo».

«Pues tómalo».

Caspen estaba creciendo de la misma manera que sucedió durante el ritual, y su pene se volvía más grande, duro y estriado. Solo que esta vez, Tem quería recibirlo… iba a recibirlo. Ella arañó los márgenes de su mente, buscando la misma vibración de poder que había sentido en la de Caspen.

«Puedes hacerlo, Tem. Hazlo conmigo. Quédate conmigo».

Ahora el dolor se entrelazaba con el placer, recorriéndola en rayos fragmentados.

«Sé que puedes hacerlo».

Caspen creía en ella, sabía que podía hacerlo.

«Déjate llevar para mí, Tem».

No había nada que deseara más.

«Déjate llevar».

Eso fue exactamente lo que hizo Tem.

Todo en ella se hundió de golpe: el lago desapareció, no había agua, ni caverna, ni Caspen. Tem ya no estaba allí, ya no era sólida. Ahora se elevaba hacia algo que reconocía, algo familiar pero nuevo. Algo real. Caspen seguía en su interior, pero el lugar al que lo llevaba estaba cambiando, convirtiéndose en algo que podía albergar la versión más poderosa de él. Escuchó un silbido y se dio cuenta de que era suyo.



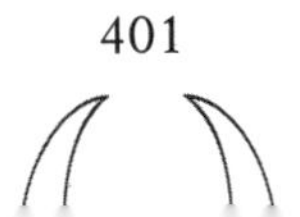

«Mírame, Tem».

Los ojos de Tem se abrieron de golpe.

Por primera vez, vio a Caspen en su verdadera forma. Era hermoso, mucho más que cuando era humano, seguramente más hermoso que los dioses. Su cuerpo estaba cubierto de elegantes escamas negras, más brillantes que las facetas de un diamante, que reflejaban y refractaban la luz en una cascada caleidoscópica. Tem lo miró a los ojos, ojos a los que ya no temía, ojos que habían visto lo peor de ella y que de todos modos siempre la habían amado.

El placer irradiaba a través de ella. Caspen estaba dentro de su cuerpo y dentro de su mente, estimulándolos a ambos al mismo tiempo, penetrando a Tem sin límites. El humo los rodeaba, acariciando cada parte de ella, entrelazándolos aún más de lo que ya estaban. Tem era muy consciente de las sensaciones dentro de su propio cuerpo, de la forma en la que de pronto estaba en sintonía con la sangre en sus venas, sintiendo cómo sus músculos se ondulaban y tensaban.

Tem era imparable. Su poder finalmente igualó el de Caspen.

Ahora entendía por qué él era tan intuitivo, por qué sabía exactamente cómo darle placer. A Tem se le había concedido la misma habilidad: podía escuchar los latidos de su corazón, sentir los sutiles cambios en la forma en que la sangre corría por su cuerpo.

Caspen envió un torrente de poder justo donde se unían.

«Oh», Tem cerró los ojos extasiada. «Hazlo de nuevo».

El humo la envolvió y ella arqueó todo su cuerpo hacia atrás, de modo que quedó mirando hacia arriba, a las estalactitas que pendían muy por encima de ellos. Él envió otro torrente de energía, y Tem casi se desmayó.

«Otra vez».

Otro.

«Otra vez».

Y otro.

Caspen envolvió su cuerpo alrededor del de Tem, rodeándola por completo, haciendo que no sintiera otra cosa que a él. Le envió una vibración tras otra, mucho más potentes que cualquier cosa que le hubiera enviado usando la garra, hasta que la oscuridad comenzó a apoderarse de ella. Justo cuando estaba segura de que no sobreviviría a otra, Caspen envió una última pulsación.

Sintió un placer como nunca había conocido.

Tem rugió de liberación, de *salvación*, cuando el clímax llegó. Ninguna palabra humana habría podido describir una dicha tan exquisita. Cada célula de su cuerpo estaba caliente y abierta, y recibía sin reservas una oleada tras otra de sensaciones gloriosas mientras Caspen la llevaba mucho más allá del límite de lo que pensaba que era capaz de soportar.

Era el paraíso.

Nada de lo que Tem hubiera sentido hasta ese momento se podía comparar con aquello. Se sentía muy viva, plena, llena de determinación. Tem quería devolvérselo, hacer que Caspen sintiera todo lo que ella estaba experimentando. Recurrió a su propio poder y le envió una vibración, utilizando la oleada de placer que le había proporcionado su clímax para complacerlo de vuelta.

Caspen dejó escapar un sonido frenético, de alegría brutal. Tem envió otra pulsación, desesperada por oírlo hacer ese sonido de nuevo. Tan pronto como ella lanzó la vibración, él envió una de regreso, arrancándole el aliento directamente del pecho.

Era una sobrecarga sensorial extrema.

Tem nunca había experimentado un intercambio tan rápido, nunca había participado tanto en la experiencia de otra persona. Todo lo que ella le hacía a Caspen, él se lo devolvía. Cada vibración que ella le enviaba se la devolvía multiplicada por diez, hasta que podía sentir su cuerpo vibrar con un poder desenfrenado.

Aún estaban conectados e intrínsecamente fusionados. Tem no quería que aquello terminara jamás. Sabía que Caspen estaba ahí, con ella, que estaban juntos en ese viaje, que se anclarían el uno en el otro sin importar lo que pasara.

No podía distinguir un orgasmo de otro. Eran interminables y se iban sumando hasta formar una gran orquesta que la desbordaba por dentro. En su mente, la voz de Caspen resonó súbitamente:

«Te quiero toda, Tem. Entrégate a mí».

«¿Cómo?».

«Déjame entrar por completo».

Caspen estaba tan dentro de ella que no sabía cómo dejarlo entrar más. Ya la rodeaba, no había nada más que darle.

«Abre tu mente».

Tem pensó que su mente ya estaba abierta; sin embargo, un momento después, sintió que Caspen chocaba contra una barrera que protegía la parte más profunda y pura de ella: su alma.

Abrirla requeriría la máxima confianza, la máxima entrega. Significaría mostrarle todo: la parte de Tem que ella guardaba para sí misma, la parte que la hacía ser ella.

Tem no podía imaginarse dejando que Caspen viera eso, pero no había nadie a quien prefiriera mostrárselo.

Empezó a bajar la barrera.

Caspen gruñó en señal de aprobación. Tem sintió al animal que había en él, la bestia que la deseaba incluso cuando ella también era una bestia. Su hambre por ella era tan profunda que un repentino torbellino de miedo

se apoderó de Tem. Caspen lo sofocó de inmediato, apretándola con más fuerza cuanto más tiempo permanecían unidos de esa manera.

«Déjame entrar, Tem».

Tem cerró los ojos y dejó que Caspen entrara por completo. Sintió que él tomaba las riendas, que se volcaba en ella, y llenaba su mente hasta que ya no eran dos seres sino uno solo. Tem nunca había experimentado algo así antes. Sus mentes se combinaron: ella era a partes iguales Caspen y ella misma. Tem también vio el alma de él, cuya llama era un espejo de la suya. Él la acarició de adentro hacia afuera hasta que ella gimió bajo su dominio.

«¿Terminarás para mí?».

Ella quería hacerlo.

«Sí».

«Termina para mí, Tem».

Cuando ella terminó, Caspen también lo hizo.

Se perdieron juntos en el éter y sus cuerpos recibieron el uno del otro hasta que ninguno de los dos tuvo más nada que dar. Eran un solo ser; se pertenecían uno al otro.

La mente de Caspen jaló una vez más la de ella, pero esta vez en la dirección opuesta, esta vez a la inversa de lo que acababan de hacer, hacia el peso y la densidad de la humanidad.

«Regresa conmigo».

Fue fácil volver a sí misma. La sensación fue como caer de espaldas, tan simple como soltarse del gran estruendo de poder que la unía a Caspen, confiando en que el suelo la detendría cuando aterrizara.

Y así fue.

Habían vuelto al lago, a la caverna, habían vuelto juntos. Tem abrió los ojos y vio los ojos dorados de Caspen mirándola. Sonrió.

—Lo hice.

Él le devolvió la sonrisa.

—Por supuesto que sí. Puedes hacer cualquier cosa, Tem.

—Quiero hacerlo otra vez.

Caspen rio y el sonido retumbó en las paredes inclinadas de piedra.

«Como desees».

Lo hicieron de nuevo. Y otra vez.

En algún momento, las palabras se quedaron cortas. Simplemente se movían, respiraban, existían juntos, amoldándose uno al otro con solo sus instintos más básicos y sus deseos más primitivos. Tem misma dejó de existir. Ahora era una con Caspen, una con Kora, una con su gente.

Caspen tenía razón: se volvió más fácil. Tem se transformó en tres ocasiones, cada vez más rápido, y la última vez sin usar la conexión mental de Caspen para guiarla. Cada vez tenían sexo durante más tiempo,



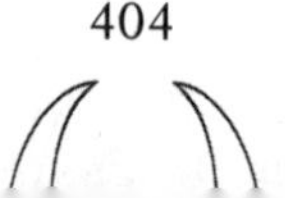

hasta que finalmente ninguno de los dos pudo continuar. Por primera vez, su vigor igualaba el de él.

Después quedaron tendidos jadeando en la orilla del lago, recuperando lentamente su forma humana. Por el torso de Caspen resbalaban gotas de agua, y Tem observaba cómo las escamas se convertían en piel una vez más. Extendió la mano y apoyó la palma contra su pecho, y Caspen puso su mano sobre la de ella, juntándolas.

«Es el paraíso estar contigo así, Tem».

Ella se acercó, besando la curva del hombro de Caspen. Luego se colocó encima de él, montando a horcajadas sobre sus caderas y mirándolo a los ojos.

No volvieron a tener sexo; Tem no habría podido aunque lo hubiera intentado. Simplemente pasó sus manos suavemente por el cuerpo de Caspen, sintiendo el calor de su piel contra la suya. Caspen la dejó hacerlo, mirándola a su vez, con las palmas de las manos apoyadas suavemente en sus caderas. Había paz en ese momento.

Había verdad.

Cuando regresaron a los aposentos de Caspen, Tem estaba tan agotada que apenas podía mantenerse en pie. Caminaron despacio, con las manos entrelazadas, deteniéndose solo para besarse lánguidamente en la oscuridad.

Finalmente, atravesaron el patio, solo que esta vez no estaba vacío. Había varios basiliscos con forma humana congregados en una multitud, hablando en voz baja.

En un sobresalto, Tem reconoció a uno de ellos.

Rowe estaba al otro lado de la fuente, hablando con otro basilisco.

Tem se acercó instintivamente a Caspen, apretándole la mano en busca de alivio. Él la miró.

—¿Qué pasa, Tem?

Ella abrió la boca para decírselo, pero en ese preciso momento pasaron junto a la fuente y el cuerpo entero de Rowe quedó a la vista. La advertencia de Tem se quedó en su lengua.

El pene de Rowe había desaparecido.

No era un corte limpio. De entre sus piernas sobresalía un montículo de tejido cicatricial deformado, como si se lo hubieran arrancado en lugar de cortarlo. Tem se preguntó si eso era justo lo que Caspen había hecho. La fuerza que se habría necesitado para hacer tal cosa la hizo sentir mareada. Seguramente Rowe usó su poder para curarse a sí mismo. No obstante, la naturaleza de la herida era tan violenta que Tem no podía imaginar el dolor que tuvo que soportar antes de que su piel volviera a unirse. La cantidad de sangre que debió perder habría sido casi fatal. Sus testículos también habían desaparecido, no quedaba nada donde antes



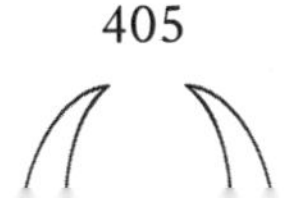

había estado todo. Tem trató de no mirar fijamente, pero no pudo apartar la vista.

Tem sabía que Caspen estaba enojado con Rowe por intentar poseerla, pero solo al ver su cuerpo destrozado comprendió realmente el alcance de su furia. Rowe intentó tomar lo que era de él. A cambio, Caspen lo despojó de la parte que más valoraban los basiliscos, la que contribuía directamente a su estatus en la sociedad. Un basilisco sin pene era inconcebible. Significaba que no podía participar en el sexo, lo único que le importaba a su gente, de la misma manera que el resto.

Significaba que no tenía nada que perder.

Recordó las palabras de Caspen: «Poseer a la pareja de otro es de una crueldad indescriptible». Tem se preguntó si eso no era aún más cruel. Caspen había hecho lo único de lo que Rowe nunca se recuperaría: algo tan permanente y doloroso como perder a una pareja. Sería mejor estar muerto. Sin duda, también era un acto de guerra imperdonable.

Tem apenas podía respirar.

—¿Cómo pudiste...? —empezó a decir, pero no pudo terminar la frase.

Caspen simplemente siguió caminando, con la cabeza erguida.

—Hice lo que era necesario, Tem.

Tem lo miró y no vio más que rabia. No era la primera vez que quedaba impresionada por su poder, que emanaba de él en oleadas.

—Lo hiciste enojar —susurró. Era lo mismo que le había dicho después de que él obligara a Rowe a venirse después de la reunión del concejo. Excepto que Rowe ya no volvería a eyacular. Y todo por culpa de Tem.

—Lo sé.

Caspen lo dijo de una manera que dejaba claro que era muy consciente de la gravedad de sus acciones.

No hablaron más durante el camino de vuelta a sus aposentos. Cuando se metieron en la cama, Tem estaba tan agotada por los acontecimientos de la noche que se quedó dormida en cuanto apoyó la cabeza en la almohada.

Cuando despertó, sintió los efectos de lo que habían hecho en el lago.

Su forma humana estaba adolorida. Se sentía como si la hubieran estirado demasiado, como si su piel ya no tuviera el tamaño adecuado. Tenía un dolor esporádico entre las piernas que no desaparecía, y sus extremidades pesaban de repente. Incluso su equilibrio estaba alterado; era como si fuera una extraña en su propio cuerpo. Justo cuando comenzó a sentir pánico, la tocaron unas manos cálidas y firmes.

«Buenos días, mi amor», Caspen estaba despierto.

«Buenos días».

Tem se volteó hacia él, le acarició el cabello con los dedos y estudió su rostro. Era fascinante ver las similitudes entre la forma humana de Caspen



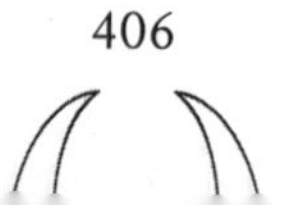

y su verdadera forma. Su cabello era exactamente del mismo color que sus escamas, el ángulo de sus cejas imitaba a la perfección la forma triangular de su rostro de basilisco. Era como si por fin pudiera verlo en su totalidad, comprenderlo en su nivel más auténtico.

Tem lo miró fijamente durante mucho tiempo.

Caspen no intentó besarla. Simplemente dejó que lo mirara, poniendo en práctica su paciencia que parecía no tener fin mientras ella le acariciaba suavemente la sien con las yemas de los dedos, luego la mejilla y después la mandíbula.

—Hermoso —dijo Tem.

Caspen sonrió.

—Eso mismo digo de ti.

—Bueno. Es algo recíproco.

Él sonrió aún más.

—¿Cómo te sientes?

Tem cambió de postura y dejó escapar un gemido.

—Adolorida.

Caspen asintió.

—Es normal. Tu cuerpo no está acostumbrado a cambiar de esa manera. Practicaremos de nuevo esta noche.

Al mencionar la noche, Tem recordó lo que sucedería al día siguiente.

—Caspen —dijo en voz baja—. El baile.

Él la miró a los ojos.

—¿Cuándo es?

—Mañana por la noche.

—Ya veo.

Hubo una pausa cuando la presencia de Leo se interpuso entre ellos. Tem se acurrucó más cerca de Caspen y preguntó:

«¿Seguiremos viéndonos después de que me mude al castillo?».

Caspen respondió de inmediato:

«Sí».

«Pero ¿cómo?».

«Encontraremos la manera».

Tem no dijo nada más porque no había nada más que decir. Incluso si pudiera encontrar la manera de visitar a Caspen mientras vivía en el castillo, todavía no tenía idea de lo que pasaría si todo salía según lo planeado y Leo la elegía como esposa. ¿Qué pasaría después de la boda, después de que ella poseyera a su familia? Leo no querría tener nada que ver con ella. ¿Y qué pasaría con su compromiso con Caspen? Seguro que se casarían en algún momento. Sin embargo, Tem no sabía nada de las bodas de los basiliscos, si se parecían en algo a las de los humanos, con ceremonia y anillos. La pequeña garra de oro que llevaba alrededor del



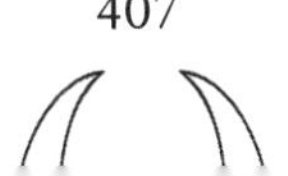

cuello era el único símbolo de su compromiso, y estaba hecha con la sangre de Caspen. Tem no podía imaginar qué tipo de boda se centraría en un acto así, pero esas eran preguntas para otro momento.

Por ahora, lo que quería era cada segundo que pudiera pasar con Caspen.

«Caspen».

«¿Sí, Tem?».

«Bésame».

Caspen rozó con sus labios los de ella y sus preocupaciones desaparecieron. Estaba demasiado adolorida como para tener sexo, pero de todos modos lo deseaba, y Caspen nunca había podido resistírsele. Cuando se deslizó dentro de Tem, ella se mordió el labio de dolor. Caspen se detuvo.

«No tenemos que hacer esto, Tem».

«Yo quiero».

«Lo entiendo, pero no tenemos que hacerlo».

Tem solo lo jaló más cerca. Caspen la penetró lenta y suavemente, manteniendo el contacto visual todo el tiempo para asegurarse de que ella estuviera completamente presente. Finalmente, la puso de costado, penetrándola por detrás para que sus cuerpos quedaran acunados juntos, como dos lunas crecientes en órbita idéntica. Tem cerró los ojos, dejándose llevar por la sensación de su pene, permitiéndole tomar el control total. Estaba tan húmeda que Caspen se deslizó fácilmente, acomodando cada centímetro de su pene en su cuerpo.

Era diferente al sexo que tenían en sus verdaderas formas, pero Tem también necesitaba tener sexo así, como humana, para poder sentirse conectada con la parte de sí misma que se sentía como ella.

Pronto, estuvo cerca de llegar a su orgasmo.

Caspen la hizo rodar para que quedara boca abajo, acelerando sus embestidas mientras la penetraba una y otra vez hasta que alcanzaron el orgasmo juntos. Tem jadeó cuando la euforia comenzó a invadirla, apretando los músculos alrededor del pene de Caspen mientras él gemía contra la parte posterior de su cuello. Después, permanecieron abrazados. Con los brazos todavía alrededor de ella, Caspen sacó su pene y sus dedos encontraron el clítoris de Tem y lo acariciaron suavemente. Deslizó sus dedos dentro de ella, y no fue hasta que Tem sintió presión entre sus piernas que se dio cuenta de lo que Caspen estaba haciendo. En su interior se estaba formando otra garra, que se amoldaba perfectamente al interior de su cuerpo. Tem jadeó cuando esta presionó su clítoris, curvándose hasta alcanzar su forma final y llevándola directamente a otro orgasmo.

La otra mano de Caspen se dirigió a su cuello, arqueó su cabeza hacia atrás para poder besarla mientras ella llegaba al orgasmo.

—Caspen —susurró contra sus labios.

—Tem —murmuró él a su vez.

Él la soltó. La garra había quedado sólidamente clavada en su interior. Tem sintió su peso.

«Gracias».

«Por supuesto, Tem».

Se besaron de nuevo. Finalmente, Tem se separó.

«Tengo que volver a la granja».

Caspen hundió su rostro en el cabello de Tem, y ella supo que percibía su aroma.

«Quiero que te quedes».

«Sabes que no puedo».

Caspen la abrazó con más fuerza.

«Por favor, Tem. Quédate».

Su petición la sorprendió. Había un indicio de desesperación en su voz, de profundo anhelo. Era casi como si cuanto más se acercaban, más miedo tenía él de perderla. Tem quería tranquilizarlo; sin embargo, su relación no era lo único que estaba en juego. Tem tenía ahora a otras personas a las que amaba, otras personas a las cuales proteger. Caspen podía protegerse a sí mismo.

«No».

Caspen la soltó con un suspiro.

Caminaron juntos por el pasillo y cuando llegaron al final del sendero Caspen la jaló contra sí de nuevo. Le besó el cuello y le mordió el lóbulo de la oreja.

—Caspen —exclamó—. Tienes que dejarme ir.

Él solo la abrazó con más fuerza.

Tem se quedó quieta, permitiéndole abrazarla. Esta era una versión de Caspen diferente a la que ella estaba acostumbrada. Esta versión no era distante, reservada ni dura. Este Caspen la deseaba abiertamente. Este Caspen la necesitaba.

Algo había cambiado entre ellos en el lago, cuando sus mentes se unieron. Parecía como si Caspen hubiera dejado un pedazo de sí mismo en ella, y Tem se dio cuenta de que era posible que así fuera. Y tal vez ella había dejado, a su vez, un pedazo de sí misma. No tenía idea de la magia que había ocurrido en esa caverna bajo la montaña, ni de lo profunda que era ahora su conexión.

—Caspen —susurró—. Suéltame.

Él la soltó.

Tem regresó a su cabaña como una mujer transformada.

La granja ya no parecía un hogar. Quizá nunca lo había sido. Si el futuro de Tem estaba en el castillo con Leo o en las cuevas con Caspen, definitivamente ya no estaba entre esas paredes de madera.



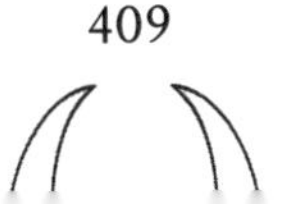

Su madre estaba fuera, repartiendo los huevos. Tem pasó el día haciendo las tareas del hogar, viendo cómo las horas pasaban lentamente. Caspen le enviaba vibraciones, demasiadas como para contarlas. Tem las disfrutaba. Había extrañado llevar la garra en su interior, y ahora que la tenía de nuevo, era como si una parte de ella hubiera vuelto a su sitio. Experimentó enviando pulsaciones de regreso, practicando lo mismo que había hecho en la caverna, con éxito intermitente. Resultó que Tem aún no estaba acostumbrada a su poder. En cierto momento, envió una vibración tan fuerte que Caspen rugió de dolor, gritando una palabra en un idioma que ella nunca había escuchado.

«Lo siento».

El dolor de Caspen disminuyó y él lo reemplazó una cautelosa diversión.

«No pasa nada, Tem. No conoces tu propia fuerza».

«No quería lastimarte».

«No estoy herido. Eso fue solamente... una sorpresa».

Tem sonrió. Le envió varias sorpresas más ese día.

Para cuando su madre regresó, Tem no tenía ganas de quedarse en la cabaña. Las pulsaciones a través de la garra le habían dado energía; era su primera experiencia de lo que se sentía obtener poder de Caspen, y ansiaba utilizarlo. Pero en lugar de ir a las cuevas, quería saborear la que podría ser su última noche en el pueblo, ser joven e impulsiva por última vez.

Sin pensarlo dos veces, se puso el abrigo y se dirigió al Horseman. Era temprano; pensó que estaría solo ella. Para su agrado, se equivocó.

—Temperance. —Gabriel abrió los brazos en cuanto ella abrió la puerta.

Estaba sentado en su mesa favorita, con varios vasos de cerveza vacíos delante de él.

—Ha pasado demasiado tiempo.

Tem se deslizó a su lado.

—¿No deberías estar en el castillo ayudando a preparar todo para el baile?

—Estoy lesionado —dijo mostrando su pulgar, que estaba envuelto en una asombrosa cantidad de vendas.

—Me enviaron a casa.

Tem tomó un sorbo de cerveza.

—¿Cómo pasó eso?

—Tuve un pequeño desacuerdo con un cuchillo para carne.

—Quién diría que los cubiertos podían ser tan desagradables.

—Exactamente lo que pensaba.

—Gabriel —dijo Tem lentamente—. Gracias.

Él inclinó la cabeza.

—¿Por qué?

—Por... —Tem hizo una pausa, recordando la forma en que Gabriel protegió a Leo en la entrega de la corona, cómo había empujado al aldeano que se había lanzado contra el príncipe. Tem sabía que lo había hecho por ella, porque entendía, incluso después de verlos juntos solo brevemente, lo mucho que Leo significaba para ella—. Por todo —terminó en voz baja.

Gabriel le besó la mejilla.

—Lo que sea por ti, querida —respondió con la misma tranquilidad. La rodeó con el brazo y la estrechó contra él—. Pero basta de hablar de mí. ¿Cómo está mi futura princesa?

La última vez que Tem había estado allí, estuvo a punto de contarle a Gabriel lo que Caspen les hizo a Jonathan y Christopher. Entonces apareció Leo y la velada tomó un rumbo completamente diferente. Habían pasado demasiadas cosas desde entonces; había mucho más que contar.

—La futura princesa está cansada.

Gabriel rio al oír eso.

—Yo también estaría cansado si me acostara con dos personas a la vez.

—Tú te acuestas con dos personas a la vez.

—Oh, es verdad —aceptó, tamborileando con su dedo sano contra el vaso de cerveza—. Eso hago, ¿verdad?

Tem puso los ojos en blanco.

—Además, solo me acuesto con una persona —aseguró con determinación.

Gabriel arqueó una ceja, intrigado.

—¿De verdad?

—Sí.

—Vamos, Tem. ¿Quieres decirme que aún no te zambulles en las aguas principescas?

Ella negó con la cabeza.

—¿En serio? Sabes que el baile es mañana por la noche, ¿verdad?

—Lo sé.

—Pues entonces será mejor que te subas en eso si quieres tener alguna oportunidad de conseguir la corona. Y con *eso* —le dio un golpe en la rodilla—, me refiero a *él*.

Tem cerró los ojos, exasperada.

—De todos modos, corre el rumor de que el rey podría interferir.

Tem abrió de nuevo los ojos.

—¿Interferir en qué?

—En la competencia.

Gabriel estaba de pie, listo para pedir más cerveza.

—Espera. —Tem lo agarró y lo hizo volver a sentarse—. ¿Interferir cómo?

Gabriel suspiró, como si ese interrogatorio fuera una gran carga que se interpusiera en su camino para conseguir alcohol.



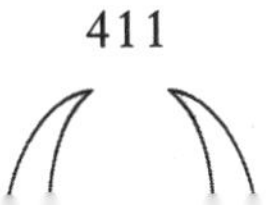

—Si no le gusta a quien elija Leo, no autorizará la boda.

Tem sintió un nudo en el estómago. Recordó cómo Maximus le había dicho a Vera que era su favorita.

—Pero ¿cómo lo sabes?

—Henry dijo que oyó hablar al rey y a lord Chamberlain.

—Y ¿qué dijeron específicamente?

—Paciencia, Temperance —farfulló Gabriel—. Estoy un poco borracho, ya sabes.

—Lo sé —suspiró Tem, y esperó a que Gabriel continuara.

—El rey dijo: «Si él la elige, yo elegiré a otra».

Tem no necesitaba preguntarle a quién se refería el rey. Si Leo la elegía, Maximus no permitiría que se casaran. Pero Gabriel no tenía idea de lo que estaba en juego. Tem necesitaba casarse con Leo para evitar la guerra. Tenía que ganar la competencia, no había otra opción.

Tem ya no tenía ganas de cerveza.

—Tengo que irme —dijo—. Caspen me espera.

—Sobre su pene.

Tem le dio un buen empujón a Gabriel por decir eso.

Se deslizó fuera de la mesa y caminó rápidamente por las calles del pueblo. Había planeado quedarse en el Horseman mucho más tiempo, tal vez tomar una copa o dos, pero después de esa noticia, solo quería ver a Caspen y encontrar consuelo en sus brazos.

Él la esperaba en la cueva.

Tem se sintió atraída por él de inmediato, como si su lado basilisco se despertara en el momento en que él estuviera cerca. Se preguntó si Caspen sentiría lo mismo porque la jaló para besarla de manera tan urgente que ella apenas pudo recuperar el aliento.

«¿Estás lista para transformarte de nuevo?».

Tem le devolvió el beso. Transformarse otra vez significaba tener sexo, y ella siempre estaba lista para eso.

«Sí».

El beso duró un momento más antes de que Caspen tomara su mano y la jalara hacia la oscuridad del pasillo.

Apenas habían avanzado tres metros cuando sucedió.

Tem no sintió nada al principio, solo un ligero soplo de aire cuando alguien apareció ante ellos. Estaba tan oscuro que ni siquiera podía distinguir quién era. A su lado, Caspen tensó el cuerpo.

Entonces la mente de Tem estalló en dolor.

# CAPÍTULO 31

Tem nunca había experimentado un ataque mental como ese. Llegó a ella desde todos lados, perforando cada parte de su cerebro y triturando su mente con brutal insistencia. A su lado, oyó gritar a Caspen y supo que estaba sufriendo un ataque similar.

«Tontos. Ambos».

La voz pertenecía a Rowe.

Estaba envuelto en humo. Tem solo vio un destello brillante de algo afilado antes de que Caspen soltara un gemido de dolor ahogado, apretando su cuello con las manos. De entre sus dedos se filtraba sangre carmesí.

—¡Caspen! —gritó.

La presencia de Rowe irrumpió en la mente de Tem, aplastándola con una fuerza sobrecogedora. Trató de cerrar de golpe la puerta que los separaba, de bloquear el pasillo que le permitía acceder a ella, pero Rowe era demasiado fuerte. Había practicado durante siglos el manejo de los dones otorgados a los basiliscos. Tem cayó de rodillas, rindiéndose al ataque.

Entonces escuchó la voz agonizante de Caspen.

«Transfórmate, Tem. Hazlo ahora».

Pero Tem no pudo hacerlo. Era inexperta y sentía demasiado dolor. El ataque mental de Rowe la paralizaba, anulando su capacidad para acceder al poder que Caspen le había enseñado a manejar hacía poco.

«Duele, Caspen».

«Lo sé, Tem».

El pánico le apretó el pecho. La voz de Caspen era débil, como si estuviera lejos. El ataque de Rowe lo tomó por sorpresa, y ahora ambos estaban vulnerables. Tem extendió la mano hacia Caspen, tratando de jalarlo más cerca.

Una mano la agarró, pero no era la de Caspen.

«Niña estúpida. Maldita «roma». ¿Pensaste que tus acciones no tendrían consecuencias?».

Tem no supo responder. De todos modos, no tenía sentido hacerlo. Rowe apretó su agarre, retorciendo la piel alrededor de su muñeca con los dedos.

«Zorrita».

Jonathan la había llamado de la misma manera: el insulto consagrado que los hombres lanzaban a las mujeres a las que no podían controlar.

La espalda de Tem golpeó el duro suelo de piedra cuando Rowe la empujó violentamente a un lado. Un momento después, el cuerpo de Caspen se estrelló contra el suelo junto al de ella. Volteó para mirarlo, y su corazón casi se detuvo ante lo que vio: de la herida en su cuello brotaba sangre, que goteaba por su pecho en horribles vetas. No se estaba curando solo, quizá no podía. Nunca había visto a Caspen así, herido y sufriendo. Tem había visto morir a muchos animales en la granja, sabía cómo era cuando alguien pasaba el punto de no retorno.

—Caspen —susurró con lo que le quedaba de voz—. Poséeme.

«No».

La palabra retumbaba en su mente.

«Sí», insistió. «Es la única manera».

«Prefiero morir».

«Bueno, yo prefiero que no lo hagas».

Rowe se acercaba.

«Si te poseo, todo cambiará entre nosotros».

«Nada cambiará entre nosotros. Yo seguiré amándote y tú seguirás amándome».

La sangre de Caspen se filtraba por el suelo de piedra.

«Nuestra relación tal y como es ahora se perderá».

«Solo si tú decides que así sea».

«Estarás atada a mí. Estarás...».

«Sé lo que pasará. Recuerdo todo lo que dijiste, pero necesitas poder y yo puedo dártelo. Es la única manera».

Los ojos de Caspen se cerraron.

«No te quitaré tu autonomía, Tem».

«¿Aunque te lo pida?».

«Corromperá tu propia naturaleza. No estás hecha para ser domesticada».

«Soy de raza híbrida. Estaré bien».

«Eso no lo sabes. Podría matarte».

Rowe había llegado hasta ellos. Su rostro se deformó en una sonrisa maníaca mientras se inclinaba hacia adelante, extendiendo las manos. El tiempo se había acabado y ambos lo sabían. Quizá la posesión la mataría, quizá la esclavizaría. Sin embargo, si Caspen no hacía nada, Rowe los mataría a ambos.



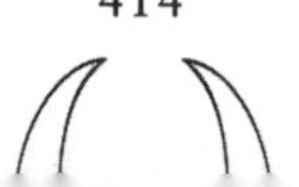

La voz de Caspen era apenas un susurro en la mente de Tem.

«Nunca quise esto para ti».

Tem le envió su siguiente pensamiento con todo lo que le quedaba.

«Tú eres lo que siempre he querido».

Lentamente, Caspen abrió los ojos. Levantó la mano y rodeó con sus dedos ensangrentados el cuello de Tem.

«Solo deberías conocer el placer».

Ella terminó la frase.

«Nunca el dolor».

Caspen cerró los ojos.

Por un momento no pasó nada. Entonces algo dentro de Tem estalló, golpeándola desde todas las direcciones con más fuerza de la que podía comprender.

No podía soportarlo. Necesitaba más.

Quería que se detuviera. Moriría si eso sucedía.

Era dolor. Era placer.

Era *todo*.

No había principio ni fin. La sensación brotó desde lo más profundo de su ser hasta la punta de sus dedos en un chasquido implacable de absoluta claridad. Era como estar sumergida en una tina perfectamente tibia, como flotar en el lago más tranquilo del mundo. Nada podía penetrar el cálido entumecimiento que envolvía todo su cuerpo. No tenía problemas, ni preocupaciones. No había nada ni nadie que pudiera hacerle daño. Solo había éxtasis total y absoluto.

Los ojos de Caspen se abrieron de golpe.

Eran más negros que la propia noche, unas fosas interminables de oscuridad que se clavaban en Tem como cuchillos. La herida de su cuello se curaba rápidamente, suturándose como si nunca hubiera estado allí. En los labios de Caspen se dibujó una sonrisa mortal. Como en trance, se puso de pie para enfrentarse a Rowe, que abrió la boca pero nunca tuvo la oportunidad de hablar.

Caspen chasqueó los dedos, un gesto tan casual que Tem casi no lo captó, y la espalda de Rowe se arqueó como si alguien le hubiera partido la columna en dos. Tem se preguntó si eso era justamente lo que había sucedido. Rowe cayó al suelo, haciendo muecas mientras gritaba.

Fue horrible, pero Tem solo sintió dicha.

Caspen dio un paso adelante y se arrodilló sobre el cuerpo destrozado de Rowe. Sus dedos aún goteaban sangre mientras agarraba el cuello de Rowe y comenzaba a apretar. De los hombros de Caspen salía humo, que se arremolinaba en las paredes curvas del pasillo.

A través de la bruma del éxtasis de Tem, su cerebro intentaba decirle algo. Intentó escuchar, haciendo a un lado las oleadas de delirio que la



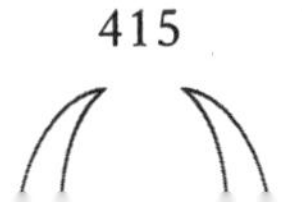

posesión le había provocado, tratando con desesperación de separar las aguas de su mente. Finalmente, apareció un pensamiento.

Intentó ponerse de pie, pero no pudo. Entonces, se arrastró hasta Caspen, tocó su hombro y retrocedió de inmediato. Su piel estaba al rojo vivo. Le quemó tan intensamente que el dolor superó los efectos de la posesión, devolviéndola de nuevo a la realidad. Intentó comunicarse con él mentalmente.

«Caspen».

No respondió. Su mente estaba cerrada a ella, rodeada de impenetrables muros de llamas. Entonces, Tem habló en voz alta.

—Caspen.

Un músculo se contrajo en su mandíbula. No la miró.

—Detente —dijo ella, pero la palabra apenas se oyó.

Las uñas de Rowe arañaban el dorso de las manos de Caspen, haciendo que sangrara más.

—Caspen —repitió Tem, más fuerte esta vez—. Por favor, detente.

Él la miró y Tem se estremeció ante la intensidad de su mirada.

—¿Por qué debería hacerlo? —gruñó. Su voz era apenas humana.

—Si lo matas, los Seneca entrarán en guerra con los Drakon. Tu familia, Caspen.

Rowe se estaba asfixiando. Caspen apretó más.

—Merece morir.

Tem jaló los brazos de Caspen con todas sus fuerzas, ignorando el calor insoportable de su piel. Era como jalar piedra fundida.

—¿Tus hermanos también merecen morir? —Buscó en su memoria los nombres que él le había mencionado hacía tanto tiempo—. ¿Apollo, Agnes, Cypress, Damon? ¿Qué pasará con ellos?

Caspen cerro los ojos. Los ojos de Rowe estaban abiertos al máximo y miraban fijamente a Tem con supremo odio.

—Dijiste que no había nada que no harías por tu familia —continuó—. Pues haz esto.

—No uses mis palabras en mi contra.

—Tú fuiste quien las dijo. —Su respiración era un jadeo desesperado. El humo le llenaba los pulmones—. Por favor, Caspen. Ten piedad.

Era la segunda vez que se lo pedía. La primera vez no se lo había concedido.

—¡No me *obligues* a ser algo que no soy, Tem!

Las palabras salieron como un rugido. Las dijo con tal acritud, tal desprecio, que Tem supo que ya no había vuelta atrás. Una cosa era que ella le pidiera que perdonara una vida humana y otra muy distinta era suplicar por Rowe, el enemigo de Caspen, alguien que no había hecho más que intentar hacerles daño a ambos.



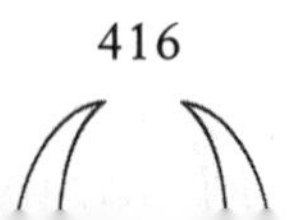

Rowe ya no se resistía. Se acababa el tiempo.

—¡Él no vale la pena! —gritó Tem .

Caspen dejó escapar un ruido que dejaba claro que no estaba de acuerdo. Pero Tem no podía permitir que matara a Rowe. Significaría la guerra y un blanco en la espalda de Caspen y, por extensión, en la de Leo. Y todo sería por culpa de ella. No podía cargar con más muertes.

Ni siquiera con la de Rowe.

—Ten piedad —susurró Tem—. Por favor, hazlo por mí.

Por un momento, Caspen no aflojó las manos.

Luego llegó un susurro mortal:

—No hay nada que no haría por ti, Tem.

Finalmente soltó a Rowe, quien tosió ruidosamente mientras se agarraba el cuello. Caspen lo miró con desdén y disgusto antes de mirar directamente a Tem.

—Esta es la única vez que conseguirás misericordia de mí. ¿Entiendes?

Tem asintió porque no podía hacer otra cosa. Entendió que había pedido demasiado, que había obligado a Caspen a ir en contra de sus instintos, que se había visto comprometido por ella.

—Entiendo.

Caspen la miró durante un largo momento antes de que su expresión se suavizara. Volvió a tocarle el cuello, esta vez con suavidad, y su rostro volvió a reflejar preocupación. Era como ver cómo se ponía el sol lentamente.

—¿Te duele algo? —preguntó.

Tem intentó responderle, pero descubrió que no podía. Se sentía mareada, como si fuera a desmayarse.

Un momento después, efectivamente se desmayó.

—¿Vivirá?

Las palabras de Caspen llegaban a ella a través de una niebla. Tem estaba en un lugar cálido, con una almohada suave bajo la cabeza, en los aposentos de Caspen. Estaba consciente, pero parecía que no podía moverse.

—Respira. Más allá de eso, no lo sé.

La segunda voz pertenecía a Adelaide. Alguna parte vaga de Tem sentía celos lejanos.

—¿Qué se puede hacer? —susurró Caspen.

—Nada —respondió Adelaide también en un susurro—. Debemos esperar.

La voz de Caspen adquirió súbitamente un tono agudo.

—Si me estás mintiendo, si esto es una estratagema patética y celosa para ocupar su lugar, yo...



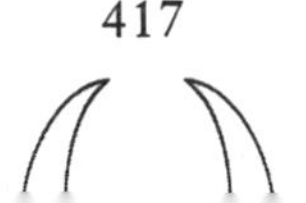

—Nunca caería tan bajo —espetó Adelaide, y Caspen se quedó en silencio. Pasó un segundo y ella continuó en voz baja:

—No quiero prolongar tu dolor, Caspenon. Esto claramente te hiere. Si tuviera una solución, te la daría con gusto.

Tem abrió los ojos.

Lo primero que vio fue a Caspen. Estaba sentado en el borde de la cama, con el ceño fruncido por la preocupación. La sangre de Rowe, así como la suya, se secaban en su cuerpo. Adelaide estaba apoyada contra la pared, observándolos con los brazos cruzados. Estaba desnuda, y Tem trató de no mirar sus pechos irritantemente perfectos.

—Tem. —Caspen se inclinó hacia adelante y ella se estremeció. Él retrocedió, con una expresión de preocupación en el rostro—. ¿Cómo te sientes?

Qué pregunta. Imposible de responder, sin duda. Tem también hizo una pregunta:

—¿Qué hace ella aquí?

Adelaide resopló.

—Yo debería ser la menor de tus preocupaciones.

Tem se sentó.

—Yo elijo mis preocupaciones.

—Tem. —Caspen se inclinó hacia adelante de nuevo y, esta vez ella se lo permitió. —Adelaide está aquí porque el último ser de raza híbrida conocido pertenecía al linaje de los Seneca. Ella conoce algo sobre tu condición.

Tem miró a Adelaide, que la estaba observando.

—¿Conociste… a alguien como yo antes?

Adelaide negó con la cabeza.

—No, pero mi familia sí.

A Tem se le agolparon mil preguntas en los labios, demasiadas para hacerlas. Empezó con la siguiente:

—¿Funcionó?

Adelaide parpadeó.

—¿Qué funcionó?

—La posesión. Quiero decir, ¿estoy…?

Tem miró a Caspen en busca de orientación.

—¿Qué si estás unida a mí? —terminó él.

Tem asintió.

—No lo sé. —Caspen miró a Adelaide—. ¿Lo está?

Ella se encogió de hombros.

—¿Cómo voy a saberlo? Dale una orden y averígualo.

Las cejas de Caspen se levantaron de golpe y luego se unieron.

—Sí —dijo Tem, sentándose por completo—. Buena idea. Dame una orden, Caspen.



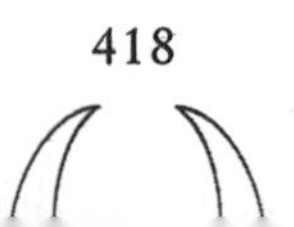

Caspen miró a las dos mujeres, que lo observaban expectantes.

—¿Qué orden debo darte?

—Cualquiera, pero que sea algo que no querría hacer.

Caspen hizo una mueca.

Tem puso los ojos en blanco.

—Y no te atrevas a ser cruel. Te juro por Kora que si…

—Deja de hablar, Tem.

Durante medio segundo, hubo silencio. Luego, Tem dijo con calma:

—Grosero.

Adelaide dio una palmada.

—Bien. Ahora, si me disculpan, debo…

—Espera —dijo Tem—. ¿Qué más sabes de los seres de raza híbrida?

Adelaide titubeo. Sus ojos se dirigieron rápidamente a Caspen, que asintió.

—Los humanos con sangre de basilisco son raros —dijo lentamente—. Absolutamente raros. Tu existencia es… una anomalía.

—¿Qué significa eso?

—Tus dos mitades son paradójicas —explicó Adelaide—. Tu lado basilisco es depredador, mientras que tu lado humano es presa.

Tem frunció el ceño.

—No lo comprendo. ¿Estás diciendo que mi cuerpo está tratando de matarse a sí mismo?

Adelaide negó con la cabeza.

—Todo lo contrario. Llevas el equilibrio de la naturaleza dentro de ti. Es algo extremadamente poderoso.

Tem estaba aturdida ante esa información. Tenía que saber más.

—¿Qué tan poderoso?

Adelaide hizo una pausa, inclinando la cabeza de la misma manera que Caspen lo hacía cuando estaba meditando algo. Hubo un momento de silencio mientras sus ojos la recorrían.

—No sé qué tanto —dijo al fin.

Otra pausa. Solo se oía el crepitar del fuego.

Adelaide rompió el silencio.

—Lo que sí sé es que ambos deben tener cuidado. Lo que pasó con Rowe no puede volver a suceder.

Tem parpadeó.

—¿Por qué no?

Adelaide asintió con la cabeza hacia Caspen.

—A diferencia de mi compromiso con Caspenon, el de ustedes es de sangre. Deben cuidarse mutuamente. Si algo le sucediera a alguno de ustedes, podrían pasar siglos antes de que volviéramos a ver a otro ser de raza híbrida.



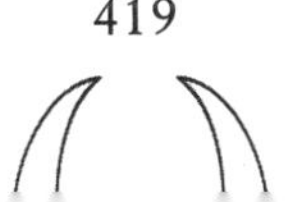

Los pulmones de Tem se contrajeron con tanta fuerza que apenas podía respirar. Nada de lo que Adelaide acababa de decir tenía sentido para ella. Se concentró en lo único que entendía inequívocamente.

—¿Su *compromiso?*

Adelaide arqueó elegantemente una ceja. Miró a Caspen, cuyo cuerpo entero se había puesto rígido.

—No le habías dicho que estuvimos comprometidos —dijo Adelaide. Era una afirmación, no una pregunta.

—No —susurró Caspen—. No se lo había dicho.

Adelaide miró a Tem antes de inclinar la cabeza.

—Entonces parece que ustedes dos tienen mucho de qué hablar. Me retiro.

Tem no la detuvo esta vez. En el momento en que la puerta se cerró, volteó hacia Caspen, que ya estaba abriendo la boca. Tem se le adelantó.

—Dijiste que no había significado nada.

—Eso fue verdad. Fue...

—Dijiste que solo fue algo físico...

—Solo fue algo físico. Yo nunca...

—Estuviste comprometido con ella, maldita sea.

Al oír su tono, Caspen frunció los labios y se quedó en silencio.

—Me mentiste —susurró Tem.

—No. —Caspen negó con la cabeza enérgicamente—. Me preguntaste si había significado algo, y no fue así. Es cierto que estuvimos comprometidos, pero no fue cosa mía. Yo no le pedí matrimonio —se inclinó para tocar la garra dorada que rodeaba el cuello de Tem—, como lo hice contigo. No hay lazos de sangre entre Adelaide y yo. Nuestras familias lo arreglaron. Fue meramente político.

Tem aún no sabía lo que era un vínculo de sangre, pero eso tendría que esperar.

—¿Político? —se burló ella.

—Sí. —Él se acercó más—. Fue una estrategia para unir a los linajes Drakon y Seneca, nada más. Yo fui quien lo rompió.

—¿Y cuándo lo rompiste?

Entonces Caspen enmudeció.

—¿*Cuándo*, Caspen? —preguntó Tem otra vez, esta vez con firmeza.

Él suspiró.

—La primera noche del entrenamiento.

Una oleada de horror arrolló a Tem.

—¿Antes o después de conocernos?

Por la expresión de su rostro, Tem sabía la respuesta. Caspen la dijo de todos modos.

—Después.



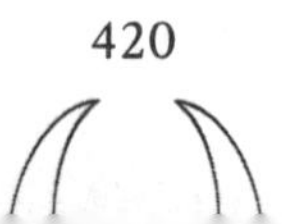

A Tem se le revolvió el estómago.

—¿Me estás diciendo que estabas comprometido cuando me desnudé frente a ti?

La voz de Caspen denotaba dolor.

—Sí.

Tem sintió como si le hubieran arrebatado el aliento. Esa fue la noche en que se tocó a sí misma, la noche en que se deslizó la garra entre las piernas.

—Pero, Tem —Caspen habló rápidamente, en un claro intento por explicar algo—, en cuanto te conocí supe que tenía que terminarlo. Te he amado desde el principio, lo sabes.

Tem miró fijamente el fuego. No podía soportar mirarlo ni un segundo más.

Ante su silencio, Caspen dijo:

—Adelaide nunca significó nada para mí, Tem. Ella lo confirmará si así lo deseas.

Tem resopló. Lo último que quería era que Adelaide confirmara nada sobre su compromiso.

Como ella no respondió, Caspen volvió a empezar.

—Tem, yo...

Pero Tem levantó la palma de la mano y él guardó silencio. Un ardiente y punzante sentimiento de traición le retorció las entrañas hasta formar un nudo doloroso. Era similar a lo que había sentido cuando él le dijo que era de raza híbrida. Tem intentó controlar los latidos de su corazón, pero fue en vano.

—Quiero irme a casa —dijo, poniéndose de pie abruptamente.

—No puedes irte. —Caspen también se puso de pie y la siguió hasta la puerta—. Debes transformarte...

Tem se dio la vuelta para mirarlo.

—¿Crees que quiero tener sexo contigo después de lo que acabas de decirme?

Caspen intentó tocarle los hombros, pero ella lo rechazó.

—No es necesario que tengamos sexo —dijo—. Pero debes practicar, Tem. Tienes que...

—¿Tengo que qué? ¿Qué, Caspen? ¿Transformarme para poder parecerme más a ti, a un mentiroso?

Él apretó la mandíbula.

—Tem, por favor.

—No. No quiero escucharlo. Me voy a casa.

—Al menos déjame acompañarte a la salida. Rowe podría estar todavía...

—No necesito que me acompañes, Caspen. No necesito nada de ti.



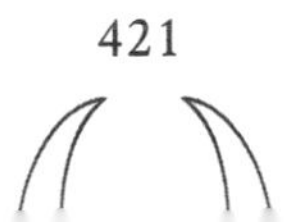

Y con eso, Tem salió corriendo de sus aposentos.

El pasillo estaba vacío; Rowe se había ido hacía mucho tiempo. La sangre de Caspen se estaba secando en un charco, y Tem saltó sobre él al salir. Empezó a correr en cuanto llegó al sendero, y no se detuvo hasta llegar a casa.

Su madre ya estaba en la cama; la cabaña estaba en silencio.

Tem fue a su habitación de inmediato. Arrancó la garra que tenía entre las piernas y la metió en el cajón de su tocador, no quería recibir una sola pulsación de Caspen esa noche. Cortó su conexión mental, asegurándose de que no hubiera forma de que él accediera a su mente, ni siquiera mientras ella dormía. Después, se metió en la cama y lloró hasta quedarse dormida.

A la mañana siguiente, hacía mucho viento.

A Tem no le importaba; su estado de ánimo coincidía con el clima. Cuando su madre tocó la puerta de su habitación para llamarla a desayunar, simplemente fingió estar dormida. Tem no quería formar parte del mundo ese día. No quería formar parte de ningún mundo: ni del de Caspen, ni del de Leo, ni del suyo. No había ningún lugar adónde ir, ningún lugar dónde esconderse, ningún lugar que la protegiera de la realidad de su situación.

Tem se dio la vuelta y miró al techo. Sus ojos recorrieron los nudos conocidos de las vigas de madera sobre su cama, y se preguntó si sería la última vez que los vería. Podía recordar cien noches llorando hasta quedarse dormida en esa misma cama y mil en las que había estado demasiado cansada incluso para eso. Había pasado toda su infancia luchando por encajar, por sentirse bien. Ahora que sabía la verdad, de alguna manera sentía un poco de paz. Ahora había dos mundos a los que no pertenecía.

¿Y de qué trataba el vínculo de sangre? Adelaide había dicho que lo que sucedió con Rowe no podía volver a pasar, que debían cuidarse el uno al otro. ¿Qué habría querido decir con eso? Caspen tendría la respuesta, pero Tem no tenía ningún deseo de hablar con él. No le interesaba escuchar más mentiras.

Finalmente, se levantó. Su madre estaba en la cocina.

—Vi la invitación. —Señaló la carta sobre la mesa—. ¿Estás lista para esta noche?

Tem suspiró. Nada podría prepararla para el baile.

—No lo sé —dijo.

Su madre hizo un gesto de simpatía.

—Querida. —Se acercó a Tem y le puso una mano en la mejilla—. Ya llegaste hasta aquí. ¿Qué tanto sería un poco más?

Tem estaba sentada, aturdida, mirando la nota de Leo. Era cierto, había llegado hasta allí.



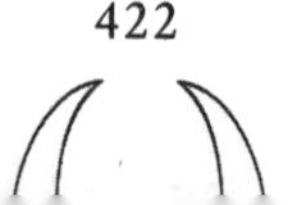

Desayunó en silencio antes de retirarse al patio para realizar sus tareas. El día pasó lentamente. Tem habló con Caspen solo una vez y le dijo una sola frase antes de cortar la conexión de nuevo:

«No te molestes en enviarme un vestido».

Sabía que Leo le enviaría uno. Y efectivamente, cuando regresó del gallinero, había un paquete en el porche. Tem lo abrió en la intimidad de su dormitorio, colocando el vestido sobre la cama para poder verlo por completo.

Era mucho más formal que los otros vestidos que Leo le había enviado, y Tem sabía que eso reflejaba el tipo de evento al que asistiría esa noche. A diferencia de los vestidos ajustados y reveladores que había usado anteriormente, este era más un traje de noche. Era azul cielo y estaba confeccionado con seda suave y cara. Había un chal a juego de tela delicada y transparente con estrellas doradas bordadas. Seguramente había sido hecho a mano; Tem nunca había visto algo elaborado con tal meticulosidad.

Se dio un baño, limpiando cada centímetro de su cuerpo y lavándose el cabello. Esperó a que su madre estuviera ocupada preparando la cena antes de meterse en su habitación y rociarse agua salada en los rizos. Luego se puso el vestido y el chal. En el último momento, Tem deslizó la garra entre sus piernas. Aunque estaba enfadada con Caspen, la idea de dejarla en su habitación cuando tal vez nunca regresara era demasiado para ella. En el momento en que la introdujo, sintió una pulsación suave y vacilante contra ella. Sin quererlo, Tem se mordió el labio. Se sentía muy bien. Y sabía que Caspen también lo sabía.

La vibración se intensificó poco a poco, y Tem se agarró del borde de su mesita de noche. Entendió el mensaje: Caspen no le había enviado un vestido, pero no hacía falta. Tenía esa conexión con ella, ese vínculo profundo que nada, ni siquiera una discusión como la de la noche anterior podía romper. Tem dejó escapar un suave gemido mientras las pulsaciones se hacían más fuertes.

Luego se detuvieron.

Sus ojos se abrieron de golpe. Caspen estaba tanteando el terreno, recordándole lo que podía hacer, incitándola a devolverle el favor. Tem estaba muy tentada a abrir su conexión mental y enviarle una vibración.

Pero no iba a ceder, aún no.

A partir de entonces, no quedaba más que esperar. El carruaje llegó a tiempo y, cuando el sirviente tocó a su puerta, su madre la estrechó en un fuerte abrazo.

—Estoy muy orgullosa de ti, querida —dijo, dándole un beso en la mejilla.

—Gracias, madre —respondió Tem.

En la seguridad de sus brazos, recordó todo lo que estaba en juego,



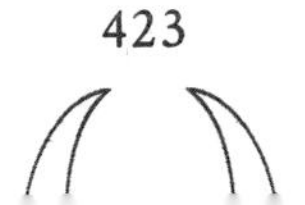

todas las razones por las que estaba haciendo eso. No se trataba de Caspen ni de Leo. Se trataba de su familia, de la única persona que la había protegido y criado y se había asegurado de que tuviera un lugar tranquilo donde refugiarse. No había nada que Tem no pudiera hacer por su madre.

Cuando el carruaje llegó al castillo, Tem estaba decidida a aceptar su destino.

Entró al vestíbulo con la barbilla en alto, preparada para lo que fuera que le deparara la noche. El salón de baile estaba decorado de forma impresionante. Del techo colgaban grandes ramos de flores y magníficas copas de cristal se apilaban en brillantes torres por toda la sala. Para su decepción, Gabriel no estaba por ninguna parte. Sin embargo, Lilly apareció de repente a su lado, poniendo una copa de champaña en sus manos.

—Cuánto tiempo sin verte, Tem. ¿Estás lista para esta noche?

Tem miró fijamente la champaña, pensando en beberla.

—Más lista que nunca.

—Mi hermano ha hablado de ti toda la semana. La verdad es que es un poco patético.

La información hizo que Tem sintiera calor. Tenía muchas ganas de ver a Leo, muchísimas.

—¿Está aquí? —preguntó.

—Debería —canturreó Lilly, tomando un sorbo de champaña—. Probablemente esté discutiendo cosas importantes y propias de la realeza con nuestro padre.

La mención de Maximus le provocó a Tem un nudo en el estómago. Quería preguntarle a Lilly si el rey se opondría a la elección de Leo, si se interpondría en la boda, pero no quería meter a Gabriel en problemas ni quería dar por hecho que Leo la elegiría. Entonces dijo:

—Voy a buscarlo.

—Como quieras. —Lilly le hizo un pequeño gesto con la mano antes de alejarse rápidamente.

Tem cambió su champaña por un whisky antes de dar una vuelta por el salón de baile. Los miembros de la realeza llenaban el lugar esa noche; dondequiera que miraba, veía cuellos, orejas y dedos que chorreaban oro. La visión le hizo sentir nauseas. Tem se apoyó en la columna más cercana, tratando de recuperar el aliento. Bajó la barrera en su mente, pero no buscó a Caspen. En lugar de eso, buscó otra conexión, una que sabía que estaba cerca.

Cuando la encontró, dijo:

«¿Puedes oírme?».

Las palabras desaparecieron en el vacío. Pasaron unos segundos. Tem lo intentó de nuevo.

«¿Sabes quién soy?».



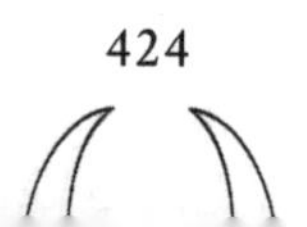

Hubo una largo silencio. Tem miró fijamente su whisky mientras su corazón latía con fuerza contra sus costillas. Entonces la voz de su padre respondió:

«Sí».

A Tem la invadió la esperanza.

«Voy a sacarte de aquí. Voy a arreglar esto».

Su anuncio fue ignorado. En cambio, escuchó las mismas palabras que había percibido antes:

«No confíes en el rey».

Tem frunció el ceño. Se le ocurrió algo por primera vez, y no podía creer que no hubiera pensado en preguntarlo antes.

«¿Qué rey?».

Pero la conexión se cerró.

Tem bebió el resto de su whisky en un intento por calmarse. A decir verdad, no confiaba en ninguno de los dos reyes. Antes de que pudiera pensar en ello más a fondo, sintió una vibración.

Esta vez, haciendo caso omiso al sentido común, dejó entrar a Caspen.

«¿Y qué crees que estás haciendo?», preguntó ella.

«Extrañarte».

Tem puso los ojos en blanco.

«No te he perdonado».

Otra pulsación.

«Lo sé».

«¿Vas a disculparte?».

«Si eso es lo que deseas».

Tem cruzó las piernas, tratando de no jadear mientras Caspen enviaba una vibración tan fuerte que le hizo palpitar el clítoris.

«Nunca juegas limpio».

«No veo razón para hacerlo».

Tem no pudo responder. Estaba demasiado concentrada en contener el orgasmo que deseaba desesperadamente estallar. Caspen era implacable y le enviaba una pulsación tras otra hasta que ella estaba tan excitada que casi no sintió la mano en su cintura.

—Tem.

Era Leo. Las vibraciones cesaron de repente.

Volteó para quedar frente a él.

—Kora —suspiró con los ojos muy abiertos, contemplando el vestido de seda y el chal dorado—. Luces… —parecía no encontrar las palabras y terminó en voz baja con un—: celestial.

—Cada vez eres mejor con los cumplidos —dijo Tem.

El rostro de Leo se iluminó con una sonrisa.

—Me alegra oírlo.



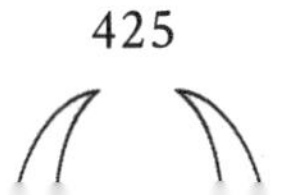

Tem sonrió también y por un momento sus preocupaciones desaparecieron. Levantó la mirada hacia él, observando su traje de terciopelo y la serpiente enjoyada prendida en su abrigo.

—¿Estás disfrutando el baile? —preguntó Leo.

—No —respondió Tem con sinceridad. Había estado disfrutando de otras cosas, pero ciertamente no del baile.

La sonrisa de él se ensanchó.

—Me lo imaginaba. ¿Vamos a otro lugar entonces?

—No iré a tu habitación —dijo Tem tajantemente.

—¿Quién dijo algo de mi habitación?

Tem puso los ojos en blanco. Si por él fuera, nunca saldrían de su habitación.

Leo le ofreció el brazo.

—Pensaba que podríamos dar un paseo, si te parece bien.

—A tu padre no le gustará.

—Bien.

En respuesta, Tem rodeó con los dedos el brazo de Leo mientras la guiaba por el salón de baile, hacia el patio y en dirección al laberinto. Tenía las piernas mojadas, prueba del orgasmo al que apenas pudo resistirse.

En el momento en que atravesaron los grandes muros verdes, Tem se sintió tranquila por primera vez esa noche. El bullicio del baile se fue apagando a medida que se adentraban en el laberinto y el aire se volvió tan frío que Tem comenzó a temblar. De inmediato Leo colocó su abrigo sobre sus hombros. Esta vez ella no protestó, sino que disfrutó la forma en que la envolvía con su aroma. Mientras se adentraban en el laberinto, el peso de la noche se cernía sobre ella.

—Leo —dijo Tem con la mayor firmeza posible—, ¿estoy entre las tres finalistas?

Él bajó la mirada.

—¿Quieres figurar entre ellas?

Una pregunta directa. Antes de que pudiera responder, llegaron a un callejón sin salida.

El mundo enmudeció mientras ambos permanecían inmóviles. Sobre ellos se alzaba la estatua de una figura vestida con túnica y Tem apenas pudo distinguir el nombre grabado en la placa de la base: Rey Maximus III.

El padre de Leo.

Volteó a mirar al príncipe. Él la observaba con calma, con la compostura que ella esperaba de él. Como ella seguía sin responder, Leo se acercó. Sus labios rozaron los de ella mientras le susurraba:

—Te pido que me des tu corazón, Tem. Merezco saber siquiera si es tuyo y puedes darlo.



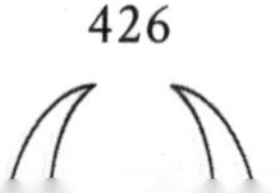

Tem no podía soportar la forma en que él la miraba. No era muy diferente a la forma en que Caspen lo hacía, como si ella fuera algo sumamente precioso. Algo que valía la pena tener.

—No puedo prometerte mi corazón —susurró—, pero puedo prometerte que siempre será mío para poder darlo.

Leo se alejó unos centímetros.

Tem sabía que no era lo que quería escuchar, pero tendría que ser suficiente por el momento.

—Leo —dijo ella, levantando la mano y acunando su rostro angosto en su palma—. Me pediste que no te mintiera.

Él le dedicó una sonrisa triste.

—Sí, lo hice.

No había nada más que decir. Tem lo besó.

Por la forma en que Leo le devolvió el beso, supo que había esperado toda la noche para hacerlo. Sus manos se dirigieron de inmediato a su cuerpo, recorriéndolo por debajo del abrigo mientras la aprisionaba contra la estatua. Sus dedos agarraron el cabello de Tem, arqueando su cuello para poder besarlo.

Cuando sus labios volvieron a encontrar los de ella, Tem dejó de fingir que no lo deseaba.

Leo se sentía cálido y sabía a miel. Y su lengua era el paraíso contra la de ella, aunque no fuera la de Caspen. El príncipe la levantó hasta la base de la estatua, jalando sus piernas alrededor de él. Estaba rodeada de dureza: el cuerpo de Leo frente a ella y la fría piedra detrás.

No fue hasta que deslizó su mano por su vestido que Tem recordó lo que encontraría entre sus piernas.



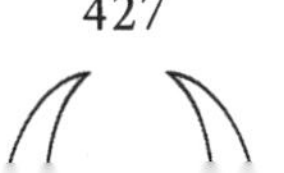

# CAPÍTULO 32

No hubo tiempo para alejarlo.

Tem se paralizó cuando los dedos de Leo encontraron su centro, rozando la punta de la garra.

Él frunció el ceño, confundido.

—¿Qué...? —Leo empezó a preguntar, pero no terminó. Presionó la garra, empujándola contra su clítoris.

Contra su voluntad Tem dejó escapar un pequeño gemido.

Leo se alejó.

—¿Qué demonios es eso, Tem?

—Es...

Pero no había una buena manera de explicarlo, e incluso si la hubiera, Tem se dio cuenta por la expresión de Leo que, aunque no sabía exactamente para qué servía la garra, comprendía que tenía algo que ver con Caspen. Sus siguientes palabras lo confirmaron.

—Es de él, ¿verdad?

Tem asintió porque no había nada más que hacer.

—¿Cuál es su propósito?

Tem negó con la cabeza.

—¿Cuál es su propósito, Tem?

—Leo, por favor...

Pero Leo ya estaba deslizando sus dedos dentro de Tem. Los enganchó alrededor de la curva de la garra antes de sacarla con brusquedad y sostenerla entre ellos. Por un momento, ambos se quedaron mirando los fluidos de Tem, que brillaban a la luz de la luna. El rostro de Leo expresó una ira indescriptible. Se dio la vuelta y arrojó la garra con todas sus fuerzas por el oscuro pasadizo del laberinto.

—¡No! —gritó Tem.

Pero él ya estaba girándose hacia ella, llenando con sus dedos el espacio donde había estado la garra, penetrándola tan rápido que su cabeza se arqueó hacia atrás con un grito ahogado.

La otra mano de Leo fue a su cuello y sus ojos se entrecerraron mientras jalaba el rostro de ella hacia el suyo.

—Puede que él haya hecho que te mojaras, pero yo haré que termines.

Tem no hubiera podido protestar aunque quisiera. Los dedos de Leo ya se deslizaban hacia adentro y afuera con precisión experta, convenciendo a su cuerpo de que cediera el control. Un momento después, Leo estaba de rodillas y, por segunda vez, Tem supo lo que era tener a un príncipe arrodillado ante ella.

Tem gimió cuando la boca de Leo encontró sus partes húmedas, y las palabras que había escrito en la invitación corrían como un torbellino por su mente: «La próxima vez, me toca torturarte».

Si aquello era tortura, Tem estaba feliz de morir a causa de ella.

Leo sabía exactamente qué hacer. La lamió con trazos seguros y precisos, hundiendo la lengua profundamente en su centro antes de hacerla girar contra su clítoris. Tem le agarró el cabello con ambas manos, sujetándolo contra ella para que todo lo que hiciera se multiplicara por diez, para no perderse ni un solo segundo de ese tormento.

La estaba consumiendo, *devorando,* atiborrándose de ella hasta que Tem no pudo formular un solo pensamiento.

—Leo —gimió una y otra vez—. Leo.

Entendía que la estaba reprendiendo, obligándola a recordar lo bien que la hacía sentir. Esa era la dinámica entre ellos, su batalla sin fin. Ahora era el turno de Leo de tener el poder, y el turno de Tem de ceder.

Los dedos de Leo acompañaron su lengua y, por un momento, Tem vio estrellas.

Leo insistía, incluso mientras ella jalaba con más fuerza su cabello, incluso mientras gritaba, desesperada, su nombre. Caspen ya la había excitado durante horas, por lo que Tem estaba más que cerca de venirse. Sin embargo, no fue hasta que Leo succionó repentinamente su clítoris entre los dientes que sus caderas se sacudieron y alcanzó el orgasmo con un grito, liberando al fin el calor reprimido que se había acumulado en su interior durante todo el día.

En cuanto gritó, Leo se puso de pie. Le bajó de un jalón el vestido sin decir palabra y se adentró en el laberinto.

—Leo, espera. —Tem saltó de la estatua, recuperando con dificultad el aliento mientras corría tras él—. Esto es un laberinto, no puedes simplemente dejarme…

Leo se dio la vuelta mientras sus ojos brillaban en la oscuridad.

—Puedo hacer lo que me dé la puta gana, Tem. Al fin y al cabo, eso es lo que tú haces.

—Eso no es justo.

—¿No?



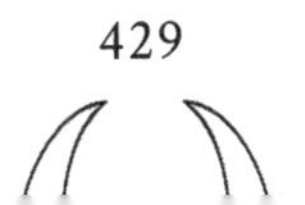

—Sabes que no puedo controlarlo, Leo. Él...

—Puedes controlar lo que metes en tu propio cuerpo, Tem.

Se volteó de nuevo, Tem tuvo que correr para seguirle el ritmo.

—No importa lo que me meta en el cuerpo. Él está en mi mente, siempre estará ahí.

Leo negó con la cabeza.

—Esto no puede seguir así.

Por fin habían llegado ese punto: el momento en que la paciencia de Leo se agotó.

—¿Qué sugieres que haga?

—Sugiero que lo ignores.

—No puedo.

—¿No puedes o simplemente no quieres?

Tem se detuvo, sintiéndose herida de repente. Leo sabía muy bien lo difícil que era eso para ella, cuánto odiaba la situación en la que se encontraba. Si pudiera hacerlo más fácil para ella, y para él, lo haría, pero su vínculo con Caspen no era algo que pudiera ignorar, y tampoco quería hacerlo. Era mucho más complicado de lo que Leo podría comprender y no había forma de explicárselo.

—Dijiste que no te importaba —susurró ella—. Que aceptarías lo que pudieras obtener.

Leo también se detuvo, con los puños apretados a los costados.

—Sé lo que dije, Tem —se quejó, poniéndose frente a ella—, pero quiero más. Quiero *todo* de ti. Cualquier cosa menos que todo ya no es suficiente.

—¿Por qué? —preguntó Tem, sintiendo una punzada de traición en el pecho—. ¿Qué cambió?

Él sacudió la cabeza.

—Ese es el maldito problema, Tem: nada ha cambiado.

Ella lo miró con incredulidad, con lágrimas en los ojos.

Leo se inclinó hacia ella y Tem levantó la cabeza para mirarlo.

—Quiero todo de ti —dijo Leo deliberadamente—, o nada en absoluto.

Se miraron fijamente mientras ambos respiraban con dificultad. Entonces Leo volteó una vez más, y Tem se quedó dos pasos detrás de él durante todo el camino de regreso a través del laberinto.

Cuando llegaron al castillo, Leo se dio vuelta por última vez.

—Y para responder a tu pregunta —espetó—. Sí, estás entre las tres finalistas, lo quieras o no.

Se alejó, dejando a Tem sola en la orilla del salón de baile. El mensaje de Leo era claro: la castigaba por su conexión con Caspen. Sabía que era difícil para ella amarlos a ambos, aún más cuando Leo se presentaba como una opción viable. Sería cruel eliminarla, y aún más cruel mantenerla en la competencia. Obligaría a Tem a elegir, a dividirse en dos.

En efecto, era una tortura.

Tem encontró el vaso de whisky más cercano y lo bebió de un trago. Deseaba poder irse sin más. Pero ¿irse adónde? No podía volver a las cuevas. No podía volver a la granja. No había lugar para Tem, ningún refugio contra la tormenta. Su única opción era tomar otro whisky y mezclarse con la multitud, perdiéndose entre los invitados hasta emborracharse finalmente. En algún momento, Gabriel la encontró, le dio un rápido beso en la mejilla y desapareció de nuevo en la cocina con un gesto de su mano vendada. Tem apenas notó su presencia. Lo que sí vio fue cómo varios sirvientes montaban los podios y los colocaban en el extremo del salón de baile, solo había tres. Tem recordó cuando había once.

Se oyó un fuerte tintineo, Tem giró y vio a Maximus golpeando con un cuchillo una copa de vino.

—Gracias a todos por estar aquí esta noche —comenzó, mientras sus astutos ojos grises evaluaban a la multitud—. Mi familia agradece su apoyo.

A su lado, Leo hizo un gesto de irritación.

—¿Podrían las cinco damas restantes dar un paso al frente?

Tem tomó un último trago de whisky antes de seguir a las otras chicas hasta los podios. Se pusieron en fila, como siempre hacían, frente al príncipe. Maximus siguió hablando.

—Ha llegado el momento de que mi hijo tome una decisión importante. Las tres jóvenes que elija esta noche residirán en el castillo durante el resto del proceso de eliminación. Y cuando esté preparado, mi hijo elegirá esposa.

Junto a Tem, Vera irguió el pecho.

Maximus continuó.

—La próxima vez que nos reunamos, será para una boda.

El horror oscureció la visión de Tem. El whisky ya no ayudaba.

Leo dio un paso adelante y comenzó la eliminación.

En lugar de acercarse a las chicas como había hecho antes, Leo hizo que fueran ellas quienes se acercaran a él. Le ofreció la mano a la chica que estaba a la derecha de Tem, y la multitud celebró cuando ella avanzó hacia él, tomó su mano y subió al segundo podio. Tem no sabía el nombre de la chica y tampoco le importaba. Solo sabía el nombre de la chica que Leo elegiría en seguida:

Vera.

Los labios de Maximus esbozaron una sonrisa cuando Vera tomó la mano de Leo y subió al primer podio. El público celebró aún más fuerte.

Tem estaba entre las dos últimas chicas, preguntándose si ya sabían que habían quedado eliminadas. Enderezó los hombros. Leo ni siquiera le ofreció la mano. Simplemente miró a Tem a los ojos antes de mover la cabeza hacia el tercer podio, dirigiéndola como a un perro que aprende un truco.



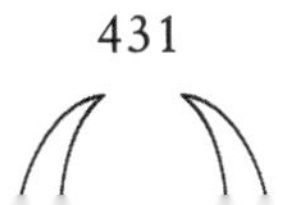

Otra vez era la última.

Tem no necesitó mirar a Maximus para sentir la furia que irradiaba mientras ella caminaba hacia el podio que le correspondía. Se quedó allí de pie, orgullosa como siempre, negándose a permitir que nadie la hiciera sentir inferior a las chicas que estaban a su lado.

Vera estaba radiante; Tem podía sentir su sonrisa condescendiente incluso desde allí.

Leo solo miraba a Tem.

Sus ojos reflejaban unos celos enormes, una ira tremenda. El momento de las concesiones claramente había terminado; el príncipe ya no estaba dispuesto a darle más oportunidades simplemente porque la deseaba.

«Llegará el momento en que tendrás que elegir».

El futuro de Leo sería más fácil si eligiera a Vera. Ella era la favorita del pueblo y también la de su padre. Si Tem quería que la eligiera, y si quería salvarle la vida, tenía que darle una razón para hacerlo.

Alguien le tocó la mano, un sirviente que la ayudaba a bajar del podio. Tem siguió a las otras dos chicas fuera del salón de baile y subió un tramo de escaleras. Se dirigían al piso de Leo. Tem reconoció el imponente retrato de padre e hijo mientras subía las escaleras. Cuando llegaron al descanso, el sirviente condujo a cada una de las chicas a sus habitaciones. La habitación de Tem estaba al final del pasillo, en el extremo más alejado de la de Leo.

—¿Puedo traerle algo, señorita?

Tem parpadeó. Quería muchas cosas: que Caspen se disculpara, que Leo entendiera sus circunstancias; sin embargo, no podía tener ninguna de esas cosas. Así que dijo:

—Whisky.

El sirviente asintió y desapareció.

Tem se quedó sola, mirando fijamente la cama que tenía delante.

Todo había sucedido demasiado rápido. Hacía un momento asistía a un baile y de repente estaba recluida en el castillo, condenada a esperar hasta que alguien decidiera su futuro por ella.

No podía soportarlo. Necesitaba hablar con Leo.

Tem abrió la puerta y salió al pasillo, dispuesta a encontrarlo. Para su sorpresa, él ya estaba allí, apoyado en el marco de la puerta de la habitación contigua a la suya.

No estaba solo.

Vera reía entre dientes, juntando sus pechos, mientras Leo enroscaba un mechón de su cabello entre sus dedos, de la misma manera que había hecho con Tem. Sus ojos fueron a los de ella. Durante un momento interminable, se miraron. Entonces Leo arqueó una sola y cruel ceja. Su mano buscó la cintura de Vera, llevándola por el pasillo hacia su dormitorio. Lo



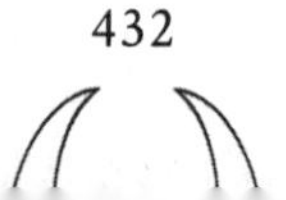

último que vio Tem antes de que la puerta se cerrara fueron los dedos de Leo desabrochándole la parte trasera del vestido.

Tem no era ajena a las noches solitarias, pero aquella fue una de las peores.

La garra ya no estaba, se había perdido en el laberinto. Caspen desapareció por completo de su mente, y el vacío era tan evidente y extraño que apenas podía soportarlo. No se atrevía a buscarlo. No sabía ni qué decirle. Caspen sabía que ella estaba en el castillo, que el príncipe la había elegido.

Y luego estaba Leo.

Nunca olvidaría la expresión de su rostro mientras metía a Vera en su habitación. No dejaba de imaginarse sus largos dedos desabrochando el vestido de Vera, dedos que habían estado dentro de Tem hacía apenas una hora. Sin duda, ya estarían teniendo sexo en la cama con dosel de Leo. Vera haría cualquier cosa que él le pidiera, ansiosa por complacer al príncipe. El pensamiento hizo que Tem quisiera llorar. Se metió en la cama, envolviéndose con fuerza en las mantas desconocidas. Su habitación era fría, pero no encendió la chimenea. Simplemente se quedó mirando al techo, pensando en cómo esa misma mañana había mirado al techo de su habitación de la infancia, el techo que tantas veces había deseado no volver a ver nunca, aunque, en ese momento, no había nada que deseara más. Por fin, llegó su whisky y Tem lo bebió de un trago.

Cuando se quedó dormida, sus sueños estuvieron llenos de hielo.

El whisky no fue amable con ella.

Tem se despertó con un gemido, masajeándose las sienes en un intento por aliviar su dolor de cabeza. Lo primero que pensó fue en Leo. Se lo imaginó despertando junto a Vera, con sus cuerpos desnudos entrelazados y sus labios juntos.

La imagen fue suficiente para que el whisky volviera a subir.

Cuando salió del baño, cruzó hacia el armario, lo abrió y encontró una fila de vestidos de su talla. Tomó el más cercano antes de poner la mano en la puerta de su habitación y detenerse. ¿Qué hacer ahora? Se le ocurrió una sola cosa, y sin duda era peligrosa. No obstante, estaba allí, en el castillo, y aprovecharía la situación a su favor, aunque eso significara correr un riesgo.

Conocía esa parte de la competencia por la escuela: a las chicas se les permitía recorrer libremente el castillo y debían pasar tiempo con el príncipe si él lo solicitaba. Él se acostaría con ellas según lo considerara oportuno. No había reglas con respecto a la velocidad o el momento de las eliminatorias finales: en ocasiones, las chicas permanecerían en el castillo



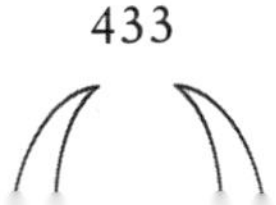

durante días; en otras, durante meses. Leo tenía el control y elegiría a su esposa cuando estuviera listo.

Tem se quedó en la puerta, aún vacilante.

No tenía ganas de abrir la puerta si eso significaba ver a Vera salir de la habitación de Leo con el cabello despeinado por el sexo y los ojos vidriosos después de una noche de pasión.

Sin embargo, tenía que abrirla.

Afortunadamente el pasillo, estaba vacío; tal vez Leo aún no había despertado. Tem bajó las escaleras hasta la planta baja, con los pies descalzos sobre las baldosas con escamas doradas del vestíbulo. Se quedó allí un momento, escuchando los sonidos del castillo. Desde la cocina llegó una risa lejana, y Tem supo que el personal preparaba el desayuno. Se tomó un momento para cerrar los ojos, concentrando su energía en una sola palabra:

«Caspen».

Él respondió de inmediato.

«Tem».

«Quiero ver a mi padre».

No dijo nada del proceso de eliminación, ni mencionó nada de lo que había sucedido la noche anterior en el laberinto. Caspen notó su evasión, pero no la abordó. En cambio, respondió:

«No es una buena idea».

«¿Por qué no?».

«Alguien podría verte».

Tem tenía problemas para escucharlo; era como si hablaran a través de una pared.

«Es temprano, no hay nadie cerca».

«No es seguro».

«No te estoy pidiendo permiso, Caspen».

Él se molestó. Una pequeña parte de Tem disfrutaba su malestar.

«Entonces, ¿qué estás preguntando, Tem?».

«¿Sabes dónde lo tienen?».

«No, no lo sé».

«¿No se lo has preguntado a él o a alguno de los basiliscos que encarcelaron allí?».

«Las sangrías debilitan a los basiliscos. No pueden usar la mente como nosotros».

Tem pensó en lo breves que eran siempre sus conversaciones con su padre, de unas pocas palabras a lo mucho, antes de que su voz se esfumara.

«Está bien. Se lo preguntaré yo misma».

Ella sintió su desaprobación.

«Debes tener cuidado, Tem».

«Lo tendré».

«Deberías...».

Pero su voz se interrumpió abruptamente.

«¿Caspen? ¿Estás ahí?».

No hubo respuesta.

Tem sacudió la cabeza como para despejarla. Se preocuparía por su conexión más tarde.

De todos modos, Caspen no era el basilisco con el que necesitaba hablar.

Tem se concentró de nuevo, buscando otra presencia cercana. Cuando la encontró, no perdió tiempo.

«¿Dónde estás?».

Permaneció en silencio, esperando una respuesta. La voz de él fue apenas un susurro.

«Abajo».

Tem apretó los labios cuando esa conexión también se desvaneció. Había sido su conversación más corta hasta el momento y no había mucho con qué continuar. Pero no era difícil adivinar lo que significaba «abajo». Seguramente habría mazmorras en el castillo, lugares donde la realeza encerraba a los traidores durante la guerra. Y donde encerraban a los basiliscos después de la guerra.

Tem atravesó el castillo, buscando la primera escalera que llevara hacia abajo. Cuando la encontró, se apresuró a bajarla caminando sobre la punta de los pies para no hacer ruido. Ya estaba ensayando una historia en su mente en caso de que alguien la encontrara: diría que buscaba la cocina, que tenía hambre después de una noche de borrachera en el baile. Era solo una mentira a medias, pues su estómago gruñía mientras descendía la interminable escalera.

De repente la temperatura comenzó a bajar.

Tem atravesó puerta tras puerta, ignorándolas todas. Las mazmorras estarían en las profundidades del castillo, más abajo que cualquier otra cosa, lejos de cualquier lugar donde un sirviente pudiera toparse con ellas accidentalmente. Caminó durante lo que le pareció una eternidad. Y entonces, se encontró con una puerta de metal.

De inmediato Tem supo por el olor del aire que había llegado.

El hedor a muerte y descomposición se le pegó a la nariz mientras buscaba a tientas en la oscuridad la manija de la puerta. Ni siquiera estaba cerrada con llave. No había ni un guardia a la vista, ni una sola persona vigilando la entrada a la larga hilera de celdas oscuras y sin esperanza. Al principio, Tem se sorprendió por la falta de seguridad, pero en cuanto vio lo que había en la primera celda, comprendió por qué no había guardias allí abajo. No había necesidad de seguridad cuando los prisioneros estaban tan débiles.



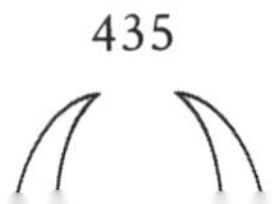

Había un basilisco hembra con forma humana encadenada al suelo de piedra. No había nada más en la celda, ni siquiera una cama. Los dedos de la basilisco tenían adheridos una complicada maraña de cables metálicos que subían hasta un agujero en el techo. Tem no tenía idea de cuál era su función, solo que debían ser parte del proceso de sangría. Incluso en ese momento, pudo ver cómo el color de los cables cambiaba de plateado a dorado, con pulsaciones intermitentes mientras la cara de la basilisco se retorcía de dolor. A Tem se le rompió el corazón al ver que alguien, alguien como ella, era tratado así. Le parecía aborrecible.

Todas las celdas estaban ocupadas.

Tem no podía explicarlo, pero sabía en qué celda estaba su padre. Era como si una conexión invisible la llevara a él, la misma que antes lo llevó a su mente. Tem siguió su conexión a lo largo de la fila de celdas hasta llegar a la última, se detuvo frente a ella y entrecerró los ojos en la oscuridad.

Allí estaba por fin.

Incluso encorvado contra la tosca pared de piedra, Tem pudo ver la belleza de su padre. Tenía los hombros anchos y los ojos de un dorado bruñido. Pero, a diferencia del brillo resplandeciente y candente de los iris de Caspen, los ojos de su padre parecían apagados, de un color más cercano al cobre, y Tem se preguntó si sería efecto de la sangría. Era alto, como todos los basiliscos, pero encorvado a causa del peso de años de tortura.

Su corazón gritó:

«¡Padre!».

Era extraño decir esa palabra. Tem no recordaba a ese hombre; cuando ella nació, él ya se había ido. Sin embargo, ahora estudiaba su rostro y, a pesar de la tenue iluminación, pudo reconocer su parecido. Tenía el cabello igual que el de ella; ahora estaba lacio, pero Tem reconoció los mismos rizos que también enmarcaban su rostro. Sus manos descansaban con las palmas hacia arriba en su regazo, con cables plateados fundidos en sus dedos. Incluso en la oscuridad, Tem pudo contar veinticuatro pecas en sus manos, doce en cada lado.

Su padre abrió los ojos, se miraron fijamente.

«¿Cómo te llamas, niña?».

El corazón de Tem se encogió de tristeza. Él ni siquiera sabía su nombre.

«Temperance».

Ella no estaba segura, pero podría jurar que él sonrió.

«¿Cómo te llamas?». Su madre nunca se lo había dicho.

«Kronos».

—Kronos —susurró, imaginando un mundo en el que había crecido diciéndolo.

Su padre inclinó la cabeza.



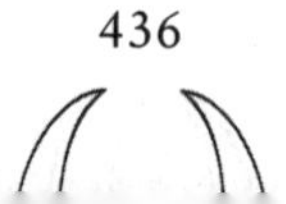

«No deberías estar aquí, Temperance».

Ella se acercó más.

«Tenía que verte».

«No es seguro».

Era Caspen de nuevo. Tem negó con la cabeza, y agarró los barrotes de la celda.

«Voy a sacarte de aquí. Solo tienes que aguantar hasta la boda».

Su padre cerró los ojos.

«Es demasiado tarde para mí».

Tem podía ver lo débil que estaba, lo perniciosa que había resultado la sangría.

«Espera, por favor. Necesito saberlo: ¿en qué rey no puedo confiar?».

Tardó mucho en responder, pero finalmente dijo:

— En el nuestro.

Bastian.

«Pero ¿por qué?».

Su padre respiró profundamente y los grilletes que lo fijaban al suelo tintinearon con suavidad.

«Valora el poder por encima de todo».

«La mayoría de los reyes lo hace».

Kronos negó con la cabeza, claramente adolorido por el movimiento.

«El poder corrompe».

Eso fue todo lo que dijo. Tem pensó en lo que Bastian ya había hecho para ganar su poder, en lo que le pidió a Caspen que hiciera. El poder sí corrompía. Era perversamente tentador y cruel. Convertía a los hombres en monstruos, o tal vez a los monstruos en hombres. ¿Qué sería peor? Tem ya no lo sabía.

Kronos volvió a hablar.

«Has estado demasiado tiempo aquí. Vete».

Tem apretó con fuerza los barrotes.

«No quiero dejarte».

«Vete, niña. Y no regreses».

Tem sabía que tenía razón, ya había estado demasiado tiempo allí abajo. Leo podría estar despierto para entonces. Si notaba su ausencia, solo lo enfurecería más.

Bajó las manos de mala gana, viendo por última vez a su padre.

«Volveré a por ti, te lo prometo. Aguanta, por favor».

Él no respondió.

No había nada más que decir. Tem volvió sobre sus pasos para salir de la mazmorra hasta llegar a las escaleras que conducían de nuevo al castillo. Las subió tan rápido como pudo y, cuando llegó al piso principal, sus pantorrillas gritaban en señal de protesta. Estaba cruzando el vestíbulo



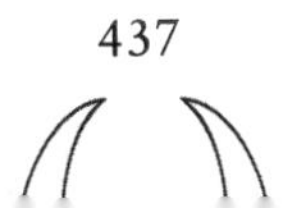

cuando se abrió la puerta del salón y salió la última persona a la que habría querido ver.

—Temperance —dijo Maximus lentamente, con ojos calculadores que se posaron en sus pies descalzos—. ¿Qué te sacó de la cama a estas horas?

La pregunta fue casual; la implicación, no.

Tem sintió de inmediato que Maximus sabía que había estado buscando cosas que él no quería que encontrara.

Al ver que no respondía, el rey se acercó.

—¿Sabe mi hijo que estás husmeando en su casa?

Tem le devolvió la pregunta.

—¿Sabe su hijo lo que ocurre en su casa?

Maximus hizo una pausa y entrecerró los ojos.

—No sé de qué hablas.

Era mentira. Solo había un secreto al que podía referirse: algo horrible y abominable que la realeza guardaba celosamente.

Tem también se acercó, mirándolo desafiante mientras preguntaba de nuevo:

—¿Lo sabe Leo?

Maximus la miró fijamente. Tem casi podía ver cómo se movían los engranajes de su cerebro, decidiendo cómo reaccionar. Cuando habló, lo hizo con los dientes apretados.

—Lo sabrá cuando sea rey.

Por fin, Tem tenía la confirmación de que Leo era inocente. Cruzó los brazos.

—¿Y cómo cree que reaccionará?

—Entenderá que debe hacer lo que sea necesario para proteger el equilibrio de nuestro reino.

—¿Es necesaria la tortura?

—Ya te lo he dicho, Temperance —soltó Maximus como si fuera una niña—. Los basiliscos nos prestan un servicio. Su lugar está debajo de nosotros.

Tem no se había dado cuenta de que cuando le dijo esas palabras, hacía tantas semanas, lo había hecho literalmente.

—Harías bien en recordar cuál es tu lugar —continuó—. O quizá descubras que ya está decidido.

«Entonces puede que descubras que tu decisión ya está tomada».

Tem levantó la barbilla.

—Yo decido cuál es mi lugar. Y a partir de ahora, es aquí, en este castillo, con su hijo.

Las fosas nasales de Maximus se dilataron. Se inclinó hacia ella y, Tem olió el aroma a puro en su piel.

—Nunca lo tendrás.



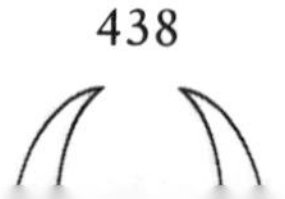

Ella lo miró directamente y soltó:

—Me dijo que tiene la intención de casarse conmigo.

La mentira le salió con facilidad y, tan pronto como la dijo, el rostro de Maximus reflejó una rabia incontenible.

—Eso no sucederá mientras yo esté vivo.

—No puede detenernos.

—¿Que no puedo? —preguntó Maximus con firmeza—. ¿Crees que eres la primera chica indigna de la que se ha enamorado mi hijo? ¿La primera *mujerzuela*? Thelonius tiene un tipo. Y tú, Temperance, eres exactamente su tipo.

Tem no se dejaría herir por insultos mezquinos.

—Leo merece elegir su propio futuro.

—Mi hijo ha demostrado ser incompetente para esa tarea.

Fue entonces cuando Tem se dio cuenta de que su conversación iba mucho más allá de su cortejo con el príncipe. Maximus se refería al patrón de comportamiento de Leo, a cómo su hijo siempre elegía el amor sobre el deber. Era una de las mejores cualidades de Leo. Y para Maximus no podía haber nada peor.

—No hay nada que pueda hacer —espetó Tem—. Él ya lo decidió.

Maximus rio con crueldad.

—Ya he corregido los errores de mi hijo antes. No dudaré en hacerlo de nuevo.

Tem se quedó paralizada.

El rey estaba admitiendo que participó en la ruptura de la relación de Leo con Evelyn. Quizá le pagó para que se fuera de la aldea.

Quizá hizo algo peor.

—Yo no soy Evelyn —dijo Tem en voz baja—. No será tan fácil quitarme de en medio.

Maximus frunció el ceño, y Tem se dio cuenta de que no sabía que ella estaba al tanto del primer amor de Leo.

Tem aprovechó la ventaja para dejarle claro lo que pensaba.

—Ya intentó controlarlo una vez. Si intenta hacerlo de nuevo, lo pondré en su contra.

Las fosas nasales de Maximus se dilataron.

—No te *atreverías.*

—Sí me atrevería —espetó Tem—. Y lo disfrutaría.

Ella se acercó aún más y los ojos de Maximus se abrieron al máximo cuando terminó.

—Cuando Leo me elija, usted respetará su elección. Si no lo hace, le diré que fue usted quien arruinó su futuro con Evelyn. Y lo perderá para siempre.

Maximus se irguió.



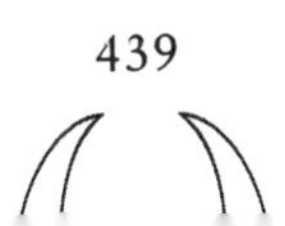

—Mi hijo lo entendería.

—¿Lo haría? —Tem arqueó las cejas con petulancia—. Su hijo ya lo considera cruel. De alguna manera, dudo que esto ayude a mejorar su impresión.

Maximus abrió la boca para contraatacar, pero otra voz intervino antes de que pudiera hacerlo.

—¿Tem?

Ella se dio la vuelta y vio a Leo en la escalera. La preocupación por ella nubló su rostro.

Se acercó.

—¿Qué pasa?

—Temperance ya se iba —dijo Maximus con frialdad—. Se perdió de camino a la cocina.

Los ojos de Leo permanecieron fijos en los de Tem, que adoptó una expresión neutra.

—Sí —dijo encogiéndose de hombros con indiferencia—. Tenía hambre.

A Leo se le dibujó una leve sonrisa en los labios.

—Siempre tienes hambre —dijo en voz baja.

La sonrisita desapareció un momento después. Seguían distanciados, en una batalla de voluntades. Ni siquiera un enemigo común como Maximus podía unirlos en ese momento.

El príncipe volvió a subir las escaleras. Sin mirar a Maximus, Tem corrió tras él. Acababa de decirle al rey que el príncipe tenía la intención de casarse con ella. Lo último que necesitaba era que él viera que apenas se hablaban.

Cuando llegaron al descanso, Leo se detuvo.

—¿Qué quería mi padre?

Tem frunció los labios.

—Preferiría que no vagara por el castillo.

Leo le dirigió una mirada.

—Esa preferencia difícilmente justifica una conversación personal. ¿Qué te dijo en realidad?

Tem evitó mirarlo a los ojos. Quería decirle lo que su padre le hizo a Evelyn, pero no era el momento. Leo todavía estaba muy enojado con ella. No estaba preparado, ella tampoco.

Así que Tem intentó sintetizar su conversación en algo que Leo pudiera digerir.

—Él cree que no soy lo suficientemente buena para ti.

La expresión de Leo se suavizó de forma casi imperceptible.

—Bueno —murmuró—, se equivoca. —Pasó un momento, y su expresión se endureció de nuevo—. ¿Te ha hablado hoy?

Tem sabía que se refería a Caspen. Decidió ser sincera.

—Sí.

Leo asintió, apretando la mandíbula. Tem esperaba que se marchara, pero se quedó donde estaba.

—¿Qué te dijo?

Tem dudó. No podía contarle a Leo lo de Kronos. En lugar de ello, dijo:

—Estamos peleados.

Leo arqueó las cejas.

—¿De verdad?

—Sí.

—¿Qué tipo de pelea?

Tem no respondió.

—Bueno —dijo Leo lentamente—, espero que puedan resolverlo.

—¿En serio?

Para su sorpresa, Leo dejó escapar una risa sorda.

—Sí, así es.

—¿Por qué? Pensaba que querrías que nos peleáramos.

Leo se burló, como si la respuesta fuera obvia.

—Una carrera ganada sin oposición no es una verdadera victoria, Tem.

—Soy una persona, Leo, no un premio.

Se acercó más y ella sintió su energía.

—Sé que eres una persona capaz de tomar decisiones. Quiero que me elijas porque me quieres, Tem, no porque estés peleada con él.

Dicho esto, se alejó.

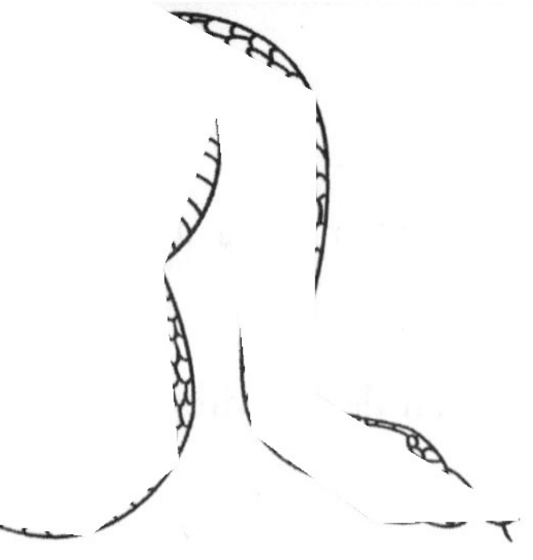

# CAPÍTULO 33

Tem comprendió que su castigo continuaría: que Leo favorecería a las otras dos chicas sobre ella, posiblemente de forma indefinida, hasta que ella misma acudiera a él.

Más tortura, qué suerte la suya.

Se encerró en su habitación el resto del día. Un sirviente le llevaba la comida, y ella comió sin saborearla. En algún momento, sintió la presencia de Caspen en su mente una vez más.

En su desolación, lo dejó entrar y habló antes de que él pudiera hacerlo.

«Todavía estoy enojada contigo».

«Entonces ven a enojarte en mis brazos. Tengo que verte».

«Estoy en el castillo, Caspen. No puedo irme así como así».

«Encuentra la manera».

«¿Por qué no vienes aquí si es tan fácil?». No era una sugerencia real. Ambos sabían que él no podía ir a ese lugar.

«Sé razonable, Tem».

Ella entornó los ojos. Luego suspiró. La verdad era que quería ver a Caspen. No importaba que estuviera enojada con él. Lo extrañaba profundamente, sentía como si una parte de ella estuviera incompleta.

«Si voy, tendrá que ser por la noche».

«Entonces te esperaré con...», su frase se interrumpió.

Tem frunció el ceño.

«¿Caspen?, ¿estás ahí?».

«Tem. Yo...». Pero volvió a cortarse.

Su conexión era irregular, apenas podía oírlo. Era como si alguien abriera y cerrara la puerta entre sus mentes. Tem no entendía por qué pasaba eso. Su conexión siempre había sido nítida, sin importar lo lejos que estuvieran el uno del otro. Razón de más para verlo.

Cuando cayó la noche, Tem ya había tomado una decisión.

En cuanto el sirviente retiró su bandeja de la cena, abrió de golpe la ventana de su dormitorio, se subió al balcón y bajó por el enrejado hasta



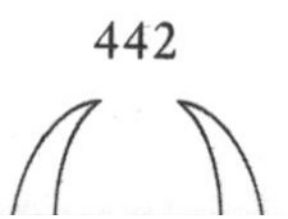

que sus pies tocaron firmemente el suelo. Miró hacia la ventana de Leo, preguntándose con quién dormiría esa noche.

No importaba. No era con Tem.

Siguió las callejuelas que atravesaban el pueblo, serpenteando por rincones sombríos para que nadie la viera. Lo último que necesitaba era que alguien viera a la futura esposa del príncipe en las calles después del anochecer. Cuando llegó al bosque, Tem pudo relajarse. La cueva estaba tal como la había dejado: oscura y profunda. Su entrada parecía llamarla como una boca abierta.

Allí estaba él.

Había pasado poco tiempo desde la última vez que había visto a Caspen, pero también una eternidad. Estaba tan guapo como siempre, si no era que más, y Tem se preguntaba qué posibilidad podía tener frente a tanta belleza.

—Tem.

—Caspen.

Él dio un paso adelante y la abrazó. En cuanto su piel tocó la de ella, Tem sintió que su determinación se desvanecía. Caspen olía bien y se sentía aún mejor. Su cuerpo lo había extrañado, aunque su cerebro estuviera furioso con él. Cuando llegaron a sus aposentos, las manos de Caspen ya le estaban deslizando el vestido de los hombros y Tem no le pidió que se detuviera.

Caspen la arrojó a la cama en cuanto estuvo desnuda, le jaló las piernas y hundió su pene profundamente en ella. Sus embestidas eran implacables, ella apenas podía respirar.

Tem se dio la vuelta para quedar encima de él, obligándolo a mirarla.

—Caspen —susurró. No era ni una plegaria ni un reproche.

—¿Qué quieres, Tem? Dilo.

En respuesta, Tem empujó a Caspen hacia abajo y sus anchos hombros golpearon el colchón mientras la miraba fijamente. Ella movió las caderas perezosamente, como si no tuviera otro lugar donde estar que allí.

—Dime que me amas —susurró mientras lo montaba.

—Te amo.

—Dime que soy todo lo que siempre has querido.

—Eres todo lo que siempre he querido.

—Dime que te satisfago.

—Me satisfaces. —Él le acunó las nalgas con ambas manos, jalándola hasta penetrarla por completo—. Por Kora, claro que me satisfaces.

Tem tuvo sexo con Caspen lentamente, disfrutando de cada palabra. Las afirmaciones fueron casi mejores que el propio acto sexual. Escuchar lo que Caspen sentía por ella la excitó más allá de lo que él hubiera podido hacer con su cuerpo.

—Esto es todo para mí, Tem —gimió—. Tú eres todo para mí.

—Me voy a venir —susurró ella.

—Más te vale.

El orgasmo de Tem se fue construyendo lentamente, en correspondencia directa con los movimientos decididos de sus caderas. Ella se estaba dando placer, complaciéndose a sí misma, asegurándose de que Caspen supiera que no debía darla por sentado. En el momento en que alcanzó el clímax, Caspen agarró sus caderas, colocándose en ángulo para poder embestirla desde abajo.

Sus caderas se movieron una, dos veces, y la tercera vez se retiró de repente, dando un golpe con su pene contra el vientre de ella, eyaculando sobre su piel.

Sin dudarlo, Tem agarró su pene, apretándolo con fuerza y sacando hasta la última gota de semen de la punta. Justo cuando estaba segura de que él había terminado, se inclinó, colocando su boca sobre su sensible punta, chupando con fuerza solo una vez antes de mirarlo.

Caspen estaba hechizado por ella. Tenía los ojos negros y una expresión de total devoción.

—Tem —susurró—. Hazlo otra vez.

Ella sonrió.

—Di por favor.

Él ni siquiera titubeó.

—Por favor.

¿Quién era ella para negárselo?

Tem bajó la cabeza, recorriendo con la lengua la punta de su pene. Ya podía sentir cómo volvía a endurecerse. Así era como funcionaban los basiliscos.

—Todo, Tem. Méteme en tu boca. Sé que puedes hacerlo.

Sus palabras salieron entre jadeos entrecortados. Tem se deleitaba con su deseo. Era increíble oírlo necesitarla tanto. Siempre era ella quien lo necesitaba a él. Ahora sus papeles estaban invertidos, y Tem descubrió que le gustaba.

—Suplica —susurró—. Suplícame, Caspen.

—Un rey no suplica.

—Lo hace por su reina.

Caspen gimió y su mano se dirigió a la nuca de ella.

—Chupa mi pene, Tem, por favor. Te lo suplico.

Tem recorrió la punta de su pene con la lengua. Todavía estaba provocándolo, todavía se negaba a ceder.

—¿A qué renunciarías por mí? —susurró ella.

—A todo.

Tem mordisqueó la suave curva de su cabeza, sujetando sus testículos con la palma de la mano. Apretó.

—¿A tu título?

—Sí.

Apretó de nuevo.

—¿A tu padre?

—Sí.

Se permitió mirarlo. Tenía los ojos bien cerrados y los músculos de la mandíbula muy tensos.

—¿Lo dices en serio?

Él abrió los ojos de golpe.

—Sabes que no puedo mentir.

Eso fue suficiente para ella.

Tem puso su pene en su boca, metiéndoselo hasta el fondo de la garganta. Por la forma en que Caspen gimió, ella supo que la estaba viendo hacer todo lo que él le había rogado que hiciera. Era estimulante tenerlo así, indefenso, completamente a su merced. Caspen era una criatura poderosa. Y le pertenecía.

—Tem —gimió, retorciéndole el cabello con los dedos.

Cuando eyaculó, Tem tragó hasta la última gota de semen. Soltó su pene y se colocó sobre su cuerpo, cara a cara con él.

—¿Qué soy para ti? —susurró.

Caspen acercó sus labios a los de ella y le susurró una sola palabra en la boca.

—Todo.

Después se recostaron juntos, satisfechos con no hacer nada más que tocarse.

Tem sabía que en algún momento tendría que regresar al castillo. Pero eso significaba regresar con Leo, y aún no estaba lista para hacerlo. Además, no había ido a la cueva solo por sexo.

—Vi a mi padre —dijo en voz baja.

Caspen empezaba a meterle los dedos suavemente. Hizo una pausa antes de murmurar:

—¿Cómo está?

—Apenas vivo.

Sus dedos se adentraron más.

—Te dije que no fueras.

—No puedes decirme lo que tengo que hacer.

A Caspen le temblaron los labios.

—Eso ya lo sé. —Seguía tocándola, pero el momento del sexo ya había pasado. Había asuntos que atender en ese momento.

—Caspen. —Tem apartó su mano—. Adelaide dijo que nuestro compromiso era un vínculo de sangre. ¿Qué significa eso?

Los ojos de Caspen se dirigieron a la garra dorada que llevaba alrededor del cuello. La tocó.



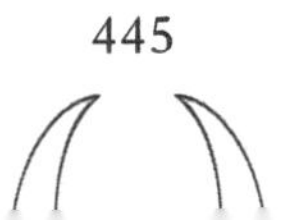

—Significa que cuando te di esto, mi sangre unió nuestras vidas —dijo—. Es magia antigua, es irreversible.

Tem asimiló esa información en shock.

—Entonces, si muero...

Caspen terminó en voz baja:

—Yo muero.

Tem quedó atónita ante su confesión, conmocionada por lo lejos que estaba dispuesto a llegar para estar con ella y solo con ella. Tem debía estar enojada porque él hiciera eso, y tantas otras cosas, sin preguntar. Sin embargo, por primera vez, parecía que no podía sentir ira. El riesgo del vínculo de sangre era mucho mayor para Caspen que para ella. Había pocas posibilidades de que él muriera, por causas naturales o de otro tipo. Tem, por otro lado, era de raza híbrida. Ella era un arma, así que siempre tendría un blanco en la espalda. Todavía no había dominado su lado basilisco, por lo que era vulnerable.

—Tem —dijo Caspen—. ¿Estás enojada?

Ella negó con la cabeza.

—No, pero... parece un riesgo enorme.

Él asintió.

—Es un riesgo. Muchos basiliscos eligen no vincular sus compromisos con sangre precisamente por esa razón.

—Pero tú elegiste hacerlo.

—Sí —dijo en voz baja—. Lo hice.

—¿Por qué?

Caspen la miró largamente. Su respuesta fue simple.

—Porque te necesito.

Era un sentimiento familiar. Tem lo había visto en su mente la primera vez que la dejó entrar, y era algo que ella compartía. Aun así, el detalle era asombroso. A Tem no le había pasado desapercibido que Caspen le dio la pequeña garra dorada poco después de conocerse. Se había unido a ella, usando su sangre, mucho antes de que supieran nada uno del otro. Su amor había sido muy fuerte, muy seguro. Tem no podía conceptualizar tal claridad. Era halagador, por decir lo menos, pero también era un problema. Si algo le sucedía a cualquiera de los dos, el otro se vería afectado. El otro *moriría*. Adelaide tenía razón. Debían tener cuidado.

—Caspen —dijo—. Necesito que me hagas un favor.

Él le apartó un rizo del hombro.

—Lo que sea.

—Quiero hablar con Adelaide.

Caspen frunció el ceño.

—Tem —respondió en voz baja—. Te dije que...

—No es sobre el compromiso.

Caspen inclinó la cabeza.

—Entonces, ¿puedo preguntar por qué quieres hablar con ella?

—Puedes preguntar —dijo Tem con firmeza—. Pero no responderé.

—Qué terca —murmuró, acariciando con el pulgar su labio inferior.

Tem no respondió. No estaba preparada para dar nombre a la inquietante semilla de duda que pesaba en su corazón. Aún no, no hasta que tuviera pruebas.

—Muy bien —dijo Caspen por fin, Tem percibió la preocupación en su voz—. ¿Podrás volver mañana por la noche? —Lo planteó como si en realidad estuviera preguntando otra cosa, como si quisiera saber cómo iban las cosas con Leo.

Tem no supo qué decirle, así que se decidió por:

—Lo intentaré.

Era la verdad, al menos.

Caspen asintió antes de jalarla para besarla profundamente. Tem le devolvió el beso con toda su alma, tratando de absorber algún último vestigio de alegría antes de regresar al castillo. Cuando terminó el beso, simplemente se quedaron allí acostados en paz, buscando consuelo en el abrazo del otro.

Finalmente, llegó la hora de regresar.

Caspen sostuvo la mano de Tem hasta el último momento, soltándola hasta que llegaron al final del sendero. Cuando sus dedos soltaron los de ella, Tem sintió frío.

El camino de regreso fue solitario. Cuando llegó al castillo, estaba a punto de amanecer. Había sido mucho más fácil bajar por el enrejado que volver a subir pero, de alguna manera, Tem logró regresar a su habitación, jalando la ventana para cerrarla justo cuando el sol comenzaba a salir.

Durmió todo el día. No había nada más que hacer.

Cuando despertó, era de noche. Tem intentó acceder a su vínculo con Caspen, pero apenas podía sentirlo. Tenía que hablar con Adelaide, y pronto. Estaba a punto de salir otra vez por la ventana cuando tocaron la puerta.

Era Leo.

Ella abrió y hubo un silencio pesado durante el que se miraron fijamente. Luego Leo dijo:

—Tem.

—Leo —respondió.

—Mi padre ofrecerá una cena esta noche y debo asistir.

—Qué bien por ti.

—Me gustaría que vinieras como mi pareja.

Eso no era para nada lo que Tem esperaba.

—Pero ¿por qué?

Leo ignoró su sorpresa y respondió con tranquilidad:



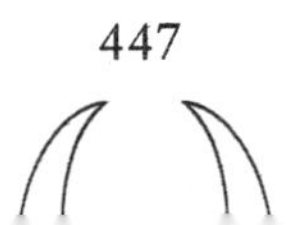

—Porque estoy de humor para hacer enojar a mi padre. ¿No compartimos ese interés? —Tenía razón en eso.

—Yo... —empezó a decir Tem, pero se detuvo. Necesitaba ver a Adelaide. Era imprescindible que confirmara sus sospechas, lo que no podía decirle a Leo.

Antes de que pudiera decidir cómo responder, el príncipe continuó.

—Haré que te traigan un vestido. Nos vemos en el vestíbulo en veinte minutos.

Se fue sin decir una palabra más.

Tem quedó boquiabierta, sorprendida por el giro de los acontecimientos. ¿Leo la estaba manipulando? ¿Se trataba solo de otra estratagema para conquistarla? Con él, Tem nunca estaba segura. En cualquier caso, moría de hambre. Y tenía muchas ganas de hacer enojar a Maximus.

Así que cuando llegó el vestido, se lo puso.

Era demasiado ajustado y escotado como para ser apropiado para la cena, pero Tem se lo puso de todos modos, dispuesta a apaciguar a Leo aunque fuera solo por esa noche. La garra dorada seguía entre sus pechos, enmarcada por el pronunciado escote que le proporcionaba el vestido.

Leo estaba esperando en el vestíbulo. La observó bajar las escaleras con las manos entrelazadas en la espalda, como si quisiera evitar tocarla. Tem se detuvo en el último escalón para mirarlo a los ojos.

—Este vestido es ridículo —dijo.

Al príncipe le temblaron los labios.

—Esa es la idea.

—Eres un depravado.

—Lo tomaré como un cumplido.

—Estás en tu derecho.

Leo extendió la mano con la palma hacia arriba y Tem la tomó. La guio por el pasillo hasta la misma habitación donde las chicas habían esperado a que ocurrieran los «sesenta juguetones». Había una mesa circular con cubiertos de oro y cristalería. Eran los últimos en llegar. Leo jaló la silla de Tem, y ella se sentó con cuidado, tratando de hacerlo de manera que no acentuara su escote. El brazo de Leo descansaba en el respaldo de su silla. Maximus estaba sentado justo frente a Tem, con sus ojos grises clavados en los de ella.

—Tu padre me está mirando fijamente —susurró Tem.

Al oír sus palabras, los ojos de Leo se posaron en su vestido.

—Tiene motivos para hacerlo.

—Dudo mucho que este vestido influya en él tanto como en ti.

—Eso espero.

Maximus seguía mirándola fijamente. La situación se estaba volviendo bastante incómoda.

Leo le susurró al oído:



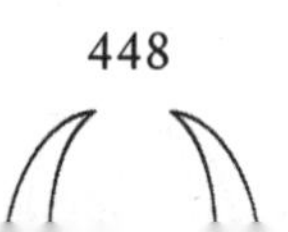

—Te pido disculpas de antemano por cualquier cosa a la que puedas verte sometida esta noche.

—¿Y a qué podría verme sometida?

Leo hizo una pausa y luego dijo sin más:

—Cosas desagradables.

Por la forma en que Maximus la miraba como si fuera un insecto en la suela de su zapato, Tem podía adivinar qué tipo de situaciones desagradables podrían ser inminentes. Pero, de todas formas, no podía ser nada peor de lo que ya había sufrido toda su vida. Maximus podía ser cruel, pero no se le podía comparar con Vera.

La única otra persona que Tem reconoció fue a Lilly, que estaba sentada junto a su padre, observando el acto con expresión compasiva. Las otras sillas estaban ocupadas por personas que no reconocía. Supuso que eran familiares lejanos de Leo que habían acudido a la boda.

—¿No vas a presentar a tu invitada en la mesa, Thelonius? —cuestionó Maximus con frialdad.

Leo sonrió.

—Por supuesto. —Se puso de pie, tomó la mano de Tem y la jaló para que se incorporara con él—. Por favor, den la bienvenida a mi acompañante, Temperance Verus.

Para horror de Tem, todos en la mesa la miraron directamente.

Antes de que pudiera entender si esperaban que dijera algo, Leo ya hablaba otra vez.

—Es una de las encantadoras mujeres que compiten por mi mano en matrimonio. Como pueden ver, ya tiene ventaja. —Levantó el brazo para que todos vieran sus manos entrelazadas.

Una risa se propagó por la mesa. Con una sola frase, Leo no solo explicó la presencia de Tem en la cena, sino que la legitimó. Aunque hacía unos momentos había sido objeto de miradas inquisitivas, ahora todos le sonreían. «Es bueno en eso», pensó Tem. Desarmar a la gente era un talento de Leo. Lo hacía con facilidad, solo con sus palabras. Se prometió mentalmente recordar eso de él.

Mientras volvían a sentarse, Maximus dijo:

—¿Qué te parece el castillo, Temperance?

—Oh —dijo Tem, sorprendida de que se dirigiera a ella directamente—. Es... interesante.

—Debe ser muy diferente a lo que estás acostumbrada en el pueblo.

Tem era lo suficientemente inteligente como para reconocer un insulto cuando lo escuchaba. Se negó a morder el anzuelo.

—Desde luego, hay mucha actividad por aquí.

Los ojos de Maximus se entrecerraron. No le agradó que ella se negara a seguirle el juego.



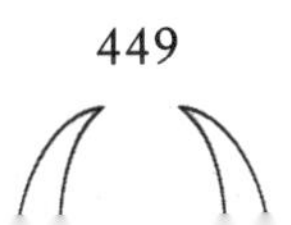

—¿Y a qué se dedica tu padre, Temperance?

La pregunta le heló la sangre. ¿Sabría Maximus que Tem era de raza híbrida o simplemente estaría entablando conversación en una cena? Seguramente no sabía que uno de los basiliscos que se encontraban debajo de sus pies era su padre, ¿o sí?

—Mi madre tiene una granja de pollos —dijo Tem con determinación.

Se produjo un silencio pesado mientras todos los comensales miraban a Maximus, quien fulminaba a Tem con la mirada como si quisiera lanzarle el vino.

—Pollos —se burló—. Qué encantador.

Antes de que pudiera defenderse, alguien lo hizo por ella.

—No le hables así —espetó Leo.

Era la primera vez que Tem oía a Leo levantar la voz, y, al hacerlo, sintió un escalofrío en la espalda. Leo miraba a Maximus con un odio genuino y vívido, con los puños apretados debajo de la mesa. Su reacción era tan desproporcionada al comentario de Maximus que Tem sabía que no era posible que se tratara solo de ella.

Tem intentó alcanzarlo.

Tocó la mano de Leo debajo de la mesa, abriendo suavemente los dedos de su puño. Luego jaló su mano hacia su regazo, sosteniéndola con las dos suyas. Leo no la miró mientras lo hacía. Sin embargo, cuando Tem apretó su mano, él le regresó el apretón, y su voz volvió a ser firme cuando dijo:

—Perdóname, padre. Demasiado vino.

Una risa nerviosa se extendió por la mesa y un momento después se reanudó la charla.

Pero Maximus no se movió, miraba a su hijo con total desprecio en los ojos.

—Leo —dijo Tem, tratando de llamar su atención.

Él volteó y, en el momento en que sus ojos se encontraron, su expresión se suavizó. Se inclinó hacia ella.

—¿Qué puedo hacer por ti, Tem?

—Muero de hambre —respondió con un tono deliberadamente ligero.

Leo sonrió, aunque un poco forzado.

—Entonces será mejor que comas.

Apenas pronunció las palabras, apareció un mayordomo y comenzó a servirles de una bandeja dorada.

La comida era exquisita: jugosa carne asada, papas crujientes y ensalada verde. Le recordó lo que había comido en su primera cita con Leo, cuando se sentaron en el patio antes de caminar por el laberinto. Era extraño estar sentada allí con él de nuevo, en la misma habitación en la que se había sentado antes de los «sesenta juguetones». Ella y Leo



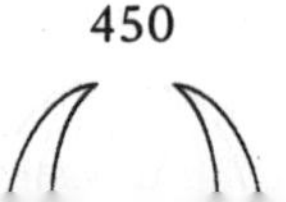

habían recorrido un largo camino juntos. Y el viaje no había sido del todo malo.

Pasaron la siguiente hora haciendo bromas e intercambiando charlas triviales. Tem se enteró de que los otros invitados eran, en efecto, la familia extensa de Leo, que estaban en la ciudad para la boda. La idea la puso nerviosa, pero no lo demostró. En cambio, rio, sonrió y se ganó su simpatía, fingiendo que interpretaba un papel, y tal vez era así.

La mujer sentada junto a Tem estaba en su cuarta copa de vino tinto.

—Nunca he visto una, ¿sabes? —murmuró, haciendo girar su copa.

—¿Una qué? —preguntó Tem.

—Una serpiente.

—Ah —dijo Tem. Luego frunció el ceño—. Parecen humanos.

—Humanos *atractivos*, según he oído. ¿Qué se siente acostarse con una?

Las cejas de Tem se levantaron. Miró a Leo, que afortunadamente estaba conversando con el hombre de su izquierda. Carraspeó.

—Es... algo que cambia la vida —dijo con sinceridad.

—Oh, estoy segura de que así es —canturreó la mujer, acercándose aún más—. Quizá tenga suerte en la boda.

Tem parpadeó.

—¿Asistirán los basiliscos?

—Deberían. Al menos eso es lo que dice mi hermana. ¿Te conté la vez que ella...?

Pero Tem ya no estaba escuchando. Si los basiliscos asistirían a la boda, eso significaba que asumirían el poder en el momento en que ella realizara la posesión. Significaba que no habría tiempo para garantizar una transición fluida de un rey al siguiente, ni para que las cosas sucedieran de manera ordenada. El cambio sería inmediato. Sin ley. Y posiblemente peligroso.

Cuando se retiró el plato principal, un mayordomo sirvió el postre.

Delante de Tem había un plato de cerámica blanca con un suflé de chocolate. Estaba cubierto de azúcar glas. Lo tocó con el tenedor, estropeando su superficie inmaculada.

Leo observó cómo daba el primer bocado.

—¿Y? —preguntó.

—Bastante bueno.

—Supongo que eso es mejor que bastante malo.

—Apenas.

Leo rio y, al oírlo, Tem decidió hacer algo que no debía. Se acercó más, bajando la voz para que solo Leo pudiera escucharla.

—¿De verdad quieres que tu padre se enoje?

Él arqueó una ceja.

—Siempre.



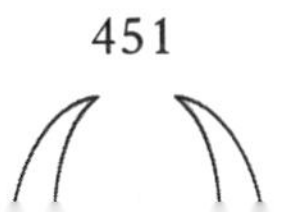

Ante su respuesta, ella susurró:

—Dame de comer.

Por un momento, Leo no hizo nada. Luego, en su rostro volvió a aparecer la sonrisa burlona que ella ya conocía. Tomó el tenedor, sirvió un poco de suflé y se lo ofreció. Tem se inclinó aún más, comiendo lentamente el bocado y sin dejar de mirar a Leo.

Maximus observó todo el tiempo, con expresión iracunda.

Cuando terminó el bocado, besó la mejilla de Leo, dejando una mancha de azúcar glas en su piel. Tem le sonrió y Leo le devolvió la sonrisa.

—Y pensabas que yo era depravado —susurró.

Ella le limpió suavemente el azúcar de la mejilla.

—El ladrón cree que todos son de su condición.

A la cena le siguieron unos cocteles en el salón, donde, por suerte, Maximus los dejó solos. Cuando el fuego se estaba apagando y los invitados empezaban a irse, Maximus le lanzó una mirada directa a Tem, que ella le devolvió.

El brazo de Leo rodeaba su cintura mientras subían juntos las escaleras, cuando llegaron al descanso se detuvo en seco. Tem pensó que él podría decir algo o tal vez intentar algo con ella, pero, en lugar de eso, cerró los ojos, echando la cabeza hacia atrás para apoyarla en la pared.

Dejó escapar un profundo suspiro.

Tem lo miró fijamente, sin saber qué hacer. Parecía un momento que debía ser privado y, contra su voluntad, se sintió mal por Leo. Tem se preguntó de pronto si él se relajaría así después de cada cena. Crecer con un padre como Maximus no debió haber sido ser fácil para él.

Tem le tocó el pecho.

Leo abrió los ojos. Puso su mano sobre la de ella, manteniéndolas juntas. Se miraron fijamente durante un largo rato. Entonces Leo levantó la otra mano y pasó las yemas de los dedos por debajo de la barbilla de Tem. Quizá ella había bebido demasiado vino. Quizá simplemente estaba abrumada por los acontecimientos de los últimos días. En cualquier caso, su roce le resultó tan agradable que no pudo evitar cerrar los ojos mientras él le acariciaba la mandíbula con los dedos. Inclinó la cabeza para que Leo pudiera acunar su mejilla con la palma de la mano.

—Ven a mi habitación —susurró él.

Ella negó con la cabeza.

—¿Por qué no, Tem?

—Porque lo único que vas a hacer es intentar acostarte conmigo.

Aunque tenía los ojos cerrados, sabía que Leo estaba sonriendo.

—Ni en sueños.

Tem abrió los ojos. Él estaba sonriendo.

—¿Lo prometes?



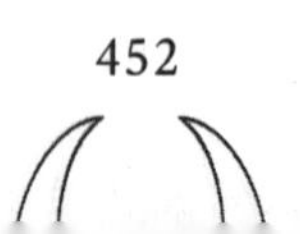

La sonrisa de Leo se amplió.

—Para tener sexo contigo necesito tu consentimiento, Tem. Y, básicamente, acabas de revocarlo. No tendría sentido intentarlo. Pero si insistes, entonces sí. Lo prometo.

Entraron juntos a su habitación.

# CAPÍTULO 34

Tem se quedó junto al carrito de bebidas mientras Leo cerraba la puerta tras ellos. Todo estaba igual que en su recuerdo: la cama impecablemente tendida, los estantes llenos, el fuego crepitante.

—¿Quieres una copa? —preguntó Leo.

—Por favor.

Sirvió un whisky para cada uno y se sentó en uno de los sillones frente al fuego. Movida por un impulso, Tem dejó su whisky en la mesa auxiliar, se acercó a Leo y se acurrucó a su lado. Él se acomodó para recibirla, jalándola contra su pecho con un profundo suspiro de satisfacción. Se quedaron mirando el fuego durante mucho tiempo, sin decir una palabra.

Tem respiró su aroma, deleitándose con el perfume que aún quedaba en su cuello. Olía muy bien. También disfrutaba de otras cosas: como la forma en que sus brazos la rodeaban con seguridad y la manera en que un solo mechón de cabello rubio caía sobre su frente. Se dio cuenta de que era guapo, tal vez siempre lo supo, pero fingió que no lo era. Tem trató de imaginar cómo sería despertar junto a él todas las mañanas por el resto de su vida. Antes de que pudiera imaginárselo, Leo la miró.

—Tem —murmuró.

Tem no lo pensó, solo posó sus labios sobre los de él.

Se besaron lentamente, acurrucándose en el sillón. Tem esperaba que las manos de Leo comenzaran a recorrer su cuerpo, pero no fue así. En cambio, fue ella quien lo jaló hacia sí. Fue ella quien introdujo sus palmas bajo su camisa, tocando sus costillas una por una, sintiendo las líneas angulosas de su torso. Recordó lo que Caspen le había dicho:

«Eres mía, Tem. Que entregues tu cuerpo a otro no cambia eso».

Tem besó el cuello de Leo, quería saborearlo.

—Tem. —El príncipe se alejó, pero solo un poco—. Detente.

—¿Por qué?

—Porque me hiciste prometer que no intentaría tener sexo contigo.

—No veo que lo estés intentando. Acabas de pedirme que me detenga.

—Haces que sea bastante difícil mantener esa promesa.

Esta vez, Leo se alejó por completo mientras sus ojos brillaban a la luz del fuego agonizante.

Su voz se convirtió en un susurro.

—No te imaginas todo lo que quiero hacerte ahora mismo.

—Sí me lo imagino. —Tem recorrió el centro de su pecho con las yemas de los dedos—. Pero eres un hombre de palabra, ¿recuerdas?

—Cada vez es más difícil seguir siéndolo.

Tem rio. No pudo evitarlo. La divertía provocarlo, obligarlo a resistirse a ella, sobre todo cuando sabía lo mucho que él deseaba hacer lo contrario. Le gustaban esos juegos con Leo. Siempre había sido así entre ellos: una batalla de voluntades, una prueba de quién tenía el poder. Ahora Tem lo tenía y no pensaba renunciar a él.

—Dime qué quieres hacerme —susurró Tem.

—Todo.

—Sé específico.

Leo gimió, el sonido vibró en lo profundo de su pecho.

—Quiero arrancarte esto —su puño retorció el tirante de su vestido—, y lanzarlo a la maldita hoguera. Quiero que me digas lo que te gusta y quiero que digas mi nombre mientras lo hago.

—Más, Leo, sé especifico.

Él le puso la mano en el cuello y jaló su cabeza hacia la suya.

—Quiero que te abras delante de mí. Quiero penetrarte tan profundamente que no puedas ni respirar.

—Más.

—Te quiero toda para mí. No quiero compartirte. Quiero que mi nombre sea lo único que tengas en los labios y que mi semen gotee de ti.

—Más.

Sus últimas palabras fueron un susurro torturado.

—Quiero hacer todo lo que me permitas hacer.

Tem se sentó.

Los ojos de Leo se abrieron al máximo. Luego, con la misma rapidez, se entrecerraron con ansiosa expectativa cuando Tem se sentó a horcajadas sobre él, de modo que quedaron frente a frente en el sillón. Ella agarró la parte inferior del vestido y lo jaló hasta sacárselo por la cabeza.

—Tem —dijo Leo al ver su cuerpo desnudo.

Tem dirigió un dedo hacia delante para tocar sus labios.

—No te preocupes —susurró—. Cumpliste tu promesa.

—Si me dices que esta vez no puedo tocarte…

—Tócame, Leo.

Él no dudó.

La agarró con ambas manos y la jaló hasta su regazo, de modo que quedó contra su pene erecto, que sus pantalones apenas contenían. Él gimió mientras lo hacía, Tem movió las caderas para acercarse a él, frotándose contra su pene para endurecerlo aún más. Ella tomó la mano del príncipe y se la colocó en la pierna.

Leo cerró los ojos con fuerza. Por un momento, pareció que no respiraba. Luego abrió los ojos por completo y tomó el control, deslizando su mano entre las piernas de Tem y metiendo sus dedos.

Tem jadeó mientras los introducía, luego los sacaba y volvía a meterlos, cada vez más profundo.

—Estás *chorreando*, Tem… —susurró—. ¿Es todo para mí?

Tem asintió.

—Dilo —ordenó.

—Es todo para ti.

—Otra vez.

Tem puso su mano sobre la de él, inclinando las caderas para que sus dedos entraran hasta el fondo.

—Es todo para ti, Leo. Solo para ti.

Tem tomó el control, deslizándose hacia arriba y hacia abajo. Leo la observaba embelesado, como si nunca hubiera visto algo como ella. Su otra mano iba de aquí para allá, tocando sus caderas, su cintura y sus pechos. Ella lo dejaba hacerlo, amoldando el cuerpo a su toque, mostrándole lo bien que podían moverse juntos.

En algún momento, Leo sacó sus dedos y Tem lo observó llevárselos a los labios, lamiendo lentamente sus fluidos de ellos.

—Qué maldita dulzura —murmuró.

A Tem le invadió un orgullo ardiente y posesivo.

—Solo para ti —repitió ella.

Tem introdujo su propia mano entre sus piernas y, cuando la sacó, Leo también la lamió, deslizando su lengua por el surco entre sus dedos, cerrando los ojos mientras lo hacía. Parecía radiante de felicidad, como si estuviera saboreando su última comida en la Tierra.

En cuanto terminó, la besó.

Tem se probó a sí misma en sus labios, como tantas veces lo había hecho en los de Caspen. Sin embargo, esta vez también percibió las notas de miel que dejaban los besos de Leo, y el sabor la hizo sentir tan hambrienta que tomó su pene con la mano. Estaba más duro que una piedra y trataba de liberarse del confinamiento de sus pantalones. Pero Tem no lo soltó. En cambio, se dio la vuelta, colocándose de manera que sus nalgas quedaran en el regazo de Leo, con las rodillas a ambos lados de él.

Leo contuvo el aliento ante el cambio de posición. Un momento después, enrolló la mano en los extremos del cabello de Tem, jalando su cabeza hacia atrás para que su columna se arqueara contra su propio pecho.



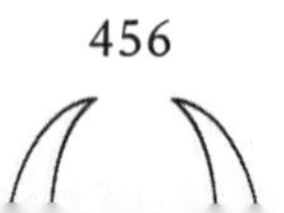

Su otra mano se deslizó desde la cintura hasta los pechos de ella, apretando uno y luego el otro, recorriendo los duros picos de sus pezones con sus dedos hasta que ella gimió al sentirlo.

Tem arqueó aún más la espalda, empujando sus pechos contra la palma de su mano.

—Estás muy necesitada —susurró él—. ¿Qué vamos a hacer contigo?

Tem metió la mano entre las piernas de Leo para sujetar su pene.

Leo gruñó cuando lo tocó, apretando el puño que tenía en su pelo.

—Tan malditamente necesitada.

Su mano soltó sus pechos y Tem jadeó ante la repentina ausencia. Luego Leo le dio un fuerte golpe en las nalgas con la palma de la mano y ella gimió cuando él movió las caderas debajo de ella. Él le dio otra palmada. Y otra.

Estaba tan mojada que se le estaba empapando el pantalón al príncipe.

—Te vas a dar la vuelta —dijo Leo, con los labios en su oreja—. Y te vas a venir.

Tem no pudo obedecer lo suficientemente rápido.

Para cuando se dio la vuelta, Leo había extendido toda su mano debajo de ella y Tem se dejó caer sobre su palma sin dudarlo ni un momento. Tem se frotó hacia adelante y hacia atrás con movimientos rápidos y contenidos, a un ritmo cada vez más rápido hasta que sus fluidos goteaban por la muñeca de Leo. Su piel parecía estar en llamas, como si un solo toque pudiera hacerla arder.

—Eso es, Tem —dijo Leo, con los ojos fijos en los suyos—. Enséñame.

Ella respiraba con jadeos cortos y desesperados.

—Enséñame lo hermosa que eres cuando te vienes.

Tem no deseaba otra cosa.

Quería que Leo viera lo que le había hecho, el efecto que había tenido incluso cuando ella fingía que no lo deseaba, que una parte de ella le pertenecía, aunque no le perteneciera para regalársela.

En el último segundo, Leo deslizó sus dedos dentro de Tem, tocándola justo donde lo necesitaba, obligando a su cuerpo a obtener lo que merecía.

Tem se abalanzó contra él mientras llegaba al orgasmo, empujando sus caderas con una urgencia desvergonzada, bebiendo hasta la última gota del placer que Leo le ofrecía. Tem sabía que a él le gustaba verla así, abierta y expuesta, dependiendo irremediablemente de él para alcanzar su orgasmo. Confirmaba lo que ambos sabían, pero solo uno de ellos negaba: ella lo necesitaba.

Después, se besaron lentamente, mientras Tem seguía desnuda y Leo vestido. Tem no hizo ningún movimiento para desvestirlo. Había hecho exactamente lo que quería hacer esa noche y no tenía intención de hacer nada más.

—¿Qué haría falta para que montaras mi pene? —susurró Leo. Todavía la estaba tocando, jugando perezosamente con su clítoris, con la mano llena de sus fluidos.

Tem sonrió.

—Tu devoción incondicional.

—Ya la tienes.

Ella rio.

—Hay otras dos chicas con las que puedes acostarte, Leo.

—Solo lo hago porque no puedo acostarme contigo.

Tem tomó las manos de Leo y se las puso sobre los pechos. Él le pellizcó los pezones mientras ella decía:

—Entonces tal vez deberías eliminarlas.

Él arqueó una ceja.

—¿Es eso lo que haría falta?

Tem se encogió de hombros como si aquello no le importara.

—Quizá.

Leo llevó la cabeza hacia atrás, exasperado. Sus manos seguían sobre los pechos de Tem.

—Provocadora —dijo él sin más.

—Masoquista —respondió ella.

Leo le pellizcó ambos pezones. Tem se mordió el labio.

Ella sostenía su mirada mientras él acariciaba sus pechos, deslizando sus largos y delgados dedos primero hacia arriba y luego hacia abajo hasta que sus palmas llegaron a sus caderas. Parecía contento con solo tocarla, extendiendo sus manos para poder sentir la mayor cantidad de piel posible. Tem observó cómo volvía a introducir sus dedos en su interior. Pero en lugar de empujar hacia dentro, Leo levantó la mano y esparció sus fluidos sobre su pezón ya erecto, masajeando su piel hasta que Tem sintió un profundo deseo. Él se inclinó hacia adelante y abrió la boca.

—Leo —gimió Tem cuando su lengua tocó su pecho.

Sus dedos se enredaron en el cabello de Leo mientras él succionaba su pezón entre los dientes. Luego le dio un golpecito en el clítoris y Tem gritó. Todo en ella quería acercarlo más; todo en ella quería más, pero no conseguiría más esa noche.

—Leo. —Tem se separó de él—. Tengo que irme.

Él solo la estrecho más fuerte.

—¿Adónde?

—A dormir.

—No.

—Sí. —Sonrió Tem.

Él la besó. Sus manos comenzaron a recorrerla de nuevo, pero Tem las apartó.

—Compórtate, Leo.

Leo dejó escapar un gemido de disgusto. La tocó todo lo que pudo, hasta el último segundo, hasta que Tem finalmente se levantó de su regazo. Incluso entonces, él siguió tocándola, acariciando su centro expuesto mientras ella se inclinaba para recoger su vestido. Cuando Tem se puso de pie, él se inclinó hacia atrás para mirarla. Tem lo miró, recostado en el sillón, con el cabello despeinado y los ojos brillantes. Tenía un aspecto luminoso.

—Quiero que te quedes —susurró Leo.

Tem se inclinó sobre él y le dio un suave beso en el cuello.

—Sé que quieres.

—Por favor, Tem.

Leo intentó alcanzarla, pero ella se enderezó y negó con la cabeza.

—Tienes que ganarte los privilegios de pasar la noche conmigo, Leo.

—¿De verdad?

—Sí.

—Entonces supongo que será mejor que me esfuerce.

—Supongo que sí. —Dicho esto, Tem se dirigió a la puerta y lo dejó.

En cuanto Tem volvió a su habitación, salió corriendo hacia la ventana.

No tenía ni idea de cuánto tiempo había estado con Leo. Demasiado tiempo. Era tarde, o quizá temprano, y tenía que llegar a las cuevas y volver antes de que alguien descubriera que había salido. ¿Y si Leo iba a su habitación por la mañana? ¿Y si iba a su habitación en ese momento?

No importaba. Tem tenía que hablar con Adelaide.

Su viaje a las cuevas fue una nebulosa. El aire contenía esa energía eléctrica que precede a la lluvia, y Tem corrió a toda velocidad para intentar huir de ella. Atravesó la aldea, se adentró en el bosque y atravesó la pared, irrumpió en la cueva y la encontró vacía. Tem avanzó a tientas por el pasillo, sin detenerse hasta llegar a los aposentos de Caspen.

Él ya estaba allí, de pie junto al fuego con Adelaide.

—Tem —dijo él de inmediato. Sus fosas nasales se dilataron, y ella recordó cómo había sabido que ella había estado con Leo después del paseo en carruaje, cómo pudo sentir su olor en ella. Seguro que esta vez también lo percibiría, pero ahora no podía preocuparse por eso.

—Caspen —dijo ella—. Necesito hablar a solas con Adelaide.

Caspen titubeó. Tem sabía que él desconocía la situación y que le preocupaba que algo fuera de su control estuviera sucediendo. Ella no podía consolarlo.

—Por supuesto —respondió en voz baja—. Tómate el tiempo que necesites.

Le dio un beso largo y tierno en la mejilla a Tem antes de salir de la habitación. Ella esperó hasta que la puerta se cerrara antes de girarse hacia Adelaide.

—¿Qué pasa, Temperance?

Tem ordenó sus pensamientos antes de hablar.

—Yo... ya no puedo hablar con Caspen.

Adelaide levantó una ceja.

—Quiero decir, con mi mente. Nuestra conexión está... rota. Es débil. Apenas puedo oírlo. —Tem hizo una pausa, reuniendo el valor para continuar—. Y puedo mentir por primera vez en mi vida, con facilidad, como la gente normal.

Adelaide cruzó sus brazos perfectamente tonificados.

—¿Por qué me cuentas esto, Temperance?

Tem la miró a los ojos.

—Porque sabes cosas sobre los de raza híbrida. Y necesito que me digas qué me pasa.

—No estoy segura. —Adelaide se encogió de hombros con elegancia—. No soy experta en absoluto.

—Bueno, entonces, adivina.

Ella suspiró.

—¿Cuándo empezó?

—Justo después de que Caspen me poseyera.

Los ojos dorados de Adelaide buscaron los de Tem.

—Nunca he oído hablar de algo así. Dudo que alguien lo haya hecho, pero es posible que... —hizo una pausa y fue como si cada célula del cuerpo de Tem se inclinara hacia delante— tu lado basilisco esté... muriendo.

—¿Qué? Pero la posesión no funcionó. No estoy vinculada a Caspen.

—No funcionó en tu parte *humana*. Estás compuesta de dos cosas, Temperance. Quizá la posesión solo podía elegir una u otra. Eligió tu lado basilisco.

—Lo dices como si tuviera mente propia.

—Es muy posible que así sea. Caspen solo había poseído a un basilisco antes que a ti. Entonces, cuando lo hizo de nuevo, la posesión se dirigió hacia lo que conocía. La parte de ti que es humana se libró de sus efectos. La parte de ti que es basilisco no lo hizo.

—Entonces... ¿qué pasará conmigo?

—No lo sé.

—Pero si...

—Si tuviera que adivinar —dijo Adelaide—, diría que estás... herida, por así decirlo.

El corazón de Tem dio un vuelco.

Eso explicaba todo: su incapacidad para hablar con Caspen con la misma facilidad que antes, su nueva capacidad para mentir. Estaba perdiendo la mejor parte de sí misma, la que recién acababa de conocer.

Adelaide la observaba en un silencio compasivo.

—¿Qué pasa si mi lado basilisco muere por completo? —susurró.



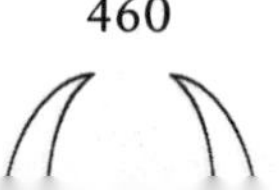

Adelaide suspiró y respondió con calma.

—Lo mismo que ocurre cuando algo muere: deja de existir.

—Pero entonces seré... —Tem no pudo pronunciar las palabras.

Adelaide las dijo por ella.

—Serás completamente humana.

La realidad de aquella revelación fue calando poco a poco. Si Tem se volvía completamente humana, perdería la capacidad de poseer. Si eso ocurría, la vida de Leo estaría en peligro. Bastian dijo que la posesión era una solución elegante, que la alternativa era una guerra total. Si no podía realizar la posesión, habría un derramamiento de sangre.

—¿Cómo puedo remediarlo?

Adelaide frunció los labios.

—No sé si se puede remediar, pero si fuera posible, requeriría una cantidad significativa de poder.

La mente de Tem estaba acelerada. Sin duda, poseer a la realeza le otorgaría una gran cantidad de poder, pero solo si podía hacerlo antes de que su lado basilisco muriera. Levantó la barbilla.

—¿Cuánto tiempo tengo?

Adelaide suspiró.

—Tampoco lo sé. Caspen te poseyó hace días. Eso significa que tu lado basilisco lleva muriendo desde entonces. Si el deterioro de tu conexión es tan grave como dices, supongo que te queda una semana, quizá menos.

«Una semana, quizá menos». Tem luchó por ignorar el pánico que amenazaba con apoderarse de ella.

—No se lo puedes decir a Caspen.

Adelaide abrió la boca para protestar.

—No puedes hacerlo —insistió—. Nunca se perdonará si descubre que es culpa suya.

—Prométemelo.

Pero la basilisco negó con su hermosa cabeza.

—No importa lo que prometa. Lo descubrirá cuando ya no pueda hablarte con la mente. Lo más probable es que ya haya empezado a sentir los efectos. Es inevitable, Temperance.

Tem contuvo las lágrimas.

—Escúchame —dijo Adelaide con urgencia—. Esa es la menor de tus preocupaciones. Debes recordar que estás vinculada a Caspen por la sangre.

Tem cerró los ojos al comprender lo que Adelaide estaba a punto de decir. Nada podía prepararla para escucharlo.

—Su vida está ligada a la tuya. —Adelaide se inclinó hacia ella—. Si una parte de ti muere, específicamente la parte basilisco...

Tem terminó por ella.

—Caspen también morirá.



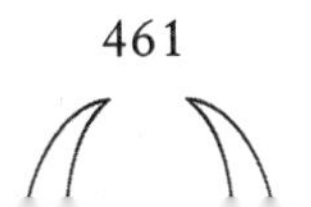

# CAPÍTULO 35

Adelaide no tardó en irse. De todos modos, no había nada más que decir. Dejó a Tem junto al fuego y, un momento después, Caspen regresó con evidente preocupación en el rostro.

—Tem —murmuró, rodeándola con sus brazos—. Háblame, por favor.

Tem cerró los ojos. ¿Qué podía decirle?, ¿que una parte de ella se estaba muriendo?, ¿que él también se estaba muriendo? No había forma de decirlo. Y además, Adelaide tenía razón: él se enteraría tarde o temprano.

Como Tem no respondía, Caspen volvió a hablar.

—Tem —dijo en voz baja—, sé que no he sido… lo que necesitabas últimamente, pero no puedo soportar que me ignores.

La realidad la golpeó.

Caspen creía que Tem era la razón por la que su conexión se había debilitado en los últimos días. Pensó que estaba enojada por su compromiso con Adelaide, que lo estaba alejando a propósito para castigarlo. Eso no podía estar más lejos de la realidad.

Tem lo miró, perdiéndose en las doradas profundidades de sus ojos.

Pensó en todas las decisiones que Caspen había tomado por ella, decisiones que involucraban su cuerpo. Se le declaró sin decírselo, le entregó su veneno, vinculó sus vidas con sangre. Había hecho esas cosas para protegerla, ahora lo entendía más que nunca.

Pasaron juntos por muchas cosas, sobrevivieron juntos a muchas cosas: el entrenamiento, su compromiso, el ritual, e incluso a Rowe. Caspen era su ancla, no permitiría que le pasara nada. Haría lo que fuera necesario para salvarlo, para salvarse a sí misma.

Ahora era el turno de Tem de protegerlo.

Su camino estaba claro: se casaría con Leo, poseería a la realeza, curaría su lado basilisco antes de que Caspen descubriera que estaba muriendo. Era hora de que él confiara en ella como ella confió en él alguna vez. Ahora era Tem quien guardaba secretos. Y no se disculparía por eso.

—No pretendo ignorarte —susurró contra su pecho.

Los dedos de Caspen acariciaron suavemente su cabello. Su deseo era evidente, podía sentir la dureza de su cuerpo, la forma en que la acercaba. Sus labios estaban en su cuello. Tem dejó que la besara por un momento, solo un momento infinito, antes de apartarse.

—Caspen —susurró—. Tengo que volver.

Él la estrechó con más fuerza.

—Tem —dijo en voz baja—, tienes que transformarte.

Tenía razón. Necesitaba practicar, pero no podía quedarse.

—No puedo quedarme, Caspen —respondió en voz baja.

Su abrazo no se aflojó.

—Debemos prepararte, Tem.

Pero no había tiempo para prepararla, no en ese momento, no cuando ya casi era de mañana. Si Leo descubría que había ido a ver a Caspen, no habría boda en la cual realizar la posesión.

—Volveré tan pronto como pueda —dijo ella—. Lo prometo.

Caspen no estaba contento. Tem podía sentirlo en la forma en que la besó al final del sendero, abrazándola con demasiada fuerza. La extrañaba, y ella a él. No obstante, había cosas más importantes que su relación que debían tenerse en cuenta. La vida de Caspen ahora pendía de un hilo.

Había llovido mientras Tem estaba en las cuevas y luchaba por mantener el ritmo en el camino fangoso. Cuando llegó de vuelta al castillo, estaba a punto de salir el sol. El enrejado estaba resbaladizo; casi se cayó dos veces. Aun así, logró llegar completa a su habitación, se pasó los dedos por los rizos enredados y se sacudió el agua del cabello.

De repente, alguien llamó a su puerta.

Tem se quedó paralizada. No había tiempo para darse un baño, ni para limpiarse. Lo único que pudo hacer fue meter los zapatos llenos de lodo debajo de la cama, arrancarse el vestido y ponerse una bata antes de abrir la puerta.

Leo estaba de pie frente a ella.

—Tem —dijo sin aliento—. Bien, estás despierta. He venido a decirte que... —Se interrumpió al fijarse en su cabello mojado. Frunció el ceño y el corazón de Tem se aceleró en su pecho.

—Me di un baño —dijo como anticipándose a sus preguntas.

Pero el ceño fruncido de Leo no cambió. Se quedó completamente quieto mientras miraba detrás de ella, hacia el vestido arrugado en el suelo. Sus ojos pasaron del vestido a las huellas de lodo que salían del alféizar de la ventana.

—¿Dónde estabas? —preguntó lentamente.

Tem no respondió. Algo en la forma en que lo preguntó la llenó de pavor.

Leo se acercó.

—¿Estabas con él?



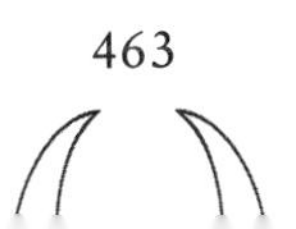

Tem intentó cambiar de tema.

—¿Qué ibas a decirme?

Sus ojos finalmente se encontraron con los de ella y se entrecerraron.

—Iba a decirte que acababa de eliminar a Cassandra y que iba a hacer lo mismo con Vera, pero tal vez actué demasiado pronto.

—Leo.

—Quizá —alzó la voz, imponiéndose a la de ella— he estado viviendo en una fantasía en la que sientes por mí el mismo afecto que yo siento por ti.

—Yo...

—Quizás —ahora casi gritaba— he sido un tonto. Por eso te lo preguntaré solo una vez más, Temperance. —Se inclinó hacia Tem y ella se estremeció—. Y preferiría que no me mintieras. ¿Dónde demonios estabas?

—Leo —dijo ella, tratando de alcanzarlo—. Por favor, intenta comprender. Hay muchas cosas que no sabes...

—Te conozco —dijo él con frialdad, retirando su brazo del alcance de Tem—. Y sé que te rige el corazón y no la razón.

—Yo no...

Pero Leo no se detuvo.

—Sé que todo lo que hicimos anoche lo aprendiste de él.

—No puedes usar mi entrenamiento en mi contra —dijo Tem desesperada—. A todas las chicas se les enseñó de la misma manera.

—Las otras chicas no se enamoraron de sus profesores.

El llanto escocía los ojos de Tem.

—Sabes mejor que nadie que no puedes evitar amar a quién amas.

El rostro de Leo palideció.

—¿Cómo te atreves a decirme eso? No puedes comparar tu enamoramiento con una serpiente con lo que yo sentía por Evelyn.

—No estoy comparando. Solo estoy...

—No me has traído más que dolor desde el día que nos conocimos. No debí enamorarme de ti.

Tem retrocedió.

—¿Estás diciendo que te arrepientes de elegirme? —susurró.

El rostro de Leo irradiaba furia.

—Estoy diciendo que no eres en absoluto lo que esperaba, Tem.

Ella se mantuvo firme.

—Tú tampoco eres exactamente lo que esperaba, Leo.

—Por favor, eres la que siempre saldrá ganando en este trato. Te convertirás en la reina. ¿No es el sueño de toda niña?

—El mío no.

—Pues debería serlo. ¿Y yo qué obtengo? Una esposa que ama a otro. Qué suerte tengo. —Su voz tenía un tono amargo.

—Aún no soy tu esposa —dijo ella en voz baja, pero con firmeza—. Y si no podemos salir de esto, nunca lo seré.

Leo dejó escapar una risa sorda y sin humor.

—No hay nada de lo cual salir, Tem. Tienes que *superarlo* a él.

—No puedo.

—¿Por qué? —Se acercó más—. ¿Qué tiene esa sucia serpiente que te tiene tan embelesada? ¿Qué mentiras te ha contado para seducirte?

Pero Tem no pudo responderle. No podía explicar su vínculo con Caspen, no podía decirle a Leo lo que realmente era. ¿O sí?

¿Y si, al enfrentarse a la verdad, Leo eligiera un camino diferente al de su padre? Si Leo supiera que Tem era de raza híbrida, estaría obligado a ver a los basiliscos de manera diferente, no como el enemigo, sino como parte de ella.

Antes de que pudiera continuar con ese razonamiento, Leo volvió a hablar.

—Todas las otras chicas me dejaron subirles la falda en la primera cita. Vera no consigue saciarse de mi pene. Me ha suplicado que me acueste con ella más veces de las que puedo contar. Pero tú no. *Nunca tú.*

Tem sabía que su paciencia se había agotado, que se había reprimido durante demasiado tiempo.

Aun así, sus siguientes palabras le provocaron un escalofrío.

—Rompe con él, Tem, o me caso con Vera.

Leo se fue antes de que ella pudiera siquiera parpadear.

Tem no sabía qué hacer. No podía romper con Caspen, no era una opción. Sin embargo, tampoco podía ser eliminada. Tenía que casarse con Leo. *Necesitaba* casarse con Leo.

Quedaba una pregunta.

¿Por qué había *esperado* tanto para acostarse con él?

Se sentía atraída por Leo. Sentía algo por él. Sin embargo, no podía jalar del gatillo, no podía dejarlo entrar del todo. Acostarse con él sería mentirle. Si Leo supiera quién era ella en realidad, si supiera que era de raza híbrida, ya no la querría. Tem estaba segura de que le resultaría aborrecible.

¿Realmente estaba segura de ello?

Tem nunca le había dado a Leo el beneficio de la duda. Siempre había asumido lo peor de él, incluso cuando él solo le había dado razones para suponer lo contrario. ¿De verdad tenía tan poca fe en él? Quizá de los dos, Tem era la indigna. Quizá siempre había sido así.

Leo nunca tendría la oportunidad de conocerla de verdad, a menos de que ella se la diera. Él solo amaba una versión de ella, la que ella le había permitido ver. Era hora de que la conociera en su totalidad.

Leo merecía la verdad.



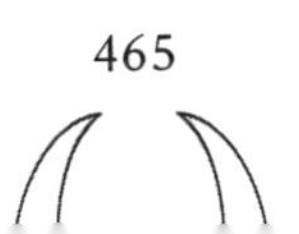

Pero primero tenía que encontrarlo. No estaba en su habitación ni en la de Vera. Tem registró el piso entero, abriendo puerta tras puerta hasta haber revisado todas las habitaciones. Todas estaban vacías. Subió las escaleras de dos en dos, dudando solo por un momento antes de asomar la cabeza al salón, preparándose para la posibilidad de ver a Maximus. No estaba allí. Tampoco Leo.

Tem estaba en el vestíbulo, respirando con dificultad. ¿Dónde podría estar?

Entonces recordó que había amanecido. Había un lugar al que a Leo le gustaba ir por las mañanas, un lugar donde ella lo había encontrado antes.

Tem hizo un gesto al sirviente más cercano.

—Necesito un carruaje —dijo.

El sirviente frunció el ceño.

—Se supone que no debe salir, señorita.

—Es importante.

El sirviente negó con la cabeza.

—Las chicas deben quedarse en el castillo.

—¿Es esto una prisión?

—Solo estoy siguiendo órdenes, señorita.

—Bien. —Tem pasó junto a él y se dirigió a la cocina.

No tardó nada en localizar a Gabriel, que estaba lavando platos, riéndose con el resto del personal de la cocina mientras preparaban el desayuno.

—¡Gabriel! —gritó ella.

Él se volteó, levantando las cejas sorprendido.

—¿Tem? ¿Qué haces aquí abajo?

—Necesito un favor.

Gabriel hizo girar una cuchara enjabonada de forma teatral.

—Lo que sea por ti, querida.

—¿Puedes conseguirme un carruaje?

Él guiñó un ojo.

—Tienes suerte de que conozca a un joven del establo.

Gabriel desapareció, pero regresó unos minutos más tarde con Henry, o tal vez era Peter. A Tem le costaba concentrarse en otra cosa que no fuera llegar a Leo lo más rápido posible. Apenas sintió el beso que Gabriel le dio en la mejilla antes de seguir a Henry, o a Peter, hasta los establos. Tomaron un carruaje, teniendo mucho cuidado de evitar que los descubrieran los jardineros, que realizaban sus tareas en las tierras.

Tem se sentó con las manos entrelazadas en su regazo mientras el carruaje la llevaba al pueblo. El viaje fue accidentado, ya que las calles aún estaban mojadas por la lluvia de la noche anterior. Cuando llegaron al

cementerio, Tem sentía como si su estómago se estuviera comiendo a sí mismo. Nunca había estado tan nerviosa por nada en su vida, ni siquiera por su primera noche en las cuevas. En aquel momento, no sabía en qué se estaba metiendo. En aquel momento, su mayor preocupación era dar su primer beso. Ahora entendía la gravedad de lo que estaba a punto de hacer, y no le quedaba más remedio que hacerlo de todos modos.

Leo estaba allí, sentado en la banca bajo el sauce, tal y como ella esperaba.

Levantó la mirada cuando ella se acercó. Solo que esta vez no parecía contento de verla.

—Tem —dijo mientras se ponía de pie—. A menos de que hayas venido a decirme que tú…

—No puedo terminar con él —lo interrumpió.

Leo resopló. Se dio la vuelta para irse.

—Pero mereces saber por qué. —Tem lo agarró del brazo y Leo se detuvo, mirándola con claro desprecio en los ojos.

—Lo amas —espetó él—. Esa es la razón.

—Sí, lo amo. —Tem se acercó más—. Pero esa no es la razón por la que no puedo terminar con él. Al menos… no es la única razón.

Leo se giró hacia ella. No dijo nada, sin embargo, Tem pudo sentir su curiosidad, y ahora que ella tenía su atención, su corazón latía aún más rápido.

Sabía que lo que vendría a continuación determinaría no solo su futuro, sino el de todo el reino. El destino de todos sus seres queridos dependía de cómo reaccionara Leo a lo que estaba a punto de contarle.

Entonces preguntó:

—¿Confías en mí?

Él parpadeó.

—Sí.

—No te estoy preguntando si te gusto o si quieres acostarte conmigo, te estoy preguntando si confías en mí.

El rostro de Leo se iluminó con una leve sonrisa.

—Solo porque me gustes y quiera acostarme contigo no significa que no confíe en ti, Tem.

—Leo, esto es importante.

Él suspiró, pasando una mano por su espesa cabellera rubia.

—Muy bien. Confío en ti.

Tem lo miró a los ojos y vio su sinceridad. Leo confiaba en ella, podía sentirlo.

—Entonces deberías saber la verdad. —Pero Tem hizo una pausa. Era como si el cielo se estuviera cayendo.

Leo la miraba fijamente, con una expresión indescifrable. Se inclinó hacia ella.

—¿La verdad sobre qué, Tem?

«Sobre mí».

Pero Tem no pudo decirlo, simplemente no pudo. A cambio, tomó prestada la frase de Caspen:

—Sería más fácil mostrártelo.

Hubo un breve silencio. Entonces Leo inclinó la cabeza.

—Muéstrame el camino —dijo llanamente.

Ninguno de los dos habló durante todo el camino de vuelta al castillo. Tem no pudo evitar pensar en la última vez que estuvieron juntos en un carruaje: cómo Leo la llamó malvada, cómo ella lamió su semen directamente de la palma de su mano. Se preguntó si él también estaría pensando en eso.

Cuando llegaron al castillo, se detuvieron en el vestíbulo.

—¿Tu padre está ocupado? —preguntó ella.

Leo se encogió de hombros.

—¿Por qué?

—No quiero que nos vea.

El príncipe asintió lentamente.

—Por lo general, se reúne con sus asesores por las mañanas. No nos molestará.

Tem asintió. Se le ocurrió otra cosa.

—No puedes decirle que te mostré esto.

Entonces Leo dudó. La curiosidad que había sentido antes volvió a asomar. Tem sabía que él entendía que le estaba pidiendo que eligiera entre ella y su propio padre.

Leo tomó una decisión:

—No se lo diré, tienes mi palabra.

A Tem le bastó con eso.

Recorrieron juntos los pasillos del castillo, bajando escalera tras escalera hasta que Tem se encontró de nuevo ante la puerta de la mazmorra. Se detuvo y se volteó hacia Leo. Era un momento sin precedentes para ellos. El momento de la verdad.

Ante su vacilación, Leo preguntó:

—¿Quieres que haga los honores? —Levantó sus delgados dedos hacia la manija de la puerta.

Tem solo pudo asentir.

Leo esperó un momento más antes de girar la manija y atravesar la puerta. Tem lo siguió, con la garganta cerrada mientras el olor nauseabundo de la descomposición invadía sus fosas nasales. Las celdas estaban tal como las recordaba, fila tras fila hasta desaparecer en la oscuridad.

Leo dio unos pasos hacia adelante y luego se detuvo. Giró la cabeza hacia un lado y Tem vio cómo sus ojos grises se posaban en el ocupante de la primera celda.

—Tem —susurró—. ¿Qué es esto?

En respuesta, Tem lo tomó de la mano y lo acercó a la celda.

Leo se puso rígido al aproximarse a los barrotes. Miró fijamente al basilisco desplomado contra la pared de la celda, observando la maraña de cables dorados fundidos en sus dedos.

—¿Qué le está pasando a eso?

«Eso».

El basilisco era claramente una mujer, pero Leo se refería a ella como a un objeto.

Tem intentó no tomarlo como una mala señal.

—La sangre de basilisco tiene propiedades mágicas —comenzó Tem, percatándose de que no tenía ni idea de cómo explicar la sangría.

Leo miró fijamente los cables. Tem nunca lo había visto quedarse tan quieto.

—¿Qué tipo de propiedades?

Tem respiró profundamente.

—Se puede transformar en oro a través de la alquimia.

—Oro —murmuró él.

—Sí —dijo Tem—. Oro.

Por un momento, Leo solo se quedó allí de pie. Luego volteó la cara hacia ella, y Tem levantó la mano.

—Estos —susurró, pasando el dedo por los labios de Leo, justo donde estaban sus incisivos. Los dedos de Tem llegaron hasta el brazalete dorado de su muñeca—. Esto.

Leo negó con la cabeza.

—No —dijo.

—Sí.

Su mirada volvió a la celda.

—Esto es una barbaridad.

Lo mismo que ella había dicho del ritual.

—Lo dice el hijo del hombre que lo permite.

Leo abrió la boca y luego la cerró. En su rostro apareció una expresión de incredulidad, seguida rápidamente por una profunda vergüenza. Parecía devastado por completo; Tem bien podría haber clavado un cuchillo en su pecho. Sin embargo, debajo de su dolor, ella vio que comenzaba a asomar en sus ojos una reticente comprensión. Tal vez le costara creer lo que sucedía en el calabozo, pero ciertamente no le costaba creer que su padre lo permitiera.

—Yo no soy mi padre, Tem —susurró Leo.

Ella quería consolarlo, pero, en lugar de eso, siguió adelante.

—Entonces demuéstralo. Ponle fin a esto.

—¿Cómo?



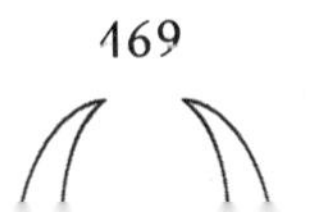

—Haz lo que siempre has querido hacer. Ejerce tu poder.

Leo cerró los ojos como si pudiera hacer oídos sordos a sus palabras.

Tem se acercó más, apretando con más fuerza la mano de Leo.

—Si quieres que las cosas cambien, tienes que ser tú quien lo haga, Leo.

Los ojos de Leo seguían cerrados.

Tem siguió hablando.

—¿Es esto lo que quieres que sea tu legado: la codicia, la tortura?

Leo abrió los ojos.

—Por supuesto que no —susurró.

—¿Crees que está bien?

Él guardó silencio.

Tem no sabía si había conseguido que la escuchara, si se pondría de su lado.

—Tem… —dijo Leo lentamente—. Esto está…

—Está mal —insistió ella—. Está mal, Leo.

Él respiró profundo.

—Pero son… serpientes, Tem. No son… No las consideramos…

—¿Personas?

Él frunció los labios.

Tem sabía que sería casi imposible borrar veinte años de prejuicios de un golpe. Solo había una cosa que podía hacer para convencer a Leo de las atrocidades que ocurrían allí: una sola cosa que podía influir en él.

—¿Y si fuera yo quien estuviera en esa celda?

Leo frunció el ceño.

—No sería así.

—Si tu padre se saliera con la suya, así sería.

—No lo entiendo.

En lugar de responder, Tem lo condujo por la larga fila de celdas, con el corazón más apesadumbrado a cada paso. Cuando llegaron al final, Tem se preparó para lo que estaba por venir.

Su padre estaba en la misma posición que antes: encorvado, demacrado y débil.

Pero incluso en la oscuridad, Tem pudo ver que había empeorado. Tenía los ojos cerrados y la respiración entrecortada. Le habían fundido más cables en los dedos; sus manos parecían sangrar oro. Tem no se molestó en intentar hablarle usando su mente. Incluso si aún fuera capaz de hacerlo, dudaba mucho que él respondiera.

Tem se volteó hacia Leo. Simplemente no había otra forma de decirlo.

—Te presento a mi padre.

Leo parpadeó.

—Se llama Kronos.

Al oír su nombre, Kronos abrió los ojos y Leo dio un paso atrás.

Tem sostuvo su mano, obligándolo a permanecer a su lado.

—Mi madre pasó por el mismo entrenamiento que yo. Se enamoró, como yo.

Leo negó con la cabeza lentamente, con la mirada fija en Kronos. Tem rompió el silencio, tratando de darle toda la información posible antes de que, inevitablemente, saliera corriendo.

—La realeza ha capturado basiliscos desde la guerra. Esto es lo que les hacen. Se llama sangría —señaló los cables—, y es la razón por la que tu familia es tan rica.

Leo apretó su mano hasta que ella sintió dolor.

Kronos cerró los ojos.

—Es cruel, Leo. Es inhumano.

La elección de sus palabras no fue casual. Necesitaba con desesperación humanizar a su padre, mostrarle a Leo que su vida importaba y, por extensión, la de Tem también.

—Ha sucedido durante siglos y seguirá sucediendo hasta que alguien rompa el ciclo. Esa persona debes ser tú.

La mandíbula de Leo estaba apretada. No la miró.

—No puedo romper con Caspen. Tenemos un vínculo que va más allá del amor. Estamos... conectados. Estoy unida a él, Leo —terminó ella en voz baja—. Siempre estaré unida a él.

Leo soltó su mano. Tem guardó silencio.

Todas las partes de Tem quedaron finalmente desplegadas frente a él: todos los secretos que había guardado durante tanto tiempo. Él le había pedido que no le mintiera, y ella lo había hecho. Mintió demasiado. No obstante, lo hizo para protegerlo. Mintió porque le importaba. ¿Era realmente un pecado mentir para proteger a quienes uno ama?

Leo volteó hacia Tem.

—¿Eres una de... ellos?

—Sí —susurró—. Lo soy.

La expresión de Leo era indescifrable. No había forma de saber en qué dirección se inclinaba, qué camino elegiría.

A Tem solo le quedaba una carta por jugar: un último secreto que podría inclinar la balanza a su favor.

—Tu padre saboteó tu relación con Evelyn.

Un profundo dolor se apoderó del rostro de Leo.

—¿Cómo lo sabes? —susurró.

—Él me lo confesó.

Al ver el destello de sorpresa en los ojos de Leo, Tem casi lo tocó.

Pero en lugar de eso, fue directo al grano.

—Dijo que si me elegías, volvería a hacerlo.

Leo se quedó paralizado.



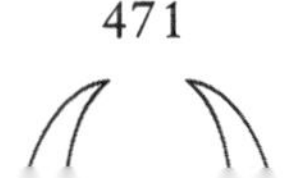

Tem no pudo hacer nada más que esperar a ver qué pasaba. Leo podía rechazarla o elegir protegerla. Ella dependía únicamente del instinto para esperar que él tomara la decisión correcta. Quizá su amor por ella no fuera suficiente.

O quizá sí lo era.

—Leo —susurró—. Por favor, di algo.

Leo no dijo nada. Simplemente tomó el rostro de Tem entre sus manos y la besó.

En el momento en que sus labios tocaron los de ella, algo nació dentro de Tem: era una combinación de seguridad, ternura y amor, algo que no sabía que podía sentir por dos personas a la vez.

Cuando terminó el beso, Leo no se alejó. En vez de eso, miró a Tem directamente a los ojos y dijo:

—En realidad nunca te tuve, ¿verdad?

Tem lo miró fijamente, observando que sus iris tenían destellos de verde. Pensó en Evelyn.

—Yo tampoco te tuve nunca.

Leo esbozó una sonrisa triste.

—Los dos sabemos que sí.

Hubo un silencio y Tem no supo cómo romperlo.

Las siguientes palabras de Leo fueron un susurro.

—He estado enamorado de ti desde que te vi con ese vestido verde, Tem.

Ese vestido se lo había regalado Caspen.

Tem recordó aquella noche, cómo acordaron no mentirse el uno al otro, cómo obligó a Leo a admitir que la deseaba. Lo lejos que habían llegado.

Antes de que pudiera responder, Leo bajó las manos y una sombra de su antiguo yo se volvió a manifestar cuando preguntó:

—¿Qué se puede hacer?

Al oír sus palabras, Tem sintió un inmenso alivio. Si Leo estaba preguntando eso, significaba que quería ayudar, que estaba de su lado.

—Tenemos que intentar lograr la paz —dijo Tem—. Debemos cambiar el futuro de tu reino.

—¿Cómo?

Tem no sabía la respuesta a esa pregunta, pero sabía quién sí la tendría.

—Yo… no soy la persona a la que hay que preguntar.

—Entonces, ¿quién es?

Entonces ella evitó su mirada.

Leo suspiró.

—Ah, claro. Él.

Tem no respondió.

Permanecieron en silencio y ella rezó por no haber cometido un grave error. Entonces Leo dijo:



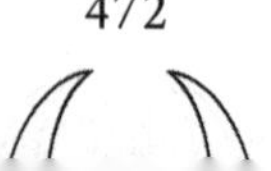

—¿Puedes... concertar una reunión?

Habló despacio, con un tono cauteloso y controlado. Tem sabía que eso sería lo último que querría hacer, y que también sería lo último que querría hacer Caspen. Pero con Leo de su lado, el futuro entre la realeza y los basiliscos podría ser diferente al que Bastian había planeado. Había esperanza. Y mientras hubiera esperanza, tenían una oportunidad.

—Sí —dijo Tem—. Puedo hacerlo.

Ninguno habló durante el camino de salida de la mazmorra.

Cuando llegaron a la parte superior de las escaleras, el príncipe se dirigió a su habitación.

—Leo, espera —dijo Tem.

Él se detuvo, con la mano en la puerta. Pasó una eternidad.

—¿Sí, Tem? —preguntó.

Se le hizo un nudo en la garganta, y le costó mucho preguntar:

—¿Puedo quedarme?

Las cejas de Leo se levantaron casi imperceptiblemente.

Le había pedido muchísimas veces que se quedara. Sin embargo, ahora era Tem quien lo pedía, quien suplicaba quedarse. No solo lo preguntaba por la competencia. Preguntaba si podía quedarse en su corazón, en el lugar que había reservado para ella desde el momento en que la vio con ese vestido verde.

Leo no respondió.

En lugar de eso, abrió la puerta de su dormitorio de par en par, dejando a la vista su cama con dosel. Tem podía sentir la impaciencia de Leo; podía sentir cómo su cuerpo se sentía atraído por el de ella. Tem también se sentía atraída por él. No había forma de negarlo, de fingir que lo que tenían no era real. Su juego había durado demasiado. Tem reveló sus cartas y Leo también. Ya no había razón para resistirse. Tem había dejado de luchar contra lo inevitable.

Los labios de Leo se posaron sobre los de Tem antes de que la puerta se cerrara de golpe.

Había un ritmo perfecto y completo en sus movimientos; ambos se tocaban como si siempre hubieran sabido que así era como debía ser, como si hubieran estado destinados a hacerlo desde el momento en que se conocieron. Ella se quitó el vestido.

—Tem —dijo Leo—. Entra en mi cama.

# CAPÍTULO 36

Tem se metió en su cama. Se acostó boca arriba.

—Carajo —suspiró Leo.

Tem decidió tomarse su tiempo. Se acarició lentamente el cuerpo con las manos, tocándose los pechos antes de hundir los dedos entre sus piernas. Leo se desvistió mientras observaba, desabotonándose la camisa y bajándose los pantalones. Cuando por fin estuvo desnudo frente a ella, Tem susurró:

—Tócame, Leo.

Él dio un paso adelante. Sus dedos llegaron a sus partes húmedas y ella gimió de profundo placer.

—Carajo —susurró—. Estás muy mojada, Tem.

La mano de Tem se unió a la de él, llevándolo aún más adentro.

—Solo para ti —susurró. Sabía que él necesitaba oírlo, y quería darle lo que necesitaba.

Leo se inclinó para besarla en la parte interna de la pierna.

—¿Cómo pudiste mantenerme alejado de esta vagina durante tanto tiempo?

—Tenías que ganártela.

—¿Y ahora que la tengo?

—Es tuya.

Leo se apartó.

Tem lo miró mientras él la observaba, al tiempo que ambos comprendían la importancia del momento.

—Leo —susurró.

Él sonrió.

—Lo sé, Tem.

Luego Leo bajó la cabeza.

La lamió con su lengua más suave que la seda, ejerciendo presión contra la parte más sensible de ella, como si supiera exactamente lo que eso le provocaría y cuánto la haría necesitarlo.

—Leo, por favor —susurró.

—¿Por favor qué, Tem? —murmuró él contra su clítoris.

—Hazme tuya.

—Aún no.

Ahora era Leo quien se resistía a ella, se tomaba su tiempo ya que por fin la tenía en su cama. Sus manos sujetaban las piernas de Tem, manteniéndolos separados. Ella arqueó las caderas, buscando su boca mientras su lengua la penetraba aún más profundamente.

No era nada parecido a cuando la saboreó en el laberinto. Aquella vez fue agresivo y belicosa, casi como un castigo. En esta ocasión era lento, sensual e íntimo, y Tem conectó con Leo de una manera que nunca había sentido. Él la acariciaba, la adoraba con su lengua, besaba su centro como si fuera lo más preciado que jamás hubiera probado.

—¡Leo! —gritó Tem cuando sus dedos acompañaron su lengua.

La respuesta de Leo fue muda, pero Tem entendió lo que le decía con cada caricia; escuchó su mensaje mientras él se perdía en ella. La amaba.

Tem se acercaba al límite. Era inevitable; no podría resistirse aunque lo intentara.

Enroscó sus dedos en el cabello de Leo, sosteniendo su cabeza entre sus piernas. No sentía vergüenza. Esto era todo lo que habían estado destinados a hacer; así era como debían ser.

—Carajo —gimió Tem. La palabra favorita de Leo.

Era lo más fácil del mundo venirse contra la lengua del príncipe.

Leo se tragó hasta la última gota de Tem. No había límite para su devoción, ningún umbral que no estuviera dispuesto a cruzar. Tem arqueó las caderas, recompensándolo por su entrega, haciéndole saber sin lugar a dudas que se había ganado el acceso a cualquier parte de ella que deseara.

Cuando Leo levantó la cabeza, sonrió.

—¿Quieres mi pene, Tem?

Ella asintió.

—Dilo. —Sus dedos se deslizaban dentro y fuera de ella, provocándola más allá de lo que podía soportar—. Di que quieres mi pene.

Tem obedecería. Solo en esta ocasión.

—Quiero tu pene, Leo.

—¿Cuándo?

—Ahora.

—¿Dónde?

Sus dedos se unieron a los de él.

—Aquí.

Leo volvió a besar su pierna, obligándola a esperarlo, obligándola a ser paciente. Pero la paciencia nunca había sido una de las cualidades de Tem.



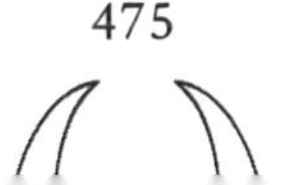

—Leo —insistió Tem—. Ahora.

Él rio entre dientes.

—Tan necesitada.

Eso no funcionaría en absoluto.

Tem se llevó las manos a los pechos y se los apretó mientras Leo miraba.

—Tem. —Su voz era un murmullo entrecortado.

—Hazme tuya —susurró—. Ahora mismo.

Leo la miró embelesado.

Ella arqueó la espalda.

—Ahora, Leo.

Eso fue todo lo que hizo falta.

En el momento en que Leo se centró entre sus piernas, la mente de Tem dejó de funcionar. No había lógica ni razonamiento. Solo había deseo y necesidad.

Tem gimió cuando el pene de Leo tocó su centro. Él se detuvo, y sus ojos se dirigieron a los de Tem, buscando permiso en silencio por última vez.

Ella agarró la parte posterior de su cuello, levantó sus caderas y lo jaló hasta el fondo.

Tem había sentido su pene antes, así que sabía que era grande. Sin embargo, era algo completamente diferente sentir a Leo entrar en ella, recibirlo de la misma manera que había hecho con Caspen. Era increíble ver la cara de Leo mientras se deslizaba en su interior. Si su expresión era indicativa de algo, sentía lo mismo que Tem: felicidad absoluta.

Leo besó su cuello, luego sus labios.

—Tem —susurró contra ellos.

—Leo —murmuró ella a su vez.

Se movían en perfecta sincronía. Tem tocaba cada parte del cuerpo de Leo, clavándole las uñas en la espalda mientras él intensificaba sus embestidas. Su pene despertó algo en ella, algo que había esperado pacientemente hasta entonces para emerger. Tem quería más de él. Quería que Leo la reclamara como suya. Y quería hacer lo mismo con él.

—Más rápido, Leo —susurró.

Tem sintió que él sonreía contra su cuello.

—Me temo que no puedo hacerlo, Tem.

—¿Por qué no?

—Si voy más rápido, no duraremos mucho.

Ella sonrió, sintiendo cómo el orgullo la invadía al comprender el efecto que tenía sobre él. Tem arqueó las caderas para que Leo la penetrara más profundamente.

Leo le agarró el cabello con más fuerza.

—Carajo —gimió. La empujó con firmeza, presionando sus caderas contra el colchón para recuperar el control—. Lo haremos a mi manera, Tem.

—¿Ah, sí?

—Sí. —Sus dedos se enroscaron alrededor de su cuello—. Así se hará.

Ella lo miró.

—¿Y si no quiero hacerlo a tu manera?

—La próxima vez podrás hacer lo que quieras, Tem, pero esta vez no.

Antes de que pudiera responder, Leo se apartó.

La agarró de las caderas y las jaló hacia arriba para poder verla debajo de él. Contempló el lugar donde se unían con arrebatado deseo, honrando su conexión con cada embestida. Los puños de Tem retorcían las sábanas mientras él la tomaba, dejándole ver todo lo que solo había soñado ver. Justo cuando Tem sentía que se acercaba a su orgasmo, Leo se detuvo. Sus dedos se flexionaban sobre sus caderas mientras la agarraba con más fuerza, manteniéndola en su lugar mientras sacaba su pene hasta que solo su punta quedó dentro de ella.

Metió un centímetro. Luego se salió.

Después otro centímetro.

Luego se salió.

Era propio de Leo; una tortura.

La estaba provocando, llevándola al borde de donde necesitaba ir sin dejarla llegar realmente. El príncipe tenía el control; el príncipe decidía lo que ocurriría a continuación. Tem no podía culparlo, era justo.

—¿Quieres venirte, Tem? —Leo penetró un poco más, dejando que ella sintiera solo la mitad de su pene.

Tem asintió con desesperación.

—Dilo con palabras —ordenó.

—Quiero venirme.

—Suplica.

—Déjame terminar.

—Otra vez.

Tem entendía por qué necesitaba escucharlo, por qué necesitaba que se lo pidiera una y otra vez. Después de tantas semanas de actuar de forma ambivalente hacia Leo, necesitaba escuchar que Tem lo deseaba tanto como él a ella. Tem, más que nadie, podía entender lo que se sentía no ser deseado y lo bien que se sentía cuando por fin ocurría lo contrario. Tem lo dejaría tomar todo lo que quisiera de ella, lo dejaría obtener exactamente lo que había ansiado durante tanto tiempo.

Tem rogó por ello una y otra vez, llamándolo por su nombre hasta que no pudo distinguir dónde terminaba ella y dónde comenzaba él. Expresó todo lo que amaba de él, diciéndole exactamente cómo la hacía sentir. Con cada palabra que decía, el pene de Leo entraba un poco más. Finalmente, la penetró por completo.

Tem lo pidió por última vez.

—Déjame terminar, Leo. Por favor, quiero terminar.

Leo presionó el clítoris con los dedos, y fue eso lo que llevó a Tem al límite.

—Qué hermosura —susurró él.

Tem apenas lo escuchó.

Ella estaba volando, planeando, cayendo en picada hacia el abismo sin nada que la detuviera. Leo seguía tocándola, empujándola hacia donde siempre había querido llevarla. Darle aquello a Leo era tan sencillo como respirar, desmoronarse solo por él, ver la victoria plena y total en sus ojos mientras ella terminaba.

Su cuerpo estaba tendido ante él. No tenía nada más que ocultar.

Leo extendió la mano hacia Tem, deslizando los dedos detrás de su cuello y jalándola para que se incorporara. Estar tan cerca de él después de lo que acababa de hacerle sentir era sencillamente el paraíso.

—Quiero que terminemos juntos —susurró Tem.

Leo le besó el cuello, luego la mandíbula y después los labios.

—Lo haremos.

Tem no discutió. Leo levantaba las caderas, penetrándola desde abajo. En un movimiento suave, se reclinó sobre su espalda, jalándola encima de él. Ella comenzó a montarlo de inmediato.

—Quédate quieta —dijo Leo.

Tem no quería quedarse quieta, iba en contra de todo lo que su cuerpo le pedía que hiciera.

—¿Por qué?

—Quiero mirarte.

Tem gimió, tensando las caderas contra su orden.

Leo se apresuró a agarrarla por la cintura y sujetarla.

—Quédate quieta —ordenó.

Tem lo obedeció.

Leo se reclinó para examinarla. Era el futuro rey.

—Te ves muy bien sobre mi pene, Tem —susurró.

Tem quería moverse, deslizar las caderas hacia adelante para mostrarle lo bien que se veía montando su pene, pero él le había dicho que se quedara quieta, así que lo hizo. Tem lo observaba mientras él la observaba a ella, recorriendo su cuerpo con los ojos llenos de altiva satisfacción.

—¿Quién diría que solo obedeces órdenes en la cama?

Tem puso los ojos en blanco.

—No te acostumbres.

—Por supuesto que no.

Leo seguía sujetándola contra sí, mirándola como si fuera su mayor premio. Tem también lo observaba, fijándose en todas las cosas que nunca se había permitido advertir. Su cuerpo estaba esculpido debajo del de



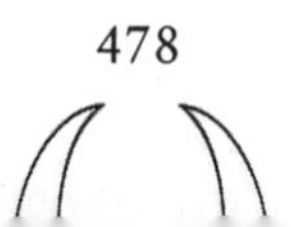

ella, con su pene rígido perfectamente centrado en su interior. Tenía un deseo incontenible de montarlo; sin embargo, primero lo harían a su manera, después podrían hacerlo a la de ella.

Leo le rozó la pierna con las yemas de los dedos, produciéndole un escalofrío.

—Lo he imaginado muchísimas veces —dijo él con voz grave y susurrante.

Tem tomó su mano, la llevó a sus pechos e hizo que le pasara las yemas de los dedos por sus pezones, una tras otra.

—¿Imaginaste esto?

La expresión de Leo era de voracidad desenfrenada.

Tem llevó su mano aún más arriba, mordiéndole el pulgar y succionándolo suavemente, manteniendo el contacto visual todo el tiempo.

—Kora —susurró Leo. Su otra mano estaba en la cadera de Tem. Sus uñas se clavaron en la piel de ella, haciéndola moverse hacia adelante.

El momento de quedarse quieta había terminado.

Tem lo montó lentamente, extendiendo sus manos sobre su torso. Las manos de Leo fueron a sus pechos, apretándolos con fuerza antes de agarrar sus caderas una vez más.

—Estás muy mojada por mí.

Era cierto. Tem estaba empapada por él.

Eso hacía que montar su pene fuera más fácil, que pudiera deslizarse hacia arriba y hacia abajo sin restricciones, ignorando todo menos la forma en que él se sentía dentro de ella. Leo la dejó montarlo, y Tem supo que él se lo había imaginado. La excitaba más pensar en él de esa manera, imaginarlo tocándose en la silenciosa oscuridad de su habitación, tal vez frente al fuego, eyaculando en la palma de su mano al pensar en ella sobre su pene. Era parte de la razón por la que le gustaba tanto Leo: estaba obsesionado con ella.

Tem sintió que se acercaba al orgasmo mucho antes de que este llegara. Fue acercándose poco a poco, tomándose su tiempo, llevándose hasta allí mientras el príncipe observaba. Leo la tocó todo el tiempo, pasó sus manos por sus nalgas, sus caderas, su cintura, y tomó sus pechos entre sus palmas.

—Estás hecha para mí —susurró.

Tem se inclinó hacia adelante para que Leo pudiera contemplar una parte aun mayor de ella. El ángulo era casi imposible de soportar. Su pene la penetró tan profundamente que ella jadeó.

—Recíbelo, Tem.

Tem hizo lo que le dijo.

Lo recibió una y otra vez hasta que supo que no podía más. Cuando llegó a ese punto, se dejó llevar, rindiéndose a todo el placer que Leo le



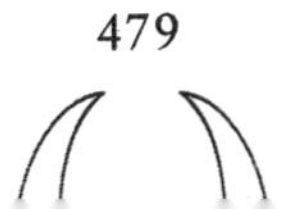

proporcionaba. Su orgasmo fue visceral y puro, comenzaba entre sus piernas y se extendía por todo su cuerpo, liberándola desde lo más profundo.

Leo resistió, esperando que el orgasmo de Tem llegara completamente a su fin antes de alcanzar el suyo. Fue increíble verlo venirse. Tem observó todo: la forma en que sus manos apretaron sus caderas, en que sus venas saltaban bajo su piel, en que inclinó su barbilla para verla mejor. Estaba claro que Tem lo había hecho eyacular: no el sexo, sino ella misma. Ella era todo lo que Leo quería, todo lo que necesitaba.

Era su musa.

—Leo —susurró Tem mientras él se vertía en ella.

Él se incorporó, rodeándola con sus brazos y jalándola fuertemente contra su pecho.

—Lo sé, Tem —murmuró mientras acariciaba su espalda—. Lo sé. —Sus dedos recorrieron su columna vertebral y sus labios se posaron sobre su hombro.

Tem tomó aire con un estremecimiento. El corazón de Leo latía frenéticamente en su pecho, incluso más rápido que el de ella. Él había deseado aquello durante mucho más tiempo que Tem. Leo era quien la anhelaba, quien quería un futuro que tal vez nunca llegaría.

Tem se incorporó. Tocó la cabeza de su pene antes de pasar los dedos por su torso, esparciendo un fino rastro de su propio semen sobre su piel, marcándolo con la prueba irrefutable de su encuentro. Luego se lamió los dedos.

Leo la observaba asombrado.

—Eres muy hermosa, Tem —susurró, acercando sus labios a su cuello—. Eres alucinantemente hermosa.

Ella le agarró un mechón de cabello.

—Tú también lo eres.

Leo dejó escapar una leve risa y la jaló hacia la cama.

—¿De verdad?

—Sí. Los chicos también pueden ser hermosos, Leo.

Estuvieron juntos un largo rato, sin hacer nada más que tocarse. Tem exploró los suaves vellos rubios que bajaba hasta el pene de Leo, las ligeras hendiduras entre sus costillas, la prominente manzana de Adán en su cuello.

Leo también la exploró, tocando sus piernas, su cabello, sus sensibles pezones.

Se besaron mientras se tocaban y, finalmente, la mano de Tem encontró el pene de Leo. No se le endureció de inmediato, como siempre le sucedía a Caspen, pero a Tem no le importó. En cierto modo, quizá fuera hermoso que con Leo hubiera límites. Cada vez que estaba con él era algo precioso, cada vez quería decir algo. Tem estaba contenta simplemente



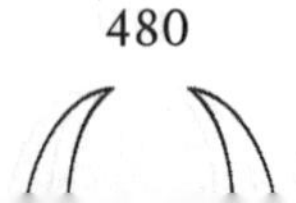

con solo acariciarlo, escuchando los sonidos que emitía mientras lo hacía. No fue hasta más tarde, cuando él comenzó a meterle los dedos, que su pene se puso duro una vez más.

—Leo —susurró Tem mientras él rodaba hasta quedar encima de ella—. Dijiste que podía pedir lo que quisiera.

—Eso hice —murmuró él a su vez—. ¿Cómo me quieres?

Tem lo jaló más cerca.

—Así —susurró ella—. Justo aquí.

Leo sonrió.

—Entonces así será. —Se deslizó dentro de ella.

De alguna manera, se sintió aún mejor que la primera vez. Ambos gimieron al unísono y sus respiraciones se convirtieron en una sola. Leo sujetó la cabeza de Tem con su mano, sosteniéndola con firmeza mientras la penetraba una y otra vez.

—Tan suave, Tem —susurró—. Tan húmeda.

Tem lo llevó cada vez más adentro, hasta el mismísimo centro de ella, validando su conexión como mejor sabía hacerlo. Quería que estuvieran unidos indefinidamente, que el corazón de Leo quedara impreso en el suyo, y darle su corazón a cambio.

—Estoy cerca, Leo.

Él disminuyó el ritmo.

—Aún no, Tem.

—¿Por qué no?

—Dijiste que querías que termináramos juntos.

Tem no quería nada más.

Dejó que Leo marcara el ritmo, deleitándose con el sabor de su lengua en su boca, y recorriéndola con la suya. Recordó su primer beso, cómo él le había dicho que lo buscara cuando estuviera lista. Siempre era así con Leo. Siempre la esperaba y se aseguraba de que ella consiguiera lo que quería, incluso cuando ella no sabía que lo quería. Él la escuchaba, la cuidaba. El rostro de Leo estaba justo frente al de ella. Cuando él la miró a los ojos, Tem comprendió que ese momento significaba todo para él. La había perseguido durante mucho tiempo, sin ganarse nunca realmente un lugar en su corazón hasta que fue demasiado tarde. Tem quería dárselo en ese momento, estar juntos antes de que todo se desmoronara inevitablemente a su alrededor.

Tem se relajó bajo sus embestidas, sabiendo que juntos encontrarían su camino. Sintió la dureza de su cuerpo, la perfección con la que se movía dentro del suyo. Su canción había tardado mucho en escribirse, pero ahora era todo lo que Tem quería escuchar. Leo no era perfecto, y ella tampoco. Tem no sabía lo que les deparaba el futuro, ni siquiera sabía si sobreviviría la semana, pero sabía que quería intentarlo. Por él.



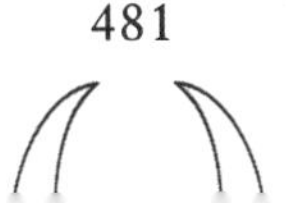

—Tem —murmuró Leo, acercando sus labios al cuello de ella. Sus embestidas se aceleraban—. Voy a hacértelo más fuerte ahora. —Las palabras eran tensas, era evidente que se estaba conteniendo.

Tem asintió ansiosamente, mostrándole que ella también deseaba eso.

—Házmelo más fuerte, Leo.

Sus manos dejaron la cabeza de Leo y se aferraron al poste de la cama, sosteniéndolo con fuerza mientras él la penetraba. Ese era el momento para ambos. Tem había esperado ese momento desde que se conocieron en el estudio y bebieron whisky juntos por primera vez. La atracción entre ellos había ido creciendo desde entonces.

Tem cerró los ojos. Sabía que Leo la observaba, que quería ver cada momento de aquello. Pero Tem prefería sentirlo. Quería entender cómo su cuerpo se fundía con el de él, cómo sellarían su unión a la perfección. Después de todo, eso podría ser una despedida. Tem no quería olvidar ni un momento.

Leo la llamó por su nombre.

Tem respondió con el suyo.

Terminaron juntos.

Tem abrió los ojos y vio a Leo sobre ella, satisfecho y pleno, disminuyendo el ritmo de sus embestidas a medida que las oleadas de ambos comenzaban a menguar. Tem recorrió con sus manos el torso de Leo, acercando su rostro al de él. Ella lo besó y él la besó en respuesta, y durante mucho tiempo eso fue todo lo que hicieron. Cuando se separaron, Leo sonrió, mostrando sus dientes. Tem tocó las piezas de oro.

La expresión de Leo adoptó un aire serio. La realidad ya lo estaba golpeando en la cara. Ya era hora de pensar en el futuro.

—Tem —susurró—. No lo sabía. Si hubiera...

Ella le puso un dedo sobre los labios. Sabía que él no estaba al tanto. Sin embargo, no era tan inocente como para pensar que de saberlo habría tomado un rumbo diferente: no sin haberla conocido, no sin haberse enamorado de alguien que encarnaba precisamente aquello que él había sido educado para odiar.

Su respuesta fue la misma que la que Caspen dio una vez:

—No te considero responsable de los pecados de tus antepasados.

Leo asintió, aunque Tem no sabía si le creía. Sin embargo, no había nada que pudiera decir para consolarlo. Ese rayo de felicidad era temporal para ellos. En cuanto salieran de la habitación de Leo, tendrían que enfrentarse a lo que vendría después.

Pero aquel momento no tenía por qué ser ese. Se recostaron juntos, sincronizando la respiración, y los dedos de Leo rozaron el pequeño collar con la garra. Tem no se había molestado en quitárselo.

—Tem —susurró—. ¿Cómo descubriste... quién eres?

Ella notó que él había dicho «quién» en lugar de «qué».

Era un progreso.

—Caspen me dijo que era de raza híbrida.

—¿De raza híbrida?

—Mitad humana, mitad basilisco.

—¿Cómo lo supo?

Tem levantó las manos, mostrándole a Leo las pecas de sus palmas.

—Por estas —reveló mientras él las miraba—. Mi padre también las tiene, me las heredó.

Leo posó sus labios sobre las pecas.

—Y porque podía hablarme con la mente —agregó—. Esa capacidad solo la tienen los basiliscos.

Guardaron silencio durante mucho tiempo. Tem simplemente aspiró el aroma de Leo, sintiendo cómo su perfume se mezclaba con su piel, sintiendo cómo su cuerpo se apoyaba contra el de ella. Le acarició el pecho, bajó hasta los hombros, luego rodeó su nuca, y se detuvo.

Allí había una protuberancia, una línea firme de tejido cicatricial. Cuando Tem la tocó, Leo se estremeció.

Leo se apartó y Tem lo volvió a acercar.

—Leo —dijo ella—. Date la vuelta.

Él negó con la cabeza.

—No.

Tem se sentó y él también.

—Leo —repitió—. Ahora.

Para su sorpresa, tras una pausa, Leo accedió.

Se giró lentamente, arrodillándose en la cama de modo que le daba la espalda. En el momento en que la luz del fuego iluminó su piel, Tem extendió la mano hacia él.

Entonces vio que tenía cuatro crestas, cada una de unos siete centímetros de largo, dos a cada lado de la columna. No podía creer que no las hubiera advertido antes.

—¿Qué te pasó? —susurró Tem.

—Un accidente de carruaje —respondió él en voz baja.

Por supuesto que era mentira. Había dicho lo mismo de la cicatriz que tenía debajo de la barbilla, pero esa era irregular y dentada, propia de una lesión accidental. Las cicatrices de la espalda eran intencionadas, casi quirúrgicas, y parecían bastante recientes.

—Leo —dijo ella—. Cuéntame.

—No es nada, Tem.

Ella pasó las yemas de los dedos por las cicatrices y él se estremeció.

—No parece que no sea nada. —Sin pensarlo, Tem se inclinó hacia adelante, posando sus labios en cada cicatriz. Giró la cabeza, apoyando su



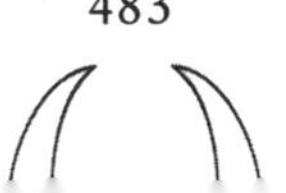

mejilla en la nuca de Leo y rodeando su torso con sus brazos. Se quedaron sentados así durante mucho tiempo, hasta que finalmente Leo habló.

—Son tradicionales —respondió—. Mi padre también las tiene. Su padre se las hizo a él, y así sucesivamente.

Eran cuatro cicatrices abultadas, perfectamente idénticas. Tem pensó en la estatua del laberinto: el rey Maximus III. Leo sería el cuarto rey de su linaje.

Padre e hijo.

—Pero, ¿por qué?

Los hombros de Leo se alzaron y luego descendieron.

—¿Por qué mi familia sigue haciendo todas esas estupideces? Es como cualquier otra ceremonia: la entrega de la corona, las eliminatorias... todo es igual. Otra oportunidad para marcar la progresión del poder. Mi familia siempre ha sido así.

Las eliminatorias. Más tradición.

Tem pensó en la vez en el Horseman, cuando Gabriel preguntó por los dientes de oro de Leo y él respondió: «Los hombres de mi familia se los ponen cuando cumplen veinte años, entre otros regalos».

Algunos regalos.

Pensó entonces en las pecas de sus manos, un regalo de su propio padre pero que no la había hecho sangrar. Leo llevaba las marcas de su familia de la misma manera que ella, pero las suyas se las habían hecho con una cuchilla. Imaginó a Leo haciéndole eso a su propio hijo algún día, cortándole la piel y dejándole una cicatriz. No podía visualizarlo.

Tem retiró sus manos de la espalda de Leo y se puso de rodillas frente a él.

—¿Vas a hacérselo a tu hijo? —susurró ella.

Leo enroscó uno de los rizos de Tem en su dedo.

—Preferiría que mi hijo no me odiara, Tem.

Le llevó un buen rato entender lo que Leo decía.

—¿Odias a tu padre?

—Créeme. —Leo sonrió con tristeza—, el sentimiento es mutuo.

Lo dijo con tanta franqueza que Tem sintió una repentina avalancha de empatía por Leo. No podía imaginar cómo había sido para él crecer en ese castillo con un padre que lo odiaba. El desprecio de Maximus hacia ella era mordaz y, sin duda, lo era diez veces más hacia su propio hijo.

«Una herida curada siempre deja una cicatriz».

Tem tomó el rostro de Leo entre sus manos y lo miró directamente a los ojos.

—Maximus se equivocó al hacerte esto.

Leo se encogió de hombros.

—Es lo único que conoce.



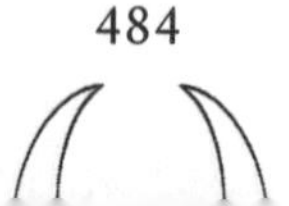

—Eso no lo justifica.

El príncipe no tuvo réplica para eso. En cambio, la besó, y Tem se lo permitió.

Cuando se separaron, Leo susurró:

—Sé que no romperás con Caspen.

Tem se acurrucó más firmemente entre sus brazos.

—¿Cómo lo sabes?

Leo le dedicó una sonrisa triste.

—Porque es tu Evelyn.

Tem no respondió porque se dio cuenta de que era cierto.

—No quiero hablar de Caspen —susurró.

La mano de Leo recorrió lentamente la curva de la cintura de Tem antes de deslizarse entre sus piernas.

—Entonces no hablaremos —murmuró mientras introducía sus dedos en ella.

La tocó lentamente, besándola mientras lo hacía. Tem abrió las piernas para él, dejándolo penetrar más profundamente y tocar todo lo que se había ganado el derecho a tocar.

Al final, Tem pidió todo de él, y Leo se lo dio.

Cuando terminaron uno con el otro, estaba anocheciendo. El cielo detrás de la ventana de Leo oscurecía rápidamente, y Tem sabía que no podían quedarse allí para siempre.

—Si quieres reunirte con él —dijo ella, con los labios aún sobre los de Leo—, deberíamos ir esta noche.

Leo suspiró. Se apoyó en sus manos y la miró. Por un momento, Tem se preguntó si se arrepentiría, si todo lo que acababa de suceder no era suficiente.

Entonces Leo asintió.

—Muy bien.

# CAPÍTULO 37

Tem sabía que Caspen nunca aceptaría reunirse con Leo. Su último encuentro había sido tan malo que no era nada optimista sobre cómo saldrían las cosas si volvía a ver al príncipe. Sin embargo, aunque Tem quisiera pedirle a Caspen una reunión, no podría hacerlo: su conexión mental era tan débil que ya ni siquiera podía sentir la puerta de entrada a su mente.

Simplemente tendrían que presentarse y esperar lo mejor.

Tem podía sentir cómo pasaban los minutos mientras se vestían. Seguía luchando contra el tiempo, rezando para poder arreglar lo que había roto antes de que fuera demasiado tarde.

Cuando por fin estuvieron listos, Tem tomó la mano de Leo.

Caminaron juntos hacia los establos y, esta vez, Tem sabía que nadie les impediría irse. El personal reaccionó de inmediato ante la presencia de Leo, inclinando la cabeza y preparando un carruaje para ellos.

El viaje transcurrió en silencio. Leo sostuvo la mano de Tem en la suya, acariciando suavemente su piel con la yema del pulgar. De vez en cuando, levantaba los dedos de ella hasta sus labios y los besaba. Tem apoyó la cabeza en su hombro, tratando de no pensar en lo que se avecinaba. No tenía ningún plan más allá de conseguir que ambos príncipes hablaran razonablemente entre ellos sobre el futuro de sus pueblos. Sin duda, dos hombres adultos podrían lograr tal cosa por un bien mayor.

Seguramente, aquello no sería un desastre total.

El carruaje los dejó a la entrada del bosque. Caminaron juntos hacia él y tomaron el sendero que conducía a las cuevas. Cuando atravesaron la pared, Leo arqueó una ceja, pero no hizo ningún comentario. Tem no tenía ganas de explicar que los basiliscos solo eran vulnerables a los espejos cuando adoptaban su verdadera forma. No era algo que el príncipe necesitara saber en ese momento. Finalmente, llegaron a la base de la montaña.

—Leo —dijo Tem en voz baja, deteniéndose cuando llegaron a la entrada de la cueva de Caspen—. ¿Puedo pedirte un favor?

Él también se detuvo, mirándola en la oscuridad. Antes de que ella pudiera hablar, él dijo:

—Preferirías que él no supiera que tuvimos sexo.

Tem frunció los labios.

—Sí.

—No se lo revelaré.

Ella le lanzó una mirada de duda.

Él se acercó.

—Te quiero toda para mí. ¿Por qué se lo diría?

—Porque le haría daño.

Leo negó con la cabeza.

—También te haría daño a ti. Y no tengo ninguna intención de hacer eso.

—Esto ya me está haciendo daño, Leo.

Las palabras se le escaparon. Tem ni siquiera sabía si las decía en serio, pero a Leo se le dibujó una mueca de agonía en el rostro y susurró:

—No quiero hacerte daño.

Tem suspiró.

—No eres tú exactamente. Es...

—Somos nosotros —terminó Leo por ella.

Tem suspiró de nuevo, mirándolo.

—Sí.

—Tem, yo... —Leo comenzó a decir algo, pero no terminó. Lucía profundamente infeliz, y Tem no sabía cómo arreglarlo. Ambos sabían que lo que había dicho no podía olvidarse. Pero Tem necesitaba que Leo lo escuchara, que supiera lo doloroso que era para ella estar atrapada entre dos partes de sí misma. Poco a poco eso la estaba partiendo en dos.

Leo la miró con tristeza.

—Sé que siempre has dudado de mis intenciones —dijo—. Y no te culpo, teniendo en cuenta mi pasado. Pero debes saber esto: nunca haré nada para herirte.

Se inclinó hacia ella.

—Y quiero que también sepas esto: te deseo. Y sé que eso no es lo que quieres oír. Y sé que tú no lo haces, al menos no lo suficiente como para justificar traicionar cualquier conexión que tengas con él. Sin embargo, no puedo vivir sin ti. Incluso si eso significa tener solo una parte de ti, prefiero eso a no tenerte en absoluto.

—Vera es la mejor opción —susurró Tem—, deberías elegirla a ella.

—Prefiero tener la mitad de ti que a Vera entera. Incluso si eso implicara compartirte el resto de mi vida.

Tem lo miró fijamente. ¿Leo acababa de... proponerle matrimonio? Antes de que pudiera procesarlo, él volvió a hablar.

—Sé que le perteneces, Tem. Y sé que te quiero de todos modos.



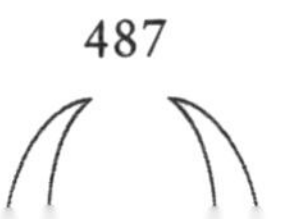

—Leo… —susurró ella, pero no tenía idea de qué decir.

¿Cuál era la respuesta adecuada en ese caso? ¿Qué se podía decir ante una confesión que lo hacía tan vulnerable? Leo siempre había sido sincero con ella sobre sus sentimientos y claro como el agua en sus declaraciones a favor de ella. Pero esta vez era diferente. Esta vez era permanente.

—¿Podemos solo… llegar a mañana? —preguntó ella—, ¿por el momento?

Los labios de Leo esbozaron una sonrisa resignada.

—Por supuesto que podemos hacerlo, Tem.

Ella sabía que estaban limitados por el tiempo y las circunstancias. Sabía que Leo quería más, pero eso estaba fuera de su control.

—Gracias —susurró Tem.

Leo inclinó la cabeza. Entonces ella soltó su mano y entraron en la cueva.

Tem observó a Leo mientras sus ojos se adaptaban a la oscuridad y se fijaban en la chimenea y la alfombra que estaba frente a ella. Era extraño verlo allí, en ese lugar donde Tem había dado tantos primeros pasos, donde Caspen le había enseñado todo lo que siempre había querido saber. Tem ya no reconocía a la niña que llegó a esa cueva hacía tantas semanas. Esa niña ya no existía.

Tem se volteó hacia Leo.

—Debería hablar con él primero —dijo.

Él asintió.

—Muy bien.

—Solo… espera aquí.

Leo volvió a asentir. Parecía decidido, como si, pasara lo que pasara, estuviera resuelto a afrontar su destino. Tem admiraba su valentía. No era poca cosa encontrarse cara a cara con un basilisco. Para Leo, se estaba enfrentando a su enemigo, la criatura a la que su familia había satanizado toda su vida. No debía ser fácil para él derribar ese prejuicio en este momento.

Tem le dio un beso rápido en la mejilla antes de internarse en el pasillo. Su golpecito en la puerta de Caspen fue atendido de inmediato.

—Tem —dijo Caspen, e incluso en ese momento, su corazón dio un vuelco al oírlo decir su nombre—. ¿Qué pasa?

Sabía que él no la esperaba. La última vez que se comunicaron fue cuando ella habló con Adelaide. Tem aún no sabía si ella le había revelado lo que conversaron. No tenía idea de si Caspen sabía que su lado basilisco estaba muriendo lentamente, que su propio destino estaba en juego.

Tem lo miró. No lucía bien. Tenía sombras debajo de los ojos que antes no tenía. ¿Sería simplemente que no estaba durmiendo o era un síntoma del efecto conjunto de la posesión? Quería acercarse a él, pero no lo hizo. En cambio, dijo:

—Necesito que hables con alguien.

Caspen arqueó una ceja.

—¿Con quién?

No se podía evitar.

—Leo.

Al oír su nombre, Caspen se puso rígido. Sus fosas nasales se dilataron y Tem supo que podía oler al príncipe humano en ella.

—¿Por qué?

—Le dije que estarías dispuesto a recibirlo.

—¿Lo *trajiste*? ¿Te volviste loca, Tem? Él no puede estar aquí.

—Pues aquí está. Y quiere hablar contigo.

Si Caspen ya estaba sorprendido, ahora estaba anonadado.

—¿Por qué? —siseó.

—Quiere hablar sobre el futuro del reino. Quiere poner fin a la sangría.

Los ojos de Caspen se oscurecieron de furia.

—No hay nada que discutir. No habrá paz mientras la realeza esté en el poder. Ya has visto de lo que son capaces.

—Leo no es como el resto de la realeza.

—Es exactamente como el resto de la realeza: se considera mejor que los basiliscos.

Ella negó con la cabeza.

—No, ya no.

—Claro que sí, Tem. No es diferente a su padre. Nunca tendría piedad de nosotros, nos mataría a todos.

—Leo no es como su padre.

Caspen se acercó. Tem se resistió a retroceder.

—Eres una tonta si crees eso.

La ira se apoderó de ella.

—No lo conoces, Caspen.

Caspen sacudió la cabeza, acercándose. Las sombras bajo sus ojos no eran producto de su imaginación. Lucía demacrado, con los rasgos marcados como si no hubiera comido en mucho tiempo. Tem odiaba verlo así. Tenía que arreglarlo.

—Tú tampoco lo conoces, Tem. No puedes confiar en nada de lo que diga.

—Yo confié en ti, ¿no?

Caspen entrecerró los ojos.

—¿Qué quieres decir?

—No tenía motivos para confiar en ti, pero lo hice. Ahora míranos.

Caspen se irritó.

—¿Me estás comparando con él? Porque lo considero un insulto.

—No te estoy comparando, solo estoy diciendo que…

—Estás diciendo que porque confiaste en mí, yo debería confiar en él, pero una cosa no tiene nada que ver con la otra.



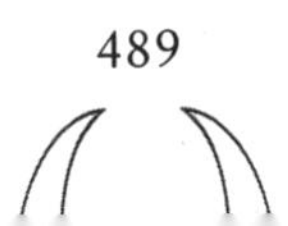

—Eso no es justo. No puedes juzgarlo sin conocerlo.

—Puedo hacer lo que quiera, Tem.

Ella sabía que Caspen estaba enojado, pero ella también lo estaba.

El análisis crítico era algo natural para Caspen, pero para Leo, cuestionar sus circunstancias era un comportamiento aprendido, uno que no podía dominar en el poco tiempo transcurrido desde que Tem le dijo quién era. Ella estaba dispuesta a hacerle concesiones que Caspen no le concedería. Entendía que él aún se estaba convirtiendo en la persona que sabía que podía ser, la persona que sabía que quería ser. Leo no era blanco o negro, no era bueno o malo, cobarde o valiente. Era muchas cosas a la vez. Y Tem lo amaba por eso.

Tem cruzó los brazos, manteniéndose firme.

—Eres mejor que eso, Caspen.

Él rio con amargura.

—¿Lo soy? ¿Por qué debería exigirme más cuando me consideras igual al príncipe humano?

—Nunca dije que fueras igual.

—Da igual si lo hiciste o no. —Caspen se acercó y Tem se estremeció—. Imagina lo que haría si supiera lo que eres en realidad.

Tem apretó los dientes. No le gustaría lo que venía a continuación.

—Ya lo sabe.

Caspen se quedó completamente inmóvil. Sus ojos buscaron los de ella, y no había nada más que decepción en ellos. Tem sabía que había roto su confianza al elegir decirle a Leo que era de raza híbrida sin consultarlo primero. Sin embargo, era su secreto y ella podía compartirlo. A Caspen no tenía por qué gustarle.

—¿Se lo dijiste? ¿Tienes idea de lo peligroso que es eso?

—Merece saberlo.

—¿Qué más le dijiste? ¿Sabe lo de la posesión?

Tem dudó. Leo no sabía lo de la posesión ni que había un plan para Maximus y el resto de la realeza.

—No —respondió, manteniendo la voz firme—. Y no necesita saberlo.

—¿Y por qué no debería saberlo? Se trata de su familia, ¿no?

—Su familia estará a salvo —insistió Tem.

—No todos. Solo él y su hermana. Lo dejaste muy claro.

Su voz sonaba peligrosamente tranquila. Un rayo de duda cruzó por la mente de Tem. Leo odiaba a Maximus, él mismo lo había dicho. Pero ¿lo odiaría lo suficiente como para condenarlo a la posesión?

—¿Se lo digo? —se burló Caspen mientras sus ojos brillaban como pedernales en la oscuridad—. ¿O quieres hacer tú los honores de informarle lo que le sucederá a su padre?

La duda se intensificó. Lo último que Tem quería era que Caspen le

contara a Leo lo de la posesión. Si reaccionaba mal, si por alguna razón su odio hacia Maximus no era tan profundo como ella pensaba, las cosas entre ellos podrían desmoronarse.

—No puedes hacer eso —dijo Tem.

—¿Y por qué no? —preguntó Caspen.

A Tem no le gustó su tono, la estaba amenazando.

—Porque podría arruinarlo todo, lo sabes.

—¿Todo o tu relación con él?

—Nada podría arruinar mi relación con él.

Los ojos de Caspen se abrieron desmesuradamente y luego se entrecerraron. Tem sabía que él entendía lo que le decía: que su conexión con Leo se había afianzado a través del sexo, que era permanente.

—No pensé —susurró con voz mortal— que pudieran seducirte con tanta facilidad.

Las palabras de Rowe volvieron súbitamente a su mente: «El juguete se ha enamorado de su compañero de juegos».

No era extraño ver a Caspen tan celoso, pero sí verlo tan mezquino. Tem se preguntó si sería un efecto de la posesión, si su habitual estoicismo se estaba debilitando junto con el resto de él. Siempre había sido alguien estable, pero ya no.

—Tengo que casarme con él, Caspen. Ese ha sido siempre el plan.

Caspen no sabía que su propia vida dependía de ese plan, por lo que resopló burlón. Tem continuó.

—Leo está de nuestro lado, te lo juro.

Caspen alzó la cara hacia el techo, y bajo su piel se marcaron las venas de su cuello.

—Por Kora. Siempre haces lo que quieres, Tem, nunca piensas.

La conversación no iba a ninguna parte. Tem tenía que hacer que retomaran el hilo.

—Habla con él, por favor. Hazlo por mí.

Tem sabía perfectamente que era lo último que Caspen quería hacer, pero también se lo debía por todas las cosas que le había ocultado. No podía enojarse por hacer algo sin preguntarle, y lo sabía tan bien como ella.

Después de una pausa aparentemente interminable, dijo:

—No hay nada que no estuviera dispuesto a hacer por ti.

Sin decir nada más, Tem se dio la vuelta.

Caspen la siguió a distancia, manteniéndose dos pasos detrás de ella. Justo antes de llegar a la cueva, Tem vio que tenía los puños cerrados.

—Caspen.

Él la miró.

Ella le tocó el brazo con delicadeza.

—Por favor —susurró Tem.



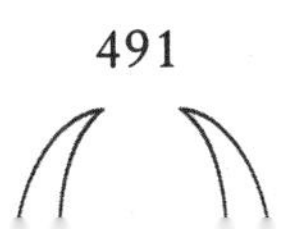

Durante un largo instante Caspen no reaccionó. Luego extendió los dedos, dejando que sus manos cayeran sueltas junto a su cuerpo. Entraron a la cueva.

Leo estaba apoyado contra la pared, pero se enderezó al verlos. Miró de inmediato a Tem antes de mirar a Caspen.

Pasó mucho tiempo y Tem contuvo la respiración. Leo no dijo nada, parecía decidido a dejar que Caspen tomara la iniciativa. Tem no exhaló sino hasta que Caspen inclinó la cabeza en dirección a Leo en un leve gesto de reconocimiento. Eso era suficiente para ella.

Tem se interpuso entre ellos, extendiendo las manos en lo que esperaba fuera un gesto neutral.

—A los dos se les ha dicho que el otro es el enemigo —dijo en voz baja—, pero eso es mentira.

Ambos príncipes se miraron fijamente, sin decir palabra.

—Soy la prueba viviente de que pueden coexistir —continuó Tem—. Si quieren la paz, deben romper el ciclo.

Caspen inclinó la cabeza y Tem pensó que podría decir algo. No obstante, Leo fue el primero en hablar.

—Entiendo que puedas tener... reservas sobre mí —dijo Leo, dirigiéndose directamente a Caspen—. Pero te aseguro que estamos del mismo lado.

Caspen dejó escapar un sonido seco y de incredulidad.

—Tem me informó de las acciones de mi padre —continuó Leo como si Caspen no hubiera emitido sonido alguno—. Son atroces y no deberían quedar impunes. Me gustaría ayudar en eso si puedo.

Caspen seguía sin hablar, y Tem empezaba a preguntarse si lo haría en algún momento.

Leo continuó, obstinado.

—Puede que no confíes en mí, pero Tem, sí. Y sé que valoras su opinión.

Caspen parpadeó.

Luego miró a Tem.

Mantuvieron el contacto visual durante un largo momento, y ella sintió un vacío enorme donde antes estaba su conexión. Caspen finalmente rompió su silencio.

—La única opinión que valoro es la mía —gruñó.

Ambos hombres se miraron fijamente. Los puños de Caspen se cerraron lentamente, y Tem se apresuró a interrumpir el momento antes de que las cosas empeoraran.

—Ambos buscan lo mismo —intervino Tem—. ¿Podemos al menos estar de acuerdo en eso?

La miraron.

Se dio cuenta de que, sin querer, había dicho una verdad demasiado dura, y se apresuró a cambiar de tema.

—Cuando Leo se convierta en rey, cesará la sangría de inmediato.

Caspen miró a Leo.

—A tu padre podría no gustarle eso.

—Ya no será el rey. No tendrá voz ni voto.

Caspen apretó la mandíbula.

—La razón por la que tienen tanto oro es la sangría. Si la cesas, perderás tu riqueza.

Leo se pasó la lengua por los labios y Tem se preguntó si estaría pensando en los colmillos de oro en su boca.

—La riqueza obtenida de esa manera no tiene ningún valor para mí. Hay tesoros mucho mayores que el oro.

A Tem no se le escapó la forma en que sus ojos se dirigieron a los de ella. Caspen se acercó a Leo que se tensó de inmediato. Durante un aterrador momento, Tem pensó que podría contarle lo de la posesión. Pero entonces Caspen dijo:

—¿Por qué?

Leo parpadeó.

—¿Por qué?

Caspen se acercó aún más. Leo, por su parte, no dio un paso atrás.

—¿Por qué estás dispuesto a ir en contra de tu propio padre?

A pesar de lo cerca que estaba Caspen, Leo miró a Tem durante largo rato antes de responder.

—Sé lo que se siente perder algo que quieres —dijo. Sus ojos volvieron a mirar a los de Caspen y terminó en voz baja—. Mi padre ama el poder por encima de todo. Me gustaría ver que lo pierde.

Caspen no conocía la historia de Leo, no sabía que se refería a Evelyn. Sin embargo, Tem conocía las motivaciones de Leo mejor que nadie. La sangría no era solo una ofensa que debía enmendarse, era una forma en la que Leo podía curarse de su pasado.

Caspen levantó las cejas y Tem juraría que vio una pizca de respeto en su rostro. Luego lo reprimió.

—Ningún miembro de la realeza es tan altruista. ¿Qué esperas a cambio?

—Él no espera nada —dijo Tem.

—Pero sí es así —intervino Leo en voz baja. Se volteó hacia Tem y el corazón de ella se detuvo—. Sí quiero algo a cambio.

Hubo un momento de silencio.

Ahora Tem lo entendía. Leo estaba dispuesto a hacer eso, pero con una sola condición: ella.

Caspen dejó escapar una risita seca.

Leo levantó la mano.

—No espero que dejen de verse. No soy tan ingenuo como para pensar que su vínculo podría ignorarse. El amor exige ser sentido.



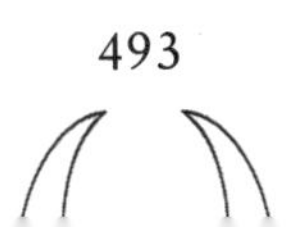

Hubo un silencio y el corazón de Tem casi se rompió. Leo siempre hacía eso, decir cosas profundamente impactantes de una manera práctica. Era hábil con las palabras, incluso en ese momento.

Continuó.

—Entiendo que los basiliscos viven mucho tiempo. Ustedes tendrán casi una eternidad juntos. —Su mirada se dirigió a Tem, y sus siguientes palabras llegaron en forma de susurro—. Solo... te quiero mientras pueda tenerte.

Era, como diría Bastian, una solución elegante.

¿Por qué no la compartirían? Tem estaba enamorada de ambos. Era mitad humana y mitad basilisco. Tem ya sabía que Caspen no consideraba al príncipe humano como su igual. Por lo tanto, tampoco debía considerarlo una amenaza. Caspen despreciaba a Leo de la misma manera que la realeza despreciaba a los basiliscos. Leo no era importante para Caspen, nunca lo había sido. Pero sí lo era para Tem.

Ella miró a Caspen y él la devolvió la mirada.

En su mirada, Tem vio cuánto le había afectado su ausencia. La extrañaba, lo podía ver en sus ojos, en la forma en que se perdían en los suyos. Y ella lo extrañaba también. Necesitaba recuperar su conexión mental, necesitaba esa parte esencial de ella. Y para restablecerla, debía casarse con Leo.

Caspen habló primero.

—Eso depende de Tem.

Leo asintió.

—Por supuesto —la miró—, depende de ti.

Tem abrió la boca y luego volvió a cerrarla. Era extraordinario, no había otra palabra para describirlo. No podía creer que estuviera allí, en esa cueva, entre esos dos hombres, decidiendo el destino de un reino. No era algo que hubiera esperado para sí misma.

Y, sin embargo, era todo lo que estaba destinada a hacer.

No había futuro para ella en la granja de pollos, ninguna posibilidad de volver a ser como antes. Era hora de convertirse en quien siempre debió ser.

Tem estaba lista para decir la verdad.

—Los amo a ambos.

Hubo un cambio evidente en el ambiente cuando lo dijo, como si el universo se hubiera inclinado sobre su eje. Por alguna razón, se sintió poderosa. Fue increíblemente liberador decirlo al fin, quedar al descubierto ante ambos al mismo tiempo. Ahora estaban todos en la misma página. No quedaba nada que ocultar, nada por lo cual pelear. Amaba a Caspen y también a Leo, y no iba a dejar de hacerlo en el futuro cercano. Avanzarían juntos; forjarían su propio camino.

Tem no estaba segura de lo que sucedería después. No parecía haber

mucho más que decir después de lo que acababa de ventilarse. Se sorprendió mirando a Caspen, como siempre lo hacía, en busca de orientación.

Él se volteó hacia Leo.

—Sigo sin confiar en ti.

Leo suspiró.

—Entonces, concédeme la oportunidad de ganarme tu confianza —dijo con calma—. Me coronarán rey en mi boda, y en ese momento anunciaré que empezaremos una nueva era en la que no habrá más sangrías. Si no cumplo mi palabra, entonces podrás matarme. De cualquier manera, ese será mi destino si las cosas siguen como hasta ahora. ¿Me equivoco?

Leo era inteligente. Sabía que el momento de su encuentro no era casual, que seguramente los basiliscos planeaban derrocar a la realeza. No sabía lo de la posesión, no tenía ni idea de que el libre albedrío de su padre era utilizado como moneda de cambio, pero no había necesidad de que lo supiera. Eran solo detalles, datos que entorpecerían un plan que debía ser perfecto.

Finalmente, Caspen respondió:

—No te equivocas.

Leo asintió. Y con eso terminó todo.

Con una última mirada persistente hacia Tem, Caspen se dio la vuelta y desapareció de nuevo en el pasillo. Tem no fue tras él, no tenía sentido. Simplemente tendría que esperar a ver en el futuro cuál sería el efecto dominó de esa conversación. Tendría que esperar que todo saliera bien.

Leo rompió el silencio.

—Eso salió bien.

Tem reprimió un extraño impulso de reírse.

—Todavía estás vivo. Así que sí, así fue.

Leo rio con discreción.

—¿Tienes tan poca fe en su autocontrol?

—Tengo fe en su autocontrol —respondió—, pero no en su temperamento. Y si lo conocieras mejor, te sentirías igual.

La sonrisa de Leo se desvaneció.

—Dudo mucho que me dé la oportunidad.

—No importa, Leo —dijo Tem, cansada—; solo tenemos que continuar.

Leo pareció sentir su agotamiento porque su mano tocó su cintura con timidez, jalándola hacia él. Su mano permaneció allí mientras regresaban al carruaje, pasando a rodear sus hombros durante el trayecto de regreso al castillo. Salieron juntos del carruaje y, cuando llegaron al descanso frente a la habitación de Leo, se voltearon uno hacia el otro.

Tem abrió la boca para hablar, pero la interrumpió la llegada de Vera, que subió las escaleras con insistente alegría.

—Te he buscado por todas partes —le susurró a Leo.



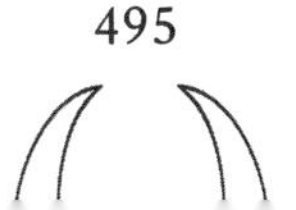

Eso era evidente. Era casi el amanecer; era probable que Vera hubiera vagado por el castillo toda la noche en un intento por acostarse con él.

—Vera —dijo Leo con voz apagada—. Hola.

La sonrisa de ella se desvaneció ante su tono.

—¿Querías verme? —preguntó ella.

Leo arqueó una ceja, como si acabara de recordar algo.

—Ah. —Asintió con la cabeza—. Sí, quería verte.

Vera volvió a florecer.

—Maravilloso. Porque estaba pensando que podríamos...

—Me temo que no continuaremos con nuestras citas.

Vera se quedó boquiabierta, y Tem también.

—¿Disculpa? —se burló, dirigiéndole una mirada de odio a Tem—. ¿Me estás diciendo que la eliges a ella?

—Sí —respondió Leo—. La elijo a ella.

Tem sintió algo nuevo en su energía, algo tranquilo. Parecía que Leo había descubierto algún tipo de paz interior en el último día, una seguridad que lo sostenía desde lo más profundo, ya nada parecía molestarlo. Ahora era un hombre con un propósito, y le sentaba bien.

Pero Vera no había terminado.

—Espero que te guste el sabor de la mierda de pollo —espetó—. Porque eso es todo lo que tendrás con ella.

Leo se irguió.

—Te pido que no insultes a mi futura esposa delante de mí. A partir de ahora, ya no eres una invitada en mi casa. Si no puedes salir por tu cuenta, buscaré a alguien que te acompañe.

El rostro de Vera se tensó ante la conmoción. Con todas las veces que había humillado públicamente a Tem, ninguna de las dos esperaba que su rivalidad terminara así. Vera dio un paso adelante y, por un momento, Tem pensó que podría abofetearla. En cambio, estalló en violentas y abundantes lágrimas antes de darse la vuelta sin decir una palabra y bajar las escaleras sollozando.

—Lo siento, cariño —murmuró Leo, casi como una ocurrencia tardía.

Tem se quedó paralizada, impactada por lo que acababa de ver. Apenas reparó en que Leo la dirigía de vuelta a su habitación, y volvió al presente hasta que él se acercó a su mesita de noche, sacó una pequeña caja de terciopelo y regresó junto a ella.

Leo se arrodilló.



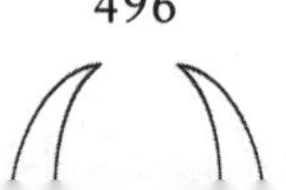

# CAPÍTULO 38

—Tem —susurró Leo.

El mundo entero enmudeció. Tem no podía escuchar nada más que los latidos de su propio corazón, que le retumbaban en el pecho como un trueno.

—Sé que el tiempo que paso contigo es algo prestado —dijo Leo en voz baja—. Y sé que nunca te tendré toda para mí. Pero, Tem —hizo una pausa, mirándola directamente a los ojos—, sin egoísmo, te digo que tu presencia en mi vida me ha cambiado sobremanera. Eres testaruda, obstinada y exasperantemente difícil de complacer.

Tem sonrió ante eso.

Leo continuó.

—También eres valiente e irresistible, e invariablemente me haces mejor persona, incluso a pesar de que me cuesta devolverte el favor. En resumen, eres demasiado buena para mí. Pero de todos modos te lo pido.

Las lágrimas empezaron a brotar. Tem no se molestó en contenerlas.

—Soy insaciable cuando se trata de ti, Tem. Quiero cada momento que estés dispuesta a darme. Aunque nuestro matrimonio no me dé más que la oportunidad de someterme ante ti, valdría la pena pasar lo que me quede de vida en tu presencia. —Leo abrió la caja—. ¿Me harías el honor de ser mi reina?

Eran palabras hermosas, y eran todas para ella.

A cambio, Tem solo tenía una palabra para él:

—Sí.

Una amplia sonrisa apareció en el rostro de Leo, y se puso de pie, dándole un largo beso. Tem quedó atónita ante su vulnerabilidad y profundamente conmovida por su propuesta. Leo estaba asumiendo un compromiso: aceptar compartirla toda la vida. El sacrificio no pasó desapercibido para ella. Era el mayor cumplido que podía recibir, y esperaba ser digna de él.

Leo le tomó la mano y deslizó el anillo.

—Era de mi madre —dijo—. Te conseguiré una joya adecuada si quieres, pero no quería proponerte matrimonio con oro.

Tem miró su dedo. El anillo era de plata pulida, no muy diferente del anillo que solía usar en ocasiones especiales. No era llamativo, excesivo ni estridente. Y no estaba hecho con la sangre de su pueblo.

Era perfecto.

Leo la besó de nuevo y, por un momento Tem se permitió ser feliz.

Sin embargo, pronto la invadió el miedo. En lo único que podía pensar era en lo aterrada que estaba por Leo, en lo mucho que quería protegerlo y en cómo, aunque sabía que su propuesta era exactamente lo que se necesitaba para mantenerlo a salvo, poco a poco ella se derrumbaba bajo la presión de hacerlo.

—¿Cuándo será la boda? —preguntó cuando se separaron.

—Mi familia ya está aquí —respondió Leo—, y la ceremonia está planeada desde hace meses. Así que cuando tú quieras.

Tem asintió. Adelaide dijo que les quedaba menos de una semana antes de que las consecuencias de la posesión de Caspen pasaran factura. Eso significaba que tenían que casarse en cuestión de días. Tem no estaba segura de cómo sugerirlo sin parecer una loca.

Antes de que empezara a perder la cabeza, Leo habló.

—Mañana es la luna de cosecha.

La luna de cosecha era el marcador oficial del otoño y les proporcionaría abundante luz de luna al anochecer.

—¿Quieres casarte mañana?

Leo solo se encogió de hombros.

—Cada día que esperamos es un día que tu padre sigue sufriendo.

Tem sintió una repentina e intensa ternura por él. Leo siempre tuvo claro que la forma de llegar a su corazón era a través de las personas que le importaban. Pensó en lo dispuesto que estuvo a enfrentarse a Caspen, en la inmediatez con la que priorizó el bienestar de su padre. Pero Leo pensaba que el problema era solo la sangría, que su agenda estaba únicamente influenciada por Kronos.

No tenía ni idea de lo que estaba por venir.

—Mañana será.

Un vistazo al cielo le hizo saber a Tem que ya casi era el día siguiente. Pasaron tanto tiempo en las cuevas que el sol ya empezaba a salir. Leo pareció darse cuenta al mismo tiempo que ella.

—Informaré a mi padre.

—¿Debería ir contigo?

—No.

Tem levantó las cejas. Él había respondido muy rápido.

Ante la expresión de su rostro, Leo se suavizó.

—No le gustará, Tem. Preferiría que no escucharas lo que tiene que decir.

De nuevo protegiéndola.

Tem asintió porque era más fácil así. Tampoco tenía muchas ganas de escuchar lo que Maximus tenía que decir. Solo podía imaginar las críticas que le haría a su hijo y, sin duda, sería peor si el objeto de su odio estuviera presente.

—Se lo voy a contar a mi madre —dijo ella.

Leo asintió.

—Me muero de ganas de conocerla como es debido.

Tem sonrió al recordar la vez que la besó en el porche mientras su madre estaba en la cocina.

Se separaron en el vestíbulo y Tem rezó en silencio por el príncipe mientras desaparecía tras las puertas del salón. En realidad, una parte de Tem quería ver la reacción de Maximus cuando Leo le dijera que se casaría con ella, pero la otra estaba cansada de la crueldad del rey, y pensó que la posesión sería venganza suficiente.

Tem pasó el largo viaje en carruaje hasta el pueblo viendo salir el sol. Cuando llegó a su cabaña, le pareció que había pasado una eternidad desde la última vez que había estado allí. Y, sin embargo, todo estaba tal como lo recordaba. El jardín moría lentamente bajo el frío otoñal, el porche delantero seguía en pendiente, todo seguía como los últimos veinte años.

Todo excepto Tem.

Cuando entró a la cocina, su madre levantó la mirada de la estufa.

—El príncipe me pidió matrimonio —dijo Tem llanamente.

Su madre se llevó la mano a la boca.

—Ay, Tem —exclamó, cruzando la cocina y abrazándola con fuerza.

Tem la abrazó a su vez.

—Acepté —continuó—. Y la boda será esta noche.

Su madre la soltó.

—¿Esta noche? Eso es... muy pronto.

—Lo sé.

—Me temo que no tendré nada que ponerme.

Tem hizo un gesto con la mano para que parara.

—Te encontraremos algo.

Su madre inclinó la cabeza.

—¿Está todo en orden, querida? No pareces... feliz.

Tem no se sentía alegre. Solo percibía una ansiedad profundamente enraizada. Había demasiado en juego, demasiadas cosas que podían salir mal.

—Estoy... en shock —dijo.

—Pero ¿por qué? El príncipe siempre estuvo a tu favor.



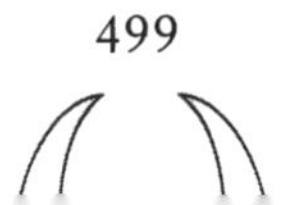

Tan pronto como lo dijo, Tem supo que era cierto. No obstante, eso no significaba que se sintiera feliz, solo significaba que se sentía culpable de que Leo tuviera que compartirla.

—Tem. —Su madre tomó sus manos suavemente entre las suyas—. Háblame.

Suspiró. ¿Por qué mentir más?

—Amo a otro —dijo sin más.

Su madre arqueó las cejas.

—¿A quién?

—A Caspen.

Su madre frunció el ceño. Tem sabía que reconocería el nombre inequívocamente basilisco. Vio cómo la verdad asomaba en sus ojos, cómo su madre se daba cuenta de que la historia se repetía.

—Niña tonta —susurró, mirando las manos de Tem y pasando los pulgares por sus pecas—. Igual que tu madre.

«Tienes las estrellas en tus manos, como tu padre».

Tem entrelazó los dedos de ambas con fuerza.

—No es una tontería enamorarse, madre. He sido muchas cosas, pero no una tonta. Y tú tampoco lo fuiste.

En los ojos de su madre surgió un destello de dolor. Soltó las manos de Tem y se dirigió a la ventana de la cocina.

—Quizá tengas razón —suspiró su madre. Pasó un largo momento antes de que se volteara hacia Tem y le preguntara—: ¿Por qué te casarás con el príncipe si amas a otro?

—También amo al príncipe.

En la cocina cundió el silencio, interrumpido solo por el ocasional canto de un gallo. Tem lo rompió.

—¿Puedo preguntarte algo?

—Por supuesto, querida.

—¿Aún amas a mi padre?

Su madre volvió a mirar hacia la ventana. El sol de la mañana le salpicaba la cara.

—El amor es complicado. Nunca desaparece, solo cambia.

Tem nunca había escuchado a su madre hablar de forma tan vulnerable. La imaginó junto a Kronos, visualizando cómo se verían juntos. A otros niños les parecía algo natural ver a su madre y a su padre en la misma habitación. Para Tem, eso habría sido un milagro.

—Es cierto que dejé a tu padre —continuó su madre en voz baja—. Pero no era lo que ninguno de los dos quería.

Tem asintió, pensando en que su padre pertenecía a los Seneca, en cómo ese linaje no era de mente abierta sobre las relaciones entre humanos y basiliscos. Tem nunca había considerado el ritual que había soportado



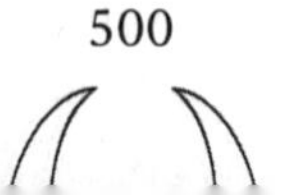

como una bendición. Sin embargo, ahora se daba cuenta de que había tenido suerte de que se le hubiera ofrecido como opción. Si el linaje de Caspen no le hubiera permitido demostrar su valía, su relación habría sufrido, tal vez incluso habría terminado, al igual que la de su madre. Pensó en cómo su madre la preparó para su primera noche en las cuevas, en cómo le frotó las piernas con aceites especiales. En aquel momento, Tem pensó que necesitaría valor para dar su primer beso. Pero tal vez su madre quería que fuera valiente de otra manera: lo suficientemente valiente como para pedir lo que quería y no conformarse con menos.

Lo suficientemente valiente como para luchar por sus seres queridos. Lo suficientemente valiente como para hacer lo que ella no había hecho.

Su madre continuó en voz baja.

—Tu padre dijo que seguiría visitándome, pero no lo hizo. Supuse que eligió a otra.

Qué equivocada estaba su madre.

—Madre —dijo Tem, y supo que lo que vendría a continuación cambiaría su mundo para siempre—. Lo conocí.

Una expresión de curiosidad se dibujó en el rostro de su madre, era un gesto de absoluta esperanza.

—¿Cómo es eso posible?

Tem tuvo que recordar que su madre ya no estaba conectada con el mundo de los basiliscos. No tenía idea de nada de lo que había sucedido desde que se separó de su padre. No sabía nada sobre la sangría ni sobre el plan de Bastian para apoderarse del poder. Tem no podía imaginarse explicando todo lo que había sucedido. A cambio de eso, dijo:

—La realeza lo capturó y lo encarceló, lo tienen recluido en el castillo.

El rostro de su madre quedó desencajado por la sorpresa.

—¿Lo encarcelaron?

—Sí. Está... débil. Pero vivo. El príncipe planea liberarlo.

—Entonces él... —Su madre no terminó la frase.

Tem la terminó por ella:

—No eligió a otra.

Era curioso ver a su madre experimentar alegría. No era algo que Tem viera a menudo. Después de todo, llevaban una vida difícil en la granja. La alegría rara vez asomaba: en vacaciones o cuando intercambiaban regalos en los cumpleaños. Sin embargo, era fugaz, circunstancial. Lo que vio entonces fue verdadera felicidad, sin restricciones, mezclada con un profundo alivio. Tem no pudo evitar sonreír.

«El amor es complicado. Nunca desaparece, solo cambia».

—Querida... debo saber más.

Se sentaron a la mesa de la cocina, y Tem le contó más.

Le contó lo que había pasado desde la primera noche en las cuevas, lo serias que fueron las cosas con Caspen y también con Leo. Su madre escuchó y contó sus propias historias. Se sentaron en solidaridad, madre e hija, compartiendo trozos de sus vidas.

Finalmente, llegó el momento de que Tem se despidiera de la casa de su infancia.

Se sentó en su cama y miró al techo. Olfateó la botella de rociador de sal en la cómoda de su madre. Y atravesó el gallinero por última vez, deleitándose con el hecho de que tal vez nunca volvería a oír cantar a un gallo.

A continuación, Tem y su madre subieron al carruaje y se marcharon.

Para cuando llegaron al castillo, los preparativos de la boda estaban muy avanzados. Incluso para una máquina bien engrasada como el personal real, organizar una boda en un día era una tarea difícil. Tem y su madre esquivaron a un sirviente tras otro en su camino hacia el castillo, y finalmente lograron detener a una doncella en el vestíbulo.

—Esta es mi madre —dijo Tem—. ¿Podría conseguirle una costurera? Necesita un vestido para esta noche.

—Por supuesto —dijo la doncella—. ¿Y cuándo le gustaría probarse el vestido?

Tem hizo una pausa. Había olvidado por completo que ella también necesitaba un vestido. Después de todo, era la novia.

—Más tarde —dijo—. Que alguien me avise.

Estrechó la mano de su madre por última vez antes de subir los escalones que conducían al dormitorio de Leo. Él no estaba allí; tal vez su discusión con Maximus aún no había terminado.

Tem caminó alrededor de su cama, mirando sus libros de la misma manera que lo había hecho cuando llegó allí por primera vez. Encontró *El cuervo y el cisne*, y sonrió al recordar a Leo leyéndoselo.

De repente, se le ocurrió algo.

La boda sería peligrosa. No solo para ella, sino también para Leo. Era humano y el único hijo del rey, era un blanco fácil. Rowe había intentado poseer a Tem, era solo cuestión de tiempo para que él, o cualquier otro basilisco, hiciera lo mismo con Leo. El trato de Tem con Bastian había salvado la vida de Leo, nada más. No había pensado en añadir la condición de que nadie pudiera poseerlo. Tem tendría que protegerlo de la misma manera que Caspen lo había hecho con ella. Le daría su veneno, lo reclamaría. Solo había un problema: no tenía ni idea de cómo producir veneno.

Solo vio a Caspen hacerlo una vez, y estaba en medio de un orgasmo, así que no prestó mucha atención. Además, no tenía idea de si su lado basilisco era lo suficientemente fuerte como para producir veneno.

No importaba, tendría que intentarlo.

Tem hizo todo lo posible por imitar a Caspen, concentrándose en su cuello y tensando los músculos justo debajo de las orejas, donde suponía



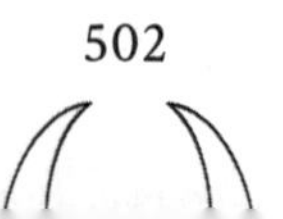

que estaban las glándulas productoras de veneno. Al principio, no pasó nada y la duda se apoderó de ella. Entonces, un calor punzante estalló en su garganta y se tambaleó hacia delante para escupir en un vaso de whisky vacío.

Su veneno era oscuro, prácticamente negro. Tem lo miró desconcertada, preguntándose cómo iba a conseguir que Leo bebiera una sustancia tan distintiva sin percatarse. Incluso si no lo viera, estaba segura de que lo percibiría en el sabor. El de Caspen a humo; el de ella tenía un sabor claramente amaderado.

Pero ¿y si hubiera alguna otra forma? ¿Y si simplemente le pidiera que se lo bebiera? Caspen le había dado su veneno sin preguntar. ¿De verdad Tem iba a hacerle lo mismo a Leo?

En ese preciso momento, él entró.

Tem lo miró, con el vaso aún en la mano.

—¿Cómo estuvo? —preguntó.

Leo le dedicó una sonrisa cansada.

—¿Cómo crees que estuvo?

—¿Sigue en pie la boda?

Su sonrisa se convirtió en algo real.

—Tem. —Se acercó a ella—. Tendría que estar muerto para que no nos casáramos.

Ella también sonrió. Luego le dio el vaso.

—Bébete esto.

Leo arqueó una ceja en señal de incredulidad ante la sustancia negra, sosteniéndola a contraluz.

—¿Qué es?

—Es mi veneno.

Leo parpadeó.

—Tu... veneno.

—Sí.

—¿Y qué hace en mi más hermoso vaso de whisky?

—Ya te lo dije. Necesito que te lo bebas.

—Sí, lo dijiste. Pero no dijiste por qué.

—Te protegerá.

—¿Protegerme de qué?

—Por el amor de Kora, Leo. ¿Quieres beberlo, por favor? De todas formas, no me creerías. Solo necesito que confíes en mí.

Las palabras le salieron más toscas de lo que pretendía. Las cejas de Leo se levantaron aún más ante su tono. La miró durante un largo momento, pensativo. Luego, dijo en voz baja:

—Muy bien.

Sin decir palabra, bebió. En el momento en que el veneno desapareció por su garganta, Tem sintió un alivio inconfundible. Leo estaba a salvo. Nadie podía poseerlo. Ni Bastian ni ningún otro basilisco lo controlarían.

Tem también sintió algo más. Era como si un puente invisible hubiera aparecido entre ellos, un conducto que la conectaba con Leo. No era como el pasillo que compartía en su mente con Caspen, pero era una conexión indiscutible, tan real como una sensación física. Se preguntó si Leo también lo sentiría.

Tem se puso de puntitas y le dio un beso en la mejilla.

—Gracias.

Leo sonrió en los labios de ella.

—Lo que sea por ti, Tem.

Su brazo rodeó su cintura, jalándola para besarla adecuadamente. Ella podía saborear su veneno en la lengua de Leo. Un poco ahumado, como el de Caspen, solo que más dulce y terroso. Cuando el beso se hizo más profundo, Tem lo permitió. Pero lo detuvo cuando Leo la jaló hacia la cama.

—Necesito ir a la prueba de mi vestido, Leo.

—No, claro que no. Necesitas besarme.

—Yo soy la novia, ¿recuerdas?

—Nos casaremos desnudos. Será maravilloso. A los invitados les encantará.

—Leo.

—Tem —gruñó, echando su cabeza hacia atrás—. ¿Para qué nos casamos si no puedo acostarme contigo cuando quiera?

—Algunos dirían que por amor.

—Ah, sí. —Sonrió—. Por eso. —La sonrisa se le desvaneció y se puso serio. Le recorrió el cuello con un dedo, inclinando su rostro hacia el de ella—. Sabes que te amo, ¿verdad, Tem?

No necesitaba decírselo; Tem lo sabía por sus acciones. Veía el amor de Leo por ella en cada mirada, lo sentía en cada toque. Incluso cuando peleaban, sabía que la amaba. Siempre lo había hecho.

—Lo sé, Leo.

De repente, Tem se percató de que la única vez que había dicho que amaba a Leo había sido delante de Caspen. «Los amo a ambos». Leo tuvo que compartir incluso eso.

Tem susurró su siguiente pregunta, con verdadera curiosidad por la respuesta.

—¿Sabes que yo también te amo?

Si antes Leo parecía feliz, ahora estaba francamente eufórico.

—Sí, Tem. —Su brazo la apretó con fuerza—. Lo sé, pero claro que me alegra oírlo.

Alguien tocó con fuerza a la puerta.



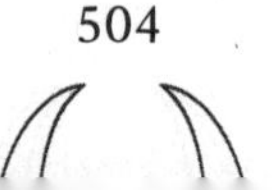

Leo volvió a gruñir, y Tem rio ante su constante rechazo a que lo interrumpieran. La puerta se abrió y apareció la misma doncella de antes.

—¿Temperance? —preguntó—. Es hora de ir a la prueba del vestido.

El resto del día fue un torbellino.

Una legión de doncellas condujo a Tem de un evento a otro en un torbellino de perlas y tul. Había que elegir no uno, sino tres vestidos, además de probar pasteles, champaña, que ella dio a probar a las doncellas, y arreglos florales. Un arpista tocó una canción para su primer baile como marido y mujer.

Tem apenas percibió algo de todo aquello.

Su mente era un torbellino de preocupación y de miedo. Se sentía un poco mejor después de reclamar a Leo; sin embargo, nada garantizaba que las cosas fueran a salir bien. Pronto los basiliscos estarían allí, en el castillo, y estarían enojados. Estaban listos para la guerra que solo Tem podía evitar. Caspen tenía razón, no estaba preparada. En ese momento, ni siquiera sabía si podría realizar la posesión. Quizá gran parte de su lado basilisco ya estaba muerta. Quizás era demasiado tarde.

Pero ya no había nada que pudiera hacer al respecto.

No había tiempo para prepararse, ni para cambiar de rumbo. Simplemente tendría que hacer lo mejor que pudiera y rezar para que fuera suficiente. Siempre destacaba al estar bajo presión, siempre estaba a la altura de las circunstancias cuando era necesario. Ahora se lo exigía a sí misma, y se negaba a fallar en lo que sabía que era capaz de hacer.

Por fin llegó la noche.

Tem se puso el primero de sus tres vestidos, blanco y de seda con pedrería, antes de reunirse con Leo en el salón de baile.

—Impecable —dijo él mientras le besaba la mano—. Como siempre.

Tem sonrió.

—Finalmente, un cumplido real.

Leo sonrió. Él también tenía un aspecto impecable. Llevaba un traje verde oscuro y el cabello rubio peinado hacia atrás para acentuar sus pómulos afilados. Por alguna razón, parecía más alto de lo habitual, y Tem se preguntó si su recién descubierta confianza se debía al hecho de que, en unas pocas horas, Maximus lo coronaría rey. Cualquier hijo, especialmente uno que hubiera pasado por lo que Leo, se sentiría triunfante.

—Nos casaremos en el laberinto —le dijo Leo mientras bajaban juntos los escalones del patio y se reunían con la multitud de personas que había en la zona—. Hay un llano en el medio, mi familia lo utiliza para todas las bodas reales.

Tem asintió, aunque no estaba escuchando. Observaba a los invitados



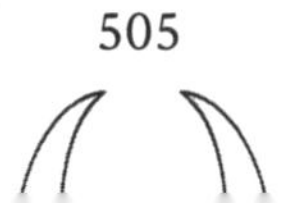

de forma hipervigilante, examinándolos con rapidez para ver si Caspen ya estaba allí. O Bastian.

Tem no sabía con certeza si el rey asistiría. A fin de cuentas nunca había estado en una boda real, pero estaba segura de que todos los basiliscos que participaron en el entrenamiento estarían presentes, y eso significaba que Rowe sería uno de ellos. La idea la puso sumamente ansiosa, y apretó con fuerza el brazo de Leo.

—Te tengo, Tem —murmuró en su oído. Ella asintió, pero no respondió. Leo no podría hacer nada para salvarla si algo salía mal. Tem era la responsable de protegerlo, no al revés.

Doblaron esquina tras esquina mientras el sol comenzaba a ponerse.

—Habrá una hora de coctel —dijo Leo—. Y luego la ceremonia. Después, se servirá la cena.

Tem volvió a asentir. Habían llegado al centro del laberinto y, por un momento, olvidó sus preocupaciones. El llano estaba decorado de forma exquisita: había velas encendidas en las mesas, intercaladas con los arreglos florales que había aprobado apenas unas horas antes. El arpista interpretaba una melodía arrebatadora. En el otro extremo del llano había filas de sillas doradas, todas orientadas hacia un escenario en el que había un enorme arco cubierto de rosas blancas.

Aún no había basiliscos.

Como si Leo pudiera leerle la mente, se inclinó y dijo:

—Deberían llegar pronto.

De pronto apareció Gabriel. Saltó hacia ellos con entusiasmo, agarró la mano de Tem y le dio un beso en la mejilla.

—Mi ruborizada novia —canturreó—. Felicidades a la feliz pareja.

Tem sonrió, y Leo también.

Gabriel le guiñó un ojo a Leo.

—Su Alteza.

—¿Cuántas veces tengo que decirte que me llames Leo?

Gabriel se encogió de hombros.

—Prefiero «Su Alteza». Me gustan las figuras de autoridad. Ahora —hizo un gesto con la cabeza hacia ambos—, creo que se habló de mí como padrino de bodas, ¿cierto?

Antes de que pudieran responder, uno de los ayudantes de cocina le hizo una seña, y Gabriel se alejó.

—Es realmente increíble —dijo Leo.

—Increíblemente maravilloso.

—De verdad lo es.

Tem sintió cómo un repentino torrente de amor por Gabriel inundaba su corazón. Él era su mayor apoyo, su amigo más querido. Nunca dudó de ella y la reprendió cuando dudó de sí misma. Siempre la había alentado,



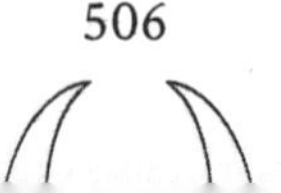

mucho antes de que Caspen lo hiciera. Gracias a personas como él, las personas que amaba, Tem no fracasaría esa noche. Protegería a quienes siempre cuidaron de ella.

—Tem —murmuró Leo, arrancándola de sus pensamientos. Señaló el otro extremo del llano—. Ya están aquí.

Tem siguió su mirada.

Los basiliscos habían llegado por fin.

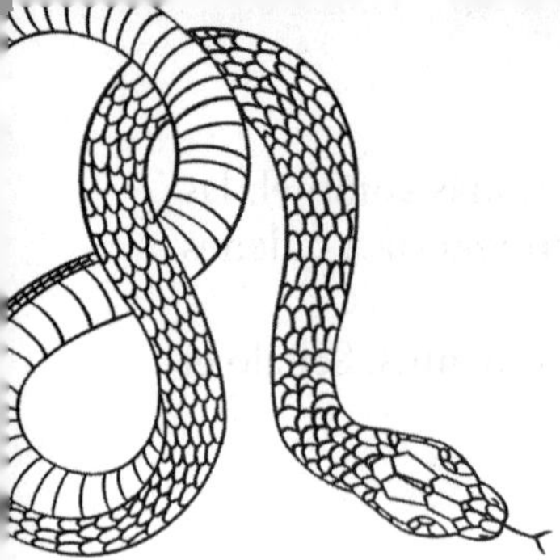

# CAPÍTULO 39

Caminaban en una sombría fila encabezada por Bastian, cuyo rostro expresaba absoluto disgusto. Era evidente que ya no ocultaba su desdén por la realeza. Tem no podía culparlo. Detrás de Bastian iba Caspen, y el corazón se le salió del pecho al verlo. No tenía buen aspecto. La parte de Tem que estaba muriendo lo afectaba de manera evidente: su rostro estaba aún más anguloso que la última vez que lo vio, con las mejillas hundidas. Estaba empequeñeciéndose. Y todo era culpa de ella.

Junto a ella, Leo apretó su mano, asintiendo hacia Bastian.

—Ese es su rey.

—Lo sé —dijo Tem.

Leo alzó una ceja, y ella recordó que él no sabía nada de lo que había vivido bajo la montaña.

—Es el padre de Caspen —explicó.

—Ya veo —dijo Leo en voz baja—. ¿Lo conoces?

Por su mente pasó el ritual.

—Sí. —No dio más detalles, y Leo no se los pidió. En cambio, le preguntó algo—: ¿*tú* lo conoces?

—Mi padre sí. Hablan de vez en cuando para asegurarse de que se respete la tregua.

La mirada de Bastian se posó en Tem, que sintió un escalofrío cuando él comenzó a caminar en su dirección.

—Leo —dijo de inmediato—. ¿Puedes traerme una bebida?

Pero Leo también miraba a Bastian con los ojos entrecerrados.

—No —dijo tajantemente.

No era el momento para que Leo hiciera gala de valentía. Tem no quería que se acercara a Bastian, sobre todo cuando el rey sabía muy bien lo mucho que el príncipe humano significaba para ella.

—Leo —repitió, volteando hacia él—. Ve. Ahora mismo.

Él abrió la boca para protestar.

—*Vete,* Leo. Estarás en peligro si te quedas.

Aun así, él vaciló. Bastian se acercaba.

Leo se mantuvo firme.

—Si estoy en peligro, tú también.

Tem negó con la cabeza.

—Estaré bien, tienes que confiar en mí.

Leo tenía los labios apretados por la preocupación.

—Eso no es suficiente.

—Caspen me protegerá.

Agudos celos ensombrecieron el rostro de Leo. Tem observó cómo se transformaban lentamente en una amarga determinación. Ambos sabían que él había aceptado eso, que había accedido a compartirla, y situaciones como esa eran parte de dicho acuerdo.

Después de un momento eterno, Leo inclinó la cabeza.

—Muy bien. —Luego se dio la vuelta y se fue.

Un momento después, Bastian estuvo frente a ella.

—Temperance —dijo con tranquilidad, mirándola de arriba abajo—. Parece que tienes un séquito.

Los ojos de Tem miraron a Caspen, que estaba de pie en la orilla del llano, observándolos. Tem no necesitaba darse la vuelta para saber que Leo hacía exactamente lo mismo.

—Soy una chica con suerte.

—Eso parece.

Hubo un silencio, y Tem deseó con todas sus fuerzas que Leo le hubiera conseguido esa bebida. Era difícil no ponerse nerviosa cuando Bastian la miraba como si fuera su próxima comida. No era muy diferente a la forma en que la había mirado durante el ritual.

—Felicidades por tus nupcias —dijo el rey.

—Gracias.

Un silencio. Los invitados a la boda se arremolinaban a su alrededor. Entonces Bastian preguntó:

—¿Estás lista para realizar la posesión?

Tem no supo cómo responderle. Se decidió por:

—Tan lista como me es posible.

Bastian asintió.

—Espero que tengas éxito.

De alguna manera, eso sonó como una amenaza.

—¿Sí?

Una sonrisa cruel se dibujó lentamente en el rostro de Bastian. Al verlo, Tem se sintió bastante mal.

—Por supuesto —dijo con fingida indiferencia—. ¿Por qué no iba a hacerlo?

—Porque no lo beneficiaría. —En el momento en que las palabras se le escaparon, se dio cuenta de que eran ciertas.



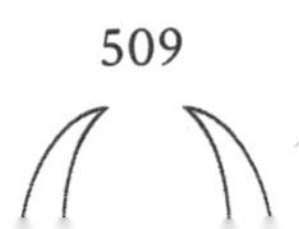

Para su sorpresa, Bastian dejó escapar una risita ahogada.

—No hago nada que no me beneficie, Temperance.

Tem frunció el ceño, incapaz de frenar su hilo de pensamientos.

Si lograba realizar la posesión, obtendría un poder indescriptible, mucho más poder del que poseía Bastian. No era una situación ideal para alguien que deseaba mantener el control sobre los linajes. Tem no podía imaginar un mundo en el que el Rey Serpiente permitiera que alguien como ella lo superara. Expresó en voz alta su descubrimiento.

—Cuando realice la posesión, seré más poderosa que usted —dijo.

Bastian inclinó la cabeza.

—¿De verdad?

—Sí.

—Qué fascinante. No me había dado cuenta de que ambicionabas tanto el poder.

Algo se gestaba dentro de Tem, una epifanía que no quería afrontar.

—No lo hago —dijo lentamente—. Pero usted sí.

El rey arqueó una sola de sus pobladas cejas.

—¿De verdad? —repitió.

Tem cruzó los brazos, concentrándose en el rostro de Bastian y dejando de lado la boda.

—¿Por qué me dejaría ser más poderosa que usted?

Los ojos de Bastian se entrecerraron.

—¿Me estás acusando de algo, Temperance?

En su voz se coló la malicia, y el escalofrío de antes volvió a la columna vertebral de Tem. La estaba poniendo a prueba para ver si lo desafiaba.

Casualmente, Tem estaba de humor para desafiar.

—No hace nada que no lo beneficie, usted mismo lo dijo. Entonces, ¿por qué hace esto?

La fría piedra que era el rostro de Bastian se endureció.

—Aquellos que no tienen experiencia con el poder, no merecen ejercerlo. ¿No estás de acuerdo?

Las palabras de su padre volvieron de golpe a su mente:

«El poder corrompe».

—No —dijo Tem, levantando la barbilla—. Los que merecen ejercer el poder son los que no se corrompen por él.

Bastian resopló.

—Esa es la opinión de un niño. La corrupción es simplemente la otra cara de la moneda, es inevitable. La guerra es inevitable.

—No, no lo es.

—Ah —dijo el rey—. Lo es.

Tem negó con la cabeza. Pensó en la conversación que recién había



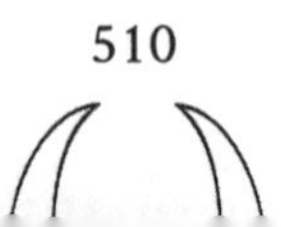

presenciado entre Caspen y Leo, en cómo los dos hombres estuvieron dispuestos a dejar de lado sus diferencias por el bien común.

—No tiene por qué ser así —dijo—. Puede haber paz.

—Quizá —reflexionó Bastian—. Pero, ¿por qué arriesgarse?

—¿Qué está diciendo? —susurró Tem.

Bastian le dedicó una sonrisa fría y calculadora.

—Estoy diciendo que no siempre podemos conseguir lo que queremos, ¿verdad?

Lo mismo que dijo Caspen cuando le pidió que perdonara la vida de Jonathan.

De tal palo, tal astilla.

En el silencio que siguió, el corazón de Tem latía con fuerza en su pecho.

Bastian se acercó y, por el rabillo del ojo, vio que Caspen hacía lo mismo.

—Así que, Temperance —dijo en voz baja—. ¿Por qué no me dices *tú* por qué dejaría que te volvieras tan poderosa?

Las palmas de Tem empezaban a sudar.

Bastian quería la guerra. *Ansiaba la guerra.* El Rey Serpiente había ostentado el poder durante demasiado tiempo y no estaba dispuesto a renunciar a él. No había ningún escenario en el que esa boda terminara en paz. Tem se dio cuenta de eso en ese momento. La reunión del concejo fue simplemente una forma de conseguir que los Seneca se alinearan, de conseguir que *ella* misma se alineara.

Todo estaba claro como el agua.

Por fin Tem se dio cuenta de lo que era realmente la posesión: una artimaña. Una falsa promesa, una mentira. Por supuesto que era demasiado bueno para ser verdad. Por supuesto que no habría paz. Después de todo, la posesión beneficiaría a Bastian. Era cierto que provocaría que Tem fuera más poderosa que él. Sin embargo, eso era exactamente lo que quería el rey. Ella era simplemente una herramienta, un instrumento a través del cual Bastian podría, en última instancia, apropiarse de ese poder. Las palabras de Caspen volvieron a ella súbitamente: «Es el único basilisco con suficiente poder para poseer a quien quiera».

La inevitable verdad se desveló.

—Planea poseerme —susurró Tem.

Una lenta y enfermiza sonrisa torció los labios de Bastian.

—Chica inteligente —dijo en voz baja.

Los ojos de Tem se dirigieron a los de Caspen. La pregunta que le hizo hacía tanto tiempo se agolpó de repente en su mente.

«¿Qué les pasa a los basiliscos cuando los poseen?».

«Mueren».

Tem miró al rey.



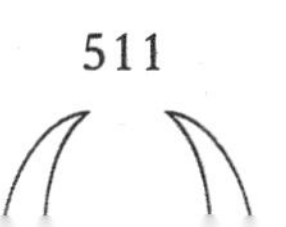

—Si me posee, mi lado basilisco morirá.

—Sí —respondió el rey con calma—. Morirá.

Bastian no sabía que ya estaba muriendo. Tem sujetó el amuleto dorado que llevaba alrededor del cuello y lo blandió entre ambos.

—Mi compromiso con Caspen está sellado por la sangre —dijo—. Su vida está ligada a la mía.

—Sí —repitió el rey con la misma calma—. Lo está.

Tem lo miró incrédula.

—¿Sacrificaría a su propio *hijo*?

Las fosas nasales de Bastian se dilataron.

—Mi hijo —murmuró y Tem retrocedió ante el desprecio en su voz—, toma decisiones irracionales. Mi hijo se deja llevar por sus emociones. Mi hijo —se inclinó hacia ella, y la tensión entre ambos aumentó— claramente no está preparado para ser rey. Y tú, Temperance, desde luego no eres reina.

Las palabras eran inquietantemente similares a las que Maximus había dicho sobre Leo. Dos padres. Dos reyes. Ambos sin fe en sus hijos. Tem siempre supo que Bastian era despiadado, que todos los basiliscos podían ser crueles, pero eso era despreciable.

—¿Y si me niego? —Tem se enderezó—. ¿Y si no realizo la posesión?

Ni siquiera era una opción, pero tenía que decirlo.

La fría sonrisa de Bastian volvió a aparecer. Señaló con un solo dedo por encima de su hombro. Tem se giró y vio a Leo, que estaba apoyado en una estatua, observándolos.

—Teníamos un trato, ¿recuerdas? —murmuró él en su oído—. Tú realizas la posesión. Yo perdono al príncipe humano y a su hermana.

—Ya no confío en usted —espetó—. ¿Cómo sé que cumplirá su palabra?

La voz de Bastian bajó aún más, provocándole un escalofrío.

—Porque, de lo contrario, su muerte estará garantizada. ¿Estás dispuesta a correr ese riesgo?

Tem sabía la respuesta, aunque no le gustara. Ya tenía demasiadas muertes en sus manos; sus dedos bien podrían chorrear sangre. Haría cualquier cosa por la oportunidad de salvar a Leo, y Bastian lo sabía.

Pero Tem ya no creía que él mantendría a salvo a Leo a Lilly. Su trato no significaba nada; toda promesa de paz era falsa. No importaba que Tem se casara con Leo para unir sus dos mundos; no importaba que Caspen y Leo quisieran un futuro diferente para el reino. Nadie se libraría de la ira del Rey Serpiente. Se suponía que la posesión los salvaría a todos. ¿Y ahora? Bastian la estaba obligando a elegir entre Caspen y Leo. Si realizaba la posesión, perdería a Caspen. Si no lo hacía, perdería a Leo. Era una elección inconcebible y sin sentido. Eligiera lo que eligiera, la muerte de Caspen estaba prácticamente garantizada.



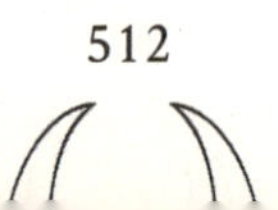

Tem no veía salida ni solución a ese aterrador problema.

—Tiene que haber otra forma —dijo desesperada.

Bastian dejó escapar una risita sin gracia.

—El tiempo de la negociación terminó, Temperance. —Dio un paso atrás, evaluándola—. Posee a los miembros de la realeza en cuanto termine la ceremonia —dijo con voz suave como la seda—. O asume las consecuencias.

Luego se fue.

Tem se quedó allí, completamente paralizada, con la mente acelerada. Antes de que pudiera siquiera parpadear, una mano se posó en su espalda.

—Tem. —La voz de Caspen la sacó de su trance—. ¿Qué dijo mi padre?

Vaya pregunta.

Tem miró las doradas profundidades de los ojos de Caspen, deseando perderse en ellas.

—Tem —insistió él—. Dime.

Justo cuando ella abrió la boca para hablar, apareció Leo.

—Tem, ¿está todo en orden?

Los ojos de Caspen se dirigieron a los de Leo antes de volver a los de Tem. Por un momento, nadie dijo nada. Tem sabía perfectamente lo raros que debían parecer: el príncipe, su futura esposa y el basilisco de pie en la orilla del laberinto.

Se volteó hacia Leo.

—Estoy bien.

Se volteó hacia Caspen. Ya era hora de que supiera la verdad.

—Tu padre quiere poseerme.

Caspen frunció el ceño. Leo hizo lo mismo, y Tem sabía que estaba a punto de escuchar algunas cosas que no entendería y que podrían perturbarlo profundamente, pero ya no podía hacer nada para evitarlo.

—¿Por qué haría eso? —preguntó Caspen.

—Sabe que seré una amenaza una vez que realice la posesión. No permitirá que eso suceda.

El ceño fruncido de Caspen se acentuó.

Leo levantó la mano.

—Por favor —dijo—. Debo saberlo. ¿Qué es una posesión?

Para sorpresa de Tem, Caspen respondió.

—Es una forma en que un basilisco obtiene poder.

—¿De qué manera? —preguntó Leo.

Pero Caspen ya no respondería más preguntas. Miró de nuevo a Tem.

—Eres el amor de mi vida. Mi padre nunca te poseería.

A su lado, Leo se burló, y Tem rezó para que mantuviera la calma. No era momento para celos mezquinos.



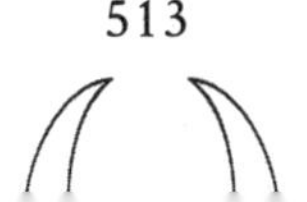

—Te digo que eso es exactamente lo que hará. Lo admitió, Caspen.

—No lo haría...

—¿No lo haría? —Tem lo interrumpió con brusquedad—. No hay límite para lo que los padres harían a sus hijos.

A Leo se le contrajo un músculo de la mandíbula. A Caspen se le contrajo uno similar.

Caspen negó con la cabeza lentamente.

—Sabe que nuestro compromiso está sellado por la sangre.

—*¿Compromiso?* —interrumpió Leo.

Tem puso su mano en el brazo de Leo. Necesitaba que se mantuviera tranquilo un minuto más.

—Sí. —Tem asintió en dirección a Caspen—. Él lo sabe.

—Eso significa que...

Caspen se quedó callado y Tem observó cómo la verdad se abría paso en su interior. Por su rostro pasaron un sinfín de emociones, pero ninguna de ellas era sorpresa.

—Valora el poder más que cualquier otra cosa, Caspen —dijo ella—. Incluido tú.

Los ojos de Caspen se encontraron con los de Tem.

Había una tristeza increíble en ellos, junto con algo parecido a la determinación. Quizá Caspen siempre había sabido que su padre era capaz de eso. Después de todo, Bastian le había pedido que poseyera a otro basilisco, lo cual estaba prohibido. No le importaba la vida de los demás. No le importaba su familia. Solo se preocupaba por sí mismo.

—Hay una solución sencilla —dijo Caspen.

—¿Cuál es?

—No realizarás la posesión.

Tem suspiró. Estaban llegando al meollo del asunto. Ya no podría ocultar la verdad.

—Tengo que hacerlo —dijo.

—¿Por qué?

Tem hizo una pausa. En el silencio, ambos hombres la miraron fijamente, Caspen con ira e incredulidad, Leo con desconcierto contenido. Caspen se acercó y Leo también.

Ya era hora.

—Estoy... herida —reveló Tem.

—¿Quién te hirió? —preguntaron ambos al mismo tiempo.

Tem se mordió el labio. Miró a Caspen.

—Tú —susurró.

Las cejas de Caspen se levantaron en señal de sorpresa, antes de unirse en una expresión de preocupación inmediata. A su lado, Leo dejó escapar un sonido de rabia, y Tem apretó su brazo con fuerza.



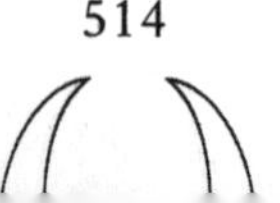

—No es lo que crees —dijo ella rápidamente—. No fue su intención.

—Eso no importa —resopló Leo. Ya daba un paso adelante.

Tem se interpuso entre ellos, consciente de que estaban en una boda, su propia boda, y de que había gente mirando.

—Detente, Leo. No tenemos tiempo para esto.

Era cierto, el sol se estaba poniendo y la luna saldría pronto. La gente empezaba a buscar sus asientos. Tenían que resolver el asunto antes de que comenzara la ceremonia.

Tem se volteó hacia Caspen, aún sostenía a Leo con firmeza.

—Cuando me poseíste, heriste mi lado basilisco. Lleva muriendo desde entonces.

Caspen parpadeó.

—¿Cómo puede ser? La posesión no funcionó contigo.

—No funcionó en mi lado humano.

Pasó un momento hasta que Caspen llegó a la inevitable conclusión.

—Si tu lado basilisco está muriendo, eso significa...

Tem terminó por él.

—Que tú también estás muriendo.

Caspen la miraba fijamente, como si por fin se diera cuenta de algo.

—Supongo que me sentido un poco... raro... últimamente —murmuró.

Por la forma en que lo dijo, Tem supo que era un eufemismo. No tenía idea de cómo se había sentido en los últimos días, mientras su vínculo languidecía lentamente. Lo único que sabía era cómo se había sentido ella, como si estuviera perdiendo la mejor parte de sí misma, y pensó que Caspen había sentido lo mismo. Tem sabía que eso era lo último que deseaban. Se suponía que el vínculo de sangre los uniría para el resto de sus vidas. Ninguno pensó que podría acortar sus existencias.

—Tem —dijo Caspen—. No me importa si estoy muriendo. No puedes hacer esto, no te lo permitiré.

—Hay límites —respondió Tem en voz baja— para lo que puedes permitir.

Entre ellos hubo un momento de comprensión. Aquella era decisión de Tem, no era diferente a elegir entre Caspen o Leo o elegirlos a ambos. No importaba lo que Caspen quisiera. Nunca había importado.

Leo carraspeó, interrumpiendo el momento.

—¿Debo entender que ambos están heridos?

Era una simplificación excesiva de su situación en ese momento, pero tendría que bastar por el momento.

—Sí —dijo Tem.

—¿Y que sus vidas están ligadas?

—Sí.

—¿Y que están comprometidos?

Ella suspiró.



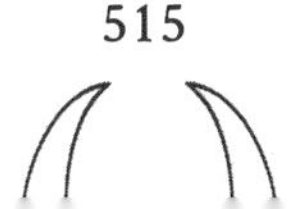

—Sí, Leo.

—Habría sido útil conocer esos detalles antes del día de nuestra boda, Tem.

—Basta —dijo Caspen. Ambos guardaron silencio. —¿Qué se puede hacer?

Pasó un momento antes de que Tem comenzara a hablar.

—Puedo realizar la...

—No —dijo Caspen bruscamente—. No puedes.

—Me dará poder, Caspen. Puedo resistir la posesión de tu padre.

—Él es ancestral, Tem. Tiene siglos de experiencia ejerciendo su poder. No tienes ninguna posibilidad contra él.

—Tú eres quien siempre me dijo que podía hacer cualquier cosa. ¿Era mentira?

—Por supuesto que no, pero esto no es cuestión de pura voluntad. Él te dominará.

—Tengo que intentarlo.

Caspen cruzó los brazos.

—Posee a una sola persona, Tem. Cúrate a ti misma y entonces yo también me curaré.

Ella negó con la cabeza.

—No. El trato fue poseer a la realeza.

Tem lo dijo sin pensarlo. Fue solo al ver que Leo se alejaba que se dio cuenta del efecto que tendrían sus palabras.

—¿Planeas...? —Leo hizo una pausa y Tem pudo verlo esforzándose por decir la palabra—. ¿Planeas poseer a mi familia?

Tem sintió la repentina necesidad de llorar.

—No les hará daño —insistió—. Es completamente indoloro.

—¿Pero extraerías poder de ellos?, ¿de mí?

Tem negó con la cabeza.

—No —dijo—, de ti no. Nunca de ti.

Caspen observó su intercambio en silencio, con el ceño fruncido. A pesar de su anterior amenaza de revelar su plan a Leo, Tem sabía que nunca lo habría hecho. En ese sentido, era como Leo: se resistía a hacer cualquier cosa que pudiera dañarla. Tem era quien siempre los lastimaba.

Ella se acercó, y tomó las manos de Leo entre las suyas.

—Solo accedí a realizar la posesión porque te salvaría.

—¿Salvarme de qué?

Caspen la reemplazó.

—De mi padre. De lo contrario, te matará.

Leo asintió, aunque Tem no tenía ni idea de cuánto estaba asimilando en realidad.

—Tu hermana también se salvará —agregó Tem—. Y sus hijos.



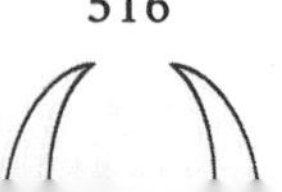

—¿Y mi padre?

Tem guardó silencio.

Caspen lo dijo por ella.

—No.

Leo cerró los ojos.

Tem se preguntó si finalmente sería demasiado para Leo. Eso era más de lo que hubiera imaginado. Ella era más de lo que hubiera imaginado.

—Leo —susurró—. Di algo.

El príncipe guardó silencio durante algún tiempo. Bajó la mirada hacia las manos de Tem, con el ceño fruncido. Luego habló.

—Si me estás pidiendo que elija entre tú y mi padre, te elijo a ti, Tem —pronunció las palabras con tanta calma que Tem se preguntó, por un momento, si las habría alucinado.

Pero entonces Caspen dijo:

—Yo haría lo mismo.

Eso no podía ser real.

—¿Hablan en serio? —susurró Tem.

—Yo sí —aceptó Leo.

—Y yo también.

Tem los miró fijamente.

No podían ser más diferentes, pero por dentro eran como dos gotas de agua. Ambos fueron criados por hombres crueles y hambrientos de poder, que habían marcado a sus hijos, físicamente y de otras maneras. No debía sorprender que la eligieran a ella en lugar de a sus padres. En realidad, ya lo habían hecho varias veces. Le habían demostrado lo que valían más veces de las que podía contar.

Era hora de devolverles el favor.

—Puedo hacerlo —dijo Tem.

Ambos hombres la miraron fijamente.

—Puedes hacer cualquier cosa, Tem —respondió Caspen en voz baja—. De eso estoy seguro.

Un suave tintineo de copas interrumpió el momento.

Maximus estaba de pie en el borde del escenario, frente al pasillo.

—Damas y caballeros —dijo, y su voz flotó entre la multitud—. Ha llegado el momento.

Sin decir nada más, Caspen desapareció.

Tem miró a Leo.

La expresión de paz en el rostro de Leo la sorprendió de inmediato. ¿Era posible que en ese momento se sintiera libre? Para él, desafiar a su padre era su mayor deseo. Estaba feliz de estar allí con ella, de casarse con ella. Para Leo, el poco tiempo que tendría con Tem comenzaba ese día. Y ella sabía que él no tenía intención de desperdiciarlo.



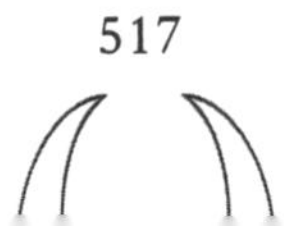

Leo se acercó.

El resto del mundo desapareció cuando él tomó su rostro entre sus manos y la besó. Tem se perdió en ese beso, fingiendo que nada estaba ni remotamente mal, que era simplemente el día de su feliz boda. Se concentró en el perfume de Leo, en cómo olía a verano. Siempre le había encantado ese olor.

La multitud se dirigía a sus asientos.

Leo llevó a Tem al final del pasillo, donde su madre ya la esperaba con un vestido de seda.

—Te ves preciosa —le dijo Tem.

—Tú también, querida.

Leo extendió su mano, y la madre de Tem la tomó.

—Es un placer conocerla —dijo con amabilidad—. Ha criado a una hija excepcional.

La madre de Tem se sonrojó. Era la primera vez que experimentaba la asombrosa facilidad de Leo para decir exactamente lo correcto, y Tem estaba segura de que nadie se lo había dicho antes. Las palabras eran aún más dulces dado que su madre la había criado sola.

—Gracias —dijo su madre con los ojos muy abiertos—. Eres demasiado amable.

Leo sonrió.

—Me temo que la amabilidad no es mi especialidad, pero tengo la intención de practicarla todos los días con Tem. —Le soltó la mano y se inclinó para darle un beso más a Tem—. Nos vemos arriba —susurró contra sus labios.

Tem no respondió. Lo vio caminar por el pasillo mientras su cabello rubio brillaba bajo la luz de la luna.

Su madre le tocó el brazo.

—Entiendo por qué amas a ambos.

Por primera vez esa noche, Tem sonrió.

Entonces su madre dijo:

—¿Estás lista, querida?

Tem respiró profundamente.

Había llegado el momento de hacer lo que estaba destinada a hacer: convertirse en quien siempre debió ser.

—Sí.

La multitud volteó para mirarlas cuando el arpista comenzó a tocar. Los nervios amenazaron con apoderarse de Tem cuando su madre entrelazó su brazo con el de ella y caminaron juntas hacia el altar. Buscó con desesperación algo en qué concentrarse, y sus ojos encontraron a Leo, que estaba de pie en el centro del escenario, con las manos juntas en la espalda, mirándola.



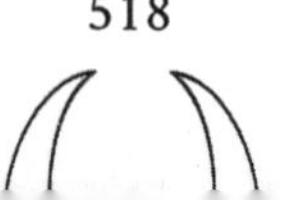

Sus ojos brillaban por las lágrimas.

Su sinceridad la conmovió. Tem se dio cuenta de que había cosas mucho peores que ser amada por dos personas. No tenía ningún deseo de vivir una vida ordinaria, una vida carente de pasión, desafíos y verdad. Su destino siempre había sido algo más. Su camino no había sido convencional, pero era suyo y no lo cambiaría por el de nadie.

Se separó de su madre al pie del escenario y subió sola los escalones que conducían a la plataforma. Cuando Leo le ofreció la mano, ella la tomó y quedaron frente a frente. Maximus estaba entre ellos y, aunque podía sentir que la miraba con furia, ella lo ignoró. Se limitó a voltear hacia el público.

Allí estaba Gabriel, con los encargados de la comida. Le guiñó un ojo cuando sus miradas se encontraron. Allí estaba Vera, sentada junto a las otras chicas eliminadas. Tenía los brazos cruzados y fruncía el ceño con disgusto. Los basiliscos estaban de pie en el borde del llano. Había catorce en total, uno por cada chica que había participado en la competencia, y luego Bastian. Rowe y Caspen estaban uno junto al otro, con los hombros separados por quince centímetros.

Tem tocó la garra dorada que llevaba alrededor del cuello. En el momento en que lo hizo, la mirada de Caspen se cruzó con la suya, y vio una eternidad en esos ojos.

—Honorables invitados —dijo Maximus, llamando su atención de nuevo hacia el escenario—, nos hemos reunido hoy aquí para presenciar una unión.

Los dedos de Leo se entrelazaron con los de Tem.

—Mi hijo ha elegido a su esposa de entre las mujeres más distinguidas de este reino. —Maximus se dirigió hacia Leo—. Rezo para que encuentren la felicidad uno en el otro, y es un honor para mí casarlos aquí hoy.

Su discurso fue lo más sencillo posible. No había emotividad detrás de él, ni amor.

Maximus habló como si estuviera recitando una lista de ingredientes. Luego dirigió la mirada hacia Tem.

Esperaba con todas sus fuerzas que él no fuera el segundo rey que la traicionara esa noche.

—Temperance —dijo Maximus con sus fríos ojos clavados en los de ella—. ¿Aceptas a mi hijo como tu legítimo esposo, en la salud y en la enfermedad, renunciando a todos los demás, hasta que la muerte los separe?

Tem miró a Leo. ¿Era su imaginación o él había dado un salto en la parte de «renunciando a todos los demás»?

—Sí, acepto.

Maximus se dirigió hacia Leo.

—Thelonius, ¿tomas a Temperance como tu legítima esposa, en la



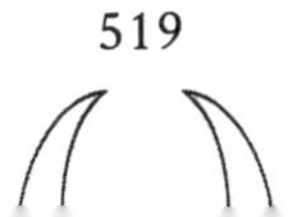

salud y en la enfermedad, y prometes renunciar a todas las demás hasta que la muerte los separe?

Leo sonrió ampliamente, mirando a Tem como si fuera una flor en un campo de cenizas.

—Sí, acepto.

—Muy bien —dijo Maximus—. Los declaro marido y mujer.

Las palabras sonaron amargas en su lengua. ¿Y por qué no sonarían así? Maximus no aprobaba a Tem. No quería que Leo fuera rey. Nada de lo que sucedía en ese momento estaba ni remotamente a su favor, y Tem podía identificarse con su decepción. Ella sentía lo mismo hacia Bastian.

—Ahora puedes besar a la novia.

Los labios de Leo se posaron en los de Tem antes de que Maximus pudiera terminar su frase.

La multitud celebró, aunque Tem apenas los escuchó. Solo sintió las manos de Leo jalándola más cerca, con todo su cuerpo contra el de ella. Cada gramo de anhelo que había albergado por ella se derramó en ese beso, envolviéndola en una insistente avalancha. La besó profundamente, durante mucho más tiempo del apropiado, y ella se lo permitió.

Cuando se separaron, la multitud celebró. Era ensordecedor.

—Por Kora —susurró Tem. No esperaba tal respuesta a sus nupcias.

Leo la abrazó con más fuerza.

—¿Ves, Tem? —murmuró en su oído—. Te aman como lo hago yo.

Tem sonrió. El silencio de la multitud cuando la besó en la plaza del pueblo fue humillante para ella. Ahora parecía un recuerdo lejano, de otra vida. Se sorprendió al darse cuenta de lo que Leo acababa de hacer. No solo estaba yendo en contra de su propio padre, sino que estaba abandonando el único mundo que conocía, ese que lo había beneficiado enormemente. Y lo estaba haciendo a un gran costo personal, basándose solo en la palabra de Tem.

Por ella.

Tem lo abrazó, apoyando la cabeza en su hombro para poder susurrarle al oído:

—Gracias, Leo.

Sintió que él sonreía.

—Lo que sea por ti, Tem.

Maximus aplaudió y la multitud enmudeció.

—Honorables invitados —dijo posando la mirada en Leo—. Ahora que mi hijo se ha casado, está preparado para asumir la responsabilidad de gobernar este gran reino con su esposa a su lado. Gobernar correctamente significa tener en cuenta a todos los ciudadanos y priorizar todas las vidas humanas.

Tem notó cómo enfatizaba las vidas «humanas».



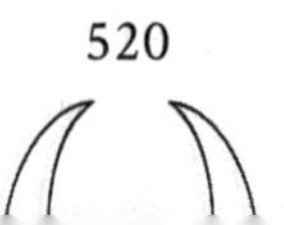

—Es un privilegio ser rey. —Maximus se volteó hacia Leo—. Un privilegio que sé que mi hijo se tomará tan en serio como yo.

Padre e hijo se miraron fijamente. Como en cámara lenta, Maximus se quitó la corona de la cabeza y se la puso a Leo. Era una réplica de la entrega de la corona, solo que esta vez permanecería en la cabeza de Leo.

—Es un honor para mí coronarte rey.

El público estalló en aplausos una vez más, que continuaron incluso cuando Leo se acercó a la orilla del escenario y levantó las manos.

—¡Mi pueblo! —gritó—. Les doy las gracias.

Tem sintió una punzada en el estómago. La ceremonia había terminado. Bastian entró en su mente:

«Es el momento».

Tem se paralizó. Los ojos de Bastian se clavaron en los suyos mientras Leo se dirigía al público.

—Con mi gobierno, pretendo llevar a nuestro reino a una nueva era de paz —dijo—. El conflicto entre humanos y basiliscos ha durado demasiado.

Un murmullo recorrió la multitud. Nadie estaba acostumbrado a escuchar retórica a favor de los basiliscos. Se les consideraba el enemigo; no merecían el aire que respiraba la realeza.

El Rey Serpiente la miraba fijamente, como si se adentrara en su alma.

«Poséelos, Temperance».

Pero algo la distraía: un movimiento que veía por el rabillo del ojo. Varias figuras altas entraban en el llano, corriendo por los bordes del laberinto. Tem entrecerró los ojos. Sus ágiles pasos hacían pensar que podrían ser basiliscos. Pero no podía ser, a la ceremonia solo asistían los profesores y el rey.

Leo seguía hablando.

—Ha habido muchas crueldades de ambos bandos. Esas crueldades acabarán hoy.

—Thelonius. —Maximus lo agarró del brazo—. Termina con esto de una vez.

Leo lo ignoró y continuó hablando aún más fuerte.

—Creo que podemos coexistir, aprendiendo unos de otros como debimos hacerlo desde el principio.

Las figuras se acercaban, rodeando a la multitud en una línea impenetrable.

«Ahora, Temperance».

¿De verdad estaba a punto de hacerlo?

Se sintió invadida por un profundo impulso salvaje. El lado basilisco de su ser quería realizar la posesión. Podía sentir la necesidad recorriendo su cuerpo como una pulsación. Pero Tem estaba compuesta por dos naturalezas, y no codiciaba el poder como Bastian y Maximus. El deseo de



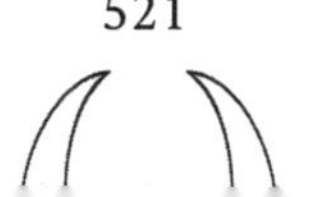

dominar no era algo con lo que se identificara, esa arrogancia estaba reservada para los reyes. Era algo inútil para ella, una apariencia de control que podía derrumbarse en cualquier momento, como sucedía ahora. Tenía que haber otra manera.

Se le ocurrió una idea.

Quizás no necesitaba poseer a la realeza. De todos modos, era una solución temporal, un vendaje imperfecto para una herida que no dejaba de sangrar. Incluso si lo conseguía, Bastian la poseería de inmediato, y el poder que obtuviera de la realeza podría no ser suficiente para resistirse al Rey Serpiente. Solo había una fuente de poder ilimitado para ella: una fuente *renovable.* Alguien a quien la posesión no le haría daño de ninguna forma: ella misma.

Tem era dos cosas: humana y basilisco. Su lado basilisco se estaba muriendo, pero su lado humano no. ¿Por qué no usar uno para alimentar al otro? No se haría daño. Una solución elegante. Bastian estaría muy orgulloso.

Tem miró a Caspen, que siempre la había protegido. Caspen, que siempre había dicho que era perfecta, que insistió desde el primer día en que era impecable. Caspen, que siempre le había dicho que los rasgos que ella consideraba debilidades eran en realidad sus puntos fuertes.

Por un momento, Tem se atrevió a verse a sí misma como la veía Caspen: extraordinaria. Él había tenido razón todo el tiempo.

Podía hacer cualquier cosa. Y haría aquello.

«TEMPERANCE, AHORA».

Pero Tem había tomado una decisión.

«No».

En el rostro de Bastian se dibujó una expresión curiosa, parecía casi feliz.

«Que así sea».

—Hoy comienza un nuevo futuro —dijo Leo—. Con efecto inmediato, yo… —Sus palabras fueron interrumpidas por un grito.



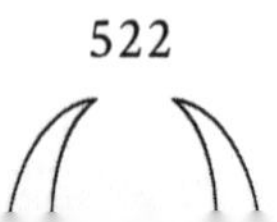

# CAPÍTULO 40

Todos los presentes voltearon al mismo tiempo.

Tem volteó a la derecha junto con ellos, y quedó boquiabierta al descubrir la fuente del grito.

Uno de los basiliscos se estaba transformando.

Tem observó horrorizada cómo las escamas salpicaban su piel y su cuerpo se alargaba hasta adoptar una forma que había visto muchas veces antes. Una columna de humo se elevó en el aire, ocultando la fila de sillas más cercana mientras la gente se amontonaba en un intento por escapar. El basilisco abrió la boca, levantó su gran cabeza y hundió sus colmillos en el cuello de un hombre corpulento con barba roja. El hombre estaba tan conmocionado que ni siquiera gritó. Su boca se abrió en forma de «O» por la sorpresa, justo antes de que le arrancaran la cabeza de sus hombros.

Leo se arrojó frente a Tem, jalándola hacia atrás mientras otros basiliscos entraban en el llano. Alguien la empujó y se dio cuenta de que era Maximus. Él saltó del escenario y bajó los escalones a toda velocidad sin mirar atrás.

—*¡Cobarde!* —gritó Leo.

Su voz se perdió en el viento cuando los otros basiliscos comenzaron a transformarse.

No había adónde ir. Algunas personas corrieron gritando hacia el laberinto, pero sin el sentido de la orientación de Leo, solamente retrasaban lo inevitable. Los basiliscos corrieron tras ellos con toda la euforia de los cazadores que acechan a sus presas. Una mujer corría de la mano de su esposo, pero se detuvo de golpe cuando de repente él se convirtió en piedra. La mujer gritó de dolor cuando los dedos de granito aplastaron los suyos. Tem observó cómo otra mujer se quitaba el vestido por los hombros, tratando de montar a un basilisco que la había poseído. Él la empujó hacia un lado, mientras tomaba a otra por el cuello.

Tem dirigió la mirada hacia Leo.



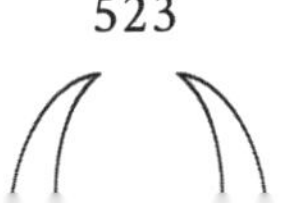

—Vete.

A pesar de todo el caos, sus ojos se concentraron solo en ella.

—Solo si vienes conmigo.

—No puedo. Tengo que encontrar...

Pero se interrumpió cuando alguien apareció a su lado.

Ambos levantaron la mirada y vieron a Caspen.

—Tem, ¿hiciste la posesión?

—No.

Su rostro irradió alivio, y luego se llenó de preocupación de manera inmediata. Hizo una señal con la cabeza hacia Leo.

—Es vulnerable. Si alguien intentara...

—Ya lo reclamé.

Hubo un breve silencio. Luego Caspen dijo:

—Bien.

Lo decía en serio, Tem sentía su aprobación, y se dio cuenta de que le gustaba la forma en que había pensado como un basilisco.

Se dirigió hacia Leo.

—Debes irte.

Leo negó con la cabeza.

—No la dejaré.

Caspen también negó con la cabeza.

—No sufrirá ningún daño, Leo. Tienes mi palabra.

Era la primera vez que Caspen lo llamaba por su nombre. Aun así, Leo dudó. Caspen dio un paso adelante para quedar cara a cara, y puso su mano en el hombro de Leo.

—No puedo protegerlos a ambos al mismo tiempo, y sé que Tem quiere que vivas. Vete.

Era lo más cerca que Caspen estaría de decirle a Leo que importaba. Por un momento, ambos hombres simplemente se miraron uno al otro. Luego, Leo puso su mano sobre el hombro de Caspen. Ninguno de los dos dijo una sola palabra, pero Tem vio que se entendían entre ellos; ambos necesitaban sobrevivir por ella. Nada era más importante que eso.

Dejaron caer las manos.

—Muy bien —dijo Leo. Se dirigió hacia ella—. Tem, yo...

—Dímelo después, Leo.

Él cerró la boca. Luego le dio un beso en la sien y salió corriendo.

Tem lo vio cruzar la mitad del llano antes de que un basilisco lo agarrara triunfalmente por el cuello. Antes de que Tem pudiera entrar en pánico, el basilisco lo soltó, miraba su mano confundido. Un momento después, Leo se había ido.

—Tem —dijo Caspen con urgencia—. Debemos llevarte a un lugar seguro.



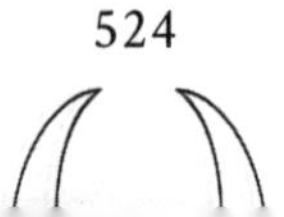

Ella miró el caos que tenía ante sí: depredadores cazando presas, los fuertes matando a los débiles... el círculo de la vida.

—No. —Negó con la cabeza—. Esto es culpa mía, tengo que arreglarlo.

—No puedes arreglar esto, Tem. Mi pueblo está enojado. No puedes detener lo que ya ha comenzado.

Antes de que Tem pudiera responder, alguien apareció en el escenario.

Caspen puso inmediatamente el brazo delante de Tem cuando un basilisco en forma humana se acercó a ellos. Al hombre le salía sangre por la boca, en la que se dibujaba una horrible sonrisa. Ya se estaba transformando. Donde antes había dedos, ahora había garras enormes que se extendían a medida que Caspen empujaba a Tem hacia atrás.

El basilisco se abalanzó.

Caspen dejó escapar un gruñido cuando las afiladas garras lo atraparon. Tropezó hacia atrás, su bíceps sangraba. El basilisco avanzó de nuevo, sacudía los colmillos frenéticamente mientras el resto de su cuerpo seguía el movimiento de sus manos.

—¡Caspen! —gritó Tem—. ¡Transfórmate!

Pero Caspen solo negó con la cabeza.

—No puedo, Tem.

La comprensión la atravesó como una flecha.

Caspen estaba débil. Llevaba días muriendo, y su estado había progresado hasta el punto en que ya no podía encarnar su verdadera forma. Tem se puso de pie y enderezó los hombros para que el aire llegara a sus pulmones.

Era el momento.

Cerró los ojos, ignorando los sonidos del conflicto y concentrándose solo en cómo se sentía por dentro. El vacío en su interior era abrumadoramente inmenso. Sintió un dolor primitivo por la pérdida, deseando de todo corazón no haber esperado tanto tiempo para afrontarlo. Silenció su mente, buscando lo que quedaba de su poder. Estaba ahí, pero apenas. Lo extrajo, bebiendo del pozo infinito dentro de sí misma, utilizando un lado para arreglar el otro.

En el momento en que conectó ambas partes de sí misma, todas las células de su cuerpo se encendieron. Por las venas de Tem fluyó una claridad total y absoluta, y su lado basilisco comenzó a sanar de inmediato. Los bordes rasgados de su mente se unieron a la perfección, creando algo que era aún más fuerte de lo que había antes. Tem se sintió eufórica, como si pudiera salir flotando del escenario y adentrarse en el cielo inmenso. Se elevaba hacia el infinito, experimentando nada y todo a la vez. No había mayor sensación que esa, ni mejor manera de entenderse a sí misma. Todas las piezas rotas de su identidad se unieron de forma perfecta e ilimitada. Su poder era cósmico, tan vasto como las estrellas.



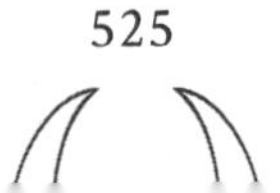

No estaba atada a nadie. Era *libre.*

Se acercó a Caspen, abriendo completamente el canal entre sus mentes, jadeando cuando su conexión volvió a establecerse.

«Caspen, transfórmate».

Caspen no necesitó que se lo dijera dos veces. De sus hombros se elevó una gran nube de humo cuando su cuerpo se transformó en algo completamente distinto. Se transformó con un rugido, tan profundo y triunfante que Tem tuvo que taparse los oídos. Una fracción de segundo después, el otro basilisco ya había sido decapitado. Todo sucedió tan rápido que Tem ni siquiera parpadeó. Sin perder el ritmo, Caspen se abalanzó sobre otros dos basiliscos que se acercaban por la parte trasera del escenario.

Por el rabillo del ojo, Tem vio a Vera. Rowe estaba sobre ella. Observó cómo le rodeaba el cuello con los dedos, levantándole la cabeza hacia él. Los ojos de Vera se pusieron en blanco y Tem supo que la había poseído. Junto a ellos había dos basiliscos teniendo sexo, sus cuerpos se retorcían en la hierba empapada de sangre. Tem buscó con desesperación a Gabriel y a su madre, pero no los vio. Estaba a punto de bajar del escenario para buscarlos cuando sintió una presencia detrás de ella.

Tem volteó y vio los ojos negros de Bastian clavados en los suyos. Antes de que pudiera hablar, él le rodeó el cuello con la mano.

Tem sintió de inmediato que su poder se filtraba en dirección a él. Era como si alguien hubiera empezado a verterla en él, y la euforia habitual de la posesión comenzó a apoderarse de ella. Sería muy fácil rendirse, muy simple. El poder del rey era innegable, su antigua presencia era mucho más fuerte que la de ella, tan fuerte como para anular la protección del veneno de Caspen. Y, sin embargo, Tem descubrió que podía resistirse a Bastian. Cada vez que él la jalaba, ella lo rechazaba. El rey se impacientaba; podía sentir su agitación.

«Ríndete».

Tem no se rendiría, ni en cuerpo ni en mente. Nunca.

Quería llamar a Caspen, pero necesitaba toda su energía para contener al rey, y de cualquier manera, Caspen estaba ocupado. Lo superaban en número, ya que luchaba contra dos basiliscos a la vez, tratando de evitar que subieran al escenario. Tem ni siquiera sabía si se había dado cuenta de lo que su padre trataba de hacerle.

«Haz lo que te digo, Temperance».

«No».

El rey dejó escapar un gruñido que denotaba su frustración y apretó con más fuerza el cuello de Tem.

Tem observó horrorizada cómo se le formaban escamas en el cuello. Trató de zafarse, pero fue inútil: la tenía sujetada con tanta fuerza que

apenas podía respirar. El rey abría cada vez más la boca y sus dientes se convirtieron en colmillos. Sabía sin lugar a dudas, lo que estaba a punto de suceder. Aun así, nada podía prepararla para la forma en que la mandíbula de Bastian se desencajó, abriéndose para revelar el oscuro abismo de su garganta. Tem no tuvo tiempo de pensar antes de que sus colmillos se clavaran en su hombro con una terrible firmeza, y la fuerza de su mandíbula casi la hizo perder el conocimiento en ese mismo instante. Sintió que su clavícula se rompía con un crujido horrible.

Luego su omóplato.

Luego su esternón.

El dolor fue insoportable. Peor que cuando se le rompió la pelvis durante el ritual. Solo sentía la agonía, que se apoderaba de su mente y provocaba que su cuerpo entrara en shock. Sabía que la mordedura tenía un propósito: debilitar la parte de ella de la que estaba extrayendo poder. El veneno de Bastian no dañaría su lado basilisco, pero sí su lado humano. Era exactamente lo contrario al problema que acababa de resolver al poseerse a sí misma.

«Todo ese trabajo para nada», pensó vagamente.

Intentó defenderse, pero se le agotaban las fuerzas: no podía liberarse del agarre de Bastian y mucho menos curarse el hombro. La posesión del rey se intensificó y la obligó a someterse. El pozo de poder del que se nutría se agotaba. Ella se debilitaba.

Gritó cuando sus pies abandonaron el escenario, y las estrellas nublaron su visión cuando Bastian la levantó en el aire. Todo su peso estiraba la herida, jalándola y ejerciendo una presión enorme y despiadada.

«¡TEM!».

Apenas escuchó la voz de Caspen. Su conciencia la abandonaba. Bastian la estaba mutilando, destrozándola con monstruosa satisfacción. Su mente estaba entumecida; ya no podía resistirse a la posesión.

Entonces, sin previo aviso, la soltó.

Tem cayó con tal velocidad que pensó que sus rodillas podrían reventarse en el escenario. Escuchó a Caspen detrás de ella, reconociendo su rugido y el olor de su humo mientras atacaba. Bastian se defendió con ferocidad, respondiendo a su hijo con un rugido y asestando golpe tras golpe mientras se enfrentaban por todo el escenario. Pero fue Caspen quien finalmente consiguió morder al rey en el rostro en el momento apropiado. Bastian aulló de dolor y cayó retorciéndose en un montón de escamas.

Se estaba transformando de nuevo, adoptando su forma humana a medida que se debilitaba. Conforme las escamas se convertían en piel, Tem sintió que su posesión comenzaba abandonarla y, con ella, la última barrera entre ella y el insoportable dolor en su hombro.



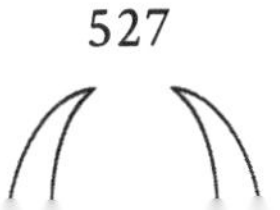

Tan pronto como el Rey Serpiente volvió a tener aspecto de hombre Caspen inclinó la cabeza. Tem observó cómo sus gloriosos colmillos emergían de su boca, dirigiéndose hacia el pálido y expuesto cuello de Bastian.

Bastian lanzó un grito desgarrador. El sonido fue tan horrible que finalmente la sacó de su aturdimiento, devolviéndola bruscamente al presente.

«¡Caspen!».

No respondió. No había forma de que la escuchara entre los gritos de Bastian.

«Caspen...».

Lo intentó de nuevo, estremeciéndose ante los horribles acontecimientos que sucedían frente a ella.

«¡Detente!».

Pero Caspen no se detuvo. Por el contrario, sus colmillos se hundieron más profundo en el cuerpo de Bastian, desgarrando su piel y salpicando sangre por todas partes. Las costillas de Bastian se rompieron con un crujido sordo cuando Caspen separó los huesos, abriéndose camino a la fuerza en su cavidad torácica, abriendo más la boca, con los colmillos manchados de rojo. Tem vio cómo la garganta de Caspen se abultaba y luego tragaba. El horror le retorció el estómago cuando se dio cuenta de lo que sucedía.

Caspen no mataba a Bastian con rapidez, eso habría sido un acto de misericordia, y él no debía misericordia a nadie. Su padre estaba vivo mientras lo canibalizaba. Tem entendió que era el castigo de Bastian. Era justo. Era exactamente lo que Caspen acababa de ver que le hacía a ella.

Tem no pudo salvar a Bastian. De todos modos, no quería hacerlo. Sin embargo, deseaba fervientemente salvar a Caspen de sí mismo. Era terrible matar a tu propio padre, y ún más terrible hacerlo de una manera tan violenta. Pero no había nada que pudiera hacer. Su cabeza estaba nublada por el humo; sentía entumecido todo el lado derecho de su cuerpo. Estaba cubierta de sangre casi en su totalidad, y sabía que era toda suya.

Finalmente, se desmayó.

Cuando volvió en sí, no sabía cuánto tiempo había pasado pero, una vez más, Caspen estaba a su lado en su forma humana.

«Tem».

Podía oler su rabia.

Sabía que nunca se sacaría de la cabeza la imagen de Caspen inclinado sobre Bastian, devorando trozos de carne de su pecho. Lo vería en sus pesadillas.

«¿Tem?».

Caspen le puso una mano temblorosa en la mejilla.

Estaba empapado en sangre y veneno, mientras los restos de los órganos



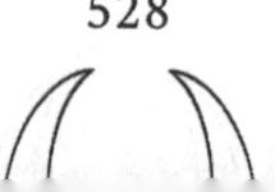

de Bastian se deslizaban lentamente por su torso formando estelas húmedas y gelatinosas. El olor era insoportable. Tem estaba a punto de desmayarse de nuevo.

—Yo... —empezó a decir Tem.

Pero un dolor insoportable interrumpió sus palabras. Todo volvió a ella de golpe y los restos destrozados de su cuerpo aullaron al unísono. Intentó usar su poder, pero apenas tenía fuerzas.

«Caspen, no puedo curarme».

Caspen tenía las manos sobre ella e intentaba ayudarla a ponerse en pie.

«Inténtalo con más empeño, Tem».

No pudo responder. El dolor de su cuerpo aumentaba. Estaba agonizando cuando la invadió una oleada aplastante de sensaciones.

«Resiste, Tem. Debes resistir».

Lo intentó. Canalizó su poder para crear un escudo contra el dolor, pero su cuerpo estaba destrozado; ambas partes estaban debilitadas. Nadie podría soportar lo que acababa de experimentar.

«No me estoy curando, Caspen».

Estaba usando hasta la última gota de su poder para mantenerse consciente. No le quedaba nada para curarse la herida del hombro. Por todo su cuerpo chorreaba sangre que caía sobre el escenario. Caspen le puso de inmediato la mano en el hombro, intentando curarla él mismo.

Pero había cruzado el umbral, lo sentía en sus entrañas. No importaba lo que hiciera Caspen, ella solo sangraba más.

«Aguanta, Tem. Solo un poco más».

No pudo resistir más. Su herida la consumía, lenta pero inevitablemente. Su hombro sangraba y los chorros de su sangre se mezclaban con la de Bastian. Había algo de ironía poética ahí, pero estaba demasiado cansada como para encontrarla.

«No puedo resistirlo, Caspen. Es demasiado».

«Necesitas poder».

«¿Alguna idea?».

Hubo un largo silencio. Y luego:

«Posee a Leo».

Tem negó con la cabeza. Ni siquiera tenía energía para responder.

«Sí, Tem, debes hacerlo».

Pero no podía, no quería. Acababa de evitar, milagrosamente, realizar la posesión sobre la realeza. Y no tenía ningún deseo de obligar a otro ser humano a vincularse a ella, a ejercer su poder de una manera tan brutal e implacable.

«No quiero hacerlo».

Tem había reclamado a Leo para asegurarse de que nadie lo poseyera. Si lo hacía ella misma, sería contraproducente. Caspen seguía hablando.



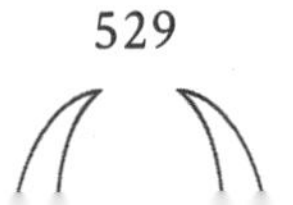

«Tu lado humano está muriendo. Necesitas poseer a alguien para curar esa parte tuya».

«¿Y ese alguien tiene que ser Leo?».

«Él haría cualquier cosa por ti, lo sabes».

«No está bien».

«Él solo sentirá placer, Tem».

«Estará unido a mí, Caspen».

«Te ama. Ustedes dos ya están unidos».

Sabía que las palabras le dolían. Sin embargo, en ese momento no podía preocuparse por los sentimientos de Caspen. No podía poseer a Leo cuando él le había dicho específicamente que anhelaba autonomía, que lo que más deseaba era poder tomar sus propias decisiones, que quería convertirse en el cisne. No había nada más cruel que arrebatarle eso.

Caspen ya se estaba alejando.

«Te lo traeré».

Se fue antes de que ella pudiera protestar. Dejó de lado todo lo demás: los sonidos del dolor, la muerte y la angustia, y se concentró solo en preservarse. Cada momento que pasaba se debilitaba un poco más. Sabía que Bastian la había mordido para castigarla, como último recurso para mantenerla bajo su dominio. Tem contempló su cuerpo destrozado y mordido, apenas reconocible bajo los coágulos húmedos de órganos y sangre. Una muerte digna de un rey, supuso: despiadada y brutal. Épica.

Una eternidad después, Caspen reapareció con Leo y Lilly tras él. Tem miró a Leo, tenía la mano raspada y ensangrentada. Lilly tenía un rasguño en la cara del que brotaba sangre. Sus ojos, normalmente brillantes, se veían rojos por el llanto.

—Leo —susurró Tem—. Se suponía que debías irte.

—Tem. —Se arrodilló junto a ella—. Primero tenía que encontrar a Lilly. —Su rostro estaba tenso por la preocupación al ver la sangre que la rodeaba. Alzó la vista hacia Caspen—. ¿Qué le sucedió?

—Mi padre la mordió.

Leo se quitó el saco y lo presionó contra el hombro de Tem. Parecía que le faltaba el aire, como si estuviera a punto de sufrir un ataque de pánico.

—¿Morirá? —preguntó con voz ronca.

—No si la ayudas.

—Caspen —dijo Tem—. No.

Leo los miró a ambos con desesperación.

—¿Cómo puedo ayudarla? —preguntó.

—Debes permitirle...

—Caspen —gritó Tem—. Ya te dije que no.

Le costaba mucho hablar. La luz se le atenuaba y su sangre fluía con más lentitud.



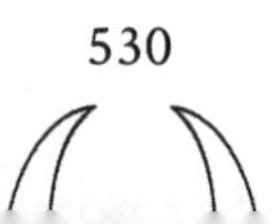

Ya no podía mantener el equilibrio; se inclinó hacia atrás y Leo la tomó en sus brazos.

—Tem. —Los ojos de Leo estaban desorbitados—. ¿Qué puedo hacer? Dímelo. —Como Tem no respondía, se dirigió hacia Caspen—. ¿No puede extraer energía de mí?

Caspen asintió.

—Sí, pero se niega a hacerlo.

Leo se volteó hacia Tem.

—Hazlo, Tem. Te doy permiso.

Pero Tem negó con la cabeza. Leo no sabía en lo que se estaba metiendo, no sabía que la posesión lo uniría a ella.

Y, sin embargo, Caspen tenía razón. ¿Qué era el amor de Leo por ella sino otra versión de una unión? Ya se había comprometido con ella, ya se había casado con ella, por Kora. No podía pensar en nadie a quien la posesión le afectara menos. Una cosa era poseer a un extraño y otra muy distinta era poseer a Leo, quien la amaba.

—Por favor. —Él posó sus labios en la mano de Tem, y terminaron ensangrentados—. Sabes que haría cualquier cosa por ti, Tem, lo que fuera.

Caspen los observaba con una mirada oscura.

«Poséelo, Tem. Hazlo ahora».

Tem miró a Leo a los ojos, estaba aterrado de perderla, se le notaba en la cara.

—¿Confías en mí, Leo?

Tem ya le había preguntado eso antes. Sin embargo, esta vez no pedía que le hiciera una confidencia. No le pedía que tragara su veneno. Esta vez, le pedía que le confiara su vida. Su respuesta fue la misma de siempre.

—Confío en ti, Tem. —Sus manos temblaban mientras la sostenían.

«Se te acaba el tiempo, Tem. Apenas puedo sentirte en mi mente».

—No te dolerá —le dijo Tem a Leo, con calma, como si todo lo que ocurría no estuviera sucediendo en realidad—. Te lo prometo.

—No me importa si duele. Solo hazlo.

En cuanto dijo esas palabras, Caspen se arrodilló junto a ellos, tomó la mano de Tem y la puso alrededor del cuello de Leo. Tem agradeció su ayuda; no podría haberlo hecho sola.

Era lo último que quería, pero no tenía otra opción.

Jaló las cuerdas de su poder con todas sus fuerzas y lo dirigió hacia Leo. Sintió la energía vibrar en su mano. Lanzó la posesión con todas sus fuerzas, sintiendo un brillante rayo de calor dispararse desde su cuerpo hasta el de Leo. Los ojos de él se cerraron de golpe cuando lo recibió.

Tem observó su rostro, reconoció su expresión como la que mostraba cuando eyaculaba. Sabía exactamente cómo se sentía en ese momento,



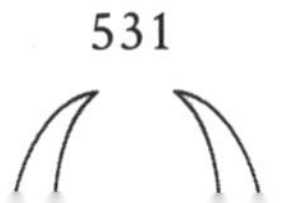

conocía la euforia total que la posesión le producía. Lo que no sabía era cómo se sentiría ella.

Era diferente de cuando se había poseído a sí misma. No se había sentido como algo sexual, sino solo poderoso. En esta ocasión, sintió una inequívoca sensación de excitación, incluso más fuerte que cualquier cosa que hubiera sentido antes por Leo. Era como si alguien estimulara todas las terminaciones nerviosas de su cuerpo. La cara de Leo parecía de repente la de un ángel, como si cada centímetro de su cuerpo estuviera hecho de diamantes. Su piel brillaba a la luz de la luna y, antes de que Tem supiera lo que hacía, se inclinó hacia él.

Cuando sus labios se tocaron, todo su cuerpo se abrió para recibirlo. Él fluía hacia ella, llenándola de sí mismo hasta que el dolor desapareció misericordiosamente y solo hubo ligereza. Sintió vagamente la mano de Caspen en la parte posterior de su cabeza. Él los mantenía juntos, asegurándose de que Tem extrajera todo el poder posible del príncipe humano.

La herida de su hombro se cerraba; podía sentir cómo la piel volvía a unirse a medida que su cuerpo se curaba. Sus huesos volvían a su lugar; sus costillas se realineaban. Su mente recuperó la claridad, lo que le permitió concentrarse, algo que no pudo hacer hacía apenas unos momentos. La invadió un poder absoluto.

Tem retrocedió.

Cuando Leo abrió los ojos, la miró como si fuera la criatura más hermosa que hubiera visto en su vida. Se dio cuenta de que él siempre la había mirado de la misma manera.

—¿Qué... acaba de pasar? —susurró.

Caspen todavía los mantenía a unos centímetros de distancia.

—Me salvaste —susurró Tem.

Leo sonrió. Parecía tan increíblemente feliz que Tem no pudo evitar sentirse feliz también.

Su mirada pasó del rostro de él al de Caspen: los dos hombres a los que amaba. Eso era todo lo que necesitaba: a ambos allí mismo, a su lado.

Finalmente, Tem se puso de pie.

Caspen y Leo también se levantaron y se colocaron a cada lado de ella mientras los tres miraban hacia el llano. Lo que veían era una carnicería.

Algunos humanos habían muerto, mientras que otros estaban poseídos. Muchos más estaban petrificados, el llano estaba lleno de estatuas, todas agazapadas en diversas posiciones de defensa, preservadas para siempre en su estado final en el que se reflejaba el miedo. El pasto que antes lucía impoluto, estaba cubierto de partes de cuerpos que habían sido arrancadas de su lugar. Había sangre por todas partes: manchaba los manteles blancos y caía a grandes chorros irregulares de las rosas blancas. Los sollozos y los gritos llenaban el aire.



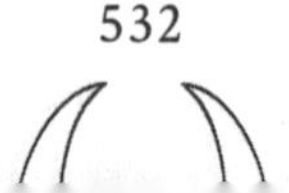

Todo era horrible.

Junto a ella, Caspen dio un paso adelante. Se inclinó y enterró los puños en el cadáver húmedo de Bastian antes de levantar lo que quedaba de su padre por encima de su cabeza. Soltó un rugido de ira y victoria que resonó por todo el llano con una terrible contundencia. El resto de los sonidos cesó de inmediato. Tanto basiliscos como humanos miraban a Caspen, el nuevo Rey Serpiente que sostenía a su padre muerto. Tan pronto como todos los ojos se posaron en él, Caspen arrojó el cuerpo de Bastian lejos del escenario. Aterrizó en medio del pasillo, convirtiéndose en una masa sangrienta.

Y así, sin más, se acabó.

Los basiliscos restantes salieron disparados hacia el laberinto, corriendo hacia los huecos de los setos. Algunos de ellos adoptaron su verdadera forma y sus cuerpos gigantescos atravesaron las paredes. Caspen bajó los brazos y los vio partir. Se mostraría misericordioso ese día.

El silencio se apoderó del llano.

Fue entonces cuando resultó evidente el verdadero costo de la velada. El pasto estaba lleno de cuerpos: algunos de piedra, otros de carne, otros en un punto intermedio. Los que aún estaban vivos se apretujaban contra las paredes del laberinto, cubriéndose los ojos con las manos por si aún había cerca algún basilisco en su verdadera forma. Tem vio a su madre a lo lejos, aferrada a Gabriel. La invadió una sensación de alivio.

—Caspen. Mi madre... —señaló.

Él ya daba un paso adelante.

—La rescataré —dijo, tocándole la mandíbula con suavidad—. Descansa.

Tem no protestó. Lo observó mientras bajaba los escalones, esquivando a los humanos que se agazapaban a sus costados. Lilly siguió sus pasos, extendiendo la mano a la primera persona que vio.

Tem volteó hacia Leo.

Él la miró, con el rostro aún radiante de amor.

—Tem —comenzó él lentamente—. Así no... fue como pensé que sería nuestra boda.

Tem casi soltó una carcajada. Estaban exactamente donde se habían casado más temprano. Ahora estaba oscuro y el llano solo estaba iluminado por la luz de la luna de cosecha. Nada era igual.

—Yo tampoco.

Leo acarició su hombro con la yema de sus dedos.

—¿Te duele?

Ella negó con la cabeza. Ya no.

—¿Y a ti? —preguntó ella a su vez.

Leo levantó la mano. Tenía la palma muy herida y le chorreaba sangre por la muñeca. Tem la tomó en la suya, presionó la herida con su palma



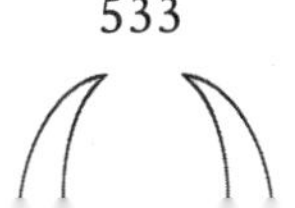

y cerró los ojos. Nunca había hecho eso por otra persona, pero lo hizo por Leo, utilizó su poder para curar la piel desgarrada, suturándola como Caspen había hecho tantas veces por ella. Cuando Tem levantó la mano, la herida había sanado.

—Eso es… realmente extraordinario —susurró Leo.

Tem asintió. Lo era.

Por un momento, se limitaron a mirarse uno al otro. Leo estaba cubierto de sangre, pero en su mayor parte era de la Tem. Él extendió los dedos buscando su rostro. Ella dejó que la tocara, acercándose a su calor, recordando la forma en que había sentido sus labios durante la posesión.

—Tengo… algunos remordimientos, ¿sabes? —dijo él en voz baja.

—¿Sobre qué?

Leo le acarició la mejilla con la palma de la mano.

—Me temo que no era lo que te mereces.

—No necesitabas ser nada para mí —respondió ella.

—No, no lo necesitaba, ¿cierto? Ya tenías todo lo que necesitabas.

Leo le pasó el pulgar lentamente por el labio inferior, tal como lo había hecho cuando le contó sobre Evelyn. Luego bajó los dedos y tocó la pequeña garra dorada entre sus pechos. Tem recordó cómo Leo intentó regalarle una joya en su primera cita —«eso también podría ser especial»— y cómo ella se había negado a aceptarla.

Había llegado el momento de darle algo a cambio.

No condenaría a Leo a una vida como su esclavo. Eso no era amor. El verdadero amor es hacer lo mejor para la otra persona a expensas de uno mismo. El verdadero amor es sacrificar tu felicidad por la de otra persona. Leo merecía ser amado de la misma manera que Caspen la amaba a ella: sin condiciones y sin obligaciones. Leo merecía más. Su vínculo era permanente; no había nada que Tem pudiera hacer para cambiarlo, pero no le quitaría su autonomía. En lugar de eso, se la concedería.

—Leo —susurró Tem, sabiendo que sus palabras lo atraparían, que no tendría más remedio que obedecer—. Quiero que encuentres a Evelyn. Quiero que decidas tu futuro.

En el rostro de Leo se dibujó una sonrisa lenta y relajada. No era exactamente de alegría, era simplemente de paz.

—No sé dónde está, Tem.

—Tu padre lo sabe. Él te lo dirá.

Era lo mínimo que Maximus podía hacer por su hijo.

Leo inclinó la cabeza, pensativo. Tem sabía que él no protestaría, no podría. Sin embargo, era casi como si quisiera hacerlo. Justo cuando Tem estaba a punto de darle la orden de nuevo, él dijo:

—Entonces supongo que esto es un adiós.

Por alguna razón, Tem comenzó a llorar.



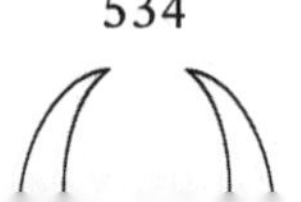

Leo levantó un dedo y le enjugó una lágrima de la mejilla.

—Nunca pensé que te vería llorar por mí.

—Nunca pensé que nos despediríamos.

—No merezco estas lágrimas, Tem. Confía en mí.

Eso solo hizo que llorara más. Por supuesto que Leo merecía sus lágrimas. Valía mucho más de lo que él pensaba, de lo que ella pensaba. En otra vida, habría un final feliz para ellos, pero no en esta.

—Dime que no será la última vez que te veré —susurró Tem. No le importaba si eso interfería con la orden que acababa de darle. No podía soportar la idea de no volver a mirar nunca más sus ojos grises, de no volver a ver sus hombros altos y delgados inclinados sobre ella.

Era una tortura imaginarlo.

—No será la última vez —susurró Leo.

Tem no pudo hablar más.

En vez de eso le dio un beso tierno, muy diferente a la mayoría de los que habían compartido. Leo siempre era energía pura, en constante movimiento. Ahora la tenía entre sus brazos y deslizaba su lengua lentamente contra la de ella con todo el cuidado del mundo.

—Dime que lo nuestro fue real —murmuró Leo contra sus labios.

Su respuesta era la verdad:

—Fue real.

Cuando se separaron no volvieron a hablar. En vez de eso, Leo levantó la mano, tomó uno solo de sus rizos y lo hizo girar entre sus dedos largos y delgados. Sonrió y sus colmillos dorados brillaron a la luz de la luna.

Luego se alejó.



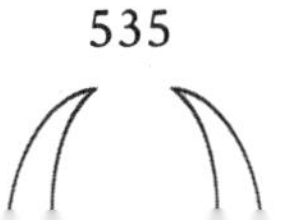

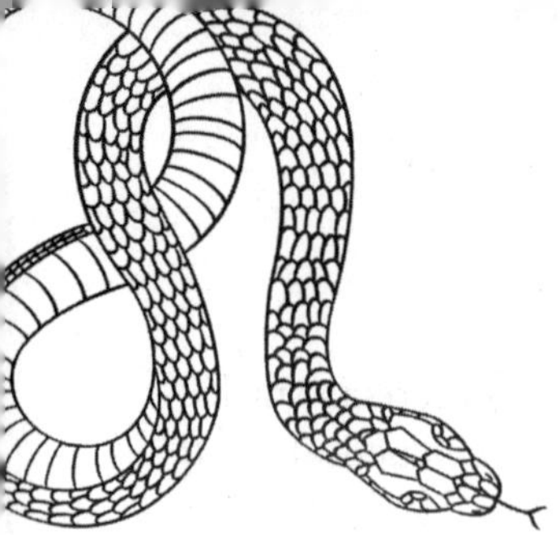

# CAPÍTULO 41

Tem aún se estaba acostumbrando a su título. Pero cuanto más lo decía Caspen, más lo creía.

«Mi reina».

Estaban en la cama de Bastian. Era tradición que el nuevo rey ocupara los aposentos del anterior, y Tem no veía razón para no honrar la costumbre. Al fin y al cabo, así era como lo hacían los basiliscos.

Era de mañana, o casi. Se habían metido en la cama el día anterior y no habían salido.

«Mi rey».

Los dedos de Caspen rozaron su espalda desnuda y se enredaron en su cabello. La besó a lo largo de la clavícula, posando sus labios en la vena de su cuello. Su pene estaba duro pero Tem aún no lo había tocado. Mejor, dejó que él la besara, sabiendo sin lugar a dudas que estaba justo donde debía estar.

Jaló el rostro de Caspen hacia el suyo y lo besó.

«Te amo».

Él le devolvió el beso.

«Y yo te amo a ti».

No había nada más que decir.

Sus cuerpos volvieron uno al otro, creando un tapiz que nadie más podría lograr. Eso era natural con Caspen, tanto como respirar. El lado humano de ella siempre lo había llamado, y ahora su lado basilisco también lo hacía. Disfrutó cada caricia, cada tierno toque de sus dedos y, finalmente, de su lengua. Él se entregó a ella; ella se entregó a él. Hicieron lo que siempre estuvieron destinados a hacer, lo que solo podían hacer entre ellos. Cuando los fragmentos rotos del alma de Tem se dividieron, Caspen se los tragó enteros.

Después, sus dedos volvieron a recorrer la columna vertebral de ella.

—Tem —dijo él en voz baja—. ¿Qué le dijiste al príncipe?



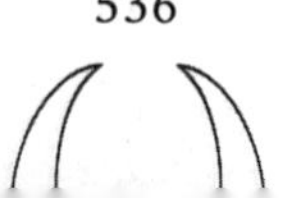

Tem recordó su conversación con Leo mientras ambos yacían heridos y ensangrentados en el escenario.

—Le dije adiós.

Caspen no respondió, y ella sabía que le estaba dando espacio para que se explayara. Después de un momento, lo hizo.

—Le dije que encontrara a la chica que ama.

Caspen frunció el ceño.

—¿No eras tú?

Tem negó con la cabeza.

—Él amaba a alguien antes que a mí.

Caspen recibió la información en silencio. Ella no quería seguir explicándose, así que no lo hizo. Al final, él dijo:

—Le hiciste un favor, ella. No se me ocurre una mejor manera de utilizar el vínculo de la posesión.

Al oír sus palabras, Tem estuvo a punto de llorar.

A Caspen no le importaba la felicidad de Leo, pero le importaba profundamente la de Tem, y sin duda sabía lo mucho que ella necesitaba escuchar esas palabras. Por supuesto, su aprobación también era egoísta. Ahora que a Leo se le había encomendado la tarea de encontrar a Evelyn, Caspen tendría a Tem solo para él. Además, tendría una versión más feliz de ella, libre de culpa.

Permanecieron juntos allí el tiempo que quisieron.

Finalmente Tem hizo una pregunta.

—¿Los basiliscos tienen bodas?

Caspen la estrechó más fuerte contra sí.

—No.

—Entonces, ¿cómo nos casaremos?

Caspen tocó suavemente con la yema de su dedo la garra dorada que ella portaba alrededor del cuello.

—Tú me darás algo similar.

—¿Eso será todo?

—Sí. —Caspen sonrió—. Eso será todo.

Era muy sencillo. Pensó en lo mucho que les había costado estar juntos. El ritual había sido público: cada parte de ella había estado expuesta para que la viera todo el linaje de Caspen. A ella le parecía interesante que la siguiente parte fuera completamente privada. No obstante, descubrió que le gustaba el contraste. Al fin y al cabo, el sexo era algo que todo el mundo practicaba, pero no todo el mundo tenía un vínculo como el de ellos dos.

Miró la pequeña garra dorada.

—¿Dónde consigo una de estas? —preguntó.

—Tendrías que hacer una tú misma.



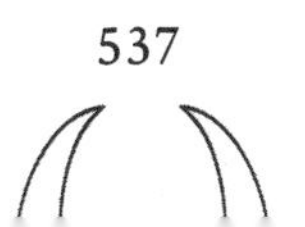

—¿*Hacer* una?

—Sí.

—Pero ¿cómo?

Caspen cambió de posición para mirarla.

—Nuestro compromiso está vinculado por la sangre. Tendrías que completar el vínculo.

—Entonces… ¿por medio de una sangría?

Caspen negó con la cabeza.

—Sangría es el nombre que le damos a lo que la realeza nos hizo y hace referencia a un acto de violencia. Esto —volvió a tocar la garra—, nace del amor.

—¿Cómo sabré qué hacer?

—Tu instinto te lo dirá.

Tem se sentó y tocó el collar. Recordó cómo le habían fundido cables en las manos a su padre y cómo de ellas brotaba oro.

Sin decir nada más, se concentró. Caspen tenía razón, sus instintos la dominaron y supo qué hacer. No le dolió, por el contrario, sintió un ligero cosquilleo justo debajo de las pecas, en la base de los dedos. Sangrar por Caspen era lo más fácil del mundo, ya que él también había sangrado por ella para darle una muestra física de su amor. En su palma se formó una garra, con una curva dorada que descansaba sobre sus pecas.

Caspen la observaba con asombro. Tem podía apreciar lo significativo que era eso para él. Él ni siquiera lo había hecho con Adelaide. Era un acto reservado solo para Tem.

Por su mente pasó una sola palabra cuando levantó la cadena y se la colocó alrededor del cuello a Caspen:

«Mío».

Era la verdad absoluta; nada podía ser más cierto. Ella era suya y él era de ella, y estarían unidos para siempre. Caspen le sonrió, rodeando su cintura con las manos mientras la jalaba sobre él una vez más.

«Mía».



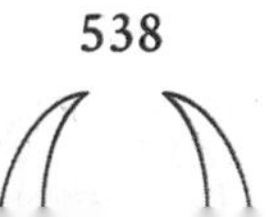

# EPÍLOGO

## LEO

Leo no pensó que su boda fuera a ser así.

No pensó que el día más feliz de su vida terminaría en un baño de sangre, en muerte. La imagen de Caspen sosteniendo a su padre asesinado por encima de su cabeza permanecería con él durante mucho tiempo, quizá para siempre.

Leo había oído hablar desde siempre de la brutalidad de los basiliscos. Creció escuchando historias de violencia y maldad, vívidos relatos de la terrible batalla que había dado lugar a la tregua. Las historias no eran nada comparadas con presenciarlo en primera fila. Nunca había visto un comportamiento tan incivilizado y horrendo. Era absolutamente espantoso. No podía entender cómo su padre había permitido que eso sucediera.

O tal vez sí podía.

Su padre era un cobarde, eso estaba claro. Reprimió un ataque de ira al recordar cómo saltó del escenario para salvar su pellejo. Qué asco. Ya había pasado una hora desde la boda y seguía sin aparecer por ningún lado. Leo, por su parte, empezó a ayudar de inmediato a los invitados heridos hasta que Lilly lo obligó a subir a su habitación.

—El futuro rey necesita descansar —dijo ella cuando él protestó. Lo que Lilly quería decir era que Leo debía mantenerse con vida. Aún había basiliscos deambulando por el laberinto, a juzgar por los esporádicos gritos que resonaban en el aire otoñal.

La chimenea estaba encendida, pero Leo tenía frío. El sillón a su lado estaba vacío y no podía dejar de mirarlo.

Tem debía estar allí.

Leo apenas entendió parte de la conversación que había tenido con Caspen justo antes de la ceremonia. Ambos estaban unidos de alguna manera, aunque los detalles no estaban claros. Al parecer, también estaban comprometidos. Leo intentó no dejar que eso lo molestara, pero fue imposible. Quizá los basiliscos hacían las cosas de manera diferente; quizá los compromisos no significaban lo mismo para las serpientes que para



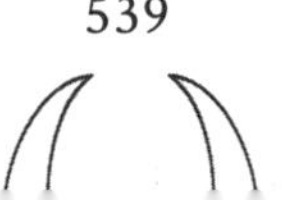

los humanos. Sin embargo, en última instancia, no importaba lo que significara. Era Leo quien había tenido el privilegio de casarse con Tem esa noche.

Ella lucía gloriosamente hermosa. No había nadie más deslumbrante que ella, de eso no tenía ninguna duda. Tem siempre había sido deslumbrante para él; sin embargo, verla con un vestido de novia, el que eligió para casarse con él, fue una maravilla que superaba sus sueños más descabellados. Tem nunca se había sentido como suya pero, por un momento, en ese escenario, lo hizo.

Y luego todo salió completamente mal.

Leo seguía sin entender la posesión. Era una forma de transferir poder; eso era todo lo que sabía. Tem le dijo que no dolería, y así fue. Pero se sintió... intenso, incluso paralizante. El recuerdo tal cual era borroso, como si lo viera a través de una ventana empañada. No obstante, recordaba cómo se sintió después de que Tem extrajera poder de él, cómo solo ella importaba. Siempre había sido así, pero ahora había algo diferente en su conexión, algo, a falta de una palabra mejor: *mágico.*

Los momentos finales de su boda no dejaban de repetirse en su mente por mucho que intentara detenerlos. Había sensaciones fugaces: las manos de Tem en las suyas, el olor sofocante del humo, los gritos de personas inocentes. Casi había salido del llano cuando Caspen lo había agarrado del hombro.

—Tem te necesita.

Eso fue todo lo que dijo, y fue todo lo que Leo necesitó.

Había mucha sangre y la mayor parte era de Tem.

Nada perturbaba a Leo. Nada lo hacía temer por su vida porque nunca le había importado tanto vivir, pero ver a Tem destrozada y sangrando en el escenario, con el cuerpo hecho un amasijo de carne inmóvil, lo hizo desear la muerte. Por un momento, se imaginó cómo sería la vida sin ella. Era una visión terrible, incolora y aburrida. Tem mejoraba todo: no había notado el sabor del whisky hasta que lo bebió con ella, no le había importado la difícil situación de los basiliscos hasta que supo que ella lo era. Tem le había enseñado a vivir y luego lo había dejado.

«Quiero que encuentres a Evelyn. Quiero que decidas tu futuro».

Haría cualquier cosa por Tem. Eso siempre fue cierto, por supuesto, pero, de alguna manera, ahora lo parecía aún más. Incluso cuando dejarla le parecía completamente incorrecto, lo hizo. Incluso si encontrar a Evelyn significaba perder a Tem, lo haría.

Sin embargo, no la perdería. No podía. Nunca había sido más feliz que cuando su padre los declaró casados. Pero, ¿seguirían casados? Su matrimonio tendría que ser anulado. Leo no podría estar con Evelyn si todavía estuviera casado con Tem.

«Dime que no será la última vez que te veré».



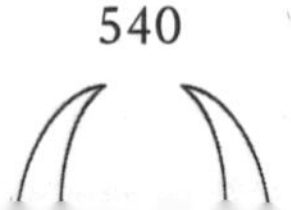

«No será la última vez».

Leo tendría que estar muerto para que fuera la última vez. No podía dejar que su historia terminara así, en sangre y caos en su propia boda. Ese final era inaceptable para él. Aun así, había otros problemas que afrontar.

Se pasó la lengua por sus dientes dorados. El metal se sentía frío en su boca, como si ya no fuera parte de él. La sangría no podía continuar, pero Leo no tenía idea de cómo detenerla. Si era cierto que los basiliscos eran la fuente de la riqueza de su familia, sin ellos, su familia podría sufrir. El reino podría sufrir. Necesitaba encontrar otra forma de hacer dinero, y rápido. Su padre siempre lo había reprendido por actuar como un niño, pero aquel tiempo de juventud había terminado. Había problemas reales que resolver en aquel momento, problemas que podrían tener consecuencias devastadoras. La idea de un futuro en el que los basiliscos y los humanos pudieran coexistir le resultaba extraña. Los aldeanos tardarían en aceptarlo, si es que alguna vez lo hacían. Habría dificultades, tal vez conflictos para seguir adelante. Lo que vendría después no sería fácil.

Leo suspiró, agitando su whisky.

Todavía podía sentir el lugar donde Tem había curado la herida de su palma: cómo el calor había fluido de su cuerpo al de él, reparando la piel rasgada. Cuando dobló los dedos, aún quedaba una sombra de la chispa. Leo cerró el puño.

Extrañaba ese calor. La extrañaba a ella.

Algo había cambiado entre ellos después de que Tem lo poseyera. En el momento en que la besó, se sintió... diferente. De alguna manera roto, pero también completo, como si un pedazo de su alma hubiera salido de su pecho y entrado en el de ella. Sin embargo, eso era imposible. A Leo nunca le había llamado la atención la magia. Su padre lo crio firmemente en la realidad. No había lugar para los milagros en su mundo, tampoco para el amor.

Un golpecito en la puerta lo sacó de sus pensamientos.

—¿Su Alteza?

Leo reconoció la voz de lord Chamberlain y por un momento pensó en ignorarla. Luego recordó que ahora era el rey. Si había algún problema, era su responsabilidad resolverlo.

—Pasa.

La puerta se abrió y su tío entró.

—Han encontrado a su padre.

—¿Dónde?

—En el laberinto.

—¿Está herido?

—No.

La noticia debía alegrarlo, pero no fue así.



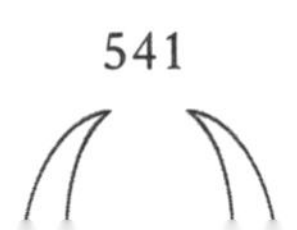

—¿Quiere hablar con él? Lo espera en el salón.

Leo suspiró. No tenía ganas de hablar con su padre; no obstante, él era el único que sabía dónde estaba Evelyn, y Tem le dijo que la encontrara.

—¿Quiere que lo traiga? —preguntó su tío al prolongarse el silencio.

—No —dijo Leo—. Llévalo a la mazmorra.

Lord Chamberlain frunció el ceño.

—¿Está seguro, Su Alteza?

—Por supuesto que estoy seguro. Él debe estar allí.

—Todas las celdas están llenas.

—En ese caso, será mejor que las vaciemos, ¿no?

Su tío negó con la cabeza.

—Thelonius... su padre no estará de acuerdo.

Leo lo miró.

—Mi padre ya no es rey. No necesito su respaldo.

—Pero si usted...

—Llévalo a la mazmorra —repitió—. Y si se resiste, oblígalo.

—¿Cómo?

—Llama a los guardias. Sométela a punta de cuchillo. No me importa lo que hagas, hazlo y ya.

Pasó un momento en el que Leo pensó que su tío podría protestar de nuevo, pero lord Chamberlain estaba obligado a cumplir con los deberes de su cargo; no podía desafiar las órdenes de Leo, del mismo modo que no había podido negarse a las del rey anterior.

Finalmente, dijo:

—Muy bien. Si eso es lo que desea.

—Lo es. —Leo terminó su whisky y se puso de pie—. Te veré allí.

Su tío arqueó una ceja, pero no volvió a hablar. Tomaron caminos distintos en el descanso y Leo bajó lentamente las escaleras. El castillo seguía en un estado de completo caos: los invitados a la boda y el personal estaban repartidos en grupos caóticos, todos consternados. La mayoría estaban cubiertos de sangre, y Leo hizo una mueca de dolor al verlos. Sentía la profunda responsabilidad de mantener a salvo a su gente, y ese día no lo había hecho. Sin duda la culpa lo perseguiría durante mucho tiempo.

Tem no estaba por ningún lado. No le sorprendió; seguramente el basilisco se la había llevado de la boda para protegerla de cualquier peligro latente. Leo habría hecho lo mismo si ella se lo hubiera permitido. Sin embargo, ese no era el momento de pensar en Tem, porque tenía a alguien a quien encontrar. La madre de Tem estaba de pie en la entrada del laberinto, con la cabeza apoyada en el hombro de Gabriel.

El corazón de Leo saltó en el momento en que la vio.

—Su Alteza. —Ella hizo una reverencia cuando él se acercó. Gabriel hizo lo mismo.



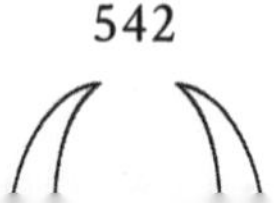

—Por favor. —Él hizo un gesto torpe—. Llámeme Leo.

—¿Por qué estás aquí, Leo?

Leo abrió la boca y luego la cerró. Se parecía muchísimo a Tem. ¿Cómo no se dio cuenta cuando los presentaron antes? Tenían los mismos ojos dulces, la misma mandíbula decidida. El parecido era tan marcado que tuvo la tentación de acercarse a ella, pero se abstuvo al recordar por qué había ido. Por alguna razón, miró a Gabriel.

—Tem se fue, Caspen se la llevó. —Gabriel dijo la segunda parte con delicadeza.

—Por supuesto. —Leo asintió—. No es por eso que estoy aquí.

—¿Ah, no? Entonces, ¿qué podemos hacer por usted, Su Alteza?

Hubo un breve silencio. Leo volvió a flexionar la mano.

—El padre de Tem está en el calabozo —dijo con firmeza—. Pensé que tal vez querría verlo.

La madre de Tem abrió mucho los ojos.

—Sí —susurró—. Me encantaría.

Leo asintió de nuevo.

—En ese caso, por favor. —Extendió el brazo y ella lo tomó—. Venga conmigo.

Dejaron a Gabriel cerca del laberinto. Ninguno de los dos habló al entrar al castillo, y de todos modos Leo no tenía ganas de hacerlo, prefería atravesar en silencio el salón de baile y bajar las escaleras. Fue hasta que se encontraron frente a la puerta de la mazmorra que Leo se detuvo y la miró.

—Él... no se encuentra bien. No quiero que se alarme.

La madre de Tem levantó la barbilla.

—Estaré bien.

El gesto le resultó tan familiar que Leo no pudo evitar sonreír. «Así que de ahí lo sacó Tem».

—Muy bien.

Abrió la puerta.

La mazmorra estaba a oscuras. Su padre aún no estaba allí, pero quizás eso era lo mejor. Les daría privacidad para lo que vendría después. Sin decir una sola palabra más, Leo se dirigió a la última celda. Cuando llegaron, la madre de Tem dejó escapar un grito ahogado.

Al oírlo, Kronos abrió los ojos.

—¿Daphne? —susurró.

La madre de Tem profirió un sonido estrangulado.

—Sí. —Se pegó a los barrotes—. Estoy aquí.

Leo tomó de inmediato las llaves de un gancho de la pared y se las entregó. La cerradura giró con facilidad y en cuanto se abrió la puerta de la celda Daphne corrió hacia el interior. Cayó de rodillas, rodeó con sus manos la cara de Kronos y la acercó a la suya.



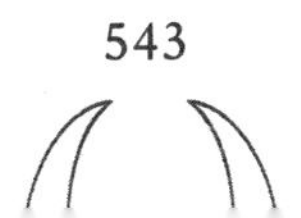

—Pensé que me habías abandonado —susurró.

—No lo hice. Nunca te dejaría.

Ella sacudió la cabeza.

—Pensé que...

—*Nunca,* Daphne.

Leo sintió como si estuviera importunando un momento extremadamente privado. Y, sin embargo, no podía apartar la mirada. Al verlos juntos, algo le dolía en el pecho, algo que sabía que tendría que afrontar en algún momento.

—Nunca pude contarte lo de nuestra hija —susurró Daphne.

Leo se irguió ante la mención de Tem.

—Ya lo sabía —dijo Kronos.

—¿Cómo?

—No estoy seguro. Podía... *sentirla.* Y a ti.

—¿A mí?

Kronos asintió.

—Siempre a ti.

Leo se dio la vuelta mientras se besaban.

La criatura en su pecho lo arañaba, exigía su atención. Entendió lo que Kronos quería decir: cómo podía sentir a Daphne, incluso estando separados. Leo sintió a Tem en ese momento. Era como si estuvieran atados, y cuando ella se movía, él anhelaba moverse con ella.

—¿Leo? —La voz de Daphne lo sacó de su trance—. ¿Nos ayudarías?

Se giró y vio a Kronos intentando ponerse de pie, pero los cables fundidos en sus dedos lo impedían.

Leo dio un paso adelante.

—Lo siento —dijo—. No sé cómo quitarlos.

—Usaron un artefacto para insertarlos —dijo Kronos.

Leo echó un vistazo a la mazmorra, buscando algo que pudiera servir para arrancar los cables de los dedos del basilisco. No había nada.

—Lo siento... yo...

La voz de su padre lo interrumpió.

—¿Daphne?

Al escuchar su nombre, la madre de Tem quedó paralizada. Giró la cabeza lentamente y Leo siguió su mirada y vio a su padre de pie en medio de la mazmorra, flanqueado por dos guardias, con la boca desencajada por la sorpresa y el disgusto. Sus ojos se posaron en Kronos y se entrecerraron.

—¿Él?

Por mero instinto, Leo puso su mano en el hombro de Daphne, pero su padre no había terminado:

—Debí imaginar que te habías ido por culpa de una *serpiente.*

La madre de Tem no dijo una sola palabra, pero su expresión lo dijo todo.

—No es de extrañar que tu hija actúe como lo hace —continuó Maximus—. Con un ejemplo como tú, es claro que no tenía otra opción.

La ira se apoderó de Leo.

—Padre —espetó—. Déjala en paz.

Su padre se volteó hacia él. Dejó escapar una risa oscura.

—¿No lo entiendes, Thelonius? Esa *cosa* —señaló a Kronos— engendró a tu preciosa esposa. Amas a una criatura de raza híbrida, a una *impura.*

—No la llames así.

—La llamaré como quiera.

Leo dio un paso adelante.

—La llamarás por su *nombre.*

Su padre se burló.

—Cierra la boca, Thelonius.

Pero Leo ya no obedecería órdenes, era hora de empezar a darlas.

—Cierra la boca *tú,* padre.

La mazmorra ya estaba helada, pero de alguna manera la temperatura bajó aún más.

Antes de que Maximus pudiera volver a hablar, Leo chasqueó los dedos y uno de los guardias dio un paso adelante.

—Tráeme el artefacto para liberar a los basiliscos.

Los ojos de su padre se abrieron desmesuradamente.

—No te atreverás.

Claro que lo haría.

—¡Haz lo que te digo! —gritó.

El guardia desapareció. El que quedó se acercó a su padre, cuyo rostro se oscureció.

—Imprudente —susurró Maximus—. Igual que tu madre.

Leo frunció el ceño. Su padre nunca hablaba de su madre.

Antes de que pudiera entenderlo, su padre continuó:

—Te arrepentirás de liberarlos, Thelonius. Recuerda mis palabras.

Leo negó con la cabeza.

—Lo único de lo que me arrepentiré es de no haberlo hecho antes.

—*Insolente.* No debí haberte coronado rey.

—Pero lo hiciste. Tu reinado ha terminado, padre, te sugiero que aceptes la realidad.

—No sabes nada de la paz, Thelonius. No habrá paz en este reino si abrogas esto. —Señaló a los basiliscos encarcelados.

—Ya no hay paz —dijo Leo.

Su padre se echó a reír mordazmente.

—La paz es una ilusión, un día lo aprenderás.

Pero Leo negó con la cabeza. La paz podía ser una ilusión, pero también lo era el poder. Su familia se escondía tras su riqueza, la que habían



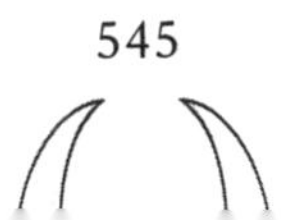

obtenido de criaturas que consideraban inferiores. El ciclo terminaría con él. Ya no le importaba lo que le costara.

—Tu reinado ha terminado —repitió, esta vez en voz baja.

El otro guardia regresó con un artefacto metálico.

Leo señaló a Kronos.

—A él primero —dijo Leo—. Y luego a los demás.

El guardia dudó solo un momento antes de obedecer. Tan pronto como le quitaron los cables, Kronos se puso de pie lentamente, apoyándose en Daphne.

Leo se aseguró de que salieran de la celda antes de dirigirse al guardia junto a su padre.

—Enciérralo —dijo con frialdad.

Si su padre no hubiera estado tan conmocionado, habría intentado huir. En cambio, su rostro quedó inexpresivo cuando el guardia lo tomó de los brazos y lo condujo a la celda que Kronos acababa de abandonar. Permaneció en silencio mientras los barrotes se cerraron con un ruido sordo frente a él.

Leo se dirigió hacia la madre de Tem.

—Váyanse —dijo—. Ambos.

Daphne lo miró durante un largo instante antes de levantar lentamente la mano y acariciar su rostro con la palma, tal como acababa de hacer con Kronos. Leo la miró a los ojos mientras ella decía:

—Gracias.

De repente, sintió un nudo en la garganta. Pensó que ella se iría, pero no fue así.

En lugar de eso, la madre de Tem continuó:

—Se fue con él, pero los ama a ambos. —Su voz se convirtió en un susurro—. Encontrarán el camino de regreso uno al otro.

No era una predicción, era una declaración de hechos.

Leo asintió. No podía hacer otra cosa.

Daphne bajó la mano y se giró hacia Kronos.

—¿Estás listo?

En respuesta, Kronos la jaló hacia él. Salieron juntos de la mazmorra, sosteniéndose entre sí.

Leo los vio partir. Tan pronto como se fueron, volteó hacia la celda.

—¿Dónde está ella?

Su padre parpadeó. Leo notó que tenía sangre seca en los labios. Quizá sí resultó herido después de todo.

—¿Dónde está quién?

—Sabes exactamente a quién me refiero, maldita sea.

Su padre sonrió y la sangre se agrietó.

—Vamos, vamos, Thelonius. Preguntar por una mujer que no es tu esposa en tu noche de bodas es de mal gusto, incluso para ti.



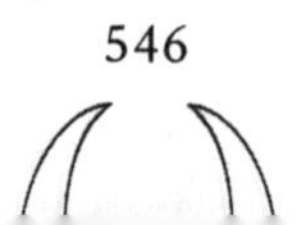

Los dedos de Leo apretaron los barrotes.

—Con-tés-ta-me.

Hubo un silencio largo. Leo no lo interrumpió.

Su padre lo estudió en silencio, sus ojos recorrían su cuerpo de la cabeza a los pies. Parecía que lo evaluaba, como había hecho toda su vida; solo que esta vez, a Leo no le importaba ganarse su aprobación. Esta vez nada le daba mayor placer que convertirse en la pesadilla de su padre.

—Vive en el pueblo de al lado —dijo Maximus en voz baja.

Leo frunció el ceño.

—Ah —murmuró su padre—. No es lo que esperabas oír.

Contrariado, Leo negó con la cabeza. A un pueblo de distancia. Todo ese tiempo, Evelyn estuvo a un pueblo de distancia. Y nunca había...

—¿No vas a preguntar por qué se fue?

Leo se crispó. Por supuesto que quería preguntar por qué se había ido, pero una parte de él, una parte más grande de lo que le gustaba admitir temía profundamente la respuesta.

Su padre se acercó más. Leo vio el odio en sus ojos, la satisfacción enfermiza que le producía atormentar a su hijo. Respondió la pregunta que Leo se rehusaba a hacer:

—Le pagué.

A Leo se le revolvió el estómago.

Era mentira, tenía que serlo. Evelyn no se dejaría comprar. Su padre diría cualquier cosa para hacerle daño, sobre todo después de que su propio hijo lo hubiera arrojado a un calabozo.

—¿No quieres saber cuánto me costó? —susurró su padre, sosteniendo la mirada de Leo—. ¿Quieres que te diga cuánto valió tu amor para ella?

—Mientes. Ella no aceptaría un soborno.

Su padre soltó una carcajada.

—Lo habría hecho, querido muchacho. Y lo hizo.

—No te creo.

—Ese es tu error.

Leo negó con la cabeza.

—Incluso si lo hubiera hecho, lo entendería. No tenía nada, su familia era pobre. Por supuesto que ella...

—¿Te dejó por el precio justo?

Leo enderezó los hombros.

—No puedes culparla teniendo en cuenta lo que le esperaba si se quedaba. No había futuro para nosotros en nuestro pueblo. Tú te aseguraste de ello.

—¿Y por qué querría yo ese futuro para mi hijo? Ella es una campesina, Thelonius. Tú eres un príncipe.

—Soy un rey —escupió las palabras entre los barrotes—, y no puedes decirme a quién amar.



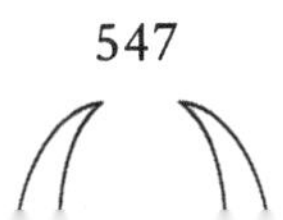

En el rostro de su padre se dibujó una sonrisa lenta.

—Eso está claro —dijo en voz baja—. Hace tiempo que debí comprender que careces de racionalidad. Pero, al igual que tú, elegí ignorar lo que tenía delante.

—¿Qué quieres decir con eso?

Maximus esbozó una sonrisa maliciosa.

—Encuéntrala si quieres. Cásate con ella si es necesario. Sin embargo, será más difícil de lo que crees.

Leo apretó los barrotes con más fuerza.

—¿Qué será más difícil?

—Descubrir la verdad.

Con esto, Leo se marchó.

Por fin el castillo estaba vacío. La noche había caído por completo y los invitados que aún estaban vivos o ilesos se habían ido a casa hacía mucho tiempo. Leo sabía que habría un sinfín de problemas que resolver por la mañana. No obstante, solo había una cosa que tenía que hacer esa noche. Detuvo el primer carruaje que vio y se subió, entumecido. Las palabras de su padre resonaban rítmicamente en su cráneo: «Será más difícil de lo que crees. Descubrir la verdad».

¿Pero sería la verdad? Su padre podría estar mintiendo. Seguro que mentía. Leo se negaba a creer que a Evelyn le hubieran pagado para dejarlo. Si la situación hubiera sido al revés, ninguna cantidad de dinero lo habría tentado a irse. Tenía que creer que ella se sentía igual.

Leo se encogió de hombros. Sentía un dolor penetrante en el pecho. Cuanto más se alejaban del castillo, más intenso se hacía el dolor. Era un dolor físico que le atenazaba las costillas, le comprimía los pulmones y hacía que quisiera volver con Tem. Sin embargo, ella le había dicho que encontrara a Evelyn.

Leo ordenó al joven del establo que condujera toda la noche. Pasó las horas en vela, mirando por la ventana, observando las estrellas en el cielo. ¿Estaría Tem mirándolas también o ya estaría en las profundidades de la montaña, recluida en las cuevas con Caspen? Le dolía imaginarla con él. No quería visualizarlos juntos. No quería pensar en la serpiente tocándola como lo había hecho él, no quería imaginar cómo gritaría el nombre de Caspen en lugar del suyo. Pero al menos sabía que estaba a salvo. Sabía, sin lugar a dudas, que la única persona que amaba a Tem tanto como él era Caspen.

Eso no lo hacía más fácil.

¿Y si ella no estaba a salvo? ¿Y si la verdad básica en la que creía Leo, que Caspen protegería a Tem, no era cierta? Leo fue testigo de la furia de Caspen en la boda. ¿Y si un día la dirigía hacia ella? El basilisco había destrozado a su propio padre. Solo Kora sabía de qué más sería capaz. Leo se estremeció.



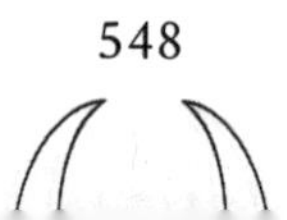

Ya no había nada que hacer. Acordaron compartirla, pero ese acuerdo ya no tenía validez. El futuro de Leo estaba a un pueblo de distancia.

Cuando el carruaje finalmente aminoró la marcha, el sol estaba saliendo. El pueblo era pequeño; Leo lo había visitado antes en una gira real. Se dirigió directamente a la panadería, donde sabía que todos los aldeanos debían comprar su pan. Le tomó apenas unos segundos preguntarle al panadero por Evelyn. Le informó que ella solía pasar las mañanas junto al río, dando de comer a los patos.

Leo le ordenó al joven del establo que se detuviera en la plaza del pueblo. Al salir del carruaje, se frotó las palmas de las manos, dándose cuenta de que estaban sudorosas. Todavía llevaba puesto su traje de boda. Eso era una *locura.* ¿Realmente estaba a punto de verla?

Al pensarlo, unas barras de hierro le atravesaron el pecho.

Cuántas mañanas... había pasado *demasiadas mañanas* sentado en la banca del cementerio, esperando a Evelyn con la esperanza, contra todo pronóstico, de que llegara. Nunca dejó de amarla, nunca dejó de rezar para que apareciera. Incluso cuando se enamoró de Tem, todavía guardaba un pedazo de su corazón para Evelyn. No podía evitarlo; había algo ineludible en su primer amor. Hasta Tem sabía que su corazón estaba en dos lugares, por eso lo envío a buscar a Evelyn. Tem sabía mejor que él lo que era pertenecer a dos personas a la vez.

Se dirigió lentamente hacia el río, sentía pesadez en las piernas. En su mente se debatían la expectativa enfermiza y la esperanza desenfrenada.

La corriente del río llegó hasta él. Ya casi estaba allí.

¿Estaría feliz de verlo? ¿Y si había encontrado a alguien nuevo y él llegaba demasiado tarde? A él nunca se le ocurrió cortejar a otra persona después de Evelyn. Solo lo hizo porque el proceso de eliminación lo había obligado. Su amor por Tem fue un feliz accidente que ahora, a la luz de lo que estaba a punto de hacer, no sabía cómo sobrellevar.

El río era ruidoso; había llegado a la orilla. La luz del sol de la mañana le daba en los ojos, enmarcando a la chica que tenía delante.

Era Evelyn.

Tenía el cabello rubio como la miel. Se veía tal y como él la recordaba. La curva de su hombro, el arco de su cuello. Lucía igual que la última vez que la había visto. ¿Cuánto tiempo había pasado? Meses. Casi un año. Le robaron un verano con ella, lo privaron de la oportunidad de ver su piel bronceada, de ver su cabello aclararse bajo el sol. Habían hecho planes para visitar juntos el mar. Ninguno de los dos había estado allí. Era el primer lugar al que pensaban ir una vez que fueran libres de la aldea, libres de su padre.

«Arena entre los dedos de nuestros pies, Leo», había dicho Evelyn. «¿No te preguntas cómo se sentirá?».

Sí, se lo había preguntado. Quizás ahora lo averiguaría.

Y, sin embargo, Leo no podía moverse.

Algo lo detenía, impidiéndole dar siquiera medio paso en dirección a ella. Era como si una cadena invisible rodeara sus tobillos, fijándolo al suelo. Necesitaba avanzar, pero hacerlo significaba agrandar la brecha entre él y Tem. En el momento en que se acercara a Evelyn, todo cambiaría entre Tem y él. La idea le dolía físicamente. No obstante, la propia Tem le había dicho que lo hiciera, así que Leo dio un paso al frente.

—Evelyn.

Evelyn lo miró y abrió los labios, visiblemente sorprendida.

—¿Leo?



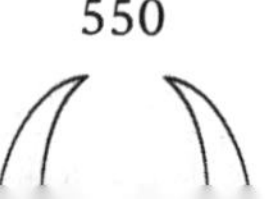

# DESAFIANTES

Esta escena NO ES CANÓNICA, lo que significa que no ocurre dentro de la trama del libro que acabas de leer. Es una escena inspirada en la película *Desafiantes*, protagonizada por Zendaya, Josh O'Connor y Mike Faist. Fue escrita en un viaje en avión de trece horas de regreso de Venecia, Italia, después de que la autora bebiera al menos nueve copas gratuitas de cabernet sauvignon. Si tuvieras que situarla en alguna parte del libro, podría servir como un final diferente a la conversación que Caspen, Tem y Leo sostuvieron en la cueva. En esa escena, Leo dice: «Solo… te quiero mientras pueda tenerte», tras lo cual Caspen dice la frase de apertura a continuación. ¡El resto es historia!

—Por favor —se burló Caspen—. No puedes tocarla como yo lo hago.

—Entonces enséñame.

Tem se quedó boquiabierta. Para su sorpresa, Leo no cambió de opinión. Simplemente levantó la barbilla y miró a Caspen con obstinada determinación. Ambos hombres se miraron fijamente, y Tem los miró a ellos.

Ella rompió el silencio.

—No creo que sea una buena idea.

Los ojos de Leo se dirigieron a los de ella y se entrecerraron.

—¿Por qué no? Él te enseñó, ¿no?

Leo tenía razón en eso. Caspen era un buen profesor; sin embargo, eso era impensable. Tem no podía imaginar un universo en el que los hombres que tenía delante se llevaran bien, y mucho menos colaboraran en algo tan importante como aquello.

Caspen se encogió de hombros.

—¿Y cómo propones que te enseñe?

Hubo un silencio. Leo apretó la mandíbula.

—Enséñame.

El basilisco se burló. Tem contuvo la respiración.

—¿Que te enseñe?

—Ya me oíste —espetó Leo.

Caspen levantó una ceja. Se produjo un silencio tenso.

Nada en esa conversación era remotamente normal. ¿Había pedido Leo a Caspen que le enseñara a tocarla? Parecía sacado de un sueño. Tem no tenía idea de lo que pasaría después. No podía leer la expresión de Caspen; parecía que meditaba algo. Miraba a Leo con una curiosidad reticente, casi como si le intrigara la propuesta.

—Muy bien —dijo Caspen lentamente—. Supongo que podrías vernos...

—No tengo el menor maldito interés en verlos —dijo Leo con brusquedad.

Caspen cruzó los brazos.

—Ni yo.

Tem cerró los ojos. Eso era absurdo, estaba cansada. Cansada de que la gente se peleara por ella, de que los hombres la definieran, influenciaran y manipularan. Se negaba a dejar que la controlaran más. Ni siquiera los que amaba.

Tem abrió los ojos, dirigiendo su mirada a Caspen.

—Detente.

Caspen parpadeó.

Antes de que pudiera responder, se volteó hacia Leo.

—Tú también. Detente.

Ambos la miraron fijamente.

Tem continuó:

—Teniendo en cuenta que esta decisión me afecta de forma directa, ¿no creen que deberían *preguntarme* cómo proceder?

Las cejas de Caspen se levantaron unos milímetros. Sus ojos se dirigieron a Leo, cuyo rostro mostraba una expresión similar de incredulidad. Ninguno de los dos estaba acostumbrado a recibir órdenes de ella ni de nadie, en realidad.

Pero aquello era demasiado importante. Si iban a cruzar juntos esa línea, Tem necesitaba saber que obedecerían.

—Yo daré las órdenes —dijo.

Ambos guardaron silencio.

—Díganlo. —Tem cruzó los brazos—. Ambos. —Sabía que lo dirían, solo se preguntaba quién cedería primero. Para su sorpresa, fue Caspen.

—Tú darás las órdenes, Tem —dijo el basilisco, inclinando la cabeza—. Por supuesto.

Tem se volteó expectante hacia Leo.

—Sí —dijo él con la misma tranquilidad—. Tú darás las órdenes.

—Bien.



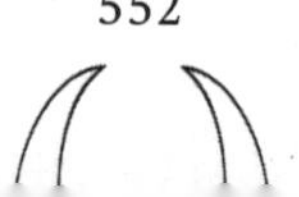

Una vez establecida esa regla básica, Tem tenía que pensar en cómo proceder. Echó un vistazo a Leo. Si seguía tan tenso, no funcionaría. Al pensarlo, a Tem se le ocurrió una idea. Dirigió la mirada a Caspen.

—¿Podrías calmarlo?

Él parpadeó lentamente.

—Sí, podría hacerlo.

Leo los miró a ambos.

—¿Qué quiere decir eso?

Caspen inclinó la cabeza.

—Tengo la capacidad de influir en tu estado de ánimo.

—¿Puedes hacer que me sienta tranquilo?

—Sí, con tu consentimiento.

Leo soltó una carcajada.

—Déjame adivinar. También podrías hacerlo sin mi consentimiento.

—Podría —repitió Caspen—, pero no lo haría.

Tem sabía que era verdad, aunque Leo no.

—No te quiero en mi mente —dijo Leo sin rodeos.

—No necesito acceder a tu mente para calmarte. Es simplemente una sensación.

—¿Cómo sé que no me controlarás? —insistió Leo.

—Esa no es la naturaleza de mi poder. Aunque quisiera controlarte, no podría. Eres humano, solo puedo acceder a las mentes de otros basiliscos.

Leo sacudió la cabeza.

—No confío en ti.

No era ninguna sorpresa.

—En ese caso —dijo Caspen tranquilamente, volteando hacia Tem—, sugiero que lo calmes tú.

—¿Yo?

—Sí, eres en parte basilisco. Puedes hacer todo lo que yo puedo hacer.

A Tem no se le había ocurrido que pudiera manipular las emociones de alguien como hacía Caspen. Era un pensamiento fascinante y que deseaba poder explorar en un momento menos crucial. Sin embargo, en vista de cómo estaban las cosas, tendría que hacerlo en ese momento.

—¿Cómo lo hago?

—Primero debes encontrar la calma tú misma —dijo Caspen—. Luego puedes transmitirle esa sensación a él. Será más fácil si lo tocas.

Dio instrucciones con la misma reserva y objetividad de siempre.

Tem se volteó hacia Leo.

—¿Quieres que haga esto?

Entonces Leo dudó.

—¿Seguiré siendo… yo?

Caspen respondió antes de que Tem pudiera hacerlo.



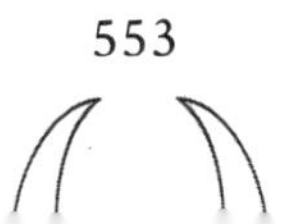

—Seguirás siendo tú. Solo se verá afectado tu estado de ánimo. No afectará tu juicio ni tu capacidad para tomar decisiones.

Tem descubrió que esa era una descripción precisa de la sensación. Pensó en la vez que Caspen le había quitado el deseo, en cómo se enojó con él pero pudo decirle que se lo devolviera.

Los ojos de Leo buscaron los de Caspen. Tem recordó que para el príncipe humano Caspen era un peligro, un enemigo. No era natural que ellos dos interactuaran así. No era natural que se relacionaran en absoluto. Sin embargo, Leo era Leo. Tem reconoció el destello de altiva determinación que iluminó sus ojos cuando se dirigió hacia ella.

—Hazlo —dijo con firmeza.

Tem asintió, aunque la tarea le parecía imposible. En ese momento, no estaba tranquila en absoluto. Se sentía agitada, impaciente y nerviosa, como si estuviera a punto de hacer una prueba importante. No era precisamente un estado mental de relajación. Por eso, en lugar de concentrarse en sí misma, Tem se concentró en Leo. Pensó en lo mucho que se preocupaba por él, en lo mucho que deseaba que esa experiencia fuera positiva para ambos. Pensó en que haría cualquier cosa para asegurarse de que él se sintiera amado por ella y en que sabía que él haría lo mismo.

Finalmente, llegó la calma.

Cuando lo hizo, Tem descubrió que no necesitaba las instrucciones de Caspen. Podía sentir la mente de Leo de la misma manera que sentía la del basilisco. No era el mismo canal que compartía con Caspen; en lugar de ser una vía de doble sentido, la conexión con Leo se sentía claramente unilateral, como si estuviera viendo su conciencia a través de una ventana. No podía acceder a su mente ni él a la suya, pero descubrió que podía enviar su calma a través de la ventana, como si fuera una cesta de huevos de la granja.

En el momento en que lo hizo, Leo cerró los ojos.

—Oh —susurró, y luego sonrió.

Tem miró inquisitivamente a Caspen, quien asintió en señal de aprobación.

—Bien, Tem.

Leo abrió los ojos.

—¿Es así como te sientes cuando estás con él? —le preguntó.

Incluso su voz era diferente. El tono agudo y burlón había desaparecido y lo sustituyó un murmullo lánguido y áspero que Tem nunca antes lo había oído usar. Se dio cuenta de que era sexi.

—A veces —respondió—. Pero solo si le pido que me haga sentir así.

—Es increíble que no se lo pidas todo el tiempo.

Tem sintió ganas de reír.

—¿Cómo te sientes?

Leo sonrió.

—Tranquilo, como dijiste que me sentiría. —Señaló a Caspen—. Y mucho más relajado con él.

Tem asintió.

—Bien. —Se dirigió hacia Caspen—. ¿Has hecho esto antes?

Tem ni siquiera estaba segura de lo que estaba preguntando. ¿Habría estado Caspen con un hombre antes? ¿O con dos personas al mismo tiempo? Su respuesta fue un sí rotundo.

Tem no sabía por qué se había molestado en preguntar. Caspen había hecho de todo antes. A fin de cuentas, era un basilisco. No había nada que consideraran tabú o prohibido. Era probable que esa situación ni siquiera ocupara un lugar en el gran esquema de sus experiencias sexuales. En cierto modo, Tem se alegraba por ello. Ella misma no tenía idea de qué esperar, y sentía cómo su ansiedad aumentaba ante la idea de lo que podría suceder. Pero entonces recordó que tenía que mantener la calma por Leo, y de inmediato redirigió sus pensamientos.

¿Era realmente tan extraño estar con los hombres a quienes amaba? ¿Exactamente a qué le tenía tanto miedo Tem? Caspen y Leo eran muy importantes para ella. Los amaba y sabía que ellos la amaban a ella. Aquello no era más que una extensión de ese amor.

Pero ¿cómo comenzar?

Tem estaba al mando, así que hizo lo único que se le ocurrió.

Cruzó hasta la alfombra, se sentó en la orilla y los miró expectante. Ellos también se sentaron, Caspen a su izquierda y Leo a su derecha. Ella se volteó primero hacia Caspen, mirando profundamente sus ojos dorados, que se volvían negros con rapidez.

«¿Lo mantendrás a salvo?», preguntó Tem.

«Por supuesto».

Necesitaba saber que no había peligro de que Caspen se transformara. Una cosa era cuando sucedía con Tem, estaba acostumbrada y sobreviviría, pero otra muy distinta era que sucediera con Leo. Tem no tenía idea de si Caspen podría controlar sus impulsos ante una situación tan cargada de emociones. Había demasiado en juego como para seguir adelante sin garantías. No quería que le hiciera daño a Leo; nunca perdonaría a Caspen si algo malo le sucedía al príncipe humano, y Caspen seguramente lo sabía.

«¿Estás seguro? Si resulta herido...».

«No le haré daño, Tem. Entiendo que es muy importante para ti».

Tem sintió un torrente de gratitud al escuchar sus palabras.

«Tú también eres muy importante para mí».

Sonrió, y Tem quedó impactada ante todo lo que Caspen estaba dispuesto a hacer por ella, lo que ambos estaban dispuestos a hacer por ella. Quizás era hora de premiarlos por su lealtad.



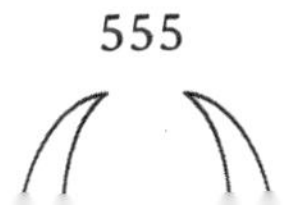

Tem se volteó hacia Leo. Lo besó. Sabía como el cielo antes de llover; sabía a verano, a aire. Su lengua encontró de inmediato la de él. Era como si la calma que Tem le transmitía lo volviera aún más seguro de sí mismo de lo que solía ser, como si le hubiera quitado hasta el último atisbo de autocontrol. Tem percibió vagamente las manos de Caspen en su espalda. Le estaba desabrochando el vestido.

Tem mordió el labio inferior de Leo, y él hizo lo mismo.

Desabrochó su camisa, jalándola de sus hombros y dejándola caer al suelo. Sus pantalones hicieron lo mismo poco después. Su pene ya estaba duro, pero ella aún no lo tocaba.

En cambio, se volteó hacia Caspen y lo desvistió mientras lo besaba, deslizando las palmas de sus manos por su torso y quitándole los pantalones para liberar su pene.

Detrás de ella, Leo terminó lo que el basilisco había comenzado, bajándole el vestido para dejar su espalda al descubierto. Posó sus labios en sus omóplatos y Tem se estremeció. Un momento después, su vestido estaba en el suelo. Solo quedaba su ropa interior, y Leo se aseguró también de quitársela. Tem soltó a Caspen.

Se sentó allí, desnuda entre ellos, deleitándose con la forma en que la miraban.

—Tóquenme.

Era una orden para ambos, pero Caspen fue el primero en llegar a ella, acariciando su pecho con los dedos.

—Puede venirse solo con esto —dijo en voz baja, pellizcándole el pezón con los nudillos.

—¿De verdad? —preguntó Leo.

Él imitó el movimiento en su otro pecho, y Tem suspiró.

—Más —jadeó.

Era todo lo que podía hacer.

Ambos hombres se inclinaron al mismo tiempo, y Tem cerró los ojos cuando sus bocas reemplazaron a sus dedos. No pudo hacer nada más que rendirse. Se sentía increíblemente bien. No podía haber mayor placer que ese, ni mayor alegría. Ya se movían a la par, ya estaban alineados.

Tem nunca se había sentido tan estimulada, tan excitada. Los sostenía contra ella mientras le chupaban los pezones, y cada uno lo hacía a su manera perfecta. Caspen era sensual, con la lengua más activa que los dientes. Leo era asertivo y sus colmillos dorados apretaban el tejido blando de su pecho. Ambos la hacían sentir bien. Ambos eran perfectos.

Tem empezaba a mojarse rápidamente. Tan pronto como se dio cuenta, Caspen se enderezó. Leo también se incorporó y ambos observaron cómo ella dejaba que sus piernas se doblaran y se abrieran.

El siseo de Caspen llenó de inmediato la cueva, y Tem dirigió una



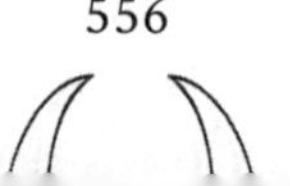

oleada adicional de calma hacia Leo, quien simplemente arqueó una ceja con una leve curiosidad ante el sonido. Luego su atención dirigió hacia Tem, y ambos hombres miraron fijamente su centro.

—Después de ti —dijo Caspen en voz baja.

El tiempo disminuyó su ritmo cuando Leo extendió la mano. Al principio ni siquiera la tocó. Sus dedos se detuvieron a unos centímetros de su clítoris y, durante un largo instante, simplemente la miró. Luego deslizó sus dedos dentro de Tem y el mundo se desvaneció.

—Tiene la vagina más bonita que he visto en mi maldita vida —susurró Leo.

La boca de Caspen se crispó.

—Sí. Es verdad.

—Esto. —Leo frotó su clítoris con dos dedos—. Esto es con lo que sueño.

—Yo también.

—Y aquí. —Los dedos de Leo se hundieron profundamente en ese lugar húmedo, y Tem dejó escapar un gemido desesperado—. Si pudiera ahogarme aquí, lo haría.

La sonrisa de Caspen se ensanchó.

—Yo también.

No había celos entre ellos, ni competencia ni mala voluntad. Solo estaban Tem y la devoción que le profesaban.

—Intenta esto. —Caspen tomó la mano de Leo entre las suyas y presionó la palma contra el clítoris de ella.

Tem arqueó la espalda de inmediato ante semejante estímulo. Se llevó las manos a los pechos. Necesitaba más, necesitaba todo.

Las cejas de Leo se levantaron ante su reacción.

—Increíble —dijo. Hizo el movimiento una y otra vez, frotándola con la palma de la mano, con sus largos dedos apoyados contra su vientre. Caspen se limitó a mirar, con los ojos fijos en ella, asegurándose de que Leo le diera todo lo que necesitaba.

Tem estaba cerca de venirse, pero Caspen tenía otros planes.

—Aún no —dijo—. Haz que espere.

Los labios de Leo esbozaron una sonrisa.

—Muy bien.

Sus movimientos se detuvieron y Tem gimió.

Leo le acarició ligeramente el clítoris.

—¿Estás mojada para nosotros, Tem? —murmuró con una sombra de su habitual sonrisa en el rostro.

—Sí —respondió ella sumisa.

Leo posó sus labios en la parte interior de una de sus piernas. Caspen hizo lo mismo en la otra.



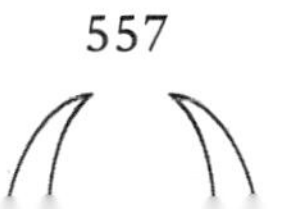

—¿Quién quieres que te saboree primero? —preguntó Leo.

—Tú.

—Di mi nombre.

—Leo —dijo ella—. Por favor.

Su sonrisa se amplió. Los largos dedos de Leo envolvieron sus muslos, jalándolos. Bajó la cabeza y los ojos de Tem se encontraron con los de Caspen cuando la lengua de Leo llegó a su centro.

«¿Se siente bien?».

Apenas percibió la pregunta de Caspen. Por supuesto que se sentía bien, se sentía *increíble.*

En respuesta, Tem cerró los ojos y gimió.

Se turnaban para degustarla, para chuparla y lamerla hasta que Tem apenas podía soportarlo más. Caspen realizaba un movimiento, como acariciar su clítoris con toda su lengua, y Leo hacía lo mismo. Al final, Tem no podía distinguirlos. Solo sentía un placer intenso y abrasador que se produce cuando dos personas te adoran a la vez.

Eran atentos y cariñosos. Le pertenecían.

Cada vez que Tem quería algo, Caspen lo decía en voz alta y Leo lo hacía. Los tres establecieron un ritmo en conjunto, hasta que finalmente Tem cayó rendida ante ellos.

Al final, fue Leo quien obtuvo la recompensa.

—Está cerca —dijo Caspen mientras Leo volvía a hundir la boca entre sus piernas—. Haz que se venga.

Su mano estaba en la nuca de Leo, sujetándole la cabeza hacia abajo. Tem tuvo un repentino recuerdo de cuando Caspen sujetó la cabeza de Rowe hacia abajo de manera similar. Solo que en esta ocasión, su gesto era suave; simplemente guiaba a Leo, sin forzarlo, usando su fortaleza solo para garantizar el placer de Tem y, por extensión, el de Leo.

No había duda de que el príncipe humano estaba disfrutando. Se sumergía en ella, con la lengua ávida y dispuesta a saborear cada gota de sus fluidos. El primer orgasmo de Tem fue repentino, fue un impulso urgente que la atravesó como un rayo y la dejó sin aliento. Cuando por fin se recuperó, Tem abrió los ojos y vio que ambos la miraban fijamente, con idénticas expresiones de deseo en sus rostros. Leo lamió sus fluidos de sus propios labios antes de dirigirse hacia Caspen.

—¿Y bien? —preguntó.

Caspen levantó una ceja.

—Y bien, ¿qué?

—Yo diría que le gustó, ¿no crees?

Caspen miró a Tem, que estaba tendida felizmente en la alfombra, y se echó a reír.

—Sí. Yo diría que sí.



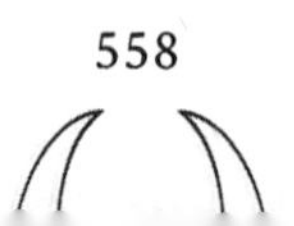

Leo esbozó una amplia sonrisa altiva. Al final la hizo llegar al orgasmo. Merecía sentirse victorioso. Sin embargo, la noche aún no había terminado.

—¿Qué quieres ahora, Tem? —preguntó Caspen.

Tem los miró a ambos, con las rodillas abiertas y el cuerpo al descubierto. Solo había una cosa que deseaba, y tras su orgasmo, tuvo el valor suficiente para pedirla.

—Quiero verlos besarse.

Eso iba más allá de lo que habían acordado. No tenía nada que ver con que Caspen le enseñara a Leo cómo tocarla. Era egoísta y autocomplaciente, y se basaba por completo en aquella noche fugaz en su habitación de la infancia en la que se había tocado al pensar en ellos juntos.

Ninguno de los príncipes pareció sorprenderse por su petición.

Tal vez lo esperaban de ella. Tal vez sabían que había fantaseado con ambos. Tal vez ellos también habían fantaseado. Nadie podía negar lo bien que se veían juntos. Leo era rubio; el cabello de Caspen era oscuro. Sol y luna, día y noche. Tem quería verlos juntos, quería que los opuestos se atrajeran. Le parecía algo natural. Seguro que sería natural para ellos.

—Muy bien. —Caspen se encogió de hombros con indiferencia y su mirada se dirigió a Leo—. Si el príncipe puede con eso.

Una sonrisa lenta y diabólica se dibujó en los labios de Leo. Caspen dijo lo único que garantizaría su participación: presentó el beso como un desafío. Leo era competitivo, orgulloso y testarudo, y nunca se echaba atrás en una pelea. Tem se preguntó si Caspen sabría eso de Leo, si lo habría intuido de alguna manera como había vislumbrado tantas cosas sobre ella. Después de todo, tenía una comprensión intuitiva de los humanos; era parte de su naturaleza evaluar y perseguir.

Había un factor adicional en juego: ni siquiera Leo era inmune al encanto de los basiliscos. Su trabajo era seducir a cualquiera cuyo corazón latiera. Caspen poseía un poder de atracción gravitacional que alcanzaba incluso a aquellos predispuestos a resistirse a él. Leo era una de esas personas. Tem conocía mejor que nadie la delgada línea que separaba el amor del odio. Los hombres de su vida habían estado siempre en bandos opuestos, pero ¿por qué debía seguir siendo así? ¿Por qué no podían acercarse, aunque fuera solo una vez, por ella?

La respuesta de Leo llegó con la misma facilidad que la de Caspen.

—Puedo con cualquier cosa.

Hubo un silencio en el que todos parecieron darse cuenta de lo que estaba a punto de suceder.

Para sorpresa de Tem, no fue Caspen quien dio el primer paso. Fue Leo quien se inclinó hacia adelante y rodeó con sus dedos la nuca de Caspen.

Tem observó cómo el príncipe besaba al basilisco.



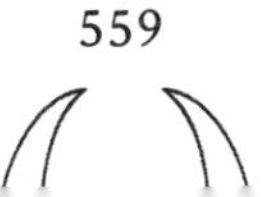

Era un espectáculo increíble. Si Tem no estuviera ya empapada, lo habría estado rápidamente con solo ver sus cuerpos desnudos juntos, sabiendo que podían saborearla en la lengua del otro. Tem se reclinó en la alfombra, apoyándose para verlos desde el mejor ángulo posible. Sus dedos encontraron su clítoris y se tocó lentamente al verlos.

El cuerpo de Caspen se encorvó hacia adelante. Su lengua separó los labios de Leo, incitándolo a abrirse para recibir lo que tenía que ofrecerle. Leo lo tomó con gusto, con el cuello arqueado y los hombros relajados. Los ojos de Tem recorrieron su mandíbula, maravillándose por la forma en que reflejaba la de Caspen. No podía creer que los dos estuvieran allí, que ambos fueran suyos. Era exactamente como lo había imaginado.

Cuando se separaron, Tem negó con la cabeza.

—Otra vez —dijo.

Caspen no lo dudó. Agarró a Leo por el cuello y lo besó de nuevo.

Tem se sentó, introduciendo sus dedos más profundamente, observándolos a pocos centímetros de distancia. Podía oler el aroma ahumado de Caspen, mezclado con el perfume de Leo. Se dio cuenta de que se complementaban. Eso solo la excitaba más.

«Únete a nosotros, Tem».

Tem colocó su mano bajo la barbilla de Leo, apartándolo de Caspen y acercando sus labios a los de él. Las manos de Caspen se dirigieron a sus cuellos, juntando sus cabezas y solidificando su unión. Un momento después, su boca se unió a la de ellos.

Los tres se besaron.

Todo era sencillo, como la música. Era un lenguaje que todos hablaban, un baile que todos conocían. El pene de Leo estaba duro y el de Caspen también, y Tem sintió la repentina necesidad de tocarlos a ambos.

¿Y por qué no hacerlo? Tenía dos manos, ¿no? Una para cada uno.

Tem metió la mano en sus regazos, sus dedos encontraron primero el pene de Leo y luego el de Caspen, sintiendo lo duros que estaban ambos para ella. Ninguno reaccionó al principio, pero cuando empezó a acariciarlos, los párpados de Leo temblaron y dejó escapar un gemido de entrega, con la cabeza echada hacia atrás en éxtasis. Tem le besó el cuello, y Caspen también. La mano del basilisco acompañó la de Tem, acariciando el pene de Leo al mismo tiempo que ella acariciaba el de él.

Leo gimió:

—¡Carajo, carajo!

Caspen soltó un leve sonido de diversión.

«Es bastante ruidoso».

Tem sonrió.

«Sí, lo es».

«Te gusta eso de él».



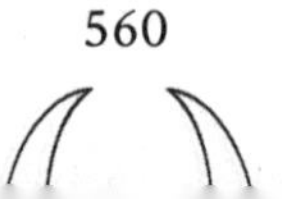

«Sí».

«¿Por qué?».

«Me gusta escuchar cómo se siente».

Era simplemente un hecho sobre Leo, no una indirecta hacia Caspen. Aun así, no pudo ocultar el arrepentimiento que tiñó su respuesta.

«Me alegra que te satisfaga de esa manera».

Tem no supo qué responder, así que no dijo nada.

Siempre supo que cada uno le proporcionaba cosas diferentes, que Caspen era mucho más reservado que el príncipe humano. Estar con los dos solo reforzaba esas diferencias. No era algo malo, simplemente, la verdad. Un basilisco y un humano tenían muy pocas similitudes. A Tem no le importaba; los amaba a ambos.

Sin pensarlo, Tem se inclinó para meter el pene de Leo en su boca. Caspen respondió al cambio, jalándola por las caderas para que quedara extendida entre ellos. Su mano se apoyaba en la nuca de ella, llevándola arriba y abajo para que recibiera cada centímetro de Leo. Leo seguía gimiendo mientras sus manos retorcían el cabello de Tem y la sostenía entre sus piernas. Tem era, como siempre, una soberana misericordiosa.

Placer. Era lo único que le importaba a ella, a ellos. No había lugar más seguro en el mundo que aquel, con los hombres a los que amaba.

Las rodillas de Caspen se deslizaron por debajo de las de Tem, abriéndole las piernas. Ella arqueó la espalda, levantando las nalgas, sabía lo que él estaba a punto de hacer. Aun así, gimió cuando Caspen la penetró con el pene de Leo todavía en la boca. Y ahora el de Caspen también estaba dentro de ella. No podía creer cómo la llenaban, lo estimulante que era recibir a ambos.

«¿Dos penes no son suficientes para ti, Tem?».

Para ella, sí lo eran. Lo eran.

Pero Tem no podía responderle, ni siquiera podía tomar aire. Con Caspen detrás de ella y Leo delante, no podía hacer otra cosa que gemir mientras le hacían todo lo que siempre había querido. Eran los dos hombres más implacables que conocía. Tener a ambos al mismo tiempo era casi insoportable.

Era demasiado. Y no era suficiente.

Era todo lo que Tem siempre había necesitado: dos hombres, ambos suyos, que la desearan más que a nadie. Dos hombres que hicieran cualquier cosa por ella.

Con cada embestida de las caderas de Caspen, el pene de Leo se hundía más en su garganta.

—Por Kora —escuchó susurrar al príncipe humano—. Esto es...

El resto de su frase se perdió en un gemido cuando la mano de Caspen agarró la cabeza de Tem y empujó su boca hasta la base del pene de Leo.



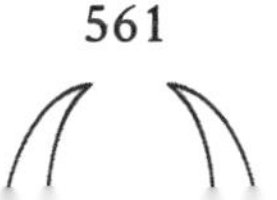

Tem no necesitaba ver a Leo para adivinar su expresión. Sabía cómo se veía cuando estaba cerca, cómo se le tensaba la mandíbula y se le contraían los músculos, cómo se le inclinaba el mentón hacia arriba, desafiante. Pero Tem no lo dejaría terminar tan fácilmente. Justo cuando estaba a punto de eyacular, ella se enderezó, empujándose hacia arriba para quedar cara a cara con él.

—Qué tremenda provocadora —susurró Leo. La agarró por la cintura y la sujetó con fuerza. Inclinó la cabeza para mirar a Caspen—. ¿Ella te provoca?

Tem sintió el aliento de Caspen en su hombro. Sus manos también estaban sobre ella, justo debajo de las de Leo.

—No —dijo él.

Leo arqueó las cejas.

—¿No?

Caspen apretó más fuerte sus caderas.

—Yo la provoco.

—¿Cómo?

En respuesta, Caspen levantó a Tem de tal manera que dentro de ella solo quedaba la punta de su pene. Ella jadeó ante el repentino cambio, y las pupilas de Leo se dilataron al oírlo.

—¿Te gusta eso? —murmuró Caspen junto a su oído.

A Tem en efecto le gustaba que la provocaran. Le gustaba cuando apenas podía aferrarse a cualquier atisbo de dignidad que le quedara, cuando estaba a punto de ser llevada al límite. Y le gustaba provocar en regreso, llevar a la otra persona al límite, ejercer su poder.

Pero por el momento, Caspen era quien ejercía el suyo.

La embistió lentamente, introduciendo en ella solo uno o dos centímetros de su pene a la vez.

—Más —gimió—. Más... por favor, más.

Caspen le dio más, pero solo un poco.

Su moderación era asombrosa, como siempre. Tem ya debía saber que la paciencia del basilisco era infinita, que no se dejaría persuadir por su súplica. Sabía exactamente cómo provocarla, cómo llevarla al límite sin dejarla terminar, cómo hacerla sufrir.

—Es extraordinario —susurró Leo mientras observaba.

Tem no podía hacer nada más que aceptarlo, nada más que rendirse a la profana sensación que Caspen le producía. No fue sino hasta que Tem estuvo a punto de venirse que Caspen finalmente la penetró por completo, jalándola hacia abajo hasta que su pene la llenó. Tem echó la cabeza hacia atrás, experimentando su orgasmo sin una pizca de vergüenza. Solo Leo podía verla, solo Caspen podía escucharla. ¿Qué podría ser mejor que disfrutar delante de ellos? La palma de la mano de Caspen encontró



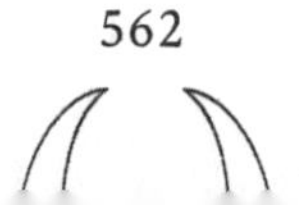

la parte posterior de su cuello y, un momento después, su cabeza estaba nuevamente entre las piernas de Leo. Crearon un círculo perfecto: Caspen, Tem y Leo.

El tiempo del autocontrol había terminado; había llegado el momento de la gratificación.

Los tres se movían de forma sincronizada, Caspen detrás de ella, Leo frente a ella. Tem sabía que alcanzarían juntos el orgasmo, que alcanzarían la cima más perfecta imaginable. No tenía sentido resistirse, no tenía sentido retrasarlo. Por fin habían aceptado la verdad suprema.

Tem los sintió venirse al mismo tiempo, Leo en su boca y Caspen dentro de ella. Con sus orgasmos, ella inevitablemente alcanzó el suyo. Se movían, jadeaban, se fundían, se deshacían en los cuerpos del otro como olas en la playa. Lo experimentaron como si los tres fueran una unidad que se desbordaba a lo largo de un mismo canal de placer.

Tan pronto como terminó, Caspen jaló a Tem por el cabello para que sus hombros quedaran apoyados contra su pecho. Se reincorporó sobre sus rodillas, con Tem en su regazo. Ella podía sentir los latidos de su corazón, tan estables como siempre. Tan pronto como ella se enderezó, sus ojos se encontraron con los de Leo, que estaban entrecerrados y con una expresión de feliz incredulidad.

—Tem —susurró.

Incluso en ese momento, ella era su único centro de atención. Incluso con el pene de otro dentro de ella, Leo seguía deseándola.

—Leo —susurró ella en respuesta.

«Bésalo».

La orden vino de Caspen, y Tem estuvo encantada de obedecerla. Se inclinó hacia adelante, jalando a Leo para besarlo profundamente, haciéndole saber que incluso con el pene de otro dentro de ella, seguía necesitándolo. Tem se preguntó si el príncipe se habría saboreado a sí mismo anteriormente, si alguna de las otras chicas lo habría besado en los labios después de que él eyaculara en su boca. En ese momento el príncipe se estaba saboreando a sí mismo, y ella estaba segura de que le gustaba.

Caspen estaba dentro de ella, duro de nuevo, embistiendo.

Tem agarró a Leo por los hombros, manteniéndose firme.

—Leo —susurró ella de nuevo, esta vez contra sus labios.

En respuesta, Leo la besó, pero solo brevemente. Un momento después, se apartó y sus ojos recorrieron con avidez el cuerpo de Tem, mirando fijamente el lugar donde recibía el pene de Caspen. Sus fosas nasales se dilataron.

Quizá a Leo le interesaba mirar después de todo.

Tem se preguntó si a alguna parte de él le gustaba verla con alguien más, si su espíritu competitivo anhelaba aquello en secreto, si necesitaba



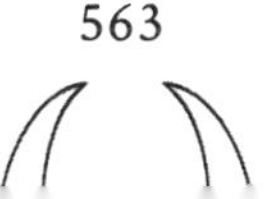

saber que la persona a la que deseaba también era deseable. Tem esperaba que la separara del basilisco pero, en vez de eso, él se inclinó hacia atrás para tener una vista aún mejor.

Si eso era lo que quería, Tem se lo daría con gusto.

Los dedos de Caspen se enroscaron alrededor de su cuello, arqueando su espalda y mostrándola al príncipe. La penetró con firmeza, sin prisa, tomándose su tiempo. Tem sabía que Leo observaba todo: cómo se sonrojaban sus mejillas mientras otro hombre la tomaba, cómo reaccionaba su cuerpo a las penetraciones de Caspen. Al príncipe no parecía molestarle. Tem había dejado de calmarlo hacía algún tiempo, en algún momento mientras se besaban. Las emociones que sentía en ese momento eran completamente suyas. Y parecía que se sentía bien porque, al final, Leo decidió participar.

Caspen la penetraba mientras Leo la tocaba, posando sus manos sobre los pechos de ella y los labios en su cuello. Tem se entregaba a ello, a ellos. Ella gritó cuando la cabeza de Leo descendió y succionó su pezón entre sus dientes, jalándolo aún más cerca y disfrutando cada segundo de ese éxtasis.

Si la boca de Leo no estuviera ocupada, Tem sabía que estaría hablando. Pero Leo la torturaba a su manera, apretando y mordiendo sus pezones hasta que se retorció entre sus manos. Cada vez que ella quería escapar, Caspen la sujetaba. Ambos príncipes trabajaban en conjunto para no dejarla escapar.

Justo cuando Tem ya no podía más, los dedos de Leo encontraron su clítoris. Él presionó y ella jadeó. Ante su reacción, Leo se inclinó y usó su boca para continuar.

Caspen gruñó y Tem supo que la lengua de Leo estaba en la base de su pene. Los complacía a ambos, succionando el clítoris de Tem mientras aplicaba presión al pene de Caspen. Era una demostración de su poder, una forma de recordarles su papel en eso. Tem lo agradeció, metiendo las manos en su cabello, sosteniéndolo entre sus piernas.

Un momento después, Tem se vino. Y Caspen también.

Los fluidos de ambos bañaron su pene, y Tem supo que Leo podía saborearlos. Cuando Leo levantó la cabeza, besó a Tem una vez más. Durante un rato, eso fue todo lo que hicieron. Entonces Caspen la separó de su pene, colocándola entre ellos. Fue entonces cuando Tem se dio cuenta de que Leo estaba firme de nuevo. Antes de que ella pudiera alcanzarlo, Caspen lo hizo.

Tem observó cómo su mano alcanzaba el pene de Leo, cómo sus dedos lo envolvían y lo masturbaban con movimientos firmes y constantes. Leo lo dejó hacerlo, con los ojos aún entrecerrados y los hombros relajados.



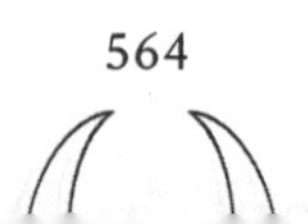

«¿Qué haces?».

«Recompensando al príncipe».

Tem comprendió.

Leo lo había hecho bien; participó con gusto y ahora era su turno de recibir su recompensa. La cabeza de Caspen se inclinó hacia abajo y las cejas de Leo se levantaron.

—Carajo —dijo con voz ronca.

Era algo increíble de ver.

Tem se tocó mientras los observaba, y se llevó al orgasmo mucho antes de que ellos estuvieran siquiera cerca de terminar. Leo alternaba entre mirarla a ella y mirar a Caspen, mientras sus largos dedos agarraban la parte posterior de la cabeza del basilisco y él deslizaba su boca hacia arriba y luego hacia abajo por el pene del príncipe.

—Tem —susurró Leo, extendiendo la otra mano hacia ella—. Ven aquí.

Tem estaba feliz de obedecer. Se inclinó, besándolo suavemente, sintiendo la tensión que se acumulaba en su cuerpo. Tem sabía exactamente lo que se sentía que Caspen te complaciera, lo abrumador e implacable que podía ser el basilisco. Que Leo lo experimentara por primera vez, allí con ella, era un placer que Tem no sabía que necesitaba.

Las manos de Tem acompañaron las de Leo: juntas sujetaban la cabeza de Caspen.

El príncipe estaba cerca. Su piel estaba resbaladiza por el sudor y su respiración se entrecortaba por la desesperación. Tem ya lo había visto así antes, en el carruaje. Solo que ahora era Caspen quien lo llevaba al límite, quien lo enviaba al infinito.

—Puedes hacerlo, Leo —murmuró Tem—. Déjate llevar.

—Carajo —susurró.

Tem se deleitó con la palabra, tomándola de sus labios y apropiándosela. Acercó la boca al cuello de Leo, mordiéndole la piel hasta dejarle una marca. La cabeza de Leo cayó hacia atrás y Tem supo que estaba terminando.

—¡Carajo! —gritó el príncipe mientras eyaculaba.

Caspen no tragó.

En lugar de eso, se enderezó, extendió la mano hacia el rostro de Tem y le abrió la mandíbula con los pulgares. Luego se inclinó y vertió el semen de Leo en su boca. Tem tragó mientras el semen se deslizaba por su garganta, un acto que reproducía a la perfección el momento en que Caspen le dio su veneno.

Era muy sencillo, muy fácil.

A Tem le encantaba saborear lo que el basilisco había extraído del príncipe humano. No había nada mejor que el fruto del trabajo de Caspen, y más aún cuando era de Leo.



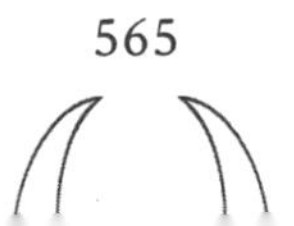

Cuando terminó de tragar hasta la última gota, Tem se volteó hacia Leo, que los observaba asombrado.

Jaló su rostro hacia el suyo antes de introducir su lengua en su boca. Leo aceptó con gusto, con impaciencia. Se besaron durante mucho tiempo y, finalmente, volvieron a ponerse en posición horizontal.

Se recostaron juntos, los tres, Tem en medio y los dos frente a ella.

La mano de Leo descansaba sobre su vientre, la de Caspen justo debajo.

Caspen miró a Leo.

—Lo hiciste bien, príncipe.

Leo se apoyó en su codo.

—Me llamo Leo. Cualquiera que haya tenido mi pene en su garganta debería llamarme así.

Tem nunca había visto a Caspen poner los ojos en blanco, pero lo hizo, y fue algo tan inusual en él que no pudo evitar reírse.

—Tu arrogancia es insuperable —dijo el basilisco. Sus palabras no eran una amenaza; Caspen parecía tan divertido como Tem.

Ella sintió que Leo se encogía de hombros.

—Voy a tomar eso como un cumplido.

—No lo es.

Tem agarró la mandíbula de Caspen y luego la de Leo.

—¿Pueden callarse los dos?

Los ojos de Caspen volvieron a los de ella. Con la mente, preguntó: «¿Eres feliz?».

Tem respondió a su pregunta con otra.

«¿Y tú?».

Los ojos de Caspen recorrieron su rostro con absoluta ternura.

«Infinitamente».

Tem no supo cuándo se quedó dormida. Lo último que escuchó antes de sumergirse en la oscuridad fueron tres simples palabras, pronunciadas por Caspen y claramente dirigidas a Leo:

—Cuida de ella.

Cuando Tem despertó, Caspen se había ido.



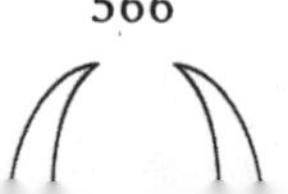

# AGRADECIMIENTOS

En primer lugar, quiero agradecer a mis padres. Me enseñaron lo que significa vivir una vida extraordinaria. En pocas palabras: las mejores partes de mí existen gracias a ellos.

También me gustaría agradecer a mi hermana: mi estrella polar, mi faro. Es un honor caminar por la vida contigo. Eres la cima a la que aspiro, la luz que siempre ilumina mi camino a casa.

Cualquiera que me conozca sabe que tengo pocos amigos íntimos, pero los pocos que tengo son sumamente valiosos para mí. En lugar de nombrarlos, utilizaré un cliché básico: ya saben quiénes son. Y saben que los quiero mucho.

Escribir puede ser un acto solitario, pero publicar no lo es. Estaré eternamente agradecida con mi agente, Haley Heidemann, cuyo apoyo inicial hizo que mi libro llegara al escritorio de mi excepcional editora, Christa Désir. Fue entonces cuando supe que mi vida estaba a punto de cambiar. Y así ha sido, gracias al entusiasmo y respaldo de todo el equipo de Bloom Books. Desde entonces, muchas manos han tocado este proyecto, incluyendo las de los expertos de WME Books, en particular las de Suzannah Ball, quien encontró en Quercus el hogar británico de *El beso del basilisco.* Mi más sincero agradecimiento a Anne Perry y a todas las personas de Arcadia que trabajaron tan duro en la edición británica, y también a los talentosos diseñadores de Sourcebooks, sin quienes no existiría la magnífica portada.

Sería negligente de mi parte no agradecer a todos los que han apoyado mi viaje a través de internet. Comencé con @oxfordlemon en un momento extremadamente difícil de mi vida, cuando sentí que no tenía a nadie más a quien recurrir. El amor y el apoyo que me han mostrado ha sido, en una palabra, tremendo. No podría terminar de agradecerles. Por favor, sepan que es un gran honor para mí hacerlos sentir orgullosos. Créanme cuando les digo que esto es solo el comienzo.

Por último, me gustaría agradecer a Chad. Te debo la vida. No la desperdiciaré.